U0525545

I, CLAUDIUS
我，克劳狄乌斯

[英]罗伯特·格雷夫斯 著

王一凡 译

湖南文艺出版社 · 长沙

提比略·克劳狄乌斯自传

罗马皇帝

生于公元前10年,被害并被封神于公元54年

……一个充满各种误传的故事,不仅是活在当时的人们曲解了它,还有活在后世的人们:可以确定的是,所有重大事件都被裹在重重迷雾之中;有些将最不确定的谣言当作事实,有些却将事实变成谎言;而后人将两者都加以夸大。

——塔西佗[1]

1　约 56 年—120 年,罗马帝国时代著名的历史学家、文学家、演说家。

第一章

我，提比略·克劳狄乌斯·德鲁苏斯·尼禄·日耳曼尼库斯及这样那样的种种名头（我就先不用我全部的封号来叨扰你们了），就在不久前，还一直是朋友、亲戚和熟人们口中的"傻瓜克劳狄乌斯""那个克劳狄乌斯""结巴克劳狄乌斯"或"克、克、克劳狄乌斯"，最好也不过是"可怜的克劳狄乌斯叔叔"，现在，我将要写下我这一生的奇异历史；从最初的童年开始，一年接一年，直至命中注定的转折点，也就是大约八年前，那年我五十一岁，突然发现自己被卷入了一个可以称为"黄金困局"的境地，从那以后，我再也未能脱身。

本书无论如何不算我的第一部作品：实际上，在变局来临前，文学，尤其是历史写作——年轻时，我曾在罗马受教于当时最好的大师——是三十五年多来，我唯一的职业和兴趣。所以读者不必对我老练的风格感到意外：本书确系克劳狄乌斯本人所写，并非区区秘书，也不是哪位官方史臣代笔，在那些人面前，公众人物习惯于倾诉他们的回忆，希望借优雅的文笔弥补主题的匮乏，借恭维的笔调减轻罪行的邪恶。但在本书中，我以众神起誓，我就是我自己的区区秘书，我就是我自己的官方史臣：我亲笔写作，难道我会指望从自己对自己的奉承中得到什么好处吗？补充一句，本书也不是我写的第一部自传。我以前也写过一部，共八卷，捐给了都城档案馆。那是件无聊的差事，我并不上心，只为应付公众请求。坦白说，两年前我写那部书时，还焦头烂额地忙着别的事。前四卷大部分内容的确是我向我的希腊秘书口述的，并让他在写的时候不要做任何改动（除非确有必要，为了保持句式的平衡，或删除矛盾和重复之处）。但我承认，那部作品前半部分至少有某些章节和几乎整个后半部分，都是由一个叫波里比阿的家伙（他还是个小奴隶时，我亲自给他取了这个名字，跟著名的历史学家[1]同名）根据我给他的材料编写的，他精准模仿了我的风格，以至于在他写完以后——千真万确——没人能猜出哪些是我写的，哪些是他写的。

我再说一遍，那部书很无聊。我既没有立场批评我的舅外公奥古斯都大帝[2]，也没有资格批评他的第三任也是最后一任妻子，我的祖母莉薇娅·奥古斯塔[3]，因为他俩都已被正式封神，而我身为祭司，早已与民众对他们的崇拜联系在一起；我当然可以尖锐地批判奥古斯都之后两位不称职的皇位继承人，但出于体面，我忍住了。有关此二人的回忆没有同等虔诚信仰的保护，但

---

1 约前200年—约前118年，古希腊历史学家。波里比阿著有《通史》一书，共四十卷，构建了一套完整的史学理论和史学方法，树立了西方史学的第一个典范。
2 即盖乌斯·尤利乌斯·恺撒·奥古斯都·屋大维，前63年—14年，公元前44年被恺撒收为养子，后来被指定为继承人，恺撒被刺后，屋大维登上政治舞台，统治罗马长达43年，是罗马帝国的开国君主，元首政制的创始人。
3 前58年—29年，奥古斯都（屋大维）的妻子，多次以实际执政者身份主宰罗马帝国政治，是奥古斯都的忠实顾问。

是只要奥古斯都对那个非同一般的——请允许我在此指出——可恶可恨的女人百依百顺，那么一边说出关于那两人的真相，一边却为莉薇娅和奥古斯都开脱，显然有失公允。

我放任自己将它写成一部无聊的书，只记录毫无争议的事实，比如，那个谁谁谁跟谁谁谁结婚，新娘的父亲是头顶这些或那些荣誉的什么什么人，但我不会提这桩婚事的政治原因或它背后两个家族的讨价还价。又比如，我会写那个谁谁谁在吃了一碟非洲无花果后暴毙而亡，但绝口不提毒药二字，也不说他的死给谁带来了好处，除非这些事有刑事法庭的判决作为依据。我没有说谎，但也没有像在这本书中一样说出真相。如今，当我在帕拉蒂尼山[1]上的阿波罗图书馆查阅那部书，想重温某些日期的细节时，我饶有兴致地发现，公共事件章节里有一些段落，我敢发誓它们出自我的手笔或口述，因为那的确是我独一无二的风格，可我却完全没有写下或口述它们的任何印象。如果它们是波里比阿写的，那可以说，他实现了完美的模仿（我承认，他还可以借鉴我其他的历史作品），但如果真是我写的，那只能说明，我的记忆力比我的敌人们宣称的还要糟糕。回顾我刚刚写下的这些话，我发现，我这不是在打消读者的质疑，而是在引发质疑。首先，质疑我是否为本书接下来内容的唯一作者，其次，质疑我是否具备历史学家的诚实品德，最后，质疑我对事实的记忆是否准确。但我允许质疑存在；我的确是在根据自己的感受写作，而且随着故事展开，读者们会更愿意相信我毫无隐瞒——因为太多内容会

---

1 古罗马建立在台伯河河边的七座山丘之上，帕拉蒂尼山为七丘之一，位于古罗马中央。

让我自己颜面扫地。

这是一段隐秘的历史。如果要问，谁是我倾吐秘密的对象，我的回答是：子孙后代。我指的不是我的重孙或重重孙，而是遥远未来的子孙后代。我希望你们，一百代甚至更多代之后的最终的读者们，能感觉到我是在直接跟你们对话，就像和你们同时代的人一样；因为我自己也经常感觉到，早已不在人世的希罗多德和修昔底德[1]是在直接跟我对话。为什么要强调是遥远未来的子孙后代呢？我会解释的。

将近十八年前，我去过坎帕尼亚[2]的库迈，到高卢斯山上的悬崖洞穴拜见女先知。库迈总有一位女先知，一位去世，其信徒继任；但她们并非同样出名。有些女先知在漫长的一生中从未得到过阿波罗的神谕。有些虽然做过预言，但更像是受了巴克斯[3]的影响，而不是阿波罗的启示，她们醉醺醺地胡言乱语，破坏了人们对神谕的信仰。奥古斯都经常请教的女先知叫德芙比，至今仍在人世的最有名的女先知叫阿玛耳忒亚，在她俩之前将近三百年间，都只有一些非常拙劣的女先知。女先知的山洞位于一座小小的希腊神庙后面，神庙里供奉着阿波罗和阿尔忒弥斯[4]——因为库迈曾是伊奥利亚人[5]的殖民地。神庙上方门廊有一条古老的

1　两者均为古希腊历史学家、文学家。

2　意大利南部地区。

3　罗马神话中的酒神、植物之神，对应古希腊神话中的狄俄尼索斯。

4　古希腊神话中的狩猎女神，奥林匹斯十二主神之一，阿波罗的孪生姐姐，对应罗马神话中的狄安娜。

5　古希腊四个主要部族之一。

鎏金浮雕带，据说是代达罗斯[1]所作，但这显然很荒谬，因为它最多不过五百年历史，而代达罗斯生活在至少一千一百年前。它展现了忒休斯在克里特迷宫杀死弥诺陶洛斯的故事。在获准拜见女先知之前，我必须先在那里将一头小阉牛和一头母羊分别献祭给阿波罗和阿尔忒弥斯。当时正值隆冬十二月。女先知的洞穴可怕极了，由坚固的岩石掏空而成，进洞之路陡峭曲折，一片漆黑，还到处是蝙蝠。我乔装打扮了一番，女先知仍认出了我。一定是我的结巴暴露了身份。我小时候结巴得厉害，后来根据演讲专家的建议，我渐渐学会了在正式公开场合控制言语，但在私底下或没有准备的场合，我还是会时不时紧张得结巴，虽然比以前好点了；在库迈，我就出现了这个情况。

我手脚并用，痛苦摸索着爬上台阶，走进靠里的山洞，见到了女先知，她不像个女人，倒更像只猿猴，她坐在一把安在笼子里的椅子上，笼子从洞顶悬挂下来，一束红光由上而下，映照着她的红袍和一眨不眨的闪着红光的眼睛。她咧开没有牙齿的嘴笑着。四周弥漫着死亡的气息。我硬着头皮，说出事先准备好的问候。她没有回答我。过了一会儿，我才发现，这是上一任女先知德芙比的干尸，她才去世不久，享年一百一十岁。她的眼皮用玻璃球撑着，玻璃球后面涂着银，好制造出闪闪发光的效果。在位的女先知总是要和她的前任住在一起的。我在德芙比面前站了几分钟，全身颤抖，做出各种谄媚的鬼脸——感觉像站了一辈子。最后，活着的女先知终于现身了，她叫阿玛耳忒亚，还相当

---

[1] 古希腊神话中技艺精湛的建筑师、工匠。

年轻。这时,红光消失了,德芙比也随之消失——有人把小小的红色玻璃窗遮住了,也许是个信徒吧——一束新的白光照下来,照亮了坐在后面阴影中象牙宝座上的阿玛耳忒亚。她有张美丽而疯狂的脸,额头很高,跟德芙比一样一动不动地坐着。但她闭着眼睛。我的膝盖开始颤抖,我无法控制地结巴起来。

"哦,先……先……先……先……先……"我开口了。她睁开眼睛,皱起眉头,模仿我:"哦,克……克……克……"我羞得无地自容,努力回想我是来问什么的。我费劲地说:"哦,先知,我是来问您罗马的命运和我的命运的。"

她的脸色渐渐变了,神谕的力量控制了她,她挣扎着,喘着粗气,所有的过道中都响起呼呼风声,门啪啪扇动,有翅膀嗖嗖掠过我的脸庞,光芒消失了,她用神的声音,念出一首希腊语的诗:

> 是谁在布匿[1]诅咒下呻吟,
> 被钱袋的绳索勒到窒息,
> 在康复之前,她必须病得更重。
>
> 她活人的嘴里将孵出绿头苍蝇,
> 还有蛆虫爬满她的眼睛。
> 没人知道她在哪天死去。

---

[1] 当时罗马对迦太基的称呼。前264年—前146年,罗马共和国和迦太基共和国之间为争夺地中海沿岸霸权进行了三次大战,统称布匿战争,结果迦太基被灭,迦太基城被夷为平地,罗马夺得地中海霸权。

接着,她双臂高举过头,又开始念:

十年,五十又三天,
克、克、克将得到一份大礼,
除他之外,人人都垂涎不已。

面对谄媚的伙伴,
他结结巴巴,叽叽咕咕,跌跌撞撞,
嘴边还有口水在滴。

可当他沉默,不在此间,
约莫一千九百年后,
克、克、克劳狄乌斯将变得口齿清晰。

念完,神借她之口发出大笑,笑声既动听又可怕——嚯!嚯!嚯!我鞠了一躬,匆忙转身,连滚带爬地跑开,结果头朝下,栽倒在第一段破烂台阶上,摔破了额头和膝盖,我痛苦万分地走出去,可怕的笑声仍对我穷追不舍。

如今,我作为一名娴熟的占卜师、专业历史学家兼祭司,有了机会研究由奥古斯都审订的《西卜林书》[1],我可以比较自信地阐释这些诗句了:女先知说的"布匿诅咒",显然是指我们罗马人毁灭迦太基之事。我们早已因此受到神的诅咒。我们曾以包

---

[1] 古罗马的一部神谕集,由女先知的预言组成。

括阿波罗在内的众主神之名，发誓与迦太基缔结友好盟约并保护她，后来，却嫉妒她从第二次布匿战争的灾难中迅速恢复，于是诱骗她打起了第三次布匿战争。我们彻底摧毁了她，屠杀她的居民，往她的田地里洒盐。"钱袋的绳索"指的是令诅咒应验的主要工具——对金钱的狂热。自罗马摧毁了她主要的贸易对手、成为地中海富人的新宠后，对金钱的疯狂追求就勒紧了罗马的脖子。伴随金钱而来的还有懒惰、贪婪、残忍、狡诈、怯懦、阴柔以及其他种种原不属于罗马的罪行。至于什么是除我之外人人垂涎的大礼，还会在整整十年又五十三天后出现，你们自然会读到的。只有"克劳狄乌斯将变得口齿清晰"那句话让我困惑了很多年，但最后，我想我明白了。我相信，它也正是我写下本书的动机。写完这本书后，我要用防腐液处理它，将它密封在铅盒里，深埋地下，让子孙后代有一天能把它挖出来品读。如果我的理解没有错，那它将在大约一千九百年后被人发现。到那时，今天其他作家的著作如能幸存，都将显得啰啰唆唆、结结巴巴，因为它们只是写给今天的读者看的，而且写得小心翼翼，可我保存完好的故事将是清晰、大胆的。转念一想，也许我不用费事把它密封在盒子里，就让它这样放着。根据我作为历史学家的经验，很多史料都是在机缘巧合中保存下来的，并非刻意为之。既然阿波罗降下预言，我就把手稿交给阿波罗照管。你们都看到了，我选择用希腊语写作，因为我相信，希腊语将永远是世界主要的文学语言，况且，假如罗马真如女先知预言的那样衰败了，那她的语言不也就跟着一起衰败了吗？再说，希腊语也是阿波罗的语言。

我特别注意了日期（你们看得到，我写在了页边的空白处）和正确的名字。我在整理伊特鲁里亚[1]和迦太基史时，记不清发了多少次脾气，苦苦思索这件事或那件事到底发生在哪一年，那个叫谁谁谁的是否真的就是谁谁谁，或者他是谁的儿子、孙子、重孙子，还是没有任何关系。我决定为我的后继者省却这种烦恼。所以，比如说，这本书里有好几个德鲁苏斯——我父亲、我自己、我的一个儿子、我的表兄，还有我的侄子——只要提到他们，我就会把每个人清楚地区分开来。再比如说，提到我的老师马库斯·波蒂乌斯·加图，我一定会说清楚，他不是第三次布匿战争的煽动者——监察官马库斯·波蒂乌斯·加图；不是跟监察官同名的他的儿子——著名的法官加图；不是跟他同名的他的孙子——执政官加图；也不是跟他同名的他的重孙子——尤利乌斯·恺撒[2]的敌人加图；更不是跟他同名的他的重重孙子——在腓力比战役[3]中倒下的那个加图；而是仍然跟他同名的，但绝对是独一无二的他的重重重孙子加图，这个加图从未得到也不配得到民众的敬仰。奥古斯都先让他当我的老师，后来又让他当学校校长，教导其他年轻的罗马贵族和外国国王的儿子们，他的名字让他享有最尊贵的地位，但他严厉、愚蠢又迂腐的性格让他最多也就够格当个小学校长。

---

1 意大利中部古国。
2 前100年—前44年，恺撒大帝，罗马共和国末期杰出的军事统帅、政治家，罗马帝国的奠基者。
3 公元前42年，于马其顿王国腓力比城以西发生的一场战役。

为确定大事件发生的时间，我想我最好先说清楚，我出生于罗慕路斯[1]创立罗马后的第七百四十四年，第一届奥林匹克运动会举行后的第七百六十七年，当时，奥古斯都大帝已统治罗马二十载，而他的赫赫威名哪怕再过一千九百年也不会湮没。

在结束这介绍性的一章前，我还想补充说说女先知和她的预言。我说过，在库迈，一位女先知死去，就会有另一位继任，但她们中的有些人比其他人更加出名。有位远近闻名的女先知，叫德莫菲尔，埃涅阿斯[2]堕入地狱前曾向她求教。后来又有位叫赫萝菲尔的，她去找塔克文国王[3]，说要卖给他一本预言集，但开价太高，国王不愿付钱。据说，被国王拒绝后，她烧掉了预言集的一部分，残卷仍以相同价格出售，国王再次拒绝。接着，她又烧掉一部分，还以相同价格出售——这一次，国王出于好奇付了钱。赫萝菲尔的预言有两类，一类是对未来的警告或美好憧憬，另一类是当某种征兆出现时，该如何做出适当的献祭以抚慰神灵。随时间推移，在这些内容之外，书中又加上了她私下对别人说过的重要神谕和经过验证的预测。后来，每当罗马面对奇异凶兆或灾难威胁时，元老院[4]都会命令掌管此书的祭司翻书查阅，每次都能找到应对之策。此书两次被烧，掌管的祭司们凭借记

---

1 前771年—前716年，据说是罗马的创造者和第一任王，罗马以他的名字"Romulus"命名。

2 古希腊罗马神话中，特洛伊战争中的战斗英雄，美神维纳斯之子。特洛伊城沦陷后，他长期流浪在外，最后到达意大利南部，传说是他的后代子孙建立了罗马城。

3 罗马王政时代第五位国王，前616年—前579年在位。

4 古罗马政权机关，最早出现于王政时代，是国家咨询机关，由贵族长老组成。

忆，合力将缺失的内容补充上去。可这些记忆错漏百出：这正是奥古斯都要着手审订一个权威版本的原因，他删掉了那些明显是无中生有的篡改和补充。他还下令，将所有私人收藏的非权威版预言书收上来，统统销毁，再加上他能收来的其他公开预言书，销毁的总数超过了两千册。他把修订后的《西卜林书》放进上锁的柜子，将柜子放到神庙中阿波罗雕像的底座下，此庙位于帕拉蒂尼山上他自己的宫殿附近，是他为太阳神而建。奥古斯都死后不久，他私人历史图书馆中一本独特的藏书传到我手中。书名叫《女先知之谜：最初版本中被阿波罗祭司认定为伪造的预言》。全书由奥古斯都亲笔抄录，字迹漂亮，带着他独有的拼写错误，一开始，这些笔误是出自无知，后来，他却一直自豪地坚持了下来。书中大部分内容显然不可能是女先知所言，不管她们有没有被神灵附体。它们是一些不负责任的人编出来的，为的是给自己或自己的家族脸上贴金，或为了诅咒对手的家族，便宣称幻想中针对对手的预言来自神谕。我注意到，在这些胡编乱造中，克劳狄家族显得尤为活跃。但我也发现，其中有一两篇，语言古朴优雅，似乎确实受到了神谕启示，只因其内容直白到令人惊恐，所以奥古斯都才决定不把它们收入权威版本——反正在阿波罗祭司面前，他的话就是律法。如今，这本小书已不在我手中。但那些言之凿凿的预言给我留下了深刻印象，有些段落，我几乎每一个字都记得，它们由最初写成的希腊文和大致翻译的拉丁文（跟权威版本中大部分早期章节一样）记载。它们是这样写的：

一百年布匿诅咒，

罗马将受毛人之奴役,
一个头发稀疏的毛人。
是每一个男人的女人和每一个女人的男人。
他骑的骏马长着脚趾而非马蹄。
他不是战死沙场,
而是死在他的儿子又不是他的儿子手里。

接下来奴役国家的毛人,
是上一个毛人的儿子又不是他的儿子,
他的头发又多又密。
他将罗马的泥土以大理石代替,
并用无形的锁链将她牢牢束缚,
他将死在他的妻子又不是他的妻子手里,
让他的儿子又不是他的儿子获益。

第三个奴役国家的毛人,
是上一个毛人的儿子又不是他的儿子。
他将成为渗血的稀泥,
一个头发稀疏的毛人。
他将给罗马带来失败与胜利,
他的死让他的儿子又不是他的儿子获益——
枕头将成为他的刀剑。

第四个奴役国家的毛人,

是上一个毛人的儿子又不是他的儿子。
一个头发稀疏的毛人，
他将给罗马带来毒药和对神的轻视，
他死于他老马的致命一踢，
幼时那马曾是他的坐骑。

第五个奴役国家的毛人，
奴役国家并非他的本意，
他是那个人人鄙视的傻瓜。
他的头发又多又密。
他将给罗马带来水和冬季的面包，
他死在他的妻子又不是他的妻子手里，
让他的儿子又不是他的儿子获益。

第六个奴役国家的毛人，
是上一个毛人的儿子又不是他的儿子。
他将给罗马带来弦琴、恐惧和大火。
他的手将被双亲之一的鲜血染红。
没有第七个毛人来继承他了，
鲜血将涌出他的墓地。

奥古斯都一定看得出来，第一个毛人显然是恺撒（恺撒的意思是"满头头发"），恺撒是他的舅外公，也是他的养父。尤利乌斯·恺撒是秃头，人人都知道他既沉迷女色，又沉迷男色；他的战马，正如公开记载的那样，是一头没有马蹄却长着脚趾的怪物。尤利乌斯从无数艰难险战中死里逃生，最后却在元老院被布鲁图斯暗杀。布鲁图斯的父亲另有其人，但大家都相信，他其实是尤利乌斯的私生子。当他手持匕首向尤利乌斯走去时，尤利乌斯惊呼："你也是吗，孩子！"至于布匿诅咒，我已经写过了。奥古斯都一定看得出来，恺撒的继任者就是他自己。实际上，他在生命尽头，看着在自己手上重建的辉煌庙宇和公共建筑，想着他这一生为帝国稳定与荣耀做出的贡献时，确实吹嘘过他接手的是一个泥巴罗马，留下的是一个大理石罗马。关于他死的那句话，他一定觉得无法理解或匪夷所思吧，但出于某些顾虑，他没有将这段内容销毁。第三、第四、第五个毛人分别是谁，本书将一一展示；这些预言到目前为止，每一个细节都准确无误，如果我还看不出第六个毛人是谁，那我就真是个傻瓜了；但我代表罗马欣慰地得知，在他之后将没有第七个毛人来继承他。

第二章

我不记得我父亲了，他去世时我还是婴儿，年轻时，我从不放过任何机会，总是尽可能从每一个认识他的人那里——元老、士兵或奴隶——收集有关他生活和性格的最详细的信息。我开始写他的传记，把它当作我初学历史的作业，我的祖母莉薇娅很快便叫停了此事，但我仍继续收集资料，希望有一天能把它写完。其实，就在几天前，我还真写完了，可即便是现在，也没有必要让它出版。它的思想太倾向共和了，我的现任妻子——小阿格里皮娜[1]如果听说它出版，肯定会下令扣留每一本书，我倒霉的抄写员们也会因我的轻率受到折磨。他们若能保住自己的手臂和手指，平安离开，就算幸运的了，小阿格里皮娜不高兴时就这样。那个女人多么恨我呀！

我这一生，父亲给我的榜样力量超过所有人，但要除开我的哥哥日耳曼尼库斯。大家一致认为，日耳曼尼库斯在五官、身

---

1 阿格里皮娜与母亲同名，其母亲是奥古斯都（屋大维）的外孙女，故此处加"小"以作区分。

材（除了他的两条细腿）、勇气、智慧和品德方面都是父亲的翻版；所以，我在脑海中早已欣然将他俩合而为一。如果我能在本书一开始就公正记录自己的婴幼时期，回溯历史也不超过父母一代，那我肯定会这样做的，因为宗谱和家族史实在太冗长、太乏味了。但我不可避免地要用一些篇幅写写我的祖母莉薇娅（她是我的祖父母、外祖父母中唯一一个在我出生时还活着的人），因为很遗憾，她是我故事第一部分的主要人物，如果我不写清楚她的早年生活，那她后来的行为就会让人无法理解。我曾提过，她嫁给了奥古斯都大帝：这是她跟我祖父离婚后的第二段婚姻。我父亲死后，她成了我们家实质上的一家之主，超越了我母亲安东尼娅、我伯伯提比略（法定的一家之主），甚至奥古斯都的地位——父亲在遗嘱中把我们几个孩子都托付给了奥古斯都，请他以强大的力量保护我们。

莉薇娅来自罗马最古老的家族之一，克劳狄家族，我祖父也是。当时有一首流行的歌谣，现在有些老人还会偶尔唱起，副歌部分是这样的：克劳狄家的树上结两种果，好苹果和烂苹果，但烂苹果多过好苹果。歌谣作者认为，烂苹果中有"骄傲的"阿庇乌斯·克劳狄乌斯，他为了奴役并引诱一个叫维吉妮娅的自由民女孩，让整个罗马陷入骚乱；有克劳狄乌斯·德鲁苏斯，他在共和国时期曾企图成为整个意大利的王；还有"公正的"克劳狄乌斯，当圣鸡不肯进食时，他把它们扔进大海，叫嚣着"要让它们喝个饱"，结果因此输掉一场重要的海战。至于好苹果，歌谣作者也说了，有"盲人"阿庇乌斯，他成功说服罗马，避免了跟皮洛士国王[1]缔结危险盟约；有"树干"克劳狄乌斯，他把迦太基人赶出了西西里岛；还有克劳狄乌斯·尼禄（在萨宾[2]方言中意为"强壮"），他打败了哈斯德鲁巴[3]，当时，哈斯德鲁巴从西班牙赶来，同他的哥哥、伟大的汉尼拔[4]并肩对战罗马。这三个克劳狄不仅智勇双全，而且品行端正。歌谣作者还提到克劳狄家族的女人，也有好苹果和烂苹果，但烂苹果仍多过好苹果。

我祖父是克劳狄家族最优秀的人之一。在当年困顿的局势中，他坚信尤利乌斯·恺撒能给罗马带来和平与安全，于是他加入恺撒一派，在埃及战争中为尤利乌斯浴血奋战。而当他怀疑尤利乌斯有了独裁的企图时，便不愿留在罗马施展抱负了，但他不能冒险公开叛变。于是，他开口求了个大祭司的安稳职位，并以此身份被派往法兰西，在那里建起退伍老兵殖民地。尤利乌斯遇刺后，他回到罗马，大胆提议要表彰诛戮暴君的义举，结果招致年轻的奥古斯都的怨恨。奥古斯都是尤利乌斯的养子，当时还叫屋大维；屋大维的盟友、伟大的马克·安东尼[5]也恨死了我祖父。

---

1 前319年—前272年，古希腊伊庇鲁斯国王，是罗马称霸亚平宁半岛的主要敌人之一。
2 居住在台伯河边的富足部落，后被并入罗马。
3 即哈斯德鲁巴·巴卡，？—前207年，迦太基将领，汉尼拔的弟弟，在第二次布匿战争中与罗马军队交战7年。
4 即汉尼拔·巴卡，前247年—前183年，北非古国迦太基的统帅、行政官、军事家、战略家。
5 约前83年—前30年，古罗马著名政治家、军事家。早期是恺撒最重要的军队指挥官和管理人员，恺撒被刺后，与屋大维、雷必达组成后三头同盟，公元前33年，后三头同盟分裂，安东尼在与屋大维的罗马内战中战败，与埃及女王克里奥帕特拉七世一同自杀。

祖父不得不逃离罗马。在随后的动乱中，他一时站在这方，一时站在那方，因为正义似乎也是一时在此、一时在彼。他曾追随小庞培[1]，也曾在伊特鲁里亚的佩鲁贾[2]与马克·安东尼的兄弟联手迎战奥古斯都。最后，他还是相信了奥古斯都，相信他虽一心要为养父尤利乌斯报仇——这个任务他毫不手软地完成了——但本质上不是暴君，他的目标仍是重建公民自由这一古老传统。于是，祖父站到了奥古斯都这边，和我的祖母莉薇娅以及我的伯伯提比略在罗马安顿下来，当时，提比略还只有两岁。祖父不再参与内战，称心如意地做起了大祭司。

我的祖母莉薇娅则是克劳狄家族中最坏的人之一。她搞不好就是克劳狄娅的转世，克劳狄娅是"公正的"克劳狄乌斯的妹妹，她被指控犯下叛国罪，因为有一次，她的马车在街上被人群挡住，她叫嚣道："要是我哥哥还活着就好了！他知道该怎么赶人。他会用他的鞭子。"一位平民保民官站出来，愤怒地命令她闭嘴，并提醒她，正是由于她哥哥渎神，罗马才会失去一支舰队。听到这里她竟反驳道："所以我才希望他还活着呀。他要是还活着，说不定会再丢一支舰队，接着再丢一支。天神保佑，那些讨厌的人就能变少一点了。"她还补充道："你是保民官，我看到了，在法律上你是神圣不可侵犯的[3]，可你别忘了，我们克劳

1　庞培是古罗马共和国末期著名的军事家、政治家，在前三头同盟中势力最强，后在罗马内战中被恺撒打败，逃往埃及，被托勒密十三世的宠臣刺杀。小庞培是庞培的小儿子，其父死后，盘踞在西西里岛集结了一支舰队，对抗后三头同盟，屋大维多次进攻西西里，将其驱逐，后小庞培逃往东方，在小亚细亚兵败被俘后被杀。

2　意大利中部城市。

3　罗马保民官拥有"人身不可侵犯权"，只要保民官在任，就不可以追究他的责任，也不可以控告、起诉保民官，更不得攻击、威胁或伤害保民官的人身安全。

狄家的人以前也用鞭子狠狠抽过几个保民官，去他妈的不可侵犯。"而我的祖母莉薇娅在说起当今的罗马人民时，也讲过几乎一模一样的话："贱民和奴隶！共和国从来都是骗人的把戏！罗马真正需要的是再立一个王。"至少，她对我祖父是这么说的，她怂恿他，说马克·安东尼、奥古斯都（或者应该说屋大维）和雷必达[1]（他是富有的贵族，但不够有闯劲，在安东尼和屋大维执政间隙掌管罗马）终将分道扬镳；她还说，我祖父如果能好好使些手腕，利用大祭司的尊贵身份，再加上被各派系一致承认的公正高尚的名声，便能自己当王。祖父严肃回答，如果她再说这种话，他就跟她离婚。在传统罗马婚姻中，丈夫不必向公众解释便可以休妻，只需退回她带来的嫁妆，但能留下孩子。听到这话，祖母沉默了，她假意顺从，可从那一刻起，他们的爱情消亡了。她瞒着我祖父，立即着手开始引诱奥古斯都。

此事不难，奥古斯都还很年轻，容易受到诱惑，她仔细研究了他的喜好，况且她还是当时公认的三大美人之一。她选中奥古斯都，认为他比安东尼更适合成为助她实现野心的工具——她没有算上雷必达——为达目的，奥古斯都是无所顾忌的，两年前他宣告公敌一事即是证明。公告发布后，敌对派系的两千名骑士和三百名元老被即刻处死，这是到目前为止，奥古斯都授意处决人数最多的一次行动。她确认奥古斯都为目标后，便催促他尽快赶走斯克波妮娅——这个女人比奥古斯都年长，他俩是政治联

---

1 即马尔库斯·埃米利乌斯·雷必达，约前89年—前13年或12年，古罗马贵族政治家，后三头同盟之一，是恺撒最有力的支持者之一。恺撒死后，退出政界隐居，在屋大维统治期间去世。

姻——莉薇娅对他说，她知道斯克波妮娅跟我祖父的一位密友有奸情。奥古斯都没有追问详细证据，便欣然相信了。尽管斯克波妮娅是清白的，他仍跟她离了婚，而且是在她为他生下女儿尤莉娅的当天；斯克波妮娅还没来得及好好看看孩子，他就把女儿从产房抱走，交给一位释奴[1]的妻子照料。我祖母——当时只有十七岁，比奥古斯都小九岁——跑去找我祖父说："你跟我离婚吧。我怀孕五个月了，你不是孩子的父亲。我发过誓，不再给懦夫生小孩，我要遵守誓言。"不知祖父在听到此番坦白时是何心情，总之，他只说了一句："把奸夫叫到我这里来，我们私下商量。"他并不知道，其实孩子是他的，祖母说是别人的，他就信了。

祖父震惊地发现，背叛他的人竟是一直以来假装是他朋友的奥古斯都，但祖父断定，是莉薇娅先勾引了他，他只是无力抵挡她的美色；又或者，是奥古斯都对自己还心怀旧恨，因为他曾在元老院提议要奖励杀害恺撒的凶手。无论如何，他都没有责怪奥古斯都，只说道："如果你爱这个女人，那就堂堂正正地娶她、接纳她；遵照礼仪就行。"奥古斯都发誓会立马娶她，只要她对他忠贞不渝，他也将永不抛弃她；他立下了最毒的誓言。就这样，祖父跟莉薇娅离了婚。有人告诉我，祖父认为，莉薇娅这次鬼迷心窍是神灵对他的惩罚，因为有一次在西西里岛，他在她的唆使下，曾让全副武装的奴隶去对战罗马公民；另外，她是克劳狄家的人，跟他同属一个家族。出于这两个原因，他不愿把她

---

[1] 从奴隶身份解放出来的人，介于自由民和奴隶之间。

的丑事公之于众。几周后,他亲自去她的婚礼上帮忙,像父亲送女儿出嫁一样把她送出去,还一同唱起婚礼颂歌,这可不是因为他怕奥古斯都。每当我想到,他曾深深爱过她,还冒着被人叫作懦夫和皮条客的风险表现出那般的大度,我心中便充满对他的崇敬。

只是,莉薇娅是忘恩负义的——她又怒又羞,因为祖父太冷静、太没有骨气地放弃了她,仿佛她是个不值钱的东西。三个月后,她的孩子,也就是我父亲出生了。这段时间,她又陷入了对屋大维娅的嫉恨中,屋大维娅是奥古斯都的姐姐、马克·安东尼的妻子——他们也是我的外祖父和外祖母——莉薇娅的恨源自一首希腊文短诗,诗里讥讽地说,怀胎三月就生下孩子是父母的运气:这样的运气迄今为止仅限于母猫和母狗。我不知道屋大维娅是不是这首诗的作者,如果是,莉薇娅已让她付出了沉重的代价。但她不太可能是,因为她自己在嫁给马克·安东尼时也怀着遗腹子;俗话说得好,瘸子不笑话瘸子。只是,屋大维娅的婚姻是政治联姻,其合法性是由元老院的特别法令确认的:不是出自一方的激情和另一方的野心。如果要问大祭司团又是怎么承认奥古斯都与莉薇娅的婚姻合法的呢,答案就是,因为我祖父和奥古斯都都是大祭司,而大祭司长雷必达会不折不扣执行奥古斯都的指令。

我父亲刚一断奶,奥古斯都就把他送回了我祖父家,他在那里和我的伯伯提比略一起长大,提比略大他四岁。孩子们一到懂事的年龄,祖父便亲自管起对他们的教育,而没有按照当时的惯例交给老师。他无时无刻不向他们灌输着痛恨暴政,献身公正、自由、美德的古老理想。我的祖母莉薇娅早就对两个儿子不归她管怀恨在心了——哪怕他们每天都会去奥古斯都的宫殿向她请安，宫殿离他们在帕拉蒂尼山上的家很近——而当她发现他们接受了怎样的教育之后，她更是恼羞成怒。祖父在跟几个朋友共进晚餐时突然死去，有人怀疑他中了毒，但此事被隐瞒下来，因为奥古斯都和莉薇娅也在宾客之中。祖父在遗嘱中将儿子们的监护权交给奥古斯都。那一年，我的伯伯提比略九岁，在我祖父的葬礼上致了悼词。

奥古斯都很爱他的姐姐屋大维娅，当他得知安东尼在她婚后不久出征东方，在帕提亚[1]打完仗后竟中途驻足，跟埃及女王克里奥帕特拉[2]重温旧情时，他为姐姐伤心难过；而当第二年，屋大维娅带着人和钱去援助安东尼，却只收到他一封无礼的信时，他更为姐姐痛心疾首。那封信寄到她手上时，她已走了一半路程，信上，安东尼冷冰冰地命她回家，管好家务事；但人和钱他都收下了。此事让莉薇娅心中窃喜，因为她早就煞费苦心，想在奥古斯都和安东尼之间制造误会与猜忌了，而屋大维娅同样不遗余力地化解这些误会与猜忌。屋大维娅回到罗马后，莉薇娅让奥古斯都邀请她搬离安东尼的宅邸，来跟他们同住。屋大维娅拒绝了，一方面，她信不过莉薇娅，另一方面，她也不想成为即将爆发的战争的导火索。最后，安东尼在克里奥帕特拉的煽动下，

---

[1] 前2世纪到2世纪左右位于亚洲西部伊朗地区的奴隶制帝国。

[2] 指克里奥帕特拉七世，约前70年或前69年—约前30年，埃及艳后，古埃及托勒密王朝最后一任女法老，卷入罗马共和国末期的政治旋涡，同恺撒、安东尼关系密切。

给屋大维娅寄来离婚书，并向奥古斯都宣战。这就是最后一次内战。让我打个比方，这就像是在世界竞技场上，双方全体上阵、刀剑互搏后，只剩两个人还能站起来，于是他们决定拼个你死我活。可以确定的是，这时雷必达还活着，但他除了名义上不是囚犯，实际上早已是彻底的囚犯，不可能掀起任何风浪——他曾被迫伏在奥古斯都脚下，恳求他饶自己一命。风云一时的小庞培，其舰队长期控制地中海，可此时也已是奥古斯都的手下败将，被安东尼俘获并处死。奥古斯都和安东尼的对决很短暂。安东尼在希腊亚克兴角[1]海战中溃败，逃往亚历山大港[2]，在那里自行了断——克里奥帕特拉也一同自尽。奥古斯都将安东尼东征的战绩据为己有，并如莉薇娅算计的那样，成为罗马世界唯一的统治者。屋大维娅仍真心照料着安东尼的孩子们——不仅有他和前妻生下的一个儿子，还有他和克里奥帕特拉生下的一个女儿和两个儿子——她将这些孩子连同自己的两个女儿一起抚养长大，她的小女儿安东尼娅正是我的母亲。屋大维娅高贵的品行让罗马民众深为敬慕。

奥古斯都统治了世界，莉薇娅统治了奥古斯都。在此，我必须解释一下她对他异乎寻常的掌控。大家一直很好奇，他俩婚后为什么没有子女，因为每个人都看得到，我的祖母早已证明她并非不能生育，而奥古斯都除了女儿尤莉娅外，据传至少还有四个私生子，况且也没理由怀疑尤莉娅不是他的亲生女儿。另外，

---

1 位于希腊北部海岸。

2 埃及第二大城市和最大的港口，位于地中海南岸。

大家还知道，他相当迷恋我的祖母。真相让人难以置信，那就是他俩从未成功行房。奥古斯都跟别的女人在一起时颇具雄风，但要跟我祖母行房事时，却发现自己像个小孩一样疲软不举。唯一合理的解释是，奥古斯都是个虔诚的人，虽然他在舅外公尤利乌斯·恺撒被刺身亡后，面对随之而来的险局，不得不表现出残忍甚至是渎神的一面，但他的内心始终虔诚。他很清楚这段婚姻是不道德的：这个认知似乎让他精神紧张，进而对肉体产生了内在的压力。

我的祖母原本就将奥古斯都当作助她实现野心的工具，而不是情人，所以，他在这方面的无能让她感到高兴多过遗憾。她发现，她能以此为武器，让他服从自己的意愿。她不断谴责他，她声称深爱我的祖父，是奥古斯都把她从我祖父身边勾引来的，是奥古斯都向她保证会好好爱她的，是奥古斯都私下威胁我祖父，说如果不放弃她，就要指控他为人民公敌的。（最后这句话绝对是她编的。）可现在，你看看，她说，她被骗成什么样了！热情似火的情人竟然不是个男人；随便哪个可怜的烧炭工或奴隶都比他更像男人！就连尤莉娅也不是他的亲生女儿，他自己知道的。他什么都干不了，她说，只会像个唱歌的太监一样，搂搂抱抱，亲个嘴，飞个媚眼。奥古斯都辩解，他跟别的女人在一起时，如大力神赫拉克勒斯[1]般勇猛，可他的话没有用。她不是不相信，就是指责他把不肯给她的东西挥霍在别的女人身上。但这种丑闻是绝不能走漏风声的。有一次，她假装怀上了他的孩子，

1　古希腊神话中的大力神，天生力大无穷。

接着又假装流产。羞愧和得不到满足的欲望将奥古斯都和她联系得更加紧密，反倒比夜夜云雨或生一打漂亮的孩子更加有用。她精心照料他，确保他生活舒适，对他一心一意，除了权力，她再无别的欲求；他对此感激涕零，允许她在一切公私事务上指挥他、控制他。我听一些上了年纪的宫殿侍从私下说，自从跟我祖母结婚后，奥古斯都就再没正眼瞧过别的女人。可罗马却流传着他跟贵族妻子或女儿们的种种风流韵事；他死后，莉薇娅在解释她是如何独占专宠时，总说这不仅是因为她对他忠贞，还因为她从不干涉他的露水情缘。但我相信，那些丑闻就是她自己散播的，为的是找借口谴责他。

也许，有人会质疑这段奇异历史的出处，我会详细说明的。前半部分关于离婚的故事，我是在莉薇娅去世那年听她亲口说的。剩下的关于奥古斯都阳痿的事，我是听一个叫布里塞斯的女人说的，她是管理我母亲衣橱的女仆，以前给我祖母当过小丫鬟，当时她只有七岁，无意中听到了许多大家都以为她还太小听不懂的对话。我相信我的记录是真实的，并将继续这样写下去，除非有更符合事实的史料来替代。根据我的分析，女先知诗中"他的妻子又不是他的妻子"就是证据。不，我不能就此停笔。在写这一段时，我猜，我是打算替奥古斯都维护名誉的，所以我隐瞒了一些事，但现在想想，还是都写出来吧。因为俗话说得好："真相让故事继续。"真相是这样的。我祖母莉薇娅每次发现奥古斯都因为欲求不满而躁动难安时，就会将年轻貌美的女子偷偷送去陪他睡觉，这是她的主动安排，通过这一手段，她巧妙巩固了对他的控制。她为他打理妥当，事前事后只字不提，忍受着他以为她身为妻子一定会有的妒火;一切都做得非常得体、非常隐秘,到了晚上,年轻女子(都是她在叙利亚奴隶市场上亲自挑选的——他偏爱叙利亚女人)会被带进他卧室,以敲一下门、拉一下铁链为信号,第二天清晨,再用同样的敲门声和铁链声把人叫走;她们在他面前保持沉默,如同趁男子处于梦中与其交欢的女淫妖。他不能与莉薇娅行房,但莉薇娅仍费尽心思筹划,并始终对他忠贞不贰,他一定认为这就是最真挚爱情的完美证明吧。你们也许会反驳,就算没有莉薇娅亲自当老鸨帮忙,以奥古斯都的地位,他也完全可以找来全世界最漂亮的女人,无论是为奴的还是自由的,已婚的还是未婚的。此话不假,但有一次他亲口说,他跟莉薇娅结婚后就没尝过肉味,这也是真的,换个角度理解,也许是说她不适合下口吧。

所以,莉薇娅没有理由嫉妒其他女人,只除了她的大姑子、我的外祖母——屋大维娅,屋大维娅的美貌和她的美德一样,深受万民景仰。对于安东尼的不忠,莉薇娅表面同情,实则幸灾乐祸。她甚至说,这主要是屋大维娅自己的错,因为她的打扮过于朴素,行为又过于端庄。她指出,马克·安东尼是欲望很强的男人,要成功抓住他,女人必须既有罗马贞女的纯洁,又有东方名妓的技巧和奢华。屋大维娅应该向克里奥帕特拉学个一招半式:那个埃及女人虽不如屋大维娅貌美,也比她年长八九岁,却很清楚如何满足安东尼的欲求。"安东尼那样的男人,真正的男人,更喜欢离经叛道,而不是正儿八经,"莉薇娅简短总结道,"他们觉得,生了蛆的绿奶酪比刚榨好的鲜凝乳更好吃。"屋大维娅怒斥道:"把蛆留给你自己吧!"

莉薇娅本人衣着华丽，用着最昂贵的亚细亚香水；但她绝不允许家里有一丝铺张，她夸口说她是按照罗马传统来持家的。她的规矩包括：简单而足量的食物，全家定期拜神，饭后不得泡热水澡，每个人都要不停工作，以及不准浪费。"每个人"不仅指奴隶和释奴，还包括每一位家庭成员。不幸的孩子尤莉娅就背负着成为勤劳榜样的期待。她过着疲惫不堪的生活，每天都要梳理羊毛、纺纱、织布、做针线活儿，天刚亮，冬天时天甚至还没亮，就从硬邦邦的床上被人叫醒，只有这样，她才能完成一天的任务。她的继母还相信女孩应该接受开明的教育，所以在一切任务之外，她还必须全文背诵荷马的《伊利亚特》和《奥德赛》。

尤莉娅还要写详细的日记给莉薇娅看，写她做过的工作、看过的书、说过的话等等，这对她来说是个沉重的负担。大家都夸赞她的美貌，但莉薇娅不准她跟男人交朋友。有个来自古老家族的年轻人，自身品行无可挑剔，父亲还是执政官，有一天在拜亚[1]，尤莉娅正在海边散步（她被允许每天散步半小时），身旁仅有保姆陪同，他大胆找了个借口，温文尔雅地向她做了自我介绍。莉薇娅嫉妒尤莉娅的美貌，也嫉妒奥古斯都对她的宠爱，竟给年轻人写去一封斥责信，告诉他休想用这种套近乎的伎俩败坏姑娘的好名声，这种行为令人忍无可忍，他永远也别想在姑娘的父亲手下谋到一官半职了。尤莉娅本人也受到惩罚，她被禁止到别墅外面散步了。大约在这段时间，尤莉娅的头发快掉光了。我

---

1 位于罗马以南二百多公里处，古罗马时期富人享乐的胜地。

不知道是不是莉薇娅搞的鬼：不是没有可能，但恺撒家族本来就有秃头的问题。总之，奥古斯都找来一个做假发的埃及人，给她做了一顶谁都不曾见过的漂亮金发，她原本的头发不是很好，所以这次小小的不幸反而让她的魅力有增无减。据说，这顶假发不是用寻常方法制作的，它底部不是发网，而是一个日耳曼酋长女儿的整张头皮，被缩到完全贴合尤莉娅脑袋的大小，还有人不时用特殊的油膏给它按摩，以保持活性与柔顺。但我必须声明，我是不相信有这种事的。

大家都知道，莉薇娅对奥古斯都管得很严，奥古斯都就算不是真的怕她，那也是非常小心，无论如何不敢惹怒她的。他担任监察官期间，有一天训斥了几个富人，说他们放任妻子穿金戴银、打扮俗气。"女人不宜过分打扮，"他说，"丈夫有责任约束妻子的奢侈行为。"他滔滔不绝，越说越起劲，竟补充道："我有时也训诫我妻子这一点。"这下可糟了，始作俑者们发出一声欢呼。"哎呀，奥古斯都，"他们说，"您可一定要告诉我们，您是怎么训诫莉薇娅的。我们都将以您为榜样。"奥古斯都又尴尬又惊慌。"你们听错啦，"他说，"我可没说我训斥过莉薇娅。你们都知道，她是朴素主妇的模范。可如果她跟你们有些人的妻子一样，忘了自己的尊贵身份，穿得像个因为奇怪命运转折、摇身变成亚美尼亚皇太后的亚历山大港舞女一样，那我肯定会毫不犹豫训斥她的。"当天晚上，莉薇娅就想办法让奥古斯都丢了脸，她穿上她能找来的最华丽、最耀眼、最精美的一条裙子，出现在晚餐桌旁，这条裙子是依照克里奥帕特拉的一件庆典礼服做的。但奥古斯都巧妙地给自己解了围，他表扬她聪慧过人，用这种方式反讽了他一直以来批判的行为。

莉薇娅自从建议我祖父戴上王冠、自称为王后,变得越来越聪明了。因为不得人心的塔克文王朝[1],罗马人对"王"这个头衔至今充满憎恨,据说,终结该王朝的是第一个布鲁图斯(我这样称呼他,以将他和刺杀尤利乌斯的第二个布鲁图斯区分)——他将王室从都城赶走,并成为罗马共和国最早的两位执政官之一。如今的莉薇娅意识到,只要奥古斯都能掌握王的实际权力,那这头衔就无须强求。奥古斯都听从了她的建议,渐渐将共和国所有的重要职权都揽到自己一人身上。他是罗马的执政官,当他把这个职位交给一个可靠的朋友后,作为交换,他又当上了"大元帅"——它在名义上与执政官平级,实际上超过了执政官和其他所有行政官职。他还拥有对各行省的绝对控制权、各行省总督的委任权,连同所有军队的指挥权、征兵权,以及决定是否发动战争的权力。在罗马,他被票选为终身保民官,这确保了他的权威不受任何干涉,并使他有权否决其他官员的决定,同时他的人身神圣不可侵犯。"皇帝"这个头衔曾经仅仅意味着"军队统帅",最近才有了至高无上的君主之意,但这个权力是他和其他胜利的将军共享的。他还有监察权,这让他的权威超过了另外两个最重要的社会阶层,即元老和骑士;以德行缺失为由,他可以剥夺这两类人中任何一个成员的地位和特权——让其身败名裂。他掌握着国库:他应该定期提交账目,但没人敢要求审查,尽管大家都知道,国库和他的私库之间一直是不清不楚的。

1　前616年—前509年,罗马王国第三个奴隶制王朝,因统治者姓氏得名。

就这样，他有权指挥军队，控制律法——他对元老院的影响大到他提出的一切建议他们都会投票通过——把持公共财政，左右社会行为，且他本人神圣不可侵犯。他甚至有权将下至农夫、上至元老的任何一位罗马公民即刻处死，或永久流放。他最后一个头衔是大祭司长，这给了他对于整个宗教体系的控制权。元老院迫不及待地投票，通过他愿意接受的一切头衔，但"王"除外：出于对人民的忌惮，他们还不敢投票选他当王。他真正的愿望是让大家尊他为"罗慕路斯"，莉薇娅劝他打消这个念头。她说，罗慕路斯曾经是王，所以这个名字也很危险，再说，罗慕路斯是罗马的守护神之一，用这个名字会显得亵渎了神灵。其实她真正的想法是，这个头衔还不够伟大。罗慕路斯以前只是个土匪头子，并不属于众神的第一等级。于是，根据她的提议，他示意元老院，他愿意接受"奥古斯都[1]"的封号。他们立即投票通过了。奥古斯都隐含着半神的意思，相比之下，普通的王就不算什么了。

多少卑微的王要向奥古斯都纳贡！多少王被套上枷锁，被押着走在罗马的凯旋式[2]中！远在印度的大王在听闻奥古斯都的威名后，不也派使臣来到罗马，乞求他的保护和友谊，并带来讨好的礼物吗？比如举世无双的丝绸和香料；红宝石、绿翡翠、纹

---

1 原意为"神圣""高贵""庄严""至尊至圣"，带有宗教与神学意味。屋大维是第一个获得奥古斯都称号的古罗马皇帝，他死后，奥古斯都成为罗马和西方帝王的一种头衔。

2 古罗马授予获得重大军事胜利的将领的庆贺仪式，是最重要、最受人们欢迎的殊荣。

玛瑙；欧罗巴从不曾见过的老虎；以及印度的赫尔墨斯——那位家喻户晓、能用双脚做出各种复杂动作的无臂男孩。在罗马建国前至少存在了五千年的埃及王，世代相承，奥古斯都不也给他们画上了句点吗？在历史转折的关键时期，什么样可怕的征兆人们没见过呀？盔甲不是在云中闪现，血雨不是从天空滴落吗？亚历山大港的大街上不是出现了一条巨蟒，还发出响亮得不可思议的嘶嘶声吗？死去法老的亡灵不是现身了吗？他们的雕像不是皱起了眉头吗？孟斐斯[1]的神牛阿匹斯不是发出一声哀痛的咆哮，然后号啕大哭吗？这些都是我祖母说服她自己的理由。

大多数女人倾向于为自己的野心设置一个合理上限；极少数女人会设置一个大胆上限。可莉薇娅与众不同，她完全不给自己设限，她总能保持绝对的清醒和冷静，换作别的女人，早就语无伦次、疯疯癫癫了。我有观察她的绝佳机会，但我也是一点点才渐渐猜到了她的真实意图。即便如此，最后我恍然大悟时，仍不免吊胆惊心。也许，我最好还是按照历史顺序记下她的种种行为，而不纠缠于她隐秘的动机。

在她的建议下，奥古斯都让元老院新封了两位神，即代表罗马帝国女性灵魂的"罗马女神"和神化的尤利乌斯·恺撒、半人半神的战争英雄"恺撒半神"。（恺撒还活着时，东方曾授予他神的尊荣；他没有拒绝，这成了他遭到暗杀的原因之一。）奥古斯都很清楚，用宗教纽带将行省和都城联系在一起有多么重要，这种纽带比仅仅建立在恐惧或感恩基础上的纽带要强大得多。有

---

[1] 古埃及的城市，位于今尼罗河三角洲南部。

时候，就连在罗马出生的纯正罗马人，在埃及或小亚细亚待得太久，也会忘记自己原本的神，转而信仰在当地找到的神，这样一来，他们除了名义上不是外国人，实质上早已成了外国人。另一方面，罗马从她征服过的城市里引进了那么多宗教，还在都城为艾西斯[1]、塞贝尔[2]等异国神灵建起恢宏的庙宇——不仅仅是为了游客的便利——那现在，公平起见，她把自己的神推到那些城市当然也合情合理。所以，那些行省的人民必须和罗马公民一样，崇拜"罗马女神"和"恺撒半神"，借此牢记祖国传统。

莉薇娅的下一步是安排行省代表团来访罗马，那是些还不够幸运、未能拥有完整公民权的行省，他们来恳求罗马赐予他们一尊罗马神，让他们能毫无保留地虔诚膜拜。在莉薇娅的建议下，奥古斯都半开玩笑地告诉元老院，那帮可怜的家伙显然不够资格崇拜高级的"罗马女神"和"恺撒半神"，但总要给他们一个神吧，无论多卑微都行。听到这话，奥古斯都的一位大臣开口了，他叫米西纳斯，奥古斯都想封"罗慕路斯"的名号时，也找他商量过。他说："我们给他们一个能好好看管他们的神。我们把奥古斯都本人赐给他们吧。"奥古斯都表现出些许尴尬，但他承认，米西纳斯的提议很明智。敬统治者为神是东方国家早已有之的传统，这传统或许会为罗马带来益处；但让东部各城敬整个元老院为神，显然不切实际，他们总不可能在每座神庙里立六百

---

[1] 古埃及的爱情、治愈、生育、魔法和月亮女神。经过数千年的崇拜，她成为宇宙女王和宇宙秩序的化身。到了罗马时期，人们相信她掌控着命运本身的力量。

[2] 弗里吉亚女神，又称"大母神"。于第二次布匿战争期间传入罗马，在帝国时期成为罗马世界最重要的崇拜对象之一。

尊雕像吧，解决难题的办法当然是让他们敬元老院的首席执行官为神，而这恰巧就是他本人。元老院也备感荣幸，因为他们每个人都至少能分到他身上六百分之一的神性，大家欣然投票通过了米西纳斯的提议，供奉奥古斯都的神庙立刻在小亚细亚建立起来。这种崇拜迅速传播，但一开始仅限于受奥古斯都直接控制的边境行省，不包括名义上受元老院控制的本土行省，也不包括都城罗马。

奥古斯都赞赏莉薇娅对尤莉娅的教育方式和她对家务、钱财的管理。他本人口味简单，味蕾极不敏感，压根儿尝不出初榨橄榄油和榨过三遍的劣等橄榄油有什么区别。他穿自家纺的衣服。说句公道话，莉薇娅是脾气暴躁，但如果没有她不知疲倦的劳作，那奥古斯都绝不可能在漫长内战后的乱局中，承担起他给自己设定的重建罗马和平安全的艰巨任务——当然，他自己在内战中也扮演了一个极具破坏力的角色。奥古斯都每天工作十四个小时，可大家都说，莉薇娅每天工作二十四个小时。她不仅用我之前写过的高效模式管理了庞大的家族，还在公共事务中承担起跟奥古斯都不相上下的职责。仅仅是完整记录他俩合作过的法律、社会、行政、宗教和军队的改革，不提他们承担的公共事务、重建的庙宇和新建的殖民地，那都要写满好多卷书了。只是，很多老一辈德高望重的罗马人不会忘记，重建国家的惊人成就离不开军事打击、秘密谋杀，以及公开处决几乎每一个敢挑战这对夫妻权威的人。他们用古老自由的形式，掩盖了独断专横的权力，若非这样，他们的统治也不可能长久。可即便如此，布鲁图斯的追随者们仍策划了至少四次对奥古斯都的暗杀。

第三章

"莉薇娅"这个名字跟拉丁文中的"恶毒"有关。我祖母是个娴熟的演员,她用表面的纯洁、灵敏的思维和优雅的态度几乎骗过了所有人。但没人真正喜欢她:恶毒只能迫使人们尊重,而不是喜爱。她有种本事,总能让随和、好相处的普通人在她面前强烈感觉到自己智力和道德的缺陷。我必须道歉,我还要继续写莉薇娅,但这是不可避免的:此书和所有诚实的罗马史书一样,也是"从鸡蛋写到苹果"。我更喜欢这种深入细致的罗马风格,它不会错过任何细节,至于荷马和希腊人,他们往往喜欢跳到故事中间,再随心所欲地往前或往后写。是的,我还经常想,我要为我们不懂希腊文的可怜公民重写一遍特洛伊的故事,用拉丁文写;就从孵出了海伦[1]的那个蛋开始,一直往下写,一章接一章,写到尤利西斯[2]回家,战胜他妻子的众多追求者,写到在庆祝盛宴上被当作甜点吃掉的那个苹果为止。任何荷马只字不提或写得晦涩难懂的地方,我自然会补上后来诗人们的记载,或参考比荷

---

[1] 传说中希腊最美丽的女人,引发了特洛伊战争。
[2] 荷马史诗《奥德赛》里的英雄。

马更早的德尔斯的作品，他的文字虽充满诗情画意与奇思妙想，我却认为比荷马的更加可靠，因为他确实参与了战争，一开始和特洛伊人一起，后来又跟希腊人一起。

有一次，我在一个古老的雪松木箱内壁看到一幅奇怪的画，我相信，这个箱子来自叙利亚北部的某个地方。画上用希腊文题道："毒药即皇后。"此画完成于莉薇娅出生前一百多年，可画中"毒药"的脸却清清楚楚就是她。说到这儿，我必须写一写马塞勒斯，他是屋大维娅跟前夫的儿子。奥古斯都非常喜欢马塞勒斯，将他收为养子，给他安排了远超他年龄的行政职权；并将尤莉娅嫁给他。罗马人都认为，他是打算将马塞勒斯立为继承人了。莉薇娅没有反对收养一事，甚至似乎欣然接受了，因为这让她更方便赢取马塞勒斯的喜欢和信任。她对他的热心看似不容置疑。也正是听从了她的建议，奥古斯都才如此迅速地提拔他；马塞勒斯知道后，对她自然感戴莫名。

一些精明的观察家认为，莉薇娅偏袒马塞勒斯，是为了让阿格里帕妒忌。在罗马，阿格里帕是奥古斯都之下、万人之上的人物：他出身卑微，却是奥古斯都相交最久的朋友，也是功绩彪炳的陆海军司令。迄今为止，莉薇娅一直竭尽所能，维系着阿格里帕对奥古斯都的友谊。阿格里帕胸怀壮志，但有一定限度；他永远不敢妄想和奥古斯都争夺最高权力，他无比崇拜奥古斯都，除了当他最信任的臣子，他不奢求更高的荣耀。除此之外，他还对自己低微的出身极其敏感，莉薇娅以贵族夫人的身份，在他面前总占着上风。而他对莉薇娅和奥古斯都的重要性还不仅限于他的职责、他的忠心，以及民众和元老院对他的拥戴；还有另一方面：按照莉薇娅最初的设想，他是应该代表国家监督奥古斯都政治行为的人。安东尼被推翻后，元老院举行了一场著名的辩论，其实是早已安排好的表演，奥古斯都和他的两个朋友——阿格里帕、米西纳斯展开争论，阿格里帕先是劝奥古斯都不要掌握最高统治权；但这只是为了让米西纳斯反驳，并让元老院提出热忱的恳求。接着，阿格里帕又宣布，只要奥古斯都的统治有利于国家、没有专制暴政，那他就将永远效忠奥古斯都。从那以后，大家对他期待甚高，相信他能成为阻止暴政侵蚀公权的中流砥柱；阿格里帕不予追究的，国家就不予追究。如今，那同一批精明的观察家认为，莉薇娅想挑起阿格里帕对马塞勒斯的嫉妒，是在玩一个极度危险的游戏，大家津津有味地关注着事态进展。她对马塞勒斯的喜爱也许是个幌子，真正的意图是刺激阿格里帕，借他之手赶走马塞勒斯。传言，阿格里帕家族一位忠心耿耿的成员曾主动提出，要向马塞勒斯挑衅并杀死他；正直的阿格里帕没有接受这个卑鄙的提议，可他心里早已跟莉薇娅谋划的一样，充满了嫉恨。

大家都觉得，奥古斯都已经把马塞勒斯确立为第一继承人，马塞勒斯将要继承的不仅有他的巨额财富，还有无上君权——我不知还有什么别的说法。阿格里帕宣布，他对奥古斯都矢忠不贰，也从未后悔过支持奥古斯都的决定，但身为爱国公民，有一件事他绝不能容忍，那就是君权世袭。可此时，马塞勒斯的受欢迎程度已和阿格里帕旗鼓相当，很多出身世家又身居要位的年轻人似乎早已把"君主还是共和"当作一个学术问题来看待，他们巴结马塞勒斯，希望他继承奥古斯都的位置后，能给自己带来更多荣耀。大家都准备好迎接君权的延续，这似乎让莉薇娅很高兴，但她私底下宣布，如果出现奥古斯都突然薨逝或不能履职的悲惨情况，那在元老院颁布法令、作出进一步安排之前，各项紧急事务的处理必须交给比马塞勒斯更有经验的人。通常，莉薇娅私底下的宣布最后都会成为公开法令，但马塞勒斯是如此受到奥古斯都青睐，以至于在这件事上，没人把莉薇娅的话当回事；追随马塞勒斯的人越来越多。

精明的观察家们很好奇，莉薇娅将如何应对这一新形势；但好运似乎常伴着她。奥古斯都微感风寒，病情出人意料地急转直下，他开始高烧呕吐：在此期间，莉薇娅亲自为他准备食物，可他的肠胃敏感到了吃什么就吐什么的程度。他越来越虚弱，最后，他觉得自己可能命在旦夕了。以前，大家经常请他指定继承人，他一直拖着，因为忧虑可能带来的政治后果，也因为他不愿去想自己会死这件事。现在，他感到有必要指明继承人了，他询问莉薇娅的意见。他说疾病剥夺了他全部的判断力；不管莉薇娅提议由谁继任，只要言之有理，他就选谁。于是，她替他做出了决定，他表示了赞同。接下来，她将他的执政官同僚[1]、都城行政官及部分元老和骑士代表召集到病榻前。他虚弱得说不出话，只是将海陆军队名册和公共收入账本交给执政官，然后向阿格里帕招手示意，将印戒交给了他；这就等同于宣布阿格里帕为继承人了，只是阿格里帕还须与执政官密切合作。此举大出众人所料。

---

1 罗马共和国时期执政官采取同僚制，由两人同时担任执政官，他们权利平等，互相有否决权。

大家都以为他会选马塞勒斯。

从这一刻起，奥古斯都开始神奇地康复：高烧退去，也可以吃东西了。治愈的功劳没有算到一直亲自照料他的莉薇娅头上，而是算到了一位叫穆萨的医生头上，这位医生热衷使用各种冷药膏和冷药剂。奥古斯都对穆萨自吹的医术不胜感激，奖励给他重量等同于他体重的金币，而元老院奖励的金币比这还翻了一番。此外，穆萨是释奴，但奥古斯都仍擢升他为骑士，这让他有权戴上金戒指，成为公共官员的候选人；元老院甚至通过一项更夸张的法令，为所有医疗从业者免除了税收。

没有成为奥古斯都的继承人，马塞勒斯显然备感屈辱。他还非常年轻，只有二十多岁。奥古斯都过去的偏爱让他高估了自己的才能和政治上的重要性。一次公开宴会上，他故意对阿格里帕无礼，试图扳回一局。阿格里帕差点就控制不住脾气了；但此事不了了之，这让马塞勒斯的支持者备受鼓舞，都相信阿格里帕是怕马塞勒斯的。他们甚至奔走相告，说如果奥古斯都不在一两年内改变主意，马塞勒斯就将谋朝篡位。这帮人越来越肆无忌惮、自吹自擂，而马塞勒斯又很少制止他们，所以，他们和阿格里帕一派的人便经常发生冲突。身负多重要职、打过无数胜仗的阿格里帕烦死了这个傲慢无礼的"小狗崽子"——他是这么叫马塞勒斯的。但他的恼怒中还带着警惕。这些冲突给大家造成的印象是，他和马塞勒斯在不体面地争论不休，争的是奥古斯都死后到底应该由谁戴上他的印戒。

阿格里帕愿意不惜一切代价，避免让人们对他产生这种印象。马塞勒斯才是罪魁祸首，阿格里帕想把责任全推到他头上。

他决定撤离罗马。他去找奥古斯都，请他任命自己为叙利亚总督。奥古斯都问他，为何提出这个意外之请，他解释说，他认为自己如果能坐上这个位置，也许就能和帕提亚国王达成有利协议，说服对方归还三十年前从罗马抢走的军团鹰旗和战俘，作为交换，奥古斯都也要送还国王被囚禁在罗马的儿子。阿格里帕对自己和马塞勒斯的冲突只字不提。奥古斯都正为此事烦扰呢，他夹在对阿格里帕的深情厚谊和对马塞勒斯的宠溺父爱之间左右为难，压根儿不允许自己去想阿格里帕此举有多大度，因为这样想就等于承认自己的软弱，于是，他也对两人的争执绝口不提。他欣然同意了阿格里帕的请求，说带回鹰旗和战俘——如果这么多年之后他们还活着的话——是很重要的，他问阿格里帕多久可以准备好出发。阿格里帕很受伤，他误解了奥古斯都的态度。他以为奥古斯都相信了自己在和马塞勒斯争夺继承权，因此想要摆脱他。他谢过奥古斯都的批准，冷冰冰地表达了忠心和友情，说准备第二天就扬帆起航。

他没有去叙利亚。他只到了莱斯沃斯岛便不再前行，他派副官前去替他管理行省。他很清楚，他在莱斯沃斯岛的驻留会被解读为由马塞勒斯引起的某种流放。他也没有去行省，因为如果他去了，马塞勒斯一派就又有了对付他的把柄：他们会说他去东方是想召集军队、进攻罗马。他自以为是地认为，要不了多久，奥古斯都就会需要他了；而且他确信马塞勒斯正打算篡权夺位。莱斯沃斯岛靠近罗马，位置便利。他也没有忘记自己的使命：他开始通过中间人跟帕提亚国王谈判，但并不指望在短期内达成结果。要跟东方的君王达成有利协议，需要漫长的时间和极大的耐心。

马塞勒斯被选为都城行政官，这是他的第一个正式官职，他借此机会举办了一系列声势浩大的公众活动。他不仅在露天剧场搭起遮阳挡雨的帐篷，在帐篷里挂上精美的壁毯，还在整个市集上空搭起一个五颜六色的巨型篷顶，那场面蔚为壮观，尤其是站在篷里看着阳光照射进来时。制作帐篷时，他用了数不清的红布、黄布和绿布，活动结束后，这些布料被裁开，分发给市民做衣服和床单。人们从非洲运来包括狮子在内的各种野兽，让它们在露天剧场里决斗，另外，还有五十名日耳曼俘虏和五十名摩洛哥黑人武士的对决。奥古斯都本人和马塞勒斯的母亲屋大维娅慷慨赞助了这些活动。当屋大维娅出现在庆典的游行队伍中时，民众用响彻云霄的热烈掌声欢迎了她，这让莉薇娅简直无法忍住愤怒和嫉妒的泪水。两天后，马塞勒斯病倒了，症状跟奥古斯都上次生病一模一样，穆萨自然又被请来。穆萨如今名利双收，出一次诊，收费高达一千金币，还要算欠他一次人情。如果是病情不太严重的病人，只要听到他的大名，就能立刻康复。一切归功于他的冷药膏和冷药剂，他拒绝向任何人透露药剂的秘密配方。奥古斯都完全相信穆萨的医术，所以对马塞勒斯的病情并不在意，活动继续进行。可不知怎的，尽管有莉薇娅日夜不休的贴身照顾，有穆萨开出的最冷的冷药膏和冷药剂，马塞勒斯还是死了。屋大维娅和奥古斯都悲痛万分，决定以国丧标准料理他的后事。不过，很多头脑清醒的人并不为马塞勒斯的丧身感到遗憾。如果是奥古斯都先死，马塞勒斯想要继位，那他和阿格里帕必会再次陷入争斗；如今，阿格里帕是唯一可能的继承人了。但这里没有算上莉薇娅，如果奥古斯都死了，她的计划一定是——克劳狄乌斯啊，克劳狄乌斯，你说过只记录她的行为，不提她的动机——如果奥古斯都死了，她的计划一定是，在我父亲的协助下，通过我的伯伯提比略，继续统治整个帝国。所以，她会安排奥古斯都将他俩都收养为继承人。

马塞勒斯的死让尤莉娅恢复自由身，可以嫁给提比略了，莉薇娅的计划本该一切顺利，可这时罗马爆发了一场危险的政治骚乱，暴民们高呼着，要求重建共和国。莉薇娅站在宫殿台阶上，想对他们发表演说，他们却向她扔去臭鸡蛋和垃圾。奥古斯都当时正好在米西纳斯的陪同下出访东部各行省，收到消息时刚到雅典。莉薇娅匆忙写了一封短信，说城里的局势一触即发，必须不惜一切代价，争取阿格里帕的帮助。奥古斯都立马将阿格里帕从莱斯沃斯岛召来，恳求他看在多年友情的分儿上，同他一起回到罗马，重树公众信心。可阿格里帕心中积怨太久，对这次召见并不感恩。他要捍卫自己的尊严。三年来，奥古斯都只给他写过三封信，都是硬邦邦的官方口吻；马塞勒斯死后，奥古斯都就应该召他回去的。他现在为什么要帮奥古斯都呢？其实，该为他俩疏远负责的人是莉薇娅；她错误估算了政治形势，太快抛弃了阿格里帕。她甚至暗示过奥古斯都，虽然阿格里帕人在莱斯沃斯岛，但他对要了马塞勒斯命的神秘疾病却比任何人都更清楚；她还说，有人告诉她，阿格里帕在听到噩耗时，没有表现出丝毫惊讶，反倒得意扬扬。阿格里帕对奥古斯都说，他离开罗马太久，早已失去和城里政治圈的联系，他自认没有能力承担交给他的任务。奥古斯都也担心，如果阿格里帕以目前的心境回到罗马，只怕也不会支持帝制，反而更有可能捍卫民主自由。于是，他说了一些体贴惋惜的话，打发走阿格里帕，转头紧急召来米西纳斯，询问他的意见。米西纳斯请求奥古斯都允许自己代表他，去跟阿格里帕聊一聊，他保证，他会查明阿格里帕到底在什么条件下才肯答应奥古斯都的请求。奥古斯都恳求米西纳斯看在神灵的分儿上赶紧去聊，"要像煮芦笋那么快"（这是他最喜欢的说法）。就这样，米西纳斯把阿格里帕拉到一边，说："好了，老朋友，你到底想要什么？我知道，你认为自己受到了不公正的待遇，可我向你保证，奥古斯都也有权认为你同样伤害了他。难道你不明白，你的不坦率就是对他的伤害吗？这既侮辱了他的公正，也侮辱了他对你的友情。如果你当时能解释清楚，马塞勒斯那帮人让你难堪，马塞勒斯本人也冒犯了你，那奥古斯都一定会尽力把事情处理好呀——我向你发誓，他也是前几天才刚刚知道那件事的。坦白说，我认为你表现得就像个生闷气的小孩——而他就像一个不会纵容你这种行为的父亲。你说，他给你写的信冷冰冰的，那你写的信就深情款款了吗？你之前又是怎么同他告别的？我现在只想在你们俩之间调停好，因为如果这种嫌隙继续下去，它将毁了我们所有人。你们深爱彼此，当今世上最伟大的两位罗马人就应该这样。奥古斯都跟我说了，只要你像以前一样，对他敞开心扉，那他也随时准备好跟你重续友谊，还跟以前一样，甚至更加亲密。"

"他是这么说的？"

"他的原话。那我可不可以告诉他，你也很后悔冒犯了他？我可不可以向他解释，你是因为误会了他，才离开罗马的，你以为他知道马塞勒斯在宴会上对你的羞辱，但你现在迫不及待地想要修补友谊的裂痕，你期待着他和你各退一步，重修旧好？"

阿格里帕说："米西纳斯，你是个好人，是个真正的朋友。去告诉奥古斯都吧，我还是一如既往听他号令。"

米西纳斯说："我会相当荣幸地转告他的。还有，我要补充一句，我个人认为，如果不是因为他对你极为信任，现在派你回罗马维持秩序，是很危险的。"

接下来，米西纳斯又去找奥古斯都："我好好地安慰了他。他愿意做任何您想让他做的事。但他要确定，您是真的爱他，他就像个小孩，嫉妒父亲偏心其他的兄弟姐妹。我想，唯一能让他真正满意的，就是您把尤莉娅许配给他。"

奥古斯都不得不迅速思考。他记得，阿格里帕的妻子是马塞勒斯的妹妹，自从阿格里帕和马塞勒斯起冲突后，他们夫妻俩的关系也就恶化了；他还记得，大家都认为，阿格里帕爱上了尤莉娅。他多希望莉薇娅此刻就在眼前给他出出主意啊，可他必须马上做出决定，无路可逃了：如果现在得罪了阿格里帕，那他将永远失去他的支持。莉薇娅的信里写了"不惜一切代价"，所以，他应该可以按照自己的意思安排。他再次派人叫来阿格里帕，米西纳斯精心布置了和好的场面，气氛庄严隆重。奥古斯都说，如果阿格里帕同意娶他的女儿，那就证明，他在这个世界上最珍视的友谊是根深蒂固的。阿格里帕流下欢喜的泪水，恳求奥古斯都原谅自己的过失，说他一定会尽心尽力，不辜负奥古斯都的厚爱。

阿格里帕随奥古斯都回到罗马，立马与妻子离婚，迎娶尤莉娅。大家热烈欢迎这桩婚事，庆典又是那样盛大奢华，政治骚乱随即平息。阿格里帕完成了归还鹰旗的谈判，为奥古斯都赢得了各方赞誉，提比略作为奥古斯都的代表，正式接收了鹰旗。鹰是圣物，在罗马人心中，它们比任何天神的大理石雕像都更神圣。俘虏也回来了一部分，但在离开三十二年后，几乎没什么人庆祝他们的回归；大多数俘虏更愿意留在帕提亚，他们早已在那儿安家落户，娶了当地女子。

奥古斯都和阿格里帕达成的协议让我的祖母莉薇娅极为不满——这事唯一的好处就是让屋大维娅因为女儿离婚丢了脸面。但莉薇娅掩饰了自己的情绪。直到九年后，阿格里帕才卸下公职。后来，他在自己的乡间别墅突然身亡。当时奥古斯都在希腊，所以没人对尸体进行调查。阿格里帕留下一大群孩子，三个男孩和两个女孩，他们都是奥古斯都的法定继承人；莉薇娅要把他们的权利搁置一边，去争取自己儿子们的利益，可不是件容易的事。

最终，提比略还是娶到了尤莉娅，是尤莉娅自己爱上提比略的，这倒帮莉薇娅省了事。尤莉娅恳请奥古斯都对提比略施加压力，奥古斯都不得不同意，因为尤莉娅威胁他，如果他不肯帮忙，她就自杀。提比略不愿意娶尤莉娅，但又不敢拒绝。他被迫跟妻子维普萨妮娅离婚，维普萨妮娅是阿格里帕和前妻的女儿，提比略非常爱她。离婚后，他有一次在街上偶遇她，用绝望而渴求的目光追随了她一路，奥古斯都听说此事后，下了命令，说出于体面，这种事情以后绝不能再发生。双方家族的官员们必须特别注意，杜绝他们再次偶遇。没过多久，维普萨妮娅嫁给了野心勃勃的年轻贵族伽卢斯。趁我还没忘记，我得提一提我父母的婚姻，我的母亲安东尼娅是马克·安东尼和屋大维娅的小女儿。他俩是在奥古斯都生病、马塞勒斯去世那一年结婚的。

我伯伯提比略是克劳狄家的坏种之一。他性格阴郁、寡言少语、心地残忍，但有三个人抑制了他天性中的这些因素。第一个人是我父亲，他是克劳狄家族最好的人之一，乐观、宽容、大度；第二个人是奥古斯都，他诚实、善良，他不喜欢提比略，但看在他母亲的面子上还是对他相当宽厚；最后一个人就是维普萨妮娅。提比略和我父亲相继成年并参军后，被派往帝国的不同地区打仗，我父亲对他的影响力便大大减少甚至消失了。接着，提比略和维普萨妮娅分开，随后，奥古斯都对提比略变得冷淡，因为我这个伯伯很难掩饰他对尤莉娅的厌恶，从而惹怒了奥古斯都。这三人对提比略的影响消逝后，他渐渐滑向了彻底的恶。

写到这里，我认为应该描述一下提比略的外貌。他个头高大，头发黝黑，皮肤白皙，体格健壮，肩膀尤其宽厚，双手力大无穷，能用大拇指和食指直接捏碎一个核桃或捏穿一个硬皮青苹果。如果不是动作太迟缓，他完全能成为拳击冠军：有一次，他在友谊赛中打死了一个同伴——赤手空拳打的，都没有戴当时常见的金属拳击手套——他一拳砸到同伴的脑袋侧面，砸裂了他的头骨。他走路时脖子微微前倾，眼睛盯着地面。他的脸上如果不是有那么多脓包，眼睛如果不是那么凸出，眉头如果不是一直紧锁，那长得还算帅气。他的雕像就格外英俊，因为这些缺点被隐去了。他很少说话，语速也极慢，以至于你跟他说话时，总是恨不得一口气帮他把话说完，然后再自己回答。可他兴之所至时，也能变成令人惊叹的演说家。他年纪轻轻就秃了头，只有后脑勺还有点头发，他按照古代贵族的时尚，把那缕头发留得很长。他从不生病。

提比略在罗马社交圈不受欢迎，却是位极成功的将军。他恢复了各种古老的纪律禁令，出征时，他从不纵容自己，他很少睡在帐篷里，吃的喝的都跟普通士兵一样，在战场上也总是冲锋在前。所以，比起某些好脾气却让人信不过的指挥官，士兵们更愿意在他麾下服役。提比略从未对士兵露出过一丝笑容，或说过一句表扬的话，还经常让他们超负荷行军或劳动。"就让他们恨我吧，"有一次，他说，"只要能服从我就行。"他对高级军官和对士兵一样严格，因此从未有人抱怨他偏心。在提比略麾下服役并非无利可图，他经常想办法攻占敌人的营地和城市，然后大肆洗劫。他在亚美尼亚、帕提亚、日耳曼、西班牙、达尔马提亚、阿尔卑斯山区和法兰西都打过胜仗。

而我的父亲，正如我所说，是克劳狄家族最好的人之一。他跟他的兄长一样强壮，但相貌好看多了，说话和行动也更敏捷，身为将军，他的功勋丝毫不逊于兄长。他把所有士兵都视为罗马公民，所以，每个人跟他都是平等的，只有军衔和受教育水平的不同。他最不愿意惩罚他们：他下令，尽可能把所有违反纪律的人都交给他的战友处置，因为他认为，他们在处理时会为队伍的好名声着想。他不允许他们处死犯错的士兵，或把他打到无法完成日常任务的程度——所以他特别说明，如果他们发现违规者所犯过错超出了他们可以纠正的范围，就应该转交给军团团长处理；但他还是希望士兵们能尽量自行裁决。得到团长允许后，队长可以执行鞭刑，但仅限于临阵退缩或偷窃战友财物的罪行，这些行为说明此人性格卑劣，适合采用鞭刑；他还下令，受过鞭刑的人永远不准再上战场，只能降级为运输兵或文员。任何士兵，如果认为自己受到了战友或队长的不公正处罚，都可以向他申诉；但他认为这些处罚一般不太可能需要纠正。这套系统运行得极好，我父亲确实是位出色的军人，在他的鼓舞下，他队伍的风气好到让其他指挥官都不敢相信。但大家也可以想到，如此训练出来的队伍，在以后接受其他将领的指挥时，会有多么危险。一旦赋予了人们独立性，便不能再轻易剥夺。曾在我父亲麾下服役的队伍如果正好转到我伯伯手下，总会有各种麻烦。反过来也一样：我伯伯的军队对我父亲的执纪体系也总是充满蔑视和质疑。他们早已习惯为彼此掩盖罪行，以狡猾躲避处罚为傲；比如，在我伯伯手下，一个人接受鞭刑的原因可能是他在长官还没说话时先开口了，可能是说话太直接，也可能是行为举止表现出了某种主见，所以，对士兵们来说，展示后背的鞭痕并不是耻辱，而是荣誉。

我父亲最伟大的胜仗都是在阿尔卑斯山区、法兰西和低地国家[1]打的，但我认为，他的威名在日耳曼才算是真正永垂不朽。他的一生总在激烈的战斗中。他的雄心是要再现罗马历史上仅出现过两次的壮举，即以将军的身份，亲手杀死敌方的将军，并缴获其武器。很多次，他眼看就要成功了，可他的手下败将不是纵

---

[1] 对欧洲西北沿海地区的称呼，广义上包括荷兰、比利时、卢森堡，以及法国北部与德国西部。

马狂奔、逃离战场，就是直接投降、不再抵抗，要不就是被某个多管闲事的小兵抢了先。跟我讲述他故事的退伍老兵们经常钦佩地笑着说："哎呀，少爷，以前我们看你父亲骑着他的黑马，在战场上跟那些日耳曼酋长玩捉迷藏，可真开心啊。有时候，他得砍倒九个、十个彪形大汉，才能冲到对方的军旗边，可那时，狡猾的鸟儿早就飞走喽。"我父亲手下士兵最喜欢夸耀的一件事就是，他是第一个率军从瑞士行进到北海、走完了整个莱茵河流域的罗马将军。

第四章

我父亲从未忘记我祖父关于自由的教导。他还很小的时候，跟比他年长五岁的马塞勒斯吵架，当时奥古斯都授予马塞勒斯"陆海军官学校学生领袖"的头衔。他对马塞勒斯说过，这个头衔只用于特殊场合（指在战神玛尔斯[1]广场上举行的模拟战，代号"希腊人与特洛伊人"，战斗一方是骑在马上的军校学生，另一方是骑士和元老们的儿子），不包括马塞勒斯自以为有的审判权；我父亲——一个自由出身的罗马人，当然不会屈从他的霸权。他提醒马塞勒斯，模拟战中，他对战的是提比略率领的队伍，而赢得胜利荣誉的也是提比略。他向马塞勒斯提出挑战，要和他决斗。奥古斯都听说此事，觉得有趣极了，在很长一段时间里，都开玩笑地称我父亲为"那个自由出身的罗马人"。

我父亲只要在罗马，总能随处见到人们对奥古斯都越来越盲目的顺从，这让他很生气，他一直渴望回到军中。有一段时间，奥古斯都和提比略去了法兰西，由他代理都城的主行政官，当时，买官鬻爵、徇私舞弊的风气盛行，让他深感恶心。他私下

---

[1] 罗马神话中的国土、战争、农业和春天之神，十二主神之一。

对一个朋友说，他手下一连士兵展现出的古罗马自由精神都比整个元老院的要多，多年后，这个朋友把这番话告诉了我。在去世前不久，他从日耳曼内陆的一个军营给提比略写过一封信，信中愤愤不平说的基本也是这个意思。他说，他向上天祈祷，希望奥古斯都以独裁官苏拉[1]为光辉榜样——在第一次内战后，苏拉成为罗马的唯一主宰，他所有的敌人不是战败，就是归顺，但他只用了很短时间，按自己的意愿处理了一批国家大事后，便立即放下各项大权，再次成为普通公民。他说，如果奥古斯都不尽快效仿——况且，奥古斯都本来也一直宣称，这就是他的最终打算——那就太迟了。他还说，古老贵族已少得可怜：流放和内战带走了最勇敢、最优秀的一批，幸存者则泯然于新贵族之中——的确高贵——变得越来越像奥古斯都和莉薇娅的家奴。很快，罗马就将忘记自由的含义，最终落入和东方国家一样野蛮独断的暴政中。他在奥古斯都的至高统领下，浴血疆场无数回，可不是为了见证这样一场灾祸的。他发自心底地敬爱、崇拜奥古斯都，把他当作第二个父亲，可他还是忍不住要说出这些想法。他询问提比略的意见：他俩能不能联手说服甚至是强迫奥古斯都退位？"如果他同意，那我对他的敬爱和崇拜将再多上一千倍；但我不得不遗憾地说，我们的母亲莉薇娅一直以来通过奥古斯都掌握最高权力，并私下以此为傲，这是不合法的，而且会成为我们在这件事上可能遇到的最大障碍。"

很不幸，这封信送到提比略手上时，他正好和奥古斯都、

1　约前138年—前78年，古罗马统帅，政治家、独裁者。

莉薇娅在一起。"来自您尊贵兄弟的信！"皇家信差大喊着，将信交给他。提比略从未想过，信里有不能让莉薇娅和奥古斯都知道的内容，他请求把信拆开，立刻念出来。奥古斯都说："好的，提比略，但有个条件，你得大声念给我们听。"他做了个手势，让仆人离开房间。"来吧，别浪费时间了。他又打了什么胜仗？我等不及要听听了。他的信一直写得很好，很有趣，比你写的有趣多了，亲爱的朋友，我这样比较你别生气。"

提比略刚念了头几句便面红耳赤。他试图跳过危险的内容，可他发现，整封信里几乎都是危险的内容——只除了结尾，我父亲在最后抱怨说他头部受伤后感到眩晕，又说起向易北河进军的种种艰难。他还写道，最近出现了一些奇怪的征兆。神奇的流星一夜接着一夜出现；森林里传出女子的恸哭；破晓时分，两位神仙般的年轻人骑着白马，穿着希腊人而非日耳曼人的衣服，突然从军营中间穿过；最后，一个比凡人高大许多的日耳曼女子出现在他帐篷门口，用希腊语跟他说话，告诉他不要再前进了，因为命运不允许他这样做。就这样，提比略这里念一句，那里念一句，念得结结巴巴，他说信上的字太难认了，说完又开始念，念着念着又结巴，最后，他致歉不再念了。

"怎么了？"奥古斯都说，"你不可能只认得出这点字吧。"

提比略镇定下来："说实话，陛下，我是能认得出别的字，但这封信不值一读。我弟弟在写信时显然是病了。"

奥古斯都有点担心："他病得不严重吧？"我的祖母莉薇娅突然把信抢过去，仿佛她对儿子的关心破天荒超过了她对礼节的注重——当然，她其实早就猜到了，信里有些话提比略不敢念，因为它批评的不是奥古斯都,就是她自己。她把信从头到尾看了一遍,冷冷地皱起眉头,把它交给奥古斯都,说:"这件事只跟您有关。我的儿子无论怎么有悖伦常,处罚他都不是我的事,而是您的事,您是他的监护人,也是国家元首。"

奥古斯都有点慌,不知道到底出了什么事。他看完信,觉得里面并没有什么针对他的内容值得我祖母如此愤怒。实际上,除了"强迫"二字有些刺眼外,他内心深处是赞同信中观点的,只不过,对我祖母的指责事实上也反映了他的问题,毕竟是他听从了她的劝说,没有保持清醒的判断。元老院对他、对他的家人和下属谄媚逢迎当然可耻。他跟我父亲一样厌恶。的确,早在安东尼战败身亡前很久,他就公开承诺过,等战场上不再有公敌跟他作对时,他就退位;从那以后,他在多次演讲中也都说,等到大功告成,他就要去享受快乐的时光。如今,他早已厌倦没完没了的国家大事和无休无止的荣誉头衔:他想休息,想隐姓埋名。可我祖母绝不允许他放弃;她总说,他的任务连一半都没有完成,如果现在退位,国内一定会出现动乱。是的,他很辛苦,她承认,可她更辛苦,还得不到任何直接的公开奖赏。他不能头脑简单:一旦卸下权力,成为普通公民,他就很有可能遭到弹劾和流放,甚至更糟;被他杀害或羞辱过的那些人的亲属,心里对他该有怎样的深仇大恨?成为平民后,他就得放弃保镖和军队了。再干十年吧,十年后,形势也许会有好转。就这样,他总是屈服,总是继续统治。他分期接受了君王的权力。元老院每隔五年或十年投票授予他一次,一般是十年。

奥古斯都看完这封倒霉的信,我祖母狠狠盯着他。"怎么样?"她问。

"我同意提比略的看法,"他和蔼地说,"那个年轻人一定是病了。压力过大,造成了精神紊乱。你也看到了,最后一段他提到头部受伤的后遗症,说看到了那些幻象——哎呀,这不就是证明吗?他需要休息。对战事的忧虑扭曲了他宽厚的天性。日耳曼森林就不适合精神衰弱的人,是不是,提比略?狼嚎是最让人紧张的,我相信:他所说的女人的痛哭声肯定就是狼嚎。如今,他已经给日耳曼人一次永世难忘的教训了,我们把他召回来怎么样?我会很高兴看到他再回罗马的。是的,我们一定要叫他回来。让儿子回到身边,你也会高兴的,是不是,我最亲爱的莉薇娅?"

我祖母没有直接回答。她仍皱着眉头问:"你呢,提比略?"

我的伯伯比奥古斯都更谨慎,也更清楚自己母亲的本性。他回答:"我弟弟好像确实是病了,可即使病了,也不能做出如此忤逆又愚蠢的事。我同意把他召回来,但只是为了提醒他,他对我们最忠诚、最勤劳的母亲怀有这样的偏见,实属十恶不赦,他还把这些偏见写到纸上,派信差穿过敌国把它送来,更是罪恶滔天。此外,他举苏拉的例子也很幼稚。因为苏拉一放下手中的权力,内战马上又开始了,他的新宪法也被推翻。"就这样,提比略全身而退,他对我父亲的严厉批评是发自肺腑的,他怪我父亲害他陷入如此尴尬的境地。

奥古斯都轻易放过了儿子对她的羞辱,还是当着她另一个儿子的面,这让莉薇娅气得七窍生烟。她对我父亲也同样恼怒。她很清楚,等他回来以后,他很有可能就要执行计划,强迫奥古斯都退位了。她还很清楚，只要我父亲还活着，就算她能确保提比略继承大统，也永远不可能通过他统治国家——因为我父亲在罗马深得人心，又有全体西部军团在背后撑腰，正等不及要大力重建民主自由。可对她来说，至高权力早已比生命和荣誉更重要；她已为它牺牲了太多太多。但她掩饰了自己的情绪。她假装同意奥古斯都的观点，说我父亲只是病了，她还对提比略说，她认为他对我父亲的指责过于严苛。她同意立即将我父亲召回来，甚至感谢奥古斯都宽宏大量，饶恕了她可怜儿子的罪过，并说要派她的心腹医生去帮儿子治病，医生会带上一包来自塞萨利[1]安提库拉的藜芦，那是治疗精神衰弱的著名药方。

第二天，医生在信差的陪同下出发了，信差带着奥古斯都的信。信里热烈祝贺我父亲打的胜仗，对他头部的伤表示慰问；信里允许他返回罗马，但言下之意是，不管想不想，他都必须回去。

几天后，父亲的回信到了，他感谢了奥古斯都的大度。他说，一旦身体状况允许，他就会马上回来，但他在收到信的前一天发生了一件小事故：他的马在全速冲刺时摔倒了，压到他一条腿，腿又撞上了尖利的石头。他感谢母亲对他的关怀，又是送藜芦，又是派医生，医生一来就帮了大忙。可他担心，即便是名扬天下的神医，也没法让他的伤情好转了。最后他说，他想留在驻地，但奥古斯都的意愿就是指令；他再次重申，等他病情一好转，他就会回到都城。当时，他驻扎在图灵根的萨尔附近。

---

[1] 位于希腊大陆核心区域的商业和文化中心之一。

提比略正和奥古斯都、莉薇娅在帕维亚[1]，收到消息后，他立即请求奥古斯都，让他去弟弟的病榻前照顾。奥古斯都同意了，提比略骑上短腿壮马，向北疾驰，他只带了一小队随从，以最快的速度穿越阿尔卑斯山。他前方是五百英里[2]的路程，他可以在沿途驿站随时换马，累得骑不动马时，还可以征用马车，抓紧时间睡几个钟头，不至于耽误行程。天气状况对他很有利。他翻过阿尔卑斯山，下山进入瑞士境内，顺着莱茵河主干道，连停下来吃顿热饭都不肯，一直赶到了曼海姆。他从这里渡河，经崎岖小路穿过敌国，继续向东北前进。第三天傍晚，他孤身一人，抵达目的地，最开始的随从早就落了后，在曼海姆挑选的新随从也没能跟上。据说，从第二天中午到第三天中午，他星夜兼程，赶了将近两百英里。他赶上了和我父亲见面，却没能赶上救他一命；这时，父亲的坏疽已烂到大腿。父亲奄奄一息，神志还算清醒，他命令全营按照迎接统帅的礼仪向我的伯伯提比略致敬。兄弟俩见面拥抱时，我父亲悄声问："她看了我的信吗？""比我还先看。"我的伯伯提比略哀叹着回答。什么也不用说了，我父亲只是叹气："罗马有位严苛的母亲；卢修斯和盖乌斯有个危险的后妈。"这是他的最后一句话，很快，我伯伯提比略就帮他合上了双眼。

这些事我都是听色诺芬说的，他是来自科斯岛的希腊人，当时还很年轻，是我父亲的军医，祖母派去的医生从他手里夺走

---

1 意大利米兰以南的地区。

2 长度单位，1英里约合1.61公里。

病人，让他愤恨难言。我得解释一下，盖乌斯和卢修斯是奥古斯都的外孙，尤莉娅和阿格里帕的儿子。他们还是婴儿时，奥古斯都就将他们收为养子。尤莉娅的第三个儿子叫波斯图穆斯，意思是遗腹子，因为他是在生父死后出生的；奥古斯都没有收养他，让他继承了阿格里帕的姓氏。

我父亲去世的营地被大家称作"受诅咒之地"，他的遗体由行军的队伍抬到莱茵河边的美因茨冬季营地，我伯伯提比略作为主送葬人，走完了全程。军队很想把他葬在那儿，但提比略把他带回罗马，举行葬礼，战神广场上垒起巨大的柴堆，将遗体火化。奥古斯都亲致悼词，他在悼词中说："我祈祷神灵，能让我的儿子盖乌斯和卢修斯像德鲁苏斯这般高贵正直，能让我像他这般死得光荣。"

莉薇娅不确定她对提比略可以信任到什么程度。他带着我父亲的遗体回来时，他对她的同情不像是出自真心，更像是被逼无奈，当奥古斯都说，他希望能像我父亲一样死得光荣时，她看到提比略脸上闪过一丝浅笑。提比略似乎早就怀疑我祖父是死于非命，如今他下定决心，在任何事情上都绝不违逆母亲。他经常与她同桌吃饭，他觉得自己已完全由她摆布，因而竭力赢取她的欢心。莉薇娅明白他的想法，并未因此不满。他是唯一一个怀疑她下毒的人，但他显然把怀疑吞进了肚子。她已经洗刷了与奥古斯都的婚姻丑闻，现在都城里的人说，哪怕是按最严格、最苛刻的标准，她也称得上是道德模范。元老院投票通过，在不同的公共场合立起四尊她的雕像；这也是为抚慰她痛失爱子的悲伤。他们还捏造记录，把她加入"三子之母"的名单。按照奥古斯都制定的法律，生了三个或以上孩子的女人享有各种特权，尤其是遗产继承权——终生未婚或未育的女人是不能继承遗嘱中的任何权益的，而她们的损失就是她们多子女姐妹的福利。

克劳狄乌斯，你这个啰啰唆唆的老东西，自传马上就要写到第四卷的末尾，你却连自己的出生地都还没提呢。赶紧写吧，不然故事的一半都别想写完了。写："我出生于法兰西里昂，八月的第一天，我父亲去世的前一年。"就是这样。我父母在我之前生了六个孩子，可由于母亲总陪父亲出征，所以他们的孩子必须特别健壮才能存活。只有比我大五岁的哥哥日耳曼尼库斯和比我大一岁的姐姐莉维拉活了下来：他俩都继承了父亲强健的体格。我却没有。两岁前，我有三次差点夭折，若不是全家人在父亲去世后回到罗马，这个故事很可能就无人讲述了。

第五章

在罗马，我们住在曾属于我祖父的宅邸中，他在遗嘱中将它留给我的祖母。宅邸位于帕拉蒂尼山上，紧挨奥古斯都的宫殿和阿波罗神庙，神庙是奥古斯都修建的，也是图书馆的所在地。帕拉蒂尼山下是市集。最陡峭的悬崖下还有双子神卡斯托尔和波鲁克斯[1]的神庙。（这是座老旧的神庙，用木头草皮搭成，十六年后，提比略自掏腰包，用华丽的大理石重建神庙，庙里还刷上油彩、贴上金箔，装饰奢华得如同贵族女子的香闺。我敢说，是我祖母莉薇娅让他这么做的，为的是取悦奥古斯都。因为提比略本人并不信神，花钱也极为吝啬。）山上比山下河边洼地的环境要好得多；山上大部分是元老的房子。我小时候体弱多病——按医生的说法，"这孩子的身体是各种疾病的战场"——也许我能活下来，只是因为各大病魔无法达成一致，不知道谁该有这个荣幸把我带走吧。首先说明，我是早产儿，只怀胎七月便出生了，我吃奶妈的奶水过敏，全身皮肤爆出丑陋的红疹，接着又患上疟疾和麻疹，导致一侧轻微耳聋，我还得过丹毒、结肠炎，最后是小

---

[1] 古希腊罗马神话中同父异母的兄弟。

儿麻痹症,它使我左腿变短,一辈子是个瘸子。形形色色的疾病让我终生腿脚无力,不能跑步或长距离步行:我绝大部分旅行是坐在轿子上完成的。此外,我吃完东西还经常出现剧烈的腹痛。有两三次,如果不是朋友及时阻止,我痛得都要把(我疯狂抓来的)切肉刀插进肚子了。我听说,他们管这叫"胃灼痛",是人类目前已知的除尿淋沥外最可怕的疼痛。好吧,我猜我应该感谢上苍,从来没让我得过尿淋沥。

我的母亲安东尼娅美丽高贵,从小被她的母亲屋大维娅按照最严格的道德标准抚养长大,她是我父亲一生的至爱,大家都以为她会最爱我、最照顾我,甚至会因为我的悲惨命运而格外偏爱我、同情我,毕竟我是她最小的孩子。可事实并非如此。对我,她尽到了应尽的职责,仅此而已。她不爱我。是的,她还相当讨厌我,不仅因为我的疾病,还因为她在怀我时历尽艰辛,生我时又痛苦不堪,侥幸才活了下来,之后多年一直体弱多病。我的早产是因为她在一次宴会上受了惊吓,当时,奥古斯都去里昂探访我父亲,并为那里的"罗马和奥古斯都圣坛"揭幕:我父亲是法兰西三行省的总督,里昂是他的总部。宴会上,一个发了疯的西西里岛奴隶扮成侍者,突然抽出匕首,在我父亲背后对着他的脖子比画。只有我母亲看到了这一幕。她捕捉到了奴隶的目光,冷静地朝他微微一笑,摇头表示反对,并示意他将匕首收回去。就在他犹豫不决之际,另外两名侍者顺着母亲的视线望过去,及时发现并制服奴隶,夺走了武器。紧接着,母亲就晕倒了,随即开始阵痛。也许正是这个原因,我一直对暗杀有种近乎病态的恐惧;他们说,产前惊惧是可以遗传的。当然,也没必要提产前的影响。毕竟，皇室成员有多少是自然死亡的呢？

我是个感情充沛的小孩，母亲的态度让我无比痛苦。我的姐姐莉维拉长得漂亮，可心地残忍、爱慕虚荣、野心勃勃——用一句话说，她也是个典型的克劳狄坏种——她告诉我，母亲说我是"不祥之兆"，还说我出生时，她就应该去查《西卜林书》的。她说大自然创造我时，没完工就把我丢到一边，因为我这个作品一开始就恶心得让人绝望。她还说古人比我们更聪明、更高贵：他们会为了整个民族，把所有体弱的婴儿扔到荒凉的山坡上。原话可能没这么残忍，是莉维拉添油加醋了——七个月的早产儿确实可怕——但我确切知道的是，有一次，我母亲听说元老院一位元老提出了一项愚蠢的建议，她气得破口大骂："就该除掉那个人。他蠢得像头驴——我在说什么呢？跟他比，驴都算聪明的——他蠢得就像……就像……天哪，他蠢得就像我的儿子克劳狄乌斯！"

她最喜欢日耳曼尼库斯，每个人都最喜欢日耳曼尼库斯，他走到哪里，都能赢得大家的喜爱和崇拜，我从不嫉妒他，只为他欢欣鼓舞。日耳曼尼库斯同情我，不遗余力地想让我过得开心一点，他在长辈面前夸赞我心地善良，说我总想着报答别人的慷慨和照顾。他说，严厉的态度只会吓到我，让我病上加病。他说得没错。我一紧张，就会双手抽搐，脑袋乱摆，说话结巴，恶心想吐，嘴角还不停地流口水，这都是因为我承受着以纪律为名的恐吓。每当日耳曼尼库斯为我挺身而出时，母亲总会宽容地笑着说："你有着高贵的心灵，可你要找个更好的对象去倾注呀！"祖母莉薇娅则会说："别傻了，日耳曼尼库斯。要是他能好好守规矩,我们也会以他应得的仁慈待他的。你这样是把马车套到马前面去了。"祖母很少同我说话,就算说,态度也十分轻蔑,从不正眼瞧我,她对我最常说的一句话是:"从这房间里出去,孩子,我想自己待会儿。"她要责备我时从不开口,只派人送来一张简短冰冷的字条。比如:"莉薇娅夫人得知,克劳狄乌斯最近在阿波罗图书馆里浪费时间。他还没好好学习老师发给他的小学课本,就去图书馆的书架上乱翻严肃的著作,简直荒唐。此外,他的小动作也打扰到了真正的学生。此种行为必须马上停止。"

至于奥古斯都,他从未刻意残忍地对我,但他跟我祖母一样,也不喜欢和我同处一室。他对小男孩有着不同寻常的喜爱(他自己直到生命尽头,也一直是个大孩子),但仅限于他所谓的"英俊的小男子汉",比如我的哥哥日耳曼尼库斯,以及他的外孙盖乌斯和卢修斯,他们都英俊帅气。还有一些同盟国国王或酋长的儿子,为确保他们的父亲安分守己,他们被当作人质留在罗马——有法兰西的、日耳曼的、帕提亚的、北非的、叙利亚的——他们和奥古斯都的外孙以及元老院首领的儿子们一同在男子学院接受教育;奥古斯都常去那里的修道院,跟他们一起玩弹石子、掷骰子和捉人游戏。他最喜欢棕色皮肤的小男孩,比如摩尔人、帕提亚人和叙利亚人;还有那些跟他开心地聊个不停、把他当作同龄人的男孩子。只有一次,他努力压下对我的厌恶,让我和他最喜欢的一群孩子玩弹石子:我实在力不从心,比平时更加紧张——我结结巴巴、摇摇晃晃,像疯了一样。从那以后,他再不叫我了。他痛恨侏儒、瘸子和残疾,说他们会带来厄运,所以不应该出现在人前。但我心里从未对他有过一丝恨意,我恨我的祖母，我不恨他，因为他对我的厌恶是不带恶意的，而且他尽量控制着：我确实是个让人难受的小怪物，有一位那么强壮、那么威武的父亲和一位那么优美、那么高雅的母亲，我的存在是他们的耻辱。奥古斯都长得也很英俊，只是稍微有点矮，他满头金色的卷发到了很老才开始花白，他双目炯炯有神，表情轻松愉快，身姿挺拔而优雅。

记得有一次，我无意中听到他用希腊语念了一首关于我的讽刺短诗，是念给雅典诺多鲁斯听的，雅典诺多鲁斯是斯多葛学派[1]的哲学家，来自西里西亚的塔苏斯，奥古斯都经常去请教他，而他给出的建议都是简单又严肃的。当时，我大约七岁，他们在我母亲家花园的鲤鱼池边碰到我。我不记得他的原话，大意是说："安东尼娅作风老派：她不找东方商人花大价钱买宠物猴。为什么呢？因为她自己生了一个。"雅典诺多鲁斯思索片刻，同样以短诗严肃地回答道："安东尼娅虽没有从东方商人那里买宠物猴，可对她和她高贵丈夫生下的可怜孩子，却连小糖豆都不肯喂，更别提宠爱照料了。"奥古斯都有些羞愧。我得解释一下，在奥古斯都和雅典诺多鲁斯面前，我一直是以傻子形象出现的，所以他俩都猜不到，我能听懂他们的话。雅典诺多鲁斯把我拉到面前，用拉丁语开玩笑地说："那小提比略·克劳狄乌斯对这事怎么看呀？"雅典诺多鲁斯庞大的身躯帮我挡住了奥古斯都，不知怎的，我竟忘了口吃，用希腊语脱口而出："我的母亲安东尼娅是不爱我，但她让我跟着一位直接从阿波罗那里学希腊语的人

---

1 又称斯多葛主义，古希腊四大哲学学派之一。

学习过。"我的意思是,我能听懂他们在说什么。教我希腊语的老师曾是希腊某个小岛上的阿波罗女祭司,后被海盗抓住,卖给推罗[1]一家妓院的老板。她想办法逃走了,但因为当过妓女,所以不能再成为女祭司。我母亲安东尼娅慧眼识珠,看出她的才华,将她收到我们家当家庭教师。这个女人告诉我,她是直接跟着阿波罗学习过的,所以我只是转述她的原话:可阿波罗也是学习与诗歌之神,所以我这番话比我的本意更显睿智。奥古斯都大吃一惊,雅典诺多鲁斯说:"说得好,小克劳狄乌斯,猴子一个希腊词也听不懂,是不是?"我回答:"是的,而且它们有长长的尾巴,还从桌上偷苹果吃。"然而,当奥古斯都把我从雅典诺多鲁斯怀里拉过去,热情地开始问我各种问题时,我又害羞起来,比平时结巴得更厉害了。从那以后,雅典诺多鲁斯成了我的朋友。

还有一个关于雅典诺多鲁斯和奥古斯都的故事,在民间传为美谈。有一天,雅典诺多鲁斯告诉奥古斯都,说他召见来访者时一点儿也不谨慎,总有一天会挨上致命一刀。奥古斯都回答,简直一派胡言。第二天,有人通报奥古斯都,说他姐姐屋大维娅在外面,想在他们父亲忌日的这天跟他见面。他赶紧命人请她进来。这事发生时她已患不治之症——她也是在那一年去世的——所以总坐在有遮帘的轿子里。轿子被抬进来后,遮帘打开,竟是雅典诺多鲁斯冲出来,他手执长剑,直指奥古斯都的心脏。奥古斯都一点儿也不生气,反而感谢雅典诺多鲁斯,承认自己没有认

---

[1] 位于地中海东岸,现为黎巴嫩南部城市。

真对待他的警告是大错特错。

我童年时还发生过一件大事,我一定要把它记下来。我刚满八岁的那年夏天,我母亲、我哥哥日耳曼尼库斯、我姐姐莉维拉和我一起去安提乌姆看望我的伯母尤莉娅,她住在海边一幢漂亮的乡间别墅里。傍晚六点左右,我们都去屋外的葡萄园享受凉爽的清风。尤莉娅没有跟我们一起,但提比略的儿子跟我们在一起——就是后来总被我们叫作"卡斯托尔"的提比略·德鲁苏斯,尤莉娅的两个孩子——波斯图穆斯和阿格里皮娜也在这群人中。突然,我们听到头顶传来刺耳的尖叫声,抬头望去,看到一群老鹰在搏斗。羽毛飘落下来。我们都去抓。日耳曼尼库斯和卡斯托尔在羽毛落地前各抓到一根,把它们插到头发里。卡斯托尔得到的是翅膀上的小羽毛,日耳曼尼库斯的是特别漂亮的尾羽。两根羽毛上都沾着血。鲜血还滴落在波斯图穆斯仰起的脸庞和莉维拉、阿格里皮娜的裙子上。突然,一个黑乎乎的东西从天而降。我扯起衣角把它接住,我不知道自己为什么要这样做。竟是一只很小很小的狼崽,它受了伤,吓得要命。几只老鹰俯冲下来,想把它抢回去,但我把它安全地藏好,我们大叫着,向老鹰扔去木棍,它们困惑地往上飞,尖叫着飞走了。我很尴尬。我不想要狼崽。莉维拉把它抢过去,可我母亲表情非常严肃,命令她还给我。"它掉到克劳狄乌斯手里,"她说,"他就一定要留下它。"

当时,有一位上了年纪的贵族跟我们在一起,他是占卜师团的成员,我母亲问他:"告诉我,这预示着什么?"

老人回答:"我该怎么说呢?可能意义重大,也可能毫无意义。"

"别害怕。就说你认为它意味着什么吧。"

"先把孩子们打发走。"他说。

我不知道他有没有给她一个解释,等你们看完我的故事,就会明白,答案只可能有一个。当时我只知道,我们这帮孩子走得远远的——亲爱的日耳曼尼库斯又帮我在山楂丛里找到一根尾羽,我把它骄傲地插在头发上——莉维拉却好奇地爬到玫瑰花丛后,偷听到了一些话。她突然大笑着插嘴:"罗马倒了什么霉,竟让他当保民官!我向神灵祈祷,在那之前能先闭上眼!"

占卜师向她转过身,用手指着她。"放肆的小姑娘,"他说,"神灵一定会实现你的愿望,但不会是你喜欢的方式!"

"你会被关进小屋,没有东西吃的,孩子。"母亲说。现在回想起来,那些话很不吉利。假期剩下的日子,莉维拉被禁了足。她用五花八门狡猾又恶毒的方式,将怒气发泄在我身上。可她不告诉我们占卜师到底说了什么,因为她向我们的家庭之神——维斯塔[1]女神发了誓,只要当时在场的任何一个人还活着,她就绝不直接或间接提及那个预言。我们也都被迫发了誓。现在,我是那群人中唯一一个还活着的了——我母亲和占卜师比其他人都年长,却比他们都活得久,现在也离世多年了——所以无须再保持沉默。那件事之后的一段时间里,我常发现母亲好奇地盯着我,眼神中甚至带着些许崇敬,但她对我的态度没有好转。

我不能去男子学院上学,因为我腿脚虚软,无法参加任何

---

[1] 罗马神话中的炉灶、家庭女神,罗马十二主神之一。

体育锻炼，而这是学院教育的主要内容之一，我的病让我大大落后于课堂进度，我的耳聋和结巴也成了严重的障碍。所以，我很少和同龄或同班的男生在一起，只有家奴的儿子奉命陪我玩耍：其中有两个是希腊人，一个叫伽伦，一个叫帕拉斯，他们后来都成了我的秘书，我把很多重要的事托付给他们。伽伦生的两个儿子也当了我的秘书，一个叫纳西索斯，一个叫波里比阿。我还跟母亲的女仆一起度过了很多时间，我一边听她们聊天，一边看她们坐着纺纱织布。她们中很多人，比如我的家庭教师，都是受过自由教育的，我必须承认，我在她们的圈子里得到的快乐，远远超过了后来在任何一个男人圈子里找到的快乐：她们胸襟开阔、思维敏捷、态度谦虚，而且心地善良。

我说过我的导师马库斯·波蒂乌斯·加图了，他是他祖辈曾展示过的古罗马美德的活典范，至少，他是这样评价自己的。他总吹嘘他的祖先，蠢人就是这样，因为他们很清楚，自己没有任何可以吹嘘的事迹。他尤其爱吹嘘的是监察官加图，而在罗马历史上所有的大人物中，我最痛恨的大概就是监察官加图，他竭力鼓吹"古老美德"，使它在大众观点中成为粗鲁、迂腐、严苛的代名词。我被迫读过他自我贴金的作品，它们是我的课本，他在一本书里讲述了他出征西班牙的经历，说他在那里毁灭的城市数量比他逗留的天数还要多，他的军事才能和爱国热情没给我留下深刻印象，倒是残忍野蛮的暴行令我不齿。诗人维吉尔[1]说过，

1　约前70年—前19年，古罗马伟大诗人，作品包括《牧歌》十首、《田园诗》四卷和史诗《伊尼特》十二卷。

罗马的任务是统治："饶恕被征服者，以战争压制骄傲者。"加图当然压制了骄傲者，可他靠的不仅是真正的战争，更多是狡猾地利用了西班牙各部落间的嫉恨：他甚至买凶除掉可敬的对手。至于饶恕被征服者，他也没有做到，他挥剑砍向无数手无寸铁的人，哪怕他们早已无条件献出城池。他骄傲地写道，成百上千的西班牙人宁愿全家自尽，也不愿面对罗马人的复仇。可以想象，这些部落一旦弄到武器，不就要东山再起了吗？从此以后，他们不就永远是我们背后的一根刺了吗？加图想要的只是抢掠和凯旋式：而没有一定数量的尸首，就不能举行凯旋式——我想，当时这个数量应该是五千。加图曾妒意满满地质问对手，怀疑他们没有斩获足够数量的敌人，却假装获得了大捷，所以，他绝不会给别人怀疑他的机会。

顺便说一句，凯旋式是上天对罗马的诅咒。我们打了多少毫无必要的战争，就因为将军们想要头戴桂冠、耀武扬威地骑马走在罗马大街上，身后拖着披枷戴锁的敌军俘虏，花车上堆满抢来的战利品？奥古斯都意识到了这一点：在阿格里帕的建议下，他颁布法令，规定除皇室成员外，将军们从今往后不得再举行公开的凯旋式。这条法令颁布于我出生的那一年，大家都认为奥古斯都是在嫉妒将军，因为那时候，他已不再亲自出征，而他的家族成员都还没有到能打胜仗的年纪；其实，他是不想让帝国的版图再扩大了，他认为，将军们如果没了举行凯旋式的指望，也许就不会去挑衅边境部落、主动发动战争了。不过，他允许向本该举行凯旋式的人颁发"胜利奖"——比如一件绣花长袍、一尊雕像、一顶花冠等等；对优秀的士兵来说，这足以激励他们奋勇作战。此外，凯旋式极大地破坏了军纪。士兵们喝得酩酊大醉，失去控制，往往一天下来，不是砸了卖酒的店铺，就是在卖油的商店里纵火，甚至奸污女子，仿佛他们征服的不是日耳曼某个简陋的木屋营地，也不是摩洛哥的沙洞村庄，而是都城罗马。我有个侄子，我很快就会跟你们说他的事了，他的凯旋式让四百名士兵和将近四千名普通公民以各种方式丢了性命——都城红灯区里五大片房屋被烧为灰烬，三百家卖酒的商店被洗劫一空，还有不计其数的其他损失。

好了，我还是接着说监察官加图吧。他写的有关务农和家庭经济的手册是我的拼写课本，我每写错一个字，就会挨两下打；一下打左耳，因为我太蠢，一下打右耳，因为我侮辱了伟大的加图。我还记得书里有一段话，极好地总结了那个人卑鄙的灵魂："一家之主应该卖掉他的老公牛和所有瘦弱的角牛；卖掉他所有不耐寒的绵羊，以及它们的羊毛和羊皮；卖掉他的旧马车和旧农具；卖掉老弱病残的奴隶和其他一切破旧没用的东西。"对我个人来说，我住在卡普阿小别墅里当乡绅时就指出，对待年迈体衰的牲畜，应该先让它们去干轻松的活儿，再放它们去草地上吃草，等老得实在走不动了，再往它们头上狠狠敲几下，给个痛快。我绝不会卑贱到为了一丁点钱就把它们卖给农夫，因为农夫会残忍地让它们干到只剩最后一口气。我的奴隶，无论是生病的还是健康的，年轻的还是年迈的，我总是宽容相待，也期望他们以最大的忠心回报我。他们很少令我失望，可如果有人辜负了我的大度，我也会毫不留情。我相信，老加图的奴隶一定经常生病吧，因为他们都希望能被卖给一个更仁慈的主人，我还相信，老加图从奴隶那里得到的忠诚劳动和奉献，总体来说一定比我得到的要少。像对待牲口一样对待奴隶是愚蠢的。因为他们比牲口聪明，他们故意粗心大意或装疯卖傻，一个星期内造成的损失就能比你买他们的成本还高。加图曾吹嘘过，他在一个奴隶身上的花销从不会超过几块钱：就算是面相凶狠的斗鸡眼，只要有身好肌肉、有副好牙口就行。我不知道他用完这些奇人异士后，又是从哪儿找来的新买家。但根据我对他后代的了解（他这位后代据说长相和性格都跟他很像——也有浅棕色的头发、绿色的眼睛、刺耳难听的声音和高大健壮的体格），我猜，他一定是强迫了他可怜的邻居，以新奴隶的价格买走所有被他抛弃的奴隶。

除了日耳曼尼库斯，我这辈子另一个真正的朋友就是亲爱的波斯图穆斯——他比我大不到两岁，他告诉我，他在一本当时的书里看到，老加图不仅是守财奴，还是个骗子：他在航运业设了些狡诈的骗局，让他的一个前奴隶充当名义上的交易者，避免自己当众丢脸。身为监察官，他本应负责公共道德，却干了好些不三不四的勾当：他打着公开体面的旗号，实际是为发泄私人恩怨。他曾自行决定，将一位元老开除出元老院，因为他"欠缺罗马人的庄重"——他竟在光天化日之下，当着女儿的面吻他的妻子！被开除元老的一位朋友也是元老，他质疑这个决定是否公正，并问老加图，他和妻子除了行房时，难道从不拥抱吗？老加图激动地回答："从来没有！""什么，从来没有？""哼，实话跟你说吧，几年前，我妻子被雷电吓到，伸出胳膊抱住我，幸好当时周围没人，但我可以向你保证，以后很长一段时间她都不会那样做了。"我猜，老加图是想表示，他狠狠训斥了妻子不够庄重的行为，可这位元老假装曲解了他的意思，说："哎呀，听你这么说，我也很难过。有些女人就是不喜欢自己相貌平平的丈夫，无论他们有多正直、多高尚。不过你别担心，也许天神朱庇特[1]很快就会好心地再打一次雷了。"

这位元老还是加图的远房亲戚，可加图一直没有原谅他。一年后，身为监察官的加图要审核元老名单，他挨个儿询问每位元老是否已婚。按照当时的法律规定，元老必须是正式结了婚的，只是这条规定后来被废止了。轮到加图的这位亲戚接受审查时，加图问了他常规的问题，命令他"毫无隐瞒地诚实作答"。加图用刺耳的声音严肃问道："你是否有妻子，请毫无隐瞒地诚实作答。"那人有些难堪，因为他曾嘲笑过加图的妻子不爱加图，如今，他发现自己的妻子也不爱他了，他不得不跟她离婚。为了示好，也为了把笑话的矛头体面地转到自己身上，他答道："是，我确实有妻子，但她对我不再毫无隐瞒，所以她的诚实，我也不敢打包票。"[2] 加图以傲慢为由，当场将他从元老院开除。

是谁把布匿诅咒带给罗马的？就是这个老加图。在元老院，无论什么人，在任何时候，问他对任何事情的看法，他总会以同一句话结尾："这就是我的看法；我还有一个看法，那就是我们必须摧毁迦太基：她是罗马的威胁。"正是由于他不厌其烦地鼓吹迦太基的危险，导致大家都紧张起来，最后罗马才会违背最庄

---

[1] 罗马神话中的主神，众神之王。
[2] 老加图的问话原文为"If you have a wife, in your confidence and honesty, answer"，该元老和他玩了文字游戏。

重的承诺,将迦太基夷为平地,这我之前说过。

我本来没打算写这么多老加图的事,但我写的都很中肯:在我脑海中,他与罗马的衰败及我的童年痛苦密不可分,在罗马衰败这件事上,他的责任不亚于他所谓的"以阴柔奢靡之气削弱国力"的那帮人,而在后一件事上,正是他又蠢又倔的重重重孙子,给我制造了痛苦的童年回忆。我现在也是个老头了,我这位老师已作古五十年,可一想到他,我心中仍涌出无尽的愤慨与仇恨。

日耳曼尼库斯在长辈面前为我挺身而出时,态度温和,令人心悦诚服,波斯图穆斯却像一头雄狮。他似乎谁都不怕。他甚至敢直接同我祖母莉薇娅大声说话。奥古斯都最喜欢波斯图穆斯,所以在一段时间里,莉薇娅假装被他逗乐,还说那都是孩子气的冲动。波斯图穆斯一开始相信了她,因为他自己从不骗人。我十二岁、他十四岁时,有一天,他碰巧从加图给我上课的房门口经过。他听到鞭打声和我求饶的哭喊声,气势汹汹地冲了进来。"不准打他,住手!"他大喊。

加图轻蔑又惊讶地看着他,紧接着又抽了我一鞭,把我从凳子上打摔了下去。

波斯图穆斯说:"打不到屁股的,才打马鞍子。"(这是一句罗马谚语。)

"放肆,你这话是什么意思?"加图怒吼。

"我的意思是,"波斯图穆斯说,"你觉得大家合伙压制你,不让你高升,所以你把怨气撒在克劳狄乌斯身上。你真觉得教他是屈才了,是吧?"波斯图穆斯很聪明:他猜这句话一定会让加图气到忘乎所以。果然，加图上钩了，他大叫着骂了一连串老派的脏话，说我这个结结巴巴的小鬼侮辱了他的祖先，在他祖先那个年代，不尊敬长辈的小孩必定大祸临头；因为那时都是重拳执法的。可到了如今这个堕落的时代，罗马的领袖竟会允许无知蠢笨的狂妄小儿（指波斯图穆斯）和头脑简单的傲慢瘸子（指我）胡作非为……

波斯图穆斯用警告的笑容打断他："看来我猜对了。堕落的奥古斯都让你在他堕落的家庭中任职，侮辱了伟大的加图。我想，你这些感受一定跟莉薇娅夫人说过吧？"

加图又气恼又警觉，差点没把舌头咬下来。如果莉薇娅听到他刚刚这番话，他就完了；在此之前，他一直对莉薇娅表达着最深的谢意，感谢她把教育孙辈的光荣任务托付给他，更别提莉薇娅还把他的家族产业无偿还给了他——在腓力比战役中，他的父亲对战奥古斯都，战死沙场后，家产就被没收了。加图足够聪明，或者说足够懦弱，他明白了波斯图穆斯的暗示，从那以后，我每天所受的折磨大大减少。三四个月后，我高兴地得知，他被任命为男子学院校长，不再担任我的老师。波斯图穆斯则成了他在那里的学生。

波斯图穆斯身强体壮。还不到十四岁，他就能把跟我大拇指一样粗的铁棍放在膝盖上掰弯，我还见过他双肩上各骑一个男孩、背上背一个男孩、两只手上还各站一个男孩，绕着操场走圈。他并不爱学习，但至少可以说，他的智商远远超过了加图，他在学校读书的最后两年，男生们选举他当首领。在学校所有的游戏中，他都是"王"——奇怪吧，"王"这个头衔竟然在学校男生中延续了下来——他严格管束他的小跟班。加图如果想让男生们听他的吩咐，就必须对波斯图穆斯客客气气；因为大家都唯波斯图穆斯马首是瞻。

莉薇娅要求加图每半年给她写一份学生情况报告：她说，她要把她认为奥古斯都会感兴趣的学生推荐给他。加图从这句话里领会到，他的报告应该写得含糊一点，除非是她向他暗示了要表扬或批评某个孩子。很多男生的婚事是上学时就被安排好的，这样一份报告可以成为莉薇娅赞成或反对某桩联姻的理由。罗马贵族的婚事必须得到大祭司长奥古斯都的批准，而其中大部分都是出自莉薇娅的授意。有一天，莉薇娅碰巧去了学院修道院，看到波斯图穆斯坐在椅子上，以"王"的身份发号施令。加图注意到，莉薇娅在看到这一幕时皱起了眉头。他壮起胆子，在接下来的一份报告中写道："尽管极不情愿，但为了道德和公正，我还是不得不报告一下阿格里帕·波斯图穆斯的情况，因为他越来越表现出野蛮残暴、盛气凌人、不服管教的性格。"这份报告写完后，莉薇娅对加图非常客气，以至于他接下来的一份报告措辞越发激烈了。莉薇娅没有把这些报告拿给奥古斯都看，而是藏了起来，波斯图穆斯对此毫不知情。

波斯图穆斯当"王"的那两年，是我少年时代，甚至可以说是我这辈子最快乐的两年。他命令其他男生，虽然我不是学院学生，但可以自由参加修道院里的任何游戏，任何人对我无礼或伤害我，都等同于对他无礼或伤害他。于是，我参加了各种力所能及的活动，只在奥古斯都或莉薇娅来时才偷偷躲起来。加图走后，我的老师换成了老好人雅典诺多鲁斯。我跟着他在六个月里学到的东西，比我跟着加图在六年里学到的东西还多。雅典诺多鲁斯从不打我，且极有耐心。他经常鼓励我，说正是由于身体的残疾，我才要更加努力。巧匠之神——伏尔甘[1]也是个瘸子。至于我的口吃，他说，有史以来最伟大的演说家——狄摩西尼[2]天生就结巴，但凭借耐心和专注，他纠正了这个缺点。他现在教我的方法就是狄摩西尼用过的方法。他让我含着满嘴鹅卵石高声说话：为了克服嘴里石头的障碍，我自然就忘记了口吃，接着，他把石头一个一个拿走，全部拿走后，我惊讶地发现，我竟然能跟其他人说得一样好了。不过仅限于演说。日常对话时，我还是口吃得厉害。他把我能好好演讲的事作为他和我之间一个愉快的小秘密。"总有一天啊，小毛猴儿，我们会让奥古斯都吓一大跳的，"他说，"只是还要再等等。"他叫我小毛猴儿是出于喜爱而不是蔑视，我很喜欢这个昵称。我表现不好时，他就会叫我的全名，让我汗颜无地："提比略·克劳狄乌斯·德鲁苏斯·尼禄·日耳曼尼库斯，一定要记住你是谁、你在做什么。"有波斯图穆斯、雅典诺多鲁斯和日耳曼尼库斯当朋友，我慢慢自信起来。

雅典诺多鲁斯在当我老师的第一天就告诉我，他不打算教我随处可以查到的事实，而要教我如何恰当地表述事实。他说到做到。比如，有一天，他温和地问我，我为什么那么兴奋，好像没办法把注意力集中在功课上。我告诉他，我刚刚在战神广场上

---

1 罗马神话中火与工匠之神，罗马十二主神之一。
2 前384年—前322年，古希腊伟大的政治家、演说家、雄辩家，希腊联军统帅。

看到庞大的新兵游行队伍,他们接受完奥古斯都的检阅后,就会被派往日耳曼,那里刚刚又爆发了战事。"好吧,"雅典诺多鲁斯的语气依然温和,"既然你满脑子想着这件事,无法再欣赏赫西俄德[1]文字的美,那就让赫西俄德等到明天吧。毕竟他已经等了七百多年,不会因为再多等一天记恨我们。在此期间,你不妨坐下来,拿出书写板,给我写封信,简单描述一下你在战神广场上看到的一切;假装我离开罗马五年了,你要给远在重洋之外的我寄这封信,就寄到我在塔苏斯的老家吧。这应该能让你停不下来的两只手有点事做,同时,这也是很好的练习。"就这样,我开心地在蜡板上刻起字来,写完之后,我俩把信从头读到尾,检查拼写和结构错误。必须承认,有些地方我写得太少,有些又写得太多,事件发生的顺序也搞错了。有一段,我描写了年轻士兵们的母亲和心上人是怎么悲伤恸哭,人群又是怎么冲到桥头,最后一次为出征的队伍欢呼的,这一段应该放在最后,而不是最前。我也不需要说明骑兵骑着马:这大家都知道。我把奥古斯都战马摔倒的意外写了两遍;如果马只摔了一次,那么写一遍就够了。还有,在我们回家路上,波斯图穆斯告诉了我有关犹太人宗教仪式的事,它很有趣,但不应该写在这里,因为新兵都是意大利人,没有一个犹太人。况且,雅典诺多鲁斯如果真在塔苏斯,那他研究犹太人的机会大概比住在罗马的写信者更多。另一方面,有好几件他会感兴趣的事我却提都没提——比如游行队伍里有多少新兵,他们的军事训练进展到了何种程度,他们会被派往哪个

---

[1] 约公元前 8 世纪人,古希腊诗人。

要塞，他们就要出发了，看起来是高兴还是悲伤，奥古斯都又在演讲时对他们说了什么等等。

三天后，雅典诺多鲁斯又让我描写一名水兵和一位服装店老板的争吵，那天我们路过小商品市场，共同目睹了那场争端；这一次我写得好多了。他用这样的规矩，先教我写文章，再教我演讲，最后教我如何同他辩论。他呕心沥血地教导我，我任何一句漫不经心、没有关联或不甚准确的话，他都不会放过，一定要加以评论。渐渐地，我的思维便不再那么涣散了。

他试着让我对思辨哲学产生兴趣，发现我没有那方面的爱好后，也不强迫我，只让我学了些基本内容。他是我学习历史的领路人。他有一套李维[1]写的罗马史的前二十卷，他把它们当作表述清晰、引人入胜的写作典范，让我认真阅读。李维的故事让我看入了迷，雅典诺多鲁斯向我保证，等我不再结巴了，就带我去见李维本人，因为李维是他的朋友。他信守了承诺。六个月后，他带我来到阿波罗图书馆，把我介绍给一位满脸胡须、弓腰驼背的老人，老人六十岁上下，脸色微黄、眼神愉快、言谈精练，他热情地迎接了我，就像迎接一个他很崇拜的人的儿子。这时候，李维的史书还没有写到一半，这部书预计有一百五十卷，从传说中最古老的年代，一直写到大约十二年前我父亲去世。我们见面时，他的作品已开始出版，每年出五卷，出到了尤利乌斯·恺撒的降生。李维对我能跟着雅典诺多鲁斯学习表示祝贺。雅典诺多鲁斯说，他花在我身上的心血没有白费；接着，我告诉

1　即提图斯·李维，前59年—17年，古罗马历史学家。

李维，雅典诺多鲁斯把他的史书当作写作范例推荐给我，我看得很开心。在场的每个人也都很开心，尤其是李维。"什么！你也打算成为历史学家吗，年轻人？"他问。"我希望我能配得上这个光荣的称号。"我回答。其实，我从未认真考虑过这件事。他建议我写一写我父亲的生平，并主动提出帮我寻找最可靠的史料。我受宠若惊，下定决心第二天就动笔。但李维说了，动笔是历史学家的最后一个任务：首先是要收集资料、削尖笔芯。李维开玩笑说，雅典诺多鲁斯会把他的削笔刀借给我的。

雅典诺多鲁斯是位器宇不凡的老人，他有双温柔的黑眼睛，鹰钩鼻，留着人类有史以来最飘逸的大胡须。它像波浪一样垂到腰间，白得如同天鹅翅膀。我这可不是随便打个诗意的比方，我不是那种用伪史诗体写作的历史学家。我的意思是，他的胡子是真的白得像天鹅翅膀。有一次，雅典诺多鲁斯和我去萨鲁斯特庄园，庄园里的人工湖上有些被驯化的天鹅，我俩坐在船上给它们喂面包，他俯身趴在船边，我记得我注意到，他的胡须和天鹅翅膀的颜色一模一样。雅典诺多鲁斯说话时，总喜欢缓慢而有节奏地捋胡须，有一次，他告诉我，这正是他胡须如此浓密的原因。他说他的手指能发射看不见的火种，滋养毛发。这是斯多葛学派对伊壁鸠鲁学派思辨哲学的典型嘲讽。

提到雅典诺多鲁斯的胡须，我想起了苏皮乌斯，我十三岁时，莉薇娅让他当我的历史老师。我想，苏皮乌斯的胡须是我见过最难看的胡须：它是白色的，不过是罗马大街上白雪融化后的那种颜色——灰白中带着黄，显得脏兮兮的，而且很不整齐。他有烦心事时，总喜欢把胡须绕在手指上，甚至把须梢放进嘴里嚼。我相信，莉薇娅之所以选他，是因为她认为他是全罗马最无趣的人，她希望他能浇灭我对历史的热情；她听说了我的这种热情。莉薇娅的算盘打得不错：苏皮乌斯的确有种天赋，能把最有趣的事变得索然无味、死气沉沉。可即便是苏皮乌斯的枯燥，也未能让我放弃学业，而且他有个特长：记忆力准得惊人。如果我想了解什么冷门的信息，比如，我父亲出征过的某阿尔卑斯山区有什么关于部落酋长继位的规定，他们在战场上古怪的呐喊有什么含义，那些词句又来自何处等等，苏皮乌斯都一定知道哪些专家研究过这些问题，在哪间图书馆的哪个房间的哪个书架的哪本书里能找到这些内容。他没有批判的思维，文笔也很糟糕，只会罗列各种事实，像花坛里不经修剪的拥挤花丛。但后来，我学会了把他当助手，而不是当老师，他也用能力证明了自己的宝贵价值；他一直为我工作，直到将近三十年后，以八十七岁高龄去世，他的记忆力直到生命尽头仍未衰退，而他的胡须也一直是那么肮脏、稀疏又杂乱。

第六章

现在，我必须倒回几年，写一写我的伯伯提比略，他的命运和这个故事密切相关。他那时很不开心，总是身不由己地出现在公众视线中，一会儿是某个前线战役的将军，一会儿是罗马的执政官，一会儿又是被派往行省的特别专员；可他真正想要的，是一段长时间的休息与隐私。公开荣誉对他没有意义，有一次，他对我父亲抱怨说，之所以授予他那些荣誉，是因为他当好了奥古斯都和莉薇娅的小听差，而不是因为他出色地行使了权利，或履行了职责。此外，他有皇室家族的尊贵身份要维护，莉薇娅又一直监视着他，所以他必须在私德方面格外谨慎。他没什么朋友，我记得我说过，因为性格多疑、善妒、内向又忧郁，他身边大多为攀权附贵之辈，并非真心朋友，他对他们充满质疑和鄙视，这也是他们活该。五年前，他和尤莉娅结婚后，他们的关系越来越糟。他们生了一个儿子，夭折了。从那以后，提比略拒绝再与她同床，理由有三：第一，尤莉娅如今人到中年，身材不再窈窕——提比略喜欢发育不那么成熟的女人，越像小男孩越好，维普萨妮娅就像个小孩。第二，尤莉娅兴致勃勃地对他提出要求，他不愿满足，被他拒绝后，她总会歇斯底里地发脾气。第三，他发现，被他拒绝后，她转头就去找了向她献殷勤的男人，索取被他拒绝的东西，以此作为报复。

遗憾的是，除了奴隶的证言，他找不到别的证据，证明尤莉娅不忠，因为她在安排这些事时非常小心；想和奥古斯都唯一的爱女离婚，只有奴隶的证言显然不够。但他宁可默默忍受，也不愿将此事告诉莉薇娅，因为他不信任她，也很恨她。他突然想到，如果他能马上离开罗马和尤莉娅，那尤莉娅很可能不再谨慎，奥古斯都也许就能亲自发现她的所作所为了。他逃离的唯一机会就是边境某地再起战事，且那战事重要到让奥古斯都派他去指挥的程度。可哪儿也没有要打仗的迹象，况且，他也厌倦了打仗。之前，他接替我父亲，成为日耳曼军队的指挥官（尤莉娅坚持陪他去了莱茵河），如今回到罗马才几个月：自他回来后，奥古斯都就把他当奴隶使唤，交给他一项招人厌弃的艰巨任务——调查济贫院的管理情况和罗马贫民区的劳工状况。有一天，他一不留神对莉薇娅脱口而出："哦母亲，让我自由吧，哪怕只有几个月，让我离开这忍无可忍的生活吧。"她没有回答，只是傲慢地离开房间，让他提心吊胆，可就在那一天晚些时候，她又把他叫去，出人意料地对他说，她决定满足他的心愿，让奥古斯都批准他休息一段时间。她做出这个决定，一是想让他感激自己，二是她也得知了尤莉娅的风流韵事，她跟提比略想法一致，得给尤莉娅一条绳子，让她自己上吊。但最主要的原因还在于，波斯图穆斯的两个哥哥盖乌斯和卢修斯已经长大成人，和继父提比略的关系也越来越紧张了。

盖乌斯本质不坏（卢修斯也不坏），在一定程度上，他填补了奥古斯都心中原本属于马塞勒斯的位置。莉薇娅再三劝诫，奥古斯都还是无底线地宠溺他们，他俩没有变得更坏简直就是奇迹。他们对长辈傲慢无礼，尤其是那些他们知道奥古斯都会默许他们如此相待的人。他们的生活极尽奢华。莉薇娅发现她无法控制奥古斯都的偏心后，便改变策略，开始鼓动他要比以往更加偏爱他们。她希望通过这样做，并让兄弟俩知道她在这样做，来赢得他们的信赖。她盘算过，他们如果再自大一点，也许就会忘记自己的身份，图谋篡权。她的谍报系统很完善，有任何动静，她一定能早早听到风声，将他俩逮捕。盖乌斯年仅十五岁时，她就鼓动奥古斯都把盖乌斯选为执政官，比正常年龄早了四年；然而，苏拉曾规定，要成为合法的执政官，最低年龄是四十三岁，还必须在三个级别递增的行政职位上历练过。后来，奥古斯都又把这一头衔授予了卢修斯。莉薇娅还建议奥古斯都，应该以"学生领袖"的身份把他们介绍进元老院。这个头衔和马塞勒斯时的情况不一样了，它不是仅限于特定场合，而是让他俩的地位永远超越和他们同龄同军衔的人。如今，形势似乎显而易见，奥古斯都打算让盖乌斯成为继承人；所以毫无意外地，一帮年轻贵族又卷土重来了，他们曾挑拨年轻的马塞勒斯去对抗在政界军界都享有威名的老兵阿格里帕，如今，他们又挑拨阿格里帕的儿子盖乌斯去对抗同样声名显赫的老兵提比略，只因他们受够了提比略的轻蔑侮慢。莉薇娅想让提比略以阿格里帕为榜样。他如果能带着胜利和荣耀现在退休，住到附近某个希腊小岛上去，为盖乌斯和卢修斯清空政治舞台，一定能给众人留下更好的印象，赢来更多的同情，远比他留下来明争暗斗要好。（如果提比略退隐期间，盖乌斯和卢修斯突然死亡,奥古斯都觉得他又需要提比略的帮助了,那整件事的历史相似性就更明显了。)于是,她承诺一定会说服奥古斯都,准许提比略无限期离开罗马,并辞去所有官职;只是,保民官的荣誉头衔必须保留——万一盖乌斯想除掉他,这个头衔能保护他不被暗杀。

然而,莉薇娅发现,要做到这个承诺很难,因为提比略是奥古斯都最得力的大臣和最成功的将军,在很长一段时间里,老头都拒绝考虑这个问题。可提比略一再称病,并且极力主张,他的离开能让盖乌斯和卢修斯不再尴尬:他承认,他跟他俩的关系都不好。奥古斯都仍然不听。盖乌斯和卢修斯不过是小孩,无论带兵征战还是治国理政都毫无经验,如果都城、行省或边境发生严重动乱,他俩完全帮不上忙。也许是第一次,奥古斯都意识到了,提比略如今才是他在危急关头的唯一倚靠。但他对自己被迫意识到这一点感到恼火。他拒绝提比略的请求,说他不想再听任何解释。无计可施的提比略去找尤莉娅,故意蛮横地对她说,他俩的婚姻已成闹剧,他再也无法忍受跟她同住一个屋檐下了,一天都不行。他建议她去找奥古斯都,向他抱怨说她的恶棍丈夫对她不好,只有离婚她才能快乐。他还说,奥古斯都为了家族考虑,很可能不会批准离婚,但也许会将他赶出罗马。他甚至准备好流亡在外,也不愿跟她在一起了。

尤莉娅决定忘记自己爱过提比略的事实。她受够了他。他不仅在他俩独处时对她极尽蔑视,还小心翼翼地尝试起一些荒唐龌龊的勾当,以至于到了后来,所有正派人一听到提比略的名字就嫌弃不已;而尤莉娅已经发现了这一点。她听了他的话,去找奥古斯都抱怨，言辞之激烈却超出了提比略的预期（提比略太自负了，他以为发生这一切之后尤莉娅还爱着他呢）。奥古斯都一直以来就难以掩饰对提比略这个女婿的不满——这当然让盖乌斯一派大受鼓舞——他在书房里气冲冲地走来走去，用所有能想到的脏话大骂提比略。可他也提醒尤莉娅，她对丈夫的失望只能怪她自己，因为他一直都警告她，要提防他的人品。奥古斯都很爱她，也很同情她，但他不能解除这段婚姻。因为他女儿和他继子结合的政治意义太重大了，绝不能离婚，而且他确定，莉薇娅也一定和他想法一致。于是，尤莉娅央求奥古斯都，至少把提比略派出去一两年，因为她实在无法忍受他在方圆百里内出现了。奥古斯都终于同意了这一请求，几天后，提比略动身去了罗德岛，很久以前，他就把那里选为自己的理想退隐地。在莉薇娅的强烈坚持下，奥古斯都授予他保民官一职，但也明确表示，就算他们两人此后永不相见，他也不会伤心难过。

在这场奇异闹剧中，除了当事人，没人知道提比略离开罗马的真正原因，莉薇娅利用奥古斯都不愿公开讨论此事的态度，为提比略笼络人心。她"私下"告诉朋友们，提比略之所以决定隐退，是想借此抗议盖乌斯和卢修斯一派的嚣张行径。她还说，奥古斯都其实非常同情提比略，一开始坚决不同意他隐退，并保证说要让惹事的人闭嘴；可提比略一再坚持，说他不想和妻子的儿子们闹得更僵，甚至绝食四天以示决心。莉薇娅为了把戏做足，亲自送提比略去罗马港的奥斯提亚上船，并恳求他看在奥古斯都和她的分儿上，重新考虑这个决定。她甚至安排所有最亲的家人——包括提比略的小儿子卡斯托尔、我母亲、日耳曼尼库斯、莉维拉和我——同她一起前往，和她一起苦苦哀求，让整个场面更令人心酸。尤莉娅没有出现，她的缺席正好符合莉薇娅苦心营造的印象——她就是要让大家都认为，尤莉娅是跟儿子们站在一边，和丈夫作对的。这场戏很荒谬，但演得不错。我母亲演得极好，三个孩子接受过精心指导，说起台词来也是情深意切。只有我被弄糊涂了，一时说不出话，莉维拉狠狠掐了我一下，让我号啕大哭，倒是比他们演得更好了。这事发生时，我才四岁，我满十二岁后，奥古斯都才不情愿地将我伯伯召回罗马，而那时的政局已有了翻天覆地的改变。

其实，尤莉娅应该得到大家更多的同情。她是喜欢寻欢作乐、追求刺激，但我始终相信，她本质上是个正派善良的女人，她也是我所有女性亲戚中唯一一个说我好话的人。多年后，有人指控说她和阿格里帕结婚期间对他不忠，我相信都是信口雌黄。因为她的儿子们都非常像他。真实情况如下。我之前说了，她是在守寡期间爱上提比略，并说服奥古斯都让她嫁给提比略的。提比略因此被迫与妻子离婚，所以迁怒于她，对她非常冷淡。她头脑一热，便向莉薇娅讨教，她对莉薇娅既害怕又信赖。莉薇娅给了她一种药，让她喝下，说能让她丈夫在一年内都无法抵御她的魅力，但她必须每个月满月时喝一次，还要向维纳斯[1]做特别的祈祷，她不能向任何一个活人透露此事，否则此药就会失去法力，给她带来灾难。恶毒的莉薇娅给她的是一种来自西班牙的蒸馏剂，由绿色小苍蝇碾碎后提纯而成，这药极大地刺激了她的性

1　罗马神话中美的女神，罗马十二主神之一。

欲，让她变得癫狂。（后面我会解释我是怎么知道的。）那段日子，在药力影响下，她一改端庄本性，以放纵淫荡的行为燃起了提比略的熊熊欲火；可他很快就厌倦了，拒绝再与她行房。而我猜，她服药已成习惯，在药力作用下，她开始跟年轻的侍从通奸，以满足欲望，只要是她认为能保守秘密的人，她都去勾引。她在罗马是这样做的。我的意思是，到了日耳曼和法兰西，她就去勾引提比略的贴身保镖，甚至日耳曼奴隶，如果他们犹豫，她就威胁说要指控他们非礼，还要让他们被鞭子活活打死。那时的她风韵犹存，男人们显然都没有犹豫太久。

提比略被流放后，尤莉娅越来越大胆，整个罗马很快都知道了她的放荡。莉薇娅对奥古斯都只字不提，她坚信，时候到了，他自然会从别人那里听说。可大家都知道奥古斯都对尤莉娅的盲目宠溺，没人敢对他说一个字。过了一段时间，大家又都以为他不可能毫不知情，既然他纵容了她的行为，那大家就更不敢作声了。尤莉娅深夜在市集和演讲台聚众淫乱，酿成无人不知的大丑闻，直到四年后，奥古斯都才听到一些传言。而让他听到整个故事的不是别人，正是尤莉娅的儿子盖乌斯和卢修斯，他俩一起来到奥古斯都面前，生气地质问他，问他打算让他自己和他的外孙们丢脸丢到什么时候。他们说，他们明白他是为了家族名誉，所以对他们的母亲如此耐心，可忍了这么久，也该有个限度吧。难道要等她带着一帮生父各异的杂种弟弟到他面前，他才会察觉到她的胡作非为吗？奥古斯都听得又怕又惊，目瞪口呆，愣了很久，他只能动动嘴唇，什么话也说不出来。等他终于能说话时，他哽咽着叫来莉薇娅。兄弟俩当着她的面，又把故事复述了一遍，她装作伤心啜泣，说这三年来奥古斯都装聋作哑，早已让她欲哭无泪。她说，有很多次，她都鼓起勇气想找他谈谈，可他的态度摆明一个字都不想听。"我真以为这件事你都知道，只是你太痛苦了，所以连和我都不愿意说起……"奥古斯都双手抱头，呜呜大哭，喃喃地说他从未听到过丝毫风声，也丝毫没有怀疑过自己的女儿不是全罗马最纯洁的女人。莉薇娅问，那他以为她的儿子提比略为什么要去流放呢。为爱吗？才不是呢，是因为他管不住他那无法无天的妻子，而且他以为是奥古斯都纵容她，所以才更加痛苦；如果他请求奥古斯都让他们离婚，只会进一步惹恼她的儿子盖乌斯和卢修斯，他不想这样，他无路可走，只能体面地退出这场闹剧。

有关提比略的这番话奥古斯都压根儿没听，他扯起长袍一角，罩住头，摸索着走进卧室，把自己锁在里面，谁也不见，包括莉薇娅。他躲了整整四天，不吃饭，不喝水，也不睡觉，如果还需要更有力的证据来证明他的悲伤，那就是这四天里他一直都没刮胡子。最后，他终于拉了拉穿过墙上小洞的绳子，摇响了莉薇娅房间的小银铃。莉薇娅连忙满脸关切地跑来找他，奥古斯都没有开口，只在蜡板上用希腊文写了一句话："让她终生流放，但不要告诉我流放到哪儿。"他将印戒交给莉薇娅，好让她以他的名义给元老院写信，提出流放建议。（顺便说一句，他原来的印戒是一枚翡翠大戒指，刻着亚历山大大帝[1]戴着头盔的头像，

---

[1] 前356年—前323年，马其顿王国国王，世界古代史上著名的军事家、政治家，与汉尼拔、恺撒、拿破仑并称西方历史上的四大军事统帅。

是从亚历山大大帝的陵墓中被盗出来的，一同被盗出的还有一把宝剑、一副胸铠，以及那位大英雄的其他服饰。莉薇娅非要让奥古斯都戴上这枚戒指，但奥古斯都有所顾忌——他明白这样有多放肆——直到有天晚上，他做了个梦，梦中亚历山大生气地皱着眉头，用剑把他戴着戒指的手指砍了下来。从那以后，他就换上了自己的印戒，这枚戒指是用来自印度的红宝石做的，由名扬天下的金匠狄奥斯科莱斯切割，奥古斯都的历任继承者都把它作为王权的象征。）

莉薇娅用极其强烈的语气写下建议流放的文书，完全模仿了奥古斯都本人的风格；他的文风很容易模仿，因为他总是会为了表述的清晰而牺牲优雅的文风——譬如，一个词会在一段话中反复出现。他会坚定地重复使用相同字眼，而不会去寻找同义词或迂回的表达（这是文学中常见的手法）。此外，他还喜欢过分强调动词。莉薇娅写完信，没有拿给奥古斯都看，就直接寄去了元老院，元老院立刻投票通过了永久流放的法令。莉薇娅极其详尽地列出了尤莉娅的罪行，并以奥古斯都的名义，冷静表达了深恶痛绝之情，好让奥古斯都事后无法出尔反尔，再让元老院撤销法令。暗地里，莉薇娅也玩了一手花招，她特别提到尤莉娅三四个奸夫的名字，都是她为了一己私利想要搞垮的人。其中一个是我的舅舅尤路斯，他是安东尼的儿子，由于屋大维娅的原因，奥古斯都很喜欢他，擢升他为执政官。莉薇娅在给元老院的信中写了他的名字，说他对恩人以怨报德，暗示他正和尤莉娅合谋，妄图夺取最高权力。尤路斯自杀了。我相信，篡权指控纯属子虚乌有，只因他是安东尼唯一一个还活着的儿子（安东尼自杀后，奥古斯都立即处死了他最大的儿子安特拉斯，另外两个儿子托勒密和亚历山大是安东尼和克里奥帕特拉的儿子，也都早早夭折），是安东尼和前妻弗薇娅生下的，他当过执政官，马塞勒斯的妹妹和阿格里帕离婚后又嫁给了他，所以他是很大的威胁。很多对奥古斯都不满的人常说，要是安东尼打赢了亚克兴角海战就好了。另外几个被莉薇娅指控为奸夫的人则遭到了流放。

一周后，奥古斯都问莉薇娅，"那项法令"有没有及时通过——如今他绝口不提尤莉娅的名字，连婉转的暗示也没有，可他显然还想着她。莉薇娅告诉他，"那个人"被判永久囚禁在一个小岛上，已动身出发了。听到这个消息，他愈发唉声叹气，因为尤莉娅没有做出唯一体面的选择，即自行了断。莉薇娅说，尤莉娅的女侍官，也是她最要好的密友——菲比，在流放法令公布后立即上吊自尽了。奥古斯都说："神灵在上，我真希望菲比是我的女儿。"他又推迟了十四天才公开露面。我清楚地记得那可怕的一个月。莉薇娅下令，让我们所有小孩都穿上丧服，不准玩耍，不准喧哗，甚至不准笑。我们再见到奥古斯都时，他仿佛老了十岁，又过了好几个月，他才有心情去男子学院，重新开始每天晨练，绕着皇宫院子快步走，最后小跑越过一连串低矮的障碍。

莉薇娅第一时间派人把尤莉娅的消息告诉了提比略。在莉薇娅的催促下，提比略给奥古斯都写了两三封信，恳请他原谅尤莉娅，因为他自己早已原谅了她，他说，无论她身为人妻的品行有多么不端，他还是愿意让她留着他一直以来转让给她的财产。奥古斯都没有回信。他坚信，正是提比略最初对尤莉娅的冷漠和残忍，以及他在她面前树立的道德败坏的榜样，才导致她堕入深渊。所以，他不仅没有召回提比略，在第二年年底提比略保民官任期届满后，也没有给他续期。

当时，军队中有一首行军歌谣，叫《我主奥古斯都的三大悲》，大概是军营中那种悲喜交加的曲风，多年后，驻扎在日耳曼的军团还会唱。它主要诉说了奥古斯都的三次伤心，第一次是为马塞勒斯，第二次是为尤莉娅，第三次是为失去瓦卢斯[1]的鹰旗。奥古斯都为马塞勒斯的死深感悲痛，为尤莉娅的败坏门风更感悲伤，但最最伤心的还是失去鹰旗，因为失去一面鹰旗就代表着失去整整一个由罗马最勇敢的士兵组成的军团。歌谣中有好几段歌词沉痛哀悼了第十七、第十八和第十九军团的悲惨命运。我十九岁那年，他们在遍布沼泽的遥远森林中被日耳曼人伏击屠杀；歌谣里唱道，奥古斯都在听到这个史无前例的噩耗时，不断用头去撞墙：

> 奥古斯都每一声吼，
> 就是撞破一次头。
> "瓦卢斯，瓦卢斯，瓦卢斯将军啊，
> 把我的三鹰还给我！"

> 奥古斯都撕破他的床单、
> 毛毯、床罩和被子。

---

[1] 普布利乌斯·瓦卢斯，约前46年—9年，罗马政治家、将军，他在条顿堡森林战役中被日耳曼部落伏击，损失了三个罗马军团。

"瓦卢斯,瓦卢斯,瓦卢斯将军啊,
把我的军团还给我!"

接下来的一段唱道,从那以后,他再没有以被灭军团的编号组建新的军团,而是在名单中永远保留了那三个空缺。他发誓,对他来说,在士兵的性命和荣誉面前,马塞勒斯的性命和尤莉娅的名声都不算什么,不把三面鹰旗夺回来,平安放到卡庇托尔广场上,他的灵魂就会"像炉子里的跳蚤一样,永远不得安宁"。在那之后,罗马人一次又一次打败日耳曼人,可就是一直没找到丢失的鹰旗到底"栖息"在什么地方——那帮懦夫把它们藏得太隐蔽了。其实,将士们低估了奥古斯都对尤莉娅的痛心,依我看,他每为鹰旗伤心一小时,就为尤莉娅伤心了一个月。

他不想知道她被流放的地点,因为如果他知道了,他就会不停地去想那个地方,还会控制不住自己,跳上船去探望她。这样一来,方便了莉薇娅用狠毒的手段报复她。她规定她不准饮酒,不准使用化妆品,不准穿好看的衣服,不准有任何奢侈的享受,她的保镖全是太监和老头。她不准任何人探望她,甚至要求她像读书时一样,每天纺纱织布。那岛在坎帕尼安海边,是个很小的岛,莉薇娅故意让同一批守卫驻守了一年又一年,不给换班,以此增加尤莉娅的痛苦;因为他们也等于被流放到了与世隔绝的蛮荒之地,自然要把这笔账算到她头上。只有一个人从这桩丑闻中全身而退,那就是尤莉娅的母亲斯克波妮娅,你们应该记得,当初奥古斯都为了娶莉薇娅,跟她离婚。她如今是老态龙钟的老太太了,多年来深居简出,她大胆找到奥古斯都,恳请他允许自己陪女儿一起流放。她当着莉薇娅的面对他说，她的女儿一生下来就被人偷走，可她一直远远地关心着她，现在，全世界都和她的宝贝作对，她想让大家看看，真正的母爱是什么。她认为，这事压根儿不能怪那可怜的孩子：她的处境非常艰难。莉薇娅轻蔑地笑了笑，心里一定颇不自在。奥古斯都控制着情绪，签字批准了她的请求。

五年后，尤莉娅生日那天，奥古斯都突然问莉薇娅："那岛有多大？"

"什么岛？"莉薇娅问。

"那个岛……那个倒霉女人住的岛。"

"哦，从头走到尾，大概几分钟吧，我记得。"莉薇娅装作毫不在意的样子。

"步行几分钟！你开什么玩笑？"他原以为她的流放地会是个大岛，比如塞浦路斯岛、莱斯沃斯岛或科孚岛那样的。过了一会儿，他又问："叫什么名字？"

"潘达塔利亚。"

"什么？我的天，那个荒郊野岭吗？天哪，这太残忍了！在潘达塔利亚住五年！"

莉薇娅严肃地看着他，说："我猜你是想让她回罗马了？"

奥古斯都走到意大利地图前，这幅地图是刻在一片薄薄的金箔上的，上面镶嵌的小小宝石代表了不同的城市，就挂在他们所在房间的墙上。他说不出话，只用手指了指墨西拿海峡边一个漂亮的希腊小镇，瑞吉欧。

就这样，尤莉娅被送去了瑞吉欧，在那里，她得到相对更多的自由，甚至可以接见访客——但访客必须先亲自向莉薇娅申请，得到许可方能成行。申请者必须解释自己跟尤莉娅是什么关系，填写详细的通行证，请莉薇娅签字，通行证上要写明头发和眼睛的颜色，列出身上容易辨认的特征或疤痕，免得被人冒用。几乎没人愿意接受这样的审查。尤莉娅的女儿阿格里皮娜申请前往，莉薇娅不加考虑断然拒绝，她说，这是为阿格里皮娜的品德着想。尤莉娅仍处于严密监控下，身边没有一个朋友，她的母亲也因高烧死在了岛上。

有一两次，奥古斯都走在罗马的街道上，人群中传来大喊："让你的女儿回来吧！她受的苦够多了！让你的女儿回来吧！"这让奥古斯都痛彻心扉。有一天，他让卫兵把人群中叫得最凶的两人抓来，严肃地对他们说，天神朱庇特一定会惩罚他们的愚蠢，让他们的妻子或女儿也欺骗他们、令他们蒙羞的。这些民众的呼声与其说是表达了对尤莉娅的同情，不如说是表达了对莉薇娅的痛恨，每个人都理直气壮地责怪莉薇娅，说是她害尤莉娅遭受了流放的重刑，也是她利用了奥古斯都的自尊心，让他无法手下留情。

至于提比略，他在他的大岛上舒舒服服住了一两年，那里的生活很适合他。岛上气候宜人，食物美味，他有大量的空余时间重拾文学研究。他的希腊语散文写得不赖，他还模仿尤弗利昂[1]和帕西尼斯[2]等诗人的风格，写了不少优美但伤感傻气的希腊

1　古希腊诗人、语法学家。

2　古希腊诗人、语法学家。曾是罗马诗人维吉尔的希腊语老师。

诗。我有一本他的诗集，不知道放在什么地方了。他花了很多时间，跟大学[1]教授们展开友好辩论。他兴致勃勃地研究古典神话，制作出一张巨大的圆形宗谱图，正中央是我们最早的祖先"混沌"——时间之父的父亲，无数分支从中央延伸出来，形成错综复杂、层层叠叠的大网，网上是数不清的女神、国王和英雄。他在绘制这张图时，总喜欢用各种问题为难神话专家："赫克托耳[2]的外婆叫什么名字？""奇美拉[3]有儿子吗？"接着，他又要求他们引用古代诗歌中的相关内容来支持他们的回答。顺便说一句，多年后，正是凭借对这张图的回忆（如今它传到了我手中），我的侄子卡利古拉才说出了那句有关奥古斯都的著名玩笑话："啊，是的，他是我的舅太公。他跟我的关系和地狱看门犬刻耳柏洛斯跟阿波罗的关系一模一样。"其实，现在认真想想，卡利古拉这句话说错了，不是吗？阿波罗的舅太公应该是怪物提福俄斯[4]，根据权威研究，他是刻耳柏洛斯的父亲，但根据另一些权威研究，他又是刻耳柏洛斯的祖父。可众神的宗谱图太混乱了，还有很多乱伦的结合——儿子跟母亲，兄弟跟姐妹——卡利古拉说不定真能拿出证据证明他的话。

提比略身为保民官，罗德岛人对他敬畏有加；行省官员若

---

1 和现代大学并非同一概念。此处大学应指罗德岛上开办的修辞学校，主要教授罗马精英。
2 荷马史诗中参加特洛伊战争的凡人英雄，特洛伊的王子。
3 古希腊神话中羊头、狮头和蛇尾的吐火怪物。
4 古希腊神话中象征风暴的泰坦巨人，与妻子生下许多可怕的魔怪，包括百首巨龙拉冬、九头蛇海德拉、地狱犬刻耳柏洛斯、狮头羊身怪奇美拉、狮身人面兽斯芬克斯等。

坐船出海去东方就职，或从东方回来，都会特地绕道拜见他。他总说自己只是普通公民，坚决辞谢了颁给他的各种公开荣誉。他出行时，经常不带官方的自由民护卫队。他只行使过一次保民官的审判权：逮捕了一名希腊年轻人，并当场判处他一个月监禁，因为那名年轻人在他主持的文法辩论中蔑视他的权威。他通过骑马和参加体育馆的各项运动来保持良好状态，同时密切关注着罗马局势——莉薇娅每个月都给他写信通报消息。除了岛上首府的房子外，他还在离首府不远的地方有幢小别墅，建在崎岖的海角之上，俯瞰着大海。悬崖上有条直通别墅的秘密小路，提比略有个信得过的释奴，他力大无穷，经常带着三教九流的人走上这条小路，去陪提比略打发漫漫长夜——比如妓女、男同性恋、算命师、魔术师等等。据说，这些人如果惹得提比略不高兴了，那在回去的路上就很有可能神秘失足，掉进下面的海里。

我说过，提比略任保民官五年期满后，奥古斯都不愿给他续期。可以想象，这让他在罗德岛的处境非常尴尬，因为他本人在那里并不受欢迎：罗德岛人眼见他不再有自由民护卫队，行政权和人身不可侵犯权也被剥夺后，便开始随意待他，后来甚至在他面前傲慢起来。比如，有一位大名鼎鼎的希腊哲学教授，提比略申请去听他的课，结果他对提比略说，班上没有空位了，让他七天后再来看看。接着，莉薇娅又传来消息，说盖乌斯就要被派往东方，担任小亚细亚的总督。盖乌斯当时在离罗德岛不远的希俄斯岛，可他没有按规矩来拜会提比略。提比略从一个朋友那里听说，盖乌斯听信了罗马的流言，认为他正和莉薇娅密谋军事叛变，在一场公开宴会上，大家都喝得醉醺醺之后，盖乌斯的一个随从还主动提出，要漂洋过海去罗德岛，把那个"流亡者"的首级取来；盖乌斯对他说，他才不怕那个"流亡者"呢：就让他那没用的脑子先留在他那没用的肩膀上吧。提比略忍辱负重，立即坐船去了希俄斯岛，跟他的继子握手言和，他谦卑的态度引起众说纷纭。提比略，如今这世上仅次于奥古斯都的最尊贵的罗马人，竟会向一个不到二十岁的孩子献殷勤，这孩子还是他那不要脸的妻子的儿子！盖乌斯冷冰冰地接待了他，但心里暗自得意。提比略请他不要担心，说他听到的传言都是无中生有，且用心险恶。提比略说，他正是为了盖乌斯和他的弟弟卢修斯才中断政治生涯的，如今也不打算继续：他只想在平静和隐秘中安度余生，他现在明白，这两样东西比一切公开荣誉都更珍贵。

盖乌斯很高兴能有一个机会表现自己的宽容大度，他答应帮提比略送信去罗马，请奥古斯都准许提比略回去，还答应以自己的名义做担保。在这封信中，提比略写道，他离开罗马只是为了不让两位年轻的王子，也就是他的两个继子尴尬，现在，他们都已长大成人，站稳了脚跟，会阻碍他在罗马平静生活的因素便不复存在了；他还补充道，他已厌倦了罗德岛，期盼着再次见到朋友和亲人。盖乌斯遵守承诺，附上自己的担保，将信送了出去。奥古斯都回了信，是回给盖乌斯，不是回给提比略的，信里说，在国家最需要提比略的时候，他罔顾亲人朋友的苦苦哀求，一走了之；那现在回来的条件就不能由他自己说了算。信的内容传开，提比略愈发焦虑。他听说在法兰西的尼姆，人们推翻了为纪念他打胜仗立的雕像，卢修斯也听说了很多对他不利的谣言，而且似乎全信了。提比略从首府搬离，住到了岛上偏远角落的一栋小屋里，只偶尔去一趟悬崖别墅。他不再注意自己的身体健康，甚至无心打理外表，他几乎不刮胡子，穿着睡袍和拖鞋到处走。最后，他给莉薇娅写去一封密信，解释了自己的危险处境。他发誓，如果她能让他安全回去，那他有生之年在一切事情上都将对她唯命是从。他说，他不仅要称呼她为亲爱的母亲，还要称呼她为掌管国家巨轮的舵手，尽管这一点到目前为止还有很多人没有意识到。

这正是莉薇娅想要的；在此之前，她一直故意克制着，不去求奥古斯都召回提比略。因为她想让提比略自己厌倦无所事事的状态和公众的轻侮，就像以前，他厌倦事事奔劳的状态和公开的荣耀一样。她给他回了一条简短的消息，说信已安全收到，一言为定。几个月后，卢修斯在前往西班牙的途中，在马赛神秘暴毙，奥古斯都还未从震惊中缓过神来，莉薇娅就开始对他动之以情了。她说这么多年来，她一直想念着她亲爱的儿子提比略；在此之前，她一直不敢求奥古斯都让他回来。他当然做错了事，可现在已得到教训，他私下给她写来的信无一不透露出他对奥古斯都最深的敬爱与忠诚。她还力劝道，盖乌斯曾为他的回归做过担保，如今盖乌斯的弟弟死了，盖乌斯肯定需要一位信得过的伙伴呀。

一天晚上，一个叫色拉西洛斯的算命师来到提比略的悬崖别墅，色拉西洛斯是阿拉伯人，之前来过两三次，他预测过很多好事，一次也没有成真。提比略对他越来越怀疑，他对释奴说，如果色拉西洛斯这一次还不能让他满意，就让他在走下悬崖时失足掉落吧。色拉西洛斯来了，提比略开口说的第一句话是：

"今日我的星相如何?"色拉西洛斯坐下来,用一块黑炭在石桌上做起了复杂的星图运算。最后他宣布:"今天的星相是前所未有的吉兆。您这辈子的凶险危机终于结束。从今往后,您都只有好运。"

"好极了,"提比略冷冷地说,"那你自己的呢?"

色拉西洛斯又算了一番,接着,他抬起头,露出难辨真假的惊恐神色。"天神哪!"他惊呼,"天空和水中都有危险向我逼近。"

"能避开吗?"提比略问。

"不好说。如果我能活过接下来的十二个小时,那我的命运在一定程度上将和您的一样圆满;但现在,几乎所有的凶兆星相都联合起来对我不利,看来危险无法避免。只有维纳斯才能救我。"

"你刚刚说维纳斯怎么了?我忘了。"

"我说她正在向天蝎座移动,天蝎是您的星座,这预示您的命运将有神奇而美妙的转变。让我再从这个极重要的转变中进一步预测一下:您很快就要进入尤利安家族了,不用我提醒您,尤利安家族是埃涅阿斯之母维纳斯的直系后裔。提比略,我卑微的命运竟与您显贵的人生神奇地交织在一起。如果您在明天黎明前收到好消息,那就表示,我将和您一样,还有很多幸运的日子。"

他们坐在屋外阳台上,突然,一只像是鹡鸰的小鸟跳到色拉西洛斯膝盖上,脑袋一歪,对他啾啾叫了起来。色拉西洛斯对小鸟说:"谢谢你,姐妹!来得正是时候。"他朝提比略转过身,说:"感谢上天!小鸟说,那艘船给您带来的是好消息,我得救了。危险解除。"

提比略一跃而起，抱住色拉西洛斯，坦率说出了自己原本的打算。果不其然，船上带来了奥古斯都的皇家信件，通知提比略卢修斯的死讯，并说在目前的情况下，奥古斯都大度地决定让他回到罗马，但暂时只能以普通公民的身份。

盖乌斯这边，奥古斯都之前一直犹豫不决，是否不该将他无法胜任的职责交给他，也不确定他担任总督后，东方的局势能否保持稳定。不巧的是，亚美尼亚国王发动了叛乱，帕提亚国王也威胁说要同他联手；这让奥古斯都陷入两难的窘境。盖乌斯已证明自己在和平时期是个能干的总督，但奥古斯都不相信他能指挥好一场如此重要的战役；而他本人年事已高，无法亲征，罗马又有太多事务需要他处理。他也不能派别人去接管盖乌斯手里的东方军团，因为盖乌斯是执政官，如果连最高军事指挥的能力都没有，那他从一开始就不该担此职务。奥古斯都别无选择，只能让盖乌斯去应对，同时为他向上苍祈祷。

一开始，盖乌斯很幸运。一个流浪的野蛮人部落攻破了亚美尼亚东部边境，消除了亚美尼亚的威胁。亚美尼亚国王在驱赶他们时被杀身亡。帕提亚国王听说此事，也听说了盖乌斯正召集一支强大的军队后，同盖乌斯达成和解。奥古斯都如释重负。可奥古斯都新提名的亚美尼亚国王人选是米底人[1]，亚美尼亚的贵族们无法接受，这时，盖乌斯又将他以为不需要的多余军队送回了家，于是，亚美尼亚终究宣战了。盖乌斯重新召集军队，向亚美

1　古代亚洲西部的人种之一。

尼亚进军，几个月后，敌方的一位将军假意邀他和谈，将他刺伤。伤势不重，当时他也没有放在心上，仍打赢了那一仗。可不知怎的，大夫给他用错了药，他的身体这两年本来就无缘无故变差了，这下更是雪上加霜：他完全没办法集中精神。最后，他给奥古斯都写信，请求他允许自己隐退，去过平民的生活。奥古斯都虽然伤心，但还是批准了他的请求。盖乌斯死在了回家的路上。这样一来，尤莉娅的儿子便只剩下了十五岁的波斯图穆斯。奥古斯都与提比略重修旧好，并如色拉西洛斯预测的那样，将提比略收为养子，让他成为尤利安家族的一员，和波斯图穆斯同为奥古斯都的养子兼继承人。

此时，东方已消停了一段时间，可日耳曼再次爆发战争，形势急转直下——我在交给雅典诺多鲁斯的学校作文里提到了这件事——奥古斯都任命提比略为军队指挥官，并奖励他十年任期的保民官职位，以示对他的重新信任。这一战艰苦卓绝，提比略拿出往日雄风和智谋，全力以赴。然而，莉薇娅却坚持让他时不时回一趟罗马，好跟上那里的政治形势。提比略遵守了与她的约定，事事对她言听计从。

第七章

我退回几年，讲了我伯伯提比略的事，但如果一直讲到奥古斯都将他收为养子，那又将超前于我的故事了。接下来几章，我将把时间严格限定在我九岁到十六岁之间。大部分记录了我们年轻贵族订婚结婚的经过。首先成年的是日耳曼尼库斯——他是九月三十日满十四岁的，但成年庆典按习俗在三月举行。他大清早走出我们在帕拉蒂尼山上的家，戴着花冠，最后一次穿上紫色镶边的男孩服装。一大群小孩跑在前面，一边唱歌一边撒花，他的贵族朋友们簇拥着他，和他走在一起，摩肩接踵的市民按照不同等级跟在后面。整个队伍缓缓走下山坡，穿过市集，在那里，大家用震天的欢呼声迎接他。作为回应，他发表了一番简短的演讲。最后，队伍爬上卡庇托尔山[1]，奥古斯都和莉薇娅在卡庇托尔广场等着他，他在山上的神庙向天神朱庇特献祭了一头白色公牛，并第一次穿上成人的白色长袍。可让我失望的是，他们不准我去。因为我走不了那么远，找人用轿子抬着我又有碍观瞻。所以，整场仪式我只看到他回来后将男孩服饰供奉给家宅神；还有

公元前一年

---

[1] 罗马七丘中最高的山，罗马的最高神朱庇特的神庙就建在山上。

他站在家门口的台阶上向众人抛撒蛋糕和零钱。

一年后,他结婚了。奥古斯都不断通过立法,尽可能鼓励大家族的男子结婚。如此庞大的帝国,所需文武高官的数量远远超过了贵族和世家所能提供的数量,这还是在不断从平民中招募新成员的前提下。有些贵族抱怨新成员粗鄙庸俗,奥古斯都总会气恼地回答,他选的已经是能找到的人中最不粗鄙庸俗的了。他说,解决方法就在他们自己手中:每个有地位的男人和女人都应该早早结婚,并养育尽可能多的子女。统治阶层结婚率和出生率的持续下降已成了奥古斯都的一大心病。

有一次,贵族骑士团抱怨奥古斯都制定的法律对单身汉过于严苛,他便把整个贵族骑士团召集到市集听他训话,要知道,元老都是从这个团里挑选出来的。他把他们召集到那里后,将所有人分成两组,已婚的一组,未婚的一组。未婚组比已婚组的人数多得多,他分别给两组人讲了不同的话。在未婚组面前,他越讲越激动,他骂他们是野兽、是土匪,还奇怪地把他们比作子孙后代的杀人犯。此时的奥古斯都已是个老头,和所有一辈子当家做主的老头一样,既暴躁又固执。他问他们,他们是不是以为自己是维斯塔贞女[1]。可维斯塔贞女至少是一个人睡觉的,比他们强多了。他们能不能行行好解释一下,为什么不愿意与同阶层的正经女人同床共枕,孕育健康的小孩,却要把阳刚精力浪费在油腻腻的奴隶女和脏兮兮的亚细亚希腊妓女身上。如果他听到的传言

---

[1] 也叫护火贞女,古罗马炉灶和家庭女神维斯塔的女祭司,共六人,自六到十岁起开始侍奉职务,在奉圣职的三十年内必须守贞。

是真的，他们每晚更换的床伴从事的往往是那种下贱行业，连那行业的名字他都不愿提起，免得别人以为他是默许它存在的。依他的话，如果一个男人在逃避社会责任的同时，过着堕落淫逸的生活，那他就应该和背弃誓言的维斯塔贞女一样，接受最可怕的惩罚——活埋。

我当时结了婚，对我们已婚的人，他不吝赞美，把我们大大表扬了一番，张开双臂像要拥抱我们似的。"和都城庞大的人口相比，你们的人数是很少的。和那边不愿意承担社会责任的同伴相比，你们的人数也是很少的。正因如此，我才更要表扬你们，更要感激你们，感谢你们满足我的心愿，尽量为国家添丁。只有这样过日子，罗马未来才能成为伟大的国家。一开始，我们人也是很少的，知道吧，可后来，我们结婚生子，才有了与邻国竞争的实力，这不仅因为我们的国民很勇敢，也因为我们有庞大的人口。我们必须永远牢记这一点。我们必须用延绵不绝的一代又一代人，来克服凡人终将一死的宿命，就像比赛中一棒接一棒传递的火炬，只有这样，我们才能将天性中比不上神灵的那一面在彼此身上化为不朽。也正是这个原因，最早和最伟大的神在创造人类时才将我们一分为二：一半是男人，一半是女人，并在我们身上植入对彼此的欲望，让我们的交合生出结晶，通过世世代代的不息繁衍，神在某种程度让有限的生命化为了不朽。其实，传说里，有些神是男人，有些神是女人，他们通过各种亲缘和亲子关系联系在一起。所以你们看，哪怕是不需要通过这种方式变得不朽的神灵，也都认为婚姻和生儿育女是高贵的习俗呢。"

我只想哈哈大笑，不仅因为我受表扬的理由是违背我意愿、强加给我的一件事，还因为眼前这一幕简直是场彻头彻尾的闹剧——我很快就会跟你们说厄古拉尼娜了，她是我当时的妻子。奥古斯都对我们训话有什么用呢？他再清楚不过了，他所谓"逃避责任"的不是男人，而是女人啊。如果他召来的是一群女人，那这番话倒可能有点用处。

我还记得，有一次，我听我母亲的两个女释奴从贵族女子的角度说起现代婚姻。女人能从中得到什么好处呢？她们问。如今世风日下，没人再把婚姻当回事了。的确，有些老派的男人还算尊重传统，对妻子跟他的朋友或家仆私通生下的孩子怀有偏见，也有些老派的女人还算尊重丈夫的感受，会小心避免怀上别人的孩子。可在一般情况下，任何一个漂亮女人如今都可以选择与任何一个男人上床。但她如果结了婚，厌倦了自己的丈夫——这种情况非常普遍——想另外找个人让自己开心，那就得跟丈夫的自尊心和嫉妒心作斗争了。况且，女人结婚后，经济状况一般也不会变得更好。她的嫁妆都进了丈夫的口袋，如果身为一家之主的公公碰巧还活着，则会进入公公的口袋；丈夫和公公可比娘家的父亲兄长难对付多了，因为父亲兄长的弱点她早就摸透了。结婚，只意味着烦心的家务责任。至于孩子，谁想要呢？他们在出生前，会影响母亲长达数月的健康和享乐，他们出生后，当然可以立刻找来奶妈，可母亲要从生产的痛苦中完全恢复需要时间，如果生了两个以上的孩子，母亲的身材基本就毁了。看看美丽的尤莉娅，为了满足奥古斯都让她为家族开枝散叶的心愿，都变成什么样了。一个女人就算真心爱她的丈夫，也无法要求他在自己怀孕期间不近美色，况且孩子出生后丈夫也基本不会关心。

仿佛这些还不够似的，现在的奶妈也粗心得吓人，经常把孩子养死。幸好有聪明的希腊医生，如果怀孕的时间不长，他们就能帮任何一位女士在两三天内流掉不想要的孩子，身体不会受到影响，也没有人会知道。当然，有些女人，甚至包括作风非常现代的女人，会有想要孩子的传统心愿，那她们可以随时买个孩子，来让夫家收养，那些孩子的父亲也都出身高贵，只是被债主逼急了……

奥古斯都允许贵族骑士团的成员跟平民甚至释奴结婚，但此举收效不大。骑士就算结婚，也是为了女方丰厚的嫁妆，不是为了孩子或爱情，释奴显然不是良配；尤其是刚刚被擢升为骑士的人，更是强烈抵触跟比自己地位低的人结婚。在古老的贵族家庭里，阻碍就更多了。不仅是亲缘关系上可供选择的女人更少，结婚的仪式也更严苛。女人结婚后，处于夫家一家之主的绝对控制下。每个头脑清醒的女人在缔结婚约前都会再三思量，毕竟，一旦结婚就再无退路，只能离婚了；而离婚后，很难把作为嫁妆带进夫家的财产要回来。如果不是古老的贵族家庭，女人则可以在跟男人合法结婚的同时继续保持独立，还可以掌管自己的财产——只要她愿意，她可以声明，每年有三个晚上不在丈夫家睡觉，以此打断丈夫把她当作永久私产的控制。女人喜欢这种形式的婚姻，原因显而易见，但也正出于这些原因，她们的丈夫并不喜欢。这种做法从都城最底层的家族开始，向上蔓延，很快成了除古老贵族家庭外的普遍现象。古老贵族家庭有一个反对这样做的宗教理由：当时国家的祭司都是从这些家族中选出来的，根据宗教法，祭司必须是已婚男人，婚姻必须有严格的形式，孩子也必须是严格形式下的婚姻中出生的。然而，随着时间推移，合适的祭司人选越来越难找。最后，祭司团里竟出现了无人填补的空缺，这就必须采取措施了。律师们想出办法，允许上层女子在缔结严格形式的婚约时明确指出，她们完全交出自己和财产的举动"事关神圣"，除此之外，她们享受自由婚姻的一切权益。

此为后话。当时，奥古斯都除了立法惩罚单身汉和结了婚不生孩子的人，便只能给各大家族的家长们施加压力了，他让他们安排家里的年轻人尽早成婚（并给他们繁衍子嗣的指导），趁着他们还年轻，意识不到即将面对的是什么，也不知道该怎么反抗，只能默默服从。为了做出好的榜样，我们这些奥古斯都和莉薇娅家族的年轻人都是一到年纪就马上订婚结婚。听起来也许奇怪，但奥古斯都五十四岁就当上了曾祖父，七十六岁去世前就当上了曾曾祖父；尤莉娅也因为结过两次婚，在孙女都可以出嫁的时候，她自己还没有过生育年龄。这样一来，大家的辈分就多少有些重叠，皇室的宗谱关系在复杂程度上堪比奥林匹斯山上众神的关系。这不仅因为大家频繁地收养小孩，跟超过宗教习俗允许范围的近亲结婚（此时皇室的地位已超过了律法）；还因为男人一旦死去，遗孀往往被迫再婚，还是在同一个很小的亲属圈子里。在此，我会尽量不啰唆地把这些事说清楚。

我之前说过，尤莉娅有三个儿子，盖乌斯、卢修斯和波斯图穆斯，她还有两个女儿，尤丽娜和阿格里皮娜，自从尤莉娅被流放，并从奥古斯都的遗嘱中被除名后，他们便成了奥古斯都的首要继承人。莉薇娅家的小孩有提比略的儿子卡斯托尔和他的三个堂兄妹，即我的哥哥日耳曼尼库斯、我的姐姐莉维拉和我。但我一定不能忘了尤莉娅的外孙女——因为尤莉娅的女儿尤丽娜在莉薇娅家族中找不出合适的夫婿人选时，嫁给了一位名叫埃米利乌斯的富有元老（他是奥古斯都前妻斯克波妮娅的亲戚，和尤丽娜算表兄妹），并给他生了一个女儿，叫埃米丽娅。尤丽娜的婚姻很不幸福，因为莉薇娅对奥古斯都的外孙女没有嫁给她孙子一直耿耿于怀；但你们很快就会看到，她没有因此烦恼太久。与此同时，日耳曼尼库斯跟阿格里皮娜结了婚，她是个漂亮又严肃的姑娘，日耳曼尼库斯对她倾慕已久。盖乌斯娶了我的姐姐莉维拉，婚后不久就死了，没有留下孩子。卢修斯跟埃米丽娅订了婚，还没结婚也死了。

卢修斯死后，埃米丽娅的婚配问题就冒了出来。奥古斯都敏锐地察觉到，莉薇娅想给埃米丽娅找的丈夫不是别人，正是我，可他很喜欢那个女孩，不忍心把她嫁给我这病秧子。他决定反对这门亲事：他暗下决心，不能让莉薇娅得逞。卢修斯死后不久，奥古斯都跟老将军米多利纳斯吃饭，他是独裁官卡米卢斯的后代。酒过三巡，米多利纳斯微笑着告诉奥古斯都，他有个非常宠爱的小孙女，这个孙女突然在文学方面有了重大飞跃，他知道，这要归功于他最尊贵客人家的一位年轻亲属。

奥古斯都迷糊了。"到底是谁？我竟从未听说。发生了什么事？是借学习之机偷偷恋爱吗？"

"是，差不多是这么回事，"米多利纳斯咧嘴笑着说，"我跟那位年轻人交谈过，虽然他很不幸，有身体上的缺陷，我却忍不住喜欢他。他个性坦诚高贵，作为一位年轻学者，他让我刮目相看。"

奥古斯都难以置信地问:"什么,你说的该不会是小提比略·克劳狄乌斯吧?"

"对了,就是他。"米多利纳斯说。

奥古斯都喜上眉梢,他突然露出拿定了主意的表情,顾不上体面,迫不及待地说:"听我说,米多利纳斯,老朋友,让他当你孙女婿你愿意吗?如果你同意这门亲事,我很乐意安排。年轻的日耳曼尼库斯现在是他们家名义上的一家之主,但在这种事情上,他一定会听从长辈的意见。哎呀,不是每个女孩子都能克服生理反感,接受那个又聋又瘸又结巴的可怜虫的,莉薇娅和我一直不忍心把别人家的姑娘许配给他。可如果是你孙女心甘情愿……"

米多利纳斯说:"是那孩子自己跟我说的这桩亲事,她认真考虑过了。她对我说,小提比略·克劳狄乌斯谦虚、诚实又善良;而且他是瘸子,所以永远不可能去打仗,战死沙场。"

"也永远不可能去追求别的女人。"奥古斯都哈哈大笑。

"他也只有一边耳朵耳聋,至于他总体的健康状况……"

"我猜小姑娘已经知道他在妻子们最关心的那方面没有缺陷了吧?是呀,他怎么就不能让她怀上健康的孩子呢?我那匹又瘸又喘的种马布西法拉斯老成那样,可生出来的战车比赛冠军比罗马任何一匹马生出来的都多。玩笑归玩笑,米多利纳斯,你们家声名显赫,我妻子一定会非常荣幸跟你们结亲的。你真的赞成这门亲事吗?"

米多利纳斯说,他的孙女也有可能找到比这更差的对象;何况,跟祖国之父联姻会给整个家族带来意想不到的荣耀。

好了，他的孙女，米多莉娜就是我的初恋；我发誓，我在这世上从未见过那么美的女孩。我是在一个夏日午后，在萨鲁斯特花园遇到她的，那天雅典诺多鲁斯病了，苏皮乌斯带我去了那里。苏皮乌斯的女儿嫁给了米多莉娜的叔叔弗里乌斯·卡米卢斯，他是位功勋卓著的军人，六年后当了执政官。我第一眼见到米多莉娜时，大吃了一惊，不仅因为她的美丽，还因为她突然现身。当时我在看书，她走到我耳聋的那一边，我一抬眼，她已站在我面前，笑着看我专注的样子。她身材苗条，满头秀发乌黑浓密，肤色白皙，眼睛是很深的蓝色，行动敏捷得像只小鸟。

"你叫什么名字？"她客气地问我。

"提比略·克劳狄乌斯·德鲁苏斯·尼禄·日耳曼尼库斯。"

"哎哟，这么长！我叫米多莉娜·卡米拉。你几岁？"

"十三岁。"我说，我很好地控制了自己，没有结巴。

"我才十一岁，但我敢跟你打赌，我们跑到那棵雪松再跑回来，我能跑赢你。"

"这么说，你是跑步冠军喽？"

"我跑得过罗马所有的女孩子，还有我的哥哥们。"

"好吧，只怕这次你可以不战而胜了。我根本跑不动，我是个瘸子。"

"哎呀，真可怜。那你是怎么来这儿的？单腿跳来的？"

"不是，卡米拉，我是坐轿子来的，跟懒得走路的老人家一样。"

"你为什么不叫我的闺名？"

"因为卡米拉这个名字更适合你。"

"你这个聪明人又是怎么知道的呢?"

"因为在伊特鲁里亚语中,'卡米拉'是侍奉狄安娜[1]女神的年轻的狩猎女祭司。所以叫卡米拉的人一定是跑步冠军。"

"真有趣。我还从没听过这个说法呢。从现在开始,我要让所有的朋友都叫我卡米拉。"

"那你也叫我克劳狄乌斯,好吗?这才是适合我的名字。它的意思是瘸子。我们家的人总叫我提比略,那不适合我,因为叫提比略的都跑得很快。"

她哈哈大笑。"那好吧,克劳狄乌斯,你告诉我,你不能跟其他男孩跑来跑去,那你一整天都做什么?"

"我看书啊,主要是看书,还写作。我今年已经读过很多书了,现在才六月呢。这就是一本希腊语的书。"

"我还看不懂希腊语。我刚学会字母。祖父对我可生气呢——我没有爸爸,你知道吧——祖父骂我懒。当然,我听得懂别人说希腊语:我们在吃饭和有客人来的时候都必须说希腊语。这本书是写什么的?"

"这是修昔底德的历史书。这段写了一位政治家,他也是个硝皮匠,叫克里昂。他批评把斯巴达人封锁在岛上的将军们,说他们没有拼尽全力,还说如果他是将军,一定能在二十天内将整个斯巴达军队俘虏并带回来。雅典人听烦了他的大话,真任命他去指挥军队了。"

---

[1] 罗马神话中朱庇特的小女儿,是月亮和少女的守护神,喜欢狩猎,热爱大自然,代表贞洁和母性本能。

"这个主意挺滑稽的。后来怎么样了呢？"

"他说到做到了。他选了一位很厉害的参谋官，对他说，只要能打赢仗，那他想怎么打就怎么打。参谋官是个内行，不到二十天，克里昂真把一百二十名军衔最高的斯巴达人带回了雅典。"

卡米拉说："我听我叔叔弗里乌斯说过，最聪明的领袖就是选出聪明人替他思考的人。"接着，她又说："你一定非常聪明，克劳狄乌斯。"

"他们都认为我是个完完全全的傻瓜，我看的书越多，他们越是这样认为。"

"我认为你非常聪明。你讲故事讲得这么好。"

"可我说话结巴。我的舌头也是克劳狄家的。"

"也许只是紧张。你不认识很多女孩子吧？"

"确实，"我说，"你是我认识的第一个没有嘲笑我的女孩子。我们可以经常见面吗，卡米拉？你不能教我跑步，但我可以教你希腊文。你觉得怎么样？"

"哎呀，太好了。但你会找有趣的书来教我吗？"

"你喜欢什么书我就教什么书。你喜欢历史书吗？"

"我想我最喜欢的是诗歌；历史书里有太多人名和日期要记了。我大姐特别痴迷帕西尼斯的情诗。你读过他的诗吗？"

"读过一些，但我不喜欢。太做作了。我喜欢真实的书。"

"我也是。可希腊情诗有不做作的吗？"

"有西奥克里托斯[1]呀。我非常喜欢他。让你婶婶明天还是

---

[1] 前310年—前250年，古希腊田园诗人，田园诗歌的创始人。

这时候带你来这儿，我带上西奥克里托斯的书，我们马上开始学习。"

"你保证他的诗不无聊？"

"不无聊，他写得好极了。"

从此以后，我们几乎每天在花园碰面，一起坐在树荫下读西奥克里托斯的诗，然后聊天。我让苏皮乌斯保证，不把这事告诉任何人，因为我害怕莉薇娅听说后会不准我再来。卡米拉有一天说，我是她认识的最善良的男孩子，比起她哥哥的朋友们，她更喜欢我。我也告诉了她我有多喜欢她，她非常开心，接着，我们羞涩地接吻了。她问我们有没有可能结婚。她说她的祖父愿意为她做任何事，总有一天，她要把他单独带到花园来，介绍我们认识；可我的父亲会赞成吗？当我告诉她我没有父亲，我的一切都得由奥古斯都和莉薇娅做主时，她不由得愁眉苦脸起来。在那之前，我们几乎没有谈论过各自的家庭。她从未听人说过莉薇娅一句好话，但我告诉她，莉薇娅是有可能同意的，因为她很讨厌我，我想她压根儿不在意我做什么，只要不给她丢脸就行。

米多利纳斯是位正直庄重的老人，也算得上是历史学家，这让我们之间的交流特别轻松。我父亲第一次出征时，他曾是我父亲的高级军官，知道很多关于他的逸闻趣事，我怀着感激之情，把这些事记在我为父亲写的传记里。有一天，我们说起卡米拉的祖先卡米卢斯，他问我，在卡米卢斯做过的事当中，我最钦佩的是哪一件，我说："当法勒里城那个背信弃义的校长把他教的男学生骗到罗马城墙前，说法勒里人会愿意不惜一切代价把他们换回去时，卡米卢斯对这个交易不屑一顾。他让人扒光校长的衣服，把他双手捆在背后，将棍子和鞭子交给孩子们，让他们把那个叛徒一路打回家去。这不是太精彩了吗？"我读这个故事时，把校长想象成了加图，把男学生想象成了波斯图穆斯和我自己，所以我对卡米卢斯的崇拜混杂着其他感情。不过米多利纳斯听了这话非常高兴。

日耳曼尼库斯被问到是否同意我的婚事时，他非常高兴地应允了，因为我跟他说了我对卡米拉的喜爱；我的伯伯提比略也没有表示异议；我的祖母莉薇娅跟往常一样，隐藏了自己的愤怒，祝贺奥古斯都这么快就把米多利纳斯的话当了真——她说，他一定是喝醉了，才会同意这门亲事，对方的嫁妆那么少，可与皇室联姻对他们家来说是莫大的荣耀。毕竟，卡米卢斯家族很多代都没有出过能力超群、威震四方的人物了。

日耳曼尼库斯告诉我，一切都安排好了，订婚仪式将在下一个吉日举行。我们罗马人对日子很迷信：比如，七月十六日在卡米卢斯那个时代是阿里亚[1]之难的日子，没有人会在这一天打仗、结婚或买房，连想都不会想。我不敢相信自己的幸运。我之前还害怕，他们会逼我娶埃米丽娅，那个小丫头脾气暴躁，又虚伪做作，她经常到我们家来，每次来的时候都学我姐姐莉维拉取笑我、捉弄我。莉薇娅坚持说，订婚仪式越私密越好，因为她怕我在众人面前出洋相。我也更喜欢这样：我最讨厌各种仪式了。于是，我的订婚仪式将只有必要的见证人在场，没有宴席，只会按照通常的流程献祭一头公羊，再查看它的内脏是否预示吉兆。

1　阿里亚河是罗马北部台伯河的支流，公元前387年，罗马人在此被法兰西人打败。

吉兆是当然的；按照莉薇娅的意思，奥古斯都将担任仪式的祭司，他会确保是吉兆。接着，我们还将签好等我一成年就马上举行第二场仪式的约定，并定好嫁妆的数目。卡米拉和我将手拉着手接吻，我会给她一枚金戒指，然后她就回她祖父家——静悄悄的，和她来时一样，不会有大队唱歌的侍从跟随。

时至今日，写起那天的事，我仍心如刀绞。我当时非常紧张，戴着花冠，穿着干净长袍，和日耳曼尼库斯一起站在家里的祭坛边，等待卡米拉出现。她迟到了。她迟到了很久。见证人开始不耐烦了，纷纷批评起老米多利纳斯，说他没有礼貌，竟在这样的庆典上让他们久等。最后，门房终于来报，说卡米拉的叔叔弗里乌斯来了，他走进来，面如死灰，身着丧服。他简单问候了大家，并向奥古斯都和在场的其他人道歉，请大家原谅他的迟到和不吉利的打扮，他说："飞来横祸。我的侄女死了。"

"死了！"奥古斯都大叫，"这是开什么玩笑？半小时前我们还收到通报，说她在来这儿的路上了。"

"她是被毒死的。当时一大群人聚在门口，他们就喜欢这样，他们听说了我们家的女孩要去参加订婚仪式。我侄女出门时，那些女人一窝蜂挤到她身边看她。她轻轻叫了一声，像是被人踩到了脚，但没人多想什么，她坐进轿子。还没走完一条街，陪她一同坐轿的我妻子苏皮西娅就发现她面无血色，她问她是不是害怕。'哎呀，婶婶，'她说，'那女人在我胳膊上扎了一针，我觉得头晕。'这是她说的最后一句话，我的朋友们。几分钟后，她就死了。我换了衣服尽快赶来。请你们原谅我。"

泪水顿时涌出眼眶，我开始歇斯底里地号啕大哭。母亲看到我如此不体面的表现，勃然大怒，让释奴带我回房；一连数日，我闭门不出，发着高烧，不吃东西，也不睡觉。若不是亲爱的波斯图穆斯安慰我，我肯定就彻底疯了。他们一直没能找出凶手，也没人能解释凶手到底有何动机。几天后，莉薇娅向奥古斯都报告，说是据可靠消息，当时人群中有一个希腊女孩，她认为卡米拉的叔叔坑害了自己，这当然无凭无据，可她却决定用这种恐怖的手段实施报复。

我好了以后，或者应该说，我病的程度和平时差不多了以后，莉薇娅又向奥古斯都抱怨，说小米多莉娜·卡米拉的死太不幸了。奥古斯都也许会反对，而且这种反对也情有可原，但她仍然认为，她这难对付的孙子这下不得不跟小埃米丽娅订婚了：她说，大家都很惊讶，之前竟然没人把我俩配成一对儿。就这样，和以往一样，莉薇娅又得偿所愿了。几周后，我和埃米丽娅订了婚；我走完全部流程，没有表现出任何不体面，对卡米拉的悲伤让我变得麻木了。可埃米丽娅出现时却是双眼通红，她哭过，不是因为悲伤，而是因为愤怒。

现在说说波斯图穆斯吧，这个可怜的家伙，他爱上了我的姐姐莉维拉，他俩经常见面，因为她嫁给他的哥哥盖乌斯之后，就住进了皇宫，之后一直住在那里。大家都觉得波斯图穆斯会娶她，以重续因他哥哥之死而中断的家族联姻。他的热烈追求让莉维拉受宠若惊。她总跟他调情，但并不真的爱他。卡斯托尔才是她的心上人——他残忍、风流又英俊，和她是天造地设的一对儿。我知道莉维拉和卡斯托尔之间的默契，我是无意中发现的，这让我为波斯图穆斯伤怀，尤其是波斯图穆斯从未怀疑过莉维拉的人品，这就更让我为他痛心了，可我也不敢告诉他实情。每次莉维拉、我和他在一起时，莉维拉都会假装对我倍加爱护，这让波斯图穆斯感动，也让我怒火中烧。我很清楚，只要他一走，她立马又会开始恶毒地戏弄我。莉薇娅得到了莉维拉和卡斯托尔秘密恋情的风声，开始对他们实施严密的监视：一天晚上，一位忠心的仆人给她报信说，卡斯托尔刚从阳台窗户爬进了莉维拉的房间。她立刻派一名全副武装的守卫站到阳台上，紧接着，她敲响莉维拉的房门，大喊她的名字。大约一分钟后，莉维拉打开门，装作刚睡醒的样子；可莉薇娅走进房间，在窗帘后面找到了卡斯托尔。她简单明了地跟他们谈判，让他们相信她不会把这件事告诉奥古斯都，奥古斯都如果知道了，一定会将他们流放的。但她有个条件，如果他俩能严格遵守条件，她甚至也许能安排他们结婚。我跟埃米丽娅订婚后不久，莉薇娅还真和奥古斯都做好了安排，波斯图穆斯跟一个名叫多米提娅的姑娘订了婚，她是我母亲那边的亲戚，是我的表妹，波斯图穆斯自然怏怏不乐；卡斯托尔则娶到了莉维拉。也正是那一年，提比略和波斯图穆斯成为奥古斯都的养子。

莉薇娅把尤丽娜和她丈夫埃米利乌斯视作自己大计执行路上潜在的障碍。她很幸运地找到了证据，证明埃米利乌斯和庞培的一个孙子——科涅利乌斯正密谋推翻奥古斯都，并打算和几个前执政官瓜分君权，这几名前执政官中就有提比略，但提比略对此未发表意见。这个阴谋一直没什么进展，因为埃米利乌斯和科涅利乌斯找到的第一个前执政官就直接拒绝了他们，不愿跟此事有任何牵连。奥古斯都没有判处埃米利乌斯和科涅利乌斯死刑或流放。他们的阴谋几乎没有得到任何支持，这恰恰证明了奥古斯都地位的稳固，而饶恕他们将进一步证明这一点。他只是把他们叫到自己面前，训斥他们愚不可及、不知恩义。科涅利乌斯俯伏在他脚边，厚颜无耻地感谢他的宽容；奥古斯都请他不要再丢人现眼了。他不是暴君，他说，不需要用阴谋推翻他，也不需要因为他的宽容而顶礼膜拜他；他只是罗马共和国的国家官员，暂时被授予大权，以便更好地维持国家秩序而已。显然是埃米利乌斯的胡说八道把他带入歧途的。澄清这些胡说八道最好的办法，就是让科涅利乌斯按原定安排明年就任执政官，等他得到这份荣誉后，他的雄心自然会得到满足；因为整个罗马没有比执政官更高的职位了。（理论上是这样的。）埃米利乌斯则一直骄傲地站着；奥古斯都对他说，他是他的姻亲，所以应该表现得更体面，同时他也曾是执政官，所以应该表现得更理智。说完这话，他立即褫夺了他的全部头衔。

这事最有趣的一个小插曲就是，奥古斯都的宽宏大量竟全部成了莉薇娅的功劳，她宣称，是她作为女人天生心软，恳求奥古斯都饶恕了两位阴谋者的性命；她还说，奥古斯都原本决定要杀鸡儆猴。她得到奥古斯都的同意，出版了一本她亲自写的小书，叫《权力与温柔的枕上辩论》，书里全是各种私密的细节。在她笔下，奥古斯都当时坐立不安、彻夜难眠。她优雅地请他说出真实想法，接着，他们一起详细讨论了如何处置埃米利乌斯和科涅利乌斯的问题。

奥古斯都解释说，他不想让他们死，可又担心他们非死不可，因为如果他放过他俩，大家就会以为他是怕他们，而且可能诱使更多人密谋反对他。"处在我这个位置上，总是要对别人实施报复或惩罚，对一个正直的人来说，这太痛苦了，我亲爱的妻子。"

莉薇娅回答："您说得很对，我想给您提一个建议——前提是您愿意接受，而且不会责备我，我虽是女人，但我想给您的建议是其他任何人甚至是您最亲密的朋友都不敢提的。"

奥古斯都说："不管你的建议是什么，尽管说出来。"

莉薇娅回答："那我就毫不犹疑地对您说了，因为您的好运和噩运都有我的一半，只要您是安全的，那您的统治地位也有我的一份；如果老天不长眼，让您受到任何伤害，那我也就完了……"她的建议是，宽恕。"温柔的语言能终结愤怒，严厉的语言哪怕出自善意，也会招致愤怒；宽容能融化最傲慢的心灵，惩罚则会让最卑微的心也变硬……我这话的意思并不是说，我们要不加区分地饶恕一切罪行：对于那些无可救药、冥顽不灵的罪恶，仁慈完全是白费。犯下这种过错的人就像政治体制中的毒瘤，必须马上清除。可如果不是这种情况，如果是因为年轻、无知、误会犯下了过错，无论有意还是无意，我都认为，批评就够了，或者尽可能用最温和的方式加以处罚。所以，我们就从这两个人开始做个实验吧。"奥古斯都赞赏了她的智慧，承认自己已被说服。但请注意，莉薇娅在这本书里向世人承诺，奥古斯都死后，她的权力将会自然终结，还请你们注意并记牢"无可救药、冥顽不灵的罪恶"这句话。我的祖母莉薇娅真是狡猾啊！

如今，莉薇娅对奥古斯都说，必须取消埃米丽娅和我的婚约，以示皇室对她父母的不满；奥古斯都欣然应允，因为埃米丽娅也一直向他抱怨，嫁给我会有多悲惨。现在莉薇娅不怕尤丽娜了，因为奥古斯都怀疑她和她丈夫是同谋：在她彻底完蛋之前，莉薇娅还会帮她坐实罪名。与此同时，莉薇娅有笔人情债，要还给她的朋友厄古拉尼娅，之前我没提过这个女人，她是本故事最讨人厌的角色之一。

第八章

厄古拉尼娅是莉薇娅唯一的心腹，她俩是通过利益与情感的最强纽带联系在一起的。厄古拉尼娅的丈夫曾是小庞培的坚定支持者，在内战中身亡，当时还是我祖父妻子的莉薇娅保护了她和她襁褓中的儿子，躲过了奥古斯都麾下士兵的残忍报复。莉薇娅在嫁给奥古斯都之后，又坚持让他把厄古拉尼娅丈夫被没收的财产还给她，并邀请她和他们同住，跟一家人一样。在莉薇娅的操作下——她总是以奥古斯都的名义，迫使大祭司长雷必达按照她的意愿来任命各种人选——厄古拉尼娅还得到了一个精神领袖的职务，地位超过全罗马所有的已婚贵族妇女。这一点我必须解释清楚。每年十二月初，罗马的已婚贵妇都要参加由维斯塔贞女主持的一项重要祭典，拜祭"好女神"，祭典办得是否妥当将决定罗马接下来十二个月的财富和安全状况。男人是绝对不能亵渎这个神秘仪式的，违令者死。莉薇娅帮贞女重建了修道院，将其装饰得富丽堂皇，还通过奥古斯都从元老院那里帮贞女争取到诸多特权，博得贞女欢心。她向首席贞女提出，来参加祭典的妇女中，有些人的纯洁是存在疑点的。她还说，罗马在内战时遇到的困难很可能来自好女神的愤怒，因为来参加她祭典的妇女中有淫荡之人。她进一步建议，如果向承认自己因一时糊涂而道德沦丧的女人庄严起誓，绝不把她们坦白的内容告诉男人，绝不让她们在公众面前丢脸，才更有可能选出真正纯洁的人侍奉女神，女神的怒气才能平息。

首席贞女是个虔诚的人，她赞成这个主意，她问莉薇娅是谁想出了这个标新立异的点子。莉薇娅告诉她，就在前一天晚上，她在梦里见到了好女神，她问女神，既然贞女都是没有性经历的，那是不是应该指派一位好人家的寡妇来担任"忏悔之母"的角色呀。首席贞女又问，在忏悔中坦白的罪行是否完全不受惩罚。莉薇娅回答，幸好女神在梦中对此事也做了指示，要不然她还不敢发表意见呢：女神说了，忏悔之母有权让对方以忏悔赎罪，而这种忏悔是罪恶之人与忏悔之母间的神圣秘密。她说，忏悔之母只需要通知首席贞女，谁谁谁不适合参加今年的祭典，或谁谁谁已经完成了忏悔。首席贞女觉得这个主意不错，但她不敢提名忏悔之母的人选，因为她怕莉薇娅会反对。接着，莉薇娅又说，这个人选显然应该由大祭司长任命，如果首席贞女允许，她愿意去向大祭司长解释此事，让他提出合适人选，并举行必要的仪式，确保候选人让女神满意。就这样，厄古拉尼娅得到了任命，莉薇娅当然没有告诉雷必达和奥古斯都这个职位到底有多大权力。她说的时候非常随意，只说是在道德事务上辅佐首席贞女的："可怜的首席贞女，她是如此不谙世事。"

按惯例，拜祭女神的祭典应在一位执政官家中举行，但现在都是在奥古斯都的宫殿举行了，因为奥古斯都的地位超过了执政官。这大大方便了厄古拉尼娅，她让贵妇们走进她在宫殿的房间（房间的布置让人害怕得不敢不说实话），逼她们发下最毒的誓言，让她们只敢说出真相。等她们坦白以后，厄古拉尼娅会打发贵妇们出去，等候她思考出合适的赎罪方式。莉薇娅也在房间里，但她躲在帘子后面，在此时提出建议。两人从这个游戏中得到不少乐趣，莉薇娅听到很多有用的信息，这对她的计划大有助益。

成为侍奉好女神的忏悔之母后，厄古拉尼娅就自认为凌驾于法律之上了。后面我会讲到，有一次，她欠了一位元老一大笔钱，元老召唤她去见债务法庭的法官，她竟拒绝出庭；为避免造成丑闻，还是莉薇娅出钱帮她还了债。还有一次，她接到传票，要她作为证人去接受元老院的问询；她不想被反复盘问，便找了个借口不去，元老院只好派法官去记录她的证词。她是个极其令人讨厌的糟老太婆，下巴上有道"美人沟"，头发是用油灯灰染黑的（发根部分还是明显的灰白色），她活到很大岁数。她的儿子西瓦诺斯最近刚当上执政官，埃米利乌斯图谋造反，第一个找的人就是他。西瓦诺斯直接去找厄古拉尼娅，把埃米利乌斯的计划告诉她，她又将此事告诉莉薇娅。莉薇娅承诺说，要奖励他们提供了如此重要的情报，奖励的方法就是让西瓦诺斯的女儿——厄古拉尼娜嫁给我，这样一来，他们就跟皇室是姻亲了。厄古拉尼娅是莉薇娅的心腹，她相当确定，我的伯伯提比略会成为下一任皇帝——而非奥古斯都最近的继承人波斯图穆斯；所以，这桩婚事会比表面看起来的更加荣耀。

我从未见过厄古拉尼娜。没人见过她。我们只知道，她跟她的一个婶婶住在赫库兰尼姆，那是维苏威山上的一座小镇，老厄古拉尼娅在那儿有房产。厄古拉尼娜从未来过罗马，连探亲都没有过。我们推测，她一定是太娇弱了。莉薇娅给我写了张字条，以一贯简短严厉的口吻告诉我，家庭会议刚刚做出决定，让我和西瓦诺斯·普罗提乌斯的女儿结婚，考虑到我的残疾，她比我之前的两个新娘人选都更合适当我的妻子，我怀疑这个厄古拉尼娜一定有比身体娇弱更严重的缺陷。兔唇？有可能。或半边脸都是红色胎记？不管是什么，一定有让她相当拿不出手的原因。也许她跟我一样是瘸子。这我不会介意。也许她是个非常好的女孩，只是被人误解了。我们说不定会有很多共同点。跟她结婚当然和跟卡米拉结婚不一样，可至少比跟埃米丽娅结婚好。

我们订婚的日子选好了。我问日耳曼尼库斯，厄古拉尼娜是什么样的，可他跟我一样一问三不知，看起来还有点羞愧，因为他没有事先仔细调查，就同意了这门亲事。他跟阿格里皮娜生活得非常幸福，也衷心希望我能幸福。好了，那一天终于到了，是个"吉日"。我再次戴上花冠，穿上干净长袍，再次站在家里的祭坛边，等待新娘出现。"事不过三，"日耳曼尼库斯说，"我相信，她一定是个美人，真的，一定又善良又聪明，跟你天生一对儿。"可她是吗？这么说吧，我这一辈子，生活跟我开过很多次残忍的玩笑，我认为这一次是最残忍、最可怕的。厄古拉尼娜——唉，简单说吧，名副其实，她的名字在拉丁文里是大力神的意思。她还真是年轻女人版的大力神。她只有十五岁，个头却超过了一米九，而且还在长高，她健硕结实，长着我这辈子从没有在别人身上见过的一双大手和大脚。很多年后，我才在一次凯旋式上见到了一个作为人质走在队伍中的帕提亚巨人，也长着她

那么大的手和脚。她五官普通，显得极为粗笨，她几乎总是面带怒容。她驼背，说起话来跟我伯伯提比略一样慢（顺便说一句，她跟提比略长得也很像——甚至有人说她其实是他的私生女）。她没有学问，没有才识，没有成就，也没有任何讨人喜欢的地方。奇怪的是，我见到她的第一眼，脑子里就冒出这样的念头："这个女人是能杀人的""我必须非常小心，从一开始就藏起我对她的反感，绝不能给她任何怨恨我的理由。否则，她一旦开始恨我，我就危险了。"我是个相当优秀的演员，在仪式上，人们的嗤嗤偷笑和窃窃私语破坏了庄重的气氛，但厄古拉尼娅绝没有理由把这尴尬的局面怪到我头上。仪式结束后，我俩被叫到莉薇娅和厄古拉尼娅面前。门关上了，我们站在那里，面对她们——我既紧张又烦躁，厄古拉尼娅庞大的身躯杵在我旁边，她面无表情，巨大的拳头捏紧又放松——这时，两位恶毒老祖母的庄重仪态不见了，她们无法控制地狂笑起来。我从没见过她俩笑成那样，太骇人了。那不是正常的笑，是恶魔的抽搐和尖叫，像两个醉醺醺的老妓女，正看着别人遭受酷刑或被钉上十字架。"哎呀，你们这一对璧人！"最后，莉薇娅终于一边擦着眼睛，一边抽搭着说："我可真想看看你俩新婚之夜同床的样子呀！那将会是丢卡利翁大洪水后全天下最滑稽的场面！"

"在那著名的大场面里，到底发生了什么特别滑稽的事呢，亲爱的？"厄古拉尼娅问。

"哎呀，你不知道吗？天神用一场洪水毁灭了整个世界，只有丢卡利翁和他的家人幸存下来，还有一些在山顶躲过劫难的动物。你没看过亚里斯多芬写的《大洪水》吗？他写的剧本中我最喜欢的就是它。故事发生在帕尔纳索斯山上。各种动物聚集在那里，不幸的是，每种动物都只有一只，而且每只动物都认为，自己是这个物种中唯一的幸存者。所以，为了让世界繁衍，它们不得不克服道德上的顾虑和显而易见的困难，相互交配。丢卡利翁甚至给骆驼配了一头母象。"

"骆驼和大象！真是不错的一对儿！"厄古拉尼娅咯咯直笑。"你看提比略·克劳狄乌斯的长脖子、瘦身板和傻乎乎的长脸！再看看我们家厄古拉尼娜的大脚丫、招风耳和小猪眼睛！哈哈哈哈！他俩的后代会是什么？长颈鹿吗？哈哈哈哈！"

"剧本没写到那么长远。伊里丝[1]走上舞台，作为信使讲了一番话，说阿特拉斯山上还有一群逃难的动物。伊里丝的出现及时打断了混乱的交配。"

"骆驼很失望吧？"

"哎呀，它痛苦极了。"

"大象呢？"

"大象只是满脸怒气。"

"它们吻别了吗？"

"亚里斯多芬没写。但我肯定它们吻了。来吧，野兽们。吻一个！"

我傻笑着，厄古拉尼娜满脸怒气。

"我说了，吻一个。"莉薇娅的语气意味着我们必须服从。

于是，我们接吻了，两个老太婆又歇斯底里地笑起来。我

---

[1] 希腊神话中的彩虹女神，众神的使者。

们走出房间后,我对厄古拉尼娜悄声说:"对不起。这不是我的错。"她没有回答,只露出比之前更甚的怒容。

我们还要再等一年才会正式结婚,因为家里人认为,我要到十五岁半才算成年,在此期间,很多事都有可能发生。要是伊里丝真能出现就好了!

可她没有出现。波斯图穆斯也有了自己的麻烦:他成年了,多米提娅再过几个月也到了可以结婚的年龄。我可怜的波斯图穆斯,尽管莉维拉已嫁做人妇,可他还爱着她。在我继续讲述波斯图穆斯的故事前,我还得先说说我和"最后一个罗马人"的相遇。

第九章

　　他叫波里奥，我还记得我们初次见面的具体情形，那是我跟厄古拉尼娜订婚一周后。我正在阿波罗图书馆看书，李维和一个行动敏捷、穿着元老袍的小老头走过来。李维说："看来，我们最好放弃找到它的希望吧，除非……哎哟，那不是苏皮乌斯吗！如果真有人知道，那只可能是他了。早上好，苏皮乌斯。我想请你帮我和阿西尼乌斯·波里奥[1]一个忙。我们想找一本书，作者是一个叫波勒莫克斯的希腊人，写的是对波里比阿《军事策略》的评论。我好像记得在这儿看到过一次，但在目录里找不到，这儿的图书管理员又一点忙也帮不上。"苏皮乌斯咬了一会儿大胡须，说道："你把名字搞错了。作者叫波勒莫克特，虽然叫这个名字，但不是希腊人，而是犹太人。我记得十五年前，在那后面从窗户数第四排的书架最上层看到过这本书，标签上只写了'战略论'三个字。我去帮你拿吧，估计这十五年来没人动过它。"

---

[1] 前75年—4年，罗马共和国后期、罗马帝国初期著名的军人、政治家、作家、演说家、历史学家，对古罗马文化的传承做出过贡献。

这时，李维看到了我："你好，我的朋友，最近好吗？你认识这位远近闻名的阿西尼乌斯·波里奥吗？"

我向他们行了个礼，波里奥说："你在看什么书，孩子？垃圾书吧，我猜，看你满脸羞愧把它藏起来的模样。现在的年轻人只看垃圾。"他转身对李维说："我跟你赌十个金币，肯定是什么乱七八糟的《爱的艺术》，或是胡编乱造的田园诗之类。"

"我愿意跟你打赌，"李维说，"小克劳狄乌斯才不是那种年轻人呢。好了，克劳狄乌斯，我们俩到底谁赢了？"

我结结巴巴地对波里奥说："我很高兴地告诉您，先生，您输了。"

波里奥朝我生气地皱起眉头："你在说什么？我输了你很高兴吗？对我这样的长辈说这种话合适吗？何况我还是元老呢。"

我说："我绝没有半点冒犯您的意思，先生。我很高兴您输了。因为我不想听到有人说这书是垃圾。这是您亲自写的内战史，请容我斗胆评价一句，这真是一本好书。"

波里奥的脸色立刻变了。他眉开眼笑，咯咯笑着掏出钱包，把金币塞到李维手里。和他似乎亦敌亦友的李维——你们懂我的意思吧——故作严肃，坚决不肯收钱。"我亲爱的波里奥，我可不能拿这钱。你说得太对了：现在的年轻人看的都是最差劲的书。请你一句话都不要再说了：我承认这场我赌输了。这是我的十个金币，我很高兴把它们给你。"

波里奥向我求助："好吧，先生，我不知道你是谁，但你看起来像个聪明的小伙子——你看过我们的朋友李维写的书吗？我请你说一说，他的书是不是至少比我的书更垃圾？"

我微微一笑："嗯，他的书比较容易读。"

"容易读？此话怎讲？"

"他把古罗马人的言谈举止写得跟现代人一样。"

波里奥非常高兴："他说到点子上了，李维，他说中了你最大的缺点。你给七个世纪前的罗马人安上了现代人的动机、习惯和语言，这不符合事实。是，读起来是容易，可那就不是历史了。"

在我继续记录这番对话前，我得先说几句关于老波里奥的情况，他大概是他那个时代最天才的人，就连奥古斯都也不如他。如今他年近八旬，头脑依然清晰，身体似乎比很多六十来岁的人更健康。他曾跟随恺撒大帝横渡卢比孔河，并肩对战庞培；在我的外祖父安东尼和奥古斯都吵翻前，他曾在安东尼麾下服役；他曾担任远西班牙[1]和伦巴第的执政官和总督，在巴尔干地区打过胜仗，举行过凯旋式；他曾是西塞罗[2]的密友，后来两人渐生嫌隙；他是诗人维吉尔和贺拉斯[3]的资助人。除此之外，他还是出类拔萃的演说家和悲剧作家。他身为历史学家的成就，比他在悲剧和演说方面的成就更高，因为他热爱字面上的真实到了迂腐的地步，绝不会将历史写作和其他文学形式混为一谈。他用巴尔干战役的战利品建起一座公共图书馆，那也是罗马的第一座

---

1 古罗马时期的西班牙地区有两个独立的行省，近西班牙和远西班牙。
2 前106年—前43年，古罗马著名政治家、哲人、演说家和法学家，以善于雄辩成为罗马政治舞台上的重要人物。
3 前65年—前8年，罗马帝国著名的诗人、批评家、翻译家，古罗马文学黄金时代的代表人物之一。

公共图书馆。现在罗马又有了两座公共图书馆：一座就是我们现在所在的阿波罗图书馆，另一座则是以我的外祖母屋大维娅命名的图书馆；但波里奥的图书馆比那两座都更井井有条，更方便读者。

这时，苏皮乌斯找到了书，两人向他道谢后，继续争辩。

李维说："波里奥的问题在于，他写历史时总觉得必须压抑一切优美的诗意的情感，把人物行为写得一丝不苟且无聊无趣，他写他们说的话时，完全不让他们有一丁点口才。"

波里奥说："对啊，诗歌是诗歌，演讲是演讲，历史是历史，你不能混为一谈。"

"我不能吗？我当然能。"李维说，"你的意思是，我在写历史的时候，不能采取史诗的形式，因为那是诗歌的特权，而我的将军们在大战前夜发表演讲时，也不能讲得激情澎湃，因为那是演讲的特权？"

"我正是这个意思。历史要真实记录发生了什么事，人们是怎么生活、怎么死去的，他们做了什么、说了什么；史诗的形式只会扭曲记载。至于将军们的演讲，从讲演术的角度当然值得称颂，但很不幸，那不符合史实：它们不仅没有实际证据的支持，而且极不合时宜。大战前夜的演讲我听得比谁都多，发表演讲的将军们，尤其是恺撒和安东尼，都是了不起的舞台演说家，可也都是优秀的士兵，绝不会在军队里搞舞台表演的那一套。他们对士兵讲话，但不发表演讲。法沙利亚大战前，恺撒发表演讲了吗？他让我们心中牢记妻小、牢记罗马神庙、牢记过往战役的荣耀了吗？哎呀，他才没有呢！他爬上松树树桩，一手拿着一根巨大的红萝卜,一手拿着一大块普通士兵吃的硬面包,一边大口吃,一边开玩笑。不是文绉绉的玩笑话,是以最严肃的表情说出来的真正好笑的话:比如,和他堕落的生活相比,庞培的生活简直纯洁无瑕之类。他拿着萝卜做的那些动作能让牛都发笑。我还记得他说起一个粗俗的笑话,关于庞培是如何赢得'伟大'封号的——哎呀,那根萝卜!——还有一个更俗的,说的是他自己怎么在亚历山大港的市集上丢了头发的。要不是这孩子在这儿,我就要把这两个笑话讲给你们听了,不过,你们没在恺撒的军营里待过,肯定不会懂其中的笑点。对即将到来的大战,他只字未提,只在快说完时讲了一句:'可怜的老庞培呀!竟敢跟恺撒和他的士兵作对!他有可能赢吗!'"

"这些事你怎么没写进你的史书?"李维说。

"没写进公开的版本里,"波里奥说,"我又不是傻瓜。不过,我刚刚写完一本《增补录》,还没有公开发行,你要是想借去看,就能找到这些故事。但你也许根本懒得看。我把剩下的故事讲给你听吧:恺撒特别擅长模仿,你知道的,他给士兵演了一出庞培准备自刎、英勇赴死前的演说(又是那根萝卜——萝卜的一头被咬掉了)。他用庞培的语气怒骂天神,骂他们总是让邪恶战胜美德。大家笑得那个欢啊!接着,他又咆哮道:'虽是庞培说的,难道不是真的吗?你们谁能否认,你们这些该死的狗东西,你们!'他把半根萝卜朝士兵们扔去。当时那吼叫声啊!再没有恺撒手下那样的队伍了!你还记得他们在他的法兰西凯旋式上唱的歌吗?'我们把秃头的嫖客带回来了,罗马人民,藏好你们的妻子。'"

李维说:"波里奥,我亲爱的朋友,我们现在讨论的不是恺撒的道德问题,而是记录历史的恰当方式。"

波里奥说:"是的,没错。我们这位年轻又聪明的朋友恭维你的书通俗易懂,其实是在批评你的写作方式呢。孩子,你对高贵的李维还有别的指控吗?"

我说:"求您了,先生,别让我无地自容了。我非常钦佩李维的作品。"

"说真话,孩子!你难道没发现过,他的史书里有不准确的地方吗?你看起来像个读了很多书的孩子呢。"

"我还是不要……"

"有话就说。一定发现过吧。"

于是我说了:"我承认,我确实有个地方搞不明白。那就是拉斯·波希纳的故事。根据李维的记录,波希纳没能占领罗马,先有贺拉斯在桥上英勇地拦住他,后有西凯沃拉的惊人壮举吓退了他;李维写道,西凯沃拉打算暗杀波希纳,失手被俘后,把手伸进神坛上的火焰,发誓说还有三百名跟他一样的罗马人,都立了誓要来取波希纳的性命。于是,拉斯·波希纳请和了。可我见过拉斯·波希纳在克鲁西姆的陵墓,它修得像座迷宫,墙上雕刻着罗马人戴着枷锁、从城门里被拉出去的画面。有个伊特鲁里亚的祭司,手拿大剪刀,正给祭司们剪胡子呢。哈利卡纳索斯[1]的狄俄尼索斯与我们交好,可他也说了,元老院投票授予波希纳一个象牙宝座、一根权杖、一顶黄金王冠和一件胜利长袍;这只可

1　位于小亚细亚西南部,今土耳其境内。

能意味着，他们承认了他的王位。所以，尽管有贺拉斯和西凯沃拉的阻挠，拉斯·波希纳也许真的占领过罗马。去年夏天，卡普阿的祭司阿努斯（他应该是这世界上最后一个能看懂伊特鲁里亚碑文的人）告诉我，根据伊特鲁里亚的历史记载，把塔克文从罗马赶走的不是布鲁图斯，而是波希纳，布鲁图斯和克拉第努斯是罗马最早的两位执政官，但实际上，他们只是负责收税的都城管理人而已。"

李维相当生气："你还真是一鸣惊人啊，克劳狄乌斯。难道你一点儿也不尊重罗马传统，宁愿相信我们的古老敌人用来贬损我们伟大历史的谎话吗？"

"我只是问问，"我恭恭敬敬地说，"那么当时到底发生了什么？"

"来吧，李维，"波里奥说，"回答这位年轻的学生。当时到底发生了什么？"

李维说："下次吧。我们继续说手头上的这件事，那就是如何正确地书写历史。克劳狄乌斯，我的朋友，你是有这方面抱负的。如果让你在我们两个老东西中间选，你选谁做你的榜样？"

"你们这是在为难孩子呀，两个争风吃醋的家伙，"苏皮乌斯插话了，"你们指望他怎么回答呢？"

"只要说真话，我们都不会生气的。"波里奥回答。

我的目光从一个人脸上转到另一个人脸上。最后，我终于说："我想我会选波里奥吧。因为我非常肯定，我永远都不可能学会李维灵感迸发的优雅文风，所以只能尽力学习波里奥的精准和勤勉。"

李维哼了一声，抬脚要走，波里奥拦住他。他尽力掩饰着满心的欢喜，说道："拜托，李维，你该不会为了一个小徒弟就对我怀恨在心吧，你不早就桃李满天下了吗？孩子，你听说过卡迪斯那个老人的故事吗？不，这个故事不下流。说起来还挺伤感的。老人走路来到罗马，来看什么的呢？不是来看神庙、看剧场、看雕像、看人群、看商店、看元老院的。而是来看一个人。什么人？是硬币上的那个人吗？不，不是。比那个人更伟大。他要来看的不是别人，正是我们的朋友李维，李维写的书他都能倒背如流。他看到李维后，向他行了个礼，便直接回了卡迪斯——一回去就死了；他无法承受幻想破灭的打击和长途跋涉的劳累。"

李维说："不管怎么样，我的读者都是真正的读者。孩子，你知道波里奥是怎么打响名气的吗？嗯，他很有钱，有一幢很大很漂亮的房子，还有一个厨艺惊人的厨子。他邀请一大堆文人去吃饭，用饕餮盛宴款待他们，吃完饭后，他随意拿起一本他最新的历史著作，谦虚地说：'绅士们，这里还有几段内容我不太确定。我冥思苦想，但还需要最后的打磨，我希望你们提点意见。请允许我开始念吧……'接着，他就开始念。没人认真在听。每个人都吃得肚滚腰圆。'这厨子真是个天才啊，'大家都在想，'辣酱黑鱼真好吃啊，还有带馅料的肥斑鸠和松露野猪肉——我上次吃到这美味是什么时候？应该就是上一次波里奥念书的时候吧，我记得。哎呀，奴隶又来倒酒了。塞浦路斯的美酒啊。波里奥说得没错：它比市面上任何希腊酒都更好。'与此同时，波里奥的念书声还在继续——这声音很悦耳，像祭司在夏天傍晚的祭典上说话——波里奥时不时谦虚发问：'这么写好吗，你们觉得呢？'每个人心里都想着斑鸠或水果小蛋糕，嘴上却说：'好得很，好得很，波里奥。'他又时不时停下发问：'这里用哪个词最合适？我应该写，使节回来后说服该部落发动了起义，还是挑拨？或者应该说，他们对形势的分析影响了部落做出起义的决定？说实话，我认为他们对形势的分析是很正确的。'这时，沙发上传来嘀嘀咕咕的声音：'影响吧，波里奥。就用影响！''谢谢你们，朋友们，'他说，'你们太好了。奴隶，把我的削笔刀和笔拿来！请你们原谅我，我得马上把这句话改过来。'然后，他发表了这本书，给赴宴的人每人免费送一本。这些人在公共浴室跟朋友闲聊时就会说：'这本书相当好。你们看过了吗？波里奥是我们这个时代最伟大的历史学家；他不耻下问，请有品位的人给他在很多小地方提了建议。哎呀，影响这个词正是本人提议修改的。'"

波里奥说："没错。我的厨子是很厉害。下次把你们家的厨子和你所谓的费勒年好酒借给我，这样我就能听到真实的批评意见了。"

苏皮乌斯做了个反对的手势："绅士们，绅士们，这话越说越有点人身攻击了。"

李维这时已经走了。波里奥对着他的背影咧嘴一笑，故意用他能听见的声音大声说："李维啊，是个正派人，就是有个毛病。他得了一种叫帕多瓦的病。"

这句话让李维停下脚步，转身问道："帕多瓦怎么了？我不想听到有人说它一句坏话。"

波里奥对我解释："那是他出生的地方，你知道吧。在北部省份的某个地方。帕多瓦有处著名的温泉,水质相当好。你总是能一眼认出帕多瓦人,因为他们总泡温泉澡、喝温泉水——有人告诉我,他们能同时做这两件事——帕多瓦人相信他们想要相信的一切,而且深信不疑到让其他人也都相信。那个城市的商业信誉就是这么来的。他们制作的毛毯和地毯并不比别处的好,实际上还可能更差,因为当地的绵羊都是黄色的,羊毛也很粗糙,但对帕多瓦人来说,它们就像鹅毛般柔软洁白。他们还说服了整个世界都这样认为。"

我迎合着他说道:"黄色的绵羊!那可真罕见。它们是怎么长成那个颜色的呢,先生?"

"哎呀,喝温泉水喝的。泉水里有硫黄。帕多瓦人也都是黄色的。你看看李维。"

李维朝我们慢慢走来:"玩笑归玩笑,波里奥,我不会生气。但我们还有正经事要讨论呢,那就是如何正确地书写历史。我也许是犯了错误。但哪个历史学家能完全不犯错呢?至少我没有故意说谎:这一点你没法指责我。早期历史记载中,任何有关古罗马荣耀的传说,我都乐意将它们写进我的故事:在事实细节上,它可能不是真的,但在精神上它是真的。如果我发现同一件事有两种不同的版本,我会选择跟我主题最贴近的版本,你绝不可能看到我去伊特鲁里亚的公墓,四处搜寻与这两个版本都截然相反的第三个版本——那样做有什么好处呢?"

"好处就是追求真相啊,"波里奥温和地说,"这难道不算好处吗?"

"如果要追求真相,我们就必须承认我们尊贵的祖先是懦夫、是骗子、是叛徒，怎么办？到那时该怎么办？"

"我要让这孩子来回答这个问题。他才刚刚开始他的人生。来吧，孩子，回答吧！"

我随口说道："李维的历史一开始就哀叹了现代社会的罪恶，并承诺说，要追溯罗马在不断征服、不断变富的过程中，是如何渐渐丢掉古老美德的。他说他最喜欢写早期的章节，因为在写的时候可以闭上双眼，对现代罪恶视而不见。可在对现代罪恶视而不见的同时，他有时是不是也对古代罪恶视而不见了呢？"

"是吗？"李维眯起眼睛。

"是的，"我笨嘴拙舌地说，"也许，他们的罪恶和我们的罪恶其实没那么大区别。只是范围和机会不同罢了。"

波里奥说："说实话，孩子，这个帕多瓦人还没能让你把他的硫黄看作是白雪吧？"

我非常尴尬："李维的书带给我的乐趣比其他任何人的书都多。"我又说了一遍。

"啊，是的，"波里奥狡黠一笑，"卡迪斯那位老人也是这么说的。不过，跟卡迪斯的老人一样，你现在一定也觉得有点幻灭吧？拉斯·波希纳、西凯沃拉、布鲁图斯那帮人的故事也让你耿耿于怀吧？"

"这不是幻灭，先生。我之前没思考过这个问题，但我现在明白了，书写历史有两种不同的方式：一种是说服人们相信美德，一种是迫使他们接受事实。第一种是李维的方式，第二种是您的：两者也许并非水火不容。"

"哎呀，孩子，你太会说话了。"波里奥开心地说。

苏皮乌斯一直用一只手抓着脚,单腿站着,这是他激动或不耐烦时的习惯性动作,他把胡须搅成一团,做出总结:"是的,李维永远不会缺少读者。大家都喜欢有个迷人的作家来'说服他们相信古老美德',尤其是这个人还告诉他们,现代文明已让这些美德变得遥不可及了。但是,只讲事实的人呢——'摆出历史尸首的殡葬人'(引用了可怜的卡图卢斯[1]讽刺高贵的波里奥的话)——只记录真实发生过的事情,这样的人只有靠好厨子和一窖塞浦路斯好酒才能留住听众。"

这让李维非常生气。他说:"波里奥,我们这都是闲扯。这位年轻的克劳狄乌斯,他的家人和朋友一直认为他很笨,在今天之前,我还不同意这个结论。你这个徒弟很喜欢你。苏皮乌斯可以让他笨得更完美:罗马再没有比他更无聊的老师了。"接着,他对我们说了一句帕提亚谚语。翻译成希腊语之后,其中一语双关的妙处就没有了,但大概的意思是:"那就祝他在波里奥的阿波罗殡葬人神庙里永垂不朽吧!"说完,他哼哼着走了。

波里奥在他身后也用帕提亚语欢快地大喊:"波里奥向你保证他会的;这孩子一定会光宗耀祖的。"

苏皮乌斯又去找书,只剩下我和波里奥时,波里奥开始问我。

"你是谁,孩子?你叫克劳狄乌斯,是不是?你显然是大家族出生的,可我不认识你。"

"我叫提比略·克劳狄乌斯·德鲁苏斯·尼禄·日耳曼尼

---

[1] 约前87年—约前54年,古罗马诗人。

库斯。"

"我的天哪！不过李维说得对。大家确实都说你是笨蛋。"

"没错。我的家人都以我为耻，因为我结巴，而且是个瘸子，还经常生病，所以我很少社交。"

"哼，笨蛋？你是我这么多年来见过的最聪明的年轻人。"

"您真善良，先生。"

"才不是呢。天哪，你说的关于拉斯·波希纳的那些话对老李维真是当头一棒。李维没有良知，这就是事实。我总能揪到他的错处。有一次，我问他，他去乱糟糟的公共档案馆查找记事铜板时，是不是跟我一样，也经常很难找到。他说：'哎呀，一点也不难找呀。'结果我发现，他从没去档案馆核实过一次史料！告诉我，你为什么看我的史书？"

"我正在看您写的佩鲁贾围城之战。我的祖父——也就是莉薇娅的第一任丈夫，您知道的——他参加了那场战役。我对那段时期很感兴趣，正在收集资料，准备写我父亲的传记。我的导师雅典诺多鲁斯向我推荐了您的书；他说您写得很诚实。我的上一位导师，马库斯·波蒂乌斯·加图有一次对我说，您的书里全是谎言，所以我更相信雅典诺多鲁斯了。"

"是啊，加图才不喜欢我的书呢。加图家的人总是站错边。我以前还帮着把他祖父赶出过西西里呢。我想，你是我认识的第一位青年历史学家。历史是老人的游戏。你打算什么时候像你的父亲和祖父那样，去打几场胜仗啊？"

"也许，等我老了以后吧。"

他笑了："依我看，研究了一辈子军事策略的历史学家，只要有好的队伍和勇气,怎么就不能跟指挥官一样纵横沙场呢?"

"还要有好的参谋。"我想起克里昂,插了一句嘴。

"还要有好的参谋,当然——虽然他可能一辈子没有真正舞刀弄枪过。"

我胆子大了起来,问波里奥为什么大家都叫他"最后一个罗马人"。他似乎对这个问题很满意,答道:"是奥古斯都这么叫我的。当时,他邀请我加入他的阵营,对战你的外祖父安东尼。我问他,他把我当成什么人了:安东尼曾经是我最好的朋友啊。'阿西尼乌斯·波里奥,'他说,'我相信你才是真正的最后一个罗马人。把这个头衔给那个刺客卡西乌斯[1]是浪费了。''如果我是最后一个罗马人,'我回答,'那这又是谁的错呢?等你打败了安东尼,除我之外,再没有人敢在你面前抬头挺胸、直言不讳了,那又是谁的错呢?''不是我的错,波里奥,'他抱歉地说,'宣战的人是安东尼,不是我。等我一打败安东尼,我自然会恢复共和政府的。''那得要莉薇娅夫人不反对才行。'我说。"

这时,老人突然抓住我的双肩:"对了,我还要告诉你一件事,克劳狄乌斯。我很老了,看起来还算行动利索,但我已经走到人生尽头了。三天之内,我就会死;我知道。人死之前,头脑总是清醒得古怪。而且会说出预言性的话。现在你听好了!你想让你的人生既长寿又充实,老了还能尽享荣耀吗?"

"想啊。"

"那你就要在所有公开或半公开场合,把你的瘸腿装得更夸

---

[1] 密谋刺杀恺撒的主要煽动者,他以诛弑暴君为由,说服了诸多元老。

张，说话也要故意结巴，要时不时装病，千万不要表露出你的聪明才智，你只管甩头抖手、装疯卖傻。如果你的见识跟我一样多，那你就会明白，这是你安度一生并终享荣耀的唯一希望。"

我说："李维写的布鲁图斯的故事——我指的是第一个布鲁图斯——也许不符合史实，但很适合拿来举例子。布鲁图斯也装过傻，那是为了更好地重建公众自由。"

"什么？公众自由？你相信这个？我还以为这个词在年轻一代中早就消失了呢。"

"我父亲和我祖父都相信……"

"是的，"波里奥严厉地打断我，"所以他们死了。"

"您这话是什么意思？"

"我的意思是，这正是他们中毒身亡的原因。"

"中毒！谁下的毒？"

"嘘！别这么大声，孩子。不，我不会指名道姓的。但我告诉你一个确凿的证据，证明我不是在复述空穴来风的谣言。你刚刚说了，你正在写你父亲的传记？"

"是的。"

"很好，你会看到，你写到某一点时，就会有人不让你写下去了。而阻止你的人……"

就在这时，苏皮乌斯拖着脚步走回来，波里奥没有再说什么重要的话，只是当我准备离开时，他把我拉到一边，对我嘀咕道："小克劳狄乌斯，再见了！你不要像个傻瓜一样，再执着于公众自由了。这一点眼下还不能实现。事情必须变得很糟，然后才会好转。"接着，他提高嗓门儿："还有一件事。如果我死后，你在我写的历史书里看到任何一个与史实不符的重点,我允许你——我授予你这个权力——以增补的方式进行修正。得让它们与时俱进呀。跟不上时代的书只能用来包鱼。"我说,我一定会把这当作我的光荣使命。

三天后,波里奥溘然长逝。他在遗嘱中留给我一套早期的拉丁文史书,可我没有拿到。我的伯伯提比略说这是个误会:这套书应该是送给他的,只是我们俩的名字太像了。至于波里奥特别声明我有权修改他史书的事,大家都看作笑话;但二十年后,我遵守了对波里奥的承诺。我发现他在写西塞罗时非常不客气,把他写成了一个虚荣自负、优柔寡断又胆小懦弱的人。我不能反驳这些评价,但我认为还是有必要说明,西塞罗并不是波里奥笔下那样的叛徒。波里奥写作的依据是西塞罗的一些信件,我能证明它们都是克洛狄乌斯·普尔喀[1]伪造的。克洛狄乌斯被指控化装成女乐师,参加了"好女神"祭典,西塞罗正是证人,由此招致克洛狄乌斯的怨恨。这个克洛狄乌斯也是克劳狄家族的坏种之一。

---

1 前93年—前52年,前三巨头执政时期的民粹主义政治家和街头煽动者。

第十章

我成年后不久，奥古斯都下令，让提比略将日耳曼尼库斯收为养子，尽管提比略已有卡斯托尔这个继承人了。这道命令让日耳曼尼库斯从克劳狄家的人变成了尤利安家的人。我发现，我成了克劳狄家的一家之主，并无可争议地获得了父亲留下来的财物与房产。我成了我母亲的监护人——她一直没有再婚——这让她备感羞辱。虽然所有的文件都要由我签字，我还是家族的祭司，她对我的态度却比以往越发严苛。我的成人礼和日耳曼尼库斯的成人礼形成了奇特对比。那天午夜，我穿上成人长袍，坐上轿子，被抬到卡庇托尔广场，没有一个随从，也没有游行的队伍，我在广场向神灵献祭后，又被抬回家中的床上。日耳曼尼库斯和波斯图穆斯本来要来，但为了不让我出一点风头，莉薇娅故意在当天晚上安排了宫廷宴会，不准他们以任何理由缺席。

我跟厄古拉尼娜结婚时，也是同样的情况。没几个人知道我们要结婚，直到仪式举行完第二天，大家才知晓。整场仪式中规中矩。厄古拉尼娜穿着番红花色的鞋子，戴着火红的面纱，接过卜卦，吃下圣糕，两张凳子上铺着羊毛皮，我倒了祭酒，她给门柱涂上圣油，抛出三枚硬币，我把火和水献给她——一切照

公元六年

惯例，但火炬游行省略了，整个过程显得敷衍又匆忙，一点儿也不优雅。按照习俗，为了不在第一次跨过夫家门槛时摔跤，每个罗马新娘都要被抬进门。负责抬她的两个克劳狄家的人都上了年纪，抬不动厄古拉尼娜庞大的身躯。其中一个人在大理石地板上滑了一下，把她哗地摔到地上，她连带着把他俩也拽倒了，三人摔成一堆。再没有比这更不吉利的新婚兆头了。不过，我们的婚姻也不能说不幸福；我们的关系还没有紧张到不幸福的程度。我们一开始睡在一起，因为这似乎是大家对我们的期待，我们也偶尔发生性关系——这是我最初的性经历——因为这似乎也是婚姻的一部分，但我们之间没有欲望和爱情。我总是尽可能对她体贴、客气，她则用冷漠回报我，对一个像她那样的女人，这是我能指望的最好结果了。结婚三个月后，她怀孕了，给我生下一个儿子，取名德鲁西拉斯，我发现我对他没有丝毫父爱。他继承了我姐姐莉维拉的恶毒刻薄，在别的方面，则跟厄古拉尼娜的哥哥普罗提乌斯一模一样。我很快就会跟你们说普罗乌斯的事了，他是奥古斯都指派给我的道德榜样与模范。

奥古斯都和莉薇娅有个习惯，在做事关家族国家的重大决定时，总要把这个决定和做出决定前的思考过程用书面形式记录下来，这通常就是他们之间的来往书信。他们去世后，我从他们留下的海量信件中抄录了一部分，它们展示出奥古斯都在这个时期对我的态度。我抄录的第一封信写于我结婚前三年。

我亲爱的莉薇娅：

我想把今天发生的一件怪事记录下来。我都不知道该怎么说了。我跟雅典诺多鲁斯说话时,碰巧跟他提起:"教小提比略·克劳狄乌斯的任务恐怕很累人吧。我看他好像一天比一天模样难看,也更紧张、更无能。"雅典诺多鲁斯说:"不要对那孩子太苛刻。家里人对他的失望,以及他处处碰到的蔑视,他都能非常敏锐地察觉到。他绝不是无能,随你信不信吧,跟他在一起我非常开心。你从来没听过他演讲吧?""还演讲呢!"我笑着说。"是的,演讲,"雅典诺多鲁斯又重复了一遍,"请允许我提个建议。你定一个演讲的主题,半个小时后,再来听他是怎么说的。但你要躲在帘子后面,否则就听不到任何有价值的东西了。"我定了"罗马征服日耳曼"的主题,半个小时后,我躲在帘子后面听着,可以说,我这辈子从未如此震撼。他对所有的史实了如指掌,主题选得恰到好处,细节相互联系、轻重得当;不仅如此,他说话也控制得极好,一点儿也不结巴。听他演讲真是让我心情愉快又增长见识,若有虚言,天打雷劈!一个平时说话笨到无可救药的人,是怎么在这么短的时间里,就构思出一番命题演讲,还讲得这么完美、这么有道理,甚至这么博学的呢,我百思不得其解。我偷偷溜走了,我告诉雅典诺多鲁斯,不要说我来过,也不要说我有多惊讶,但我认为有必要把这件事告诉你。我甚至还想提议,从今往后,家里客人不多的时候,我们可以偶尔允许他跟我们共进晚餐,条件是他能闭上嘴巴,只竖起耳朵听。如果,他最终真有希望成为这个家里担起责任的一员——我相信他能做到——他就应该渐渐习惯和同阶层的人打交道。我们不能把他和他的老师、释奴永远关在一起。关于他的心智，大家的意见当然有很大分歧。他的伯伯提比略、他的母亲安东尼娅和他的姐姐莉维拉一致认定他是个傻子。另一方面，雅典诺多鲁斯、苏皮乌斯、波斯图穆斯和日耳曼尼库斯却赌咒发誓，说他只要自己愿意，就能跟其他人一样聪明，只不过他很容易因为紧张而无所适从。至于我，我再次重申，我在这件事情上还得不出定论。

奥古斯都

莉薇娅对这封信是这样回复的：

我亲爱的奥古斯都：

还记得，上次印度大王派使者给我们送来一只鸟，使者把金鸟笼上罩着的绸布揭开，我们第一次看到了那只叫鹦鹉的小鸟，它的羽毛是翡翠绿色的，脖子是玛瑙红色的，我们听到它开口说："恺撒万岁，祖国之父！"当时我们的惊讶和你这次躲在帘子后面的惊讶是一样的。让我们震惊的不是那句话，任何一个牙牙学语的小孩都能说那句话，让我们震惊的是说这句话的竟然是一只鸟。可除了傻瓜，没人会表扬鹦鹉，说这句恰到好处的话是它凭自己的聪明才智想出来的，因为它压根儿不知道其中任何一个字的意思。功劳归于驯鸟的人，他以不可思议的耐心，一遍又一遍教会了鹦鹉，因为你也知道，在别的场合，他也会教鹦鹉说别的话；而在日常聊天时，它说的都是毫无意义的瞎话，所以我们只能把笼子罩上，让它闭嘴。克劳狄乌斯就是这样，只是拿这么漂亮的一只鸟跟我的孙子相比，对鸟有点不公平。你听到的演讲毫无疑问是他碰巧背过的。毕竟，"罗马征服日耳曼"是个非常常见的话题，雅典诺多鲁斯很可能让他把十来篇同类范文背得滚瓜烂熟了。请你注意，我可没有说，我不乐意听到他如此好学的消息：我心里非常欣慰。这意味着，比如说，我们应该也能训练他顺利完成结婚仪式。但邀请他来共进晚餐就太荒谬了。我永远不要跟那个家伙在同一间房里吃饭：我会消化不良的。

至于那些说他聪慧理智的话，你得好好分析。日耳曼尼库斯很小的时候，就在他父亲临死前发过誓，要爱护他的小弟弟：你也知道日耳曼尼库斯有多高贵、多正直，他绝不会违背神圣的誓言，所以，他要把弟弟尽可能说得聪明点，希望弟弟有朝一日真能进步。雅典诺多鲁斯和苏皮乌斯也假装孺子可教的原因同样明显：他们是拿着丰厚报酬去教他的，这份工作让他们有借口进出宫殿，摆出私人顾问的架子。至于波斯图穆斯，我这几个月来一直在抱怨他，是不是，我完全无法理解那个年轻人。我认为死神带走他两个才华横溢的哥哥，却把他留给我们，实在太残忍了。他总喜欢在没必要争辩的时候同长辈争辩，其实事实都是明摆着的，压根儿不需要辩，他就是为了惹我们生气，表明他是你唯一外孙的重要地位。他说克劳狄乌斯聪明恰恰就是这样一个例子。那天，我无意间说起，苏皮乌斯教那个孩子是浪费时间，他听到后对我无礼极了：他竟然说，他认为克劳狄乌斯比他的很多亲戚都更有深度——我猜，这话的意思是连我也包括在内了！不过，波斯图穆斯是另外的问题。我们现在讨论的是克劳狄乌斯；我再说一遍，我不能跟他一起吃饭——这是出于身体的原因，希望你能理解。

莉薇娅

一年后，莉薇娅离开罗马去乡间小住时，奥古斯都给她写了一封信：

> ……至于小克劳狄乌斯，我趁你不在的这段时间，每天晚上都邀请他来吃饭。我承认，他的存在让我有点尴尬，但我认为，他总是只跟苏皮乌斯和雅典诺多鲁斯吃饭不好。他跟他们说的话都太书生气了，他们都很优秀，但对一个他那样年纪和地位的男孩来说，他们不是理想的伙伴。我确实衷心希望，他能选择一些有地位的年轻人，以他们的行为举止和穿着打扮为榜样。但他的内向和羞怯阻碍了他。他把我们亲爱的日耳曼尼库斯当英雄崇拜，但也敏锐察觉到自己的缺陷，所以压根儿不敢模仿他，就像我不会披上狮子皮，拿上大棒，自称大力神一样。这个可怜的孩子很倒霉；但在一些重要的事情上（当他的脑子不犯迷糊的时候），他高贵的心灵就明明白白地显露出来了……

第三封信是在我结婚后不久写的，当时我刚被提名为战神祭司，这封信也很有趣：

我亲爱的莉薇娅：

按照你给我的建议，我跟我们的提比略讨论了在为战神玛尔斯举办的竞技大会上，应该让小克劳狄乌斯做什么。如今他既已成年，又被委任补了战神祭司团的空缺，那有关他未来前途的决定便不能再拖了：在这一点上，我们是一致的，对吗？如果他的头脑和身体足以让他最终成为这个家族值得信赖的一员——我相信他一定能，否则我就不会把提比略和日耳曼尼库斯收为养子，留下他当克劳狄家族的家长了——那我们显然应该对他加以约束，并给他和日耳曼尼库斯一样多的进步机会。我承认，我有可能搞错——他最近的进步并不明显。可就算我们最终认定，他身体的残疾和头脑的缺陷密不可分，那我们也一定不能给恶毒之人一个嘲笑他、嘲笑我们的机会。我再说一次，我们必须赶紧对这个孩子做出决定了，一劳永逸的决定——哪怕只是为了省却接连不断的麻烦和尴尬，我们总不能每次一有情况出现，就重新考虑，他到底能不能承担起他与生俱来的家国责任吧。

好了，迫在眉睫的问题是，在这次竞技大会上，我们应该让他做些什么。我不反对让他去掌管祭司的餐室，但有一个严格条件，那就是一切必须由他的大舅子——小普罗提乌斯·西瓦诺斯负责，他只能做普罗提乌斯吩咐他的事。这样一来，他可以学到很多东西，如果能好好学些经验，也就没理由会出丑了。当然，我不可能让他跟我一起坐在摆了圣像的主席包厢，因为剧场里每个人都会不时朝这个方向张望，他的任何异常举动都会引起议论纷纷。

还有一个问题，我们应该让他在拉丁节上做什么。日耳曼尼库斯会和执政官一起上阿尔班山举行祭祀典礼，我看，克劳狄乌斯是想跟他一起去的。但我仍然不确定他会不会出洋相：日耳曼尼库斯会忙于各种工作，没法一直照看他。如果他去了，大家就会想知道他是去干吗的；他们会问，节庆期间，罗马暂缺行政长官，我们为什么不指派他担任都城行政官呢——你还记得吧，盖乌斯、卢修斯、日耳曼尼库斯、小提比略和波斯图穆斯一成年，我们就将这份荣誉轮流授予了他们，作为他们人生的第一个官职。解决这个难题最好的办法就是说他病了，因为他是绝无可能当好都城行政官的。

如果你想把这封信拿给安东尼娅看，我没有异议：请让她放心，我们会尽快决定她儿子的事的。她在法律上受儿子监护，这确实很不合适。

奥古斯都

管理祭司餐室的差事是我的第一个公开职务，除此之外，它实在乏善可陈。普罗提乌斯是个聪明又自负的小个子，像只麻雀，把所有工作都替我做了，甚至懒得向我解释供餐系统的运转和祭司排序的规则，也拒绝回答我在这些方面的问题。他只训练我在迎接祭司和就餐的不同阶段应该做什么事、说什么话，严禁我多说一个字。我觉得很不自在，因为我本可以时不时主动发点言的，我的沉默和对普罗提乌斯的顺从给大家留下了不好的印象。竞技大会我也没有看。

你们应该注意到了，莉薇娅对波斯图穆斯的评价越来越不客气。从这时开始，此类鄙夷之辞在她和奥古斯都的信件中出现得越来越频繁，一开始，奥古斯都还想维护外孙，但渐渐地，他也不得不承认对他失望了。我想，除了他们信里写的，莉薇娅一定还跟奥古斯都说了很多别的话，才让波斯图穆斯如此轻易就失了宠；接着，又发生了一些事。先是莉薇娅报告说，提比略抱怨波斯图穆斯在罗德大学说了一些对他不敬的话。接着莉薇娅又报告说，加图也抱怨波斯图穆斯公然违抗他的管教，在年轻学生中造成了极坏影响；最后，莉薇娅拿出加图的秘密报告，说她之所以把这份报告藏这么久，是希望情况能有所改变。她忧心忡忡地提到波斯图穆斯抑郁消沉的现状——这段时间正是波斯图穆斯对莉维拉失望透顶，同时为哥哥盖乌斯的死哀痛欲绝的时候。紧跟着，波斯图穆斯成年了，有人建议，他父亲阿格里帕留给他的全部遗产应该等几年再给他，因为"这可能让他过上比现在更挥霍放荡的生活！"他和一帮到了入伍年龄的年轻人一起参军，只被安排了禁卫军小小的参谋中尉之职，没有得到一丁点盖乌斯和卢修斯享受过的特殊荣耀。奥古斯都自认为这是最稳妥的方式，因为波斯图穆斯是有野心的：以前，年轻的贵族们支持马塞勒斯对抗阿格里帕，又支持盖乌斯对抗提比略，那种尴尬局面一定不能重演了。很快，我们就会看到，波斯图穆斯对这个安排很不服气，他对奥古斯都说，他不是想要那些荣誉，但一个也不给他，会让他的朋友们误会他在皇宫遭到了嫌弃。

接下来，又发生了更严重的事。波斯图穆斯对普罗提乌斯发了一通脾气，但事后两人都不肯告诉莉薇娅，他们到底为什么争吵。波斯图穆斯当着不少显贵和仆从的面，把普罗提乌斯揪起来，扔进了喷泉。奥古斯都把他叫去解释，他没有丝毫悔意，还坚称是普罗提乌斯活该，因为他跟我说话时侮辱了我；与此同时，他还向奥古斯都抱怨，扣下他父亲的遗产是不公平的。很快，莉薇娅又训斥了他，她说他对她的态度变了，变得粗鲁无礼。"你这是中了什么毒？"她问。他咧嘴一笑，答道："也许是您在我的汤里放了什么东西吧。"她命令他解释这句玩笑话是什么意思，他露出更放肆的笑容，回答："在汤里放东西不是后妈常用的伎俩吗？"此事发生后，奥古斯都立马收到波斯图穆斯的将军传来的投诉，说波斯图穆斯跟别的年轻军官都合不来，休息时间也只在海上钓鱼，还由此得了个"海神"的外号。

我当上战神祭司后，任务并不繁重，普罗提乌斯也是这个祭司团的成员，按照安排，他在一切仪式上都管着我。我越来越恨他。他对我出言不逊是原因之一，也正是波斯图穆斯把他扔进喷泉的缘由。他叫我"臭猴"，还说我每次问他各种愚蠢又多余的问题时，仅仅是出于对奥古斯都和莉薇娅的忠心，他才忍住了想要啐我一口的冲动。

第十一章

我成年并结婚的前一年，罗马极为不顺。意大利南部发生一连串地震，摧毁了多个城市。整个春天几乎没有下雨，全国庄稼的长势都很糟糕；而就在收割之前，倾泻如注的暴雨把好不容易抽穗的一丁点粮食全部打落。雨势那样猛烈，台伯河的河水冲走桥梁，都城低洼地区一连七天都能在街上划船。饥荒的威胁近在咫尺，奥古斯都派专员前往埃及和其他地区大量采购谷物。公共粮仓早已消耗殆尽，因为前一年就歉收了，只是没有今年这般严重。专员成功买到了一些粮食，但价格很高，数量也不够。那一年的冬天危机重重，尤其是当时罗马城内人满为患——过去二十年，罗马的人口翻了一番；而奥斯提亚港冬季行船又极不安全，来自东方的运粮船队一连几周无法卸货。奥古斯都全力以赴，减少饥荒的影响。他把所有人暂时赶去了离都城至少一百英里的乡下，只准户主及其家人留下；他任命了一个由前执政官组成的配给委员会；禁止举行公共宴会，就连他自己的生日也不例外。他进口的大部分粮食是他自掏腰包买的，再免费发给贫民。和以往一样，饥荒带来暴乱，暴乱导致纵火：来自工人聚居区的饥肠辘辘的抢劫犯在晚上点火，烧毁了整条整条街的商铺。为预防此类事件，奥古斯都组织了一个旅的夜巡队，分作七支小队：这个旅起了大作用，从那以后一直没有解散。但暴乱者还是造成了巨大损失。这时，奥古斯都不得不开征一个新的税种，为日耳曼的战事提供军费。饥荒、大火与税收让普通人焦虑不安，公然讨论起革命。恐吓的宣言趁夜被钉在公共建筑的大门上。据说，一个巨大的阴谋正在酝酿之中。元老院悬赏，让大家提供信息捉拿头目，很多人为了领赏，竟举报起自己的邻居，让局面愈加混乱。真正的阴谋显然并不存在，只有人们充满希望的谣言。最终，来自埃及的粮食陆续运抵——他们的收获时间比我们的早得多——紧张的局势慢慢缓解了。

饥荒期间从罗马被赶走的人当中，有一批角斗士。人数不多，但奥古斯都认为，一旦发生内乱，他们很有可能成为危险因素。他们都是亡命之徒，有些原本是有头有脸的人物，因为欠债被卖身为奴——买家同意让他们以角斗赢得自由。有时候，如果年轻的绅士欠了债，不是他自己的过错，或只是因为年轻不懂事，那他的远房亲戚们也许会出手相救，奥古斯都也可能亲自干预，让他不至沦落为奴。因此，这些最终成了角斗士的绅士是没人认为值得搭救的人，他们自然成了角斗士的头，也正是会挑起武装叛变的那类人。

局势缓和后，奥古斯都把他们召回来，决定以日耳曼尼库斯和我的名义纪念我们的父亲，举办一场大型的公开角斗和斗兽表演，让大家乐乐。莉薇娅想借此提醒罗马，不要忘了我们父亲的丰功伟绩，也想借此引起大家对日耳曼尼库斯的关注，毕竟虎父无犬子。大家都期待着，他很快就会被派去日耳曼，协助另一位威名远扬的战士——他的伯伯提比略，在那里征服新的领地。我母亲和莉薇娅都为这次表演提供了赞助，但主要的开支压到了日耳曼尼库斯和我的头上。考虑到日耳曼尼库斯的地位，他比我更需要钱，所以母亲对我说，我出的钱应该是他的两倍才合理。能为日耳曼尼库斯做点事，我当然乐意之极。可一切结束后，我统计我们花了多少钱时，真是吓了一大跳；整场表演完全是不计成本，除了角斗和斗兽的常规开销外，我们还向民众抛撒了无数银币。

在前往竞技场的游行队伍中，日耳曼尼库斯和我坐的是父亲以前的战车，这是经过元老院特别法令批准的。我们在大陵墓向父亲献祭，这座巨大的陵墓是奥古斯都为百年之后的自己修建的。他把我们父亲的骨灰也埋在这里，和马塞勒斯的骨灰放在一起。接着，我们沿着阿庇安路，从纪念父亲的拱门下穿过，门上刻着他骑马的巨型雕像，还装饰着庆典专用的月桂枝。东北风呼啸，医生非让我穿上斗篷才能出门，所以我是角斗场上唯一一个破格穿着斗篷的人——另一个穿斗篷的是奥古斯都。我坐在日耳曼尼库斯旁边，跟他一起担任主席，奥古斯都坐在日耳曼尼库斯的另一边。他对极热和极冷的天气都很敏感，冬天至少要穿四件外套，外加厚厚的长袍和长长的马甲。当时，有些人看到我和奥古斯都穿着那么像，认为这是种预兆，他们还说，我生在里昂，出生的那一天正好又是奥古斯都月[1]的第一天，也是他亲自去里

---

[1] 即八月。为向奥古斯都致敬，罗马元老院通过决议，把尤利安历的第八个月改为奥古斯都月。

昂主持祭坛揭幕仪式的那一天。反正，很多年之后，他们都说，当时他们就是这么说的。莉薇娅也坐在包厢里——这是她作为我父亲生母的特殊荣耀。通常，她是和维斯塔贞女坐一起的。当时的规矩是男女分开坐。

这是我获准观看的第一场角斗，而且我被安排坐在主席包厢，这让我更紧张了。虽然日耳曼尼库斯在需要做决定时总会假装咨询我的意见，但实际上，所有的活儿都是他做的，他做得非常自信、非常庄重。我很幸运，这场角斗是竞技场里有史以来最精彩的一场。我是第一次看，还不能完全欣赏到它的精妙，因为我没有以往的观看经验可以拿来比较。不过，可以确定的是，从那以后，我再也没有看过更精彩的了，而到目前为止，我看过的重要角斗少说也有近千场。莉薇娅希望日耳曼尼库斯能借父亲之名赢得民心，她不惜花费重金，请来罗马最好的角斗士。通常，专业的角斗士会尽量避免伤到自己或对方，大部分力气都花在假动作和招架躲闪上，他们的攻击看起来、听起来都凶悍无比，实则毫无杀伤力，就像奴隶在拙劣的喜剧中拿着道具棍棒互敲。只是偶尔，他们真动了怒，或跟对手有旧账要算，那才值得一看。这一次，莉薇娅把角斗士的头领全部召集起来，对他们说，她希望她的钱花得值。如果有一场打斗不是真的，她就要把角斗士团统统解散：去年夏天的假比试就太多了。于是，头领去警告角斗士，这一次，绝不能再玩你追我赶的花招，违者一律开除出团。

在头六场角斗中，一人战死，一人伤势严重，当天就死了，还有一人拿盾牌的手臂被齐肩砍下，引来全场哄堂大笑。另外三场角斗都是一方在殊死搏斗之后，才被对方缴了械的，在请求日耳曼尼库斯和我裁定时，我们顺应观众呼声，都竖起大拇指，表示饶战败者不死。其中有一个胜利者，一两年前还是富有的骑士。当时，所有的角斗都有规定，对战双方不得使用同类武器。有用剑对矛的，用剑对战斧的，用矛对钉锤的。第七场角斗中，一方使用的武器是正规的军队用剑和老式的铜箍圆盾，另一方的武器则是三叉鱼戟和短网。拿剑的"追击者"是禁卫军的一名士兵，他因为喝醉酒打了队长，刚被判处死刑。死刑又被换成角斗。他的对手是拿三叉戟和网的人——来自塞萨利的职业角斗士，出场费相当高，而且，在过去五年杀死了超过二十位对手，日耳曼尼库斯是这么告诉我的。

我当然是同情士兵的，他走进竞技场时面色惨白，浑身颤抖——他在牢房里待了好些天，已经不适应明亮的光线了。他所在的禁卫军队伍似乎也很同情他，因为被他打死的队长本就是个恶霸加禽兽。大家齐声呐喊，让他振作起来，捍卫全队荣耀。他挺起胸膛，大喊道："我会尽力的，战友们！"他在军队里的外号碰巧叫"翻身鱼"，禁卫军在都城不得人心，但这个外号足以让绝大部分观众站在他这边。"翻身鱼"若能杀死"渔夫"，那该多讽刺呀。争取到观众的支持，对拼死一搏只为求生的人来说，就算赢了一半了。塞萨利人精干结实，长手长脚，紧紧跟在他后面，也大摇大摆地走进场，他只穿着皮短袍，戴一顶坚硬的圆皮帽子。他心情很好，跟前排的观众开着玩笑，因为他的对手不过是个门外汉，而莉薇娅已为他下午的出场支付了一千金币，还说如果他能好好打一场且干掉对手，就再给他五百金币。他们一同走到包厢前，首先向奥古斯都和莉薇娅行礼，然后向身为联合主席的日耳曼尼库斯和我行礼，按惯例说："向你们问好，大人们。我们在死神阴影中向你们致敬！"我们用正式的手势回应了他们的致敬，日耳曼尼库斯对奥古斯都说："哎呀，陛下，这追击者曾是我父亲手下的老兵。我认得他。他在日耳曼因最先攻破敌人的防御而赢得了桂冠。"奥古斯都立刻有了兴趣。"很好，"他说，"那这应该是一场精彩的对决。只是拿网的人应该比他年轻了十岁，在这种对决中，年龄是很关键的。"日耳曼尼库斯举手示意，号手们吹响喇叭，对战开始。

塞萨利人绕着"翻身鱼"跳起舞，可"翻身鱼"坚守着自己的阵地。他不傻，才不会白白浪费力气去追赶轻装上阵的对手，最后累到无法动弹呢。塞萨利人想通过挑衅让他失去理智，"翻身鱼"也不上当。只有一次，塞萨利人快要走进他的攻击范围内时，他才表现出准备发动攻势的样子，然后迅速刺出一剑，引得观众席爆发出一阵欢呼。可塞萨利人及时躲开了。很快，激烈程度升级；塞萨利人用长长的三叉戟上下刺杀，"翻身鱼"轻松避开，一只眼睛始终盯着塞萨利人左手的网，那里面装满了沉甸甸的小铅球。

"打得漂亮！"我听到莉薇娅对奥古斯都说，"全罗马最会使网的人。他在逗那个士兵玩呢。看到了吗？只要他愿意，他随时可以缠住他，给他致命一击。但他就是要拖拖时间。"

"是啊，"奥古斯都说，"恐怕这士兵是死定了。他就不应该喝醉酒。"

奥古斯都话音刚落，"翻身鱼"便打飞了塞萨利人的三叉戟，又纵身向前，将他的皮短袍袖子一把撕烂。塞萨利人飞也似的跑了，一边跑，一边将网朝"翻身鱼"脸上扔去。一颗铅球不幸砸中"翻身鱼"的眼睛，让他一时什么也看不见。他放慢脚步，塞萨利人瞅准时机，转过身，将他手中的剑打飞出去。"翻身鱼"冲过去捡剑，塞萨利人抢先一步，拿剑跑到围栏边，把它扔给了骑士席前排的一位富人观众。接着，他转过身，开始尽情戏耍失去了武器的对手。网在"翻身鱼"头顶咻咻转着，三叉戟这里刺一下，那里刺一下；"翻身鱼"仍处变不惊，有一次，他猛地伸手去夺三叉戟，差点成功。塞萨利人赶着他朝我们的包厢靠近，想弄出令人叹为观止的杀戮场面。

"够了！"莉薇娅不动声色地说，"要够了。现在该要了他的命了。"无须催促，就在这时，塞萨利人用网罩住"翻身鱼"的脑袋，举起三叉戟就朝他的肚子刺去。全场呼声雷动！"翻身鱼"右手抓住网子，身体向后一倾，用尽全身力气，将三叉戟的杆子从对方手中踢出去一两英尺[1]远。那武器飞起来，飞过塞萨利人的头顶，在空中打了个滚儿，摇摇晃晃地插进木围栏。一瞬间，塞萨利人呆立在那里，忘了网还在"翻身鱼"手中，竟从他身边冲过去要取回三叉戟。"翻身鱼"纵身向前，斜着扑出去，用盾牌的尖利边缘扎中了奔跑中的塞萨利人的肋骨。他倒下了，四肢伏地，只喘粗气。"翻身鱼"迅速恢复冷静，将盾牌猛地向下一挥，砍在他的后颈上。

"狡兔出击！"奥古斯都说，"我还从来没在竞技场上见过这一招呢，你见过吗，亲爱的莉薇娅？嗯？我敢肯定，那人死了。"

---

[1] 长度单位，1英尺约合0.3米。

塞萨利人确实死了。我以为莉薇娅会不高兴,可她只说了一句:"活该。这就是轻敌的下场。我对这个使网的人很失望。不过,倒是省了五百金币,所以我也不能抱怨。"

把那天下午的欢乐气氛推向最高潮的,是两位日耳曼人质的对决,他们碰巧属于两个敌对的家族,自愿提出决一死战。那场决斗可不美观,全是长剑长戟的野蛮砍杀:两人都在左上臂绑了一块装饰精美的小盾牌。这样的对决方式很罕见,因为普通的日耳曼士兵使的都是细杆尖头的长矛;宽头戟和长剑是高级军官的标志。对战一方是个黄头发的男人,身高超过一米八,他速战速决,把对手砍得遍体鳞伤之后,以脖子侧面的一剑结束了他的性命。他被观众的热烈欢呼冲昏了头,竟混着日耳曼语和军营里的拉丁语发表起了演讲,他说他在自己的祖国也是威名远扬的勇士,在战场上杀过六个罗马人,包括一名军官,后来,他被心怀妒忌的叔叔——也就是部落首领抛弃,成为人质。现在,他向罗马的贵族发起挑战,以剑对剑,让他凑齐七这个幸运数字。

第一个跳起来走进竞技场的是位年轻的参谋官,出生于古老但没落的家族,名叫卡西乌斯·查雷亚。他跑到包厢,请我们允许他接受挑战。他说,他的父亲就死在日耳曼,率领他的伟大将军正是今天这场竞技要纪念的人:他可不可以拿这个满口大话的家伙来祭奠他父亲的亡灵?卡西乌斯是优秀的角斗士。我经常看到他在战神广场比剑。日耳曼尼库斯先跟奥古斯都商量,接着又跟我商量;奥古斯都表示同意后,我也喃喃着表示同意,我们让卡西乌斯准备好武器。他走到更衣室,借来"翻身鱼"的剑、盾牌和盔甲,既为借助他的好运,也为表达对他的敬佩。

很快，一场任何职业角斗士都演不出的激烈对决开始了，日耳曼人挥舞长剑，卡西乌斯以盾抵挡，并时不时试图冲破对方的防御——可日耳曼人灵活又强壮，两次把卡西乌斯打到双膝跪地。观众席鸦雀无声，仿佛在看宗教祭礼，除了铁器互砍和盾牌碰撞的哐当声，别的什么声音都没有。奥古斯都说："恐怕，那个日耳曼人比他强太多了。我们不应该同意这场对决的。如果卡西乌斯死了，消息传到前线会影响军心。"

突然，卡西乌斯在一摊血迹上滑了一跤，仰面倒下。日耳曼人骑到他身上，露出胜利的微笑，接着……接着，我耳朵里响起一声咆哮，我眼前一黑，晕了过去。我先是第一次亲眼看见杀人的场面，接着在"翻身鱼"和塞萨利人的对决中为"翻身鱼"焦急担忧，现在，我又感觉到，在场上与日耳曼人殊死搏斗的人好像就是我自己——这一切的一切让我再也无法承受了。就这样，我没能目睹卡西乌斯绝处逢生的反击，当日耳曼人举起那把丑陋的长剑，想要插进他的头颅时，他用盾牌飞快撞向日耳曼人的裆部，接着往旁边一滚，将剑迅速果断地刺进对方的腋窝。是的，卡西乌斯圆满干掉了对手。不要忘记这个卡西乌斯，因为他在这个故事中还有两三场重头戏。至于我，没人注意到我晕了一小会儿，等大家发现时，我已经醒了。他们把我撑起来，让我靠在座位上，等角斗正式结束。如果提前把我抬出去，会让所有人丢脸。

第二天，竞技继续进行，但我没有去。他们对外宣称我病了。我错过了竞技场上有史以来最壮观的一场斗兽，印度大象对战犀牛——印度大象可比非洲大象大多了。内行们都把赌注押在犀牛身上，因为它体形虽小，皮却比大象的厚得多，大家都觉得它能用长长的尖角迅速刺死大象。他们说，在非洲，大象都得学会躲避犀牛的追杀，犀牛对自己的领地绝对是分寸不让的。可这头印度大象不同，在犀牛冲进竞技场时，它没有表现出一丝焦虑或恐惧——事后，波斯图穆斯向我描述了整个经过——每一次，大象都会用长牙应对犀牛的攻击，犀牛狼狈撤退时，它还会笨拙地跟在后面追赶。当大象发现无论它怎么进攻都刺不穿犀牛脖子上厚厚的铠甲时，这头神奇的生物居然耍起了诡计。它用鼻子卷起清洁工忘在沙地上的荆条扫帚，在犀牛接下来的进攻中，将它扎向犀牛的脸：成功刺瞎了犀牛一只眼睛，接着是另一只。愤怒又痛苦的犀牛慌了神，四下乱冲，追赶大象，最后，竟开足马力撞向木围栏，直接冲破围栏，在后面的大理石墙上将犀角撞得粉碎，晕了过去。大象张着嘴走过来，像是在笑，它先把木围栏上的裂口弄大，再狠狠踩踏倒在地上的对手的头颅，直到踩得稀烂。然后它点点头，仿佛打着音乐的节拍，安静地走开了。它的印度驯象师端着满满一大碗甜食跑出来，大象把甜食全倒进自己嘴里，观众席爆发出雷鸣般的掌声。随后，大象伸出鼻子当长梯，帮驯象师坐上它的脖子，小步朝奥古斯都跑去；它用喇叭般的叫声向皇室致敬——他们训练这些大象只有在皇帝面前才可以发出这样的声音——它还行了个屈膝礼。可我错过了这一切，这我之前说过了。

当天晚上，莉薇娅给奥古斯都写了一封信：

我亲爱的奥古斯都：
　　昨天，克劳狄乌斯在看两人角斗时晕倒一事可谓相当没有男子气概，更别提他双手和脑袋奇怪的抽搐了，况且是在纪念他父亲光荣胜利的庄重节日上，未免显得更加羞耻，也更加不幸。但此事至少有一个好处，那就是，我们现在绝对可以做出最后的决定了——虽然克劳狄乌斯有祭司的尊贵身份，但他压根儿不适合出现在公众面前——他之所以能成为祭司，也是因为祭祀团的空缺不管怎样都要有人填补，而且普罗提乌斯也成功教会他完成了任务。我们必须放弃他了，他也许在繁衍子孙方面还有点作用，我听说他在厄古拉尼娜那里还是尽了丈夫的义务的——但我不敢确定，除非我能亲眼看到他们的孩子，不过，那个孩子有可能是跟他一样的怪胎。

安东尼娅今天从他的书房里找出一个笔记本，好像是他一直以来搜集的有关他父亲的史料；同笔记本一起找到的还有一篇为计划中的传记写的引言，费了不少心血，我随此信一并寄给你。你会看到，克劳狄乌斯特地挑出他亲爱的父亲才智上的一个小小缺点，对其大赞特赞——他父亲对时代进步的刻意无视和始终念念不忘的荒谬幻想，总以为曾经适合罗马的那套政治体制还可以重建起来。可以前的罗马只是个和邻村交战的小镇，如今的罗马已是亚历山大时代之后全世界最伟大的帝国了。看看亚历山大死后他们找不到足够强大的人来继承王权的后果吧——整个帝国分崩离析。但我不想浪费我和你的时间，重复这些历史的陈词滥调。

我刚刚跟雅典诺多鲁斯和苏皮乌斯碰了面，把这篇引言给他们看，他们都说此前从未看过，他们一致同意，这篇文章的内容极不妥当。他们发誓说，从未向他灌输过任何叛逆的思想，他一定是自己从古书里看来的。我个人认为，他是从他祖父那里继承来的——他祖父也有这些奇怪的毛病，你还记得吧——不继承强壮的身体和高贵的品德，偏要选个缺点继承，这不就是克劳狄乌斯吗！感谢神灵，我们还有提比略和日耳曼尼库斯！据我所知，他俩从没说过有关共和政体的异端邪说。

我自然命令克劳狄乌斯不准再写那本传记了，我说，他在为纪念他父亲举行的竞技大会上都能晕倒，丢他父亲的脸，那他显然也没资格写他父亲的生平：让他给他的笔找点别的事做吧。

莉薇娅

自从波里奥告诉我，我父亲和祖父都是被毒死的以后，我心里一直疑惑重重。我无法确定这位老人是信口开河，还是在开玩笑，或者真的知道什么内幕。除了奥古斯都，谁还会对君主政体如此执着，非要下毒杀害一位仅仅是拥护共和的贵族呢？可我不敢相信奥古斯都是凶手：下毒是卑劣的杀人方式，奴隶才会用这种手段，奥古斯都绝不会堕落至此。再说，他也不是伪君子，每当他说起我父亲时，话语里总是充满了崇拜和敬爱。我查阅了两三本近代史，但关于我父亲的死，它们能告诉我的都是我听日耳曼尼库斯说过的。

就在竞技大会前两天，我碰巧跟我们的门房聊天，他曾是我父亲出征时的勤务兵。这个诚实的家伙喝了很多酒，因为那段时间每个人嘴边都挂着我父亲的名字，老兵们都与有荣焉。"关于我父亲的死你都知道些什么，跟我说说吧，"我大胆说道，"当时军营里有没有人说，他的死可能不是意外？"他回答："对别人我是不会说的，少爷，可是你，我相信你，少爷。你是你父亲的儿子，我从没见过有谁不信任他的。是的，少爷，当时是有传言，不同于一般军营里的流言。我可以确定，你勇敢而高贵的父亲是被毒死的，少爷。我不会说那个人的名字，因为我不用说你也会知道的，那个人嫉妒你父亲的胜利，下令召他回来。这不是故事，不是流言，而是历史。命令传来时，你父亲正好摔断腿；摔得并不严重，而且正在恢复，结果那个医生从罗马来了，跟信使一起来的，医生手里拿着装毒药的小袋子。谁派医生来的呢？跟派信使来的是同一个人。二加二等于四，不是吗，少爷？我们这些勤务兵都想杀了医生，可他在特别护卫队的保护下，安全回到了罗马。"

当我看到祖母莉薇娅给我的字条，严令禁止我再写父亲的传记时，我越发困惑了。波里奥不会是在暗示，是祖母杀害了她的前夫和儿子吧？这令人不敢想象。她的动机是什么呢？然而，我越是仔细思考，就越觉得莉薇娅比奥古斯都更有嫌疑。

那年夏天，提比略在东日耳曼征战，急需人手。达尔马提亚接到纳税的命令，这个行省最近一直平安无事且温顺听话。可当军队在此集结时，恰好碰到税吏每年一次来此收税，他征的税没有超过奥古斯都核定的数目，却也不是当地人民能轻松交出来的。大家高声抗议，纷纷叫穷。税吏行使职权，到交不出税的村子里将长得好看的小孩全部抓来，带走当奴隶卖掉。有些被抓小孩的父亲是军队新征的士兵，自然要强烈抗议。整支队伍随之哗变，杀掉了他们的罗马长官。波斯尼亚的一个部落出于同情，也起兵响应，很快，我们同马其顿和阿尔卑斯山接壤的边境行省硝烟四起。幸好，提比略与日耳曼人达成和平协议后——是他们先提的，不是提比略先提的——开始向叛军进攻。达尔马提亚人不跟他在战场上兵刃相见，而是化整为零，拆分成一支支小分队，娴熟地开始了游击战。他们轻装简行，又熟悉环境，冬天来临时，甚至大胆地对马其顿发起了偷袭。

身在罗马的奥古斯都体会不到提比略的难处，总怀疑他有什么不可告人的目的，所以故意拖延，至于是什么目的，他也想不出来。他决定派日耳曼尼库斯带上一支他自己的军队，去敦促提比略尽快行动。

日耳曼尼库斯二十三岁了，刚刚得到他人生中第一个都城行政官的职务，比通常的就职年龄早了五年。让他带军出征的命令出乎所有人的意料：每个人都以为奥古斯都会选波斯图穆斯。因为波斯图穆斯不是行政官，最近也一直忙着在战神广场为这支新队伍训练新兵：他现在的军衔已是军团指挥官了。他比日耳曼尼库斯小三岁，但他的哥哥盖乌斯十九岁时就被派去掌管亚细亚，第二年就当上了执政官。大家一致认为，波斯图穆斯的能力丝毫不逊于盖乌斯，况且，他还是奥古斯都唯一健在的外孙。

这个消息尚未公布时，我就听说了。我心里很矛盾，既为日耳曼尼库斯高兴，也为波斯图穆斯难过。我去找波斯图穆斯，到了他在皇宫的住处时，日耳曼尼库斯竟跟我同时到了。波斯图穆斯热情迎接了我们，祝贺日耳曼尼库斯成为军队统帅。

日耳曼尼库斯说："这正是我今天来的原因，亲爱的波斯图穆斯。你很清楚，我能被选中自然是又骄傲又高兴，但如果这会伤害到你，那军队的头衔对我来说就毫无意义。你身为军人，跟我不相伯仲，作为奥古斯都的继承人，你显然是更合适的人选。请你同意我现在去找他，请他改派你去。我会告诉他，全都城的人都会误解他对我的偏爱超过了对你。现在改正还为时不晚。"

波斯图穆斯回答："亲爱的日耳曼尼库斯，你很大度，也很正直，所以我就坦白说了。你说得没错，全城的人都会把这件事看作对我的侮辱。他打断你行政官的任期，派你出征，而我明明是随时可以出发的自由状态，这简直就是双重打击。但相信我，你今天进一步向我证明了我们的友谊，这足以弥补我内心的失落；祝你马到成功，早日凯旋。"

这时，我开口了："请你们原谅，我要说说我的观点，我认为，奥古斯都对目前形势的考虑，比你们俩以为的都更谨慎。今天早上，我无意听到母亲说了一些事，我推测，奥古斯都怀疑我伯伯提比略在故意拖延战事。因为我伯伯和波斯图穆斯的哥哥们以前有过误会，如果他派波斯图穆斯带新队伍前去，我伯伯也许会起疑心，感觉到被冒犯。波斯图穆斯则会像个间谍和对手。可日耳曼尼库斯是他的养子，派他去就只是增援而已。我想，用不着多说，波斯图穆斯一定会在别处得到机会的，这一点毋庸置疑，而且会很快。"

这个新的视角让他们都高兴起来，两人都觉得面上有光，我们在极友好的气氛中道了别。

就在那天晚上,或者应该说,第二天凌晨,我在家中楼上我自己的房间写作到很晚,突然,我听到远处响起喊声,紧接着,外面阳台传来窸窸窣窣的动静。我走到门口,看到阳台上冒出一个脑袋,接着是一只手。是个穿军装的男人,正把一条腿跨过阳台,爬了上来。一时间,我吓瘫了,脑子里冒出的第一个疯狂的念头就是:"莉薇娅派杀手来了。"我正准备大呼救命,那男人低声说道:"嘘!没事!是我,波斯图穆斯。"

"哎呀,波斯图穆斯!吓死我了。这么晚了,你像个小偷似的爬进来做什么?你这是怎么了?你的脸在流血,你的斗篷也撕烂了。"

"我是来说再见的,克劳狄乌斯。"

"我不明白。是奥古斯都改变主意了吗?我还以为他的任命已经公布了呢。"

"给我点喝的,我渴了。不,我不是要去打仗。压根儿不是。我要被派去钓鱼了。"

"别打哑谜了。这儿有酒。快喝,告诉我出了什么事。你要去哪儿钓鱼啊?"

"唉,去某个小岛。我想他们现在还没选定呢。"

"你的意思是……"我的心猛地一沉,脑袋一片混乱。

"是的,我要被流放了;跟我可怜的母亲一样。"

"可为什么呢?你犯了什么罪?"

"反正是不能正式告知元老院的罪。我猜大概会说是'无可救药、冥顽不灵的堕落'吧。你还记得那本《枕上辩论》吗?"

"啊波斯图穆斯!难道我祖母……"

"仔细听我说，克劳狄乌斯，时间不多了。我刚被重兵逮捕，但我想办法打倒两个护卫，逃了出来。皇宫守卫全体出动，封锁了每一条可能逃跑的路线。他们知道我还在这里，他们会搜查每一个房间。我感觉我必须来见你，因为我希望你知道真相，不要相信他们给我捏造的罪名。我还希望你把这一切告诉日耳曼尼库斯。代我向他致以最亲切的问候，把一切告诉他，把我现在跟你说的话一五一十告诉他。我不在意别人怎么看我，但我希望日耳曼尼库斯和你了解真相，不要误解了我。"

"我一个字也不会忘记的，波斯图穆斯。快说，从头跟我说。"

"好的，你也知道，奥古斯都最近不喜欢我。一开始，我不明白为什么，很快，原因就显而易见了，是莉薇娅一直在挑唆他讨厌我。只要她在，他就格外软弱。你敢想象吗，他跟她一起生活了将近五十年，仍然对她说的每一个字深信不疑！但这个阴谋中不止莉薇娅一个人。莉维拉也参与了。"

"莉维拉！天哪，我很抱歉！"

"是啊。你知道我有多爱她，也知道我为她伤过多少次心。大概一年前，你曾经暗示过我，说她不值得我挂心，你还记得当时我有多生你的气吧。我一连好几天都不肯跟你说话。现在，我很后悔生了你的气，克劳狄乌斯。可你也知道，当一个人无可救药地爱上另一个人时是什么情形。当时我没有告诉你，就在她嫁给卡斯托尔之前，她曾亲口对我说，是莉薇娅强迫她结婚的，其实她只爱我。我相信了她。我为什么不该相信她呢？我多希望有朝一日卡斯托尔会出点意外，这样，莉维拉就能嫁给我了。从那以后，我脑子里每日每夜都想着这件事。今天下午，就在跟你见面之后,我和她还有卡斯托尔,一起坐在大鲤鱼池旁的葡萄架下。卡斯托尔开始挖苦我。我现在反应过来,这整件事是他俩提前彩排过的。他说的第一句话是:'看来日耳曼尼库斯比你更受宠喽?'我对他说,我认为这次的任命非常英明,我刚刚才祝贺了日耳曼尼库斯。接着,他又讥笑着说:'所以这事得到了你这个王子殿下的批准喽?对了,你是不是还指望着继承你外祖父的皇位呀?'看在莉维拉的面子上,我忍住脾气,只说奥古斯都还好好活着,且年富力强,现在就讨论继承问题未免不敬。我讽刺地问他,是不是想竞争当候选人。他怪笑着说:'哼,我要是真和你竞争,我看赢的概率比你大。我想要的东西,往往都能得到。我会用脑子。莉维拉就是我靠脑子赢来的。想起来好笑,我轻轻松松就说服了奥古斯都,让他相信你不是她合适的丈夫人选。或许,我也可以用这个办法,得到我想要的别的东西。谁知道呢?'这话让我火大了。我问他,他的意思是不是说他一直在造我的谣。他说:'不行吗?我想要莉维拉,我就是这么得到她的。'这时,我朝莉维拉转过身,问她是否知情。她装出义愤填膺的模样,说她一无所知,但她相信卡斯托尔什么阴招都玩得出来。她挤出一两滴眼泪,说卡斯托尔烂到根了,没人猜得出来他让她受了多少罪,她恨不得马上去死。"

"哎呀,那是她的老把戏了。任何时候有需要,她都哭得出来。每个人都被她骗了。如果我早点把我对她的了解告诉你,你也许会恨我一段时间,但这次你就不会上当了。接着呢,发生了什么事?"

"今天傍晚,她派她的侍女给我传口信,说卡斯托尔今天又跟往常一样，出去寻欢作乐了，大概一整晚都不会回去，如果午夜过后，我看到她窗口亮起灯，那就可以去找她。灯下面会有一扇窗户开着，我悄悄爬进去就行了。她想跟我说一件极重要的事。当然了，这只可能意味着一件事，我的心怦怦狂跳。我在花园里等了好几个钟头，直到我看见她窗口的灯光亮起来。我找到灯下开着的窗户，爬了进去。莉维拉的侍女在那里等着，带我上了楼。她告诉我怎么从一个阳台爬到另一个阳台，再爬到莉维拉的窗口，爬进她的房间；好躲开驻守在她房门边走廊里的卫兵。总之，我发现莉维拉正等着我，她穿着睡裙，披着头发，简直美若天仙。她对我诉说卡斯托尔对她有多残忍。她说她身为妻子，不欠他什么，因为他自己都承认了，他是把她骗到手的，对她还那么残忍。她张开双臂扑向我，我把她抱起来，走到床边。我真是欲火焚身了。可突然，她尖叫起来，用拳头拼命砸我。那一刻我以为她发了疯，我捂住她的嘴，让她安静。她挣脱我，踢翻一张小桌，桌上放着一盏灯和一个玻璃罐。接着她叫道：'强奸！强奸！'这时，门被撞开，皇宫守卫拿着火把冲了进来。猜猜领头的是谁？"

"卡斯托尔？"

"是莉薇娅。她当即把我们带到奥古斯都面前。卡斯托尔正和奥古斯都在一起，可莉薇娅明明跟我说过，他在都城另一头晚餐的。奥古斯都把守卫打发走，之前一言不发的莉薇娅对我发起了进攻。她对奥古斯都说，她是遵照他的建议，去我的房间，想找我私下了解埃米丽娅指控我的事的，她想问我有什么解释。"

"埃米丽娅！哪个埃米丽娅？"

"我的外甥女呀。"

"我怎么不知道她这么恨你。"

"她没有。她只是也参与了这个阴谋。莉薇娅说,她在我的房间里没有找到我,于是到处询问,有人告诉她,巡逻队看见我坐在花园南边的一棵梨树下,她派了个士兵去找我,士兵回报说我没在那里,但他有件可疑的事要禀报:有个男人正从日晷仪上方的一个阳台爬到另一个阳台。她知道那是谁的房间,所以立马警觉起来。幸好,她及时赶到。她听到莉维拉大叫救命:我从阳台闯进她的卧室,正要强奸她。卫兵们冲破房门,把我从'惊恐的半裸女子'身上拉开。她立刻把我带来了,莉维拉就是证人。莉薇娅讲述这个故事时,那个婊子莉维拉一直捂着脸呜呜咽咽。她的睡裙被撕开了——一定是她自己故意撕的。奥古斯都骂我是禽兽,是色狼,问我是不是疯了。当然,我不能否认我是在她的卧房,我甚至不能否认我是想跟她做爱。我说我是受邀前往,我想从头解释,但莉维拉尖叫道:'说谎,都是说谎!我正睡觉,他突然从窗户爬进来,想要强奸我。'这时,莉薇娅又说:'那我猜,也是你的外甥女埃米丽娅邀请你去猥亵她的喽?你好像很受年轻女子欢迎嘛。'莉薇娅这招太聪明了。我不得不暂且放下莉维拉的事,转而解释埃米丽娅的事。我对奥古斯都说,昨天晚上,我跟我的姐姐尤丽娜共进晚餐,埃米丽娅也在场,但那是我六个月来第一次见她。我问我到底怎么猥亵她了,奥古斯都说我自己心知肚明——就在晚餐过后,有人来报说有小偷,她父母暂时离开的那段时间——她父母回来我才住手。这故事太荒谬了,荒谬到我虽然生气,但还是忍不住笑起来;这对暴怒中的奥古斯都是火上浇油。他差点从象牙宝座上站起来打我。"

我说:"可是我不明白,是真有人来禀报说有小偷吗?"

"是的,埃米丽娅和我就独处了几分钟,但我们没说一句不该说的话,况且她的家庭女教师也在!我们讨论了水果树和花园害虫的事,一直到尤丽娜和埃米利乌斯回来,说警报搞错了。尤丽娜和埃米利乌斯没有被莉薇娅收买,这一点也许可以确定。他们恨死她了。所以,一定是埃米丽娅安排的。我开始飞快思考,她到底对我有什么新仇旧恨,可我想不出来。突然,一种解释在我脑子里冒出来。尤丽娜曾告诉我一个秘密,她说埃米丽娅终于要得偿所愿了:她就要嫁给阿庇乌斯·西拉努斯了。你认识那个花花公子吧?"

"认识。可我还是不明白。"

"其实很简单。我对莉薇娅说:'埃米丽娅撒这个谎的奖励就是能嫁给西拉努斯,对吗?那莉维拉又能得到什么?难道您承诺帮她毒死现在的丈夫,再给她找个更帅的吗?'一提到毒这个字,我就知道我完了。我决定索性趁这个机会说个够。我问莉薇娅,她是怎么毒死我父亲和哥哥们的,她是更喜欢慢性毒药还是见效快的毒药。克劳狄乌斯,你认为是她杀死他们的吗?我反正可以确定。"

"你竟敢这样问她?是很有可能。我还认为,我父亲和我祖父也是她毒死的,"我说,"我猜她害死的还不止他们。但我没有证据。"

"我也没有证据,但我就喜欢指控她。我用最大的嗓门儿喊着,半个皇宫的人应该都听见了。莉薇娅从房间匆匆离开,喊来守卫。我看见莉维拉在笑。我伸手去掐她的脖子,卡斯托尔拦到我们中间,让她逃跑了。接着,我跟卡斯托尔扭打起来,我打断他一只胳膊,让他在大理石地板上磕掉了两颗门牙。但我没有跟士兵打。那有失我的身份。况且,他们都有武器。两个士兵拽着我的手臂,奥古斯都冲着我破口大骂。他说要把我流放到他领土中最荒凉的岛上去,一辈子不准回来,还说只有他那不正常的女儿才会给他生下这么一个不正常的外孙。我对他说,他名义上是罗马皇帝,实际上,还不如醉酒老鸨手下的女奴自由,总有一天,他会睁眼看到他那可憎妻子的种种罪行和骗局。但与此同时,我说,我对他的敬爱和忠诚不会改变。"

我家楼下此时已喊声四起。波斯图穆斯说:"我不想连累你,亲爱的克劳狄乌斯。不能让别人发现我在你房里。如果我现在有一把剑,我会毫不犹豫用上的。奋战而死好过烂在荒岛。"

"耐心点,波斯图穆斯。你现在服个软,以后会有机会的。我向你保证会有机会的。等日耳曼尼库斯知道了真相,不让你重获自由他不会善罢甘休的,我也是。如果你现在死了,只会让莉薇娅捡便宜。"

"你和日耳曼尼库斯也解释不了所有对我不利的证据。你们要是想办法救我,只会给自己也惹上麻烦。"

"总会有机会的,我说了。莉薇娅横行跋扈这么久,总会大意的。她一定很快就会失手了。她要是不失手,那就不是人了。"

"我不觉得她是人。"波斯图穆斯说。

"等奥古斯都突然发现一直被她骗时,难道你不认为,他也会像对待你妈妈那样无情地对她吗?"

"她会先毒死他的。"

"日耳曼尼库斯和我会保证她下不了手的。我们会警告他。不要绝望,波斯图穆斯。一切都会好起来的。我会尽量多给你写信,给你寄书去看。我才不怕莉薇娅呢。如果你没有收到我的信,那你就知道,一定是有人把它们扣下了。如果你收到我寄给你的书,你就仔细看第七页。我如果有秘密要告诉你,就会用牛奶写在那一页上。这是埃及人的绝招。你只有把纸放到火前面烤,才会显出字迹。哎呀,你听,是门在响。你得走了。他们到旁边走廊的尽头了。"

他眼含热泪。他温柔地抱了抱我,没有再说一个字,飞快地走到阳台。他翻过阳台边缘,挥手道别,顺着他爬上来的老藤又滑了下去。我听到他跑过花园,没过多久,守卫的喊声响了起来。

关于接下来的那个月甚至更久的时间,我什么也不记得了。我又病了:病得那么重,他们说起我时,都当我死了。等我开始好转时,日耳曼尼库斯已到达战场,波斯图穆斯则被剥夺了继承人身份,永久流放。为他选定的小岛叫皮亚诺萨岛,离厄尔巴岛约十二英里,往科西嘉岛的方向。在人们的记忆中,此岛从未有人住过。岛上有几个史前石屋,经改造后,给波斯图穆斯和守卫居住。皮亚诺萨岛大体是个三角形,最长的一边约五英里。岛上没有树,只有嶙峋的岩石,也只有厄尔巴岛的渔民夏天会到这儿捕龙虾。奥古斯都担心波斯图穆斯贿赂渔民,借机逃跑,竟下了禁捕令。

提比略如今是奥古斯都唯一的继承人了,他后面是日耳曼尼库斯和卡斯托尔——都是莉薇娅的血脉。

第十二章

接下来二十五年多，如果我把记述的范围仅仅局限在我自己身上，那可写的内容就不多了，读起来也会非常无聊；这本自传的后半部分，我的地位会更加突出，而要读懂后半部分，我在这里就必须继续写写莉薇娅、提比略、日耳曼尼库斯、波斯图穆斯、卡斯托尔、莉维拉和其他人的故事，我向你们保证，它们一点儿也不无聊。

波斯图穆斯在流放，日耳曼尼库斯在打仗，只有雅典诺多鲁斯还是我真正的朋友。很快，他也离开了我，回到他的故乡塔苏斯。对他的离开，我毫无怨恨，因为他是应他在塔苏斯的两个侄子的强烈请求去的，他们恳求他去帮助那个城市摆脱总督的暴虐苛政。他们在信中写道，这位总督狡猾地博得了神君奥古斯都的欢心，只有像雅典诺多鲁斯这样的人做证，才能说服神君奥古斯都把他赶走，因为奥古斯都对雅典诺多鲁斯的品德绝对信得过。他成功帮助市民摆脱了那个吸血鬼，但后来，他发现自己已不可能按原计划回到罗马了。他的侄子们需要他帮助他们，在稳固的基础上重建城市管理机制。他向奥古斯都写了一份详细的报告，汇报了自己的行动，奥古斯都为表示对他的感激和信赖，为塔苏斯免除了五年纳贡，作为给他的谢礼。我定期和这位善良的老人互通书信，直到两年后他去世，享年八十二岁。塔苏斯为纪念他，每年举行庆典和祭祀；城里有地位的居民轮流朗诵他写的《塔苏斯简史》，从头读到尾，从日出读到日落。

日耳曼尼库斯偶尔给我写信，他的信很简单，但充满感情：一位真正优秀的指挥官是没时间给家人写家书的，不打仗的间隙，他所有的时间都要用来熟悉士兵和军官，了解他们的生活条件，提高他们的作战效率，还要收集敌军排兵布阵和作战计划的情报。日耳曼尼库斯是罗马军队有史以来最尽责的指挥官之一——甚至比我们的父亲更受将士们爱戴。当他写信给我，请我帮他一个忙时，我无比骄傲。他请我去图书馆查找正跟他对战的巴尔干各部落的习俗、各城市的军事力量和地理位置、传统的军事战术和计谋，尤其是游击战方面的，再将所有可靠的资料汇集成一份概要给他，越快越好，越详细越好。他说他在当地收集不到足够可靠的信息，提比略又不怎么跟他交流。于是，在苏皮乌斯和一小群专业研究员和抄写员的帮助下，我开始了没日没夜的苦干，终于在一个月内做好了完全符合他要求的报告，并寄了一份给他。没过多久，他又写信给我，说我的报告对他大有帮助，让我再寄二十本过去，他要发给他的高级军官传阅，这令我更是骄傲得不能再骄傲了。他说，我写的每一段话都很清楚，很有用，最最有用的是部落间秘密军事联盟的详细信息，因为这场仗与其说是跟部落打，倒不如说是跟军事联盟打；还有那些关于神树神草的介绍——每个部落的神树神草各不相同——部落族人在匆忙间被迫放弃自己的村落时，总习惯把储备的粮食、金钱和武器埋在神树下，以求庇佑。日耳曼尼库斯还说，要把我的重要贡献告诉提比略和奥古斯都。

这本书从未在公开场合被人提及，大概是因为如果敌人听说了它的存在，就会改变战略和部署吧。实际上，他们一直相信是内奸出卖了他们。奥古斯都私下奖励了我，让我补了占卜师团的一个空缺，但很明显，他将编纂资料的全部功劳归到了苏皮乌斯头上，其实苏皮乌斯一个字也没写，他只是帮我找了一些书。我最重要的权威指导是波里奥，他写的达尔马提亚之战是周密军事部署与出色情报工作相结合的典范。他记录的当地习俗和基本情况看似过时了将近五十年，但日耳曼尼库斯发现，我从中摘录的内容比其他任何新近的战争史都更有用。我真希望波里奥还活着，能听到这句话。我转而告诉李维，李维怒气冲冲地说，他从未否认波里奥在编写军事教科书方面的水平；他只是不承认他是更高层次的历史学家。

对于此事，我必须补充几句，如果我能更圆滑一点，那我就可以肯定，奥古斯都一定会在战争结束时对元老院的演讲中表扬我了。但我在报告中对他的巴尔干战役提得太少，如果奥古斯都像波里奥写得那样详尽，又或者，如果官方史臣能少花点心思拍皇帝的马屁，多花点心思从公正专业的角度记录他的成功与失败，那我也会多提几句。可我从那些歌功颂德的赞歌中几乎找不出什么有用的信息，所以，奥古斯都在看我的报告时一定觉得自己被轻视了。他自认为战争的胜利离不开他，所以在上两个战季时，他从罗马搬到意大利东北边境的一个小镇，尽可能靠近战场；他还作为罗马军队的总指挥，不断给提比略送去不那么有用的军事建议。

我正在写我祖父在内战中的事迹；没写多少，就又一次被莉薇娅叫停。我只完成了两卷。她告诉我，我没有能力写好祖父的传记，就像我没有能力写好父亲的传记，其次，我背着她写是不诚实的行为。如果我想给自己的笔找点有意义的事做，那最好选一个不会引起太多误解的主题。她帮我选了一个：和平以来奥古斯都的宗教重组。这个主题没什么意思，但以前从未有人详细研究过，我很乐意地接受了。奥古斯都的宗教改革几乎可以说是绝无仅有的出色：他恢复了多个古老的祭司会；在罗马及其周边地区建起八十二座新神庙，向其提供资助；重建了无数破败凋敝的旧庙；为满足来访的行省人民的需求，引进外来教派；恢复了一批半个世纪以来在内战纷争中被一个接一个废止的有趣的古老节庆。我对这个主题进行了非常深入的研究，并在六年后奥古斯都去世的前几天完成了任务。它共有四十一卷，每卷平均五千字，绝大部分内容是各种宗教法令的抄本、祭司的名单以及献给神庙宝库的礼物目录等等。最有价值的是介绍罗马原始宗教礼仪的那一卷。也正是在这一卷，我发现自己遇到了麻烦，因为奥古斯都的宗教改革是以宗教委员会的调查结果为依据的，可这个委员会没有认真履责。委员会成员中显然没有一个古文物研究专家，所以，新的官方仪式吸收了一些对古老宗教的粗浅误解。没有研究过伊特鲁里亚语和萨宾语的人不可能翻译出那些古老咒语；我也是花了大量时间，才初步掌握那两门语言的。当时在萨宾，还有不少乡下人只会说萨宾语，我说服了其中两人来到罗马，给我当时的秘书帕拉斯提供资料，编出一本简短的萨宾语词典。我给了他们丰厚的报酬。我又从其他秘书中挑出最优秀的一位，叫伽伦，派他去卡普阿找阿努斯收集资料，准备同样编一本伊特鲁里亚语词典，阿努斯就是跟我讲述拉斯·波希纳故事的祭司，这个故事曾让波里奥得意万分，让李维恨得咬牙切齿。后来，我将这两本词典扩充后出版，它们让我搞清了不少悬而未决的古代宗教崇拜问题，我自己非常满意；但我也学会了谨慎，我在写的时候对奥古斯都的学术水平和判断能力只字不提。

我不应该再花更多时间记录巴尔干战争了，我只想说，虽然这场仗有我伯伯提比略的英明领导，有我岳父西瓦诺斯的得力相助，还有日耳曼尼库斯的勇猛进攻，但它还是拖了三年之久。最后，整个乡野一片废墟，简直成了荒漠，这些部落的男男女女殊死奋战，直到大火、饥荒和瘟疫让人口减半，他们才承认失败。叛乱首领来找提比略议和时，他详细询问了他们。他想知道他们为什么一开始会突然决定造反，后来又那样绝望地负隅顽抗。叛乱首领叫巴托，他回答："要怪就怪你们自己。你们派来守护羊群的既不是牧羊人，也不是牧羊犬，而是一群恶狼。"

这句话不完全正确。边境行省的总督都是奥古斯都亲自挑选的，他付给他们丰厚的薪水，确保他们不会把帝国的税收揣进自己的口袋。税是直接交给他们的，不再分包给不道德的税收机构。奥古斯都的总督们从来不是狼，不像共和国的绝大多数总督，只想着从自己的行省挤出油水。他们很多是优秀的牧羊犬，甚至是诚实的牧羊人。但奥古斯都经常忽略歉收、牲口瘟疫或地震带来的困难，无意中把税率定得太高；总督不会向他抱怨税率过高，只会锱铢必较地收走百姓口袋里的最后一分钱，不惜引起造反的风险。没人真正关心他们要管理的人民。总督可以定居在首府所在的城镇,它们跟罗马差不多,有漂亮的房子、剧院、神庙、公共浴室和市集,他们从不曾想过要去治下行省的边远地区看一看。真正的管理工作由副手和副手的副手完成,而更底层的小官对百姓的压榨也一定更多:也许,巴托说的恶狼就是这些人,只不过,用"跳蚤"来形容会更贴切。在奥古斯都的统治下,各行省比在共和国时期更繁荣,这是无可否认的,此外,在富裕程度上,由元老院提名之人管理的本土行省,也远不如由奥古斯都派人管理的边境行省。这种对比是我听过的反对共和政府的理由中为数不多看似有理的一个;但它建立在不堪一击的假设基础上,那就是,一个共和国所有领导人的平均道德水平,低于一个绝对君王和他选中的下属的平均道德水平;它还建立在一种谬论的基础上,那就是,行省治理方式的问题比罗马城里发生的事更重要。因为君主制能给行省带来繁荣,就推荐君主制,在我看来就像是说,如果一个人能通情达理地对待他的奴隶,那他就应该有权把自己的孩子也当作奴隶对待。

为庆祝这场耗资巨大的战争取得胜利,元老院颁布法令,为奥古斯都和提比略举行盛大的凯旋式。大家应该还记得,现在只有奥古斯都和他的家族成员有资格举行凯旋式,其他将军只能得到所谓的"胜利奖"。日耳曼尼库斯虽是恺撒家族的一员,但出于一些实际原因,只得到了胜利奖。奥古斯都也许是过分了一点,但他对打了胜仗的提比略感激不尽,不想让日耳曼尼库斯享有和他同等的荣耀,以免惹他不悦。日耳曼尼库斯的行政官职升了一级,并可以比规定年龄早几年成为执政官。卡斯托尔没有参战,却获得了参加元老院会议的特权,这时他还不是元老院成员呢,而且他的行政官职也升了一级。

激动的罗马人民翘首期盼着这场凯旋式,它意味着他们将得到粮食、金钱和各种好东西的赏赐;然而,等待他们的是巨大的失望。就在凯旋式预定日期的一个月前,人们看到了可怕的凶兆——战神广场的战神神庙被闪电击中,几乎尽毁;几天后,日耳曼又传来消息,罗马军队遭遇了自卡莱之战[1]以来最严重的军事挫败,甚至可以说,是近四百年前阿里亚之战以来最严重的军事挫败。三支军团惨遭屠杀,莱茵河以东的全部领地一次性丢失殆尽;日耳曼人势不可挡,正要渡河去蹂躏法兰西那三个安宁繁荣的行省。

我说过这个消息给奥古斯都带来的毁灭性打击了。他的情绪异常激动,因为罗马元老院和人民将维护边境安全的职责交给了他,出现这样的惨剧,他不仅要负官方责任,也要负道义责任。惨剧的发生,在于他过于轻率、过于仓促地强迫那些野蛮人接受文明的教化。被我父亲征服的日耳曼人是渐渐适应罗马的生活方式的,他们学会了使用货币,定期举办市集,以文明的风格建造和装饰房屋,就连聚会也不再跟以前那样总是以武斗结束。他们在名义上是盟国,如果我们能允许他们慢慢忘记以前野蛮的生活方式,学会依靠罗马军队的保护,不受未开化邻国的欺辱,同时享受到行省的和平,那在两代人甚至更短的时间里,他们是

---

[1] 前53年,帕提亚将军在卡莱战役中彻底击败了罗马将军克拉苏指挥的一支规模大得多的罗马军队。这是罗马遭受的最严重的失败之一。

有可能变得像法兰西的普罗旺斯那样，平静又温顺的。然而，奥古斯都指派了我的一个亲戚——瓦卢斯担任莱茵河对岸的日耳曼总督，他没有把他们当盟军，而是当成隶属的民族；他是个恶毒狠辣的人，毫不尊重日耳曼人对女性贞洁的重视。后来，奥古斯都急需补充被巴尔干战争掏空的军库，开征了一系列新税种，对莱茵河对岸的日耳曼人也没有任何减免。瓦卢斯在行省的纳税能力上给他提了建议，但热心地把它评估得过高。

瓦卢斯的军营中有两个日耳曼酋长。赫尔曼和齐格米格斯，他俩能说流利的拉丁语，似乎已被罗马完全同化。赫尔曼曾在上一场战争中指挥日耳曼雇佣军，忠心可鉴。他还在罗马住过一段时间，甚至是贵族骑士团的成员。这两人经常和瓦卢斯同桌吃饭，是他最亲密的朋友。他们向瓦卢斯游说，让他相信了他们的同胞跟他们是一样的，对罗马以及她所带来的文明充满忠诚与感激。可实际上，他们一直同心怀不满的酋长保持着秘密联系，并劝说他们，暂时不要武装对抗罗马军力，反而要尽量表现出心甘情愿纳税的态度。很快，他们就会接到大叛乱的信号了。赫尔曼这个名字的意思是"勇士"，齐格米格斯——或者也可以叫他齐格米斯——这个名字的意思是"喜胜"，他俩比瓦卢斯聪明多了。瓦卢斯的参谋一直警告他，说日耳曼人近几个月表现好得很不正常，这是想要打消他的疑心，再突然叛乱；瓦卢斯对此置之一笑。他说日耳曼是个极愚蠢的民族，没有能力想出这样的计划，就算想出来了，也没有能力执行，他们肯定会在时机成熟之前早早泄密。他们的顺从只是怯懦罢了；对日耳曼人，你打他打得越厉害，他就越尊重你；他繁荣独立时不可一世，一旦战败，就会像狗一样爬到你脚边，从此俯首称臣。有一个日耳曼酋长，因为和赫尔曼积怨很深，看穿了他的计划，跑来警告瓦卢斯，瓦卢斯连听都不肯听。在这片只征服了一部分的地区，瓦卢斯没有集中军力，反而将队伍拆开了。

在赫尔曼和齐格米斯的秘密指示下，偏远地区的酋长们向瓦卢斯发来请求，请他派军队驱赶土匪，护送他们从法兰西运货来的船队。紧接着，行省最东边爆发了一次武装起义。一名税吏和他的助手被杀。瓦卢斯召集他能召来的军力，准备远征实施报复，赫尔曼和齐格米斯护送了他一段路，然后找借口说不能再继续陪同了，他们承诺说，只要瓦卢斯需要，派人通知一声，他们就立马集齐雇佣军前去帮忙。其实这些雇佣军早已全副武装，埋伏在了瓦卢斯进军路线前方几天路程的位置。此时，两位酋长给偏远地区下达指令，让他们开始进攻派去保护他们的罗马小分队，一个人都不能放过。

这场大屠杀，瓦卢斯没有听到一丝风声，因为一个幸存者也没有，而且不知怎的，他失去了与总部的联系。他走的路线是一条森林小径。可他没有采取预防措施——安排由游击兵组成的先遣队或侧翼防卫队，而是像在罗马周边五十英里内行军一样，漫不经心地让整支队伍拉成一条零散杂乱的长线。而且，队伍中大部分是非战斗人员。队伍行进得非常缓慢，因为大家时不时要停下来，砍倒大树或在小河上架桥，让拉着军需的战车过去；这让大批部落族人有了加入埋伏的时间。天气突变，瓢泼大雨持续下了二十四小时甚至可能更久，大家的皮盾牌湿透了，重得举不起来，弓箭手的弓用不了了。泥泞小路湿滑难行，站稳都很困难，战车不断陷进泥沼。队伍的前后距离越拉越长。这时，邻近的小山升起烽烟信号，日耳曼人突然从前方、后方和左右两翼发起了袭击。

光明正大地打，日耳曼人不是罗马人的对手，瓦卢斯说他们怯懦也不是夸张。一开始，他们只敢攻击掉队的人和推车的人，避免徒手相搏，他们从掩体后面射出标枪和飞镖，只要有一个罗马士兵挥一下剑或大喊几声，他们就赶紧跑回森林。但他们用这种伎俩也造成了不少伤亡。赫尔曼、齐格米斯和其他酋长率领队伍设置路障，把缴获的小车推到一起，弄坏车轮，再把砍倒的大树堆上来。他们弄了很多这样的路障，并留下部落族人去骚扰清除路障的士兵。这大大拖延了罗马军团尾部士兵的速度，他们害怕掉队，干脆抛弃还在手中的战车，急匆匆地往前赶，只希望忙着抢夺战利品的日耳曼人一时间不会再回来发起攻击。

领头的罗马军团走到一座小山，因为最近的一场森林火灾，山上的树不多了，他们在此安全集结，等待另外两个军团。他们的车都还在，人也只损失了几百。另外两个军团的损失就严重多了。士兵们跟队伍分散，成立了五十到两百人不等的新的小分队，每队都有后卫军、先遣队和两翼守卫军。两翼的前进速度非常缓慢，因为森林茂密且遍地沼泽，他们时不时就跟小分队失去了联系；先遣队在有路障的地方损失惨重，后卫军则不断受到来自后方的标枪攻击。当晚点名时，瓦卢斯发现，队伍里几乎三分之一的人已经阵亡或失踪。第二天，他一路奋战，冲进开阔的田野，但不得不放弃剩下的战车。粮食紧缺，到了第三天，他被迫又扎进森林。第二天的伤亡还不太严重，因为大批敌军忙着洗劫战车上的东西，把战利品搬走，但到了第三天晚上点名时，原队伍只剩下四分之一的人报到了。第四天，瓦卢斯仍在前进，他太固执了，不肯承认失败，也不肯放弃原定目标，略有好转的天气此时变得比之前更糟，习惯暴雨的日耳曼人看到罗马人的抵抗在减弱，变得越来越放肆，开始不断逼近。

大约到了中午，瓦卢斯见大势已去，自杀殉国，绝不愿活着落入敌手。还活着的大部分高级军官和众多士兵纷纷效仿。只有一位军官还保持着冷静——就是上次在竞技场决斗的卡西乌斯·查雷亚。他指挥着由来自萨伏伊的山民组成的后卫队，他们比很多人都更适应森林的环境；一名逃亡的士兵带来瓦卢斯已死、鹰旗被缴、主力军只剩不到三百人的消息，卡西乌斯决定背水一战，将战友们从大屠杀中拯救出去。他掉转方向，突然进攻，冲破了敌军防线。卡西乌斯的大无畏精神感染到他的士兵，也让日耳曼人为之敬畏。他们放过了这一小支志在必得的队伍，跑到前面去打更容易的仗了。卡西乌斯掉转方向时带了一百二十人，在敌占区行军八天后，他成功将八十人安全带回了他们二十天前离开的堡垒，并且还打着连队的旗帜，这大概是现代史上最杰出的一次军事大捷吧。

溃败的流言得到证实后，笼罩罗马的恐慌气氛难以名状。人们开始收拾家当，装上推车，仿佛日耳曼人已兵临城下。人们确实有理由恐慌。巴尔干战争的损失已经很惨重了，意大利几乎所有能打仗的后备军都用光了。奥古斯都一筹莫展，不知该从哪儿找一支军队去支援提比略，防守尚未被日耳曼人占领的莱茵河桥头堡。征兵令发布后，本应服役的罗马公民没几个主动站出来的：向日耳曼人进军似乎等于白白送死。接着，奥古斯都发布了第二道法令，说三天内如果还没有人站出来，他就要随便从五个人中挑一个，剥夺其公民权并没收全部财产。即便如此，很多人也还在犹豫，于是，他先拿一批人开了刀，这迫使剩下的人入了伍，其中有不少成了优秀的士兵。他又召集了一班超过三十五岁的士兵，并把一些服完了十六年兵役的退伍老兵重新召了回来。他用这些人，再加上由释奴组成的一两个兵团（通常释奴是不用服役的，但日耳曼尼库斯在巴尔干战争中的援军大部分是释奴），组成一支相当壮观的队伍，他给每个连队配好武器和装备后，便即刻派他们独立北上。

在罗马生死存亡的危急关头，我却不能成为一名士兵保护她，这是我最大的耻辱和悲愤。我找到奥古斯都，恳求他把我派去，只要是身体残疾不会妨碍到的工作我都可以做：我提议，我可以当提比略的情报官，做一些有用的事，比如收集整理关于敌军动向的报告、审讯俘虏、绘制地图、向间谍做出特别指示等等。如果不能得到这个任务（我认为自己是够格的，因为我仔细研究过日耳曼战争史，学会了有条理地思考和指挥文官），那我自愿充当提比略的总军需官：我可以告诉罗马我们需要哪些军事装备，并在它们被送到基地时进行检查和分发。奥古斯都看到我如此积极地挺身而出，备感欣慰，他说他会跟提比略商量我的建议。可后续什么结果也没有。也许提比略不相信我能帮上忙吧；又或者他只是反感我的积极主动，因为他的儿子卡斯托尔一直躲在后方，还让奥古斯都派他去意大利南部征集和训练军队。不过，多少让我感到安慰的是，日耳曼尼库斯的情况跟我差不多。

他主动提出要去日耳曼打仗，奥古斯都却让他待在罗马，因为他在罗马很得人心，奥古斯都需要他帮着平息内乱，奥古斯都担心军队一离开城市，骚乱又会爆发。

与此同时，日耳曼人继续追捕瓦卢斯军队的所有逃亡者，将其中几十人关进藤条笼，活活烧死，献祭给森林之神。剩下的作为战俘。（后来，有些战俘的亲属花了高得离谱的赎金才把他们赎回去，但奥古斯都禁止他们再踏足意大利半步。）日耳曼人还享用起缴获的美酒，没完没了地狂饮作乐，为了荣誉和战利品争得头破血流。过了很久，他们才恢复作战状态，并意识到，如果当时他们一鼓作气打到莱茵河，遇到的抵抗将会多么微弱。酒醒后，他们开始进攻防守薄弱的前线堡垒，他们一处接一处占领后，将其洗劫一空。只有一处堡垒进行了有效抵抗：正是卡西乌斯驻守的那一处。日耳曼人本可以像占领其他堡垒一样，轻而易举地占领它，因为它的驻军确实很少，但赫尔曼和齐格米斯当时在别的地方，剩下的人又完全不懂罗马军队由石弩、抛石机、固防战和掘地道组成的守城战术。卡西乌斯的堡垒里有充足的弓和箭，他教会每个人使用，甚至包括妇女和奴隶。他成功击退了日耳曼人对城门的多次疯狂进攻，并时刻准备好大锅滚烫的开水，浇向企图架梯爬上围墙的日耳曼人。这让日耳曼人以为这里有丰厚的财物，只忙着埋头进攻，没有向兵力不足的莱茵河桥头堡推进。

提比略率领新队伍迅速逼近的消息传来。赫尔曼立刻集结力量，决定要在提比略赶到之前占领桥头堡。他只留下一支小分队继续进攻此堡垒，因为大家都知道，堡垒里的各种供给已严重不足。卡西乌斯听说了赫尔曼的计划，决定趁还有时间赶紧离开。一个狂风暴雨的夜晚，他率领全部守军偷溜出来，成功通过了敌人的头两个前哨站，直到跟他同行的几个孩子大哭，才引起敌人的警觉。在第三个前哨站，双方展开白刃战，要不是日耳曼人急着冲进镇上抢劫，卡西乌斯这帮人只怕也没有生还的机会。可他到底脱了身，半小时后，他让号兵吹起"急行军"号角，让日耳曼人相信增援马上就到；结果，日耳曼人还真不追了。风是从东边吹的，所以最近一座桥上的军队听到了远处的罗马号声，猜到发生了什么事，于是派出一支小分队，护送守军回到安全的地方。两天后，卡西乌斯成功在齐格米斯大举进攻前守住了桥头堡；紧跟着，提比略的先头部队赶到，形势转危为安。

那一年年底的大事是尤丽娜被流放，罪名是淫乱通奸——跟她母亲尤莉娅一样——她被流放到阿普利亚海岸边一个叫特米路斯的小岛。流放的真正原因是她马上要生孩子了，如果是男孩，就是奥古斯都的重外孙，但跟莉薇娅没有任何血缘关系；莉薇娅现在不能冒险了。尤丽娜已有一个儿子，但他身体娇弱、胆小怕事，整日无精打采，不足为惧。埃米利乌斯又为莉薇娅提供了指控的理由。他跟尤丽娜吵架时，当着他们的女儿埃米丽娅的面，指责妻子怀了别的男人的孩子。他说奸夫是德西莫斯，是西拉努斯家的贵族。埃米丽娅早就聪明地意识到，她的身家性命都取决于莉薇娅是否喜欢自己。她径直跑去找莉薇娅，把听到的一切都告诉了她。莉薇娅让她当着奥古斯都的面，把整件事复述了一遍。奥古斯都当即召来埃米利乌斯，问他是不是真的不是尤丽娜腹中胎儿的父亲。埃米利乌斯没想到是埃米丽娅背叛了父母，还以为他所怀疑的尤丽娜和德西莫斯的奸情早已众所周知。于是,他坚持了自己的指控,可这控告的依据是嫉妒,而不是真相。孩子一生下来,奥古斯都就把他抱走,丢到了山坡上。德西莫斯自愿流放,还有几个被控在不同时间与尤丽娜有过私情的男人也都效仿他流放去了:其中一位是诗人奥维德[1],因为(多年前)写了《爱的艺术》而离奇地成为罪魁祸首。奥古斯都说,就是这首诗毒害了他外孙女的思想。他下令将发现的所有诗集副本全数烧毁。

---

1 前43年—18年,奥古斯都时期重要的诗人。

第十三章

奥古斯都已年逾七旬。没人把他当老人，直到最近。新发生的国难家丑让他有了很大改变。他的脾气越来越阴晴不定，他发现自己越来越难像以前那样，亲切接待偶然来访的客人，或在公众宴会上保持耐心了。他甚至在莉薇娅面前也暴躁起来。不管怎样，他始终如一地勤勉工作，甚至接受了又一个十年的君权延续。提比略和日耳曼尼库斯在都城时，帮他承担了很多平时由他亲力亲为的工作，莉薇娅也比以往更加辛劳。巴尔干战争期间，奥古斯都不在罗马，她留了下来，拿着奥古斯都印章的复制品，亲自管理一切事务，并通过通讯骑兵与他保持密切联系。奥古斯都越来越能接受提比略继承的可能。他判断，在莉薇娅的帮助下，提比略是能治理好国家、延续他的现有政策的，可他也得意地认为，等他死后，每个人都会怀念他这位祖国之父，会像说起努马国王[1]的黄金时代一样，说起奥古斯都时代。提比略为罗马做出了巨大贡献，但本人却不受欢迎，当了皇帝肯定也不会有什

---

[1] 前753年—前673年，罗马王政时期的第二任国王，在其43年的统治中没有进行过一次战争，而是充实内政，确立了法律和风俗礼仪，使罗马成为文明的城市。

么人气。日耳曼尼库斯比他养父的儿子卡斯托尔年长，是提比略的自然继承人，而日耳曼尼库斯尚在襁褓的两个儿子尼禄和德鲁苏斯都是奥古斯都的亲重外孙，这让奥古斯都心中甚慰。命运没有让他的外孙继承皇位，但在某种程度上，有朝一日，他会通过他的重外孙实现再次统治。此时的奥古斯都跟所有人一样，忘记了共和国，大家都接受了这样一个观点，那就是，奥古斯都四十年来为罗马的不懈努力，为他赢得了指定皇位继承人的权利，只要他高兴，甚至可以指定到第三代。

日耳曼尼库斯在达尔马提亚时，我没有给他写信说波斯图穆斯的事，因为我害怕莉薇娅的爪牙会把我的信拦下来，但他从战场上一回来，我立马把一切告诉了他。他非常焦虑，说他不知道该相信什么了。这里我得解释一下，日耳曼尼库斯总不愿意把别人往坏处想，除非有如山铁证摆在面前，他相信每个人的动机都是最高尚的。这种极端的单纯通常对他有利。和他接触的大部分人都觉得受宠若惊，因为他对他们的道德品格评价是那么高，他们在同他打交道时，自然也不想辜负这种期待。如果有一天，他发现自己落入十足的坏蛋手中，那这种宽厚的心胸当然会毁了他；但另一方面，只要一个人心底还有一丝善良，日耳曼尼库斯似乎就能将它激发出来。所以，他现在对我说，他不愿意相信莉维拉和埃米丽娅能做出如此卑鄙的勾当，但他也承认，最近他对莉维拉确实很失望。他还说，我没法解释清楚她们的动机，除非把我们的祖母莉薇娅也牵扯进来，但这显然太荒谬了。他突然愤懑起来，他问，哪个有脑子的人会怀疑莉薇娅鼓动她俩做出这么邪恶的事？那还不如去怀疑"好女神"在都城的水井里下毒。可当我问他，他真的相信波斯图穆斯会连续两晚企图强奸，还两次都那么不小心吗？就算他真的有罪，他会对奥古斯都和我们撒谎吗？日耳曼尼库斯沉默了。他一直是爱护、信任波斯图穆斯的。我乘胜追击，让他以我们死去父亲的亡灵起誓，如果他能找到一丁点证据，证明波斯图穆斯是被冤枉的，那他就一定要把知道的一切告诉奥古斯都，要求他把波斯图穆斯召回来，并给撒谎之人应得的惩罚。

日耳曼没发生什么大事。提比略守住了桥，但没有试图跨过莱茵河，他对自己的队伍还没有信心，正忙着训练他们。日耳曼人也没有试图渡河。奥古斯都再次对提比略不耐烦了，催促他赶紧替瓦卢斯报仇，夺回失去的鹰旗，不得拖延。提比略回答说，在他心里，再没有比这更想做的事了，可他的队伍还不足以担此重任。日耳曼尼库斯完成行政官任期后，奥古斯都把他派了去，这下提比略不得不采取行动了；他不是真的懒，也不是胆怯，只是极谨慎。他跨过莱茵河，收复了部分失地，但日耳曼人躲开了对阵战；提比略和日耳曼尼库斯都非常小心，生怕掉进埋伏的圈套，除了烧掉莱茵河沿岸敌军的一些营地，并进行展示军力的游行外，他们也不敢多做什么。他们和敌人发生了数次小规模的冲突，战果不错——抓到了几百名战俘。他们在这个地区待到秋天，才重新跨过莱茵河；第二年春天，罗马举行了推迟许久的达尔马提亚之捷的凯旋式，为重树信心，还把这次日耳曼出征的胜仗也加了上去。在此，我必须赞扬提比略的宽宏大量，当然，其中也有日耳曼尼库斯劝说的功劳：在凯旋式上，提比略押着被俘的达尔马提亚叛军首领巴托游行，游行结束后，他让巴托重获自由，并给他一大笔钱，让他在拉文纳过上了舒适稳定的生活。这是巴托应得的：有一次，提比略和他的大部分军力被困山谷，是巴托颇有骑士风度地放走了他。

日耳曼尼库斯如今是执政官了，奥古斯都给元老院写了一封特别的推荐信，元老院又给提比略写信。（通过元老院向提比略举荐，而不是反过来，奥古斯都用这样的方式向双方暗示：第一，他想立提比略为皇位继承人；第二，提比略的权威高过元老院；第三，他不想像褒奖日耳曼尼库斯那样褒奖提比略。）日耳曼尼库斯出征时，阿格里皮娜总是与他同行，就像我的母亲以前也总陪我父亲出征一样。她这样做，主要出于对他的深情，也因为她不想一个人待在罗马，免得因为莫须有的通奸罪名被召唤到奥古斯都面前。她还不确定是否要跟莉薇娅站在一边。她是典型的罗马传统主妇——强大、勇敢、谦虚、聪明、虔诚、多子、忠贞。她给日耳曼尼库斯生了四个孩子，还准备再生五个。

尽管莉薇娅仍不准我与她同桌吃饭，尽管我母亲对我的态度也没有任何变化，但日耳曼尼库斯只要一有机会，就带我去见他的贵族朋友。大家看在他的面子上，对我还算尊重；但全家对我的态度早已尽人皆知，而且大家都知道提比略也不例外，所以没人费那个麻烦劲跟我交朋友。在日耳曼尼库斯的建议下，我提出要办一个我近期历史著作的读书会，邀请一些重要的文坛人士前来参加。我选中的书是我下苦功夫写成的，应该能勾起听众的兴趣——它记录了伊特鲁里亚祭司施洗礼的程序，还配有拉丁文翻译，可以帮助我们更好地了解洗礼仪式，因为它们的确切含义早已随时间的推移变得模糊了。日耳曼尼库斯提前看完后，拿给了母亲和莉薇娅看,她俩表示了首肯,接着,日耳曼尼库斯又慷慨地陪我坐着,听完了我的朗读彩排。他祝贺我写得好,念得也好,我估计,他还到处帮我宣传了,因为我朗读的那天,房间里挤满了宾客。莉薇娅没来,奥古斯都也没来,但我母亲来了,还有日耳曼尼库斯和莉维拉。

我斗志昂扬,一点儿也不怯场。日耳曼尼库斯建议我先喝杯葡萄酒壮胆,我认为这个提议很好。我们给奥古斯都和莉薇娅各准备了一张椅子,以免他们临时到访,椅子精致华美——是平时专门留给他俩到我们家来时坐的。大家都到了,坐了下来,门关了,我开始朗读。我读得非常好,我注意控制着,不要读得太快或太慢,声音也不要太大或太小,要恰到好处,本来对我期望不高的听众不知不觉听入了迷,可一件最倒霉的事突然发生了。门外响起一声重重的敲门声,没人去开门,接着又是一声。门把手哐哐作响,一个我这辈子见过的最肥的男人走了进来,他穿着骑士长袍,手拿一个绣花大坐垫。我停止了朗读,因为我正要读一段很难又很重要的内容,结果没人在听——所有人的目光都集中在骑士身上。他认出了李维,用唱歌般的语调跟他打了招呼,后来我才知道那是帕多瓦语,接着,他朝在场其他人一并行了个礼,引来一片窃窃私语。他没有特别关注身为执政官的日耳曼尼库斯和身为主人的我母亲与我。他四下张望,寻找座位,他看到了奥古斯都的专座,但对他来说好像太窄了,于是他占领了莉薇娅的专座。他把坐垫放到上面,把长袍搂到膝盖上,嘟囔着坐了下去。椅子当然哗啦就裂开了,这把椅子是来自埃及的古董,是从克里奥帕特拉宫殿中抢来的战利品,做工极为精美。

听众笑得前俯后仰，只有日耳曼尼库斯、李维、我母亲和几个最严肃的听众没有笑；胖骑士挣扎着站起来，呻吟着，咒骂着，揉着摔疼的地方，在释奴的护送下离开了房间，大家恢复了专注和安静，我试图再念下去。可此时，我笑得几乎是歇斯底里。也许是因为我喝了酒，也许是因为椅子垮的时候我看到了那个胖子脸上的表情，而别人都没有看到。他在最前排，我是唯一一个跟他面对面的人；总而言之，我发现自己无法再将精力集中在伊特鲁里亚洗礼这件事上了。一开始，听众跟我一起乐，甚至跟着我一起笑，我拼尽全力、磕磕巴巴读完一段后，从眼角瞥到胖骑士坐坏的椅子正靠着裂开的几条腿摇摇晃晃地立着，我忍不住又爆笑起来，听众不耐烦了。祸不单行的是，等我好不容易控制住自己，重新找到节奏，日耳曼尼库斯也如释重负时，大门突然被人推开，走进来的不是别人，正是奥古斯都和莉薇娅！他们庄严地走过一排排椅子，奥古斯都坐下来。莉薇娅正打算坐下时，发现了不对劲。她清晰有力地大声发问："谁坐过我的椅子？"日耳曼尼库斯尽力解释，她还是认定受到了冒犯。她走了出去。满脸尴尬的奥古斯都也跟着出去了。接下来的时间，我读得一塌糊涂，谁能怪我呢？残忍之神莫墨斯[1]一定就坐在那张椅子上，因为五分钟之后，椅子腿全裂开了，整张椅子支离破碎，一个小小的金狮子头从扶手上掉下来，滚过地板，直接滚到我微微抬起的右脚底下。我再次狂笑起来，一边笑、一边咳、一边喘。

1　古希腊神话中的嘲弄之神。

日耳曼尼库斯朝我走来，恳请我控制自己，但我只能捡起狮子头，无能为力地指了指椅子。那是我这辈子第一次见到日耳曼尼库斯对我生气。看到他生气，我心里非常不安，立刻就清醒了。可这时，我不再自信，变得结巴起来，读书会惨淡收场。日耳曼尼库斯竭尽全力，提议大家感谢我奉献了这么有趣的文章——也遗憾我的朗读中途被意外打断，那意外还导致了祖国之父和莉薇娅夫人的离开，他希望在不久的将来，能挑一个更吉利的日子让我继续朗读。再没有比日耳曼尼库斯更体贴的兄弟了，也再没有比他更高贵的人了。只是从那以后，我也再没有公开朗读过我的任何作品了。

一天，日耳曼尼库斯跑来找我，表情严肃。过了很久，他才终于下定决心，开口说道："今天早上，我跟埃米利乌斯聊天，碰巧说起可怜的波斯图穆斯。是他先提这个话题的，他问我波斯图穆斯到底被定了什么罪名；他显然非常坦诚，他说，他知道波斯图穆斯是企图侵犯两位贵族妇女，但好像没人知道那两个女人是谁。他说这话时，我死死盯着他，看得出来，他说的是实话。于是，我主动提出要跟他交换信息，但他必须保证不把我告诉他的事泄漏出去。我对他说，正是他的亲女儿指控波斯图穆斯试图强奸的，地点就在他的家里。他震惊了，完全不敢相信。他十分愤慨。他说埃米丽娅的家庭女教师绝对是一直陪着他们的。他要去找埃米丽娅，问她是否真有此事，如果是真的，为什么他之前从未听说；我拦住他，提醒他别忘了自己的保证。我信不过埃米丽娅。我建议我们应该去问家庭教师，但不能吓到她。于是，他派人把她叫来，问上次波斯图穆斯来家里吃饭，仆人来报说有小偷的那段时间,埃米丽娅和波斯图穆斯说了些什么。她一开始满脸茫然,我问她:'不是说了果树的事吗?'她说:'是的,当然,说了果树害虫的事。'接着,埃米利乌斯又想知道他离开后,他俩还说了什么别的话,她说她确定没有。她记得,波斯图穆斯一直在解释希腊人用来对付'黑虫'的新办法,她非常感兴趣,因为她对园艺也颇有了解。不,她说,她不曾离开房间片刻。接下来,我去找了卡斯托尔,随意说起波斯图穆斯的话题。你还记得吧?我在达尔马提亚时,波斯图穆斯的房产被全部没收拍卖,卖来的钱都归了军库。好了,我问卡斯托尔,波斯图穆斯找我借过几个盘子,说是办宴会用,那几个盘子现在在哪儿;他告诉我要怎么找回来。接着,我们说起他流放的事,卡斯托尔说得很坦率,我可以很欣慰地说,我认为他并没有参与阴谋。"

"你现在承认是有阴谋的了?"我急切地问。

"恐怕是的,毕竟,这是唯一的解释。但卡斯托尔是无辜的,我可以确定。我都没问,他就主动告诉我,是莉维拉让他在花园挑衅波斯图穆斯的,跟波斯图穆斯告诉你的一样。他还解释说,这只是因为波斯图穆斯老对莉维拉暗送秋波,让身为丈夫的他很气愤。但他还说,他不后悔——这也许是个低劣的玩笑——但谁让波斯图穆斯企图强奸莉维拉呢,还把他伤得那么重,傻子才后悔呢。"

"他相信波斯图穆斯真要强奸莉维拉吗?"

"是的。我没有点醒他。我不想让莉维拉知道你我的怀疑。如果她知道了,莉薇娅也会知道的。"

"日耳曼尼库斯,你现在相信是莉薇娅安排了整件事吧?"

他没有回答。

"你会去找奥古斯都吗?"

"我跟你保证过。我从来说话算话。"

"你打算什么时候去找他?"

"现在。"

他俩见面时发生了什么,我不知道,也永远不会知道。但那天晚餐时,日耳曼尼库斯看起来欢欣鼓舞,后来,他对我的问题避而不答,这说明奥古斯都一定相信了他的话,并让他发誓保密。过了很久,我才知道后续的结果,现在我可以把它写出来了。奥古斯都给科西嘉岛写了信,多年来,他们一直抱怨沿海海盗猖獗,奥古斯都说他很快就将亲自前去调查;他将在前往马赛的途中暂作停留,拜祭神庙。很快,他就起航了,他在厄尔巴岛停留了两天。第一天,他下令用一支全新的守卫军立即替换了皮亚诺萨岛上看守波斯图穆斯的卫兵。这件事完成了。当天晚上,他坐上一艘小渔船,秘密渡海登上小岛,只有两个人陪着他,一个是他的亲密好友,法比乌斯·马克西姆斯,另一个是波斯图穆斯以前的奴隶、跟波斯图穆斯长得非常相像的克莱门特。我听说,克莱门特其实是阿格里帕的私生子。他们仨一上岛,就幸运地见到了波斯图穆斯。当时,他正在布置夜钓的鱼钩,在明亮的月光下,老早就看到了远处的船帆;他是一个人。奥古斯都一上岛,就伸出手哭喊道:"原谅我,我的儿子!"波斯图穆斯握住他的手,吻了一下。他俩就走开了,留下法比乌斯和克莱门特望风。没人知道他们说了什么;但他们再回来时,奥古斯都老泪纵横。随后，波斯图穆斯和克莱门特互换了衣服和名字，波斯图穆斯、奥古斯都和法比乌斯一起坐小船回到厄尔巴，克莱门特取代了波斯图穆斯在皮亚诺萨岛上的位置，等待释放的消息传来，奥古斯都说，不会耽误太久的，他还承诺，只要克莱门特把这出戏演好，他就给克莱门特自由，还会给他一大笔钱。接下来的几天，他只要装病，把头发和胡子蓄长，就没有人会发现了，何况那天下午新卫兵见到他的时间最多不过几分钟。

莉薇娅怀疑到奥古斯都背着她做了什么。她很清楚他讨厌大海，只要能走陆路，哪怕要浪费宝贵的时间，他也绝不走海路。去科西嘉岛当然只能走海路，这一点不假，但海盗的威胁并不严重，他完全可以派卡斯托尔或任何一个下属代表他去调查。于是，莉薇娅开始打探，并最终听说了奥古斯都在厄尔巴岛停留期间替换波斯图穆斯卫兵的事，以及当天晚上他和法比乌斯一同坐小船出海钓乌贼，只有一名奴隶陪同。

法比乌斯的妻子叫玛西娅，她知道他所有的秘密，莉薇娅原本对她爱理不理，此时却开始跟她套近乎了。玛西娅头脑简单，很容易上当受骗。莉薇娅确定得到玛西娅的绝对信任后，有一天把她拉到一边，问她："来，亲爱的，跟我说说，过了这么多年，奥古斯都再见到波斯图穆斯，是不是很激动？他表面坚强，其实心很软的。"法比乌斯跟玛西娅说奥古斯都坐船上皮亚诺萨岛的事时，曾交代她，不能把这个秘密泄露给世上任何一个人，否则就可能害他送命。所以，玛西娅一开始拒绝回答。莉薇娅笑着说："哎呀，你真是谨慎。你就跟提比略在达尔马提亚的那个哨兵一样，一天晚上，提比略骑马回来，说不出口令，他就不准提比略进入军营。'军令就是军令，将军。'那傻瓜是这么说的。我亲爱的玛西娅啊，奥古斯都对我没有秘密，我对他也没有。但我要表扬你的谨慎。"于是，玛西娅道了歉，说："法比乌斯说他一直哭啊哭啊。"莉薇娅说："他当然要哭。不过，玛西娅，我们说的话最好不要让法比乌斯知道——奥古斯都不喜欢让别人知道他对我的信任。我猜法比乌斯也跟你说了那个奴隶的事吧？"

这是瞎蒙乱猜的一招。奴隶不重要，但这个问题值得一问。玛西娅说："是的，法比乌斯说他长得像极了波斯图穆斯，只是稍微矮一点点。"

"你觉得，卫兵应该看不出区别吧？"

"法比乌斯说，他认为是看不出来的。克莱门特以前是波斯图穆斯家的家奴，只要他小心点，就不会露出马脚，而且您也知道，卫兵都换过了。"

就这样，莉薇娅现在只需要找出波斯图穆斯到底在哪儿了，她猜，应该是顶着克莱门特的名字躲在某个地方。她估计，奥古斯都打算重新重用他，甚至可能通过补救措施，直接跳过提比略，指定他为皇位继承人。如今，莉薇娅多少把提比略当作了心腹，她把自己的怀疑告诉他。巴尔干半岛纷争又起，奥古斯都正提议派提比略去镇压，免得事态进一步恶化。日耳曼尼库斯此时正在法兰西接收纳贡。奥古斯都说，要派卡斯托尔也一起去日耳曼；他跟法比乌斯频繁见面，莉薇娅由此推断，他一定是奥古斯都和波斯图穆斯的中间传话人。等一切障碍清除，奥古斯都绝对会突如其来地把波斯图穆斯引荐到元老院，收回判他有罪的法令，并任命他取代提比略，成为奥古斯都的同僚。波斯图穆斯一旦复出，她就岌岌可危了：波斯图穆斯曾指控她毒死了他的父亲和兄弟们，奥古斯都重新重用他，说明他相信了那些指控并非捕风捉影。她派出最信得过的密探，开始监视法比乌斯的一举一动，目标是追踪一个叫克莱门特的奴隶；探子们一无所获。莉薇娅决定，不管怎样，在除掉法比乌斯这件事上都不能再浪费时间了。一天晚上，法比乌斯在前往皇宫的路上遭遇伏击，被刺十二刀；戴面具的一众凶手全部逃走。葬礼上，还发生了一件丢人的事。玛西娅纵身扑在丈夫的遗体上，哀求他原谅，说他的死全是她一人的责任，是她没有考虑周全，没有听他的话。然而，没人明白她的意思，大家都以为她是伤心过度发了疯。

莉薇娅让提比略在前往巴尔干半岛的路上同她保持联系，并尽可能走慢点：她随时可能派人找他。奥古斯都陪提比略到了那不勒斯，沿着海岸轻松巡航，现在却病倒了：他闹肚子了。莉薇娅准备亲自照顾他，可他谢过她，跟她说没事，他自己能好。他打开自己的药箱，选了一种强效清肠药，又禁食了一天。他明确表示，她不用为他的健康担心；她要操心的事够多了。他笑着拒绝吃任何东西，除了公共餐桌上的面包、莉薇娅自己用的水罐里的水和他亲手从树上摘的绿无花果。他对莉薇娅的态度以及莉薇娅对他的态度似乎都没有改变，但他们彼此都看懂了对方的心思。

尽管采取了种种措施，奥古斯都的肠胃疾病还是变得更严重了。他不得不在诺拉中途停留；莉薇娅派信使去召唤提比略。提比略赶到时，正有人来报说奥古斯都已病入膏肓，正急切地等着他来呢。几个前执政官听说他生病的消息，急忙从罗马赶来，奥古斯都跟他们道了永别。他面带微笑地问他们，他们认为他在这场滑稽剧中表演得好不好；这是喜剧演员演完节目后问观众的问题。大家眼含热泪，微笑着回答："没人比您更好了，奥古斯都。""那就好好鼓掌，送我离场吧。"他说。提比略来到他床前，待了大约三小时，最后走出来沉痛宣布，祖国之父刚刚在莉薇娅怀中溘然长逝，他临终时向他、向元老院、向罗马人民致以了深情的敬意。提比略感谢神灵，让他及时赶到，帮他的慈父、他的恩人合上双眼。实际上，奥古斯都已去世整整一天，莉薇娅秘不发丧，每隔几小时就放出点让人宽慰或失望的消息。奇怪又巧合的是，奥古斯都去世的房间正是他父亲七十五年前去世的房间。我清楚记得我听到噩耗时的情形。那是八月二十日。我写了几乎一通宵史书，正睡懒觉呢；我发现夏天更适合晚上工作、白天睡觉。两位年迈的骑士把我叫醒，说抱歉打扰到我，但事出紧急。奥古斯都薨逝，贵族骑士团匆忙召开会议，选举我代表他们去元老院，请元老院允许他们承担起将奥古斯都的遗体抬回罗马城的光荣使命。我尚在半睡半醒间，想都没想就脱口而出。我大叫："皇后即毒药，皇后即毒药！"他俩焦急又尴尬地面面相觑，我赶紧控制自己，抱歉地说我做了个可怕的噩梦，复述的是梦里听到的话。我让他们把要说的事又说了一遍，说完后，我感谢他们给我这样的殊荣，并表示我会义不容辞地做好该做的事。当然，从骑士团中被挑选出来算不上什么殊荣。每个自由出身的人，只要没有以任何方式丢过脸，并拥有超过一定价值的财产，就都是骑士；以我的家庭背景，哪怕我只表现出平均水平的能力，现在也早该是元老院的荣誉成员了，就跟和我同龄的卡斯托尔一样。实际上，我之所以被选中，只因我是皇室家族中唯一一个还属于层级较低的骑士团的人，选我可以避免其他骑士嫉妒。这是我第一次在议事期间到访元老院。我提出了请求，没有结巴，没有忘词，也没有出丑。

第十四章

奥古斯都日渐老迈、活不了很多年是明显的事实，但罗马还没有准备好接受他的逝去。把罗马比作一个失去了父亲的小孩，不算不恰当。无论这个父亲是英雄还是胆小鬼，是公正还是不公正，是慷慨还是小气，都不重要：他是这孩子的父亲，是哪个叔伯兄长都无法取代的。奥古斯都统治了很久，只有年过半百的人才记得他即位前的事情。所以，很自然的，元老院召开集会，认真考虑他在世时各行省将他奉为神灵的做法如今要不要在都城也实行起来。

波里奥的儿子伽卢斯是唯一一个敢质疑这项提议的元老——提比略对伽卢斯恨之入骨，因为他娶了维普萨妮娅（你们应该记得，她是提比略的第一任妻子，因为尤莉娅，提比略才被迫同她离了婚），还因为他从不曾公开否认过卡斯托尔是他私生子的谣言，还有，他太能说会道了。他站起来问，神灵给出了什么征兆，表示他们欢迎奥古斯都进入天国神殿？还是说，这只是他在人间的朋友和崇拜者们一厢情愿的推荐？

全场陷入尴尬的沉默，最后，提比略缓缓起身说："大家应该还记得，一百天前，我父亲奥古斯都雕像上方的山形墙被闪电劈中。他名字的第一个字母被劈掉了，只剩下撒·奥古斯都。被劈掉的'恺'意味着什么呢？它是一百的标志。那'撒'又是什么意思呢？我告诉你们。在伊特鲁里亚语里，它的意思是神。显然，在闪电击中奥古斯都雕像的一百天后，他将成为罗马的神。还需要比这更明显的预兆吗？"提比略把做出这番解释的功劳归到自己头上，但首先说出"撒"字含义的人其实是我（当时，这个奇怪的字引起了众说纷纭），我是全罗马唯一一个会伊特鲁里亚语的人。我跟母亲说了这个解释，她说我是个爱幻想的傻瓜；但这一定给她留下了深刻的印象，她才会转述给提比略，因为这话我没对别人说过，只对她说了。

伽卢斯问，为什么朱庇特神要用伊特鲁里亚语给出神谕，而不用希腊语或拉丁语呢？难道就没有别人能发誓，看到过其他更确凿的征兆吗？下令让愚昧无知的亚细亚行省拜祭新神当然没问题，但元老院要命令受过教育的公民把他们的一位同胞当神来崇拜，无论这位同胞有多么出类拔萃，都应该三思而行。伽卢斯的这番呼吁，唤醒了罗马人的荣誉感和理智，差一点就成功阻止了该法令的通过，可一个叫阿提库斯的高级行政官站了出来。他庄重地起立说道，奥古斯都的遗体在战神广场火化时，他看见一片云朵从天而降，亡者的灵魂驾上云，跟传说中罗慕路斯和赫拉克勒斯的灵魂升天时一模一样。他愿意以众神之名起誓，他说的全是实话。

这番说辞引来掌声雷动，提比略得意地问伽卢斯还有什么话要说。伽卢斯说他确实还有话要说。他说，他记得关于罗慕路斯的突然死亡和消失，还有一个更早的传说，它出现在最严肃的历史学家的著作中，可以作为他尊贵诚实的朋友阿提库斯所述版本的补充，它是这样说的：罗慕路斯对一个自由民族的暴虐专制引来人们的仇恨，有一天，元老院利用突降大雾的机会，暗杀了他，并将他剁成小块，藏在长袍底下带了出去。

"那赫拉克勒斯呢？"有人连忙发问。

伽卢斯说："提比略自己在葬礼上，做过一番口若悬河的演讲，他拒绝将奥古斯都和赫拉克勒斯相比。他的原话是这样的：'赫拉克勒斯小时候只对付过蟒蛇，成年后也只对付过一两头雄鹿，杀过一只野猪和一头狮子；就连这些，也不是他自愿的，是别人命令他杀的；可奥古斯都呢，他不是和野兽搏斗，而是和人搏斗，而且是自发自愿的'——如此等等。而我不愿意将他俩相比的原因，在于赫拉克勒斯的死。"说完他就坐下了。任何人只要稍加思考，都能明白此话所指；因为传说中，赫拉克勒斯是被他的妻子下毒害死的。

但将奥古斯都封神的提议还是通过了。罗马和周边城市纷纷为他建起神庙。为举行祭奠他的仪式，成立了一个祭司团，与此同时，莉薇娅被授予尤莉娅和奥古斯塔的封号，成为他的最高女祭司。莉薇娅奖励了阿提库斯一万金币，任命他为新成立的奥古斯都祭司团成员，甚至为他免除了高昂的入团费。我也被任命为祭司，但我要交的入团费比其他人都高，因为我是莉薇娅的孙子。没有人敢问，为什么奥古斯都升天的场景只有阿提库斯一人看到。葬礼前一天晚上，还闹过一个笑话，莉薇娅在火葬用的柴堆顶上藏了个笼子，里面关着一只老鹰，她打算等柴堆一点火，就让人在下面偷偷拉动绳子，把笼子打开。到那时，老鹰凌空飞起，让大家都相信是奥古斯都的灵魂升了天。倒霉的是，这个奇迹未能成功上演。笼门怎么也打不开。负责的官员没有保持沉默，任由老鹰烧死，而是爬上柴堆，亲手打开笼门。莉薇娅只好说，她本来就打算这样放走老鹰，作为一种象征的。

我不该再写奥古斯都的葬礼了，尽管它肃穆壮观的程度在罗马前所未有，从现在开始，在我这个故事中，除了最重要的事，别的我必须省略了：我已经写满了超过十三卷最好的书写纸，可还没讲到三分之一呢。我最近给新的造纸厂添置了设备，这些纸就是从那儿来的。不过，奥古斯都遗嘱的内容我不能省略，大家都好奇又焦急地等待着遗嘱宣读。没人比我更迫切地想要知道里面写了什么，个中缘由我自会解释。

在去世前一个月，奥古斯都突然出现在我书房门口，他是来探望我久病初愈的母亲的。他把侍卫打发走以后，跟我东拉西扯地闲聊起来，他不直接看我，反倒表现得有些羞涩，仿佛他是克劳狄乌斯，我才是奥古斯都。他拿起一本写他的史书，读了一段。"写得好极了！"他说，"这本书还要多久写完？"

我告诉他："要不了一个月了。"他祝贺了我，说他到时候要自己掏钱，办一次公开的诵读会，邀请他的朋友们都来参加。这话让我受宠若惊，他继续和善地问我，想不想找个专业的朗诵家，这样就不用自己读了。他说，公开朗读自己的作品一定很难为情吧——就连强硬的老波里奥也承认过，他在这种场合总会很紧张。我真心实意地感谢了奥古斯都，我说，如果我的作品真配得上这种荣幸的话，那专业的朗诵家当然更适合。

这时，他突然朝我伸出手："克劳狄乌斯，你心里恨我吗？"

我能怎么回答呢？热泪涌上眼眶，我嘟囔着说，我对他只有敬重，他从未做过任何让我恨他的事。他叹了口气说："是没有，但另一方面，我也没做什么能让你敬爱我的事。再等几个月吧，克劳狄乌斯，我希望能赢得你的敬爱和感激。日耳曼尼库斯跟我说过你了。他说你对三样东西矢志不渝——你的朋友、罗马，还有真相。如果日耳曼尼库斯对我也有这样的评价，我会非常骄傲的。"

"日耳曼尼库斯对您的敬爱简直到了绝对崇拜的地步，"我说，"他经常跟我这么说。"

他眼前一亮："你敢发誓吗？我太高兴了。所以现在，克劳狄乌斯，我们之间有了强大的纽带，那就是对日耳曼尼库斯的感情。我来是想告诉你：这些年我对你太苛刻了，我诚挚地道歉，从今往后你会看到改变的。"他用希腊语引述道："伤害你的，应极力弥补。"说完，他拥抱了我。他转身准备走时，回头又说："我刚刚去找了维斯塔贞女，对她们所保管的一份我的文件做了重要修改：你也是我做出修改的原因之一，所以现在，你在那份文件里的地位比以前更高了。但你千万不要说出去！"

"您尽可以相信我。"我说。

他说这些话只可能有一个意思：他相信了我对日耳曼尼库斯说的关于波斯图穆斯的真相，他现在要在自己的遗嘱（遗嘱由维斯塔贞女保管）中恢复波斯图穆斯的继承人地位；我也将因为对他的忠诚得到奖赏。我充满信心地期待着波斯图穆斯被召回，重获往日荣耀，当然，我那时还不知道奥古斯都去皮亚诺萨岛的事。唉，我还是失望了。因为奥古斯都对新遗嘱过于保密，只找了法比乌斯·马克西姆斯和几个老态龙钟的祭司做见证,所以,要将它隐瞒起来简直易如反掌。最后,他们拿出了他在六年前立的遗嘱,就是剥夺波斯图穆斯继承权的那一份。开头第一句话是:"由于险恶的命运,我痛失了我的儿子盖乌斯和卢修斯,现在,我将立提比略·克劳狄乌斯·尼禄·恺撒为我的继承人,继承我三分之二的资产,此为第一顺位;剩下的三分之一由我的爱妻莉薇娅继承,此亦为第一顺位,恳请元老院宽厚为怀,允许她继承这么多(因该数目超过了法律规定的寡妇所能继承的上限),看在她为国尽心尽力的分儿上破例一次。"至于第二顺位——也就是说,在上述继承人去世或由于其他原因无法继承的情况下——奥古斯都选定了他的外孙和重外孙,他们是尤利安家族的成员,也没有做过令家族蒙羞的事;但波斯图穆斯被剥夺了继承权,这就意味着,第二顺位的继承人包括身为提比略养子兼阿格里皮娜丈夫的日耳曼尼库斯、阿格里皮娜本人及她的孩子,还有卡斯托尔、莉维拉及他们的孩子。在这第二顺位中,卡斯托尔将继承三分之一的遗产,日耳曼尼库斯和他的家人继承三分之二。至于第三顺位的继承人,遗嘱中列出了不少元老和远房亲戚的名字;但只为表达善意,不是真的有可能继承。奥古斯都怎么也没料到,第一和第二顺位中很多继承人都死在了自己前面。第三顺位的继承人可以分为三类:最前面的十位联合继承一半遗产,接下来的五十位共享三分之一的遗产,再接下来的五十多人继承剩下的六分之一。最后一个顺位的最后一张名单上的最后一个名字,就是提比略·克劳狄乌斯·德鲁苏斯·尼禄·日耳曼尼库斯,即克、克、克劳狄乌斯、傻瓜克劳狄乌斯、日耳曼尼库斯

209

家的小儿子们口中的"可怜的克劳狄乌斯叔叔"——也就是,我。遗嘱里没有提到尤莉娅和尤丽娜,只有一条,明确禁止在她们死后,把她们的骨灰放进陵墓,跟他的骨灰放在一起。

过去二十年,虽然奥古斯都的一些老朋友去世,在遗嘱中为他留下的遗产不少于一亿四千万金币,且奥古斯都的生活极为节俭,但他在修建神庙和公共建筑、为民众发放救济并举办娱乐活动、支援边境战事(军队财政没有钱时)及其他诸如此类的国家支出上花费巨大,所以那一亿四千万金币,外加他从各种来源积累的巨额私人财产,到如今只剩下区区一千五百万,大部分还不方便换成现金。不过,这不包括几笔没有被列入遗产的重要款项,它们早被捆好放进麻袋,藏在卡庇托尔广场的地下室里,它们是特别留出来,要赠给同盟国国王、元老、骑士、士兵和罗马公民的,合计超过两百万。还有一笔钱,是特别拨出用于他的葬礼开销。奥古斯都的遗产这么少,每个人都始料未及,各种不堪的流言四处传播,直到奥古斯都的账目公开,大家才清楚地看到,遗嘱执行者们并没有欺诈舞弊。罗马公民对微薄的遗赠最为不满,当利用公共开支纪念奥古斯都的剧目上演时,剧场里竟发生了骚乱:元老院如此吝啬,以至于剧中一位演员因报酬太低而拒绝登台。军队的不满,我很快也会说到。但我首先要说说提比略。

奥古斯都让提比略成为自己的同僚和继承人,但不能将皇位传给他,至少不能在字面上这么说。他只能将他推荐给元老院,如今,奥古斯都行使过的一切权力全都归还给了元老院。元老院不喜欢提比略,也不想让他当皇帝,如果有机会,他们想选日耳曼尼库斯，可日耳曼尼库斯不在罗马。他们又不能对提比略置之不理。

这样一来，除了提比略的名字，没人敢提其他名字，执政官建议由提比略接管奥古斯都留下的一切职务，没人表示反对。提比略闪烁其词，他强调，他们让他承担的责任太重大了，他自己无此野心。他说，只有神君奥古斯都才能一人挑起如此重担，他认为，最好把奥古斯都的职权一分为三，责任也随之分割。

急于讨好他的元老们恳求道，三头同盟，即三人共同执政的模式，在过去一百年里已尝试过不止一次，每次都带来内战，大家发现，帝制才是唯一的解决方法。接着，可耻的一幕出现了。元老们装出哀伤的模样，抱着提比略的膝盖，求他答应他们的请求。提比略打断了这场表演，说他不是想逃避应该承担的责任，而是坚信自己揽不下这整副重担。他不再年轻：他都五十六岁了，视力也不好。可他愿意承担托付给他的任何一部分具体工作。其实，这都是为了不让别人指责他夺权心切：尤其是要让日耳曼尼库斯和波斯图穆斯（不管他在哪儿）知道他在都城的势力和地位。提比略是怕日耳曼尼库斯的，日耳曼尼库斯在军队比他更得人心。他相信，日耳曼尼库斯不会出于私心夺权，但他如果知道了被隐瞒的遗嘱，就很有可能会要让波斯图穆斯重获应有的继承权，甚至把他排到第三——形成提比略、日耳曼尼库斯和波斯图穆斯的新三头同盟。阿格里皮娜很爱护波斯图穆斯，日耳曼尼库斯又一直听阿格里皮娜的建议，就像奥古斯都对莉薇娅言听计从一样。如果日耳曼尼库斯向罗马进军，整个元老院都会倾巢而出迎接他：这一点提比略很清楚。如果发生了最糟糕的情况，那他现在谦虚的表现到时便能让他保住性命、光荣隐退。

元老院意识到，提比略一直谦虚拒绝的才是他真正想要的，他们正准备换套恳求的说辞时，伽卢斯实实在在地提出异议："很好，那么提比略，你想让我们把哪部分政务交给你呢？"

这个尴尬的问题打了提比略一个措手不及。他沉默片刻，最后说道："一个人不能既做决定又做选择；就算这样真的可行，由我来选择或拒绝任何一部分政务都会显得太不谦虚，我解释过了，所有的我其实都不想要。"

伽卢斯乘胜追击："帝国唯一可能的划分是：第一部分，罗马和整个意大利；第二部分，军队；第三部分，各行省。你选哪一部分？"

提比略保持沉默，伽卢斯接着说："很好。我就知道你不会回答。这正是我问这个问题的原因。我希望你能通过沉默承认，把由一个人建立并从中央协调的政治体系分成三部分简直是无稽之谈。我们要么回到共和国，要么继续帝制。元老院似乎决定了支持帝制，那继续讨论三头同盟就完全是浪费时间了。他们把皇位交给了你。你要么接受，要么走开。"

另一位元老，也是伽卢斯的朋友，说道："作为保民官，你有权否决执政官让你继承皇位的提议。如果你真的不想要，那你早在半小时前就应该行使否决权了。"

就这样，提比略不得不请求元老院原谅，他说这份不期而至的荣誉让他不知所措：他请求暂时离开，再考虑如何答复。

元老会休会，在后续多次会议中，提比略循序渐进地让元老们投票，将奥古斯都的职权一项一项授予他。可他从不用遗嘱中留给他的"奥古斯都"头衔,只在给外国国王写信时才这样落款;他非常小心,从不鼓励别人向他致以敬神的礼节。他的谨慎还有一个原因,那就是莉薇娅曾公开夸口,说他的皇位是从她手中接过去的礼物。她这样夸耀,不仅是为了巩固自己身为奥古斯都遗孀的地位,也是为了警告提比略,如果有一天她的罪行曝光,那提比略作为最主要的获益者,一定也会被当作同谋。提比略自然不想欠她的情,所以表现出是被迫接受了元老院交给他的皇位。

元老院变着花样拍莉薇娅的马屁,准备把一堆闻所未闻的荣誉授予她。但莉薇娅是女人,不能参与元老院的辩论,而且,她目前在法律上还处于提比略的监护下——提比略是尤利安家族的一家之主了。于是,提比略拒绝了"祖国之父"的头衔,又代表她拒绝了元老院要授予她的"祖国之母"头衔,理由是她一定也会谦虚拒绝。但他总归是怕莉薇娅的,一开始,他完全依赖她来了解帝国的内幕秘密。不仅仅是了解那些潜规则。两大阶层中每位重要成员的犯罪档案、绝大部分贵妇的黑料、各种秘密情报、奥古斯都与同盟国国王及皇亲国戚的私人来往信函、被拦截后再寄出去的涉及通敌叛国的信件副本——统统在莉薇娅手里,而且全用密码写成,没有她的帮助,提比略看不懂。但他也知道,莉薇娅也极为依赖他。他们之间达成了既防备又合作的共识。她甚至感谢他替她拒绝了祖国之母的头衔,说他这样做是对的;作为回报,他向她承诺,等他们地位一稳固,她想要的任何头衔,他都会投票通过。为表诚意,他在所有国事信件中,都把她的名字写在自己的名字旁边。而她也为表诚意,将常用密码的密钥告诉了他，但没有给他特殊密码的密钥，她宣称，那些秘密已随奥古斯都一起升天了。可是，档案都是用特殊密码写的呀。

现在说说日耳曼尼库斯。在里昂时，他听说了奥古斯都去世的消息和遗嘱的内容，还有提比略继承皇位的事，他觉得自己有义务效忠新政权。他是提比略的侄子兼养子，他们之间没有真正的感情，但无论是在家还是在战场上，两人都能精诚合作，没有摩擦。他从未怀疑提比略参与了让波斯图穆斯流放的阴谋；他对被隐瞒的遗嘱全然不知，此外，他还相信波斯图穆斯仍在皮亚诺萨岛——因为奥古斯都没有跟任何人说过他上岛换人的事，只有法比乌斯一人知道。不管怎样，日耳曼尼库斯决定尽快回到罗马，跟提比略坦诚谈一谈波斯图穆斯的事。他会向提比略解释，奥古斯都曾私下跟他说过，一拿到波斯图穆斯无罪的证据，他就会马上提交给元老院，恢复波斯图穆斯的名誉与地位；虽然奥古斯都如今死了，这个计划无法执行，但他们应该尊重他的意愿。日耳曼尼库斯会坚持要求提比略召回波斯图穆斯，并将没收的房产还给他，恢复他的尊贵职务；最后，他们还必须迫使莉薇娅退出一切国事，因为正是她卑鄙地策划了波斯图穆斯的流放。然而，日耳曼尼库斯还没来得及做任何事，美因茨就传来消息，莱茵河的一支军队哗变了，就在他匆匆赶去镇压时，又传来波斯图穆斯的死讯。据报，杀死波斯图穆斯的是卫兵队长，是奥古斯都下令，不能让他的外孙活过他。波斯图穆斯被处决的消息让日耳曼尼库斯又震惊又悲痛，可他要镇压叛变，无暇多想。你们可以确信，这个消息也让可怜的克劳狄乌斯肝胆俱裂，而可怜的克劳狄乌斯这会儿最不缺的就是闲暇。和日耳曼尼库斯恰恰相反，可怜的克劳狄乌斯经常要想方设法找事干。没人能每天写五六个小时的史书，尤其是以后可能没人看的史书。于是，我尽情沉湎在悲伤之中。我怎么会知道，被杀的其实是克莱门特呢？我怎么会知道，这桩谋杀并不是奥古斯都的命令，甚至就连莉薇娅和提比略也都是无辜的呢？

要为克莱门特的死真正负责的人叫克里斯普乌斯，是位老骑士，萨鲁斯特花园的主人，奥古斯都的亲密好友。在罗马，他一听说奥古斯都的死讯，压根儿不等与还在诺拉的莉薇娅和提比略商议，便立马向皮亚诺萨岛上的卫兵队长签发了波斯图穆斯的处决令，并盖上提比略的印章。提比略被派往巴尔干半岛之前，曾将印章的复制品交给他，让他帮忙签署一些自己无法处理的文件。克里斯普乌斯知道，提比略一定会生气或假装生气，但他去找莉薇娅解释了，他之所以除掉波斯图穆斯，是因为他得知一些卫兵军官正在筹划，要派船把尤莉娅和波斯图穆斯救出来，送到科隆的军团去；等到了那里，日耳曼尼库斯和阿格里皮娜一定会欢迎并保护他们，接着，军官便会迫使日耳曼尼库斯和波斯图穆斯向罗马进军，莉薇娅一听，当即表态会保护克里斯普乌斯。提比略得知克里斯普乌斯竟敢打着他的名号做出这种事，不由得暴跳如雷，莉薇娅充分利用此事，假装被杀的就是波斯图穆斯。克里斯普乌斯没有被提起控诉，元老院接到非正式通知，说波斯图穆斯死于他已被封神的外祖父的命令，外祖父英明地预见到，这位脾气野蛮的年轻人一收到他的死讯，定会谋朝篡位；年轻人也的确是这样做的。克里斯普乌斯杀害波斯图穆斯的动机既不是讨好提比略和莉薇娅，也不是阻止内战，而是为了报复他受过的羞辱。克里斯普乌斯极其富有，也极其懒惰，有一次，他夸口说自己从不想要什么官职，当个简单的罗马骑士就心满意足了。波斯图穆斯回答："简单的罗马骑士？克里斯普乌斯，你最好先上几节简单的罗马骑术课吧。"

提比略还未听说兵变的消息。他给日耳曼尼库斯写了一封语气友善的信，同他一起哀悼奥古斯都的死，还说罗马现在就指望他和他的兄弟卡斯托尔保卫边境了，他自己年事已高，无法处理外交，元老院又要求他留在罗马管理国事。写到波斯图穆斯的死时，他说他强烈谴责了这一暴行，但不能质疑奥古斯都在这件事情上的智慧。他没有提克里斯普乌斯。日耳曼尼库斯只能推断，奥古斯都又收到了什么他还不知道的情报，再次改变了对波斯图穆斯的看法；这件事便如此搁置了。

第十五章

莱茵河哗变是对巴尔干叛乱的响应。奥古斯都在遗嘱中给士兵留下的遗赠让大家大失所望——只有区区四个月的兵饷，每人三个金币——这激化了长久以来的委屈；大家都估摸着，提比略地位还不稳固，为了赢得军队的支持，他将不得不满足他们提出的一切合理要求。这些要求包括：涨兵饷、将服役年限定为十六年，以及放松军营纪律。当然，兵饷是不够的：因为士兵们还要用自己的兵饷买武器、买装备，而它们的价格都在上涨。当然，后备军也是不够的，成千上万名多年前就该退役的士兵至今仍在服役，早已退役且不适合作战的老兵也都被召了回来。再有，新近获得自由的奴隶组成的队伍压根儿不是打仗的料，所以提比略才认为有必要加强纪律，他选出严苛的队长，指示他们让士兵不歇气地从事繁重的杂役劳动，让藤条——队长地位的象征——不间断地抽到士兵们背上。

奥古斯都的死讯传到巴尔干军队时，正好有三个军团在夏季营地，将军给他们放了几天假，不用操练和杂役劳动。这几天的轻松悠闲让士兵们不安分起来，队长再喊他们操练时，他们竟拒绝服从命令。他们提出几项要求。将军告诉他们，他本人无权同意这些要求，并警告他们，这种叛逆的态度非常危险。士兵们没有诉诸暴力，只是拒绝服从命令，最后，将军不得不派自己的儿子去罗马，将大家的要求告诉提比略。儿子带着这个任务离开军营后，混乱的局面升级。一批目无法纪的人开始在营地和周边村落抢劫，将军逮捕了领头者，剩下的人竟冲开禁闭室，将领头者放出来，最后还杀死了一名阻止他们的队长。这名队长外号"老再给"，因为他用藤条抽打士兵的后背时，如果打断了第一根，他就会喊再给第二根、再给第三根。这个时候，将军的儿子赶到罗马，提比略派卡斯托尔带着两个营的禁卫军、一个中队的禁卫军骑兵和皇宫禁卫营的大部分人马（都是日耳曼人）赶去支援；一位叫塞扬努斯的参谋官是禁卫军指挥官的儿子，也是提比略为数不多的至交之一，作为卡斯托尔的副官一同前行。这个塞扬努斯我后面还会写到。卡斯托尔一到，便对叛军发表了演讲，表现得很威严、很勇敢，他给他们念了他父亲写的信，信上承诺，一定会好好照顾这些与他南征北战、所向披靡的战士们，等他从对奥古斯都的哀悼中恢复过来，就会立马与元老院商议他们的要求。与此同时，他还写道，他派儿子来看看有哪些事是可以立刻办到的——其他的必须等元老院定夺。

叛军派一位队长当代表，提出了要求，因为没有哪个士兵愿意冒险出头，生怕事后会被当作头的单独揪出来。卡斯托尔说他非常抱歉，但将服役时间定为十六年、让老兵退伍和把兵饷涨到每天一个银币，他都无权批准。只有他父亲和元老院能做决定。

这对士兵来说是火上浇油。他们问，如果他无权为他们做任何事，那他到底来干吗。他们说，以前他们表达不满时，他的父亲提比略就总对他们耍这个花招：总抬出奥古斯都和元老院当挡箭牌。再说，元老院是什么东西？一群有钱但没用的懒骨头罢了，很多元老，哪怕是看一眼敌人的盾牌或是被怒而拔出的宝剑，都会给活活吓死！他们开始朝卡斯托尔的参谋官扔石头，形势变得危急。可那天晚上，一个幸运的巧合拯救了局面。月食出现了——士兵们都很迷信——这给整支队伍带来了意想不到的影响。他们把月食看作神灵发怒的征兆，神灵气他们杀死了"老再给"，还不服从命令。叛军中有几个忠心的人，其中一个跑去找卡斯托尔，建议他把忠士们都找来，以两人或三人为一组，派去不同的营帐，说服造反的人，让他们恢复理智。这一计划顺利完成。到第二天早上，营地的气氛截然不同，卡斯托尔虽同意再派将军的儿子去见提比略，呈上经他认可的那同一批要求，但仍逮捕了两名挑起叛乱的头子，并公开处决了两人。其他士兵没有反对，甚至主动交出杀害队长的五名凶手，以证忠心。只是，大家仍坚定地拒绝操练，拒绝做任何非必要的杂役，除非等到罗马的答复。天气变差，持续的大雨让营地内涝严重，营帐间无法保持沟通。大家认为，这是神灵的又一个警告，所以还没等信使回来，就结束了哗变，各军团在长官们的指挥下，顺从地行军回到了冬季营地。

可莱茵河的叛乱就严重得多了。如今罗马治下的日耳曼地区位于莱茵河东岸，分为两个行省，上行省和下行省。上行省延伸到瑞士边境，首府为美因茨，下行省向北延伸至斯凯尔特河与桑布尔河，首府为科隆。每个行省驻扎四个军团，日耳曼尼库斯为总司令。骚乱首先在下行省军队的一处夏季营地爆发。这里的不满和巴尔干军队的是一样的，叛军的行为却暴力得多，因为军队里大部分是新入伍的城市释奴。这些人在本性上还是奴隶，习惯了更懒散、更奢侈的生活，他们与构成军队中坚力量的自由民（大多是贫苦农民）不同。释奴兵坏到了骨子里，军心涣散的队伍约束不了他们。这些人不是日耳曼尼库斯在最近的战役中指挥过的军团，而是提比略的人。

叛军带着抱怨和威胁，挤到将军周围，将军头晕脑涨，无法控制这些蛮横的人。他的紧张怂恿了他们，使他们对最痛恨的队长下手了，大约二十名队长被活活打死在自己的藤条鞭下，尸体还被扔进了莱茵河。剩下的队长在耻笑和羞辱中，被赶出军营。这样的野兽暴行前所未有，而卡西乌斯·查雷亚是唯一一个敢于反抗的高级军官。大群叛兵向他发难，他没有逃跑，也没有哀求，而是抽出剑，径直冲进人堆，他左右砍杀，冲出一条血路，冲到军事法庭的圣台上，他知道，在那儿没有士兵敢来碰他了。

日耳曼尼库斯在没有禁卫军团支援的情况下，只带着一个小参谋，翻身上马，立即赶往叛乱的军营。他还不知道屠杀队长的事。暴徒将他团团围住，就跟之前围住将军一样，但日耳曼尼库斯非常冷静地拒绝对话，一定要让他们在各自的队旗下，按照所属营团列队站好，不然他怎么知道是在同谁说话呢。这似乎只是对权威做出的小小妥协，而且他们很想听听他要对他们说什么。军事队列一恢复，纪律感也回来了，尽管由于犯下杀害长官的罪行，他们已经对他的信任和原谅不抱希望，但他们的心突然被这个勇敢、仁慈又高贵的人征服了。一位老兵——队伍里有很多这样的老兵，他们在日耳曼服役已有二十五年甚至三十年之久——大喊："他跟他的父亲真像啊！"另一位说："他跟他一样生来高贵。"日耳曼尼库斯用平常聊天的语气，请大家认真听。他首先说了奥古斯都的去世，以及它带来的无尽悲痛，也向大家保证，奥古斯都留下了坚不可摧的功绩和一位继承人，这位继承人有能力按照奥古斯都的遗愿，继续管理政府、指挥军队。"你们都知道我父亲在日耳曼取得的光荣胜利。你们当中很多人都参与了。"

"再没有比他更好的将军，再没有比他更好的人了，"一位老兵大喊，"日耳曼尼库斯父子万岁！"

我的哥哥还没有意识到他的话起了什么作用，这恰恰证明了他的单纯。他说的父亲，指的是提比略（大家通常也叫他日耳曼尼库斯），但老兵们都以为，他说的是他的亲生父亲；他说奥古斯都的继承人，指的还是提比略，但老兵们以为，他说的是他自己。他没有察觉到这些误解，而是继续说起意大利的和平和法兰西的忠诚，他说，他刚从这些地方回来，他无法理解为什么这里的人会突然被悲观压垮。他们在烦恼什么？他们对自己的队长、团长和将军都做了什么？这些军官为什么没有在队伍中？难道果真如他听说的，都被赶出了军营吗？

"我们还有活着的呢，恺撒，"有人说话了，卡西乌斯一瘸一拐地从队列中走出来，向日耳曼尼库斯敬了个礼，"可是不多了！他们把我从军法台拉下来，五花大绑关进禁闭室，四天没给我东西吃。一位好心的老兵刚刚把我放出来。"

"你，卡西乌斯！他们竟这样对你！你可是从条顿堡森林带回了八十个人的人哪！是守住了莱茵桥的人哪！"

"哎呀，至少他们饶了我一命。"卡西乌斯说。

日耳曼尼库斯用惊恐的语气问："天哪，这是真的吗？"

"他们都是自找的！"有人大叫，接着，人群中出现可怕的骚乱。大家纷纷脱下衣服，露出胸口在战争中光荣负伤的银色伤疤和背后乌七八糟的鞭痕。一位老态龙钟的老人从队列中冲出来，一边跑，一边用手扒开嘴巴，露出光光的牙床。他大喊："我没有牙齿吃不了硬面包啊，将军，我光喝汤没力气行军打仗啊。您父亲在阿尔卑斯山的第一场仗，我就在他手下，那时我就已经服了六年役了啊。我有两个孙子，现在跟我在一个连队。让我退伍吧，将军。您还是个婴儿时，我抱过您坐在我腿上呢！您看，将军，我都得了疝气，他们还让我负重一百磅，走二十英里啊。"

"回到队伍中，庞波尼乌斯，"日耳曼尼库斯下了命令，他认出了老人，发现他还在军中不免心惊，"不要忘乎所以。稍后我会查清楚你的情况。看在上天神灵的分儿上，你要给年轻的士兵们树立个好榜样！"

庞波尼乌斯敬了个礼，回到队列中。日耳曼尼库斯举手示意大家安静，但大家仍叫嚷着，抱怨着微薄的兵饷，抱怨着强加给他们的毫无意义的杂役，让他们从起床到熄灯几乎没有片刻休息，抱怨着如今离开军队的唯一方法就是老到一头倒地死去。日耳曼尼库斯等大家彻底安静下来，才开口说话，他说："我以我父亲提比略之名发誓，一定给你们公道。他跟我一样，在心底记挂着你们的福祉，只要不威胁到帝国，他愿意为你们做任何可以做的事。这一点我绝对保证。"

"哎呀，去他妈的提比略！"有人大叫，四面八方的哀叹和嘘声应和着这句话。突然间，所有人开始齐声高呼："起来，日耳曼尼库斯！您才是我们的皇帝。把提比略扔进台伯河！起来吧，日耳曼尼库斯！日耳曼尼库斯才是皇帝！去他妈的提比略！去他妈的贱人莉薇娅！起来，日耳曼尼库斯！向罗马进军！我们都是您的人！起来，日耳曼尼库斯，日耳曼尼库斯的儿子！日耳曼尼库斯才是皇帝！"

日耳曼尼库斯大惊失色。他喊道："你们疯了，士兵，说这样的话。你们以为我是什么人？叛贼吗？"

一位老兵大喊："才不是呢，将军！您刚刚说了，您会继承奥古斯都的责任。不要退缩呀！"

日耳曼尼库斯此时才意识到自己的错误，"起来，日耳曼尼库斯"的欢呼声还在继续，他从军法台跳下来，匆忙跑到拴马的柱子前，打算翻身上马，赶紧离开这个可怕的营地。士兵们纷纷拔剑，挡住他的去路。

日耳曼尼库斯手足无措，哭喊道："让我走吧，要不然皇天在上，我真要自杀了。"

日耳曼尼库斯也拔出剑，但有人拉住他的胳膊。任何一个明眼人都看得出来，日耳曼尼库斯是认真的，但也有不少释奴觉得他只是在演戏，是虚伪地故作谦虚高尚。有人大笑着喊道："这里，拿我的剑吧。更锋利！"老庞波尼乌斯就站在这个家伙旁边，气得火冒三丈，立刻扇了他一耳光。日耳曼尼库斯被朋友们匆匆带去将军的营帐。将军半死不活地躺在床上，垂头丧气地用被子蒙着头。过了很久，他才起床向日耳曼尼库斯行礼。他和他参谋官的性命是他从瑞士边境雇来的保镖救下的。

大家召开紧急会议。卡西乌斯告诉日耳曼尼库斯，他躺在禁闭室里时，无意中听到叛军说，要派代表团去上行省，联合那里的军团，发动整个军队的大叛变。他们说，要让莱茵河无人守卫，然后进军法兰西，洗劫城市、掳走妇女，在西南背靠比利牛斯山建立独立的军事王国。此举将让罗马陷入瘫痪，而他们将长期不受干扰，直至王国稳固。

日耳曼尼库斯决定立即赶去上行省，确保军团誓死效忠提比略。这些队伍最近都曾直接受他指挥，他相信，如果他能比叛军代表先接触到他们，他们是会保持忠诚的。他很清楚，他们对兵饷和服役年限也有同样的不满，但他们的队长是更优秀的一批人，是他亲手挑选出来的，挑选的依据是忍耐力和战斗力，而不仅仅是名气。可他必须先做点什么，把这里的叛乱镇压下去。只有一个办法了。他犯下了人生中第一个也是唯一一个错误：他伪造了一封提比略的来信，让人在第二天早上送到他营帐门口。送信人趁夜被偷偷派出去，按照指令，他要从马房偷一匹马，向西南方向骑二十英里，再换另一条路，以最快的速度跑回来。

这封信的大意是，提比略知道了日耳曼军团的合理要求，迫不及待地想要尽快解决。他会确保奥古斯都的遗赠尽快发到他们手上，此外，他还将自掏腰包，将这笔钱翻倍，以示对他们忠心的信任。他会和元老院商议增加兵饷的事。他会让所有服役超过二十年的老兵立即无条件退伍，超过十六年的有条件退伍——

以后除非有驻防任务，不得再以其他任何军事任务为由召回。

和他的伯伯提比略、他的祖母莉薇娅以及他的妹妹莉维拉不同，日耳曼尼库斯不是个会撒谎的精明人。信差的马被马主人认了出来，信差也被人认出是日耳曼尼库斯的马倌。流言四起，说信是伪造的。可老兵们都愿意把它当成真的，他们请求立即按照信中承诺，允许他们退伍，并发放遗赠。他们提出要求，日耳曼尼库斯回答，皇帝一言九鼎，退伍的要求今天就能批准。但他请求他们在遗赠的事上耐心一点，这笔钱只有等他们行军回到冬季营地后才能全额发放。他说，现在军营里的现钱不够给每个人发六块金币了，但他会确保将军把现有的钱都拿出来。这让大家安静下来，可此时，大家对日耳曼尼库斯的看法也多少有了转变，他不再是他们心目中的英雄：他们说，他怕提比略，而且还会弄虚作假呢。他们派人出去寻回各自的队长，表示愿意再次服从将军的命令。日耳曼尼库斯对将军说，如果他再不振作起来，那他就要以懦弱罪去元老院弹劾他了。

日耳曼尼库斯亲自盯着老兵们退了伍，所有可以发的钱都发了出去，然后便骑马赶去了上行省。他发现，那里的军团都在袖手旁观，等着下行省的消息呢；他们还没有公开叛变，因为他们的将军西利乌斯是个有主见的人。日耳曼尼库斯把伪造的信念给他们听，让他们宣誓效忠提比略；他们立即照办了。

莱茵河叛乱的消息传到罗马，引起巨大骚动。大家之前就猛烈抨击提比略，说他怎么派卡斯托尔去巴尔干，而不是亲自前往——当时巴尔干的叛乱还没有平息，现在，提比略走在街上，就会有人向他起哄，问他为什么叛乱的军队都是他率领过的军队，别人的军队却很忠心。（日耳曼尼库斯在达尔马提亚带过的军团也没有叛乱。）大家让他赶紧去日耳曼，解决莱茵河的问题，自己擦自己的屁股，不要甩给日耳曼尼库斯。于是，他对元老院说，他愿意去日耳曼，他开始慢慢做准备，挑选参谋官、配备小舰队，等等。还没等他准备完，冬天到了，海路变得危险，从日耳曼也传来了好消息。所以最终他也没有去。他本来就没打算去。

与此同时，我收到日耳曼尼库斯寄来的急信，求我从他的资产中立刻筹集二十万金币，但要绝对保密；这是为了罗马的安全。他没有多说什么，只给我一张亲笔签名的授权令，让我可以代理他全权行事。我去找他的大管家，他说如果不卖房产，就只能筹到一半的数目，如果卖掉房产，又必然引起街谈巷议，显然有违日耳曼尼库斯的意图。于是，我只能自己想办法凑齐剩下的钱——我的保险箱里原本有五万金币，在给新祭司团交了入团费后，便只剩下一万金币；我又卖掉了父亲在都城留给我的一处房产，拿到五万金币——幸好早已有人出价想买它了；我还卖掉了用不着的几个奴隶，都是我认为不很忠心的。我在收到信的两天之内，就把这笔钱送了出去。母亲听说我卖了房子，气坏了，但我发过誓，不能把这笔钱的用途告诉她，于是我说，是我最近玩骰子下注太大，想弥补损失，没想到又输了双倍的钱出去。她信了我的话，于是，"赌徒"成了她打击我的又一根大棒。但我一想到我没有辜负日耳曼尼库斯和罗马的托付，她的冷嘲热讽也就不算什么了。

那段时间，我确实经常赌博，我必须承认，但输的赢的都不多。赌博只是我工作间隙的一种消遣。我写完奥古斯都的宗教改革史后，又写了一本关于骰子的幽默小书，献给神君奥古斯都；其实是为了逗我母亲。奥古斯都很喜欢玩骰子，我引用了奥古斯都以前写给我父亲的一封信，他在信里说，前一天晚上他们的游戏让他很开心，因为我父亲是他见过的最优秀的输家。他还写道，我父亲每次扔出"狗"的时候，总会大笑着接受命运，如果一起玩的人扔出了"维纳斯"，他也会像是自己扔出的一样高兴。"我亲爱的朋友，能赢你是我的荣幸，这是我能给别人的最高赞赏，通常，我最恨赢钱，因为它让我看清了所谓我最忠诚的朋友们的内心。除了最好的朋友，大家都不愿输钱给我，因为我是皇帝，他们认为我有无穷无尽的财富，神灵显然不该给我锦上添花。所以——也许你已经发现了——我的策略就是，总在投完一轮后故意说错数。我假装算错，要么把赢的数目说少一点，要么把输的数目说多一点，我发现，几乎从没有人诚实指出我的错误，除了你。"（其实，我还想再引用信里一段说提比略赌品不好的内容，但当然，我不能这样做。）

这本书一开头，我假装严肃地探讨了骰子的古老历史，引用了一系列子虚乌有的专家论述，描写了各种花里胡哨的摇骰子杯的方法。当然，主题是输和赢，书名叫《如何赢骰子》。奥古斯都在另外一封信里写过，他越是想输，好像就越是会赢，即便故意算错，他也很少会在离开赌桌时发现身上的钱变少。我引用了波里奥对我外祖父安东尼说过的一番相反的话，他说，他越是想在投骰子时赢，好像就越是会输。把这两段话放在一起，我得出结论，掷骰子输赢的根本在于神灵，他们总让最不在乎输赢的人赢，除非他们在别的方面对这个人早有怨恨。所以，赢骰子的唯一办法就是培养真心想输的心态。这本书文风华丽，我故意模仿了坏老头加图的风格。我得自卖自夸一下，这本书非常有趣，里面的论点自相矛盾得堪称完美。我引用了一个古老的寓言，说的是一个人向另一个人承诺，只要他看见陌生人骑着黑白斑点的骡子，每看见一次，他就给他一千金币，唯一的条件是，他在拿到钱之前，绝对不能想骡子的尾巴。我原本希望这个小笑话能让看不懂我史书的读者会心一笑，可它没有起到这样的效果。大家完全没把它当幽默故事。我应该意识到的，在加图影响下长大的老派读者，不可能会欣赏讽刺他们心中英雄的笑话，而完全不看加图的年轻一代人又根本看不出它是个笑话。于是，这本书被大家当作我在严肃和痛苦中写出的一部极无聊、极愚蠢的作品，纷纷弃之一旁，它无可争议地证明了传闻中我可怜的智商。

　　写得有点离题了，这会儿，日耳曼尼库斯正心急如焚地等着钱呢，我却说起写骰子的书。老雅典诺多鲁斯要是还活着，我想，他一定会严厉批评我的。

第十六章

在波恩，日耳曼尼库斯见到了提比略派去的元老代表团。他们是来看日耳曼尼库斯究竟是夸大还是隐瞒了叛乱的严重程度的。他们带来提比略的一封密信，信中批准了日耳曼尼库斯代表他向士兵们做出的承诺，但遗赠金翻倍的事没有批准，他说如果要翻倍，那就得答应全军翻倍，不能仅限于日耳曼的军团。提比略祝贺日耳曼尼库斯的计策奏效，但谴责了他伪造信件的行为，认为没有必要。他还补充，他会不会遵守承诺取决于士兵的表现。（日耳曼尼库斯认为他这句话的意思是，只要士兵们重新服从命令，那他就会遵守承诺，但实际上，他的意思恰恰相反。）日耳曼尼库斯立刻回信，为遗赠金翻倍带来的额外开支表示道歉，但他解释说，他会自己出这笔钱，而士兵们只会知道提比略是他们的恩人：在那封伪造的信中，他说得非常清楚，只有日耳曼的军团能拿到这笔钱，这是对他们最近在莱茵河打胜仗的奖励。至于其他具体承诺，比如服役超过二十年的老兵，他们现在已经退伍了，还留在军中只是为了等遗赠金。

日耳曼尼库斯用自己的钱，勉强承担起这笔巨额开支，他给我写信，请求我暂时不要催他还那五万金币。我回信说，钱不是借给他的，是送给他的，我很骄傲我能凑得出来。现在回过头，按顺序说正事吧。代表团抵达波恩时，有两个军团正在冬季营地。他们在将军的率领下刚行军回来，一路上的表现简直丢人现眼：装钱的袋子被捆在长杆顶上，袋口朝下，在两面军旗间抬着走。另外两个军团没有拿到全额遗赠金，拒绝离开夏季营地。驻守波恩的第一和第二十军团怀疑提比略派代表团来是要取消承诺的，又发动了暴乱。有些人赞成立即行军，前往他们的新王国，夜半时分，一支队伍闯进日耳曼尼库斯的营房，第二十军团的鹰旗就锁在这里的神庙中，他们把日耳曼尼库斯从床上拉下来，扯下他脖子上的细金链，用挂在上面的钥匙打开神庙，夺走鹰旗。他们叫喊着在街上游行，招呼战友们"跟着鹰旗走"时，正好碰上代表团的元老们，他们是听到喧哗跑出来寻求日耳曼尼库斯保护的。士兵们咒骂着抽出剑。元老赶紧调头，冲进第一军团指挥部，躲在鹰旗后面。可追他们的人都气疯了、醉疯了，若不是守鹰旗的人英勇无比又擅长使剑，代表团团长的脑壳只怕就要被劈开了——军团若真犯下这滔天罪行，那便罪无可赦，而且定会引起全国范围的内战。

混乱持续了整整一夜，幸好没有流血事件，只有几个有矛盾的连队士兵喝醉了酒斗殴。破晓时分，日耳曼尼库斯让号手吹响集合号，他踏上军法台，让元老代表团的团长站在他旁边。士兵们既紧张，又内疚，还都很暴躁，但日耳曼尼库斯的勇气感染了他们。他站起身，要求大家安静，然后打了个大大的哈欠。他用手捂着嘴巴，道歉说他没睡好，因为营房里有老鼠窸窸窣窣。大家都很喜欢这个玩笑，笑了起来。他没有跟他们一起笑："上天保佑，曙光降临。我从未经历过如此邪恶的一夜。有那么一瞬间，我梦到二十团的老鹰飞走了。今天早上看到它还在队列里，我太高兴了！营地里盘旋着要毁灭一切的恶灵，毫无疑问，是被我们惹怒的天神派来的。你们都感觉到了那股疯劲儿，但你们没有犯下罗马史无前例的大罪，这是奇迹——你们竟打算无缘无故杀害都城派来的大使，而他为了躲避你们的刀剑，求助的还是你们军团的神灵！"他接着解释道，代表团来只是为了代表元老院，确认提比略最初的承诺，再回去汇报日耳曼尼库斯是否忠实执行了承诺的。

"好吧，那又怎么样呢？剩下的钱在哪儿？"有人大喊，众人纷纷应和。"我们要奖金。"幸运的是，正巧在这一刻，有人看到了送钱的马车在一队雇佣骑兵的护送下驶进营地。日耳曼尼库斯利用这个机会，让雇佣兵把元老们赶紧护送回罗马；接着，他亲自监督了金币的发放，他们费了好大力气才控制住一些士兵，没让他们抢走要发给别团的钱。

当天下午，局面愈加骚乱；大家口袋里有了这么多金币，必然意味着酗酒和豪赌。日耳曼尼库斯认为，阿格里皮娜已经不安全了，她此时和他一起在营地。她又怀孕了。她的两个小儿子，也就是我的两个小侄子——尼禄和德鲁苏斯正在罗马和我母亲与我住在一起，阿格里皮娜身边带着小盖乌斯。这个漂亮的小孩俨然成了军队的吉祥物，有人给他做了一整套迷你版军装，甚至还有锡皮做的胸铠、宝剑、头盔和盾牌。人人都宠着他。他母亲给他穿日常衣服和凉鞋时，他总会哭闹着拒绝，说是要带上宝剑、穿上小靴子，去各营帐巡视。于是，大家给他取了个昵称——卡利古拉，意思是"小靴子"。

日耳曼尼库斯非要阿格里皮娜走，但她发誓说什么也不怕，她宁愿跟他一起死在这里，也不愿在安全的地方收到他被叛军杀害的噩耗。可他问她，如果他俩都死了，他们的孩子成了孤儿，她认为莉薇娅会成为他们的好妈妈吗，这句话让她下定了决心，听他的安排。跟她一起走的还有几位军官夫人和孩子，大家身着丧服，泪如雨下，缓步穿过营地，没有像平常一样带着随从，倒像从灭亡之城来的难民。一头骡子拉着一辆破旧的马车，这便是她们全部的交通工具。卡西乌斯·查雷亚作为向导和唯一的保镖，随她们同行。卡利古拉骑在卡西乌斯背上，仿佛骑着战马，他大叫着，在空中挥舞宝剑，做出标准的劈砍格挡的动作，这都是骑兵们教他的。他们大清早离开营地，几乎没人看到；因为大门已无守卫，也没人费那个麻烦劲吹起床号了，大部分人像猪一样睡到十点，甚至十一点。几个长期习惯早起的老兵正好在营地外面，捡柴火准备做早饭，大喊着问夫人们要去哪儿。"去特雷韦[1]，"卡西乌斯大叫，"总司令要把妻子和孩子送走，让特雷韦野蛮但忠心的法兰西盟军保护他们，好过让他们冒被鼎鼎大名的第一军团杀害的危险。把这话告诉你们的战友吧。"

老兵们匆匆跑回营地，其中一个正是老庞波尼乌斯，他抓起军号，吹响警报。大家手里拿着剑，半睡半醒着从各自的营帐里跌跌撞撞地冲出来。"怎么了？发生什么事了？"

"他被送走了。我们的好运到头了，我们再也看不到他了。"

1　法国加尔省的一个镇。

"谁呀？谁被送走了？"

"我们的孩子呀，'小靴子'。他父亲说不敢把他托付给第一军团，要把他送到该死的法兰西盟军那里去。天知道他去了那里会怎么样。你们也知道法兰西人都是些什么人。他母亲也被送走了。怀孕七个月了，还得走路，像个奴隶女，可怜的夫人哪。哎呀伙计们！她可是日耳曼尼库斯的妻子、老阿格里帕的女儿啊，我们以前都管阿格里帕叫'士兵之友'！还有我们的'小靴子'啊。"

士兵真是非同小可的一群人，坚强起来像皮盾牌，迷信起来像埃及人，伤感起来又像萨宾老奶奶。十分钟后，就有大概两千人团团围住日耳曼尼库斯的营帐，他们沉溺在悲伤和懊悔中，苦苦哀求他，让他的夫人带着他们可爱的小男孩回来。

日耳曼尼库斯走到外面见他们，他脸色苍白，表情愤怒，对他们说别再来烦他了。他们丢的是自己的脸，还丢了他和罗马的脸，他活在这世上一天，就绝不会再信任他们；他准备把剑插进自己胸口时，他们拼命把剑抢下来并不是帮他。

"只管吩咐我们吧，将军！您说什么我们都做。我们发誓再也不叛乱了。原谅我们吧。我们会一直追随您到世界尽头。但是，请把我们的小伙伴叫回来吧。"

日耳曼尼库斯说："这些是我的条件：宣誓效忠我的父亲提比略，你们自己从队伍中把杀害队长们的凶手找出来，还有侮辱代表的人、偷走鹰旗的人。你们做到这些，我就原谅你们，让你们的小伙伴回来。但在这个营地的罪恶被彻底清除之前，我绝不会让我妻子再躺到这里的床上。她马上要生了，我不想让任何邪恶的东西影响孩子的一生。如果你们不想让别人说我把她交给一群野蛮人保护，那我可以不送她去特雷韦，改去科隆。等你们打败了祖国的敌人，也就是那些日耳曼人，用更血腥的胜利彻底清除了血腥的罪行后，我才会完全原谅你们。"

士兵们发誓遵守他的条件。于是，他派信使去追赶阿格里皮娜和卡西乌斯；信使会向他们解释原委，并把卡利古拉带回来。大家跑回营帐，呼唤每一位忠诚的战友加入他们的行列，揪出叛乱的头子。他们抓住了大概一百人，把他们脸朝下抬上军法台，两个军团剩下的士兵在军法台四周围成一个空心的正方形，人人利剑出鞘。一位上校让犯人依次走上设在军法台旁的断头台，如果他所在连队的士兵判他有罪，那他就会立马被推下去斩首。这场非正式的审判持续了两个钟头，日耳曼尼库斯一言未发，只是双手抱在胸前，面无表情地坐着。除了少数几个，犯人们都被判定了有罪。

当最后一颗人头落地，所有的尸体都被拖出营地火化后，日耳曼尼库斯把每位队长轮流叫上军法台，让他们介绍自己的具体工作。如果此人记录良好，又明显不是因为上级偏爱升的职，那日耳曼尼库斯就会向连队老兵征询意见。如果老兵对他评价很高，营上校也没有意见，那这个人的级别就确定了。如果他记录很差，或所在连队对他颇有微词，那他就会被降级，接着，日耳曼尼库斯再让他们自己选一个好的接任。最后，日耳曼尼库斯对大家的配合表示了感谢，呼吁大家一起宣誓效忠提比略。大家庄重宣了誓；没过多久，人群发出一片欢呼。他们看到日耳曼尼库斯的信使骑着马回来了；而就在马背上，被信使抱在胸前、尖叫着挥舞玩具宝剑的正是卡利古拉。

日耳曼尼库斯抱着孩子，说他还有一件事要补充。按照提比略的指示，两个军团中一千五百名超期服役的老兵都已退伍。但是，他说，如果其中有人想获得他完全的原谅，就像他们即将跨过莱茵河、为瓦卢斯报仇的战友们一样，那也是可以的。他允许更积极的人再次加入原来的连队；而只适合驻防任务的老兵也可以加入蒂罗尔的特别部队，据报，那里最近经常受到日耳曼人的突然袭击。你们敢相信吗？每一个人都站了出来，超过一半人自愿加入跨莱茵河的战役。在自愿参战的老兵中，就有庞波尼乌斯，他义正词严地表示，虽然他牙齿都掉光了，还得了疝气，但他的作战力不逊于队伍中任何一个人。日耳曼尼库斯让他当了自己营帐的勤务兵，让他的两个孙子当自己的保镖。就这样，波恩的一切恢复了正常，士兵们对卡利古拉说，是他一人平息了叛乱，总有一天，他会成为伟大的皇帝，赢得光荣的胜利；依我说，这对孩子很不好，他被惯得不成样子了。

还有两个驻守在克桑腾的军团，也需要让他们恢复理智。他们在拿到遗赠金后，仍继续叛乱，就连将军也拿他们没办法。波恩军团悔改的消息传来，带头叛乱的人担心起自己的安全，煽动同伙，搞出了暴力抢夺的新花招。日耳曼尼库斯派人给他们的将军带话，说他马上就要率领一支强大的队伍顺莱茵河而下了，如果还肯服从他命令的忠心之士不赶快效仿波恩军团，处决制造麻烦的人，那他就要不分青红皂白，将他们统统消灭。将军私下把信念给几个旗手、士官和信得过的老兵们听，告诉他们没时间拖延了；日耳曼尼库斯随时可能出现在他们面前。这些人向将军保证一定尽心竭力之后，把这个秘密又告诉了另外一些忠心的士兵，大家都保守着秘密，直到午夜，收到信号，所有人同时冲进营帐，开始斩杀叛兵。叛兵负隅顽抗，也杀了不少忠士，但很快便被制服了。那天晚上，死伤的人数达到五百。剩下的人，除了留守营地的哨兵，都列队出去迎接日耳曼尼库斯，恳求他带领他们立即跨过莱茵河杀敌。

战季接近尾声，但好天气仍在持续，日耳曼尼库斯答应了他们的请求。他在河面架起浮桥，率领一万两千名罗马步兵、二十六个营的同盟军和八个中队的骑兵渡了河。他从安排在敌区的探子那里得知，大部分敌军都集中在明斯特的各个村落，那里正举办一年一度的纪念日耳曼大力神的秋收节。兵变的消息早已传到日耳曼人耳中，叛军甚至与赫尔曼达成协议，并同他交换了礼物。日耳曼人只等着叛军开拔，前往西南的新王国，再跨过莱茵河，直捣意大利了。日耳曼尼库斯走了一条人迹罕至的森林小径，天降神兵般出现在日耳曼人面前，抓住他们的时候他们还在喝啤酒呢。（啤酒是一种用浸泡过的谷物发酵制成的饮料，日耳曼人在宴会上喜欢喝很多。）日耳曼尼库斯将自己的军力分作四队，将前方五十英里内的乡野扫荡一空，纵火烧毁村落，不分男女老少，屠杀村民。回程路上，他发现附近好几个部落都在森林里布置了小分队，试图阻挡他的去路；他布下散兵阵，边打边前进，将敌人大大压后，就在这时，担任后卫的二十团突然传来警报，日耳曼尼库斯得知，由赫尔曼亲自率领的大批日耳曼军队正向自己扑来。幸好，这里的树林并不茂密，尚有操作空间。日耳曼尼库斯骑马回到最危险的位置上，大喊："冲破他们的防线，二十团，我就原谅并忘记过去的一切。"二十团像疯了一样打起来，把日耳曼人逼得节节后退，死伤惨重，最后被赶进了森林后面的开阔田野。日耳曼尼库斯看到赫尔曼，向他发出决斗挑战，但赫尔曼的士兵都在逃跑，他接受挑战就等于送死。他骑马飞奔而逃。在追赶敌军首领方面，日耳曼尼库斯跟我们的父亲一样运气不好；但他也一样获得了胜利，"日耳曼尼库斯"这个名字是他继承来的，现在，他以赫赫战功做到了名副其实。他带着欢欣鼓舞的队伍，回到莱茵河对岸的安全营地。

提比略从来不理解日耳曼尼库斯，日耳曼尼库斯也从来不理解提比略。我说过，提比略属于克劳狄家的坏种。但他又时不时容易受到引导，做出高尚的事，在高尚的时代，他很可能成为高尚的人：因为他本性并不卑劣。可如今不是高尚的时代，他的心肠已经变得坚硬，而且，你们一定都会赞同，莉薇娅必须为此负上最主要的责任。另一方面，日耳曼尼库斯则是个彻底奉行美德的人，无论他出生的时代有多邪恶，他都绝不会改变自己的行为。所以，日耳曼军团拥立他为帝时，他拒绝了，还让他们宣誓效忠提比略，提比略实在想不明白他为什么要这么做。他认定，日耳曼尼库斯一定比他更狡猾，一定在玩什么阴险的把戏。他从未想过，原因其实很简单，那就是，日耳曼尼库斯把荣誉置于一切之上，他曾宣誓效忠提比略，又是他的养子，就必然会对他忠诚。日耳曼尼库斯从未怀疑提比略是莉薇娅的同谋，提比略从不曾轻视他或伤害他，反而对他平复叛乱的功绩大加赞赏，还颁布法令，为他在明斯特的胜利举行盛大的凯旋式，所以他相信，提比略跟自己一样，是正直高尚的，只是头脑有点简单，尚未看穿莉薇娅的阴谋。他决定一回罗马举行凯旋式，就去找提比略开诚布公地谈一谈。可瓦卢斯之死的仇还没有报；三年后日耳曼尼库斯才回到罗马。在此期间，他和提比略书信往来的调子是由他决定的，他带着虔诚恭敬的感情写信，提比略也以同样友好的语气回信，因为他觉得这样做，在心机上就赢了日耳曼尼库斯。他承诺，会把双倍遗赠金的钱还给他，还要将这份福利也发给巴尔干的军团。他确实按照政策，向巴尔干军团的每个人额外付了三个金币，因为那里又出现了叛乱的苗头；但他一直以财政紧张为借口，拖了几个月，也没把日耳曼尼库斯垫付的钱还给他。日耳曼尼库斯自然不会催他还钱，提比略自然也就一直没有给。日耳曼尼库斯又写信给我，问我能不能等提比略还钱了，再把钱还给我，我在回信中写道，那笔钱我真是当礼物送给他的。

提比略继任后不久，我写信给他，说我一直在学习法律和管理——这是事实，学了有一段时间了，我希望我至少能得到一个机会，为国家承担一些职责。他回信道，我身为日耳曼尼库斯的弟弟和他的侄子，如果一直只是骑士，确实不合常理，现在我既然是奥古斯都的祭司了，当然就该穿上元老袍；实际上，如果我能保证穿上元老袍后不出洋相，他现在就可以帮我申请只有执政官和前执政官才能穿的锦袍。我立刻回信，说我宁愿有职无袍，也不愿有袍无职；他对此的回应只是给我寄来四十个金币，让我"去买点愚人节的玩具"。元老院投票授予我锦袍，日耳曼尼库斯此时在日耳曼又打了新的胜仗，为表对他的敬意，元老院提议，给我在元老院的前执政官席中安排一个座位。提比略插手了，他行使了否决权，他对元老们说，他认为我没有能力在国家大事上发言，我的发言将会是对同僚耐心的痛苦考验。

与此同时，元老院提出另一项法令，他也行使了否决权。情况是这样的：阿格里皮娜在科隆生下一个女儿，即小阿格里皮娜；我必须马上说明，这个小阿格里皮娜后来成了克劳狄家最坏的人——实际上，我甚至可以说，她表现出的傲慢和恶毒超过了家族中的所有祖先。阿格里皮娜生完孩子后，病了几个月，没办法管教卡利古拉，于是，日耳曼尼库斯一开始春季作战，便把这孩子送回了罗马。他简直成了国民英雄。他和他的兄弟们所到之处，民众无不欢呼注目、鞠躬致敬。他还不到三岁，但已早熟得不可思议，他是最难管教的那种小孩，只有奉承才能让他开心，只有严厉才能让他服从。他刚来时和他的曾祖母莉薇娅住在一起，但她没时间照料他，他又总是淘气，跟兄长争吵，于是，他从莉薇娅那里搬出来，跟我母亲和我同住。我母亲从不讨好他，但对他也不够严格，直到有一天，他发了暴脾气，竟对她啐了一口，她狠狠打了他的屁股。他说："你这日耳曼老巫婆，我要把你的日耳曼房子烧掉！""日耳曼"是他知道的最侮辱人的脏话。当天下午，他偷偷溜进一间杂物房，里面堆满了旧家具和垃圾，旁边是奴隶住的阁楼，他在一堆破旧的稻草垫上点火。火苗迅速蔓延到整个楼上，这是一幢旧房子，横梁早已干腐，地板上还有通风孔，众人组成长队，用水桶源源不断地从鲤鱼池运水，但仍无法扑灭大火。我想方设法把我所有的文件、值钱的东西和一些家具抢救出来。幸好无人伤亡，只有两个生病躺在床上的老奴隶被活活烧死，房子也被烧得只剩下光秃秃的墙壁和地窖。卡利古拉没有受到惩罚，大火吓得他魂飞魄散。他愧疚地躲在自己床下，差点葬身火海，直到浓烟熏得他尖叫着跑出来。

好吧，元老院本想通过法令，让国家出钱帮我们重建房子，因为它是我们家族那么多位杰出成员的家；可提比略不同意。他说火灾是因我疏忽而起，如果我能负起应尽的责任，那火灾造成的损失完全可以仅限于阁楼；他承诺说，他宁愿自己出钱重建并装修好这幢房子，也不愿让国家出钱。元老院响起热烈的掌声。这真是最不公平又不最诚实的一招，尤其是他压根儿就没打算信守承诺。为出钱重建房子，我被迫卖掉了我在罗马的最后一处重要房产，即牲口市场附近的一排房子和相邻的一大片建房用地。我一直没有告诉日耳曼尼库斯，是卡利古拉纵的火，因为他一定会觉得自己必须弥补损失；我猜，在某种程度上，它就是个意外，你总不能让那么小的孩子负责吧。

日耳曼尼库斯的军队再次去攻打日耳曼人，他们给那首《我主奥古斯都的三大悲》又添了新的内容，我还记得其中两三段和一些零星的句子，大部分都很荒唐：

> 他给我们每人留了六块金，
> 让我们买猪肉和豆子，
> 让我们买奶酪和饼干，
> 在日耳曼干巴巴的小卖店。

还有：

> 神君奥古斯都在天堂行走，

> 小鬼马塞勒斯在冥河游泳,
> 尤莉娅死了便去陪他——
> 尤莉娅的诡计到此结束。
>
> 可我们的鹰还在游荡,
> 搅起羞愧与悲伤,
> 我们定会把每只流浪的鸟儿,
> 带回神君奥古斯都的墓上。

还有一段的开头是这样的:

> 日耳曼人赫尔曼丢了他的心肝,
> 还有啤酒一小罐……

但我不记得结尾了,这段词也不重要,只是它提醒我该说一说赫尔曼的"心肝"了。她是一位酋长的女儿,那位酋长的名字在日耳曼语中叫西格斯托斯还是什么的;在罗马语中叫塞杰斯特。他去过罗马,跟赫尔曼一样,也当过骑士,跟赫尔曼不一样的是,他认为他在道义上应该遵守对奥古斯都宣下的友好誓言。在瓦卢斯那次不幸的出征前,他曾设宴请赫尔曼和齐格米斯,也正是他,去警告瓦卢斯,要小心提防这两个人,并建议他在宴会上将他俩当场逮捕。塞杰斯特有个最宠爱的女儿,被赫尔曼抢去做了妻子,塞杰斯特为此一直没有原谅他。只是,他不能公开与罗马人站在一边,对抗民族英雄赫尔曼;他只能与日耳曼尼库斯保持秘密联系，把军队动向等情报提供给他，并反复向他保证，自己对罗马的忠心从不曾动摇，只等机会来证明了。眼下，他给日耳曼尼库斯写信说，他所在的村子被赫尔曼团团包围，赫尔曼发誓要大肆屠城，格杀勿论；他坚持不了多久了。日耳曼尼库斯快速行军，打败了人数不多的围攻军队——赫尔曼本人因为受了伤，并不在这里——救出了塞杰斯特。而且他发现，还有个珍贵的奖赏等着他——那就是赫尔曼的妻子，她身怀六甲，他们和她丈夫打得热火朝天时，她正好来探望她的父亲。日耳曼尼库斯对塞杰斯特和他的家人非常客气，给了他们一幢莱茵河西岸的房子。赫尔曼因为妻子被抓勃然大怒，又害怕日耳曼尼库斯的宽宏大量会诱使其他日耳曼酋长主动求和。于是，他建起一个新的更强大的部落联盟，拉来几个一直跟罗马交好的部落。日耳曼尼库斯毫无畏惧。在战场上公开与他对战的日耳曼人越多，他就越高兴。他从来不相信他们会成为盟军。

夏天还没过完，他已在一连串战役中打败了他们，迫使齐格米斯投降，并夺回了丢失的三面鹰旗中的第一面，即十九军团的鹰旗。他还去了瓦卢斯战败的地方，体面安葬了战友们的骸骨，亲手在他们的坟头撒下第一把土。叛乱以来，一直苟且偷生的将军此时也率部英勇奋战，有一次甚至扭转乾坤，将绝望的败局打到大获全胜。仗还没打完时，有流言说罗马要输了，获胜的日耳曼人正向莱茵河进军，这让最近桥上的守军惊惶失措，队长竟然下令，撤回河的这一边，再将桥毁掉：这就意味着放弃河对岸的所有人，任他们听天由命。幸好，阿格里皮娜当时在场，她取消了这道命令。她告诉大家，现在她就是守军队长，她会坚守下去，直到她丈夫回来解除她的指挥权。最终，胜利的队伍班师回朝时，她已在自己的岗位上迎接他们了。如今，大家对她和对她丈夫一样爱戴。她为伤兵组建医院，每次战役结束后，日耳曼尼库斯就会把伤兵送到这里，让他们尽可能地接受最好的治疗护理。通常，伤兵都是一直待在队伍里，直到死去或康复的。这家医院的费用也是阿格里皮娜自己出的钱。

我再说说尤莉娅的死。提比略当上皇帝后，尤莉娅在瑞吉欧岛上的食物配给被减到每天四盎司面包和一盎司奶酪。因为恶劣的居住环境，她早已得了肺痨，再加上口粮无法饱腹，她很快便去世了。波斯图穆斯仍音信杳无，莉薇娅在没有确定他死亡之前，是无法安心的。

第十七章

提比略保持着克制的统治方式，哪怕是最不重要的政治决策，他也要先咨询元老院。可元老们当傀儡太久，似乎丧失了独立决策的能力；而提比略哪怕是非常急切，想要他们投出某种结果时，他也从不明示。他要避免任何专制的表现，同时要保持在一切事务上的领导地位。元老院很快就发现，如果他刻意用优雅的语言赞成某项提议，那他实际上是想让元老投票否决的，如果他刻意用优雅的语言反对它，那么实际是想让它通过的；偶尔有几次，他说得简单又直接，没有花言巧语，那就是明面上的意思。有一个喜欢开玩笑的老头，叫海特利乌斯，伽卢斯和他最喜欢发表演讲，热烈附和提比略的意见，甚至把他的说辞夸大到几近荒谬的程度，然后再按照他的真正意图投票；以此表明他们完全清楚他的把戏。在关于提比略继位一事的辩论中，这个海特利乌斯就曾大呼："哦提比略，你还要让不快乐的罗马人民群龙无首到什么时候啊？"这句话惹怒了提比略，因为他知道海特利乌斯已看穿他的心思。第二天，海特利乌斯还在继续这个玩笑，他扑倒在提比略脚边，请求他原谅自己不够热情。提比略厌弃地往后一退，海特利乌斯抱住他的膝盖，提比略往后倾倒，后脑勺咚地砸到大理石地板上。提比略的日耳曼保镖们不知发生了什么事,纷纷冲上前,要杀死刺杀他们主人的刺客;提比略直到最后一刻才阻止他们。

海特利乌斯是嘲讽高手。他嗓门儿极大,长相滑稽,又极富创造力。每当提比略在演讲时牵强附会或说些陈词滥调时,海特利乌斯就会记住它,用作自己在回答时的关键词。(奥古斯都以前总说,海特利乌斯的雄辩之轮,哪怕是上坡也得要挂条刹车链。)思维迟钝的提比略不是海特利乌斯的对手。伽卢斯的天赋则在于能假装热情。提比略非常谨慎,不让自己接受敬神的礼节,也不让别人说他有不同于凡人的特质,甚至不允许行省为他修建神庙。于是,伽卢斯总喜欢假装不小心,称提比略为"神圣的陛下"。而随时准备接茬儿的海特利乌斯一听到这个,就会站起来批评他,伽卢斯再大张旗鼓地道歉,说他连想都不敢想违背神圣的……哎呀,天哪,这太容易说错了,再道一千次歉……他的意思是,违背他尊贵的朋友、元老院同僚提比略·尼禄·恺撒·奥古斯都。

"不是奥古斯都,傻瓜,"海特利乌斯用舞台上窃窃私语的神态说,"他已数十次拒绝这个头衔了。他只有在给别国君主写信时才会这么落款。"

他们还有个把戏,让提比略不胜其烦。每当元老院感谢他为国家做了贡献——比如,完成了奥古斯都留下的未完工的神庙——他表示谦虚时,他俩就会赞扬他诚实,说他不抢母亲的功劳,并祝贺莉薇娅有个如此孝顺的儿子。当他们发现,提比略最恨的就是听到别人表扬莉薇娅后,更是变本加厉。海特利乌斯甚至建议，就像希腊人用父亲的名字来称呼自己一样，提比略也应该使用母亲的名字，他应该叫提比略·莉薇娅德斯，否则就是罪过；莉薇吉娜也行，这是更准确的拉丁语版本。伽卢斯还发现提比略铠甲中的又一弱点，那就是，他最讨厌别人提起他在罗德岛住过的事。伽卢斯做了一件最大胆的事，有一天，他突然表扬起提比略的仁慈——正是尤莉娅的死讯传到罗马的那一天，他说起罗德岛那位修辞学老师的故事：提比略谦虚地请求去听他的课，却遭到拒绝，理由是课堂上没有空位，让他等七天再去。伽卢斯补充说道："你们觉得神圣的……对不起，应该说，你们觉得我尊贵的朋友、元老院同僚提比略·尼禄·恺撒在继任之后，看到那个无礼的家伙来向新君致敬时是怎么做的吗？他是不是砍下那家伙放肆不恭的脑袋，给日耳曼保镖当球踢了？当然没有：他的宽容也只有他的智慧才能与之匹敌，他对那个人说，目前来拍他马屁的队伍中没有空位了，他得等七年再来。"我想这应该是伽卢斯编的段子，但元老没有理由怀疑，他们的掌声是那么热烈，提比略也就默认了它是真的。

最后，提比略还是让海特利乌斯彻底闭嘴了，有一天，他缓缓说道："请原谅我，海特利乌斯，我说话可能比元老们平常讲话更直白，但我不得不说，我认为你是个极无聊的人，一点也不风趣。"接着，他转身对元老院说："请你们原谅我，大人们，但我一直在说，而且还将一说再说，既然你们好心将如此绝对的权力托付给我，那我也不应该不好意思为了大家的利益使用它。有几个小丑用愚蠢的行为侮辱了我，也侮辱了你们，我现在要行使这个权力，让他们闭嘴，我相信我会获得你们的支持。毕竟，你们一直对我如此友善且耐心。"没有了海特利乌斯,伽卢斯就只好唱独角戏了。

提比略对母亲的仇恨日渐加深,但他继续让她掌控自己。他任命的执政官和行省总督都是她的决定:这些人选都很合理,是根据各自的优点选出来的,不是基于他们家族的影响,或他们对她的讨好和私交。如果还没有说清楚的话,那我在这里必须讲明白,莉薇娅一开始通过奥古斯都,后来又通过提比略,为自己赢得大权,无论她使用的手段有多卑劣,都不影响她是个极能干、极公正的统治者;只有当她停止掌控她一手创建的体系时,局面才开始恶化。

我说过塞扬努斯了,他是禁卫军指挥官的儿子。现在,他继承了父亲的指挥官官衔,成了提比略仅有的三个心腹之一。色拉西洛斯是另外一个;他跟着提比略一起来到罗马,一直对他颇有影响力。第三个则是元老涅尔瓦。色拉西洛斯从不与提比略讨论国家政策,也不要求任何官职;提比略给他大笔钱财,他漫不经心地收下,仿佛视钱财如粪土。他在皇宫有个大天文台,是个带穹顶的房间,窗玻璃透明清澈得让人察觉不到它的存在。提比略常和色拉西洛斯待在这里,色拉西洛斯教他占星术的基本原则和其他很多法术,包括用迦勒底人[1]的方法解梦。塞扬努斯和涅尔瓦似乎是因为截然相反的性格被提比略选中的。涅尔瓦从不树敌,也从未失去过一个朋友。他唯一的缺点,如果能叫缺点的话,那就是他在言语无法阻止的恶行面前总保持沉默。他脾气

1　古代巴比伦人。

好，大方、勇敢、真诚，从没有骗过人，哪怕这样做会带来好处。比方说，如果他处在日耳曼尼库斯的境地，就算他自己的安危和帝国的命运都悬于一线了，他也绝不会伪造那封信。提比略任命涅尔瓦为都城供水渠的监督官，让他常伴身边；我猜，这是为了让自己随手有一把美德的标尺吧——而塞扬努斯当然就是邪恶的标尺。塞扬努斯年轻时曾是盖乌斯的朋友，在东方当过他的参谋官，聪明地预料到了提比略将重获恩宠，还在这件事情上出过力。他向盖乌斯保证，说提比略既然否认了有统治的野心，那就一定是心口一致的，他敦促盖乌斯给奥古斯都写了那封担保信。他做这件事的同时也让提比略知道了，提比略给他写了一封信，承诺说永远不忘他的功劳，他至今仍保管着这封信。塞扬努斯爱撒谎，也非常擅长撒谎，就像一位将军，他知道如何把这些谎言排兵布阵，形成戒备森严又纪律井然的队形，在面对质疑的冲突或与真相的对战中无往不利——这句高明的论断不是我说的，是伽卢斯说的。提比略嫉妒他的这一才能，就像嫉妒涅尔瓦的诚实一样：提比略在邪恶的道路上早已渐行渐远，但他内心始终有种无法解释的向善冲动。

就是这个塞扬努斯，最先开始在提比略心中埋下对日耳曼尼库斯的忌惮，他对提比略说，在任何情况下，一个敢伪造自己父亲信的人都不能信任；他还说，日耳曼尼库斯真正的目标是皇位，只是目前还很谨慎——他首先通过贿赂赢得了将士的爱戴，接着他通过这场毫无必要的跨莱茵河作战，确保了他们的作战能力和自己的领导地位。至于阿格里皮娜，塞扬努斯说，她是个野心勃勃的危险女人：看看她做了什么吧——自封为守桥的队长，去迎接班师的军团，以为自己是谁啊！说桥有被毁的危险恐怕也是她自己编的。塞扬努斯又说，他认识一个释奴，以前是日耳曼尼库斯家的奴隶，这个释奴，阿格里皮娜不知道为什么，坚信莉薇娅和提比略得为她三个兄弟的死和她姐姐的流放负责，并发誓要为他们复仇。塞扬努斯还开始发现各式各样针对提比略的阴谋，让他时时刻刻处于被暗杀的恐惧中，但同时又安慰他，有他替他保驾，他完全不用担心。他怂恿提比略在一些微不足道的琐事上惹恼莉薇娅，向她表明她高估了自己的实力和地位。几年后，也正是他，将禁卫军打造成一支纪律严明的队伍。在那之前，驻扎在罗马的三个禁卫军团是分散住在城里不同区域的，一般是小旅馆之类的地方，要在匆忙间召集他们列队很难，而且队伍集合起来也往往是衣冠不整、动作懒散。塞扬努斯向提比略建议，如果能在都城外为他们修一处永久营地，就会让他们产生更强烈的团队意识，也能让他们远离罗马城里接连不断的流言蜚语和政治风波，使他们与皇帝本人的联系更加紧密。提比略采纳了他的提议，并更进一步，召回了驻守在意大利各地的其他六个营，新建了一处足以容纳所有将士的营地——包括九千名步兵和两千名骑兵。都城的四个营，加上被他派去里昂的一个营，再加上各殖民地的退伍老兵，就是意大利的全部兵力了。日耳曼保镖不能算士兵，因为他们确切来说还是奴隶。但他们是精挑细选出来的，比真正的罗马人对皇帝更狂热、更忠诚。他们总是唱着思念故土的悲伤歌谣，但没有一个人真想回到寒冷、荒芜又野蛮的家乡；他们在这儿的日子太好过了。

至于那些犯罪档案，因为害怕有人暗杀自己，所以提比略如今更加迫不及待地想要拿到它们；莉薇娅还在假装丢失了密钥。按照塞扬努斯的建议，提比略对她说，既然它们对任何人都没有用处了，那就让他全烧了吧。莉薇娅说，他当然可以烧掉，不过最好还是留着，万一密钥又出现了呢？搞不好，她会突然想起来呢。"那好吧，母亲，"他回答，"在您想起来之前，我先保管着；与此同时，我会每天晚上花点时间，试着自己解密的。"就这样，他把档案拿到自己房间，锁在柜子里。他费尽心力，想找出解密的关键，但没有成功。常用的密钥是很简单的，比如用拉丁字母 E 代表希腊字母 A，用拉丁字母 F 代表希腊字母 B，G 代表 Γ，H 代表 Δ，等等。高级密码的密钥几乎是不可能解开的。它在《伊利亚特》第一卷的头一百行里，你必须把它和密文摆在一起对照，密文中的每一个字母都是用字母表中的字母和《荷马史诗》中对应字母之间的间隔数来表示的。《伊利亚特》第一卷第一行第一个词的第一个字母是 M。假设档案里某一条目第一个词的第一个字母是 Y。希腊字母表中 M 和 Y 之间隔了七个字母，那么 Y 就应该写成7。在这个系统中，字母表被认为是循环的，最后一个字母是 Ω，接着就回到第一个字母 A，所以 Y 和 A 之间的间隔是四，而 A 和 Y 之间的间隔是十八。这套方法是奥古斯都发明的，用它写东西和解密都需要很长时间，但我猜，熟练以后，不用数也能知道字母表中任意两个字母之间的间隔，从而节省大量时间。我又是怎么知道这一切的呢？因为很多很多年之后，这些档案传到了我手中，我自己解开了密钥。我碰巧找到一部写在羊皮上的《荷马史诗》第一卷，它跟其他卷本归档在一起。很显然，只有前一百行被人仔细研究过；因为那部分羊皮都被摸得脏兮兮的，开头还有墨迹，后面却很干净。我认真查看，发现第一行字母下面轻轻写着很小的数字——6、23、12，把它们和密码联系在一起并不困难。我只是诧异，提比略竟会忽略这条线索。

说到字母表，当时，我兴致勃勃地想用一套简单的方法给拉丁语真正注上音标。我总觉得，拉丁文里缺了三个字母。它们是用来与元音字母 U 相区分的辅音字母 U；与希腊字母 Y 对应的字母（介于拉丁字母 I 和 U 之间的一个元音），用在翻译成拉丁文的希腊词语中；还有一个表示双辅音的字母，也就是我们现在拉丁文中写的 BS，发音和希腊字母 Ψ 类似。我写道，让各行省正确学习拉丁文非常重要；如果字母和读音对不上，那他们怎么能避免发音错误呢？于是我建议，用上下左右颠倒的 F（伊特鲁里亚语里就是这么用的）表示辅音 U：所以 LAUINIA 应该写成 LAᖵINIA；用一个不完整的 H 表示希腊字母 Y：所以 BIBLIOTHECA 应该写成 BⱵBLIOTHECA；用左右颠倒的 C 表示 BS：所以 ABSQUE 应该写成 AꓛQUE。依我看，最后一个字母还不那么重要，但头两个非常必要。我之所以建议用不完整的 H 和颠倒的 F 和 C，是因为对使用金属或陶土印字块的人来说，这样最简便：不用制作新的字块。我出版了这本书，有一两个人说我的建议很有道理；但当然，它也没有带来任何结果。我母亲对我说，这世上有三件事是不可能的：一是让商铺跨过海湾，从拜亚一直开到波佐利[1]，二是让我去征服不列颠岛，三是让这些荒

---

[1] 意大利南部港口，位于那不勒斯海湾东北岸。

谬的新字母出现在罗马的公开碑文上。我一直牢牢记得她这些话,因为它们还有后续。

那些日子,母亲对我格外暴躁,因为我们的房子花了很长时间才重建好,我买来的新家具也比不上原来的,还因为她也承担了这些开支的一部分,导致她的进账大大缩减——我一个人没法筹齐那么多钱。我们在皇宫住了两年(住的地方不是特别好),她时不时把怨气撒到我身上,最后我实在忍受不了,离开了罗马,搬去了我在卡普阿附近的别墅,只在需要履行祭司职责时才回都城,而需要我履职的情况并不多。你们一定会问:厄古拉尼娜呢?她从没来过卡普阿;在罗马,我们互不理睬。我们见面时,她很少跟我打招呼,对我不闻不问,除非有客人在场要做个样子;我们一直分房睡。她似乎很爱我们的儿子德鲁西拉斯,实际又没为他做过什么。是我母亲抚养他长大的,母亲还要料理家事,但从不喊厄古拉尼娜帮忙。母亲对德鲁西拉斯就像对自己的亲生孩子,不知为何,她仿佛忘了他的父母是谁。我一直都不喜欢德鲁西拉斯;他是个乖戾、麻木又傲慢的孩子,母亲经常当着他的面训斥我,所以他也学会了对我不尊重。

我不知道厄古拉尼娜是怎么熬过一天又一天的。她暴饮暴食,似乎从不无聊,据我所知,她也没有秘密情人。但这个奇怪的女人有一个爱好——那就是我大舅子西瓦诺斯的妻子,纽曼缇娜。那女人身材娇小、满头金发,像个精灵,大概是她做过的什么事或说过的什么话(我也不知道是什么)穿透了厄古拉尼娜肥厚的皮肉和臃肿的身躯,触动到了那个可以称之为心的东西吧。厄古拉尼娜在自己的闺房里放了一幅真人大小的纽曼缇娜的肖像画：我相信，在没机会见纽曼缇娜本人时，她就会坐在画前，呆呆地看上好几个钟头吧。我搬去卡普阿时，厄古拉尼娜和我的母亲及德鲁西拉斯继续留在罗马。

住在卡普阿对我来说唯一的不便，就是没有一个好图书馆。不过，我开始写书了，所以也不需要图书馆——我要写伊特鲁里亚的历史。当时，我的伊特鲁里亚语有了一些进步，我每天跟阿努斯待几个小时，他带我去了他那间被毁了一半的神庙档案馆，这对我帮助极大。他对我说，他出生在彗星出现的那一天，彗星的出现宣告了伊特鲁里亚族人第十个也是最后一个周期的开始。一个周期的长度由最长寿的人决定：也就是说，直到上一周期结束庆典上所有活着的人都死了，一个周期才算终结。伊特鲁里亚人算出来的周期是一百一十年。现在是最后一个周期，它结束后，伊特鲁里亚语作为一种口头语言也会随之彻底消失。这个预言差不多已得到了证实，因为他的祭司一职目前后继无人，如今，乡下人哪怕是在家里也说拉丁语；所以，他很高兴能帮我写这本史书，他说，他把它当成一座陵墓，祭奠曾经伟大的民族传统。我从提比略即位的第二年开始写，二十一年后写完。我认为这是我最棒的作品：当然，我也为此付出了最多的努力。据我所知，还没有哪本书是以伊特鲁里亚人为主题的，他们是一个非常有趣的民族；我想，未来的历史学家一定会感激我的。

伽伦和帕拉斯跟我在一起，我们过着安静而规律的生活。我对别墅旁的农场产生了兴趣，高兴地接待着偶尔从罗马来的朋友，他们到这里度假，顺便看望我。有个女人一直跟我在一起，她叫爱克媞，是个职业妓女，也是个极正派的女人。她跟着我的十五年里，从未和我起过矛盾。我们的关系是纯粹的交易。她是主动选择妓女这一职业的；我给了她很多钱；她从不废话。从某种角度来说，我们非常喜欢彼此。最后，她对我说，她想拿着赚的钱退休了。她想嫁一个体面的男人，要选就选老兵，再找一处殖民地安顿下来，趁着还不太晚，赶紧生儿育女。她一直想生一屋子的孩子。于是，我吻了她，跟她告别，给了她足够的嫁妆，让她衣食无忧。但她没有马上走，她帮我找了一个她相信能好好照顾我的继任者才离开。她给我找的人叫卡波尼娅，她俩太像了，我经常怀疑卡波尼娅是她的女儿。爱克媞确实说过她有个女儿，被送去保育院了，因为她不能同时既当妓女又当妈妈。好吧，就这样，爱克媞嫁给了一名前禁卫军军士，他对她极好，他们生了五个孩子。我一直关注着那一家人。我之所以提起她，是因为觉得读者一定会对我与厄古拉尼娜分居期间的性生活感到好奇。我认为，任何一个男人身边长期没有女人都是不正常的，既然厄古拉尼娜不能履行妻子的义务，那我跟爱克媞生活便无可厚非了。爱克媞和我达成共识，我们还在一起的时候，谁也不能跟别人发生关系。这不是出于感情，而是为了健康：现在罗马得性病的人太多了——顺便说一句，这是布匿战争留下的又一个致命问题。

在这里，我想明确记录下来，我这辈子从没搞过同性恋。我不想用奥古斯都的言论来反对它，奥古斯都说过，同性恋影响人们生孩子，从而无法支援国家。而我一直认为，一个成年男人，也许还是政务官，有自己的家庭，却对一个脸上涂着油彩、手脚戴着镯子的胖嘟嘟的小男孩垂涎三尺；又或是，一个老态龙钟的元老，对着某位年轻高挑的禁卫军骑士玩起维纳斯对阿多尼斯[1]的那套把戏，骑兵却因为老东西的钱财和权势不得不忍耐，让人看到都觉得既可悲又恶心。

每次我不得不去罗马时，总是尽可能速去速回。我在帕拉蒂尼山上感到一种令人不安的气氛，大概是提比略和莉薇娅之间越来越紧张的关系吧。他开始在山上的西北角为自己建造巨大的宫殿，楼上还未完工，他先搬进了楼下的房间，让莉薇娅独自住在奥古斯都的皇宫。提比略的新宫殿是老皇宫的三倍大，但莉薇娅为了证明它永远不会有老皇宫的威望，便在老皇宫的门厅里竖起一座壮观的奥古斯都金制雕像，并以神君奥古斯都最高女祭司的身份，邀请所有元老及夫人来参加揭幕宴会。提比略提出，他必须先让元老院就此事进行投票：因为这不是私人宴请，而是国宴。他安排了辩论环节，让元老院最终决定，宴会同时在两处举行：他作为主人，和元老们待在大厅，莉薇娅作为女主人，和元老夫人们待在大厅旁边的房间。莉薇娅忍气吞声，接受了这一羞辱，她表现得毫不在意，仿佛这是奥古斯都如果在世也会赞同的安排；她给皇宫厨师下令，先给女士端来最好的大麻烟、甜食和美酒；宴会上还要用最贵的碗碟和酒杯。那次宴会到底是她占了上风，元老夫人们狠狠嘲笑了提比略和她们的丈夫。

来罗马还有件烦心事——我似乎怎么也避免不了与塞扬努斯见面。我讨厌跟他扯上任何关系，虽然他总是刻意对我彬彬有礼，也从未带给我任何直接的伤害。我惊讶的是，一个长着那样

---

[1] 古希腊神话中一个帅气迷人的年轻男子。

一张脸、有着那种风度的男人，既不是出身于显赫世家，也不是威名远播的军人，甚至都不是特别有钱，是怎么在都城混到风生水起的；如今，他是仅次于提比略的重要人物，在禁卫军中极受欢迎。他那张脸是完全不能信赖的长相——五官扭曲，透着狡诈和残忍，其底色是一种兽性的坚韧和果断。让我更加百思不得其解的是，据说很多出身高贵的女子都竞相向他求爱。他和卡斯托尔关系恶劣，这是自然的，因为有传言说他和莉维拉之间有点意思。可提比略似乎对他绝对信赖。

我之前提过布里塞斯，她是我母亲的老释奴。我告诉她我要离开罗马、去卡普阿定居时，她说她会非常想念我，但我此举非常明智。"昨天晚上，我做了一个好笑的梦，是关于您的，克劳狄乌斯少爷，请您原谅我。在梦里，您还是个瘸着腿的小孩子；一伙贼人闯进了孩子父亲的房子，杀害了他的父亲和很多亲戚朋友；但他从储藏间的窗户挤出去，一瘸一拐地跑进旁边的树林。他爬上一棵树等着。贼人们从房子里出来，坐在他藏身的树下，开始分赃。很快，他们就因为谁应该分什么吵了起来，一个贼人被杀，接着又有两个被杀，剩下的开始喝酒，假装都是好朋友；但其中一个被杀的贼人早就在酒里下了毒，最后，所有人都痛苦死去。瘸腿的小男孩爬下树，将值钱的东西收起来，他发现其中有不少从别人家偷来的黄金珠宝。他把这些东西全带回家，从此变得富有。"

我微微一笑。"这个梦确实有趣，布里塞斯。但他还是照样瘸着腿，而且，再多的钱也买不回他的父亲和家人了，不是吗？"

"是买不回了,亲爱的,但他可以结婚,可以有自己的家人。所以要选一棵好树啊,克劳狄乌斯少爷,不到最后一个贼人死掉,千万不要下树。这就是我这个梦的意思。"

"如果可以的话,哪怕是到了那个时候,我也不想下树,布里塞斯。我可不想接收偷来的赃物。"

"您随时可以把它们还回去呀,克劳狄乌斯少爷。"

联想到后面发生的事,这个梦太神奇了。其实,我不大相信梦。雅典诺多鲁斯有一次梦到,罗马附近的森林里,有一处獾窝藏有财宝。他还真找到了那个他从未去过但跟梦境一模一样的地方,河堤上有个洞直通獾窝。他喊来两个乡下人,帮他挖开河堤,一直挖到洞尽头的獾窝——只找到一个烂掉的旧钱袋,里面装着六块发霉的铜板和一块破银币,还不够给乡下人付工钱呢。还有我的一个租客,是个商店老板,他有一次梦到一排老鹰绕着他的头顶飞翔,有一只还落到他的肩膀上。他认为这个梦预示着他有朝一日将成为皇帝,结果第二天早上,一队禁卫军(他们的盾牌上就有老鹰)来找他,队长说他违了法,将他逮捕,并送去接受了军事审判。

第十八章

一个夏日的午后，在卡普阿，我坐在别墅马厩后面的石头长凳上，认真思考伊特鲁里亚史的几个问题，同时漫不经心地在面前的粗木桌上扔着骰子，左手对阵右手。一个衣衫褴褛的男人走过来，问我是不是提比略·克劳狄乌斯·德鲁苏斯·尼禄·日耳曼尼库斯，他说，有人让他从罗马到这儿来。

"我有口信带给您，先生。我不知道这个信值不值得传，但我是个流浪老兵，以前是您父亲的手下，先生，您也知道，只要能有个理由让我走这条路而不是另一条路，我就很高兴了。"

"谁让你带的口信？"

"我在科萨角附近的树林里碰到一个人。他很奇怪，穿得像个奴隶，说话却像皇帝。他个头很大，身材健壮，看起来快要饿死了。"

"他叫什么名字？"

"没说名字。他说您听完口信，就知道他是谁了，但您听到他的消息，一定会大吃一惊。他让我把口信复述了两遍，确定我不会说错。我要告诉您的是，他还在钓鱼，但一个人不能光靠鱼活下去，他让您把这些话告诉他的大舅子，他说如果您给他送过牛奶，那他从来没有收到过，他说他想要本小书来看，至少要有七页。他还说，在他再次给您消息之前，您什么都不要做。这些话讲得通吗，先生，还是那个家伙疯了？"

他说这些话时，我不敢相信自己的耳朵。是波斯图穆斯！可波斯图穆斯死了呀。"他是不是下巴很大，蓝眼睛，问你问题的时候总喜欢把头歪到一边？"

"就是他，先生。"

我用一只手给他倒酒，可我的手抖得那么厉害，酒全洒了。接着，我做了个手势，让他在那里等着我。我走进屋，找来两件上好的普通长袍、一些内衣、一双凉鞋、几把刮胡刀和一些肥皂。我拿起手边的一本线装书，是提比略最近对元老院演讲的合集。我用牛奶在第七页上写道：太开心了！我立马给 G.[1] 写信。小心。需要任何东西就派人来取。我能在哪儿跟你见个面吗？向你致以我最诚挚的爱。这是二十枚金币，我身上所有的钱，希望能帮你应急。

我等牛奶干了以后，将书和衣服卷成一捆，连同钱包交给那个男人。我说："拿着这三十枚金币。十枚给你。二十枚给树林里的人。把他的口信带来给我后，我再给你十枚。但你一定要保密，快点回来。"

"好的，先生，"他说，"我不会辜负您的。但我要是拿着这捆东西和所有的钱跑了，您该怎么拦住我呢？"

我说："你如果真是骗子，就不会问这个问题了。让我们一

1　日耳曼尼库斯名字的首字母。

起再喝一杯，然后你就出发吧。"

简而言之，他带着东西和钱离开了，几天后，他给我带回了波斯图穆斯的口信，他感谢我捎去的钱和衣服，但让我不要去找他，"鳄鱼妈妈"知道他在哪儿，现在他叫潘瑟鲁斯，他让我尽快把他大舅子的回答告诉他。我按照承诺，给了老兵十枚金币，又另外加了十枚，感谢他的忠心。我明白波斯图穆斯说的鳄鱼妈妈是谁。鳄鱼是阿格里帕以前的一位老释奴，我们叫他鳄鱼，因为他既迟钝又贪婪，还有个巨大无比的下巴。他妈妈住在佩鲁贾，开了家小旅馆。我对那个地方很熟悉。我立刻给日耳曼尼库斯寄了一封信，告诉他这个消息；我让帕拉斯把信带到罗马，交给下一趟去日耳曼的邮车。在信里，我只说波斯图穆斯还活着，躲了起来。没有说躲在哪里。我恳求日耳曼尼库斯收到信后立即回复我。我等啊，等啊，等他的回复，可什么也没有等来。我又写了一封信，这次写得更详细；但还是没有回复。我找了个乡下信差，给鳄鱼妈妈捎口信，告诉她我还没有接到潘瑟鲁斯大舅子的消息。

我再也没有收到波斯图穆斯的口信了。他不想继续牵扯到我，现在他有了钱，可以到处走动，不用担心有人怀疑他是逃跑的奴隶而把他逮捕了，他不再依靠我的帮助。小旅馆里有人认出了他，安全起见，他只得离开那里。很快，整个意大利流言四起，都说他还活着。罗马每个人都在谈论此事。十几个人，包括三位元老，都特地从都城跑来找我，私下问我是不是真的。我告诉他们，我没有见到他，但我见到了亲眼见过他的人，毫无疑问，那就是波斯图穆斯。我又反过来问他们，如果他真去了罗马，赢得了民众的支持，他们打算怎么办呢。我这个直接的问题让他们既尴尬又不快，我没有得到任何回答。

据说，波斯图穆斯走访了罗马附近的多个村镇，但显然非常谨慎，从不在天黑前进村，且总在黎明前化装离开。他从未在公众场合露面，但会住在某个小旅馆，留下一封感谢信，感谢大家对他的善意——签的是真名。最后，终于有一天，他坐一艘沿海岸航行的小船，在奥斯提亚登陆了。港口提前几小时得知了他要来的消息，他一踏上岸，码头就爆发出响彻云霄的欢呼声。他选择在奥斯提亚登陆，是因为这里是舰队的夏季总部，他的父亲阿格里帕曾是舰队司令。他船上挂着一面绿色三角旗，这是奥古斯都为纪念亚克兴角大捷给阿格里帕的特权，他（以及他的儿子们）任何时候在海上航行都可以挂着。奥斯提亚对阿格里帕的尊崇甚至可能超过了对奥古斯都。

波斯图穆斯性命危矣，按理说，他仍在流放，所以他在意大利公开露面是违法的。他发表了简短的演讲，感谢大家对他的欢迎。他说，如果命运垂怜，让他重新赢得罗马元老院和人民的尊敬，那他将来一定会对忠心耿耿的奥斯提亚人民涌泉相报——敌人对他的诬告让他失去了元老院和人民的敬仰，而他的外祖父、神君奥古斯都意识到那是诬告时，又为时太晚。港口有一个连的禁卫军得到命令要逮捕他，因为莉薇娅和提比略不知从哪儿也收到了消息。可水兵人数甚众，禁卫军不可能打得过。队长明智地决定暂不执行任务；而是让两个手下换上水兵的脏衣服，去跟踪波斯图穆斯。只是等他们换完衣服后，波斯图穆斯又消失得无影无踪了。

第三天，罗马的主要街道上到处是水兵纠察队：他们看到一个骑士、元老或官员，就管他们要口令。口令是"海神"，如果有人不知道这个口令，水兵就会告诉他，并让他当场重复三遍，否则就要挨打。没人想挨打，现在，大家都对波斯图穆斯无比同情，对提比略和莉薇娅无比反感，只要日耳曼尼库斯一发话，整个罗马城，包括禁卫军和都城军团都会立马站在他这边。但如果没有日耳曼尼库斯的支持，任何拥护波斯图穆斯的行为都将意味着内战；与日耳曼尼库斯对战，没人相信波斯图穆斯能打赢。

在这危急关头，两年前因为在岛上杀死克莱门特而惹怒提比略（但还是得到了提比略的原谅）的克里斯普乌斯站了出来，主动提出这一次要干掉波斯图穆斯，以赎前罪。提比略让他放手一搏。他不知通过什么方法找到了波斯图穆斯的大本营，直接带着一大笔钱去找他，他说这钱是付给水兵的，他们因为纠察已损失了两天的兵饷，他还承诺，只要波斯图穆斯给个信号，他就把日耳曼保镖策反到波斯图穆斯这边。他说，他已花重金贿赂了他们。波斯图穆斯相信了他。他们安排好，凌晨两点在某街角碰头，波斯图穆斯的水兵部队也会在那儿集合。他们将向提比略的宫殿进军。克里斯普乌斯将命令保镖开门让波斯图穆斯进宫。他们还将逮捕提比略、卡斯托尔和莉薇娅，克里斯普乌斯还说，塞扬努斯虽未主动参与，但他保证，只要他们成功发起第一波进攻，他就把禁卫军带来支持新帝，条件是让他继续当指挥官。

水兵们准时来到集合地点，波斯图穆斯却没有出现。这个时间，街上没有市民；由保镖和塞扬努斯亲手挑选的日耳曼联合队伍突然对水兵发动袭击——大多数水兵都醉醺醺的,也没有列队,"海神"口令形同虚设。很多人当场丧命,更多人在试图逃跑时丧命,剩下的据说一口气跑到了奥斯提亚,路上不敢放慢半步。克里斯普乌斯和两名士兵埋伏在波斯图穆斯大本营和集合点之间的狭窄小巷里,用沙袋对他发起出其不意的攻击,堵上他的嘴,捆住他的手脚,将他塞进带遮帘的轿子,抬去了皇宫。第二天,提比略向元老院发表声明。他说,波斯图穆斯·阿格里帕手下的一个奴隶,叫克莱门特,通过假扮已去世的前主人,在罗马城里引发了一系列不必要的恐慌。波斯图穆斯的资产被卖掉时,一位行省的骑士买下了这个奴隶,可他胆大包天,从骑士家逃走,躲到托斯卡纳海边的森林里,把胡须蓄长,遮住后缩的下巴——这是他和波斯图穆斯之间最主要的不同点。奥斯提亚几个惹是生非的水兵假装相信了他,但其实,只是为了找借口进军罗马并制造混乱。今天黎明前,他们在他的带领下在郊外集合,目的就是闯进都城中心,洗劫店铺和私宅。一队巡夜士兵一盘查,他们就扔下领头的人,四散逃开了;领头者已被处死,元老院无须再为此事忧心。

后来我听说,波斯图穆斯被带进皇宫,押到提比略面前时,提比略假装不认识他,还嘲讽地问他:"你是怎么成了皇帝的?"波斯图穆斯回答:"跟你一样,而且跟你在同一天。你忘了吗?"提比略说他傲慢犯上,让奴隶抽他的嘴巴,接着,他被捆上刑具架,被命令交代同谋。可他只说起提比略私生活的种种丑事,不堪入耳的恶心内容让提比略暴跳如雷,用瘦骨嶙峋的拳头把他的脸都砸烂了。士兵们完成了接下来的血腥活儿,在皇宫地窖里砍下他的脑袋,把他大卸八块。

我亲爱的朋友,在即将结束漫长且冤屈的流放之际,却惨遭谋杀,我曾为他哀悼——接着,我得知他设法骗过刽子手的消息,还没来得及体会那短暂的快乐与惊讶,竟又要第二次为他哀悼,而这一次,再不会有弄错的可能,他是被叛徒陷害再次被捕的,是被无耻折磨后残忍杀害的,从头到尾,我甚至连见都没有再见他一面——世上还有比这更悲哀的事吗?我唯一的安慰就是,我要立刻将我知道的整件事写信告诉日耳曼尼库斯——他知道以后,一定会丢下日耳曼战役,调度莱茵河上一切可以调度的军团,率军赶回罗马,为波斯图穆斯的死向莉薇娅和提比略复仇。我写了信,可他没有回信;我又写了信,他仍然没有回信。最后,我终于收到一封充满关怀的长信,在信里,他好奇地问起克莱门特假扮波斯图穆斯的事——他到底是怎么成功做到的?这句话再明白不过地表明,我那些重要的信一封都没有寄到他手上:只有跟第二封信同批寄出的那封信寄到了。在那封信中,我只详细跟他说了他让我去帮他调查的一桩生意:现在,他谢谢我给他提供的信息,说正是他想知道的。我突然恐惧地意识到,其他的信一定是被莉薇娅或提比略扣下了。

我一直消化不良,如今,更是开始担心我吃的每一道菜都可能被人下了毒。我又开始结巴,还出现了失语症——我的大脑会突然一片空白,引来旁人的奚落嘲笑:如果一句话才说到一半,我只好胡诌一气,把它说完。这个毛病最可怕的后果是,我搞砸了身为奥古斯都祭司的任务,在此之前,我一直执行得很好,任谁也挑不出错来。罗马有个古老的传统,如果在祭祀或其他仪式中出现了任何错误，那整个流程就必须从头再来一次。如今，我在主持仪式时，经常忘了祈祷词，还会不断重复同一段话，重复两三遍后才反应过来，要不就是在拿起燧石刀、准备割开献祭品的喉咙时，才想起要把面粉和盐撒到它头上——这意味着我们又要从头开始。一次仪式，我总要重复三四遍，才能让它完美结束，这太累人了，大家也都异常烦躁。最后，我给身为大祭司长的提比略写信，以健康欠佳为由，请求他免除我一年的宗教职责。他批准了这个请求，未予置评。

第十九章

日耳曼尼库斯与日耳曼对战的第三年比头两年还要成功。他制定新的作战计划,通过对日耳曼人发起突袭,为自己的士兵省去危险和疲劳行军的麻烦。该计划就是,在莱茵河上组建由将近一千艘运输船组成的舰队,载上大部分军力,沿河而下,通过我们的父亲以前开凿的河渠,穿过荷兰湖区,经海路直达埃姆斯河河口。在这里,他把运输船停靠在附近河岸,只留下一部分用来搭浮桥。接着,他开始攻击威悉河对岸的部落,这条河与埃姆斯河平行,相隔大约五十英里,很多地方可以涉水渡河。该计划的每个细节都是行之有效的。

当先遣部队抵达威悉河后,他们发现赫尔曼和几个跟他联盟的酋长就在河对岸等着。赫尔曼隔河大喊,问他们的司令是不是日耳曼尼库斯。他们回答是之后,他又问他们能不能帮他带个口信。口信是:"赫尔曼向日耳曼尼库斯致以恭敬的问候,能不能请日耳曼尼库斯允许他跟他的兄弟谈谈?"这位赫尔曼的兄弟在日耳曼语中叫哥德科夫什么的,反正是个很野蛮的名字,没法直接翻译成拉丁语——于是,就像"赫尔曼"被翻译成"阿米尼乌斯"、"齐格米格斯"被翻译成"齐格米斯"一样,"哥德科夫"

也被翻译成了"弗拉维乌斯",意思是"金脑袋"。弗拉维乌斯在罗马军中多年,瓦卢斯惨败时,他正在里昂,他在那里发表声明,宣誓继续效忠罗马,并与他的叛臣兄弟赫尔曼断绝一切家庭关系。第二年,弗拉维乌斯随提比略和日耳曼尼库斯出征,骁勇奋战,打瞎了一只眼睛。

日耳曼尼库斯问弗拉维乌斯,想不想跟他兄弟说话。弗拉维乌斯说他不是很想,但又怕他兄弟是想主动投降。于是,兄弟俩开始隔着河互相喊话。赫尔曼开始说日耳曼语,弗拉维乌斯让他必须说拉丁语,否则就不谈了。赫尔曼不想说拉丁语,因为其他酋长听不懂拉丁语,他担心他们会怀疑他是叛徒,可罗马人也听不懂日耳曼语,弗拉维乌斯也不想让罗马人怀疑他是叛徒。另一方面,赫尔曼想威慑罗马人,弗拉维乌斯也想威慑日耳曼人。所以赫尔曼还是尽量说日耳曼语,弗拉维乌斯也尽量说拉丁语,他们越说越激动,两种语言混杂在一起,日耳曼尼库斯在写给我的信里说,听他俩吵架简直就是在看喜剧。下面我引用几段日耳曼尼库斯对他俩对话的记录吧。

赫尔曼:你好,兄弟。你的脸怎么了?那条疤太丑了,跟毁容了一样。少了一只眼吗?

弗拉维乌斯:是的,兄弟。你有没有碰巧捡到我这只眼睛?我丢眼睛的那一天,就是你为了不让日耳曼尼库斯认出来,故意把稀泥涂在盾牌上,骑马从树林逃跑的那一天。

赫尔曼:你搞错了,兄弟。那个人不是我。你一定又喝酒了。打仗之前你总是这样:你要喝下至少一加仑啤酒,才不紧张,战号一吹响,你还得让人把你绑到马鞍子上。

弗拉维乌斯：这就是说谎了，当然，这话也让我想起来，你们日耳曼的啤酒都是让人喝了烂肚子的粗糙玩意儿。现在，哪怕是有一大批战利品从你们的村子运到我们军营来，我也绝不喝你们的啤酒。士兵们不得已才喝几口：说是比泡过日耳曼人尸体的沼泽水好一丁点儿。

赫尔曼：是啊，我也喜欢罗马的葡萄酒。我从瓦卢斯那里缴获的罗马好酒现在还剩几百坛呢。要是日耳曼尼库斯不当心点，今年夏天我又能缴获一大批了。顺便问一句，你丢了一只眼得到什么奖赏？

弗拉维乌斯（相当庄重）：最高统帅的亲自致谢，还有三枚勋章，包括桂冠和项链。

赫尔曼：哈哈！项链！你把它戴在脚脖子上吗，你这个罗马的奴隶？

弗拉维乌斯：这辈子我宁愿做罗马人的奴隶，也不愿做他们的叛徒。顺便告诉你，你的特鲁斯妮达好得很，你的儿子也好得很。你打算什么时候来罗马看他们？

赫尔曼：这场仗打完就来，兄弟。哈哈！

弗拉维乌斯：你的意思是，在日耳曼尼库斯的凯旋式上，走在他战车后面，大家都朝你扔臭鸡蛋的时候吗？我真要笑死了。

赫尔曼：你最好提前笑个够，因为如果从现在开始三天之后，你还有喉咙能笑，那我就不叫赫尔曼。不过不说这些了。妈妈有个口信让我带给你。

弗拉维乌斯（突然严肃起来，深深叹了口气）：哎呀，我亲爱的妈妈！妈妈有什么口信要告诉我？她还在为我祈求神灵的保佑吗，兄弟？

赫尔曼：兄弟，你伤透了我们聪明高贵又多子多孙的妈妈的心。她说，如果你继续背叛你的家人、部落和民族，不立刻回到我们这边，跟我一起联手当将军，那她就要把她的祈祷变成诅咒了。

弗拉维乌斯（突然留下愤恨的滚滚热泪，用日耳曼语说）：啊，她永远不会这么说的，赫尔曼。她绝不可能说这种话。这是你编的谎话，就为了让我难过。你就承认你在撒谎吧，赫尔曼！

赫尔曼：她给你两天时间做决定。

弗拉维乌斯（对着他的马倌说）：喂，你这丑不拉几的蠢猪，把我的马和武器拿来！我要过河，跟我兄弟打一仗。赫尔曼，你这卑鄙的东西，我来跟你决斗！

赫尔曼：那就来呀，你这个吃豆子的独眼奴隶，就是你！

弗拉维乌斯跳上马，就准备游过河，一位罗马团长攥着他一条腿，把他拉下马鞍：他听得懂日耳曼语，也很了解日耳曼人对自己妻子和母亲近乎荒谬的尊敬。可假如弗拉维乌斯真正的意图是要临阵倒戈呢？于是，他对弗拉维乌斯说，不要为赫尔曼生气，也不要相信他的谎话。可弗拉维乌斯忍不住还要再说几句。他擦干眼泪，冲着对岸大喊："上周我见到你岳父大人了。他在里昂附近有幢漂亮的房子。他告诉我，特鲁斯妮达之所以去投奔他，是因为忍受不了嫁给你的耻辱，你违背了与罗马结盟的神圣誓言，背叛了曾在一张桌上一起吃饭的朋友。她说，你若还想赢回她的尊敬，唯一的办法就是不要用她在结婚当天送你的武器，对战你发誓要交好的朋友们。她暂时还为你守着贞节，但如果你不马上清醒过来，那她也不会守很久了。"

这时，轮到赫尔曼失声痛哭，大动肝火，指责弗拉维乌斯在说谎了。日耳曼尼库斯秘密安排了一位队长，在下一场战役中密切关注弗拉维乌斯，只要有一丝一毫背叛的迹象，就把他干掉。

日耳曼尼库斯很少写信，但一写就很长，他说，他把所有有趣的、好玩的、不适合写在给提比略的官方报告中的事都写在信里了：而我就靠这些信活着。日耳曼尼库斯跟日耳曼人打仗时，我从未担心过他的安危：他对付他们胸有成竹，就像有经验的养蜂人对付蜜蜂，他敢大胆地走到蜂巢前，取出蜂蜜，蜜蜂却不知为何从不蛰他，如果你我试着做这样的事，蜜蜂可就要蛰我们了。涉水渡过威悉河两天后，他跟赫尔曼打了一场决战。我一直对战前演说很感兴趣：没有什么比它更能透露出将军的性格了。日耳曼尼库斯从不对士兵长篇大论，也不像尤利乌斯·恺撒一样，跟他们开下流的玩笑。他总是非常严肃、非常精准、非常实在。他在这种场合，说的都是他对日耳曼人的真正看法。他说，他们根本不是士兵。他们有点胆量，也很会打群架，就像野牛互斗，他们有一些动物本能的狡猾，所以在跟他们对战时，绝不能忽略常规的防备。但他们在第一次狂暴的进攻后，很快就会累了，他们没有任何真正意义上的军事纪律，只有相互竞争的精神。他们的酋长永远不能指导他们做到他想让他们做的事：他们要么做过头，要么做得还不够。"日耳曼人，"他说，"顺风顺水的时候是全世界最傲慢、最爱吹牛的人，一旦受了挫折，就是最懦弱、最卑鄙的人。永远不要相信离开你视线的日耳曼人，但和他面对面时，也永远不要怕他。我要说的就是这些，还有一件事：明天大部分战斗会在树林里进行，根据各方面的消息，敌人会紧紧挤在一起，没有转圜空间。我们直接向他们进攻，不要担心他们的标枪，而且一开战就要短兵相接。朝他们的脸刺：他们最讨厌这样。"

赫尔曼精心挑选了他的战场：一块狭长的平地，位于威悉河和林木茂密的小山丘之间。他要在这块平地狭窄的尽头开战，背靠一棵大橡树和一片白桦林，河在他的右边，山丘在左边。日耳曼人分成三队。第一队是当地部落中会使标枪的年轻人，他们要冲进平原，对战领头的罗马军团，把他们逼退，这些罗马军团很可能是法兰西雇佣军。接着，罗马支援队伍赶到后，他们就要中止战斗，假装仓皇逃散。罗马人肯定会向树林逼近，这个时候，由赫尔曼自己的部落组成的第二支队伍将从埋伏的山丘上冲下来，从左右两翼发起进攻，制造极其混乱的局面。这时，第一支队伍就会回来，与第三支队伍紧密配合——第三支队伍是当地部落中有战斗经验的老兵——联手把罗马人逼进河里。到这个时候，日耳曼骑兵也将从山丘后面绕出来，直攻罗马军后方。

如果赫尔曼带领的是纪律严明的队伍，那这个计划也许会奏效。可实际上，它执行起来错得离谱。日耳曼尼库斯是这样指挥作战的：首先，将两个法兰西重装步兵团安排在河岸，两个日耳曼雇佣军团安排在山坡，接着是步兵弓箭手，接着是四个常规军团，接着是日耳曼尼库斯率领的两个禁卫军营队和常规骑兵，接着又是四个常规军团，接着是法兰西骑兵弓箭手，最后是法兰西轻装步兵。当日耳曼雇佣军沿着山脚进军时，赫尔曼正从一棵松树顶上观察着这一切，他兴奋地对站在树下待命的侄子大喊："那是我的叛徒兄弟！他永远别想活着离开这个战场。"愚蠢的侄子冲上前大叫："赫尔曼下令，立即进攻！"他带着大约一半的部落队伍冲下平原。赫尔曼费尽力气，才拦住剩下的人。还不等他们冲到弗拉维乌斯阵前，日耳曼尼库斯便立即派出常规骑兵，从两翼对这帮傻瓜发起了进攻，并让法兰西骑兵弓箭手切断了他们的退路。

与此同时，日耳曼人的前哨小分队从树林里冲出来，罗马骑兵的进攻正好把赫尔曼侄子带领的队伍往回赶，两支队伍迎头撞上，前哨队如惊弓之鸟，也开始掉头逃跑。日耳曼的第三支队伍，即他们的主力军，此时从树林里出来，以为前哨队正按计划中止战斗，转身跟他们会合。可前哨队满脑子想的都是赶紧逃离罗马骑兵，竟从主力部队中穿了过去。突然，一个最令罗马人振奋的兆头出现了——八只老鹰被激烈的打斗吓到，从山丘上飞出来，绕着平原盘旋，发出响亮的尖叫声，一起朝树林飞去。日耳曼尼库斯大喊："跟着老鹰！跟着老鹰！"整个队伍齐声应和："跟着老鹰！"这时，赫尔曼带着剩下的队伍，向步兵弓箭手发起突袭，杀了不少弓箭手；但法兰西重装步兵后面的军团掉过头，赶来支援。赫尔曼的军队大约有一万五千人，如果他们能击垮法兰西步兵，借此在罗马前锋禁卫军和主力军之间插进一个可怕的楔子，那也许还能挽救局面。可此时，常规步兵的长队不断前进，阳光经他们的武器、胸铠、盾牌和头盔反射到日耳曼人脸上，让他们泄了气。很多人跑回山丘。赫尔曼集齐一两千人，但这远远不够，而这时，两个中队的常规骑兵已穿过逃兵，往回冲了过来，切断了赫尔曼撤回山丘的退路。他是怎么逃脱的，至今是个谜，但大家都相信，他是纵马冲向树林，超过了正发起冲锋进攻的日耳曼雇佣军。他大喊："滚开，畜生们！我是赫尔曼！"没人敢杀他，因为他是弗拉维乌斯的兄弟，杀了他，弗拉维乌斯一定会为家族荣誉替他报仇。

战斗此时不再是战斗，而是屠杀。日耳曼主力军被左右包抄，不得不朝河边前进，很多人想办法游过了河，但不是所有人。日耳曼尼库斯将第二阵线的常规步兵推进树林，彻底击溃了散兵游勇——他们还抱着渺茫的希望，在树林里等着，期盼战局能突然出现对他们有利的转变。（有些日耳曼人爬上树，躲在树顶的枝叶间，弓箭手费了些力气把他们都射了下来。）一切抵抗都结束了。从上午九点，到傍晚七点，天开始黑了，杀戮还在继续。战场外围十英里的树林和平地上，到处都是日耳曼人的尸首。赫尔曼和弗拉维乌斯的母亲也被俘了。她恳求罗马人饶她一命，说她一直以来都在劝说赫尔曼，放弃对罗马征服者的无谓抵抗。就这样，弗拉维乌斯的忠心此时也得到了确认。

一个月后，又一场战斗在易北河岸的密林间打响。赫尔曼选择了伏击，并做好了战略部署，如果不是日耳曼尼库斯提前几个钟头从逃兵那里听说了一切，这个计划说不定会成功。但结果，罗马人没有被逼进河里，反倒是日耳曼人被打退了回去，他们穿过丛林，因为太拥挤，所以无法使用边打边跑的传统战术——最后，他们退到树林周围的沼泽，成千上万名士兵缓缓下沉，他们愤怒又绝望地尖叫着，直至消失。赫尔曼在上次战斗中受了箭伤，这次没有冲锋在前。他在树林里顽强奋战，遭遇了他的兄弟弗拉维乌斯，用一支标枪把弗拉维乌斯扎了个透心凉。他凭借惊人的灵活和好运，从一处草地跳到另一处草地，成功逃出了沼泽。

日耳曼尼库斯将缴获的日耳曼人武器堆成一座巨大的战利品小山，并刻下碑文："提比略皇帝的军队征服了莱茵河与易北河之间的部落，谨以此胜利纪念，向天神朱庇特、战神玛尔斯及神君奥古斯都致敬。"只字未提他自己。在这两场战役中，他的队伍中阵亡和重伤人数未超过两千五百人。而日耳曼人应该损失了至少两万五千人。

日耳曼尼库斯认为，今年的仗已经打够了，他安排一部分军队由陆路回到莱茵河，其他的坐上运输船。可噩运突然降临：船起锚后没多久，从西南方来的暴风雨猛烈来袭，把船队吹得四散开来。很多船沉入水底，只有日耳曼尼库斯的船想办法开到了威悉河河口，他责怪自己成了第二个瓦卢斯，丢了整整一支罗马军队，当即就要纵身跳海，与英灵一同赴死，朋友们好不容易拉住他。几天后，风向转北，分散的船又一艘一艘回来了，几乎所有的船都没了船桨，有些船上的风帆是用斗篷代替的，受损较轻的船轮流拖着只能勉强浮在水面的船。

日耳曼尼库斯赶紧着手修理受损船只，派出所有还能航行的船，去附近荒岛搜寻幸存者。他们找到不少人，这些人都快要饿死了，数日来只靠贝壳和被冲上海滩的死马为生。更多人从远一些的海岸回来了；当地的原住民对他们很尊敬，因为原住民最近也被迫宣誓与罗马结盟了。大约二十船人从遥远的不列颠回来，自从七十年前尤利乌斯·恺撒征服了那里后，它就一直在名义上向罗马纳贡，肯特和苏塞克斯的小国国王们把这些人送了回来。最后，失散的人里只有不到四分之一下落不明，其中将近两百人多年后在不列颠中部也被找到。他们是从铅矿里被解救出来的，之前一直被迫在那里当矿工。

生活在内陆的日耳曼人一听说这场灾难，立刻认为是他们的神灵帮他们报了仇。他们推翻那堆战利品，甚至开始说要进军莱茵河。可日耳曼尼库斯又突然进攻了，他派出六十个步兵营和一百个骑兵中队，对战威悉河上游的部落，同时，他亲自率领另外八十个步兵营和一百个骑兵中队，攻打莱茵河下游和埃姆斯河之间的部落。两次出征均大获全胜，而比杀掉数千日耳曼人更棒的是，他们在一片树林的地下神庙里找到了十八军团的鹰旗，将它胜利抬了回来。现在，只有十七军团的鹰旗下落不明了，日耳曼尼库斯向士兵承诺，只要他明年还当司令，就一定把它夺回来。接着，他带领大家行军回到冬季营地。

这时，提比略写信催促日耳曼尼库斯了，让他回罗马举行凯旋式，元老院已通过法令，而且，他做的也够多了。日耳曼尼库斯回信说，不彻底摧毁日耳曼人的势力，不找回第三面鹰旗，他绝不能罢休，如今，要不了几场仗就能实现目标了。提比略又写信说，哪怕胜利成果再辉煌，罗马也无法承受沉重的伤亡了：他不是批评日耳曼尼库斯身为将军的才干，因为他所有的战斗都是伤亡最少的，可战场伤亡再加上海难，他们已失去了相当于整整两个军团的军力，这远远超出了罗马的承受范围。他提醒日耳曼尼库斯，他自己曾九次被奥古斯都派往日耳曼，所以，他现在说的都是经验之谈。他认为，哪怕能杀十个日耳曼人，也不值得让一个罗马人付出生命的代价。日耳曼人就像九头蛇：你砍掉的头越多，它长出来的新头就越多。管理日耳曼人最好的办法，就是利用他们部落之间的嫉恨，煽动相邻部落的酋长互斗，鼓励他们在没有外援的情况下互相残杀。日耳曼尼库斯回信，恳请提比略再给他一年，完成全面征服的任务。可提比略告诉他，罗马需要他回来再任执政官，还让他不要忘了他的弟弟卡斯托尔，这句话触动到他心底最柔软的地方。日耳曼是目前还有重要战事可打的地方，如果他坚持把仗都打完，那卡斯托尔将再也没有机会赢得一场凯旋式，也不可能获得战场元帅的头衔了。日耳曼尼库斯不再坚持，说提比略的意愿对他来说就是律法，他将在有人接替之后立马回来。

他是早春班师回朝、庆祝凯旋的。全罗马城人民倾巢出动，在城外二十英里的地方迎接他。农神庙附近立起巨大的拱门，庆祝鹰旗失而复得。凯旋式的队伍从拱门下走过。战车上堆满从日耳曼神庙抢来的战利品，以及敌人的盾牌和武器；还有的车上是由罗马士兵扮演的静态场面，比如大战的场景，或日耳曼人的河神与山神等。特鲁斯妮达和她的孩子在其中一辆车上，脖子上套着绞索，后面跟着一支庞大的队伍，都是戴手铐脚镣的日耳曼俘虏。日耳曼尼库斯赶着马，头戴桂冠，坐在双轮战车上，阿格里皮娜坐在他身边，他们的五个孩子——尼禄、德鲁苏斯、卡利古拉、小阿格里皮娜和德鲁茜拉坐在后排。自从奥古斯都的亚克兴角海战大捷以来，还没有哪位将军在凯旋式上得到过比这更热烈的掌声。

可惜我不在现场。全世界那么多地方,我偏偏在迦太基!就在日耳曼尼库斯回来前一个月,莉薇娅派人给我送来一张字条,命令我准备去趟非洲。他们在迦太基为奥古斯都修了一座新神庙,需要一位皇室代表出席献礼仪式,我是唯一一个有空执行该任务的人。到时,会有人详细指导我该怎么表现,怎么完成仪式,希望我不要再一次让自己出丑了,何况还是在非洲各行省面前。我立马就猜到了派我去的原因。因为那庙至少还有三个月才能完工,现在没有任何理由派人过去。我这是被赶走的。日耳曼尼库斯到了罗马,我也不能回来,我的所有家书都被拆开了。所以,我一直没有机会把忍了这么久的心里话对日耳曼尼库斯说。另一方面,日耳曼尼库斯找提比略谈了。他对提比略说,他知道波斯图穆斯的流放是被莉薇娅残忍陷害的——他有确凿的证据。莉薇娅应当退出一切公共事务。波斯图穆斯后续的越矩行为不能证明她的行为合理。他含冤被囚,自然想要逃走。提比略承认,日耳曼尼库斯揭露的真相让他震惊;但他又说,他不能突然让自己的母亲名誉扫地,这只会造成又一桩公开的丑闻;他会私下指控她的罪行,再逐步剥夺她的权力。

实际上,他立刻去找了莉薇娅,将日耳曼尼库斯说的话原原本本地告诉了她,还补充说,日耳曼尼库斯是个容易受骗的傻瓜,但用心至诚,在罗马人民和军队中都极受爱戴,所以,莉薇娅也许可以说服他,让他相信她并没有犯下他所指控的那些罪行,除非莉薇娅认为这样有失身份。提比略又补充道,他会尽快把日耳曼尼库斯派去别的地方,可能是东方,他还会在元老院重提将她封为"祖国之母"的建议,这是她应得的。他这些话完全说到了她心坎儿上。她很高兴地看到,他对她仍然足够敬畏,所以才会告诉她这么多事,她说他是个孝顺儿子。她发誓,没有用不实的指控陷害波斯图穆斯;这个故事搞不好是阿格里皮娜编出来的,日耳曼尼库斯总是盲目听信她,她还想鼓动他篡夺皇位呢。莉薇娅还说,阿格里皮娜的计划无疑是想挑拨离间提比略和他亲爱的母亲。提比略拥抱了莉薇娅,说他们之间虽偶有小小分歧,但什么也不能切断母子连心。这时,莉薇娅叹了口气说,现在她七十好几,是个老太太了,开始发现自己在工作上不堪重负了:也许,他可以帮她卸下一些单调繁冗的事务,只在官员任命、法令下达等重要事务上来咨询她的意见?甚至,如果他在所有官方文件上都不再把她的名字写在他自己的名字之上,她也不会生气的:她不希望别人说他被她掌控着。可是,她又说,他越早说服元老院给她那个封号,她就越高兴。就这样,他们表现得同心同意,但谁也不相信对方。

提比略如今任命日耳曼尼库斯为他的执政官同僚,并对他说,他已成功说服莉薇娅退出公共事务了,只是形式上,他还要假装向她咨询。这似乎让日耳曼尼库斯很满意。可提比略一点儿也不自在。阿格里皮娜几乎不同他说话,提比略也知道她和日耳曼尼库斯是一条心的,所以不再相信他们仍然忠心。此外,罗马还发生了一些事,是日耳曼尼库斯这种性格的人绝对鄙弃的。首先,是告密者。莉薇娅在几乎每一个重要的家族和机构里都安插了她收买的密探,可她既不告诉提比略犯罪档案的密钥,也不肯让他一起控制这套高效的密探网——所以,提比略只好另辟蹊径。他制定法令，任何人如果被发现有颠覆国家的阴谋，或亵渎了神君奥古斯都，那他的家产被没收后，将分给为国尽忠的告发者。阴谋颠覆国家不好证明，亵渎奥古斯都可就容易证明多了。亵渎奥古斯都的第一个案子，被告是位年轻的商店老板，老爱开玩笑，一支葬礼的队伍经过市集时，他碰巧站在提比略身边。他一个箭步上前，对着逝者的耳朵说了句悄悄话。提比略非常好奇，想知道他说了什么。那人解释说，他是请死者到了地底下以后，去告诉奥古斯都，罗马人民至今还没有拿到他的遗赠金呢。提比略将此人逮捕并处决了，因为他把奥古斯都说得像个微不足道的亡灵，而不是永垂不朽的至圣，提比略说，这就送他到地底下，让他明白自己的错误。顺便说一句，一两个月之后，他足额支付了遗赠金。在这样的案子中，提比略还有点道理，可到了后来，哪怕是最无伤大雅地提到奥古斯都的名字，都足以让一个人受到死刑的审判。

一帮职业告密者涌现出来，只要接到暗示，说某人惹得提比略不悦，他们就保管制造出铁案来。这样一来，以真实记录为基础的犯罪档案反倒多余了。塞扬努斯成了提比略和这些流氓的中间人。日耳曼尼库斯回来的前一年，提比略让告密者调查一个叫利波的年轻人，他是庞培的重孙，是阿格里皮娜的表兄，他们的外祖母都是斯克波妮娅。塞扬努斯曾警告提比略，说利波是危险分子，一直在发表对他不敬的言论；但提比略在这个阶段还很谨慎，不想让别人对他的不敬成为可以控诉的罪名，所以，他得创造别的罪名。如今，提比略为了掩饰他和色拉西洛斯的关系，把罗马所有的占星师、巫师、算命师和解梦师全都赶走了，有些秘密留下的，他也严禁任何人找他们问询。有一些能留下来，是得到提比略默许的，条件是他们在通灵时，必须允许一位皇室密探藏在房间里。一位成了职业密探的元老成功说服利波，让他去找这些人算命。藏在房间里的密探记下了他问的问题。问题本身不反叛，只是很愚蠢：他想知道，他以后会变得多有钱、他有没有可能成为罗马的领袖等等。可在对他进行审判时，控方拿出一份伪造的文件，说是奴隶在他的卧室里发现的——是一张名单，看起来的确是他的笔迹，写着皇室家族所有成员和重要元老的名字，每个名字旁边用奇怪的迦勒底和埃及文字写了些什么。找巫师咨询的惩罚是流放，自己施巫术的惩罚可就是死亡了。利波不承认名单是他写的，而奴隶的证词，哪怕是在受酷刑之后给出的，也不足以定罪：只有在乱伦的指控中，法庭才接受奴隶的证词。没有释奴出来做证，因为他们没能说服利波家的释奴，也不能用严刑拷打强迫他们来做证。然而，在塞扬努斯的建议下，提比略制定了一条新法，规定当一个人被控犯下死罪时，公共管理人可以以合理价格买下此人的奴隶，这样一来，他们受刑后的证词就是有效的了。利波没找到敢为他辩护的律师，他发现自己走投无路，便请求将审判延至第二天。申请批准后，他回家自尽了。然而，对他的审判仍照规矩在元老院进行，就同他还活着一样，在所有的指控上，他都被判定有罪。提比略说，很遗憾，这个愚蠢的年轻人竟然自杀了，不然他肯定为他求情，饶他一命。利波的财产被分给了控诉他的人，其中有四位元老。若是奥古斯都大帝在位，这种无耻的闹剧绝不会出现，但提比略在位时，它上演了，还花样百出地不断重演。只有一个人公开抗议，这个人就是卡尔普尼乌斯·皮索，他在元老院站起来说，都城里充斥着政治阴谋的氛围，司法腐败，元老争当拿钱的密探，种种丑态令人恶心，他要永远离开罗马，去意大利某个遥远角落的村子退休隐居。说完这些，他走了出去。这番话震撼了整个元老院。提比略派人把卡尔普尼乌斯叫回来，等他再次坐到座位上后，提比略对他说，如果司法有误审，那任何一位元老都有权在质询时提出意见。他还说，一定数量的政治阴谋在全世界有史以来最伟大帝国的首都是不可避免的。如果元老得不到一分报酬，那卡尔普尼乌斯还能指望他们站出来提起控诉吗？他说，他敬重卡尔普尼乌斯的真诚与独立，更倾慕他的才华；用这些高贵的品德来提升罗马的社会和政治道德，不是比把它们埋没在亚平宁某个荒村的牧羊人和土匪群中更好吗？就这样，卡尔普尼乌斯不得不留下来。没过多久，他便表现出了他的真诚与独立，他将老厄古拉尼娅传唤到法庭，因为她欠了他一大笔绘画和雕像的钱没有给：是卡尔普尼乌斯的姐姐去世后拍卖会上的交易。厄古拉尼娅看到传唤书，上面要求她立即前往债务法庭，她却让抬轿子的人直接把她抬去莉薇娅的皇宫。卡尔普尼乌斯跟在她后面，他在大厅见到了莉薇娅，莉薇娅让他走。卡尔普尼乌斯毕恭毕敬但态度坚决，他请求莉薇娅的原谅，他说厄古拉尼娅必须不折不扣地遵守传唤书，除非是病得动不了，但她现在显然不是。接到传唤就必须出庭，就连维斯塔贞女也不例外。莉薇娅说，他这样做是对她本人的侮辱，她的皇帝儿子会知道该怎么帮她报仇的。她派人叫来提比略，提比略竭力缓和气氛，他对卡尔普尼乌斯说，厄古拉尼娅突然接到传唤书，太震惊了，等她冷静下来，一定会马上出庭；

他又对莉薇娅说，这绝对是个误会，卡尔普尼乌斯肯定没有对她不敬的意思，还说他会亲自出席审判，确保给厄古拉尼娅找个能干的律师，并让她得到公正的判决。他离开皇宫，和卡尔普尼乌斯并肩朝法庭走去，跟他东拉西扯地闲聊。卡尔普尼乌斯的朋友们都劝他放弃起诉，可他回答说，他是个老派的人：他喜欢让别人把欠他的钱还给他。审判从未举行。莉薇娅派了个信差骑马追上他们，马鞍袋里装着全部欠款数额的金币：卡尔普尼乌斯和提比略还没有走到法庭门口，信差就追上了他们。

我写了告密者和他们对罗马风气的败坏，以及司法的腐败。但我还要记下来，日耳曼尼库斯在罗马期间，法院没有接过一起亵渎奥古斯都或阴谋颠覆国家的案子，所有的告密者都接到警告，让他们保持绝对安静。提比略循规蹈矩，在元老院的演讲也都是诚恳坦率的典范。塞扬努斯悄无声息，色拉西洛斯被赶出罗马，去了提比略在卡普里岛上村庄的别墅，这下，除了诚实的涅尔瓦，提比略似乎没有别的亲密好友了，他便经常去请教涅尔瓦。

我一直不喜欢卡斯托尔。他是个满嘴污言秽语、满脑子血腥杀戮、脾气暴躁又淫荡下流的人。他的性格在剑斗时表现得最为明显，比起对手的水平和勇气，他更喜欢看对手受伤后血溅当场的模样。但我不得不说，他对日耳曼尼库斯极为敬重，跟他在一起时，像是换了一副心肠。都城各派系都想逼他俩为继承权反目成仇，但他们从未在任何场合表现出这种苗头。卡斯托尔像亲兄弟般，真心对待日耳曼尼库斯，日耳曼尼库斯对他也一样。卡斯托尔严格来说不是懦夫，但他更像政治家，而不是军人。东日耳曼的部落跟赫尔曼的西部联盟背水一战时,东日耳曼请求罗马帮忙,卡斯托尔因此被派到多瑙河对岸,他巧妙使计,把波希米亚和巴伐利亚的部落也拖进了战争。他执行的是提比略的策略:鼓励日耳曼人自相残杀。东日耳曼的祭司王马罗波都(意思是"走在湖底的人")逃到卡斯托尔的军营,请他保护。卡斯托尔让马罗波都安全撤到意大利;由于东日耳曼宣誓要永远效忠罗马,所以他作为人质在意大利待了十八年,以确保东日耳曼言出必行。这些东日耳曼人和西日耳曼人比起来,更凶残也更强悍,日耳曼尼库斯很幸运没有与他们对战。赫尔曼因为大败瓦卢斯,成为民族英雄,他的成功引起了马罗波都的嫉妒。赫尔曼的野心是成为日耳曼所有民族的大王,马罗波都当然不愿意,在赫尔曼对战日耳曼尼库斯时,他拒绝给赫尔曼任何援助,甚至在另一道前线牵制一下对方的兵力都不肯。

我经常想起赫尔曼。他以自己的方式,成了了不起的人物,我们很难忘记他对瓦卢斯的背叛,但瓦卢斯在很大程度上是主动挑起那场叛乱的,赫尔曼和他的下属绝对是为自由而战。他们由衷地鄙视罗马人。他们无法理解罗马军队在瓦卢斯和提比略治下的严苛纪律,除了我父亲和我哥哥,几乎所有的罗马将军都贯彻着那样的纪律,不明白这跟彻头彻尾的奴役有何区别。违反纪律就会受鞭笞,这让他们震惊;每天给士兵发一定的兵饷,而不是以荣誉和战利品的承诺来鼓舞他们,这让他们觉得最为卑鄙。日耳曼人在道德上一直非常纯洁,罗马军官公开犯下的那些恶行如果出现在日耳曼,犯事双方都要被扔进泥潭,再盖上栅栏,将他们活活憋死——只是这种情形非常罕见。至于日耳曼人的懦弱,所有的野蛮人都是懦夫。只有等日耳曼人开化了，才能评判他们到底是不是懦夫。不过，他们好像确实格外容易紧张、容易争吵，我说不准他们有没有可能马上受到真正的教化。日耳曼尼库斯认为没有可能。他的种族灭绝政策（这当然不是罗马对边境部落常用的政策）是否合理，取决于第一个问题的答案。当然，被夺走的鹰旗一定要再夺回来，而且，赫尔曼在打败了瓦卢斯之后，侵犯行省时也没有表现出一丝手软；日耳曼尼库斯是个最温柔、最善良的人，最讨厌大屠杀，他既然下了令，就一定有很好的理由。

赫尔曼没有战死沙场。马罗波都被迫逃离祖国后，赫尔曼以为，他统一日耳曼各民族、当上大王的路障都扫清了。可是，他搞错了：他连自己部落的王都没能当上。他的部落是个自由的民族，酋长没有指挥权，只能领导、建议、说服。一两年后，有一天，他试图像国王一样发号施令。他的家人原本对他忠心耿耿，此时也都愤懑难平了，他们甚至没有事先商量，就不约而同地拿起武器冲向他，把他大卸八块。他死时三十七岁，比他此生最大的宿敌、我的哥哥日耳曼尼库斯大一岁。

第二十章

我在迦太基待了近一年。（正是这一年，李维在他一直心系魂牵的帕多瓦去世。）老迦太基已被夷为平地，如今的迦太基是奥古斯都在半岛东南建的一座新城，注定要成为非洲第一城。这是我自幼时后第一次离开意大利。我发现这里的气候非常折磨人，非洲土著天性野蛮、浑身是病、疲劳不堪；住在这里的罗马人无聊至极又爱争吵，唯利是图又跟不上时代；最恐怖的是一群群我不认识的虫子，到处爬着飞着。我最怀念的只有树木茂密的郊野。在的黎波里，田地里整齐地种着无花果、橄榄和玉米，光秃秃的荒漠里则只有遍地的岩石和荆棘，两者之间，什么过渡都没有。我住在总督弗里乌斯·卡米卢斯家，他是我亲爱的卡米拉的叔叔，我之前写过她了；她叔叔对我非常和善。他跟我说的第一件事，就是我那本《巴尔干要情》在那次战争中给了他多大帮助，他说我编得太好了，应该得到公开的奖赏。他尽力帮我顺利完成了献礼仪式，确保各行省对我表示出应有的尊重。他还非常殷勤地带我去看各处景点。这个城市与罗马的交易非常兴盛，不仅出口了大量的粮食和油，还出口奴隶、紫色染料、海绵、黄金、象牙、乌木和用于竞技的野兽。我在这里无所事事，弗里乌

公元十八年

斯建议，趁着我还在这儿，收集资料写一本完整的迦太基史。罗马图书馆里找不到这样的书。他最近刚拿到老城档案馆的资料，是当地人在废墟中寻宝时发现的，如果我想用，它们就是我的了。我告诉他，我完全不懂腓尼基语；可他说，只要我真感兴趣，他就派他的一个释奴来，把重要的文稿都译成希腊语。

写史书这个主意让我非常开心：我觉得，历史对迦太基人从来都不公平。我利用空闲时间，研究了旧城废墟，在一份当代调查报告的帮助下，熟悉了这个国家大体的地理状况。我学会了粗浅的腓尼基语，足以读懂简单的铭文，看懂罗马作家写的布匿战争史中的一些腓尼基文字。我回到意大利后，开始写这本书，跟我的伊特鲁里亚史齐头并进。我喜欢同时进行两项任务：干累了一项，就换另一项。但我这个作家也许太谨慎了。我不满足于照抄古老的权威记载，如果我能查到同一主题的其他信息，尤其是敌对政治派系中作家的记录，就一定会去尽力核实。若不是这么一丝不苟，我完全可以在一两年内就写完其中一本，实际上呢，我忙活了差不多二十五年。我写的每一个字，都是看完成百上千字后的结晶；最后，我成了伊特鲁里亚语和腓尼基语的专家，还掌握了其他数门语言和方言，比如努米底亚语、埃及语、奥斯肯语和法利希语。我先写完了《迦太基史》。

我圆满完成神庙献礼仪式，没过多久，弗里乌斯突然要出征，对战塔克法里纳斯，可行省的兵力只有一个常规军团——第三军团，外加几个营的雇佣军和两个骑兵中队。塔克法里纳斯是努米底亚的一个酋长，最开始是罗马雇佣军的逃兵，后来成了令人闻风丧胆的土匪。最近，他在自己国家内部组建了一支以罗马军队为范本的部队，并与摩尔人结盟，从西边入侵行省。两支军队加起来比弗里乌斯的军力多了至少五倍。他们在离都城大约五十英里的开阔郊野相遇了，弗里乌斯必须决定，是否要进攻塔克法里纳斯这两支半纪律化的军团，而他们的两翼还有散漫的摩尔人势力。弗里乌斯派出大部分是弓箭手的骑兵和雇佣军，用来牵制摩尔人，同时又派出常规军团，径直向塔克法里纳斯的努米底亚人进军。我在大约五百步开外的小山上观察战况——我是骑着骡子去的——我想，在那之前和从那以后，我都没有为我是个罗马人那样深深自豪过。第三军团始终保持着完美的阵型：简直像在战神广场上游行。他们排成三队前进，间隔五十步距离。每队都有一百五十列，每列八人。努米底亚人停住脚步，摆出防守姿势。他们有六队，正面队形跟我们的一样。第三军团没有停下来，而是一刻也不迟疑地继续进发，等双方仅有十步之遥时，排头的第一队突然掷出标枪，枪林银光闪闪。接着，他们又抽出宝剑，勇猛冲锋，盾牌对盾牌。他们把敌军使长矛的第一队逼退到第二队的位置。接着又用新一轮的标枪冲破了这条阵线——每个士兵都带着两支标枪。接着，罗马的后援线穿过他们的队伍，给了他们休整的机会。很快，我又看到了一轮同时掷出的标枪，闪着寒光，向努米底亚人的第三支队伍飞去。两翼的摩尔人早被雇佣军的弓箭弄得心烦意乱，此时又看到罗马人攻进了自己队伍中央。他们号叫着，向四面八方逃散，仿佛已输掉战争。塔克法里纳斯不得不以伤亡惨重的后卫战退回营地。关于这场胜仗，我只有一段不愉快的回忆：那就是在庆祝胜利的宴会上，弗里乌斯的儿子斯克利波尼亚努斯讽刺我，说我只给了军队精神上的支持。

他这样做，主要是想让大家多关注他的骁勇善战，他总认为他得到的赞赏还不够多。后来，弗里乌斯让他向我道歉。元老院投票通过，授予弗里乌斯胜利奖——自从四百多年前，他的祖先卡米卢斯拯救罗马以来，他是家族中第一个再次赢得军事荣誉的人。

我终于被召回罗马，可日耳曼尼库斯又去了东方，元老院投票授予他掌管东方各行省的最高权力。跟他同去的还有阿格里皮娜和卡利古拉，卡利古拉现在八岁了。几个大一点的孩子留在罗马，跟我母亲同住。日耳曼尼库斯对未能完成日耳曼之战深感遗憾，但他仍决定利用这次机会，去看看东方那些历史和文化名城，增长见识。他去了亚克兴海湾，在那里看到了奥古斯都建立的供奉阿波罗的纪念堂，还有安东尼的军营。

身为安东尼的外孙，这个地方让他既惆怅又着迷。他向年幼的卡利古拉讲述那场大战，孩子却傻笑着打断他，说："是啊，父亲，我的外公阿格里帕和我的曾外公奥古斯都把你的外公安东尼狠狠揍了一顿。我真好奇，你给我讲这个故事怎么不害臊呢。"这只是卡利古拉最近一次对日耳曼尼库斯出言不逊，日耳曼尼库斯下定决心，像对其他孩子一样对他温和慈祥是没有用了——对付卡利古拉的唯一方法就是严格的纪律和严厉的惩罚。

他去了底比斯，看了品达[1]出生的房间，又去了莱斯沃斯岛，看了萨福[2]的墓地。在这里，我的又一个侄女出生了，他们给她取了个倒霉的名字，叫小尤莉娅。但我们总喊她莱斯比娅。随

---

1 也叫品达罗斯，约前522年或518年—前442年或438年，古希腊诗人。
2 约前630年—约前560年，古希腊抒情女诗人。

后，他还去了拜占庭、特洛伊和小亚细亚的希腊各个名城。他在米利都给我写了一封长信，描述了旅程中的种种趣闻，显然，他对自己被调离日耳曼一事已不再那般遗憾。

与此同时，罗马的情况退回到日耳曼尼库斯当执政官之前的状态；塞扬努斯重新唤醒了提比略心中长久以来对日耳曼尼库斯的忌惮。他汇报说，日耳曼尼库斯在一次私人晚宴上表示，他可能需要像整顿莱茵河军队一样，对东方各军团也来一次彻底整顿了，塞扬努斯的密探就在晚宴上，听到了这些话。日耳曼尼库斯确实说了这番话，但他的意思只是说，这些军队可能和别的军队一样，受到了下层军官的粗暴对待；他一有机会，就会重新审查这些军官的任命。可塞扬努斯让提比略以为，这些话的意思是日耳曼尼库斯之所以迟迟没有篡权，只因为他还不能完全指靠东方军团；现在，他要让他们自己选队长，还要给他们礼物，放松他们严肃的纪律，借此赢得拥戴——就像他在莱茵河做过的一样。

提比略警惕起来，认为该去问问莉薇娅的意见了；他相信她会和自己合作。她立马就知道该怎么办了。他们指派了一个叫格涅乌斯·皮索的人当叙利亚行省的总督——这给了他在日耳曼尼库斯之下掌控大部分东方军团的权力——他们私下对他说，如果日耳曼尼库斯试图干涉他的任何政治或军事决定，他们都一定会支持他。这一招相当高明，格涅乌斯·皮索是曾经得罪过莉薇娅的卢修斯·皮索的叔叔，是个高傲自大的老头，二十五年前，奥古斯都派他去西班牙当总督，他以残忍贪婪的作风招来西班牙人的刻骨仇恨。他在西班牙发了财，但早已挥霍一空，如今他债台高筑，他们暗示他，只要他能激怒日耳曼尼库斯，那他在叙利亚就又可以作威作福了，这似乎是在邀请他再发一次横财。他讨厌严肃又虔诚的日耳曼尼库斯，总说他是个迷信的老太婆；可同时也相当嫉妒他。

日耳曼尼库斯出访雅典时，为表示对她古老荣光的敬意，特地只带了一名侍从，出现在城门口。在为他举行的宴会上，他发表了一番长长的热情演讲，追思了雅典的诗人、士兵和哲学家。如今，皮索在去往叙利亚的途中，也经过了雅典，这里不属于他的行省，所以他没有像日耳曼尼库斯那样，在礼节上花心思，雅典人也没有花心思对他还礼。一个叫西奥斐勒斯的人，是皮索一个债主的兄弟，刚刚因为造假被市政大会判了死罪。皮索请大家卖他个人情，饶了这个人，可他的请求遭到拒绝，他气急败坏：如果西奥斐勒斯能保住性命，那他的兄弟一定会把债一笔勾销的。他怒气冲冲地说了一番话，他说现在的雅典人根本没资格和伯里克利[1]、德摩斯梯尼[2]、埃斯库罗斯[3]、柏拉图[4]那个时代的伟大雅典人平起平坐。古代雅典人已在反反复复的战争和大屠杀中死光了，现在的雅典人是地位低下的杂种，是堕落腐化的一代，

---

1 约前495年—前429年，雅典执政官，他在希波战争后的废墟中重建雅典，他的时代被称为伯里克利时代，是雅典最辉煌的时期，产生了苏格拉底、柏拉图等大批著名思想家。

2 前384年—前322年，古希腊最伟大的政治家、演说家、雄辩家，希腊联军统帅。

3 前525—前456年，古希腊悲剧诗人，古希腊三大悲剧作家之一，有"悲剧之父"的美誉。

4 前427年—前347年，古希腊伟大的教育家、数学家，西方文化最伟大的哲学家、思想家之一。

是奴隶的后裔。他还说，哪个罗马人恭维他们，说他们是那些古典英雄的后代，那就是在贬低罗马人的威名和尊严；至于他自己，他永远不会忘记，在上一次内战中，雅典人向伟大的奥古斯都宣战，并支持了叛徒懦夫安东尼。

说完，皮索离开雅典，坐船前往罗德岛，这是他去叙利亚的必经之地。日耳曼尼库斯也在罗德岛，正在大学访问，皮索演讲的消息传来，他知道明显是针对他的，紧跟着，他就看到了皮索的船队。一股飓风突然刮来，皮索的船队陷入危险。日耳曼尼库斯眼睁睁看着两艘小一点的船沉了下去，第三艘就是皮索的船了，船上桅杆已断，被海浪推着，不断漂向海角北边的岩石。除了日耳曼尼库斯，还有谁会选择搭救皮索呢？日耳曼尼库斯派出两艘人手充足的精良战舰，大家拼了命地划，终于在船撞到岩石前划到，把它安全拖回了港口。而除了烂到骨子里的皮索，又有谁不会对自己的救命恩人感恩戴德一辈子呢？只有皮索，竟还抱怨日耳曼尼库斯故意把救援拖到最后一刻，就是希望能赶不及；他在罗德岛一天也没停留，海上波涛汹涌，他仍扬帆起航了，只为能在日耳曼尼库斯之前赶到叙利亚。

他一到安提阿，就开始整顿军团，做法却和日耳曼尼库斯的计划背道而驰。他没有开除懒散又仗势欺人的队长，而是将所有声誉良好的军官都降了职，取而代之的是他最亲信的恶棍——他们很清楚，自己在这个职位上捞到的全部油水都必须分他一半，不得有任何质疑。就这样，叙利亚悲惨的一年开始了。镇上的店铺老板和乡下的农民必须给当地队长私下交"保护费"；如果不交，晚上就会有蒙面的匪徒来抢劫，烧掉他们的房子，杀光他们的家人。一开始，城市工会、农民协会等组织多次向皮索反映这一恐怖行为。他总承诺会马上调查，实际一次也没有；抗议者们却往往被打死在回家的路上。他们派代表团去罗马，私下找到塞扬努斯，问他提比略对此是否知情，如果知情，他是否允许。塞扬努斯对行省来人说，官方上，提比略对此毫不知情；但他一定会展开调查的，皮索就已经在为他们调查了，不是吗？他还说，也许最好的办法就是按要求交保护费，要多少就交多少，别惹是生非。这段时间，叙利亚军团的纪律标准低到了不能再低，相比之下，塔克法里纳斯的土匪都成了高效尽责的模范。

代表们也来罗德岛找日耳曼尼库斯，他们带来的消息让他既恶心又震惊。他最近刚去了小亚细亚，任务就是亲自调查所有关于腐败弊政的投诉，开除所有违法乱纪和暴虐施政的官员。现在，他给提比略写信，说他收到了关于皮索不法行径的种种汇报，还说他打算立即前往叙利亚；他请求提比略，允许他开除皮索并派一个更好的人来代替，因为那些投诉中，哪怕只有几条是真的，也足以定罪了。提比略回信道，他也听说了一些抱怨，但似乎都无根无据、用心险恶；他相信皮索是个能干又公正的总督。日耳曼尼库斯没有怀疑提比略的狡猾，反而更坚信了自己对他的判断，认为他就是个头脑简单、容易受骗的人。日耳曼尼库斯本就有权立即开除皮索，他后悔写信向提比略请求了。现在，他又听说了另一桩针对皮索的严重指控，说他正跟亚美尼亚被废黜的国王沃洛尼斯合谋，想帮他夺回王位，这个沃洛尼斯目前正在叙利亚避难，他是带着亚美尼亚的大半个国库逃去叙利亚的，可谓腰缠万贯，皮索希望借此发笔大财。日耳曼尼库斯立刻去了亚美尼亚，召开贵族会议，亲手将王冠戴在他们选出的国王头上，当然，是以提比略的名义。随后，他命令皮索带两个军团来访亚美尼亚，向邻国新王致敬；如果他有更重要的事要忙，那就派他的儿子来。皮索既没有派儿子来，也没有亲自来。日耳曼尼库斯出访了其他偏远行省和盟国，圆满解决了那里的问题后，回到叙利亚，在第十军团的冬季营地与皮索见了面。

这次会面有数位军官在场见证，因为日耳曼尼库斯不希望有人向提比略谎报他们说的话。他一开始用尽可能温和的语气问皮索，为什么抗命不遵。他说，如果皮索没有合理的解释，仅仅是出于个人怨愤和无礼，就像他在雅典演讲、在罗德岛说那些不知好歹的话，及其后多次行为中表现出来的一样，那他就要给皇帝写一份严肃的报告了。他接着又说，军队如今处于和平时期，住在大家都很喜欢的舒适营地里，可他为什么发现第十军团纪律涣散、肮脏邋遢到了令人震惊的程度呢？

皮索咧嘴一笑，说："是啊，他们是很脏，不是吗？要是我派他们作为强盛伟大罗马的代表，不知道亚美尼亚人会怎么想呢？"（"强盛伟大的罗马"是我哥哥最喜欢的一句口头禅。）

日耳曼尼库斯强压心头怒火，说这堕落的风气似乎是从皮索来了行省后才出现的，他要给提比略写信说清这一点。

皮索用讥讽的语气请求日耳曼尼库斯原谅，可他又接着侮辱起了年轻人的崇高理想，说他们在这个冷酷的世界中也不得不常常屈服，向不那么崇高但更现实的政治投降。

日耳曼尼库斯眼冒怒火，打断了他："皮索，这种情况的确经常发生，但不总是如此。比如说，明天，我就将和你一起坐在申诉法庭上，我们就看看，到底年轻人的崇高理想有没有被任何东西阻碍：一个无能、贪婪、恶毒、好色的六旬老头到底能不能剥夺行省应有的公平正义。"

这次会面到此结束。皮索立即给提比略和莉薇娅写信，说了发生的一切。他引用了日耳曼尼库斯的最后一句话，并狡诈地让提比略相信，那个"无能、贪婪、恶毒、好色的六旬老头"说的就是他。提比略回信说，他绝对信任皮索，如果某个手握大权的人继续说出、做出这种不忠的事，那下属为纠正这种不忠采取的任何措施，无论多么大胆，都一定会得到元老院和罗马人民的支持。在此期间，日耳曼尼库斯坐在审判庭上，听各行省对法庭不公正判决的控诉。一开始，皮索企图妨碍司法，故意为难他，但日耳曼尼库斯始终保持耐心，不吃饭，也不午休，连续听完了所有的案子，皮索索性放弃，以身体不适为借口，干脆离开了法庭。

皮索的妻子普兰西娜非常嫉妒阿格里皮娜，因为她是日耳曼尼库斯的妻子，在一切官方场合都压她一头。她想出各种小肚鸡肠的损招去羞辱她、惹恼她，大多是手下故意的失礼行为，但又可以解释成不小心或没注意。阿格里皮娜以公开怠慢她作为报复，让她越发变本加厉。一天早上，皮索和日耳曼尼库斯都不在，普兰西娜带领骑兵出现在操练场，让他们在日耳曼尼库斯的指挥部前做出一连串滑稽的举动。她让他们冲过玉米地，向一排空荡荡的帐篷发起进攻，把它们砍成破布条，让号手吹响从熄灯到火警的所有信号，并安排各中队相互冲锋。最后，她骑马带着整支队伍跑圈，一圈又一圈，圈越转越小，等到中间只剩几步宽时，她突然下达"向后转"的命令，像是要反着又转出去。很多马摔倒，把骑士甩下来。整个骑兵演练史上从未有过如此混乱的场面。趁机捣乱的人把匕首扎进旁边的马，让它们猛跳起来，或拼命挣脱马鞍，让局面乱上加乱。很多人被马严重踢伤，或被摔倒的马匹压断了腿。有一个人被抬走时已经死了。阿格里皮娜派出一位年轻的参谋，请普兰西娜停止胡闹，别再让自己和军队出丑。普兰西娜的回答故意模仿了阿格里皮娜在莱茵河桥上的勇敢发言："在我丈夫回来之前，我就是骑兵指挥官。我要让他们准备好迎战帕提亚人的入侵。"几个帕提亚使臣还真刚到营地，看到这一闹剧不免又震惊又鄙夷。

现在说说沃洛尼斯，他在当亚美尼亚国王之前，曾是帕提亚的国王，但很快就被赶走了。他的继任者派这些使臣来找日耳曼尼库斯，提议重续罗马和帕提亚的联盟，还说要到幼发拉底河（叙利亚和帕提亚的分界线）亲自迎接日耳曼尼库斯。与此同时，他们请求日耳曼尼库斯，不要让沃洛尼斯留在叙利亚，因为他在那里很容易跟某些帕提亚贵族保持联系，图谋造反。日耳曼尼库斯回答说，作为他的父亲、罗马皇帝的代表，他将很高兴与新国王会面，重续盟约，他会把沃洛尼斯安排去别的行省。就这样，沃洛尼斯去了西里西亚，皮索的发财梦碎。普兰西娜跟丈夫一样气到七窍生烟；之前，沃洛尼斯可是差不多每天都会给她送来漂亮的珠宝呢。

第二年年初，日耳曼尼库斯收到了埃及大歉收的消息。前一年的收成就不好，但粮仓里两年前的存粮还有很多。大粮商为保持高价，只在市场上投放了很少的供给。日耳曼尼库斯立刻坐船赶往亚历山大港，命令粮商必须以合理价格出售足量的粮食。他很高兴能以这个理由出访埃及，他对埃及的兴趣比对希腊更浓。亚历山大港当时和现在都是世界真正的文化中心，正如罗马以前和现在都是世界的政治中心一样。为表达对传统的尊重，他进城时只穿着简单的希腊服饰，赤着脚，一个保镖也没带。他乘船从亚历山大港沿尼罗河而上，看了金字塔、狮身人面像、埃及古都底比斯城的巨大遗址，以及门农[1]的大石像，石像胸部是中空的，太阳一升起，空洞中的空气变暖，气流通过管状的喉咙上升，石像便开始歌唱。他最远到了厄勒方迪斯遗迹，他细心写下旅行日记。在孟菲斯，他去了伟大的阿匹斯神的游乐场，看到了神的化身——一头长着特殊标记的公牛；但阿匹斯没有给他吉兆，那牛一见到他，便转身走进了"坏运牛棚"。阿格里皮娜跟他一起去的，卡利古拉则留在安提阿，由一位老师看管，这是对他不服管教的惩罚。

如今，日耳曼尼库斯无论做什么，都会引起提比略的猜忌；但去埃及可能是他到目前为止犯下的最大错误。我会解释原因的。奥古斯都在执政时，很早就意识到，罗马严重依赖埃及的粮食供应，还有，埃及如果落入某位冒险家之手，就将是一夫当关万夫莫开的局面，于是，奥古斯都制定了一条政令，从今往后，若没有他本人的明确许可，罗马任何一位骑士和元老都不得出访埃及。大家一致默认，提比略即位后，该法令依然有效。可埃及粮荒的消息让日耳曼尼库斯太紧张了，所以他没有浪费时间，等

---

1 即阿伽门农，希腊迈锡尼国王，为称霸爱琴海发动了特洛伊战争。

待提比略的许可，自己就去了。提比略现在确信，日耳曼尼库斯即将发动隐忍已久的叛乱；他去埃及肯定是要拉拢那里的驻军，让他们跟他站在一条战线；沿尼罗河观光只是为了找个借口联络沿岸的卫兵；派他去东方就是个彻彻底底的大错。他在元老院公开指责日耳曼尼库斯大胆违抗奥古斯都的禁令。

提比略的斥责让日耳曼尼库斯备感寒心，他回到叙利亚后，发现自己给军团和城市下达的命令不是没人理会，就是被皮索下达的完全相反的命令所取代。他重新下达这些命令，并第一次让所有人知道了他的不满，他发表声明，宣布他在埃及期间由皮索签发的一切指令统统失效，从今往后，在没有新的通知之前，皮索发布的指令必须有他的认可，否则在行省无效。他刚签完这份声明，就立马病倒了。他腹中翻江倒海，吃什么拉什么。他怀疑自己的食物被下了毒，采取了一切可能的预防措施。阿格里皮娜亲自准备他的所有餐食，准备前准备后，家里任何一个仆人都不可能有机会接触到。过了好久，他才恢复到可以下床靠坐在椅子上的程度。饥饿让他的嗅觉异常敏感，他说家里有一股死亡的气息。别人都没有闻到，阿格里皮娜一开始觉得这只是他病中的幻觉。可他坚持这样说。他说那气味每天都变得越来越浓烈。最后，阿格里皮娜也察觉到了。似乎每个房间都有。她点燃熏香，想洁净空气，但那气味始终不散。全家人警惕起来，悄悄说是有巫婆作怪。

日耳曼尼库斯一直特别迷信，我们家每个人都这样，除了我；我只是有些迷信。日耳曼尼库斯不仅相信某些特定的日子和征兆会带来好运或霉运，还自己创立了一套迷信系统。数字十七和半夜公鸡叫是他最忌惮的两样东西。他夺回了十八和十九军团丢失的鹰旗，可还没夺回十七军团的，就从日耳曼被召了回来，他认为，这就是个最不吉利的兆头。他最害怕塞萨利女巫的黑暗法术，睡觉时枕头底下总要放一个抵御巫术的护身符：一块刻着赫卡忒女神（她拥有能制服巫师和幽灵的力量）的碧玉，女神一手举着火把，一手拿着地下世界的钥匙。

日耳曼尼库斯怀疑是普兰西娜用巫术害自己——传言都说她是个女巫——他向赫卡忒献祭了九只黑色的小狗崽；这是被巫术所害时的应对之法。第二天，一个奴隶满脸惊恐地跑来报告，说在大厅擦洗地板时，发现了一块松动的地砖，他抬起地砖，发现底下有个东西，看起来像赤裸腐烂的婴儿尸体，尸体的肚皮刷着红色油漆，额头上绑着角。大家立刻对每个房间展开搜查，又在地砖下或帘子后面的墙洞里发现了十几个同样诡异的东西。包括背后长着一对翅膀根的死猫，从嘴里伸出一只小孩手的黑人头颅。每个可怕的东西都附着一块铅板，写着日耳曼尼库斯的名字。大家用宗教仪式将整座房子弄干净，日耳曼尼库斯开始振作精神，但肠胃还没有恢复。

没过多久，房子里又开始闹鬼。大家在垫子间找到沾血的公鸡羽毛，墙壁上到处用黑炭画着不吉利的符号，有时画很低，像是侏儒写的，有时又画很高，像是巨人写的——画着上吊的人、上下颠倒的罗马字母，或黄鼠狼；只有阿格里皮娜知道他对十七的忌讳，可这个数字竟不断出现。接着，日耳曼尼库斯的名字也出现了，是上下颠倒的，每天少一个字母。他离家前往埃及期间，普兰西娜还有可能把诅咒物藏在家里，可这持续不断的闹鬼实在无从解释。他没有怀疑仆人，因为那些文字和符号出现的房间都是仆人进不去的，有一个上锁的房间，窗户非常小，谁都不可能钻进去，可里面的墙壁从地板到天花板也被画满了。日耳曼尼库斯唯一的安慰就是阿格里皮娜和小卡利古拉在这件事上表现得很勇敢。阿格里皮娜尽量把闹鬼的事说得很轻松，卡利古拉说，他觉得自己很安全，因为神君奥古斯都的重外孙是绝不会被女巫所伤的，要是让他撞见女巫，他就要一剑刺穿她。日耳曼尼库斯又卧床不起了。在他的名字只剩下三个字母的那天半夜，日耳曼尼库斯被鸡叫吵醒。虚弱成那样了，他还从床上跳下来，抓起宝剑，冲到隔壁卡利古拉和小宝宝莱斯比娅的房间。就在那里，他看到了一只公鸡，一只大大的黑公鸡，脖子上套着金环，像是要把死人唤醒一样拼命打鸣。他想砍下它的头，可它飞出了窗口。他晕倒了。阿格里皮娜好不容易把他弄回床上，他恢复意识后，对她说他死定了。"不会的，你还有你的赫卡忒保护你。"她说。他把手伸到枕头底下，摸到护身符，又有了勇气。

黎明来临，他写了封信给皮索，按照古罗马的方式，正式向他宣战；他命令皮索离开行省，让他有什么阴招只管使出来。然而，皮索已经扬帆出航了，正在希俄斯岛等待日耳曼尼库斯的死讯，准备等他一死就回来掌管行省。我可怜的哥哥一刻比一刻更虚弱。第二天，阿格里皮娜离开房间，他迷迷糊糊地躺在床上，突然觉得枕头下有动静。他侧过身，惊恐地伸出手，哆哆嗦嗦地去摸护身符。护身符没有了；可房间里并没有人。

第三天，他召来所有的朋友，告诉他们他就要死了，凶手就是皮索和普兰西娜。他请他们把自己的遭遇告诉提比略和卡斯托尔,让他们为自己的惨死报仇。"还有,告诉罗马人民,"他说,"我将我亲爱的妻子和六个孩子托付给他们了,如果皮索和普兰西娜假装是受命来杀我的,千万不要相信他们;或者,即使相信了他们,也绝不能饶恕他们。"他死于十月九日,他的床对面墙上的最后一个字母消失的那一天,患病后的第十七天。他瘦骨嶙峋的遗体停放在安提阿的市集上,好让每个人都看见他肚皮上的红疹和乌青的指甲。他的奴隶都受了酷刑。他的释奴也挨个儿被反复盘问,连审二十四小时,而且由不同的人来问,最后,大家都精神崩溃了,都是知无不言、言无不尽,只想求个安宁。可无论是释奴还是奴隶,能给出的最有用的信息就是,他们经常看见一个叫玛蒂娜的著名女巫跟普兰西娜在一起,有一天,她确实和普兰西娜来了家里,当时家里除了卡利古拉没有别人。还有,就在日耳曼尼库斯回来前的那天下午,家里也无人看管,只有一个又聋又老的清洁工,其他仆人都出去看皮索在当地竞技场主办的角斗了。至于公鸡的出现、墙上的涂画和护身符的消失仍无法解释。

军团指挥官和行省所有有头面的罗马人召开会议,任命临时总督。第六军团司令被选中。他立刻逮捕了玛蒂娜,派人将她押至罗马。如果皮索接受审判,她将是最重要的证人之一。

皮索听到日耳曼尼库斯去世的消息时,压根儿没有掩饰满心的喜悦,还去庙里给神灵献上了表达谢意的祭品。而刚刚失去一位姐妹的普兰西娜也脱掉丧服,换上最鲜艳的衣装。皮索给提比略写信说,他是提比略亲自任命的总督,之所以被撤职,只因他大胆反对了日耳曼尼库斯的叛国阴谋;现在,他要回叙利亚继续指挥。他还说日耳曼尼库斯"骄奢淫逸，傲慢自大"。他的确在想办法回到叙利亚，甚至还找了一些队伍支持他，可新总督将他在西里西亚的城堡据点团团围住，迫使他投了降，并把他送到罗马，接受必然的指控。

在此期间，阿格里皮娜带着两个孩子和丈夫的骨灰坐船回到意大利。在罗马，日耳曼尼库斯的死讯带来了无尽的悲痛，城里每一户人家都觉得仿佛失去了最亲爱的家人。虽没有元老院的法令或行政命令，但大家不约而同地哀悼了整整三天：店铺关门，法庭休庭，什么生意都不做了，每个人都沉浸在哀痛中。我听街上有人说，这就像是太阳落下了，永远不会升起来。而我的悲伤，我想也无法诉诸笔端。

第二十一章

莉薇娅和提比略在各自的皇宫闭门不出，假装悲痛到了无法露面的程度。阿格里皮娜本该走陆路，因为冬日已至，航海季也结束了。可她不顾狂风暴雨，仍选择海路，几天后，她抵达科孚，顺风的话，从这里去布林迪西只要坐一天船。她在科孚稍作休整，派信使提前赶去报告，说她马上要靠意大利人民来保护她了。卡斯托尔此时已回罗马，他带着阿格里皮娜的另外四个孩子和我从罗马出城接她。提比略派出两个营的禁卫军赶到港口，带着他的指令，要求骨灰所经之处，各地长官都要向他死去的儿子致以最后的敬意。阿格里皮娜下船时，港口人山人海，民众恭敬而沉默地迎接了她，骨灰罐被放到灵柩台上，由禁卫军军官抬到罗马。禁卫军旗不加装饰，以示国丧，大家的斧子和长棍也都是倒着拿的。几千人的队伍经过卡拉布里亚、阿普利亚和坎帕尼亚，大家蜂拥而至，乡下人穿着黑衣，骑士换上紫袍，每个人眼含热泪，放声恸哭，烧香献祭英雄亡灵。

我们在罗马东南约六十英里的泰拉奇纳跟队伍会合，阿格里皮娜从布林迪西一路到这里，全程面无表情，没流过一滴眼泪，也没跟任何人说过一个字，此时见到了自己失去父亲的四个孩子时，再也忍不住心中悲苦，突然爆发了。她哭着对卡斯托尔说："请你以你对我亲爱的丈夫的爱发誓，你会用自己的生命保护他孩子们的性命，为他的惨死报仇！这是他对你最后的托付。"卡斯托尔痛哭流涕，发誓说他一定不负重托，这大概是他长大成人后第一次哭吧。

如果你们要问，莉维拉怎么没跟我们一起来，那是因为她刚刚生下了一对双胞胎儿子；顺便说一句，孩子的亲生父亲好像是塞扬努斯。如果你们还要问，我母亲怎么没有来，那是因为提比略和莉薇娅不准她来，甚至不准她参加葬礼。如果死者的祖母和养父都因为悲伤过度无法露面了，那死者的母亲显然也不可能出席。他们不露面是明智的。他们如果露面，哪怕是假装悲痛，也一定会遭到民众的攻击；而且，我想禁卫军大概也会袖手旁观，连手指头也不会抬一下。提比略没有做葬礼的准备，哪怕是地位远不如日耳曼尼库斯的人去世了，按习俗也是该有些准备的；可现在，葬礼上没有克劳狄家族和尤利安家族的面具，没有通常该有的死者躺在床上的雕像；没人在演讲台上发表葬礼致辞；也没人唱起葬礼丧歌。提比略给出的理由是，葬礼已在叙利亚举行过了，再重复一次会惹怒神灵。可那天晚上，罗马万众一心的由衷悲痛是史无前例的。战神广场被火把照得亮如白昼，人群聚拢在奥古斯都陵墓周围，卡斯托尔将骨灰罐庄严地放入陵墓时，很多人被生生挤死。每个地方的人都在说，罗马完了，没有希望了：日耳曼尼库斯是他们抵抗压迫的最后一道防御，如今，他也被卑鄙杀害了。每个地方的人都在赞美阿格里皮娜，同情阿格里皮娜，祈祷她的孩子们平平安安。

几天后，提比略发表声明，他说很多杰出的罗马人为国牺牲了，但没有一个像他亲爱的儿子这样，得到过如此同心同气的哀悼和惋惜。只是现在，大家也该收拾心情，回归正常的生活了：皇子终有一死，但国家永垂不朽。说虽这么说，可十二月底的愚人节悄无声息地过去了，没人像往年一样欢庆玩闹，直到四月的母亲节，哀悼才算结束，公众生活恢复了正常。提比略的猜忌现在集中在阿格里皮娜身上。葬礼过后的那天早上，她来皇宫拜见他，勇敢地对他说，他得为她丈夫的死负责，除非他能证明自己的清白，并向皮索和普兰西娜报仇。他立刻打断她的话，引述了一句希腊语的诗：

> 如果你不是皇后，我亲爱的，
> 你认为你是被冤枉的吗？

皮索很久没回罗马。他派儿子打头阵，先找提比略说情，他自己则去找了卡斯托尔，此时卡斯托尔已回到多瑙河的军团驻地。他以为卡斯托尔会感谢他帮他除掉皇位继承人对手，会相信他编造的日耳曼尼库斯叛国的说辞。结果，卡斯托尔拒绝见他，还公开告诉皮索的信使，如果传言是真的，那他一定会遵守誓言，为他亲爱的哥哥的死向皮索复仇，所以，皮索在有确凿证据证明自己的清白之前，最好躲远一点。提比略在接见皮索的儿子时，既没有格外亲切，也没有格外讨厌，仿佛是要表明在公开调查日耳曼尼库斯的死因之前，他将始终不偏不倚。

最后，皮索带着普兰西娜出现在罗马。他们坐船顺台伯河而下，带着一大批家仆，在奥古斯都陵墓旁上岸，愤怒的人群迅速聚拢，他们竟带着灿烂的笑容，趾高气扬地穿过人群，踏上在弗拉米尼亚大道上等待的马车，差点引发一场骚乱。那马车被装饰一新，由一对一模一样的法兰西短腿白马拉着，朝皮索家驶去，皮索家俯瞰着整个市集，家里张灯结彩。他邀请所有的朋友亲戚来参加宴会，庆祝他的回归，大张旗鼓地热闹了一番：只为向罗马人民展示，他不怕他们，他有提比略和莉薇娅撑腰。提比略早已计划好，让皮索在普通刑事法庭受审，并安排了一位肯定会把审讯搞糟的元老主持，那位元老总说自相矛盾的话，总忘记提交支持控诉的相关证据，这样一来，审判只可能以宣告无罪结束。但日耳曼尼库斯的朋友们，尤其是跟他一起在叙利亚任职、之后随阿格里皮娜一起回罗马的三位元老坚决反对提比略的这一安排。最后，提比略不得不亲自审判，而且审判也将在元老院举行，在那里，日耳曼尼库斯的朋友才能确定他们能得到所需要的一切支援。元老院投票通过了一系列纪念日耳曼尼库斯的特殊荣誉，比如立纪念碑、建纪念拱门、举行半神祭祀仪式等等；提比略压根儿不敢投反对票。

这时，卡斯托尔再次从多瑙河回到罗马，虽然元老院已通过法令，因他妥善处理了马罗波都一事，允许他举行小凯旋式，但他进城时，并没有头戴花冠骑在马上，而是像普通公民一样，走了进来。拜见父亲后，他直接去找了阿格里皮娜，发誓定会主持公道。

皮索找了四位元老为他辩护；其中三位以抱病或不才为由推辞了；第四位是伽卢斯，他说他从不给他认为有罪的杀人犯辩护，除非有一丝机会能借此取悦皇室。卡尔普尼乌斯·皮索没有参加叔叔的宴会，但主动提出要为家族荣誉帮他辩护，随后，又有三人加入了他的行列，他们确信，无论证据如何，提比略都会判皮索无罪，而事后，他们也将会因为在审判中的功劳获得奖赏。提比略亲自审讯，皮索很高兴，塞扬努斯跟他保证过，一切都会安排妥当，提比略会假装严厉，但最后会以需要新证据为由，宣布休庭并无限拖延。主要的证人玛蒂娜已被除掉——塞扬努斯的探子闷死了她——如今，控方的胜算极其渺茫。

控诉时间只有两天，一开始就安排好来搞糟案子、暗中帮助皮索的那个人站出来，翻出奥古斯都时期皮索在西班牙渎职贪污的陈年旧案，说个没完没了，借此浪费时间。提比略任由他说了几个钟头不相关的废话，最后，元老们都忍不住了，跺着脚、咳嗽着、敲着写字板警告他，说再不把主证人叫出来就有大麻烦了。日耳曼尼库斯的四个朋友做了精心准备，轮流站起来证明皮索在叙利亚败坏军纪、侮辱日耳曼尼库斯和他们、拒不服从命令、勾结沃洛尼斯、镇压行省人民等罪行。他们指控他用毒药和巫术谋害了日耳曼尼库斯，在他去世时向神灵献祭感谢，最后还带着非法召集的私人军队向行省发动武装袭击。

皮索没有否认败坏军纪、侮辱日耳曼尼库斯、拒不服从命令和压迫行省人民的罪名；只说它们都夸张了。但他义愤填膺地否认了下毒和施巫术。控方没有提安提阿的闹鬼事件，怕引起大家的质疑和嘲笑，也没有指控皮索收买日耳曼尼库斯家的仆人和奴隶，因为事实已证明，他们跟谋杀无关。所以，他们只能指控皮索在日耳曼尼库斯家赴宴时，趁坐在他旁边的机会，给他的食物下毒。皮索对此嗤之以鼻：他怎么可能做这事时不让任何人看到呢？要知道，整张桌子上的人都盯着他的一举一动，更别提还有仆人了。难道他会魔法吗？

他手上拿着一沓信，从大小、颜色和捆绑的方式来看，每个人都认出是提比略写的。日耳曼尼库斯的朋友们提出，皮索接收到的一切来自罗马的命令都应该公开念出来。皮索拒绝，理由是它们是用狮身人面印（最开始是奥古斯都的印章）封缄的，所以是"绝对机密"：念出来就是叛国。提比略也否决了这个提议，说念信是浪费时间，信里没什么重要内容。这样一来，元老院也不好继续施压了。皮索将信全部交给提比略，表示将自己的性命也一并托付给他了。

此时，外面人群的愤怒喧哗声传来，审讯进展是一直向他们通报的，一个男人洪亮而沙哑的喊声从窗口传来："他也许能从你们手中逃过，大人们，但他休想从我们手中逃过！"一位信使跑来告诉提比略，民众搬走了几尊皮索的雕像，正要把它们拖到"哭阶"上打碎。哭阶是卡庇托尔山山脚处的一截台阶，通常，死刑犯的尸首会被扔在这里示众，再用钩子钩着喉咙，扔到台伯河去。提比略下令追回雕像，重新放到台子上。但他抱怨，这种情形下，他没法继续审案了，他宣布休庭到晚上。皮索被护送着离开了元老院。

普兰西娜在此之前一直宣称，无论丈夫结局如何，她都要和他同呼吸、共命运，若有必要，和他一同赴死也在所不辞，可此刻，她也紧张起来。她决定与他分开辩护，并指靠莉薇娅帮自己脱身，因为她俩一直关系亲密。皮索对她的背叛一无所知。重新开庭后，提比略对皮索没有表现出丝毫同情，但他对控方说，他们应该提供更确凿的下毒证据，他警告皮索，他试图武力夺回行省的行为永远不可饶恕。当天晚上回家后，皮索将自己关在房间里，第二天早上，大家发现他已中剑身亡，他的剑就在身边。实际上，他并非死于自杀。

在所有的信件中，皮索留下了最能定罪的那一封信，是莉薇娅写给他的，但用了提比略和她的名义，没有盖狮身人面印（这个印章是提比略自己保管、自己用的）。他让普兰西娜用这封信换他们二人的性命。普兰西娜去找莉薇娅。莉薇娅让她等着，说要跟提比略商量。这是莉薇娅和提比略第一次公开争吵。提比略气莉薇娅写了这么一封信，莉薇娅说，是提比略不让她用狮身人面印的，这都是提比略的错，她还抱怨提比略最近对她的态度非常嚣张。提比略问，到底谁是皇帝，是他还是她。莉薇娅说，就算是他，那也是靠了她的谋划，他对她无礼是极愚蠢的行为，因为她既然能想办法成就他，也就能想办法毁灭他。她从自己的钱包里拿出一封信，开始念起来。这是提比略在罗德岛上时，奥古斯都写给她的一封信，有些年头了，信里说提比略是个忘本负义、心狠手辣的人，还搞兽交，奥古斯都说，如果他不是莉薇娅的儿子，那他休想再多活一天。"这只是复件，"她说，"原件我藏在安全的地方了。还有很多诸如此类的信。你也不想我把它们都交到元老院吧？"

提比略控制住自己，为暴躁的脾气向她道歉：他说，他和她显然都有毁掉对方的能力，所以他俩争吵是荒谬的。但如果真有证据证明，皮索私下召集军队，企图用武力赢回叙利亚，那就是罪无可赦的死罪，他还怎么饶他一命呢，尤其是他都已经这么说了。

"可普兰西娜没有私下召集军队，不是吗？"

"我不明白这跟案子有什么关系。我不能仅仅是为了把那封信从皮索手里拿回来，就答应饶了普兰西娜吧。"

"只要你答应饶了普兰西娜，我就能把信从皮索手里拿来：这事你交给我。皮索死了，大家就满意了。如果你害怕放过普兰西娜会有什么责任，那你可以说是我替她求情的。这样够公平了吧，我承认，是我写的信惹出了这些麻烦。"

就这样，莉薇娅去找普兰西娜，告诉她提比略不肯听劝，在公众的仇恨面前，他宁愿牺牲母亲，也不愿支持朋友。她说，她费尽九牛二虎之力，他才不情愿地答应她，如果能把信拿来，就饶普兰西娜一命。于是，普兰西娜拿着一封信去找皮索，那是莉薇娅借提比略之名伪造的假信，普兰西娜对皮索说，她把一切都安排得天衣无缝了，这封信就是无罪开释的承诺。作为交换，皮索要把他手里的信给她，就在交信的时候，她突然拿出一把匕首，刺向他的喉咙。他气若游丝躺在地上时，她把他的剑蘸上血，放进他手里握紧，然后就走了。按照计划，她把真信和伪造的假信都交回给了莉薇娅。

第二天，在元老院，提比略念了一份声明，说是皮索自杀前写的，里面否认了对他控诉的所有罪名，重申自己的清白，并表达了对莉薇娅和提比略的忠心，恳求他们保护自己的儿子们，因为他们都没有参与被指控的那些事。接着，对普兰西娜的审讯开始。证据证明，有人看见她和玛蒂娜交往甚密，而玛蒂娜擅长投毒杀人的名声是有人发誓证实过的,玛蒂娜死后,人们准备埋葬她时,在她的发髻里发现一小瓶毒药。日耳曼尼库斯的勤务兵老庞波尼乌斯证实的确在日耳曼尼库斯家找到了那些腐臭的尸体,并证明日耳曼尼库斯不在家时,普兰西娜曾跟玛蒂娜一起来过;提比略向他提问,他又给出了闹鬼事件的详细证据。没人站出来为普兰西娜辩护。她眼泪汪汪地发誓说自己是无辜的,说她完全不知道玛蒂娜擅长下毒,她跟她唯一的交集就是找她买香水。她还说,跟她一起去日耳曼尼库斯家的不是玛蒂娜,而是一位团长夫人。去了别人家,结果发现家里没人,只有一个小男孩在家,这不是犯罪吧?至于她对阿格里皮娜的羞辱,她真心诚意地道歉,并万分谦卑地恳求阿格里皮娜原谅;可她一直以来,听从的是她丈夫的命令,身为妻子,她不得不如此,更何况她丈夫还告诉她,阿格里皮娜和日耳曼尼库斯正在阴谋反对元老院,所以她才更加心甘情愿地去做那些事。

提比略做了总结陈词。他说普兰西娜是否有罪还不确定。现有证据似乎能证明她和玛蒂娜的关系,以及玛蒂娜擅长下毒一事。但这是否就能定罪,尚且存疑。控方未能在法庭上拿出在玛蒂娜发髻里找到的瓶子,也未能证明里面就是毒药:可能是催眠药或春药呢。他的母亲莉薇娅非常相信普兰西娜的人品,希望在证据不确凿的情况下,元老院能遵守疑罪从无的原则;因为她亲爱的孙子的亡灵给她托了梦,在梦里恳求她不要让无辜的人因其丈夫或父亲的罪行连带受过。

就这样,普兰西娜被判无罪,皮索的两个儿子,一个可以继承父亲的财产,另一个因为参与了西里西亚武装叛乱,被判流放，但只流放几年。一位元老提议，要公开感谢亡故英雄的家人为英雄报了仇——包括提比略、莉薇娅、我的母亲安东尼娅、阿格里皮娜和卡斯托尔。就在这项提议即将投票前，我的一位朋友站起来做了补充，他曾是执政官，在弗里乌斯之前当过非洲总督。他指出，这个提议还不完整：有一个重要的人被忽略了，那就是亡故英雄的弟弟——克劳狄乌斯，他在准备起诉和保护证人方面，做的比任何人都多。提比略耸耸肩，说他很惊讶听到他们竟然找我帮了忙，要是不找我，针对皮索的控诉只怕还能表达得更清楚一些。（我确实主持了哥哥朋友们的集会，并决定了每个证人应该拿出什么证据；我也确实建议他们，不要指控皮索在宴会上亲自下毒，但他们没听我的。我把庞波尼乌斯和他的孙子们，还有我哥哥的三个释奴，都藏在我在卡普阿附近的乡间别墅里，让他们安全躲到开庭的那一天。我还把玛蒂娜藏在我认识的一位商人在布林迪西的房子里，但塞扬努斯跟踪了她。）好了，提比略让我的名字也出现在了致谢的投票中；但和阿格里皮娜对我的感激一比，那完全不算什么：阿格里皮娜对我说，她现在明白日耳曼尼库斯临死前对她说的话是什么意思了，他说，他这辈子最真挚的朋友就是他可怜的弟弟克劳狄乌斯。

反对莉薇娅的民意如此汹涌，以至于提比略以此为由，再次请她不要让元老院投票，授予她那个他承诺已久的头衔。每个人都想知道，一位祖母对自己孙子的谋杀犯如此仁慈，还将其从复仇心切的元老院手中救出来，到底意味着什么。答案只可能有一个，就是祖母本人唆使了这场谋杀，如今她颜面尽失，死者的妻小大概也命不久矣了。

第二十二章

日耳曼尼库斯死了,可提比略并没有觉得更安全。塞扬努斯来找他,告诉他在皮索接受审判的过程中,这个或那个要人都悄悄说了些什么反对他的话。提比略以前对自己的士兵说过:"让他们怕我吧,只要他们还服从我。"可如今,他不再这样说了,他告诉塞扬努斯:"让他们恨我吧,只要他们还怕我。"最近,三名骑士和两名元老格外直言不讳地批评他,他给他们安了个"在听到日耳曼尼库斯死讯时面露喜色"的荒谬罪名,全部判了死刑,财产尽数分给了告密者。

差不多在这个时候,日耳曼尼库斯的大儿子尼禄[1]成年了,虽然他不像他父亲,不太可能成为优秀的军人或能干的官员,但他继承了父亲英俊的容貌和讨人喜欢的性格,整个都城对他寄予厚望。他跟卡斯托尔和莉维拉的女儿结婚时,民众欢欣雀跃。说到新娘,我们原来叫她海伦,因为她美得超凡脱俗(她的真名叫小尤莉娅),后来叫她海璐欧,意思是"贪吃者",因为她用暴饮暴食毁掉了自己的美貌。尼禄是阿格里皮娜最喜欢的孩子。这一

---

[1] 不是后来当皇帝的尼禄。——作者注

家人都是克劳狄家族的，也分为好的和坏的；或者用歌谣里的话来说，就是"好苹果和烂苹果"。烂苹果多过了好苹果。阿格里皮娜给日耳曼尼库斯生了九个孩子，三个早早夭折——两个女孩和一个男孩——根据我对他们的了解，那个男孩和大点的女孩是最优秀的。男孩死于八岁生日当天，奥古斯都那么宠爱他，老人的卧室里还挂着一张他穿丘比特服饰的画像，奥古斯都每天早上起床都要吻一吻它。幸存下来的孩子中，只有尼禄还算性格正常。德鲁苏斯阴郁又紧张，很容易干出坏事。德鲁茜拉跟他一样。卡利古拉、小阿格里皮娜和最小的莱斯比娅则坏得很彻底，死去的那个小点的女孩似乎也是坏的。但整个罗马城在判断这家人的品行时，都只看尼禄，因为到目前为止，只有他年纪够大，能给公众留下深刻印象。卡利古拉此时还只有九岁。

有一天，我在罗马时，阿格里皮娜忧心忡忡地来找我，问我的意见。她说，她无论走到哪里，都感觉有人在跟踪监视自己，她慌得都快病倒了。她问，除了塞扬努斯，我还知道有什么人能影响到提比略吗。她非常确定，提比略只要能抓到她一丝把柄，就一定会杀了她或将她流放。我说，我只知道两个人一直影响着提比略。一个是寇克乌斯·涅尔瓦，另一个就是维普萨妮娅。提比略一直对维普萨妮娅旧情难忘。她和伽卢斯有个孙女，女孩长到十五岁时，跟维普萨妮娅还是提比略妻子时一模一样，一想到让她嫁给别人，提比略就无法忍受，只想据为己有；可她是卡斯托尔的外甥女，这样一来就是乱伦了。于是，他任命她为维斯塔首席贞女，接替刚刚去世的老欧西娅。我告诉阿格里皮娜，如果她能和涅尔瓦、维普萨妮娅（身为卡斯托尔的母亲，她一定会全心全意帮她）成为朋友,那她就安全了,她的孩子们也就安全了。她听从了我的建议。维普萨妮娅和伽卢斯非常同情她,让她自由进出他们的家和他们在乡下的三处别墅,不厌其烦地帮她照顾孩子。比如,阿格里皮娜怀疑儿子们的老师是塞扬努斯的密探,伽卢斯就帮孩子们选了新老师。涅尔瓦倒是没帮什么忙。他是法学家,是目前仍在世的最伟大的合同法专家,写了很多合同法方面的专著;在其他方面,他心不在焉,又漠不关心,简直就是个傻瓜。他对阿格里皮娜很和善,就像他对每个人一样,但他没有意识到她对他的期待。

不幸的是,没过多久,维普萨妮娅去世了,这对提比略的打击立刻显现出来。他不再费劲掩饰自己邪恶的欲望,有关他的流言蜚语令人不敢相信。他的某些堕落行径是那样荒谬又恐怖,没人敢把它们和高贵的罗马皇帝、奥古斯都的钦定继承人联系在一起。如今,没有一个女人和男孩在他面前是安全的,哪怕元老的妻小也不例外;他们如果还想保住自己的性命,或丈夫和父亲的性命,就必须心甘情愿听他吩咐。有一个女人是执政官的夫人,受辱后当着朋友们的面自杀了,死前对他们说,她是为了从提比略的魔掌中救出自己的小女儿,才同意献身于他的。这已经够羞辱了,可那头老公羊竟利用她的温顺,强迫她跟他做出种种污秽不堪之事,她宁愿死,也不愿带着那些记忆苟活了。

当时流行一首歌,开头是这样唱的:"为什么,哎呀,为什么,那头老公羊⋯⋯"我不好意思再引用了,这首歌既下流又诙谐,据说是莉薇娅本人写的。莉薇娅还写了不少类似的歌谣来讽刺提比略,并通过厄古拉尼娅匿名传播出去。她知道它们迟早会传到提比略耳中，他对这种讽刺极其敏感，莉薇娅盘算着，他肯定会因此感到自己地位不稳，便不敢同她决裂了。如今，她还挖空心思，向阿格里皮娜示好，甚至私下告诉她，是提比略独自指示皮索去惹怒日耳曼尼库斯的。阿格里皮娜不相信她，但她明显看得出来，莉薇娅和提比略已势同水火，她对我说，如果她必须在这两人中选一个寻求庇护，那她宁愿选莉薇娅。我倾向于赞同阿格里皮娜的意见。我观察到，到目前为止，莉薇娅喜欢的人当中，还没有一个遭到了提比略密探的迫害。可我不敢想象莉薇娅去世后会怎么样。

还有一件事，让我开始产生极其不祥的预感，但我也不能完全将其解释为我自己的感觉，那就是莉薇娅和卡利古拉之间的密切关系。卡利古拉通常只有两种行为模式：要么嚣张无礼，要么恭顺谦卑。比如，对阿格里皮娜、我母亲、我、他的兄弟们和卡斯托尔，他是嚣张无礼的。对塞扬努斯、提比略和莉维拉，他是恭顺谦卑的。但对莉薇娅，他是另外一种态度，很难描述。他简直像是她的情人。他们之间不是小男孩和溺爱孩子的祖母或曾祖母的寻常感情，有一次，为庆祝她的七十五岁生日，他处心积虑，抄了很多情诗作为礼物，此外，她也经常送他礼物。我的意思是，我很强烈地感觉到，他俩有某种阴暗的秘密——但我不是暗示他们有什么下流的关系。阿格里皮娜告诉我，她也有这种感觉，但又找不出任何确凿的证据。

有一天，我开始明白塞扬努斯为什么对我客气了。他提议，把他的女儿许配给我的儿子德鲁西拉斯。我是反对这桩婚事的，他女儿看起来是个漂亮的小姑娘，真要嫁给德鲁西拉斯就算倒霉了，因为我每次看到他，他都越来越像个傻大个。但我不能这么说。我更不能说，我不愿意跟塞扬努斯这种无赖恶霸扯上丝毫亲戚关系。他注意到我在回答时的犹豫，想知道我是不是认为这门亲事配不上我尊贵的家世。我结结巴巴地说不是，当然不是：他们艾利安家族也很高贵。塞扬努斯虽然只是卑微的乡下骑士的儿子，但刚成年，就被艾利安家族一位富裕的元老收为养子了，这位元老还是执政官，把所有的钱财留给了他；这次收养闹出过丑闻，但事实没有改变，塞扬努斯仍是艾利安家的人。他焦躁地逼我解释为什么犹豫，他说，如果我对这桩亲事有异议，那他立马向我道歉提起此事，但当然，他这么做只可能是听从了提比略的建议。于是，我告诉他，如果提比略能亲自指婚，那我求之不得；我主要是觉得，让一个四岁的小姑娘跟一个十三岁的男孩订婚，是不是太早了，等他能合法圆房时就二十一岁了，说不定已有了别的瓜葛。塞扬努斯微微一笑，说他相信我会管教好孩子，不让他惹出祸事的。

塞扬努斯即将跟皇室联姻的消息引起全城极大恐慌，但每个人都忙不迭地去恭喜他，也恭喜我。可几天后，德鲁西拉斯死了。他被人发现躺在庞贝城一幢房子的花园的灌木丛后面，是厄古拉尼娜的几个朋友邀请他从赫库兰尼姆去庞贝做客的。大家发现他喉咙里卡了一个小梨子。验尸时，有人说看见他把水果往天上抛，然后用嘴去接：他的死毫无疑问是意外。但没人相信。显然，又是莉薇娅搞的鬼，重孙要结婚了，竟然没人征询她的意见，于是她派人勒死了孩子，再把梨子塞进他的喉咙。按照办理此类案件的惯例，那棵梨树被判处谋杀罪，接受了连根拔起再放火烧掉的惩罚。

提比略请求元老院颁布法令,任命卡斯托尔为保民官,这就相当于认他为皇位继承人了。这个请求让大家如释重负。大家都认为,它标志着提比略已察觉到塞扬努斯的野心,并打算控制他。法令通过后,有人提议,应该用金字把它写到元老院的墙上。没人意识到,提议授予卡斯托尔此项荣誉的人正是塞扬努斯;他向提比略暗示,卡斯托尔、阿格里皮娜、莉薇娅和伽卢斯都是一伙的,用这个办法最能看出还有谁是他们的同伙。提出写金字建议的也是塞扬努斯的朋友,支持这一奢侈提议的元老都被记下了名字。卡斯托尔现在在上流社会中比以前受欢迎多了。他戒掉了酗酒的习惯——日耳曼尼库斯的死似乎让他彻底清醒——他仍对血腥角斗有着不同寻常的喜好,穿着打扮铺张浪费,还在马车比赛上下很大的赌注,但他也是勤勉的政务官和忠诚的好朋友。我跟他交往不多,但每次碰面,他对我比日耳曼尼库斯还活着的时候体贴多了。

他和塞扬努斯的怨恨总处于爆发的边缘,但塞扬努斯非常小心地不去惹卡斯托尔,一直等着加以利用的时机。如今,时机到了。塞扬努斯去皇宫祝贺卡斯托尔当上保民官,发现他正跟莉维拉在书房。没有奴隶和释奴在场,塞扬努斯可以口无遮拦了。这时候,莉维拉已经爱他爱到无法自拔,他相信她一定会像以前背叛波斯图穆斯一样,也背叛卡斯托尔——他不知从哪儿知道了那件事——两人甚至还感慨说,他俩要是皇帝皇后就好了,那就可以为所欲为了。塞扬努斯说:"好了,卡斯托尔,我算是帮你办成了!祝贺你啦!"

卡斯托尔皱起眉头。只有最亲密的几个人才能叫他"卡斯托尔"。我记得我解释过，他之所以有这个外号，是因为他长得很像著名的角斗士卡斯托尔；这个外号一直保留下来，是因为有一天，他同一位骑士在争吵时气以失去控制。骑士在宴会上口出狂言，说他喝醉了，什么也做不了，卡斯托尔大喊："喝醉了什么也做不了，是吗？我给你看看，我到底是不是喝醉了什么也做不了。"他摇摇晃晃，从长椅上站起来，对准骑士的肚子就是一拳，把他的整顿晚餐都打得吐了出来。此时，卡斯托尔对塞扬努斯说："我不准别人叫我的外号，除非是我的朋友，或跟我地位平等的人，你哪一种都不是。你得叫我提比略·德鲁苏斯·恺撒。我不知道你所谓'帮我办成'的到底是什么事。不管你想祝贺我什么，我都不要。所以你滚吧。"

莉维拉说："要我说呀，你这样羞辱塞扬努斯，简直就是懦夫，更别提他是来祝贺你当保民官的，你却不识抬举，像赶一条狗一样把他踢出去。你要知道，若不是塞扬努斯举荐，你父亲才不会让你当保民官呢。"

卡斯托尔说："你这话简直颠倒黑白，莉维拉。这个无耻的探子和我的太监里格都斯一样，跟我的任职毫无关系。他只是假装位高权重罢了。还有，塞扬努斯，你告诉我，这跟懦夫不懦夫的有什么关系？"

塞扬努斯说："你老婆说得很对。你是个懦夫。现在，我是让你当上保民官了，你本人也是神圣不可侵犯的了，可在这之前，你压根儿不敢这样同我讲话。你清楚得很，我会狠狠揍你一顿的。"

"挨揍也是活该。"莉维拉说。

卡斯托尔的目光从一个人脸上扫到另一个人脸上，他缓缓说："所以你俩之间是有点什么，对吗？"

莉维拉鄙夷一笑："有又怎样？谁更好，你心里没数吗？"

卡斯托尔大叫："好吧，我的老婆，我们走着瞧。塞扬努斯，你就暂且忘了我是保民官，举起你的拳头来。"

塞扬努斯双手抱胸。

"举起拳头来，我说，你这懦夫。"

塞扬努斯一言不发，卡斯托尔张开手掌，朝他脸上狠狠扇了一耳光。"滚！"

塞扬努斯冷漠地服从了，走了出去，莉维拉也跟着他走了。

这个耳光决定了卡斯托尔的命运。塞扬努斯带着脸上仍然通红的巴掌印去找提比略，提比略听到的故事版本是，塞扬努斯去祝贺卡斯托尔当上保民官，醉醺醺的卡斯托尔却打了他一耳光，说："是，我是很开心，因为我现在可以这样打你，不怕你还手了。你可以去告诉我父亲，我还要这样打他的每一个探子。"第二天，莉维拉也证实了这一说法，她跑来告状，说卡斯托尔打了她；她说，他之所以打她，是因为她对他说，他那样打一个不能还手的人，还出言侮辱自己的父亲，让她很恶心。提比略相信了他们。他对卡斯托尔什么都没说，只在庞培剧院立起一尊塞扬努斯的铜像，这是一个还在世的人所能得到的至高荣誉。大家都认为，这意味着卡斯托尔虽然当了保民官，但在提比略心里却失了宠（因为塞扬努斯和莉维拉把那场争执按照他们的版本散播了出去），塞扬努斯才是值得他们追捧的对象。于是，大家制作了很多塞扬努斯铜像的复制品，他的党羽把它们放在自家大厅里，摆在提比略雕像右边的尊贵位置；卡斯托尔的雕像却很少看到。如今，卡斯托尔每次见到父亲，都会明显露出怨恨之色，这让塞扬努斯的诡计更容易得逞了。他对提比略说，卡斯托尔正询问数名元老，看他们在他篡权时愿不愿意支持他，有些元老已答应帮忙了。于是，提比略以亵渎奥古斯都的老套罪名，将他认为最危险的几个元老逮捕。其中一个因为手里拿着有奥古斯都头像的金币上厕所，被判了死刑。还有一个的罪名是在乡间别墅出售的家具中有一尊奥古斯都的雕像。这个人本来也要被判死刑，但负责审案的执政官请提比略先投票。提比略不好意思投死刑票，此人便被无罪开释了，可很快，他又因为别的罪名被判了死刑。

卡斯托尔警惕起来，跑去找莉薇娅帮忙对付塞扬努斯。莉薇娅让他别害怕：她很快就能让提比略恢复理智。但她不相信卡斯托尔能成为盟友。她去找了提比略，将卡斯托尔指控塞扬努斯的罪行全告诉了他，包括诱奸莉维拉、滥用密报、以提比略的名义勒索富人，以及意图篡位等等；她还说，卡斯托尔说了，如果提比略不尽快解决这个流氓，那他就要亲自动手了；他还当场请求莉薇娅跟他联手。她对提比略说这些话，是希望让他像不相信卡斯托尔一样，也不相信塞扬努斯，照老习惯再来依赖她。她成功了，至少在一段时间里是成功的。可一个意外突然发生，让提比略坚信塞扬努斯的忠心是表里如一的，就像他之前的所有行为证明的那样。那天，他们和三四个朋友在海边一个天然山洞野餐，突然间，地撼山摇，轰隆一声巨响，洞顶塌了，砸死了几名随从，把其他人埋在碎石之下，还把出口堵住了。塞扬努斯弓背趴在提比略身上，为他挡住落石——两人都没有受伤。一个小时后，士兵把他们挖出来时，发现他仍以相同姿势趴着。顺便说一句，色拉西洛斯在这次意外中也打响了名气：他曾告诉提比略，那天中午，他将有一个小时的黑暗。色拉西洛斯向提比略保证，他会比塞扬努斯多活很多年，所以塞扬努斯不会对他造成威胁。我认为，是塞扬努斯指使色拉西洛斯这样说的，但我没有证据：色拉西洛斯不是那么刚直不阿的人，但他根据客户意愿做出的预言和他正常做出的预言似乎差不多灵验。事实是，提比略真的比塞扬努斯多活了好几年。

接着，提比略在元老院批评了卡斯托尔写的一封信，再次向公众表达了卡斯托尔的失宠。夏季休假结束后，元老院开门，卡斯托尔没有参加祭祀典礼，他解释说有公务在身，不能及时赶回罗马。提比略讽刺地说，大家都以为这个年轻人不是在出征日耳曼，就是在外交访问亚美尼亚吧：可实际上，所谓的"在身公务"不过是在特拉西纳划船游泳。他说，他现在是年迈体衰了，偶尔找借口离开罗马情有可原：毕竟他用剑和笔为国效力了一辈子，早已耗尽心力。可他的儿子有什么理由呢？只能说明他目中无人罢了。这太不公平了：卡斯托尔其实接到任务，要在休假期间写一份关于海岸防卫的报告，还没能及时收齐所有资料：他想留在特拉西纳完成任务，不想浪费时间去一趟罗马再回来。

卡斯托尔一回来，几乎立马就病倒了。他的症状像急性肺结核。他面色惨白，迅速消瘦，还开始咳血。他给父亲写了一封信，求他来看看自己——他就住在皇宫的另一头——他相信自己命不久矣，如果他真有什么地方惹恼了父亲，他希望能得到宽恕。塞扬努斯建议提比略不要去：病可能是真的，但也可能是为暗杀他使的计谋。就这样，提比略真的没有去，几天后，卡斯托尔去世了。

卡斯托尔的死没有给大家带来多少悲伤。他暴躁的脾气和残忍的手段早已让全城人民担心他继承父亲的皇位后会怎么样。没人相信他最近的改变。很多人都认为，这只是他讨好民心的诡计，等他一坐上他父亲的位子，就会跟他父亲一样卑劣。此时，日耳曼尼库斯的三个儿子都长大了——德鲁苏斯也刚刚成年——他们是提比略毫无争议的继承人。元老院出于对提比略的尊重，仍大张旗鼓地为卡斯托尔办了丧事，并投票授予他和日耳曼尼库斯一样的荣誉。提比略在这个场合没有假装悲伤，只是用坚定洪亮的声音，朗诵了他为卡斯托尔准备的悼词。当他看到数位元老流下滚滚热泪时，他用大家都能听见的声音对身旁的塞扬努斯说："哼！这地方一股洋葱味！"念完后，伽卢斯站起来表扬提比略，说他很好地控制了悲痛。他还记得，神君奥古斯都以肉体凡胎置身他们之中时，对养子（甚至不是亲儿子）马塞勒斯的死都是情凄意切，在向元老院致谢时，中途哽咽到说不出话来，情绪激动得无法继续。可他们刚刚听到的演讲却是自我克制的经典之作。（在此，我还要说一句，四五个月后，来自特洛伊的代表团向失去独子的提比略表示慰问时，提比略感谢道："先生们，我也为赫克托耳的死向你们表示慰问。"）接着，提比略派人叫来尼禄和德鲁苏斯，等他们到元老院后，提比略牵起他俩的手做了介绍："先生们，三年前，我将这两个失去父亲的孩子托付给他们的叔叔，也就是我们今天沉痛悼念的我亲爱的儿子，虽然他有自己的儿子，但我还是让他将他们俩收为养子，抚养他们长大，成为家族合格的继承人。（听听，听听！伽卢斯高呼，大家都鼓起掌来。）可现在，残忍的命运将他从我们身边夺走（叹息与哀悼声），我向你们提出同样的请求。神灵在上，面对你们深爱的祖国，我恳求你们，保护好、教导好奥古斯都这两个高贵的重外孙，他们的祖先都是罗马史上响当当的人物：请你们保证，你们要和我一起，对他们尽到应尽的光荣责任。孙儿们，这些元老现在就相当于你们的父亲，你们的出身已经决定，降临到你们头上的命运无论是好是坏，都将决定整个国家的前途。"（掌声雷动，大家泪流满面，祈祷着，大喊着表述忠心。）

他没有到此为止，而是继续老调重弹，说起想要立刻退休、恢复共和国的心愿，毁了整场的气氛——他说等"执政官或别的什么人""把治理国家的重担"从他"年迈的肩上"接过去以后，他就要退休了。如果他不是打算让尼禄和德鲁苏斯（反正是他俩其中的一个）继承皇位，那他为什么要说，他们的命运和国家的命运休戚相关呢？

卡斯托尔的葬礼远不如日耳曼尼库斯的感人，因为很少有人真心悲伤，但另一方面，它的场面却要隆重得多。恺撒家族和克劳狄家族每一位成员的面具都在游行队伍中出现了，最开始是尤利安家族的祖先——埃涅阿斯的面具，接着是罗马创始者——罗慕路斯的面具，最后是盖乌斯、卢修斯和日耳曼尼库斯的面具。尤利乌斯·恺撒的面具也出现了，因为他跟罗慕路斯一样，都是半神，奥古斯都的面具没有出现，因为他是主神。

塞扬努斯和莉维拉现在开始考虑，要怎么实现当皇帝皇后的野心了。尼禄、德鲁苏斯和卡利古拉都挡了他们的路，必须除掉。要安全除掉三个人，似乎有点太多，但莉维拉指出，她的祖母在扶持提比略掌权时，不也想办法除掉了盖乌斯、卢修斯和波斯图穆斯吗。况且，现在塞扬努斯的处境比莉薇娅当时的处境强多了，完全可以将该计划执行到底。为了向莉维拉证明他会遵守承诺娶她为妻，塞扬努斯同妻子阿皮卡塔离了婚。阿皮卡塔给他生了三个孩子，他却指责她红杏出墙，还说她怀了别人的孩子。他没有说出奸夫的名字，但私下告诉提比略，他怀疑是尼禄。他说，尼禄总勾引显贵政要的妻子，早已臭名昭著，他觉得自己是皇位继承人，便可以恣意妄为了。与此同时，莉维拉尽己所能，把阿格里皮娜从莉薇娅的庇护中拉了出来，她警告阿格里皮娜，说莉薇娅只是把她当武器，去对付提比略——这偏偏就是实情——同时，她又通过莉薇娅的一名女官警告莉薇娅，说阿格里皮娜也只是把她当武器，去对付提比略——这偏偏也是实情。她让两人都相信，一旦自己失去利用价值，对方就会痛下杀手。

现在，十二位大祭司在为皇帝的健康兴旺例行祈祷时，开始把尼禄和德鲁苏斯也加进来，其他祭司纷纷效仿。身为大祭司长的提比略向他们写了一封抗议信，说这样一来，他们对两个孩子和对他就没有区别了，可他在这两个孩子出生前二十年，就掌握了国家大部分最高职位，还在他们出生后，又坐上了剩下的那些位置：把他跟他们相提并论是不合适的。他把大祭司叫来，当场问他们，是不是阿格里皮娜用花言巧语哄他们在祈祷中加上两个孩子的，还是她威胁恐吓了他们。他们当然说不是，她什么都没做，可提比略不信；十二个大祭司中有四个跟她是姻亲，包括伽卢斯，另外五个跟她和她的儿子们关系非常好。他严厉训斥了他们。在接下来的演讲中，他警告元老院："不要提前授予年轻人各种荣耀，让他们晕头转向地沉溺在自以为是的野心中。"

阿格里皮娜找到了一个让人始料未及的盟友——卡尔普尼乌斯·皮索。他告诉她，他只是为了捍卫家族荣誉，才为他的叔叔格涅乌斯·皮索辩护的，请她千万不要把他当敌人；他将倾其所有，保护她和她的孩子们。可说完这话以后，卡尔普尼乌斯没活多久。他在元老院被指控犯了"私下发表叛国言论"，以及在家私藏毒药、携带匕首进入元老院的罪行。后两个罪名因过于荒谬被放弃了，但元老院确定了一个日期，审判他的"叛国言论"罪。开庭前，他自杀了。

提比略相信了塞扬努斯的话，坚信阿格里皮娜如今组织了一个叫作"葱绿党"的秘密团体，他们的表现就是狂热支持斗兽场里马车比赛的"葱绿队"。比赛有四个颜色的队伍——深红、雪白、海蓝和葱绿。葱绿队碰巧是现在最受欢迎的，深红队是最不受欢迎的。如今，提比略开始在公众假期去看比赛——本来以他的职位，他是要去看的，但他之前对此毫无兴趣，也不让大家在皇宫或有他出席的宴会上谈论比赛的话题——现在，他破天荒地关注起了不同颜色队伍的支持率，当听到支持葱绿队的响亮欢呼声时，他深感不安。塞扬努斯还告诉他，葱绿队用深红暗指支持提比略的人，他又发现，每当深红队跑赢时，观众就会大声发出叹息和嘘声，而且深红队很少会赢。塞扬努斯很聪明：他知道日耳曼尼库斯一直支持葱绿队，所以阿格里皮娜、尼禄和德鲁苏斯出于感情原因，也会继续支持这个队。

325

有个叫西利乌斯的贵族，在莱茵河当过多年军队指挥官。我记得我提过，他是没有参与叛乱的日耳曼上行省四个军团的将军。他曾是我哥哥最得力的副将，还因打败赫尔曼被授予了胜利奖。最近，他率领上下行省的联合军队，在我的出生地里昂附近平定了法兰西部落的一次危险叛乱。他不谦虚，但也不是特别爱吹牛，据说，他公开宣称，如果不是他在叛乱中机智控制了四个军团，那他们肯定会加入叛军的行列，所以，如果不是他，提比略压根儿没有什么帝国可以统治——好吧，这话倒也不假。但提比略自然是不爱听的，因为我说过了，叛乱的军团都是跟他关系最密切的，而西利乌斯的妻子索西娅是阿格里皮娜最要好的女性朋友。九月初，盛大的罗马运动会上，索西娅碰巧给葱绿队下了重注。塞扬努斯冲着坐在对面的西利乌斯大喊："你下多少我都跟你赌。我押深红队。"西利乌斯大喊着回答："你押错颜色啦，我的朋友。深红队的车手完全不懂控制缰绳。他做什么都想使鞭子。我跟你赌一千块，赌葱绿队赢。这个小尼禄也说，他赌一千五；他是葱绿队的忠实支持者。"塞扬努斯意味深长地看了看提比略，提比略听到了他们的全部对话，西利乌斯的大胆出乎了他的意料。葱绿队领头的车在倒数第二圈转圈时翻了，深红队轻松赢得比赛，提比略认为这是个极好的兆头。

十天后，西利乌斯在元老院被弹劾。罪名是叛国。有人指控他在法兰西叛乱早期持默许态度，并接受了赃物的三分之一作为不予干涉的报酬，接着又以打胜仗为借口，继续劫掠忠心耿耿的行省，并在事后向行省征收超额的应急税，弥补战事开支。索西娅被指控为以上罪行的同谋。在法兰西叛乱中，皇宫对西利乌斯的非议颇多。提比略没有亲上战场平息叛乱，反而对当时发生的叛国案表现出了比对战事更大的兴趣，也招致猛烈的抨击。他对元老院解释说，自己老了——卡斯托尔也有别的要事在身——但他一直跟西利乌斯的指挥部保持着联系，并给他提出宝贵建议。提比略对法兰西叛乱非常敏感。法兰西打了败仗后，一个爱开玩笑的元老模仿伽卢斯的恶作剧，故意提出荒谬的提议，说要为提比略举行凯旋式，因为他才是我们赢得胜利的真正原因。提比略听到这话极为不悦，表现出这场胜利压根儿不值一提的态度，所以，也没人敢提议为西利乌斯授予胜利奖了，可这完全是他应得的。西利乌斯大失所望，他说的莱茵河兵变的那些话，是在发泄对提比略过河拆桥的不满。

西利乌斯不屑于回应叛国的指控。他的确没有与叛军达成任何共识，至于他手下的士兵有时分不清叛军的财物和忠臣的财物，也完全可以理解：毕竟，有很多人假装忠臣，暗地里却在悄悄资助叛军。至于征税，实际上是提比略向他承诺，会从国库拨一笔特别款项，弥补战争开支，并赔偿罗马公民损失的房屋、庄稼和牲畜。有了对这笔拨款的预期，西利乌斯才向北方某些部落征了税，并保证说提比略一把款项拨给他，他就会把钱还给他们；但提比略的钱一直没有拨。这场叛乱让西利乌斯亏了两万金币，因为他征召志愿马队时，是自掏腰包配的武装、发的军饷。带头指控他的人是那一年的一位执政官，他揪住"恶意勒索"这个罪名不放。他是塞扬努斯的朋友，也是下行省军事总督的儿子，他父亲本想掌管罗马军队的最高指挥权，去对战法兰西，但西利乌斯得势后，他只能靠边站了。西利乌斯甚至拿不出提比略承诺拨款的证据，因为包含证据的信是用狮身人面印封缄的。至于勒索罪，无论如何都不相干，因为这场审判是审叛国罪，不是审勒索罪。

最后，他终于爆发了："先生们，我本可以滔滔不绝为自己辩解，但我什么都不想说，因为这场审判压根儿就不合法，而判决早已定好。我明白，我真正的过错，就是我说了如果不是我处理妥当，那上日耳曼的军团早就叛乱了。我在这件事上的过错毋庸置疑。我应该说，如果不是提比略以前对他们的管教，那下日耳曼的军队也就不会叛乱了。先生们，我是受害者，害我的人是一个贪得无厌、满心嫉妒、嗜血成性、暴虐专制的……"他接下来的话被淹没在元老院惊恐的抗议声中。西利乌斯向提比略行了个礼，昂首挺胸地走出去。回到家，他拥抱了索西娅和孩子们，给阿格里皮娜、尼禄、伽卢斯和其他朋友留下深情的永别信，然后走进卧室，把剑插进了自己的喉咙。

他侮辱提比略的罪名尚待确定。他的资产全部被没收，皇帝保证，会把这笔钱偿还给交了不公正重税的行省，剩下的四分之一按法律分给指控他的人，奥古斯都在遗嘱中奖赏他赤胆忠心的钱财将归还国库，因为这显然是个误会。行省不敢催要还款，于是，提比略留下了他全部资产的四分之三：军库、国库和提比略的私库之间不再有真正的区别。这是他第一次从没收资产中直接获益，也是他第一次让别人侮辱他的言论成为叛国罪证。

索西娅有自己的资产，为了保住她的性命，也为了不让她的孩子们流落街头，伽卢斯提议将她流放，把她的一半资产奖励给指控她的人，剩下的一半留给孩子们。阿格里皮娜的一个姻亲是伽卢斯的心腹,他提出,控告者只应该得到四分之一,这是法律规定的限额,他还说,伽卢斯这是对皇帝尽忠,不是对索西娅尽心;因为大家都知道,在西利乌斯奄奄垂绝之际,索西娅还谴责了丈夫,说他不该讲那些大不敬又数典忘祖的话。就这样,索西娅只是被流放——她去了马赛;西利乌斯刚一知道自己可能被判死刑时,就将大部分现金偷偷交给了伽卢斯和其他几个朋友保管,作为给孩子们的信托金,现在,他的家人靠这笔钱过得还不错。他的大儿子后来给我惹了不少麻烦。

在此之前,提比略指控叛国罪时,还会以亵渎奥古斯都为理由,可从此以后,他开始越来越强硬地执行他在即位第一年通过的法令,任何人以任何方式损毁他的名望和声誉都构成叛国罪。他怀疑一位元老是阿格里皮娜一伙的,便指控他念了一首辱骂自己的讽刺诗。事实是,这位元老的妻子有天早上发现自家大门上高高地贴着一张纸,她让丈夫念念纸上写了什么——因为丈夫个头比较高。丈夫慢慢念道:

> 他如今不是饮酒而醉,
> 就像他以前那样:
> 他用更浓醇的一杯酒暖身——
> 那是被杀之人的鲜血。

她天真地问这首诗是什么意思,他说:"在外面解释不安全,亲爱的。"元老念这首诗时,一个职业密探正好在大门附近闲逛,认为此事值得上报。这首诗其实是莉薇娅写的。密探直接去找了塞扬努斯。提比略亲自对元老反复审讯，问他说的"不安全"是什么意思，又问他认为这首诗到底讽刺了谁。元老坐立不安，没有直接回答。接着，提比略说，如今有很多流言，说他年轻时是个酒鬼，近几年因为痛风，医生严令他禁酒，便又有流言说他嗜血。他问被指控的元老知不知道，以及是否认为那首诗指的不是别人，正是皇帝。可怜的元老说他确实听过有关提比略酗酒的谣言，但他很清楚，那都是无中生有，他也从未将它们和自家门上的短诗联系在一起。这时，提比略又问他，为什么不将听到的这些谣言向元老院汇报，这是他应尽的职责。他回答说，他听到它们的时候，念诗还不算犯罪，无论这些诗写得有多恶毒，也无论它们讽刺的是多高贵的人；就连抨击奥古斯都的言论，念出来也不是叛国，只要不把它们写下来出版就行了。提比略问他指的是哪个时候，因为奥古斯都晚年也曾立法，禁止粗俗毁谤之言论。元老回答："就是你在罗德岛的第三年。"提比略大呼："先生们，你们怎能容忍这个家伙如此羞辱我？"于是，元老院竟判他被扔下塔皮安悬崖，这种惩罚一般是对付最恶劣的叛国贼——比如在战争中通敌的将军的。

另一个人是位骑士，他因为写了一出阿伽门农国王的悲剧被判了死刑，剧本中，阿伽门农的王后趁他洗澡时杀害了他，她抡起斧子时大喊：

> 要知道，残忍的暴君，这不是犯罪，
> 而是报复我所受之冤屈。

提比略说,这里的阿伽门农暗指的是他,这句话是煽动大家都来杀他。这出悲剧上演时,大家看得哈哈大笑,因为它演得太蹩脚、写得太拙劣了,可后来,当所有的抄本都被收起来,悉数烧毁,作者也被处决后,它反而赢得了一种悲壮的尊严。

这次处决两年后,克莱穆提乌斯·科尔杜斯也被判了死刑——我之所以写在这里,是因为阿伽门农的故事让我想起了他。克莱穆提乌斯是个老头,很久以前,因为琐事跟塞扬努斯闹了矛盾。有一天下雨,塞扬努斯走进元老院,把外套挂在一直是克莱穆提乌斯挂衣服的钩子上,克莱穆提乌斯进来时,不知是塞扬努斯的外套,便把它挪到另外的钩子上。结果,塞扬努斯的外套从新钩子上掉下来,被人踩上了泥乎乎的鞋印。塞扬努斯便开始用各种恶毒的手段报复,克莱穆提乌斯后来一看到他的脸或一听到他的名字就难忍憎恨,他听说庞培剧院要立一尊塞扬努斯的雕像时,大声感叹:"这下剧院要毁喽。"于是,有人向提比略告密,说他是阿格里皮娜最主要的拥护者。可他是个受人尊敬又脾气温和的老头,在这世上,除了塞扬努斯,再没有别的敌人,也从不多说一句没有必要的话。对这样的人提出指控很难找到证据,就连平时俯首帖耳的元老院也觉得没脸附和。最后,克莱穆提乌斯的罪名是写书表扬过布鲁图斯和卡西乌斯,而他俩是刺杀尤利西斯·恺撒的凶手。提交法庭的证据是他三十年前写的一本史书,据说,恺撒的养子奥古斯都本人都将这本书收藏在他的私人图书馆里,不时翻阅参考。

面对这荒谬的指控,克莱穆提乌斯坚定地辩解道,布鲁图斯和卡西乌斯早已作古,后世历史学家也经常赞扬他们的行为,如果说这场审判不是恶作剧，他都很难相信了——最近，一位年轻的旅行者在拉瑞沙城就遇到过这种恶作剧。这位年轻人被公开指控杀了三个人，可这所谓的三个人只不过是挂在店铺外的三个酒囊，他在黑暗中误以为是强盗，拿剑猛砍。可拉瑞沙城的审判是发生一年一度的玩笑节上的，还算说得过去，而且那个年轻人是个酒鬼，动不动就拔剑，也许是该受点教训。可是他，克莱穆提乌斯·科尔杜斯，这么老成又这么清醒，不该被人如此戏耍，况且，现在也不是玩笑节，恰恰相反，今天是《十二表法》[1]颁布四百七十六周年的庄重纪念日，这部法典是纪念我们祖先的立法天才和道德品行的一座光荣丰碑。克莱穆提乌斯回到家，便绝食自尽了。他所有的书都被收起来，付之一炬，只有他女儿藏了两三本。多年后，提比略去世，她将它们再次出版。那些书也不怎么好；实在是名不副实。

这段时间，我一直对自己说："克劳狄乌斯，你是个可怜虫，在这个世界上没什么用处，你过得很悲惨，一件事接着一件事，但至少你的性命是安全的。"所以，当我非常熟悉的老克莱穆提乌斯在这么一桩指控上丢了性命时，我都目瞪口呆了——我跟他经常在图书馆见面聊天。我现在感觉，自己就在火山口上，脚下随时可能爆发出滚烫的灰烬和火红的岩浆。我年轻时，写过比克莱穆提乌斯更反叛的东西。我写的奥古斯都宗教改革史里，有很多章节能直接拿来当指控的证据。虽然我的资产少得可怜，几乎不值得为了其中的四分之一来浪费时间指控我，但我也非常

---

[1] 即十二铜表法，于公元前449年制定公布。

清醒地意识到，最近叛国案的受害者全是阿格里皮娜的朋友，而我只要一到罗马，就会去探望阿格里皮娜。我不确定，我身为塞扬努斯妹夫的身份是否足以保护我。

对了，我最近成了塞扬努斯的妹夫，现在就来说说是怎么回事吧。

第二十三章

有一天,塞扬努斯告诉我,我应该离婚再娶,因为我跟妻子好像相处得并不愉快。我说,厄古拉尼娜是我祖母莉薇娅给我选的,没有莉薇娅的许可,我不能离婚。

"哎呀,当然,当然不能,"他说,"我非常理解,但身边没个老婆一定很难受吧。"

"谢谢你,"我说,"我还应付得来。"

他假装这是句玩笑话,哈哈大笑起来,说我是个聪明人,接着他说,万一我哪天发现可以离婚了,那我一定要去找他。他心里有个最适合我的人选——一个出身高贵、年轻又聪明的女人。我谢过了他,但觉得很尴尬。我正要走,他突然说:"我的朋友克劳狄乌斯,我有句话要劝你。明天每一场比赛,你都支持深红队吧,不要介意一开始输点小钱:从长远来看,你一定不会输。千万不要支持葱绿队:如今这个颜色不吉利了。我给你的这个建议你不要告诉任何人。"塞扬努斯认为我还值得拉拢,这让我松了口气,但我不明白他跟我说的话是什么意思。第二天是奥古斯都节,在马车比赛上,提比略看到我也在斗兽场。他心情很好,派人叫我过去,问我:"这些日子你在忙什么呢,侄子?"

我结结巴巴地说，我在写伊特鲁里亚的古代史，希望他满意。

他说："哦，真的吗？这倒是符合你的判断力。现在，没有哪个古伊特鲁里亚人会出来提意见，也没有哪个现代伊特鲁里亚人会关心这种事了：你可以想怎么写就怎么写。还忙了什么别的吗？"

"写、写、写迦、迦、迦太基的古代史，希望您满意。"

"很好。还有别的吗？快点说，别结巴。我忙着呢。"

"眼、眼、眼下我还忙、忙、忙……"

"写梦、梦、梦幻、幻、幻国史吗？"

"没、没有，陛下，我在支、支、支持深红队。"

他敏锐地盯着我，说："我明白了，侄子，看来你还不完全是个傻瓜。你为什么要支持深红队？"

这下我可犯难了，因为我不能说是塞扬努斯告诉我的小道消息。于是我说："我梦到葱绿队因为用鞭子打了对、对、对手，被取消比赛资格，深红跑、跑、跑到了第一，海、海、海蓝和雪白连影子都看不到。"

他给我一袋钱，在我耳边悄悄说："别跟任何人说我给了你钱，把这钱押在深红队上，我们来看结果如何吧。"

结果，那天深红队运气大好，我跟小尼禄在每场比赛上都打了赌，我赢了将近两千金币。那天晚上，我认真思考后，去皇宫拜见提比略，对他说："这是您那袋幸运的钱，陛下，还有它白天下的一窝小钱崽子。"

"都是我的？"他欢呼，"哎呀，我真是幸运。深红不错吧？"

这就是我的伯伯提比略。他没有明确说赢的钱归谁，我以为是归我。但如果我把钱输光了，他又一定会说点什么，让我感觉欠了他的债。他至少应该给我点回扣吧。

我再来罗马时，发现母亲陷入了心慌意乱的状态，一开始，我在她面前一个字都不敢说，生怕惹她发了脾气，扇我耳光。我推测，她的烦恼跟卡利古拉和德鲁茜拉有关，当时，卡利古拉十二岁，德鲁茜拉十三岁，都跟她住在一起。德鲁茜拉被关在房间里，不准吃东西，卡利古拉行动自由，但看起来惊惶失神。那天晚上，他来找我，说："克劳狄乌斯叔叔。您去求求您的妈妈，不要告诉皇帝。我们没做坏事，我发誓。那只是个游戏。您不可能相信我们会做那种事吧。快说您不相信。"

接着，他向我解释了，他不希望皇帝知道的是什么事，他用他父亲的名誉对天起誓，他和德鲁茜拉绝对是清白的，我感觉到我必须为孩子们尽尽力了。我去找了母亲，我说："卡利古拉发誓说是您搞错了。他用他父亲的名誉发了誓，您心里对他犯的错即便是有一丝怀疑，也应该尊重他的誓言。至于我，我是不敢相信一个十二岁的孩子能……"

"卡利古拉是个怪物，德鲁茜拉也是个怪物，而你，你是个蠢货，比起他们的誓言和你的胡话，我更相信自己的眼睛。明天我第一件事就要去找提比略。"

"可是，母亲，如果您告诉了皇帝，那受罪的可不止他们两个。就这一次，让我们坦诚地聊一聊，让密探都滚远点！我也许是个蠢货，可您和我一样清楚，提比略一直怀疑是阿格里皮娜下毒害死了卡斯托尔，好让她的儿子成为继承人，而且提比略总害怕有人会为了他们突然起义。如果您，他们的祖母，指控这两个孩子乱伦，您认为他不会想个办法把家里的其他人也都牵连进来吗？"

"我说，你真是个蠢货。我受不了你那脑袋一抽一抽和喉结一上一下的样子。"但我看得出来，我的话对她产生了影响，我决定，在我还在罗马的这段时间里不再出现在她眼前，不让她想到那是我的建议，这样一来，提比略也就可能不会从她嘴里听到任何消息了。我收拾了几样东西，去了我大舅子普罗提乌斯的家，请他留我住几天。（此时的普罗提乌斯官运亨通，再过四年就能当执政官了。）我到他家时，晚餐时间已过，他正在自己书房里看法律文件。他妻子去睡觉了，他说。我问："她好吗？上次我看到她时，她好像忧心忡忡的。"

他大笑。"哎哟，你这个乡巴佬，你还没听说吗？我差不多一个月前就跟纽曼缇娜离婚了。我说的'我妻子'指的是我的新老婆，阿普罗妮娅，她父亲最近大败了塔克法里纳斯！"

我赶紧道歉，说我应该恭喜他。"但你为什么要跟纽曼缇娜离婚呢？我还以为你们俩挺好的呢。"

"是挺好。但实话跟你说，最近我债务缠身。几年前，我当小官时运气不好。你也知道，一个小官在竞技会上得自己掏多少钱。哎呀，一开始，我花的钱超了预算，加上运气又背到家，你还记得吧。竞技会的流程走到一半，竟出了两次错，我只能第二天从头再来。第一次是我自己的错：我用的祈祷词两年前就已经立法修改了。第二次是因为号手在吹一段长号前没有深吸一口气：结果还没吹完，就吹不下去了，导致第二次搞砸。我只好给角斗士和马车夫付了三次钱。从那以后，我就背上债了。最后，我不得不想点办法，因为债主们越来越凶。纽曼缇娜的嫁妆早就花光了，但我想办法和她叔叔做了安排。他同意没有嫁妆也接她回娘家，条件是我让他收养我最小的儿子。他想要个继承人，他喜欢那孩子。阿普罗妮娅非常有钱，所以现在我没事了。当然，纽曼缇娜不想离开我。我只好告诉她，我这样做只是因为一个要人的一个朋友悄悄告诉我，阿普罗妮娅爱上我了，而且她跟法院很有关系，我如果不娶她，就会被安上亵渎奥古斯都的罪名。你瞧，那天，我的一个奴隶在大厅中央滑了一跤，把装满酒的雪花石膏碗摔了。我正好拿着一根马鞭，听到声响，就冲到那家伙面前，狠狠抽了他一顿。我气得两眼发昏。他说：'慢点，老爷，你看看我们在哪儿！'那畜生的一只脚竟然在奥古斯都雕像四周的洁白神圣大理石框里。我立马扔掉马鞭，但至少有六七个释奴都看见了。我相信他们不会告我的密，但这事让纽曼缇娜非常担心，于是，我用这个借口让她同意了离婚。顺便说一句，这些事是绝对保密的。我相信你不会告诉厄古拉尼娜。我也不怕告诉你，纽曼缇娜这件事让她很不高兴。"

"我现在压根儿不跟她见面了。"

"好吧，但如果你见到她，你不会把我跟你说的事告诉她吧？你得发誓。"

"我以神君奥古斯都发誓。"

"这还差不多。你还记得你上次来这儿住的卧房吧？"

"记得，谢谢你。你要是忙的话，我就去睡觉了。我今天从乡下过来，赶了好远的路，在家也麻烦不断。我母亲几乎是把我赶出了家门。"

就这样，我们互道晚安，我上楼去了。一个释奴表情诡异，给了我一盏提灯，我走进差不多是在普罗提乌斯卧房正对面的卧房，把门关上，开始脱衣服。床在帘子后面。我脱掉衣服，在房间另一头的小盥洗间里洗了手和脚。突然，背后传来沉重的脚步声，提灯被人吹熄了。我对自己说："这下你可完了，克劳狄乌斯。有人拿着匕首来了。"但嘴上，我尽可能平静地大声说道："请点上灯吧，不管你是谁，看我们能不能安静地商量这件事。如果你决定杀我，点着灯不是看得更清楚吗？"

一个低沉的声音回答："待在那儿别动。"

脚步声、嘟囔声和穿衣服的声音响起，接着是火石打火的声音，最后，灯亮了。是厄古拉尼娜。自从德鲁西拉斯的葬礼之后，我就再没见过她。这五年来，她没有变得更漂亮，反而变得前所未有地肥壮，简直成了庞然大物，脸像气球那么肿：这位女大力神足以制服一千个克劳狄乌斯。我的手臂还挺强壮的，但她只要往我身上一扑，就能把我活活压死。

她朝我走来，缓缓问道："你在我卧房里做什么？"

我拼命解释，我说这是普罗提乌斯开的玩笑，是他让我来这间卧房的，没告诉我她也在这儿。我非常敬重她，我说，我为自己的冒失向她诚恳道歉，我现在马上走，去浴室的沙发上睡觉。

"不用了，亲爱的，既然来了，就留下吧！我又不是经常能享受到丈夫的陪伴。请你搞清楚，你来了就逃不掉了。上床睡觉去吧，我过会儿就来陪你。我要看会儿书，困了再睡。我都好多天晚上没好好睡觉了。"

"要是我刚刚吵醒你了,真的非常抱歉……"

"上床去。"

"纽曼缇娜离婚的事,我也很抱歉。我之前什么都不知道,是释奴刚刚才告诉我的。"

"上床去,别说话了。"

"晚安,厄古拉尼娜。我真的非常……"

"闭嘴。"她走过来,拉上帘子。

我累得要死,眼睛都睁不开了,但还是拼命想保持清醒。我确信,厄古拉尼娜是要等我睡着以后掐死我。与此同时,她一直在慢慢念一本非常无聊的书,是那种最蠢的希腊爱情故事,她窸窸窣窣地翻着页,用沙哑的嗓音一个字一个字地悄声念给她自己听:

> "哦,学者啊,"她说,"你现已尝到蜂蜜与胆汁。小心了,不要让快乐的甜蜜变成明日后悔的痛苦。""哼。"我回答道。"我的心肝,我准备好了,如果你再给我一个上次那样的吻,哪怕让我像小鸡或小鸭那样在火上慢慢被炙烤,我也甘之如饴。"

念到这句,她咯咯笑起来,接着大声说:"睡吧,丈夫。我要等着听你的鼾声。"

我抗议:"那你就不该念这么有趣的故事呀。"

过了一会儿,我听到普罗提乌斯也去睡觉了。"老天爷啊,"我心想,"再过几分钟,他就会睡着,我们之间隔了两道门,等厄古拉尼娜掐死我的时候,他肯定听不到我的喊声。"厄古拉尼娜不再念书,没有低语声和翻书声来帮我抵挡睡意了。我沉沉坠入梦乡。我睡着了。我知道我睡着了,我必须醒来。我疯狂挣扎着,想要醒来。最后,我终于醒了。黑暗中传来嘭的一声和沙沙纸响。是桌上的书被风吹到了地上。灯熄了;我感觉房间里有一股强大的穿堂风。门一定开着。我竖起耳朵听了大概三分钟。厄古拉尼娜绝对不在房里。

就在我考虑该怎么办时,我听到一声最瘆人的尖叫——好像就在很近的地方。一个女人尖叫:"放开我!放开我!这都是纽曼缇娜干的!哎呀!哎呀!"接着,是什么很重的金属物品掉落的声音,玻璃碎裂的哗啦声,又是一声尖叫,远远传来嘭的一声,然后是沿走廊匆忙跑来的脚步声。有人进入我的房间。门被轻轻关上,插了门闩。我辨认出厄古拉尼娜粗重的喘息声。我听见她脱掉衣服,放到椅子上,紧跟着,她躺到我身边。我假装还在熟睡。她在黑暗中摸到我的喉咙。我故意半睡半醒地说:"别闹了,亲爱的。痒。我明天还要去罗马给你买化妆品呢。"接着,我又用更清醒的声音说:"哎呀,厄古拉尼娜!是你吗?这是在吵什么?什么时间了?我们睡了很久吗?"

她说:"我也不知道。我应该睡了差不多三小时吧。马上要天亮了。听起来像是发生了什么可怕的事。我们去看看吧。"

我们起了床,匆忙穿上衣服,打开门。普罗提乌斯浑身赤裸,只胡乱裹着一条被单,站在拿着火把、情绪激动的一群人中。他心神不宁,不停地说:"不是我干的。我睡着了。我感觉有人把她从我怀里拉走,我听到她在半空中尖叫着喊救命,接着是哐当一声，什么东西掉了，之后是她穿过玻璃的哗啦声。当时伸手不见五指。她大喊：'放开我！是纽曼缇娜干的。'"

"把这些话对法官说吧，"阿普罗妮娅的哥哥大踏步走来，说，"看他们相不相信你。就是你杀了她好吗，她脑袋都碎了。"

"不是我干的，"普罗提乌斯说，"怎么可能是我干的呢？我在睡觉啊。这是巫术。纽曼缇娜就是女巫。"

黎明时分，他被阿普罗妮娅的父亲带到皇帝面前，提比略严肃盘问了他。他这会儿说的是，他熟睡时，阿普罗妮娅自己从他怀里挣脱，跳到房间对面，尖叫着，撞碎窗户，摔到了楼下的院子里。提比略立即让普罗提乌斯陪他来到凶案现场。他在卧室里注意到的第一样东西，就是他送给普罗提乌斯的结婚礼物，一个漂亮的埃及大烛台，是铜和黄金做的，来自某位皇后的陵墓，此时，它摔裂在地板上。他抬眼望去，发现它是从天花板上被人拽下来的。他说："她紧紧抓着它，它才会掉下来。当时有人把她扛在肩上，朝窗户走去。看窗户上的洞有多高！她是被人扔出去的，不是自己跳出去的。"

"是巫术，"普罗提乌斯说，"她是被一种看不见的力量抬起来的。她尖叫着，责怪我的前妻纽曼缇娜。"

提比略冷冷一笑。普罗提乌斯的朋友们意识到，他将会以谋杀罪被判处死刑，而他的资产都将被没收。他的祖母厄古拉尼娅派人送来一把匕首，让他想想自己的继承人，如果他预料到了判决的结果，那现在就自杀，他的继承人还能保住家产。他是个懦夫，没办法把匕首插进自己胸口。最后，他坐进热水浴缸，让医生帮他切开血管；他没有痛苦，慢慢地流血而死。他的死让我非常难过。我没有指控厄古拉尼娜是杀人犯,因为我不希望别人来质问我:我听到第一声尖叫时,为什么不从床上跳起来去救阿普罗妮娅。我原本打算等到开庭,如果普罗提乌斯要被判死刑了,我再站出来。我对匕首的事一无所知,等我知道的时候,又已为时太晚。我安慰自己,反正他对纽曼缇娜那么残忍,对我也那么坏。为了捍卫普罗提乌斯的名誉,他的兄弟对纽曼缇娜提出控告,说她用巫术搅乱了普罗提乌斯的理智。但提比略出面了,他说他很肯定,当时普罗提乌斯是完全清醒的。纽曼缇娜被释放了。

厄古拉尼娜和我再没有说一句话。一个月后,塞扬努斯路过卡普阿时,出人意料地来找我。他是陪提比略去卡普里岛的,这个岛在那不勒斯附近,提比略在岛上有十二幢别墅,经常去游玩。塞扬努斯说:"你现在可以和厄古拉尼娜离婚了。她差不多再过五个月就要生孩子了,我的探子是这么告诉我的。这事儿你得感谢我。我早就知道厄古拉尼娜对纽曼缇娜很痴迷了。我碰巧遇到一个年轻奴隶,是希腊人,长得简直就像纽曼缇娜的双胞胎兄弟。我把他作为礼物送给厄古拉尼娜,她立马就爱上了他。他的名字叫包特。"

除了感谢他,我还能怎么办呢?接着我说:"那谁会是我的新老婆呢?"

"看来你还记得我们上次说的话,哎呀,我心里想的这位女士就是我们家收养的女儿,我的妹妹——艾丽娅。当然,你已经认识她了吧?"

我是认识她,我掩饰着自己的失望,只是问道,那么年轻、漂亮又聪明的人怎么会愿意嫁给我这样一个瘸腿、多病又结巴的蠢蛋呢。

"哎呀,"他大大咧咧地回答,"她一点儿也不介意。她要嫁的是提比略的侄子、尼禄的叔叔,这就是她脑子里想的。别幻想她会爱上你。她也许会看在列祖列宗的面子上,勉强给你生个孩子,至于其他感情……"

"实话说,除了能成为你小舅子的荣幸外,我不跟厄古拉尼娜离婚反而对我更好。"

"哎哟,你会应付得来的,"他大笑着说,"从这个房间来看,你在这里的生活也不孤单。有个不错的女人在这里,我看得出来。这些手套、小镜子、绣花框、一盒盒的糖果、精心插好的鲜花什么的。艾丽娅不会嫉妒的。说不定,她也有自己的男朋友,但我从不打探她的私事。"

"好吧,我接受这个提议。"

"你的语气听起来不是很感谢我。"

"我可不是忘恩负义。你为我操了这么多心,我都不知道该怎么好好谢你。我只是很紧张。我听别人说,艾丽娅相当挑剔,你懂我的意思吧。"

他放声大笑。"她那舌头就像缝麻袋的针一样厉害。可你现在对责骂应该是刀枪不入吧?你母亲训你训得够多了,不是吗?"

"有些时候我还是脸皮薄的。"

"好了,我不能再久留了,我亲爱的克劳狄乌斯。提比略会问我去了哪里的。那这件事就说定了?"

"好的,非常感谢你。"

"哦，顺便问一句，杀了可怜的阿普罗妮娅的凶手，就是厄古拉尼娜，对不对？我早就料到会有一场悲剧。厄古拉尼娜收到纽曼缇娜的一封信，请她为她报仇。其实写信的不是纽曼缇娜，你懂吧。"

"我什么都不知道。当时我睡得正沉。"

"跟普罗提乌斯一样？"

"比普罗提乌斯睡得还沉。"

"真是个聪明人！好了，再见了，克劳狄乌斯。"

"再见了，艾利乌斯·塞扬努斯。"他大步走了。

我首先给祖母写信，得到她的允许后，才跟厄古拉尼娜离了婚。莉薇娅在回信中写道，那个孩子一生下来就应该被扔到荒野；这是她的心愿，也是厄古拉尼娜的心愿。

我派了个靠得住的释奴，去赫库兰尼姆找厄古拉尼娜，把我接到的指令告诉她，并警告她，如果她想让孩子活命，就必须等孩子一出生就换成死婴；我总得找个孩子扔去荒野吧，只要不是死了太久的，随便一个死婴都可以。就这样，孩子得救了，后来，厄古拉尼娜把孩子从养父母，也就是死婴的父母那里接了回来。我不知道包特后来怎么样了。那孩子是个女孩，他们说，后来她长成了纽曼缇娜的翻版。如今，厄古拉尼娜已作古多年。她去世时，他们不得不推倒一面墙，才将她庞大的遗体从房子里抬出来——她全身的肉都很结实，不是松垮垮的肥肉。她在遗嘱里奇怪地向我表达了敬意："我不管别人怎么说，但克劳狄乌斯绝不是傻瓜。"她给我留下了她收藏的希腊宝石、一些波斯刺绣和她珍藏的纽曼缇娜的肖像画。

第二十四章

提比略和莉薇娅现在从不见面。莉薇娅以他俩的名义，向奥古斯都献了一尊雕像，把她的名字放在前面，结果得罪了提比略。他的报复，就是做了一件她连假装原谅都装不出来的事——西班牙的特使来拜见提比略，问能不能为他和他的母亲建一座神庙，他代表他俩一口回绝。他对元老院说，也许是一时心软，他允许亚细亚向元老院及其领袖（即他自己）献了一座神庙——两者加起来象征着罗马的父权政府。而他的母亲作为奥古斯都教的最高女祭司，名字也出现在献祭的碑文中。可若是同意他们把他和他母亲都尊为神灵，那就有些得寸进尺了。

"诸位大人，我认为，我就是个凡人，受人类天性的束缚，为了让你们满意——不知道做到了没有——我坐上了你们当中最高的位置，我庄重地向你们保证，这对我来说已经足够：我希望子孙后代就这样记住我。如果子孙后代相信我无愧于列祖列宗、捍卫了你们的权利、危险当前而色不改，且保护了国家利益、无惧私敌，那就算是好好记住我了。元老院、罗马人民和盟友的爱戴才是我想建的最伟大的神庙——这座神庙不是用大理石建的，但比大理石更持久，它是人们心中的神庙。大理石的神庙，当它们供奉的对象名誉扫地时，就成了坟墓。所以，我祈求上天，赐予我无忧无虑的灵魂和洞察一切人神职责的判断力，直至生命尽头；我恳求我们的公民和盟友，当我这具肉体凡身消亡时，他们能用发自内心的感激和赞美来纪念我的生平事迹（如果它们值得感激赞美的话），无需表面的排场、宏伟的神庙或一年一度的祭典。我的父亲奥古斯都还身为凡人活在我们之中时，罗马对他的真诚爱戴现在已经被两样东西模糊了，一是他的神体给虔诚之人带来的敬畏感，二是不分场合滥用他的名义，就像在市集的赌咒发愿一样。既然说到这个话题，诸位大人，我提议，从今往后，除了最庄重的场合，谁也不准使用奥古斯都这个神圣的名字，否则就是犯罪，我们要严格执行这条法律。"他压根儿没提莉薇娅对这件事的看法。前一天，他刚刚否决了由莉薇娅提名的一位法官候选人。要他同意也可以，除非允许他在任命文件里加上这样的注解："此人为我母亲莉薇娅·奥古斯塔所选，我很清楚他的性格和能力不足以胜任该职位，但在母亲纠缠不休的请求下，我被迫让步。"

没过多久，莉薇娅邀请罗马所有的贵妇来参加一次全天的娱乐活动。活动上有杂耍杂技、诗歌朗诵，有精致美味的蛋糕、甜食、佳酿，每位客人还收到一份漂亮的珠宝作为纪念。活动结束时，莉薇娅念起奥古斯都的信。她如今八十三岁了，说起话来有气无力，念到字母 S 时嘴里总是呲呲漏风，但她还是念了一个半小时，听众们都听得入了迷。她念的第一封信是对公共政策的声明，像是特地写来警示罗马目前形势的。有些话对叛国审判进行了恰如其分的评价，比如下面这一段：

347

我必须在法律上保护自己不受各种毁谤的侵害，但亲爱的莉薇娅呀，我也必须不遗余力地避免将叛国罪安到那些愚蠢的历史学家、漫画家和讽刺诗作家头上，他们只是把我当成目标，展示自己的聪明才智或雄辩口才。诗人卡图卢斯写了一首谁都想象不出的最下流的讽刺诗，我父亲尤利乌斯·恺撒原谅了他：他给卡图卢斯写信说，如果他是想证明自己和别的诗人不同，不是个奴颜媚骨的人，那他现在已充分证明了这一点，他可以回去写点更有诗意的主题，不用再关注一个中年政治家的性生活正不正常了；另外，他还问他，是否愿意赏光第二天共进晚餐，他可以想带什么朋友就带什么朋友来。卡图卢斯真的来了，从那以后，他们俩成了要好的朋友。利用庄严的法律去解决微不足道的个人恩怨，就是公开承认自己的软弱、怯懦和卑鄙。

还有很重要的一段是写告密者的：

　　除非我能确信，告密者完全不指望从指控中获得任何直接、非直接的好处，而且他们这样做是出自真诚的爱国心和道德感，否则，我是不会把他们的话当证据的，不仅如此，我还要在他们的名字旁边标个记号，从此以后，再不会把他们安排到任何重要的职位上……

最后，她又念了一些让人颇受启发的信。莉薇娅手上有成

千上万封奥古斯都写的信,时间跨越了五十二年,它们被小心地装订成册,编上目录。她从这上万封信里,选出她能找到的最具杀伤力的十五封。它们的开头全是奥古斯都对提比略的抱怨,批评他幼时恶心的行径,批评他长大后在学校不招人喜欢,批评他青年时吝啬傲慢,等等等等,语气越来越愤怒,还有一句话反复出现:"他若不是你的儿子,我最亲爱的莉薇娅,那我就要……"接着,他批评了提比略对麾下军队的残忍管束——"简直就是在鼓励兵变"——还有他向敌军进攻时的拖拉,跟我父亲简直没法比。奥古斯都还愤怒地拒绝了把他作为女婿人选的提议,详细列举了他的道德缺点。接着,更多的信写到尤莉娅的悲剧,大部分内容都是对提比略近乎疯狂的憎恨咒骂。莉薇娅念了一封很重要的信,是奥古斯都把提比略从罗德岛召回时写的:

最亲爱的莉薇娅:

今年是我们结婚四十二周年,我想利用这个机会,向你表达我全心全意的感激,自从我们结合以来,你为国家做出了杰出贡献。如果我被称作"国家之父",你却不是"国家之母",那我觉得很荒谬:我敢发誓,在我们重建国家的伟大事业中,你做的比我做的多一倍。你为什么要让我再等几年,才请求元老院投票授予你这项荣誉呢?为了表示我绝对相信你大公无私的忠心和深谋远虑的判断,我只有一个办法,那就是做出让步,最终同意你屡次要我召回提比略的请求,我承认,对这个人的人品我仍然极其憎恶,我向上天祈祷,希望我如今对你的让步不会给国家带来无尽的祸害。

莉薇娅最后选的是奥古斯都死前约一年写的一封信：

我最亲爱的妻子啊，昨天，我在同提比略商议国策时，突然感到最深重的后悔和绝望，罗马人民难道注定要被他那双暴突的眼睛怒视、被他那瘦骨嶙峋的拳头痛打、被他那可怕的牙齿撕咬、被他那巨大的双脚践踏吗？可眼下，我只能在没有你，也没有我们亲爱的日耳曼尼库斯的情况下，自己瞎猜了。要不是坚信等我百年之后，你会在所有的国家大事上指导他，而他也会以日耳曼尼库斯为榜样，至少表现得比较体面，那我发誓，我现在就会取消他的继承权，并让元老院撤销他的一切荣誉头衔。这人就是头野兽，必须有人看管。

莉薇娅读完以后，站起身说："女士们，你们也许最好不要对你们的丈夫说起这些信。实话说，我刚开始念的时候，还没有意识到它们是这么地……这么地奇怪。我不是为了自己才这样请求你们的，而是为了帝国。"

提比略准备在元老院就座时，从塞扬努斯那里听说了这整件事，羞愧、恼怒和警觉让他不知所措。正巧，他那天下午的安排是旁听对兰图鲁斯叛国案的审讯，兰图鲁斯是大祭司，因为为尼禄和德鲁苏斯祈祷，而招致提比略的猜忌，而且他还曾投票同意减轻对索西娅的判决。兰图鲁斯是个单纯的老头，出身高贵，在奥古斯都治下在非洲打过不少胜仗，性格也谦逊温和，因此种种得了"领头羊"的外号；当听到自己被控犯下叛国罪时，他不由得纵声大笑。本就心烦意乱的提比略完全失去了控制，几乎是声泪俱下地对元老院说："要是兰图鲁斯也恨我的话，那我就不配活下去了。"

伽卢斯回答："振作点，陛下——对不起，我忘了您不喜欢这个称呼——我应该说，振作点，提比略大帝！兰图鲁斯不是在嘲笑您，他是跟您一起笑。他是在跟您一起开心，终于有这么一次，元老院的叛国案是毫无根据的了。"就这样，针对兰图鲁斯的指控被撤销。但提比略还是害死了兰图鲁斯的父亲。他腰缠万贯的父亲因为提比略的猜忌恐惧不已，竟自杀身亡，并将全部财产留给提比略，以证忠心。从那以后，兰图鲁斯穷困潦倒，提比略也不相信他会对自己无怨无恨了。

整整两个月，提比略没有再踏入元老院：他无法直视这些元老，因为他知道，他们的妻子都听了奥古斯都写的关于他的那些信。塞扬努斯建议他离开罗马一段时间，住到几英里之外的别墅去，远离皇宫日日川流不息的访客和都城的喧嚣嘈杂，这也对他的健康有益。他采纳了这个建议。为对抗母亲，他采取的措施包括：以年迈为由强令她退休，将她的名字从一切公开文件上删掉，不再继续按惯例为她庆祝生日，明确表示把她的名字和他的名字放在一起或在元老院表扬她都属于近似叛国的罪行。他还不敢采取更激进的报复手段。他知道，她手上还有那封他从罗德岛写给她的信，信里他向她保证，将永远服从她，尽管此信很可能揭露她是害死盖乌斯和卢修斯的凶手，但她仍是有可能把它念出来的。

然而，这位了不起的老太太还没有被打败呢，你们会看到的。有一天，我收到她写来的一张字条："莉薇娅·奥古斯塔夫人盼望她亲爱的孙子提比略·克劳狄乌斯能在她生日那天去看她，并与她共进晚餐：她希望他身体康健。"我想不明白。我？她亲爱的孙子？还温柔地问候我的健康！我都不知道是该大笑还是该害怕了。自打我出生以来，她从未允许我在她生日时去看她。我甚至从未跟她一起吃过饭。除了在为奥古斯都举行的祭典上，我跟她有十年没说过话了。她的动机是什么？好吧，再过三天我就知道了，在那之前，我必须给她买一件真正精美的礼物。最后，我买了一样我确定她会喜欢的礼物——一个造型优雅的黄铜酒壶，把手是蛇头形状，壶身是复杂的金银镶嵌设计。在我看来，比起如今收藏家开出离谱高价的科林斯[1]花瓶，它的制作工艺要精美得多。它是从中国来的！花纹中央嵌着一枚奥古斯都的金徽章，不知道它是怎么流传到了那片遥远又神奇的土地上。它不到十八英寸[2]高，却花了我整整五百金币。

在我讲述探望祖母并与她长谈的经过前，我必须首先澄清一件事，在这件事上，我可能误导了你们。从我对叛国案审讯及类似暴行的记录中，你们也许推断出，罗马帝国在提比略的统治下，各部门的管理混乱到了令人无法容忍的程度。现实大相径

---

1 科林斯是一座希腊城市，前3000年至前2000年，科林斯文化盛行，其陶器享有盛名。

2 长度单位，1英寸合2.54厘米。

庭。提比略虽未开展什么值得一提的公共新工程，但他心甘情愿地完成了那些由奥古斯都牵头的旧工程；他保持了军队和舰队的高效与强大，定期给官员发放薪水，让他们每年提交四份详细的报告；他鼓励贸易，确保意大利定期的粮食供给；他整修道路和水渠，用各种方式限制公共和私人的浪费行为，稳定食物价格，打击海盗和土匪，为国库积累了相当可观的资金，以应对万一出现的国家危机。如果行省总督表现优秀，他就让他们连任多年，避免局面动荡，同时也严加监管。有一位总督，为展示自己的能力和忠心，给提比略交来超额的贡品。提比略斥责他："我是要剪羊毛，不是要全剃光。"所以，当马罗波都归顺罗马，赫尔曼去世，日耳曼的麻烦最终得到解决后，边境战争便罕有发生了。塔克法里纳斯是最主要的敌人。很长一段时间里，大家都叫他"桂冠发放人"，因为有三位将军依次打败他，从而获得了胜利奖——这三位将军分别是我的朋友弗里乌斯、阿普罗妮娅的父亲阿普罗尼乌斯，以及塞扬努斯的舅舅布莱苏斯。布莱苏斯分散了塔克法里纳斯的军力，生擒了他的兄弟，被授予战地元帅的特殊荣耀，这一般是皇室家族才能获得的头衔。提比略对元老院说，他很高兴颁给布莱苏斯这份荣誉，因为他是他最信任的朋友塞扬努斯的亲戚；三年后，第四位将军多勒贝拉彻底终结了非洲战争，当时，战事又起，对战军力比之前翻了一倍，多勒贝拉不仅打败了塔克法里纳斯，还将他杀死，结果却只得到胜利奖，因为提比略"不想让我最信任的朋友塞扬努斯的舅舅布莱苏斯由此失去胜利桂冠的光芒"。

我说的都是提比略做的好事，不是他的缺点：说真的，从整个帝国的角度来看,他在过去十二年里,一直是英明公正的统治者。这谁也不能否认。请原谅我打个比方——苹果核烂了,但它不会表现在果皮上或影响到果肉的完整。在五百万罗马公民中,只有两三百人被提比略的嫉恨恐惧所害。但我不知道,又有几百万奴隶、行省人民和盟友从这个帝国体系中获得了多少实实在在的好处呢,他们除了名义上不是,实际上各方面早已是帝国的臣民,这个体系在奥古斯都和莉薇娅手中臻于完善,在提比略手上得以延续。可以说,我是住在苹果核里的,如果我写它腐烂的内核比写它完好芬芳的外部更多,那也情有可原。

你很少用比喻,克劳狄乌斯,一旦用了,你就不知收敛。你一定还记得雅典诺多鲁斯是严令禁止这样做的吧?好了,说完塞扬努斯是苹果中的蛀虫,就结束吧;回归你平常朴素的文风吧!

塞扬努斯决定利用提比略的羞耻心,让他在两个月甚至更长的时间里都不回罗马。他鼓动一名禁卫军军官,指控了一个叫蒙塔努斯的著名才子,说他污蔑提比略的名声。在此之前,指控者在列举罪状时,都只会说一些辱骂提比略的笼统言论——比如傲慢、残忍、跋扈之类——但这位军官站出来,说蒙塔努斯散布的是最详细、最有实质性内容的流言。塞扬努斯确保了那些流言的真实性和恶心程度;蒙塔努斯当然没有说过,因为他不是塞扬努斯,不可能对皇宫了如指掌。证人是禁卫军最优秀的指导员,他扯着嗓门儿,大声咒骂蒙塔努斯,说到他那些不堪入耳的污言秽语也毫不含糊,绝不让元老震怒的抗议声盖过自己的声音。"我发誓要说出全部事实,"他咆哮着,"为了提比略大帝的名誉,我要把我在那一天、那个情形下无意听到的被告的全部言论都说出来，一字不漏。被告说，我们伟大的皇帝因为所谓的纵欲过度和滥用春药，正迅速变得阳痿，为了重振不断衰退的性能力，他每隔三天左右，就在皇宫一个特殊装饰过的地下室举行私人展览。被告还说，这些展览的表演者叫'斯妍特里'，他们昂首阔步地走进来，三人为一组，一丝不挂地……"

他如此这般说了半个钟头，提比略根本不敢打断——又或者，他想看看别人知道了多少——直到证人在某一件事上说得太多了（别管是哪件事了），提比略才忘乎所以地突然跳起来，满脸通红地宣布，他要立刻澄清这些恶毒的指控，甚至要安排一次司法调查。塞扬努斯试着让他冷静，但他仍站着怒视四周，直到伽卢斯站起来，温柔地提醒他，现在接受指控的是蒙塔努斯，不是他提比略；他的人品是无可指摘的；如果真举行这样的调查，消息传到边境行省和盟国，肯定会引起误解。

不久之后，色拉西洛斯警告提比略，说他必须立刻离开都城，再回来将必死无疑。我不知道这是不是塞扬努斯的安排。提比略对塞扬努斯说，他要搬到卡普里岛，留下塞扬努斯在罗马帮他照管。他又参加了一个叛国案的审讯——审讯对象是我的表姐克劳狄娅·普尔卡，瓦卢斯的遗孀，索西娅被流放后，她成了阿格里皮娜最亲密的朋友。她的罪名是通奸、逼女儿们为娼，以及用巫术谋害提比略。我想，她在这些指控上都是完全清白的。阿格里皮娜一听到消息，立即赶往皇宫，正巧看到提比略在向奥古斯都献祭。几乎不等仪式结束，她就走到他面前。

"提比略，你这是毫无逻辑的行为。你用火烈鸟和孔雀献祭奥古斯都，却折磨迫害他的孙辈。"

他慢慢说道："我不明白你的意思。我迫害的奥古斯都的哪个孙辈是他自己没有迫害过的？"

"我说的不是波斯图穆斯和尤丽娜。我说的是我自己。你把索西娅流放了，因为她是我的朋友。你强迫西利乌斯自杀了，因为他也是我的朋友。还有卡尔普尼乌斯，因为他还是我的朋友。现在，我亲爱的普尔卡也难逃一劫，可她唯一的罪行就是愚蠢地喜欢我。现在，大家都开始躲着我，说我是个灾星。"

提比略扶着她的双肩，再次念出了那句诗：

> 如果你不是皇后，我亲爱的，
> 你认为你是被冤枉的吗？

普尔卡被判处死刑并执行了。皇室检察官叫阿菲尔，因口才出众而获重用。几天后，阿格里皮娜在剧场外偶遇他。他表现得很羞愧，不敢直视她的眼睛。她朝他走过去，说："你在什么场合都不用躲着我，阿菲尔。"接着，她引用了荷马的一句诗，但做了一些改动，以适应眼下的情形，这句诗是使臣们带着阿伽门农侮辱人的口信来找阿喀琉斯时，阿喀琉斯安慰尴尬使臣的回答。她念道：

> 是他强迫你做的。你虽受优厚俸禄，
> 但此事非你所为，而是阿伽门农。

有人（但不是阿菲尔）将此事报告给提比略；"阿伽门农"这个名字让他产生了新的警觉。

阿格里皮娜病了，她认为是有人下毒。她坐轿子来到皇宫，最后一次请求提比略的宽恕。她看起来那么瘦削、那么苍白，以至于提比略都坚信：她也许很快就要死了。他说："我可怜的阿格里皮娜啊，你看起来病得不轻。你这是怎么了？"

她虚弱地回答："我总觉得，你迫害我的朋友仅仅因为他们是我的朋友，也许我错怪你了。也许是我运气不好，才选中了他们当朋友，又或是我的判断经常出错。但我可以发誓，如果你认为我对你有一丁点不忠心，或我有任何野心，想要直接或间接统治国家，那你也同样错怪我了。我唯一的请求就是放过我，请你原谅我对你无心的伤害，还有……还有……"她泣不成声了。

"还有什么？"

"哦，提比略，对我的孩子们好一点吧！对我好一点吧！让我再嫁吧。我太孤单了。日耳曼尼库斯死后，我从未忘却自己的烦恼。我夜夜无法入眠。如果你允许我再嫁，我就会安定下来，不再焦躁，成为完全不同的一个人，到那个时候，也许你就不会再怀疑我阴谋针对你了。我敢肯定，就是因为我看起来这么不开心，你才以为我对你心怀怨恨。"

"你想嫁给谁？"

"一个好人，一个慷慨大度又没有野心的人，他年过半百，是你最忠心的臣子。"

"他叫什么名字？"

"伽卢斯。他说他随时准备好娶我了。"

提比略转过身，走出房间，没有再说一句话。

几天后，提比略邀请她参加宴会。他经常邀请别人跟他共进晚餐，尤其是他信不过的人，他会从头到尾盯着那些人，像是想要破解他们内心的想法：这种凝视往往让人崩溃，只有极少数人能抵挡。如果他们露出警觉的表情，他会把这当作问心有愧的证据。如果他们冷静跟他对视，他又会把这当作更加有愧的证据，外加傲慢。这一次，阿格里皮娜仍抱恙在身，只能吃一点最清淡的东西，否则就会恶心反胃，提比略又一直盯着她，她可以说是如坐针毡。她本就不健谈，宴会上谈话的主题是音乐和哲学的好处，她丝毫不感兴趣，压根儿说不上话。她假装埋头吃喝，但一直密切关注她的提比略发现，一盘又一盘的食物她连碰都不碰，就让人撤走。他以为，她是怀疑他想下毒害她，为了验证这一点，他小心地从自己面前的碟子里选出一个苹果，说："我亲爱的阿格里皮娜，你没吃多少东西呀。不管怎样，尝尝这个苹果吧。这苹果是顶好的。三年前，帕提亚国王送给我一棵小树，这就是它第一次结的果子。"

几乎每个人都会有特定的"自然天敌"——我应该可以这么说吧。对有些人来说，蜂蜜是猛烈的毒药。对有些人来说，摸一下马匹、走进马厩，甚至躺在用马毛做成的沙发上都会生病。对有些人来说，有猫在的地方会让他们浑身难受，有时候，他们一走进房间就会说："这里刚刚有猫来过，对不起，我要出去了。"我最讨厌山楂花开花的味道。而阿格里皮娜的自然之敌正是苹果。她从提比略手里接过礼物，谢过他，但仍掩饰不住地打了个哆嗦，说如果可以的话，她想把这个苹果留着，带回家吃。

"现在就吃一口,尝尝味道好不好。"

"请您原谅我,但我真的吃不了。"她把苹果交给仆人,让他帮她用餐巾小心地包好。

为什么提比略没有在塞扬努斯的怂恿下,立刻指控她犯了叛国罪呢?因为阿格里皮娜还在莉薇娅的庇护之下。

第二十五章

我要写我跟莉薇娅的晚餐了。她优雅慈祥地迎接了我,看起来对我的礼物非常满意。晚餐时,没有别人在场,只有老厄古拉尼娅和卡利古拉。卡利古拉如今十四岁了,个头高挑,面色苍白,脸上长着白斑,眼眶深陷。莉薇娅敏捷的思维和清晰的记忆让我叹为观止。她问我最近在写什么,我说起了第一次布匿战争和诗人涅维乌斯[1]的一些不实记载(他曾参与这场战争),她赞同我的结论,但指出我的一处引用错误。她说:"你现在感谢我了吧?我的好孙子,当初是我不让你写你父亲的传记的!要不是我,你觉得你今天能坐在这里吃晚饭吗?"

每次奴隶来给我添酒,我都一饮而尽,喝了十杯、十二杯之后,我感觉自己就像头雄狮。我大胆回答:"感激涕零啊,祖母,我在迦太基人和伊特鲁里亚人中才是安全的。可您能不能告诉我,为什么今天要叫我来这儿吃饭?"

她微微一笑:"哎呀,我承认跟你同桌吃饭还是让我有点……不过没关系。我要打破我的老规矩,这是我的事,跟你无

---

[1] 古罗马剧作家、诗人。他的《布匿战纪》是罗马第一部史诗。

关。你不喜欢我吗，克劳狄乌斯？坦白回答。"

"大概跟您不喜欢我一样，祖母。"（这是我在说话吗？）

卡利古拉咪咪窃笑，厄古拉尼娅嗤嗤傻笑。莉薇娅大笑着说："够坦白！顺便问一句，你注意到那边的禽兽了吗？今天这餐饭，他安静得不同寻常。"

"谁啊，祖母？"

"你那个侄子呗。"

"他是禽兽吗？"

"别假装你什么都不知道了。你就是头禽兽，卡利古拉，是不是？"

"您说什么就是什么吧，曾祖母。"卡利古拉目光低垂着说。

"好了，克劳狄乌斯，那头禽兽，你的侄子——我要跟你说说他的事。他将成为下一任皇帝。"

我以为这是个笑话。我微笑着说："祖母，您这么说那就是吧。可推荐他的理由是什么呢？他是家里最小的孩子，虽然他表现出很高的天赋……"

"你的意思是，那些天赋在塞扬努斯和你姐姐莉维拉面前什么也不算，是吗？"

这坦率的程度让我惊呆了。"我完全没有这种意思。我从不关心高层政治。我的意思只是，他还小，要当皇帝恐怕太年轻了；如果是预言，似乎又有点太遥远了。"

"一点也不遥远。提比略会立他为继承人的。毫无疑问。为什么呢？因为提比略就是这样。他跟可怜的奥古斯都一样，虚荣自负：他无法忍受继任者比他更受爱戴。与此同时，他要想方设法，让大家对他又恨又怕。所以，他觉得时日无多时，就会找一个比自己只差一点点的人来继承。他会找卡利古拉的。卡利古拉已经做了一件事，让自己在罪恶程度上远远超过了提比略可能达到的水平。"

"求您了，曾祖母……"卡利古拉哀求道。

"好吧，禽兽，只要你乖乖的，我就不把你的秘密说出去。"

"厄古拉尼娅知道这个秘密吗？"我问。

"不知道。只有禽兽和我知道。"

"是他主动坦白的吗？"

"当然不是。他不是会坦白的人。是我碰巧发现的。一天晚上，我去搜查他的卧室，看他有没有对我耍那些学校男生的花招——有没有学什么外行的巫术门道，或提炼毒药之类的。结果我碰到……"

"求您啦，曾祖母。"

"一个绿色的东西，告诉我一个非常惊人的故事。但我把它还给他了。"

厄古拉尼娅坏笑着说："色拉西洛斯说我今年就要死了，所以我没福气活在你的统治之下了，卡利古拉，除非你加快速度，把提比略干掉！"

我转头问莉薇娅："他是打算这样做吗，祖母？"

卡利古拉说："跟克劳狄乌斯叔叔说这些话靠得住吗？还是您打算毒死他？"

莉薇娅回答："哎呀，他相当靠得住，用不着毒药。我希望你们俩能更深入地了解对方。这也是此次晚餐的原因之一。你听好了,卡利古拉。你的克劳狄乌斯叔叔是个奇人。他非常老派,他发过誓要爱护他哥哥的孩子们,所以你只要还活着,随时都可以利用他。你也听好了,克劳狄乌斯。你的侄子卡利古拉也是个奇人。他奸诈、懦弱、好色、虚荣、满嘴谎话,在他完蛋之前,他会对你使出非常卑鄙的诡计,但你要记住一点:那就是他永远不会杀你。"

"那又是为什么呢?"我问,并再次将杯中酒一饮而尽。这番话恍若梦中——很疯狂,但很有趣。

"因为你是他死后为他报仇的人。"

"我?谁说的?"

"色拉西洛斯。"

"难道色拉西洛斯永远不会搞错吗?"

"是的。永远不会。卡利古拉会被人杀死,而你将替他报仇。"

突然,大家都阴郁地沉默了,一直到仆人端来甜点,莉薇娅才说:"好了,克劳狄乌斯,接下来的话,我要私下跟你说。"另外两人站起身,离开了我们。

我说:"我觉得这些话非常奇怪,祖母。是我的错吗?是我喝了太多酒吗?我的意思是,如今有些笑话是不安全的。非常危险。我希望仆人……"

"哎呀,他们都是又聋又哑的。不,不是酒的原因。酒后吐真言嘛,我倒认为,我们的对话非常认真。"

"可是……可是,如果您真认为他是个禽兽,为什么还要支持他呢?你为什么不支持尼禄呢?他是个好孩子。"

"因为即将成为下一任皇帝的是卡利古拉，不是尼禄。"

"可他若真如您所说，那就会是个很坏的昏君呀。而您，您这一辈子都奉献给了罗马……"

"没错。但你不能对抗命运。如今，罗马已经够疯狂、够翻脸无情了，竟允许我那混账儿子架空我的权力，还羞辱我——我啊，你能想象吗，我大概是这个世界上有史以来最伟大的统治者，还是他的母亲……"她的声音越来越尖利。

我赶紧转换话题。"请冷静冷静，祖母。正如您所说，您不能对抗命运。不过，祖母，您是不是有什么特别的话想告诉我，和这些有关的？"

"正是，是关于色拉西洛斯的。我经常找他算卦。提比略不知道我去找他，也不知道色拉西洛斯常来我这儿。几年前，他就告诉了我，提比略和我之间会怎么样——他说，他最终会反抗我的权威，将整个帝国全部握在他自己手中。当时我还不相信。他还告诉我一件事：那就是，我会在失望老迈中死去，但死后多年，我将被奉为女神。以前他说过，有人会在那一年死去，现在我知道就是我了，他还说，那个人将成为全世界有史以来最伟大的神，最后，罗马和帝国其他地方的神庙都不再供奉别的神。就连奥古斯都都不供奉了。"

"您什么时候会死？"

"从现在开始三年之后，春天。哪一天我都知道。"

"可您就那么想当女神吗？我伯伯提比略看起来一点儿也不想。"

"如今我无事可做，满脑子想的只有这件事。为什么不当女神呢？如果奥古斯都是神，那我只是他的女祭司不是很荒谬吗？所有的活儿都是我干的，不是吗？在成为伟大的统治者这方面，他比提比略也没强多少。"

"是的，祖母。可您知道自己的功绩还不够吗，为什么非要愚昧贱民的崇拜呢？"

"克劳狄乌斯，你听我解释。我非常赞同，那些人不过是愚昧的贱民。但我考虑的不仅是我在人间的名声，还有我在天上的地位呀。我做过很多对神灵不敬的事——每个伟大的统治者都不例外。我把帝国的利益置于一切人性考量之上。为避免帝国内乱，我不得不犯下很多罪行。奥古斯都用他荒唐的偏袒，不惜代价地想要毁了整个帝国：在阿格里帕面前，他偏袒马塞勒斯，在提比略面前，他偏袒盖乌斯。是谁阻止了罗马再次爆发内战？是我啊。除掉马塞勒斯和盖乌斯的棘手脏活儿落到了我头上。是的，你就别装了，难道你从没怀疑过是我毒死了他们吗？一个统治者，为了万千子民的福祉，犯下这样的罪行，给他怎样的奖赏才合适？显然，要将他封神。你相信罪人的灵魂将永受折磨吗？"

"他们一直是这么告诉我的。"

"可永垂不朽的神灵无论犯下多少罪行，都不用害怕会受惩罚，是吗？"

"是，朱庇特罢黜了自己的父亲，杀了一个孙子，还乱伦娶了妹妹，还有……好吧，我同意……他们没有一个是道德高尚的。当然，死神也没有权力审判他们。"

"正是。你现在明白，我当女神这件事为什么这么重要了吧。如果你一定要知道，我不妨告诉你，这也正是我容忍卡利古拉的原因。他发过誓，只要我帮他保守秘密，他一当上皇帝，就立马封我为女神。我希望你也发个誓，你会尽一切所能，确保我尽快封神，因为——哎呀，你还不明白吗——在他将我封神之前，我会一直在地狱里受最可怕的折磨呀，躲也躲不掉的痛苦折磨。"

她的语气突然变了，从冷静傲慢的皇室腔调，变成了惊恐万分的苦苦哀求，我从没听过别人这样对我说话，我大惊失色。我必须说点什么，我说："可我看不出来，我这个可怜的克劳狄乌斯叔叔能对皇帝或对元老院有什么影响。"

"别管你看不看得出来了，傻瓜！你能不能照我的吩咐发誓？你能不能以你的项上人头发个誓？"

我说："祖母，我以我的项上人头发誓——我也不知道我这人头值不值钱——但我有一个条件。"

"你竟敢跟我提条件？"

"是的，我可是喝了二十杯酒呢；条件很简单。您无视我、讨厌我三十六年，该不会指望我什么条件都不提，就立马替您做事吧？"

她微微一笑。"这个简单的条件是什么呢？"

"我想知道很多事情的真相。首先，是谁害死了我父亲，是谁害死了阿格里帕，是谁害死了我哥哥日耳曼尼库斯，是谁害死了我儿子德鲁西拉斯……"

"你为什么想知道这些？是抱着愚蠢的指望，想为他们的死找我报仇吗？"

"不是,即便您真是凶手,我也不会找您报仇。我从不报仇,除非发过誓,或为了自保,不得已而为之。我相信,邪恶本身就是对邪恶的惩罚。我现在只不过想知道真相。我是专业历史学家,我真正感兴趣的只有一件事,就是找出事情是怎样发生的以及为什么发生。比如,我写历史,更多的是为了让自己增长见识,而不是为了读者。"

"老雅典诺多鲁斯对你影响可不小,我看出来了。"

"他对我很和善,我很感激他,所以我成了斯多葛学派。我从不参与哲学争辩——那对我一直没有吸引力——但我用斯多葛学派的方法去看待事物。您跟我说话可以放心,我一个字都不会说出去。"

我让她相信了我是个言行如一的人,于是,在接下来的四个多小时里,我问了她许多最尖锐的问题;每个问题她都坦坦荡荡地做了回答,平静得像个乡下管家,正向来访的主人汇报农场上微不足道的家禽损失。是的,她下毒害死了我的祖父,不是,她没有下毒害死我的父亲,尽管提比略也这样怀疑她——他确实死于坏疽;是的,她给奥古斯都下了毒,是趁无花果还长在树上时就抹了毒药;她告诉我尤莉娅的整个故事,跟我记录的一样,还有波斯图穆斯的事——其中的细节我也能验证;是的,她下毒害死了阿格里帕和卢修斯,还有马塞勒斯和盖乌斯;是的,她拦截了我写给日耳曼尼库斯的信,但是没有,她没有给他下毒——普兰西娜做的那些事是她主动干的——但她确实已打算干掉日耳曼尼库斯,就像打算干掉我父亲一样,原因也一样。

"原因到底是什么呢,祖母?"

"因为他决定重建共和国。不是,你不要误解我:他不是要背叛自己许下的效忠提比略的誓言,而是想要除掉我。他打算让提比略主动采取措施,并允许他拿走所有功劳,自己始终置身幕后。他差一点就说服提比略了。你也知道,提比略有多懦弱。为了不让提比略被愚弄,我只得费尽力气,伪造了大量文件,说了无数谎言。这个共和政体是他永远过不去的坎儿。我甚至不得不跟家族妥协。你祖父也有这个坎儿。"

"我也有。"

"现在还有?这就有趣了。尼禄也有。我理解。但它不会给他带来好运的。跟你们这些拥护共和的人争来争去没有用。你们都不肯睁眼看看,到了这个阶段,没人能重建共和政府了,就像没人能强迫现代夫妻重新接受原始的贞操观。这就像是让日晷仪上的影子倒着转:不可能的。"

她承认,是她找人掐死了德鲁西拉斯。她告诉我,我第一次写信给日耳曼尼库斯,说波斯图穆斯的事时,我与死亡仅有一线之隔。她饶我一命的唯一原因,就是她希望能从更多我写的信中找出波斯图穆斯的下落。她跟我讲的最有趣的事就是她下毒的各种方法。我问了她波斯图穆斯问过的那个问题——她更喜欢慢性毒药还是起效快的毒药——她毫不尴尬地回答,她更喜欢多次使用慢性无味的毒药,症状就跟肺痨一样。我问她,她是怎么把行迹掩盖得如此完美,又是怎么在千里之外发起攻击的:因为盖乌斯死在小亚细亚,而卢修斯死在马赛。

她提醒我,她从未实施过一起会让自己立刻直接受益的谋杀。比如,她是在跟我祖父离婚一段时间后,才给他下毒的,而且，她也从不给女性对手下毒——比如屋大维娅、尤莉娅或斯克波妮娅。她的受害者大都是死了之后能让她的儿孙更有机会继承皇位的人。厄古拉尼娅是她唯一的心腹，她是那么谨慎、那么熟练、那么忠心，她们一起策划的罪行很难被人察觉，就算被人察觉，也绝无可能牵扯到她头上。每年准备"好女神"节时，女人们对厄古拉尼娅的忏悔是最有效的工具，她借此除掉了不少阻碍她大计的人。她详细进行了解释。有时候，那些忏悔的内容不仅包括通奸，还包括跟自己的兄弟或儿子乱伦。厄古拉尼娅就会宣称，唯一的赎罪方式就是让男人去死。女人就会哀求，难道没有别的赎罪方法了吗？厄古拉尼娅就说，女神也许会允许她找个替代品。她可以通过帮女神复仇，来洗刷自己的罪孽——而令她蒙羞的那个男人也可以一起帮忙。厄古拉尼娅接着会告诉她，不久前，另一个女人也做过类似的忏悔，可她不敢杀掉玷污自己的人，那些坏蛋至今仍好好活着，女人却独自承受痛苦。那些"坏蛋"就是阿格里帕、卢修斯和盖乌斯。有人指控阿格里帕和他自己的女儿梅塞琳娜乱伦——梅塞琳娜的神秘自杀更增加了这个故事的可信程度；还有人指控盖乌斯和卢修斯在他们的母亲被流放前和母亲乱伦——尤莉娅的狼藉声名也让这个故事变得活色生香。每次，女人都非常乐意地去策划谋杀，男人也都非常乐意地去执行。厄古拉尼娅帮着提出建议，并提供适当的毒药。通过这些关系遥远的中介人，莉薇娅确保了自身安全，即便有人怀疑凶手，甚至将他抓了现行，他也无法在解释杀人动机时不进一步牵连到自己。我问她，她害死了奥古斯都，又把他那么多子孙害死或流放，有没有愧疚过。她说："我从没有一刻忘记过我是谁的女儿。"这就能解释很多事了。莉薇娅的父亲克劳狄安在腓力比之战后，被奥古斯都宣布为公敌，为了不落入奥古斯都之手，他竟自尽了。

总之，她把我想知道的一切都告诉了我，除了日耳曼尼库斯在安提阿家中闹鬼的事。她一再重申，不是她下的命令，普兰西娜和皮索也什么都没跟她说，她和我一样，也想查清这个谜团。我看得出来，继续追问已没有用了，于是我感谢了她对我的耐心，最后，我以项上人头发誓，一定倾尽全力，助她封神。

我准备走时，她递给我一本小册子，让我到了卡普阿再看。这本册子就是我在此书开头写的被删掉的女先知预言，看到那则"毛人继承者"的预言时，我想我知道莉薇娅为什么要邀请我共进晚餐并让我发誓了。我到底发誓了没有？一切都像一场醉梦。

第二十六章

塞扬努斯给提比略写了份备忘录，恳求他，如果要给莉维拉寻觅夫婿，千万别忘了他；他说，他很清楚自己只是个骑士，但奥古斯都有一次也说过，要把他唯一的女儿嫁给骑士，至少，提比略再也找不到比他更忠心的下属了。他不指望跻身元老，能保持现有职位、不眠不休地为他尊贵的皇帝站岗放哨，他于愿足矣。他还补充说，这桩婚事将沉重打击阿格里皮娜一党，因为他们视他为最活跃的对手。到那时，他们就不敢对卡斯托尔和莉维拉的儿子——小提比略·吉梅卢斯下手了。他的双胞胎兄弟刚刚去世，这笔账是肯定要算在阿格里皮娜头上的。

提比略颇有风度地回答道，他自觉对塞扬努斯亏欠甚多，但目前，他还不能对此给出肯定的答复。莉维拉的前两任丈夫都出身最高阶层，他认为莉维拉不可能会满足于让他一直当个骑士；但如果他一边加官晋爵，一边与皇室联姻，肯定会引起无数人嫉妒，让阿格里皮娜一党借机增强势力。他说，正是为了避免这样的嫉妒，奥古斯都才想过把女儿嫁给一位骑士，但那位骑士是退了休的，跟政界不搭边。

不过，他在信的结尾给出了希望："我目前还不能告诉你我的具体计划，我是想进一步拉近你和我的关系的。不过我可以告诉你一点：我无论怎么奖励你对我的忠心都不为过，待时机成熟，我将非常荣幸地执行我的计划。"

塞扬努斯自以为很了解提比略，没有意识到他这个请求提得太早了，大大冒犯到了提比略。他之所以提，完全是因为莉维拉给他施加了压力。他决定说服提比略立即离开罗马，而且必须让他任命自己为终身制都城管理人——这个官职将决定谁的诉求能上达天听。身为禁卫军指挥官，他还管着勤务兵队伍和皇家信使，所以，他将掌控提比略的一切往来通信。提比略也将靠他决定什么人可以到他面前来；要见的人越少，他越高兴。都城管理人将一点点掌握全部实权，想干什么就干什么，不怕皇帝干涉。

最后，提比略离开了罗马。他借口要在卡普阿向天神朱庇特献一座神庙，还要在诺拉向奥古斯都献一座神庙。但他打算永远不回来了。大家都知道，他做出这个决定是因为色拉西洛斯的警告；而色拉西洛斯的预言是一定会成真的，只要毫无异议地接受就行了。提比略如今六十七岁，模样很难看了，又瘦，又驼背，又秃头，四肢关节也僵硬了，满脸脓疮，涂着药膏——大家都觉得他很快就要死了。可谁能猜到呢，他还活了十一年。这也许正是因为他再也没回过罗马，最近也只到了罗马郊区。好了，总而言之，这就是后来的情况。

提比略带去卡普里岛的人有：几位学识渊博的希腊教授，他精挑细选的一队精兵，包括他的日耳曼保镖，色拉西洛斯，几个浓妆艳抹、模样怪异、不知是男是女的家伙，最最奇怪的，还有寇克乌斯·涅尔瓦。卡普里是那不勒斯海湾离岸大约三英里的一个岛屿。气候冬暖夏凉。岛上只有一个地方可以登陆，其他地方全被陡峭的悬崖和无法穿行的灌木保护着。提比略在那里是怎么打发休闲时间的——当他没有和希腊教授讨论诗歌和神话，没有和涅尔瓦讨论法律和政治时——他做的那些事实在是恶心到无法写入史书。我只想说，他带了一整套大名鼎鼎的厄勒芬提斯丛书，那是人类有史以来汇编的最全面的色情百科全书。在卡普里，他可以做在罗马不能做的事——他可以在露天树林里、花丛中或海滩边，将各种下流的行为付诸实践，可以想怎么喊就怎么喊。这些野外活动有些相当残忍，而玩伴的痛苦就是他快乐的源泉，他觉得，卡普里偏远的地理位置带来的好处远远超过了它的坏处。他不是全部时间都住在那里：他也常去卡普阿、拜亚和安提乌姆。但卡普里是他的大本营。

过了一阵，他授权塞扬努斯，可以采取一切最便利的手段，清除阿格里皮娜一党的头目。他每天与塞扬努斯联系，并在写给元老院的信中，批准了他的所有行动。有一年新年庆典，他是在卡普阿庆祝的，他照惯例，以大祭司长的身份发表了祈福演讲，说着说着，他突然转身，对着站在旁边的一位名叫萨宾努斯的骑士，指控说他试图引诱自己的释奴叛变。塞扬努斯的手下立刻将萨宾努斯的长袍拉起来，蒙住他的头，将绳索套在他的脖子上，把他拉走了。萨宾努斯用窒息的声音大喊："救命，朋友们，救命啊！"可没人敢动一下，萨宾努斯唯一的罪行就是曾是日耳曼尼库斯的朋友，并在塞扬努斯一个走狗的诱骗下，私下表达了对阿格里皮娜的同情，他被即刻处决了。第二天，塞扬努斯在元老院念了提比略的一封信，报告了萨宾努斯被处死一事，并提到是

公元二十八年

塞扬努斯发现了这场危险的阴谋。"我的大人们,请可怜可怜一个伤心的老头吧,他一辈子都活在恐惧之中,他自己的家人总阴谋策划着要取他的性命。"这显然指的是阿格里皮娜和尼禄。伽卢斯站起来,提议皇帝应向元老院解释清楚他的恐惧,并彻底解决这个问题:毫无疑问,这是可以轻易实现的。提比略很想报复伽卢斯,可他感觉自己的力量还不够强大。

这一年夏天,莉薇娅和提比略在那不勒斯街上有过一次偶遇,莉薇娅坐着轿子,提比略骑着短腿马。提比略是刚从卡普里岛来的,莉薇娅则是出访赫库兰尼姆刚回来。提比略很想不打招呼,直接骑马过去,可习惯使然,他还是勒住缰绳,向她正式行礼,问候她的健康。她说:"感谢你好心问候,我好多了,我的孩子。作为母亲,我建议你:一定要非常小心你在你那岛上吃的白鱼。他们抓的一些鱼是有剧毒的。"

"谢谢您,母亲,"他说,"您既然这样警告我了,那我以后绝对只吃金枪鱼和鲱鱼。"

莉薇娅哼了一声,转身对跟她同行的卡利古拉大声说:"好了,我说过,六十五年前,一个月黑风高的夜晚,我就是跟我的丈夫(你的曾祖父,亲爱的)在这条街上匆忙奔跑,是不是,当时我们要跑去码头,船正秘密等着我们。奥古斯都的人随时可能跳出来,逮捕并杀死我们——多么奇异的命运啊!我的大儿子——当时我们还只生了一个孩子——就趴在他父亲背上。突然,那个小畜生发出惊恐的号叫:'哎呀,父亲,我想回佩鲁、鲁、鲁贾。'这下可把我们暴露了。两个士兵从小酒馆里跑出来,追着我们大喊。我们躲进一处阴暗的门道,让他们跑了过去。可提比略还在号叫：'我想回佩鲁、鲁、鲁贾呀。'我说：'杀了他！杀了这个小鬼！我们才有希望逃生。'可我丈夫是个心软的傻瓜，不肯杀他。那次我们真是生死垂危，万分侥幸才逃脱的。"

提比略停下马，听完整个故事后，把马鞭一甩，暴怒地嘚嘚跑了。从此以后，他俩再没有见过面。

莉薇娅关于鱼的警告，只是想让他不自在，让他以为她收买了他的渔夫或厨子。她知道提比略最喜欢吃白鱼，现在他必须在自己的喜好和对被暗杀的恐惧之间永远纠结了。这个故事还有个悲伤的后续。有一天，提比略坐在岛上西边山坡的一棵树下，一边享受轻风，一边构思一首希腊语的对话诗，对话发生在野兔和山鸡之间，它们轮流宣称自己是最美味的食物。这不算什么新创意：最近，他的一位宫廷诗人写了一首类似的诗，得到了他两千金币的赏赐，那首诗里的竞争对手是蘑菇、云雀、牡蛎和画眉。他在眼下这首诗的引言中，将这四样都抛诸一旁。说它们都无关紧要，只有野兔和山鸡才有权争夺最终的桂冠——因为它们的肉质实而不厚、精而不薄。

他正搜肠刮肚，想找一个粗鲁的词来形容牡蛎时，突然听到下方荆棘丛中响起窸窸窣窣的声音，一个蓬头散发、状如野人的人出现了。他浑身湿透，衣衫褴褛，满脸流着血，手里还拿着一把刀。他从灌木丛里冲出来，大喊道："给您的，皇帝；是不是很漂亮？"他从肩上的麻袋里掏出一条大得怪异的白鱼，扔到提比略脚边的草地上，鱼还是活蹦乱跳的。他只是个单纯的渔民，刚刚捕到这条罕见的大鱼，正好看到提比略在悬崖顶上，便决定将鱼献给皇帝。他将船系到岩石上，游到悬崖边，费力爬上峭壁上的小路，来到荆棘丛外，又用折叠刀砍出一条通道，钻了进来。

提比略被吓得魂不附体。他吹响口哨，用日耳曼语大叫："救命，救命！快来！沃尔夫冈！齐格弗里德！阿德尔斯坦！有刺客！快呀！"

"来了，最高贵最神圣最天才的首领。"日耳曼人立即回答。他们就在他的左边、右边和后边站岗放哨，前面自然没有人。他们挥舞着标枪，连蹦带跳地冲过来。

那人听不懂日耳曼语，只是合上折叠刀，开心地说："我是在那边洞里抓到的。您猜它有多重？跟条鲸鱼差不多，是不是？差点把我从船上拖下水。"

提比略稍稍放心了一点，可他此时疯狂想象着鱼有毒的事，他朝日耳曼人大喊："别，别用标枪刺他。把那条鱼砍成两半，往他脸上揉。"

魁梧高大的沃尔夫冈从后面将渔夫拦腰抱住，让他的双臂无法动弹，另外两名士兵将生鱼往他脸上抹去。倒霉的渔夫嚷起来："喂，住手！这不是开玩笑的。幸好我没有把麻袋里的另一样东西先献给皇帝。"

"看看是什么。"提比略下令。

阿德尔斯坦打开麻袋，在里面找到一只巨大的龙虾。"用这个揉他的脸，"提比略说，"狠狠揉进去！"

这个不幸的人最终失去了双眼。提比略说："够了，士兵们。你们可以让他走了！"渔民发出痛苦的尖叫和咆哮，跌跌撞撞地四下摸索，这下大家没办法了，只好把他从最近的悬崖边扔进了大海。

我很庆幸,提比略从未邀请我去岛上看他,如今,他在那里沉沦堕落的所有痕迹早已被清理干净,而且,据说他在那里的十二幢别墅都非常漂亮,但我还是一直小心地避免去那里。

我请求莉薇娅允许我娶艾丽娅为妻,她恶狠狠地表示了祝福,甚至来参加了婚礼。那场婚礼极尽奢华——都是塞扬努斯费心操办的——婚礼的后果之一,就是让我和阿格里皮娜、尼禄以及他们的那帮朋友们变得疏远了。他们都默认,我不可能对艾丽娅保守任何秘密,而艾丽娅也一定会把她知道的一切统统告诉塞扬努斯。我备感伤心,但我也发现,无论我怎么向阿格里皮娜保证都没用(她这段时间正在为姐姐尤丽娜哀悼,尤丽娜被流放到那个可怕的特米路斯小岛二十六年后,刚刚去世)。于是,我渐渐不再去她家了,免得尴尬。我和艾丽娅只是名义上的夫妻。我们走进新婚洞房,她对我说的第一句话就是:"你现在要搞清楚,克劳狄乌斯,我不希望你碰我,如果以后我们还要像今晚一样,再睡在一张床上,那我们之间必须隔条被子,你敢动一下,那就出去。还有一件事:你别管我的闲事,我也不会管你的闲事……"

我说:"谢谢你,这可让我大大松口气了。"

她是个极讨人厌的女人。她说起话来嗓门儿洪亮、滔滔不绝,如同奴隶市场上的拍卖师。我很快便放弃了跟她顶嘴的企图。当然,我还是住在卡普阿,艾丽娅从没去那儿看过我,但塞扬努斯坚持让我一到罗马,就尽可能和她待在一起,还要让别人都看见。

在塞扬努斯和莉维拉面前，尼禄毫无胜算。阿格里皮娜时常警告他要谨言慎行，但他的性格还是太开朗了，没法掩饰自己的想法。在一群他以为是朋友的年轻贵族中，有好几个是塞扬努斯的密探，他们默默记下了他对所有公共事件发表过的意见。最糟糕的是，他的妻子，也就是我们说的海伦、海璐欧，正是莉维拉的女儿，她将他所有的秘密都汇报给了她母亲。最最糟糕的是，他的亲弟弟德鲁苏斯也一直嫉妒他是长子，是阿格里皮娜的心头肉，而他对弟弟吐露的秘密甚至比对妻子吐露的还要多。德鲁苏斯去找塞扬努斯，说是尼禄来问他，愿不愿意在下一个月黑夜跟他一起坐船，秘密前往日耳曼，到了那里后，以日耳曼尼库斯之子的身份，寻求众军团的保护，起兵向罗马进攻；他当然义愤填膺地拒绝了。塞扬努斯对他说，再等一段时间，他肯定会叫他到提比略面前陈述这整件事的；可眼下时机还未到。

在此期间，塞扬努斯开始散播谣言，说提比略准备以叛国罪起诉尼禄。尼禄的朋友们开始抛弃他。有那么两三个人，找借口不参加他的晚宴，在公众场合遇到他，也是冷冰冰地回应他的问候，紧接着，其他人纷纷效仿。几个月之后，只有他真正的好朋友留了下来。其中就有伽卢斯，如今提比略不再去元老院了，他便集中火力戏耍塞扬努斯。他对付塞扬努斯的方法就是不时建议元老院，应该投票通过法令，感谢塞扬努斯为国家所做的贡献，授予他各种特殊荣耀——比如为他立雕像、建拱门、封头衔，在他的生日为他祈祷并举行公众庆典，等等。元老院不敢反对这些提议，而塞扬努斯不是元老，在这件事上也没有发言权；提比略不想与元老院作对，更不会否决他们的投票结果，因为他也害怕惹恼了塞扬努斯，或表现得不再信任他。如今，元老院无论任何时候，想做任何事情，都要先派代表去找塞扬努斯，请求他允许他们向提比略申请：如果塞扬努斯不点头，那这事就不再提了。有一天，伽卢斯提出，托夸图斯家族的后人有金旋钮，辛辛纳图斯家族的后人有一缕卷发，都是元老院为纪念他们祖先为国家做出的贡献，而批准出现在他们家族徽章上的图案，所以，塞扬努斯和他的后代应该也有奖励，他们的徽章上应该有把金钥匙，以象征他身为皇帝守门人的耿耿忠心。元老院投票，一致通过了该提议，塞扬努斯却警觉了，他写信给提比略，抱怨伽卢斯之前提议授予他的种种荣耀都是别有用心，是为了让元老院嫉妒他，甚至，也许是为了让皇帝怀疑他有张狂的野心。如今这项提议更是恶毒至极——这是向皇帝暗示，大家能否见到皇帝的决定权只掌握在一人手中，而这个人利用了该项权力，谋求私利。他恳求皇帝找一个程序上的理由，否决该法令，并想办法让伽卢斯闭嘴。提比略回信说，如果否决法令，必然损害到塞扬努斯的名誉，但他会尽快采取措施，让伽卢斯安静：塞扬努斯无须过虑，他的信已表明了他的忠诚和出色的判断力。然而，伽卢斯的暗示直击靶心。提比略猛然意识到，卡普里岛上所有的来来往往塞扬努斯都是知道的，而且在很大程度上由他掌控，至于塞扬努斯家门口来往人员的情况，塞扬努斯想告诉他多少，他就只能知道多少。

现在，我写到这个故事的转折点了，即我祖母莉薇娅的去世，她享年八十六岁。她本可以再活好多年——因为她的视力、听力都还很敏锐，四肢也很灵活，更别提她清晰的头脑和记忆力

公元二十九年

了。可最近,因为鼻子感染,她反复感冒,最后一次重感冒入侵肺部。她召唤我去她皇宫的床榻边。我正好在罗马,便立即赶了去。我看得出来,她要死了。她再次提醒我,别忘记发过的誓。

"不实现誓言,我绝不罢休,祖母。"我说。当一个很老很老的老太太躺在那里就要死了时,只要是能让她高兴的话,你当然都要说,何况这个老太太还是你的祖母。"可我记得,卡利古拉不是说过,会给您安排好吗?"

她半晌没有答话。突然,她虚弱但愤怒地说:

"他十分钟前就在这儿!他站在那里嘲笑我。他说我可以下地狱了,还要永永远远在地狱受煎熬,他才懒得管呢。他说,现在我就要死了,他不需要再讨好我了,他不认为他必须遵守誓言,因为那誓言是他被迫许下的。他说,根据预言,他会成为万能的神,不是我。他还说……"

"没关系的,祖母。您会笑到最后的。当您成为天上的女王,他就会在地狱里,被弥诺斯的手下放到缓缓转动的磨盘上,永远受到碾磨……"

"想想以前,我竟然说你是个傻瓜,"她说,"我要走了,克劳狄乌斯。合上我的眼睛,把枕头底下的钱币放到我嘴里。地狱的摆渡人会认得的。他就会以该有的尊重待我了……"

她溘然长逝,我合上她的双眼,把钱币放进她嘴里。这是一枚我从未见过的金币,正面是奥古斯都和她脸对着脸,背面是一辆凯旋式的战车。

我俩没有说一句有关提比略的话。我很快就听说,有人早就把莉薇娅的病情告诉了他,他有足够的时间来给她送终。如今，他却写信给元老院，为自己未去探望她找了各种借口，他说他最近忙得不可开交，但他无论如何都会来罗马参加葬礼。与此同时，元老院通过法令，授予了她各种不同寻常的荣誉，包括"祖国之母"的封号，甚至提出要封她为半神。然而，提比略将这些法令几乎全部撤销，他在信里解释说，莉薇娅是个格外谦逊的女人，一直反对大家公开夸赞她的功劳，尤其不愿在死后受到宗教的崇拜。信的结尾反思了女性参政，说"她们不适合政治，政治会激发她们心中最可怕的傲慢和狂妄，因为女性天生就有这样的倾向"。

他当然没有来都城参加葬礼，但他做好了一切安排，目的仅仅是限制它的规模。他拖拉了太久，以至于那具老朽枯萎的遗体都腐烂得不成样子了，才被放到柴堆上火化。出乎大家意料的是，卡利古拉在葬礼上致了悼词，这本是提比略的职责，就算不是提比略，也应该是提比略的继承人尼禄。元老院通过法令，要为莉薇娅修建一道拱门——这是罗马历史上第一次有女人获此殊荣。提比略批准了这道法令，说要自己出钱修；后来当然又忘记了。至于莉薇娅的遗嘱，提比略身为她的自然继承人，继承了她大部分的财产，但她把法律上可以由自己支配的部分，尽量留给了家族的亲属和几个信得过的侍从。提比略没有给这些人一个子儿。按遗嘱，我本该得到两万金币。

第二十七章

我从未想过，莉薇娅去世后我竟会怀念她。小时候，我曾在每个夜晚，悄悄向地狱之神祈祷，请他赶快把她带走。如今，我却愿意献出我能找到的最贵重的祭品——洁白无瑕的公牛、沙漠里的羚羊、上百只的鹦鸟和火烈鸟——只要能让她再回来。因为目前的状况很清楚了，一直以来，仅仅是出于对母亲的畏惧，提比略才不敢过于逾矩。母亲去世后几天，他便开始对阿格里皮娜和尼禄发起进攻了。阿格里皮娜的病这会儿好了。他没有用叛国罪控诉他们，而是给元老院写了一封信，抱怨尼禄令人不齿的放荡堕落以及阿格里皮娜"傲慢的举止和不知收敛的言论"，建议元老院采取严厉举措，约束此二人。

这封信在元老院被念出来时，很久都没有一个人说话。每个人都在思考，如今，提比略准备迫害日耳曼尼库斯的家人了，他们能得到多少民众的支持；与提比略作对是否比与民众作对更安全。最后，塞扬努斯的一个朋友站起来，提议说大家应该尊重皇帝的意愿，总得通过点什么法令来处置这两个人吧。有一个元老是元老院的官方记录员，他说的话极有分量。之前，提比略所有来信的建议，他都不加质疑地投了赞成票，所以塞扬努斯曾报告说，他是永远靠得住的，让他做的事他也一定都会做。可眼下，正是这位记录员站起来表示了反对。他说，现在就不应该提尼禄的道德问题和阿格里皮娜的态度问题。他认为，皇帝是被误导了，在匆忙中写下的这封信，所以为了皇帝，也为了尼禄和阿格里皮娜，他们现在不应该通过任何法令，而应该让皇帝有更多的时间认真考虑，是否要对至亲提出如此严重的指控。与此同时，尽管元老院一切事务在皇帝下令公开前都是保密的，但有关这封信的消息还是传遍了整个都城，大批民众聚集在元老院外，举行游行，支持阿格里皮娜和尼禄，大家高喊着："提比略万岁！信是伪造的！提比略万岁！都是塞扬努斯搞的鬼！"

塞扬努斯派一名信使，快马加鞭去找提比略，提比略此时也因为此事，搬到了都城外仅数英里之遥的别墅，以防万一。塞扬努斯来报说，元老院听了记录员的建议，不再理会那封信；民众处于造反的边缘，大家说阿格里皮娜才是真正的祖国之母，而尼禄就是他们的救世主；如果提比略不采取坚定果断的措施，那今天就将有喋血冲突。

提比略被吓坏了，他听从塞扬努斯的建议，给元老院写了一封威胁信，他把过错推到记录员头上，说这种对皇室威严的侮辱是前所未有的，既然元老们如此不上心，那就把这件事完全交由他处理好了。元老院做出让步。提比略让禁卫军拔出刀剑、吹响号角，在罗马城里游行，接着，他威胁说，如果再有煽动叛乱的示威行为，那民众的免费粮食配给将减少一半。他将阿格里皮娜流放到潘达塔利亚岛，正是她母亲尤莉娅最初被囚禁的小岛，尼禄则被流放到蓬扎岛，又一个岩石嶙峋的小岛，位于卡普里和罗马之间，但离海岸很远。他告诉元老院，这两个犯人只差一点就要从罗马城逃走，去策动莱茵河的军团造反了。

阿格里皮娜上岛前，提比略把她叫到面前，嘲讽地问她，她打算怎么管辖从她母亲（也是他品行端正的亡妻）那里继承来的伟大王国，还有，她是否会派大使前往她儿子尼禄的新王国，同他缔结强大的军事盟约。她一个字都没有回答。他越来越生气，咆哮着让她张嘴，可她保持着沉默，他让禁卫军队长打她的双肩。最后，她开口了。"渗血的稀泥是你的名字。听说，你在罗德岛想去上急性子的提奥多鲁斯的修辞课，他就是这么叫你的。"提比略从队长手里抢过藤条，劈头盖脸地抽她，把她打得遍体鳞伤、不省人事了才停手。这次毒打让她的一只眼睛彻底瞎了。

很快，德鲁苏斯也被指控与莱茵军团密谋勾结。塞扬努斯拿出了可作为证据的信件，他说这些信是他截获的，但实际上，是他伪造的，他还拿出一份由德鲁苏斯的妻子丽比达（塞扬努斯的私通对象）亲手写的证词，证词里说，德鲁苏斯曾让她联系奥斯提亚港的水兵，希望他们还记得他和尼禄都是阿格里帕的外孙。元老院将德鲁苏斯交给提比略处置，提比略将他囚禁在皇宫一处偏远的阁楼里，由塞扬努斯监管。

下一位受害者是伽卢斯。提比略给元老院写信说，伽卢斯嫉妒塞扬努斯，所以用讽刺的赞美和其他恶毒手段，尽其所能地让皇帝讨厌他。信寄到元老院的那一天，元老院恰好收到记录员自杀的消息，正为此心烦意乱，于是立即派出一位行政官去逮捕伽卢斯。行政官到伽卢斯家后，家人告诉他，伽卢斯出城了，去了拜亚。到了拜亚，有人又把行政官领到了提比略的别墅，果不其然，伽卢斯正在那里跟提比略共进晚餐呢。提比略要伽卢斯再喝一杯，伽卢斯忠诚地照办了，餐厅里似乎充满了愉快而欢乐的气氛，行政官尴尬万分，不知该说什么。提比略问他来干吗。"来逮捕您的一位客人，陛下，奉了元老院的命令。""哪位客人？"提比略问。"阿西尼乌斯·伽卢斯，"行政官说，"不过好像搞错了。"提比略假装严肃地说："伽卢斯，元老院对你有什么不满，还派了这位长官来逮捕你，恐怕，我们今天愉快的晚餐要提前结束了。我不能跟元老院作对呀，你知道的。但如今你和我既然达成了友好共识，我就告诉你我会怎么办吧：我会给元老院写信，求他们帮我一个忙，在没有收到我的进一步指令前，不要对你做出任何处置。也就是说，你只是简单地被抓起来，接受执政官的看管——不会有人给你戴手铐脚镣，也不会有任何侮辱行为。我会尽快安排，确保你无罪开释的。"

伽卢斯觉得自己必须感谢提比略的宽宏大量，可他确信其中有点蹊跷，提比略一定是在用反讽报复反讽；他猜得不错。他被带到罗马，关进元老院的一间地下室。任何人不得探视，就连仆人也不行，他也不得派信差去找朋友或家人。每天有人从栏杆缝隙给他送食物。房间阴沉黑暗，只有从栅栏透进来的一点光，除了一张床垫，什么家具也没有。有人告诉他，这个住处只是暂时的，提比略很快就会处理他的案子。可日子一天又一天、一月又一月、一年又一年过去了，他仍被关在这里。给他的食物都很差——提比略仔细算过，要让他一直吃不饱，但也永远饿不死。他没有切食物的刀或其他尖锐利器，因为他们怕他会用来自杀，他也没有任何可以分散注意力的东西,比如写字的纸笔,或书,或骰子。他只能得到一丁点喝的水,洗澡是不可能的。如果有人当着提比略的面说起他,老头就会怪笑着说:"我还没同伽卢斯和解呢。"

我听说伽卢斯被捕后,非常难过,因为我刚同他吵过一架。是关于文学的争吵。他写了一本愚蠢的书,书名叫《我的父亲阿西尼乌斯·波里奥与他的朋友马库斯·图利乌斯·西塞罗演讲水平之比较》。如果比较标准是道德水平、政治能力,甚至是学术成就,那波里奥都将轻松胜出。可伽卢斯想要证明他父亲是更高雅的演说家,这就很荒谬了,我写了一本小书反驳;就在我批评波里奥本人对西塞罗的评价之后没多久,这本书出版了,惹得伽卢斯大为光火。现在,我宁愿取消它的出版,只要能让伽卢斯悲惨的牢狱生活轻松一点点。可我猜,这种想法很愚蠢。

塞扬努斯终于能向提比略汇报,说葱绿党的势力已被彻底瓦解,让他无须再忧心。提比略说,他决定把自己的孙女海伦(他解除了她和尼禄的婚约)嫁给塞扬努斯,作为对他的奖赏,并暗示他还会得到更大的好处。这时,我母亲出手了,你们应该都还记得,她也是莉维拉的母亲。自从卡斯托尔死后,莉维拉一直跟她同住。莉维拉肆无忌惮的行事作风让母亲发现了她同塞扬努斯的秘密。母亲一向勤俭节约,老了以后,她最喜欢做的事情包括:收集蜡烛头,将它们融化后再凑出新的蜡烛来,将厨房的潲水卖给喂猪的人,将炭渣掺上水或别的液体,揉成炭饼,晒干以后,差不多又可以当炭烧。与她截然相反,莉维拉极尽奢侈,母亲总因此批评她。一天,母亲碰巧经过莉维拉的房间,看见一个奴隶拿着废纸篓走出来。"你要去哪儿,小子?"她问。

"去火炉房,夫人;奉了莉维拉夫人的命令。"

我母亲说:"把这么好的纸拿去烧火太浪费了;你知道纸多贵吗?哎呀,比羊皮贵三倍呢。有些纸看着压根儿还没写字。"

"莉维拉夫人特别叮嘱了……"

"莉维拉夫人命令你把这么贵的纸拿去烧时,脑子里一定在想别的事情。把纸篓给我。纸上空白的地方还可以写家务清单和别的东西呢。不浪费才不受穷啊。"

就这样,她将纸拿到自己房间,正准备把上面空白的部分剪下来时,突然想到,她可以试着把整张纸上的墨水擦掉呀。直到这时,她还非常老实,没有看上面的字;可她开始擦以后,就不可避免地看到那些字了。她忽然意识到,这些是莉维拉写给塞扬努斯的一封信的草稿,或者,是刚写了个开头又不满意的一段;她一旦开始看,便停不下来了,还没看完,她便猜出了来龙去脉。塞扬努斯已经答应另娶他人——还是莉维拉自己的女儿!这显然让莉维拉妒火中烧。但她竭力掩饰自己的情绪——每份草稿的语气都比上一份更加平和。她写道,在提比略还没有怀疑他不是真心要娶海伦之前,他必须尽快行动:如果他还没有准备好暗杀提比略、篡位夺权,那要不让她先毒死海伦怎么样?

母亲派人叫来帕拉斯,他当时正在图书馆给我做事,帮我查阅有关伊特鲁里亚人的史料,母亲让他以我的名义去找塞扬努斯,假装是我派他去的,请求塞扬努斯允许他去卡普里岛,给提比略送一套我写的《迦太基史》。(我刚刚写完这部书,还没有出版,只是送了一套抄本给母亲。)到了卡普里后,帕拉斯要再次以我的名义求见皇帝，请他接收这份礼物。塞扬努斯欣然同意了；他知道帕拉斯是我们家的奴隶，没有起任何疑心。其实，在这套书的第十二卷中，母亲贴上了莉维拉的信和她亲笔写的一封解释信，她交代帕拉斯，谁也不准碰这些书（全都密封好了），他必须亲手将它们交给提比略本人。他除了要向皇帝表达所谓我的问候和我敬献此书的请求之外，还要加上这样一句话："安东尼娅夫人也衷心向您问好，但她认为，陛下对她儿子写的这些书是不会有兴趣的，只有第十二卷里还有些有趣的题外话，她相信陛下一定想看。"

帕拉斯在卡普阿驻足时，来告诉了我他要去哪儿。他说，我母亲严令禁止他把这件事告诉我，但毕竟我才是他真正的主人，我母亲不是，尽管她一直假装是他的主人；他不愿做任何会给我惹麻烦的事；他确信，我自己没有打算给皇帝献书。一开始，我很迷惑，尤其是他说什么第十二卷，于是，趁他洗澡换衣时，我拆开了封条。我看到里面夹的东西，吓得六神无主，有那么一瞬间，我想过把整套书烧了。可这和视若无睹一样危险，最后，我还是把它又密封起来。母亲用的封印是我的封印的复制品，我给她用来管理家事的，所以没人知道我拆开过这套书，就连帕拉斯也不知情。接着，帕拉斯匆匆赶往卡普里岛，回来的路上，他告诉我，提比略是挑出第十二卷，走到树林里去看的。要是我想把这套书献给他，当然可以，他是这么说的，但我一定不能把献词写得太夸张。这让我多少放下了心，只是，你永远不要相信提比略和善的外表。接下来会发生什么，我深感焦虑，而且对母亲生出一种苦涩的恨意，恨她把我拉进了提比略和塞扬努斯之间的是非，将我的身家性命置于如此危险的境地。我想过逃跑，但我无处可逃。

接下来发生的第一件事就是海伦病了——我们现在都知道，她其实什么毛病都没有，但莉维拉给了她两个选择，要么像病了一样卧床不起，要么就真的让她病到卧床不起。她被迫从罗马搬到那不勒斯，说是那里的气候更有益健康。提比略同意婚礼无限期推迟，可他开始喊塞扬努斯孙女婿了，仿佛这桩亲事已经完成。他将他提拔为元老，任命他为执政官同僚和大祭司。可他突然又做了一件事，彻底取消了这些荣宠：他邀请卡利古拉去卡普里小住几天，然后派他带着一封极重要的信回到元老院。他在信里说，他已仔细考察过这个年轻人，现在他是他的继承人了，他发现他同他的兄弟们脾气秉性截然不同，若有人指控他有道德或忠诚上的问题，他都不会相信。现在，他将卡利古拉托付给他的执政官同僚艾利乌斯·塞扬努斯，请他好好保护这个年轻人不受任何伤害。他还任命卡利古拉为大祭司和奥古斯都的祭司。

全城人们听说了这封信，无不欢欣雀跃。大家都认为，提比略让塞扬努斯负责卡利古拉的安全，是想借此警告他，他和日耳曼尼库斯一家的恩怨该适可而止了。大家还认为，塞扬努斯的执政官职位对他来说是个不祥之兆：这是提比略第五次任命执政官，他的前任同僚们：瓦卢斯、格涅乌斯·皮索、日耳曼尼库斯和卡斯托尔，每一个都死得很惨。所以，大家生出新的希望，觉得国家的种种麻烦很快就会终结了：日耳曼尼库斯的儿子将统治他们。提比略也许会杀了尼禄和德鲁苏斯，但他显然下定了决心，要救卡利古拉：塞扬努斯不会成为下一任皇帝。如今，每一个被提比略征求过意见的人，似乎都对他选的继承人由衷放心——不知怎么的，他们都说服了自己，卡利古拉一定遗传到了他父亲所有的优点——这让提比略心里既好笑，又得意，因为只有他看到了卡利古拉邪恶的真面目，他曾坦率地对卡利古拉说，他知道他是条毒蛇，可正因如此，他才要饶他一命。他要利用民众对卡利古拉的拥戴，来牵制塞扬努斯和莉维拉。

现在，他在某种程度上把卡利古拉当作了心腹，并交给他一个任务：让他通过和禁卫军私下闲聊，找出军营中除了塞扬努斯之外，哪位队长的影响力最大；还要确保他跟塞扬努斯一样心狠手辣、无畏无惧。卡利古拉乔装打扮，戴上女人的假发，穿上女人的衣服，挑了几个年轻的妓女，开始频繁出入士兵们晚上最喜欢光顾的郊区小酒馆。他涂着厚厚的脂粉，往衣服里塞上垫子，大家真把他当女人了，一个个子很高、不太漂亮的女人，可毕竟还是个女人。他在小酒馆里自称被一个有钱的商店老板包养，老板给了他很多钱——他用这些钱到处请人喝酒。这慷慨的举动让他颇受欢迎。他很快就得知了军营中不少传言，大家时不时提起一个人的名字，他是位队长，叫马克罗。马克罗是提比略一个释奴的儿子，所有人都说，他是全罗马最强硬的人。士兵们都羡慕地说起他是如何狂饮、如何嫖妓、如何左右其他队长，又如何在困难面前处变不惊的。就连塞扬努斯也对他忌惮三分，他们都说：马克罗是唯一一个敢反抗他的人。于是，一天傍晚，卡利古拉主动去结识了马克罗，并秘密做了自我介绍：两人一起出去散步，说了很久的话。

接着，提比略给元老院写了一系列奇怪的信，一下说他身体抱恙，就要死了，一下又说他突然好了，准备随时来罗马。有关塞扬努斯的内容，他写得令人捉摸不透，夸张的溢美之词中总夹着指责的赌气话；这些信给人的总体印象就是，他老糊涂了，脑子不清楚了。这些信让塞扬努斯也很困惑，他无法决定，到底是应该立即造反，还是应该守住他现在依然稳固的地位，等提比略寿终正寝，或是以失能为由夺走他的权力。他很想去卡普里岛，亲自看看提比略的状况。他写信，请求提比略允许他在他生日那天去看望他，提比略回信说，身为执政官，他应该留守罗马；他自己总不在罗马已经够不合规矩了。塞扬努斯又写信说，海伦在那不勒斯病得很严重，请提比略允许他去看望她：能不能就让他去一下，哪怕一天也行？从那不勒斯出发，坐一小时船就能到卡普里岛。提比略回信说，耐心点，海伦有最好的医生照料着呢；而他，是真的要来罗马了，他希望塞扬努斯在罗马迎接他。差不多与此同时，提比略以证据冲突为由，撤销了一桩针对西班牙前总督的指控，提出指控的人正是塞扬努斯，罪名是敲诈勒索。在此之前，提比略在类似案件中一直都是支持塞扬努斯的。塞扬努斯警惕起来。而他的执政官任期也到了。

在提比略自己说好到罗马的那一天，塞扬努斯率领一个营的禁卫军，在阿波罗神庙外等待，当时，元老院正在维修，所有的元老正好都换到神庙来开会。突然，马克罗骑马来了，他向塞扬努斯敬了个礼。塞扬努斯问他为什么离开军营。马克罗回答说，是提比略派人给他送来一封信，让他交给元老院的。

"为什么找你？"塞扬努斯满腹狐疑。

"为什么不能找我？"

"可为什么不找我？"

"因为这封信写的就是你！"马克罗凑到他耳边悄声说，"我衷心祝贺你，将军。这封信是给你的惊喜。你就要成为保民官了。这就意味着，你将成为我们的下一任皇帝。"塞扬努斯其实并没指望提比略会出现，只是他最近的沉默让他太焦虑了。听完这话，他春风得意，冲进元老院。

同时，马克罗命令禁卫军列队立正。他说："小伙子们，皇帝刚刚任命我为你们的将军，取代了塞扬努斯。这是我的委任状。你们现在被解除一切守卫任务，回军营去吧。回去以后，告诉其他战友，现在是马克罗负责了，知道怎么服从命令的人都可以拿到三十枚金币。谁是大队长？你？带着士兵，齐步走！不要吵。"

就这样，禁卫军离开了，马克罗喊来巡逻军指挥官，让他安排卫兵，接替离开的禁卫军，这位指挥官早已接到通知。接着，马克罗跟在塞扬努斯后面，走进元老院，将信交给执政官，不等念出一个字，又立刻走了出来。他满意地看到，巡逻军已各就各位，便赶紧去追回营的禁卫军，以确保军营不会发生骚乱。

另一边，塞扬努斯要当保民官的消息传遍了元老院，每个人都开始为他欢呼，向他道贺。年长的执政官喝令大家安静下来，开始念信。信的开头是提比略惯用的借口，解释他为什么没有来参加会议——工作压力太大啦，身体状况欠佳啦——接下来，信里说了一些大概的话题，稍微抱怨了一下塞扬努斯，说他在准备起诉前总督时过于匆忙，没有准备好证据。听到这里，塞扬努斯微微一笑，因为提比略这样的指责往往是授予新荣誉的前奏。可这封信却一直在指责，一段又一段，语气越来越严厉，塞扬努斯的笑容慢慢消失了。刚刚还为他欢呼的元老变得沉默而困惑，一两个坐在他旁边的元老找了个借口，走到元老院的另一边。信的结尾说道，塞扬努斯犯下严重的越矩行为，提比略认为，他的两个朋友（其中一个是塞扬努斯的舅舅、大败塔克法里纳斯的尤尼乌斯·布莱苏斯）应该受到惩罚，而塞扬努斯本人应立即被逮捕。前一天晚上，马克罗已提前将提比略的计划告诉了执政官，此时，执政官大喊："塞扬努斯，过来！"塞扬努斯不敢相信自己的耳朵。他还在等着信的结尾任命自己为保民官呢。执政官不得不喊了他两次，他才反应过来。他说："我吗？你是喊我吗？"

塞扬努斯的敌人们一意识到他终于倒台，便开始向他大声喝倒彩，发出嘘声；他的亲朋好友出于对自身安危的担忧，也加入了他们。他突然发现，自己连一个支持者都没有。执政官问元老们，是否应该遵从皇帝的意见。"是的，是的！"整个元老院齐声高喊。他们召来巡逻军指挥官，当塞扬努斯看到他的禁卫军已不见踪影，被巡逻军取而代之时，他明白，这下真的完了。他被押去监狱，听到风声的大批民众聚集在他周围，高喊着，咆哮着，将各种污秽物朝他扔去。他用长袍蒙着脸，可他们威胁说，要是他不把脸露出来，就要杀死他；而当他顺从地把脸露出来时，他们扔得更凶了。当天下午，元老院看到四周已无禁卫军，群众又威胁着说要闯进大牢，将塞扬努斯私刑处死时，便决定将这份功劳据为己有，宣布判他死刑。

卡利古拉立刻通过烽火，向提比略传达了这个消息。提比略早已准备好一支舰队待命,万一计划出了岔子,就让舰队送他去埃及。塞扬努斯被处决了,尸体被扔到哭阶,暴民将他的尸首糟践了整整三天。三天后,该用钩子穿过喉咙、把尸体拖去台伯河时,他的头骨早已被人拿去公共澡堂当球踢,躯干也只剩下一半了。罗马街上到处是他雕像的残肢断腿,数都数不清。

他和阿皮卡塔生的孩子全被下令处死。有一个男孩已成年,一个男孩未成年,还有个女孩,跟我的儿子德鲁西拉斯订过婚——她刚满十四岁。按照法律规定,未成年的男孩是不得处死的,于是,他们参考内战时的先例,逼他穿上成年礼的长袍,接受死刑。女孩还是处女,按照法律保护,更加不得处死。处死一个处女,而她唯一的罪过就是她父亲的女儿,这是绝无先例的。她被带去监狱时,还不明白发生了什么事,她大喊:"别带我去监狱!你们想用鞭子抽我就抽,我保证不再犯了!"显然,她做过一些让自己良心不安的女孩子的淘气事。为避免处死处女可能给罗马带来的噩运,马克罗下令,让刽子手先把她强奸。我听说此事时,对自己说:"罗马啊,你注定毁灭了;如此残忍的暴行罪无可赦啊。"我请求众神见证,虽然我是皇亲国戚,但我没有参与国家的治理,虽然我无力惩罚这样的恶行,但我跟他们一样,对此深恶痛绝。

有人将孩子们的遭遇告诉了阿皮卡塔,当她亲眼看到他们的尸体在哭阶上被暴民糟践时,她自杀了。自杀前,她给提比略写了一封信,告诉他卡斯托尔是被莉维拉毒死的,莉维拉和塞扬努斯一直打算篡位。她把一切怪罪到莉维拉头上。我母亲之前还不知道卡斯托尔是被人害死的。提比略把我母亲叫到卡普里岛,感谢她帮了大忙,并给她看了阿皮卡塔的信。他对她说,她想要任何奖赏,只要合理的,都只管开口。我母亲说,她想求的唯一赏赐就是让她保住家族名誉;不要处死她的女儿,再把她的尸体扔下哭阶。"那该如何惩罚她呢?"提比略厉声问。"把她交给我吧,"母亲说,"我来惩罚她。"

于是,莉维拉没有公开受审。我母亲将她锁在自己房间的隔壁,活活把她饿死了。母亲听到她绝望的哭喊和咒骂,日复一日,夜复一夜,那声音渐渐变得微弱;可她并没有把她转去某个听不见声音的地窖,而是一直锁在自己隔壁,直到她死。她这样做,不是以折磨为乐,因为这对她来说,是一种无法言说的痛苦,她是要把这作为对自己的惩罚,惩罚自己教养出一个如此可恨的女儿。

塞扬努斯的死又带来了一连串的死刑——他所有还来不及改换阵营的朋友们,以及很多已经改换阵营的朋友们。那些以为自己不会死,所以没有自杀的人,都被扔下了卡庇托尔山的塔皮安悬崖。他们的家产被全部没收。提比略几乎没给控告人分钱;他现在越来越节俭了。听了卡利古拉的建议,他还捏造罪名,诬告那些本该获益最多的控告人,好将他们的家产也全部没收。这段时间,大约有六十位元老、两百名骑士和一千多个平民死了。若不是我母亲的缘故,我跟塞扬努斯的姻亲关系轻轻松松就能让我送命。现在,我终于获准和艾丽娅离婚了,并可以留下她八分之一的嫁妆。但我把那些钱全还给了她。她一定觉得我是个傻子。我这样做是为了补偿,因为她刚一生下我们的女儿小安东尼娅,孩子就被抱走了。艾丽娅察觉到塞扬努斯地位不稳后,就立即怀上了我的孩子。她盘算着，若是塞扬努斯一朝失势，那这个孩子至少可以给她一些保护：她怀着提比略侄子的孩子，提比略总不能将她处死吧。我很乐意跟艾丽娅离婚，但并不想把孩子从她身边抢走，是我母亲非要如此的：我母亲想把小安东尼娅当自己的孩子养着——这就是所谓的"隔代亲"吧。

塞扬努斯的家人中，唯一一个逃过劫难的是他弟弟，他得以逃脱的缘由也很奇特，那就是他曾公开嘲笑提比略的秃头。去年，一年一度的花神节正好由他主持，他找来举行仪式的男孩子全是光头，仪式拖到晚上，五千个剃光头发的男孩手持火把，给离开剧场的观众照明。一位元老来拜访提比略时，将此事汇报给他，涅尔瓦也在场，为给涅尔瓦留下好的印象，提比略说："我原谅那家伙了。尤利乌斯·恺撒都不会因为别人开他秃头的玩笑而心怀芥蒂，那我怎么能小心眼呢？"我猜，塞扬努斯倒台后，提比略同样是一时兴起，决定继续原谅他。

而海伦，仅仅是因为装病，就受到了惩罚，惩罚的手段是把她嫁给布兰德斯，布兰德斯是个极粗俗的人，他的祖父是行省的骑士，是作为修辞学教师来到罗马的。大家都觉得，提比略安排这桩婚事用心极其卑鄙，毕竟海伦是他的孙女，这样的下嫁让他自己的家族也颜面无光。据说，布兰德斯家往上数不了几代还是奴隶呢。

提比略如今意识到，禁卫军是他对付民众和元老院的唯一确定依靠，所以，他把马克罗承诺奖赏禁卫军的每人三十金币提高到五十。他对卡利古拉说："罗马无一人不想食我肉啖我血。"禁卫军为表对提比略的忠心，抱怨说他们受了很大委屈，因为马克罗没有安排他们押送塞扬努斯进监狱,而是让巡逻军执行了这个任务,于是,他们冲出军营,到城外抢劫,以示抗议。马克罗任由他们折腾了一晚上,可第二天拂晓,集合号吹响,两小时内没有回来的人,马克罗用鞭子把他们抽了个半死。

又过了一段时间,提比略宣布大赦天下。从现在开始,谁也不会因为和塞扬努斯的政治关系而受到审判了,如果有人想悼念他,怀念他做过的好事,也是可以的,因为他做的坏事已全部受到惩罚。不少人还真这样做了,他们猜这是提比略的意思,可他们猜错了。很快,他们就受到死刑审判,罪名全是凭空捏造的,最常用的就是乱伦。他们全被执行了死刑。大家也许会好奇,经过了这样的大屠杀,还有幸存的元老和骑士吗?答案是,提比略通过不断提拔新人,保持了这两个集团的稳定。要加入贵族骑士团,只要出身为自由民、历史清白,外加几千金币就行了,虽然入会费昂贵,但候选者源源不断。提比略变得前所未有地贪婪:他希望所有的富人在遗嘱里将至少一半的财产留给他,如果发现有人没有这样做,他就会以钻了法律漏洞或其他借口为由,宣布遗嘱无效,再将全部财产据为己有;真正的继承人则得不到一分一毫。他几乎不在公共工程上花钱,就连奥古斯都神庙都没有完工,在分发粮食和拨款开展公共娱乐活动时,也是锱铢必较。军饷他倒是按时发放,仅此而已。至于行省,他压根儿不管,只要他们按期交税纳贡就行;老总督去世,他甚至懒得任命新总督。有一次,西班牙的一个代表团来向他抱怨,说他们四年都没有总督了,上一个总督的手下正恬不知耻地在行省搜刮劫掠。提比略说:"你们该不会想要个新总督吧?可新总督只会带来新手下，到那时候，你们只会比现在更惨。我给你们讲个故事吧。从前，有个人受了重伤，躺在战场上，等着军医来给他包扎伤口，那伤口上趴满了苍蝇。一个受轻伤的战友看到苍蝇，准备把它们赶走。'哎呀，不要，'受重伤的人大喊，'别赶！这些苍蝇喝我的血就快喝饱了，而且，也没有把我叮得像开始那么痛了；你要是把它们赶走，马上会有更饥渴的苍蝇来取代它们，我就完了。'"

他允许帕提亚人横行亚美尼亚，允许跨多瑙河的部落入侵巴尔干半岛，允许日耳曼人横渡莱茵河突袭法兰西。他以最蹩脚的借口，没收了法兰西、西班牙、叙利亚和希腊等盟国酋长和小国国王的财产。他夺走了沃洛尼斯的全部珍宝——你们还记得吧，沃洛尼斯是亚美尼亚的前国王，我哥哥日耳曼尼库斯曾为了他，跟格涅乌斯·皮索起过争执——日耳曼尼库斯将他放在西里西亚，由卫兵看管，提比略派密探，协助他逃出城外，又派人追上他，将他杀死。

差不多在这个时候，告密者开始指控富人了，说他们收取的贷款利息超过了法定限额——按法律规定，他们只能收百分之一点五的利息。这条法规实际早已失效，就连元老也几乎没有一个不违规的。可提比略偏要把它重新执行起来。一个代表团来找他，恳求他给大家宽限一年半时间，调整各自的私人债款，以符合新的要求，提比略大度地批准了。结果，所有人同时要求偿还债务，导致极大的现金缺口。提比略将巨额的金银货币放在国库闲置，正是最初造成利率攀升的原因，如今，金融恐慌，土地价格跌得几乎一文不值。提比略不得不出手解困，他把一百万金币的公款免息借给债主，让他们支付给借款人，以换取地价的稳定。若不是科克乌斯·涅尔瓦建议，他连这都不肯呢。涅尔瓦如今住在卡普里岛，提比略仍时不时去征求他的意见，但他非常小心，不让涅尔瓦看到自己放纵淫乐的场面，也不让来自罗马的消息传到他耳朵里，涅尔瓦也许是普天之下唯一一个还相信提比略是好人的人了。提比略对涅尔瓦解释说（这是几年后卡利古拉告诉我的），他那些涂脂抹粉的宠侍都是可怜的孤儿，他出于同情收留了他们，很多人脑子有问题，所以他们穿着打扮、言行举止才那么滑稽。可是，涅尔瓦真的有那么单纯、那么短视，会相信这样的话吗？

第二十八章

关于提比略执政的最后五年，我说的越少越好。我不忍心详细去写慢慢被饿死的尼禄；也不忍心去写阿格里皮娜，她听到塞扬努斯倒台的消息时曾欢欣鼓舞，可她发现自己的处境毫无改变后，便决定绝食了，有一段时间，有人来强行给她喂食，后来也没人管她了，她如愿饿死了；还有伽卢斯，他死于肺痨；至于德鲁苏斯，前一段时间，他从皇宫的阁楼被转去了阴暗的地窖，被人发现死的时候，嘴里塞满了床垫的稻草，是他饿得受不了啃下来的。但我必须记录下来，提比略在阿格里皮娜和尼禄死后，曾写信给元老院表达喜悦之情——如今，他指控她的罪名是叛国，以及和伽卢斯通奸——但他对伽卢斯的死表示遗憾，他说"国事繁重，导致对他的审判一拖再拖，结果他没等到判决就死了"。关于德鲁苏斯，他写道，这个年轻人是他这辈子见过最淫乱、最奸诈的恶棍。他下令让看管德鲁苏斯的禁卫军队长公开念了一份记录，内容全是德鲁苏斯在监狱里说过的犯上作乱之辞。元老院还从未听过如此悲惨的记述。德鲁苏斯的话明确表示，他遭受了毒打、折磨和羞辱，而加害他的有队长、普通士兵，甚至奴隶，更残忍的是，他每天得到的食物和水越来越少，到最后简直是一粒一粒、一滴一滴地给。提比略还命令队长念了德鲁苏斯临死前的诅咒。那是一段疯狂但文采飞扬的咒骂,他骂提比略贪婪吝啬、见利忘义、龌龊下流,以折磨他人为乐,他控诉提比略杀害了日耳曼尼库斯和波斯图穆斯,犯下一系列罪行(大部分属实,但以前从没有人敢公开提及);他向众神祈祷,提比略带给别人的无限痛苦与悲伤都将加倍反噬到他自己身上,无论醒着睡着,无论黑夜白昼,他只要还活着,就永远不得安宁,直到死亡那一刻,死后还要在地狱接受永恒的折磨与审判。念的时候,元老们不时用惊呼打断队长的话,假装对德鲁苏斯的叛逆惊恐不已,但这些"哦哦啊啊"只是为了掩饰他们对提比略主动暴露自己阴暗面的惊讶。那段时间,提比略正在自我怜悯(我是后来听卡利古拉说的),他饱受失眠症和各种迷信恐惧的折磨;他实际上是期望得到元老院同情的。他眼含热泪地对卡利古拉说,他害死那些亲人都是迫于无奈,一方面,那些人太有野心了,另一方面,他从奥古斯都(他说的是奥古斯都,不是莉薇娅)那里学到,要把国家安宁置于私人感情之上。提比略对卡利古拉的母亲和兄弟们下手,卡利古拉从未表现出一丝悲伤或愤怒,反倒安慰老人;紧跟着就开始说起他最近从叙利亚人那里听来的某种堕落的新花招。提比略突发伤感悔恨时,只有这些话能让他高兴。丽比达背叛了德鲁苏斯,但也没能比他多活很久。她被指控与奴隶通奸,她无法否认(因为她是被捉奸在床的),便自行了断了。

卡利古拉大部分时间在卡普里岛,但时不时也代表提比略前往罗马,监督马克罗。如今,塞扬努斯以前的所有工作都是马克罗在做,做得很有效率,而且马克罗很理智,他告诉元老院，他不希望他们投票授予他任何荣誉，若有元老提出这样的建议，那他很快就将接受叛国、通奸或伪造的死刑指控了。提比略将卡利古拉指定为继承人，原因有好几个。第一，卡利古拉是日耳曼尼库斯的儿子，深受民众爱戴，这能确保大家规规矩矩，因为他们会害怕自己的不安分将导致提比略杀死卡利古拉以作惩罚。其次，卡利古拉是个优秀的奴仆，是为数不多坏到能让提比略觉得相比之下自己都算品行端正的人。第三，实话实说，提比略并不相信卡利古拉能真的成为皇帝。因为色拉西洛斯曾对他说过："卡利古拉要当皇帝，除非他能骑马跨过茫茫大海，从拜亚跑到波佐利去。"提比略对色拉西洛斯的话一直深信不疑（因为他的预言到目前为止全都得到了验证）。色拉西洛斯还说了："十年后，提比略大帝还将是皇帝。"结果证明，这句预言也成了真，只不过，彼提比略非此提比略。

提比略知道很多事，但还有一些事，色拉西洛斯瞒着他。比如，提比略知道他的孙子吉梅卢斯的命运，但吉梅卢斯其实不是他的孙子，因为吉梅卢斯的生父不是卡斯托尔，而是塞扬努斯。有一天，提比略对卡利古拉说："我要让你成为我的第一继承人，让吉梅卢斯成为我的第二继承人，以免你比他先死，但这只是个形式。我知道你会杀了吉梅卢斯；不过以后也会有人杀了你。"他说这话时，认定了自己会比他俩都活得长。接着，他又补充一句，引用了某个希腊悲剧作家还是别的什么人的一句话："待我死后，让烈火吞噬大地吧。"

可提比略没有死。密探们依然忙碌，每一年，被处死的人都越来越多。奥古斯都时期的元老几乎没有一个还坐在元老院里了。和塞扬努斯比,马克罗更加嗜血,更加心无愧疚。塞扬努斯好歹是骑士的儿子;马克罗的父亲出生就是奴隶。在新一轮的受害者中,就有普兰西娜,如今莉薇娅死了,没人保护她。她再次被指控下毒害死日耳曼尼库斯;而原因就在于她太有钱了。提比略一直等阿格里皮娜死后,才允许对她提起控诉,因为如果阿格里皮娜还活着时听到这个消息,她肯定会非常开心的。普兰西娜预料自己会被判死刑,便主动自杀了,她的尸体被扔下哭阶,我听说这件事后,心里一点也不难过。

有一天,涅尔瓦在和提比略共进晚餐时,说自己不觉得饿,不想吃东西,请提比略原谅。一直以来,涅尔瓦的健康和精神状况都非常好,对卡普里岛上受到庇护的生活似乎也很满意。提比略一开始以为,涅尔瓦可能是前一天晚上吃了清肠药,想让肠胃休息一下,可到了第二天、第三天,他还在禁食,提比略开始担心他是不是决定绝食自尽了。他坐在涅尔瓦身边,恳求他告诉自己为什么不吃东西。可涅尔瓦只是再次道歉,说他并不饿。提比略觉得,涅尔瓦也许是生他的气,因为他没有早点采纳他的建议,避免金融危机。他问:"要是你认为借款利息太低了,那我把限制利息的法律全部撤销,你会不会胃口好一点,吃点东西呢?"

涅尔瓦说:"不,不是那个原因。我只是不饿而已。"

第二天,提比略对涅尔瓦说:"我已经写信给元老院了。有人告诉我,有那么两三个人竟然以职业告密为生,专挑别人的错。我从未想到,我本是为了奖励他们对国家的忠心,现在竟成了鼓励这些人去故意引诱朋友犯错,然后再出卖朋友,这种情况好像还发生了不止一次。我现在立马要告诉元老院，如果有证据证明，任何人通过这种无耻的勾当谋生，就应该将他们处死。现在，你也许想吃点东西了吗？"

涅尔瓦感谢了他，赞赏了他的决定，可他说，他还是没有一丁点胃口，提比略心灰意冷。"你不吃东西会死的呀，涅尔瓦，你死了，我该怎么办呀？你知道我有多看重我们的友谊，还有你给我的政治建议。求你，求你吃点吧，我恳求你。要是你死了，那世人都会认为是我干的，至少，都会认为你是因为恨我才绝食的。哎呀，你不能死啊，涅尔瓦！你是我仅有的真心朋友了。"

涅尔瓦说："您让我吃没有用啊，陛下。我的肚子不接受我给它的任何食物。况且，怎么可能会有人说您讲的那些混账话呢？他们都很清楚，您是一个多么睿智的统治者，一个多么善良的人，我可以确定，他们没有任何理由指责我恩将仇报，对不对？如果我要死，那就死吧，就是这样了。人终归一死，至少我死在您前面，算是得偿所愿了。"

这番话没有说服提比略，很快，涅尔瓦就虚弱得回答不了他的问题了：第九天，他死了。

色拉西洛斯也死了。一只蜥蜴宣告了他的死讯。那是一只非常小的蜥蜴，色拉西洛斯和提比略在阳光下共进早餐时，它爬过石桌，趴到色拉西洛斯的食指上。色拉西洛斯问："你是来召唤我的吗，兄弟？我预料到你会这时候来的。"接着，他转过身对提比略说："我的人生走到尽头了，陛下，就此永别！我从未对您撒过谎。您却对我撒过很多。不过，当您的蜥蜴也向您发出警告时，您就要当心了。"他闭上眼睛，很快便与世长辞。

提比略此时正养着一只宠物，它是罗马人见过的最怪异的动物。罗马人第一次见到长颈鹿时，发出由衷赞叹，见到犀牛时也一样，可这个动物，个头没那么大，却比别的动物更像神话里的怪兽。它来自比印度还遥远的爪哇岛，像一只覆满鳞片的蜥蜴，九英尺长，有个丑陋的脑袋和能伸出来的长舌头。提比略第一次看到它时，就说他不再怀疑传说中被赫拉克勒斯和忒休斯宰杀的怪兽是否真的存在了。它叫"无翼龙"，提比略每天亲自给它喂蟑螂、死老鼠之类的虫兽。它散发着恶心的臭气，不讲卫生，脾气也很暴躁。无翼龙和提比略对彼此了若指掌。提比略以为，色拉西洛斯的意思是无翼龙有一天会咬他，于是，他把它关进栏杆很窄的笼子，让它丑陋的脑袋再没办法从栏杆缝里伸出来。

提比略七十八岁了，长期服用春药和壮阳药让他体虚不堪；但他穿得非常漂亮，尽量让自己的举止像个中年人。如今，涅尔瓦和色拉西洛斯都不在了，他渐渐厌倦起了卡普里岛，第二年三月初，他下定决心要与命运对抗，回到罗马。他边走边歇，最后驻足在阿庇安路上的一幢别墅，这里已经能看到都城的城墙了。可就在他到这里的第二天，无翼龙如预言所示，向他发出了警告。那天中午，提比略去喂它，发现它躺在笼子里，死了，身上爬满一大群黑色的大蚂蚁，它们都想咬下一点那柔软的腐肉。他认为这是个预兆，预示着如果他还继续靠近罗马，那他就会像无翼龙一样死去，而民众会将他碎尸万段。他赶紧掉头就跑。他顶着东风赶路，受了凉，路上经过一个驻军小镇，他又跑去参加士兵举办的竞技大会，导致病情加重。竞技场上放出一头野猪，大

公元三十七年

家请他从他的包厢里向野猪投掷标枪。他投出一支，没射中，他生气了，叫人再拿一支。他一向以自己投标枪的水平为傲，不希望将士以为他老得不中用了。他浑身发热，激动起来，投了一支又一支，只想射中那只远到不可能射中的野猪，最后，他累得不得不停手。野猪毫发未伤，提比略下令将它放走，以此奖励它避开了所有攻击。

寒气入侵他的肝脏，但他仍继续赶回卡普里。他来到米塞努姆：它位于那不勒斯海湾靠近陆地的这一头。西部舰队的总部就在这里。提比略愤怒地发现，海上风浪太大，无法渡海。不过，他在米塞努姆海角上有幢豪华的别墅——曾是闻名遐迩的享乐主义者卢库勒斯[1]的宅邸。提比略带着人马住进别墅，卡利古拉陪着他，还有马克罗。为显示自己并无大碍，提比略举行了一次盛大的宴会，招待所有本地官员。宴会进行一段时间后，提比略的私人医生请求离席，说要去采药：有些草药，你们知道的，在午夜时分或是月亮升到一个什么位置时摘下来，药效才更好，提比略早已习惯医生在宴会中途去做这样的事了。医生握起提比略的一只手亲吻，但握的时间却久得不同寻常。提比略猜想，医生大概是在趁机把脉，看看他到底有多虚弱吧，他猜得没错，于是，作为惩罚，他命令医生再次坐下，并让宴会持续了整整一晚，好证明自己没有生病。第二天，提比略便虚脱不起了，流言传遍米塞努姆，并从米塞努姆传到罗马，大家都说，他就要

---

[1] 前 106 年—前 56 年，古罗马将军、执政官，是有名的享乐主义者和美食家，经常举办奢华的盛宴。

死了。

这时，提比略对马克罗说，有几个领头的元老，是他最讨厌的，他希望马克罗能找出他们叛国的罪证，只要能定他们的罪，马克罗想用什么手段都可以。马克罗正准备起诉一个他记恨在心的女子，便把那些元老都写成她的同谋：该女子是塞扬努斯以前一个密探的妻子，拒绝过马克罗的追求。他指控元老们都同她通奸，还私底下说提比略的坏话。通过威胁释奴和折磨奴隶，马克罗拿到了必要的证据——如今，释奴和奴隶早已丢掉了对主人忠诚的传统。审判开始了。被告的朋友们注意到，虽然马克罗亲自主持了对证人的审问和对奴隶的酷刑，但批准他这些行为的皇帝亲笔信却并没有像往常一样摆在桌上：他们推断，马克罗也许在提比略给他的名单上偷偷加了一两个他自己的私敌。在这些显然是荒谬绝伦的指控中，首当其冲的就是阿伦提乌斯，他是元老院年纪最大、地位最尊贵的元老。奥古斯都在去世前一年曾说过，如果没有提比略，那阿伦提乌斯就是下一任皇帝的唯一人选；提比略已经试过一次给他定叛国罪了，没有成功。老阿伦提乌斯是我们现有的与奥古斯都时代的唯一纽带。在上一次对他的控诉中，虽然大家都相信控告者是受了提比略教唆才行动的，但仍群情激愤，导致控告者最后全部接受了审判，并被定了伪证罪，一一处死。现在，大家又都知道，马克罗最近与阿伦提乌斯有金钱上的纠纷，所以干脆推迟审讯，等提比略确认了马克罗的委任再说。提比略忘记了回复元老院的询问，于是，阿伦提乌斯和其他几个人在监狱里待了不少时间。最后，提比略寄来必要的确认信，新一轮审讯的日子也定好了。阿伦提乌斯决心在审讯结束前自杀，这样他的资产才不会被没收，他的孙子们也不会沦为乞丐。他正跟几个老朋友道别时，提比略病危的消息传来。朋友们恳求他，不到最后一刻千万不要自行了断，因为如果消息属实，那提比略很有可能死在他前面，而他的继承人则很有可能赦免他。阿伦提乌斯说："不用了，我活得够久了。提比略跟莉薇娅一起掌权时，我的生活就够艰难了。他跟塞扬努斯一起掌权时，我简直不堪忍受。但马克罗证明了，他比塞扬努斯更加无耻，你们记住我的话吧，从小在卡普里接受教育的卡利古拉，只会成为比提比略更可怕的皇帝。我这把年纪了，绝不能给他那样的新主人当奴隶。"他拿起一把小折刀，割断了手腕动脉。每个人都惊呆了，因为卡利古拉可是众望所归的英雄，大家都期待着他会成为第二个更杰出的奥古斯都。从没有人想过要责备他假意效忠提比略；大家反而对他深为敬佩，说若不是有那样的隐忍智慧，若不是那样完美地掩饰了大家认为他应该会有的真实情感，他又怎么能成为兄弟中的唯一幸存者呢。

与此同时，提比略的脉搏几乎停止了跳动，他陷入昏迷。医生在房间外面对马克罗说，他最多还能撑两天。整个皇宫乱成一团。马克罗和卡利古拉出奇地和谐。卡利古拉尊重马克罗在禁卫军中的号召力，马克罗也尊重卡利古拉对整个国家的号召力：他们都要依靠彼此的支持。况且，马克罗能崛起掌权，还要多亏了卡利古拉，所以卡利古拉和马克罗的妻子一直有私情，马克罗也就听之任之了。提比略早已酸溜溜地评价过马克罗对卡利古拉的扶持，他说："你放弃西山落日，投奔初升朝阳是对的。"马克罗和卡利古拉开始向各军团和军队指挥官派出信使，通知他们皇帝驾崩在即，并已指定卡利古拉为继承人，还将印戒交给了他。提比略在一次短暂的清醒时，确实叫来卡利古拉，把印戒从自己手指上褪下来。可他又改变主意，将戒指戴了回去，并双手紧握，像是怕有人来抢似的。等他又陷入昏迷，不再表现出任何还活着的迹象后，卡利古拉悄悄把印戒摘下来，趾高气扬地戴着它到处走动，向遇到的每一个人炫耀，接受大家的祝贺和致敬。

只是，提比略这时还没有死。他呻吟着，翻来覆去，又坐起来，喊他的仆从。因久未进食，他非常虚弱，除此之外，他仍是他。这是他以前玩过的把戏，先假装死了，再活过来。他又叫了一次仆从。没人听见。仆从们都在酒窖，为卡利古拉的长命百岁举杯。但很快，一个颇有进取心的奴隶碰巧进来了，他是想趁着大家不在，来看看能从死人的房间里偷点什么。屋里很黑，提比略突然一声大叫，吓得他魂飞魄散，提比略喊道："见鬼了！仆人们都去哪儿了？难道都没听到我的喊声吗？我要面包和奶酪，一个煎蛋卷，两块牛排，一杯凯奥红酒，马上！气死我了！谁偷走了我的印戒？"奴隶冲出房间，差点撞到正好路过的马克罗。"皇帝活过来了，长官，喊着要吃的，还要他的戒指。"消息传遍皇宫，荒唐的场面出现了。围在卡利古拉身边的人群向四面八方逃散。叫喊声不断。"感谢天神，消息是假的。提比略万岁！"卡利古拉既羞愧，又惊恐。他从手指上摘下戒指，四处张望，想找个地方把它藏起来。

只有马克罗不慌不忙。"瞎说什么疯话呢，"他大叫，"那奴隶一定是发疯了。把他钉到十字架上，陛下！我们一个小时前离开老皇帝时，他就驾崩了。"他悄声对卡利古拉说了几句话，大家看到卡利古拉如释重负地点点头。接着，他匆匆走进提比略的房间。提比略正站在地上，咒骂着，哼唧着，虚弱无力地朝门口蹒跚走去。马克罗架着他的胳膊，把他抬起来，扔回床上，用一个枕头把他捂死了。卡利古拉就站在旁边。

就这样，跟阿伦提乌斯一起进监狱的人都被释放，但后来，很多人都后悔当初没有效仿阿伦提乌斯。除了这批人，还有大约五十个人被指控犯下叛国罪，有男有女。他们在元老院没什么势力，大部分是没交"保护费"的商店老板，如今，马克罗手下的队长开始向城里所有的片区收取"保护费"。没交的人接受了审判，被判处死刑，将于三月十六日处决。这正好是提比略死讯传来的那一天，犯人本人和他们的朋友高兴得差点疯了，都以为这下得救了。可是，卡利古拉还在米塞努姆，向他申诉是来不及了，监狱长又生怕丢了饭碗，不敢承担推迟处决的责任。于是，他们还是被处死了，尸首照惯例被扔到哭阶。

此事引爆了民众对提比略的怒火。"他像黄蜂，死了还蜇人呢。"有人大喊。大家聚集在街头巷尾，在街区区长的率领下，举行庄重的神谴仪式，恳求大地之母和亡灵法官，不要让那个禽兽的遗体和灵魂得到片刻安宁，直到宇宙末日。提比略的遗体在禁卫军重兵护卫下回到罗马。卡利古拉作为送葬人，走在队伍之中，乡野郊外，人们倾巢而出，赶来看他，没人为提比略穿上丧服，反而所有人都穿着节庆的服饰，泪流满面地感谢上天，留下了日耳曼尼库斯的一个儿子来统治他们。乡下老太太大喊："哎呀我们的心肝，卡利古拉！我们的宝贝！我们的乖乖！我们的星星！"离罗马还有几英里时，他骑马赶到前面，去通知大家准备迎接遗体入城。可等他骑马过去以后，大批人群聚集到阿庇安路上，用木板和修房子的大石块把路堵上。护卫军前锋出现时，大家朝他起哄，大喊："把提比略扔进台伯河！""把他扔下哭阶！""提比略永世不得超生！"领头者喊道："士兵们，我们罗马人是不会让这具邪恶的尸体入城的。它会给我们带来噩运。把它送回阿特拉，放到圆形剧场上，烧掉一半！"我得解释一下，遗体只烧一半通常是乞丐和倒霉鬼的下场，而阿特拉是一个小镇，从很古老的时候开始，每年在丰收节上，都会上演粗制滥造的假面剧或滑稽剧，因此闻名。提比略在阿特拉有幢别墅，几乎每年都去参加庆典。他把假面剧中乡下人天真的私通情节改编成老到的下流场面。他强迫阿特拉人建造了一座圆形剧场，上演由他亲自改编的剧目。

马克罗命令手下冲破路障，造成大量伤亡，也有三四名士兵被铺路石砸得不省人事。卡利古拉赶来，制止了进一步的骚乱，提比略的遗体在战神广场被妥善火化。卡利古拉在葬礼上致悼词。悼词写得很正式，又有点挖苦，大家都很喜欢，因为里面说了很多奥古斯都和日耳曼尼库斯的事，对提比略却说得很少。

当晚的宴会上，卡利古拉讲了一个故事，令在场之人无不潸然泪下，对他愈加敬重。他说，在米塞努姆时，有一天清晨，他跟往常一样，想起母亲和兄弟们的凄惨命运，悲伤得辗转难眠，他下定决心，无论如何都要向谋害他们的人复仇。他抓起父亲的匕首，壮起胆子，走进提比略的房间。皇帝躺在床上，翻来覆去地哼唧着，显然在做噩梦。卡利古拉慢慢举起匕首，正要刺下，突然，神的声音在他耳中响起："曾孙啊，住手吧！杀了他，你就是大逆不道了。"卡利古拉回答："啊，神君奥古斯都，他杀了我的母亲和兄弟，他们是您的后代啊。难道我不该替他们报仇吗？哪怕让我犯下弑亲的罪行，被所有人排挤。"奥古斯都回答："要宽容要大度啊，孩子，以后你将成为皇帝，你想做的这件事是没有必要的。我已命令愤怒之神，每天晚上在他的梦里为你的亲人报仇。"于是，卡利古拉把匕首放在床边小桌上，走了出去。但卡利古拉没有解释，第二天早晨提比略醒来，看到桌上的匕首后发生了什么事；大家推测，提比略压根儿不敢提起这个小小的意外吧。

第二十九章

卡利古拉二十五岁登上皇位。整个世界历史上都罕有这样的王子，甚至从未有过，他的继位受到民众热烈的拥戴，而他被赋予的任务，也不过是满足人民对和平与安全的朴素愿望而已。国库充盈，军队训练有素，治理体系只需费一点点力，就能恢复到完美的状态——提比略虽对帝国疏于管理，但整个国家在莉薇娅注入的原动力下仍良好运转着——这些有利条件，再加上身为日耳曼尼库斯之子所享受到的人民的爱戴与信赖，以及提比略去世后大家如释重负的心情，卡利古拉实在是有一个青史留名的绝好机会，完全可以被后世永远铭记为"好皇帝卡利古拉""明君卡利古拉"或"救世主卡利古拉"。只是，我这样写毫无意义。如果他真是民众以为的那种人，那他也就不可能比他的兄弟们活得更久，更不可能被提比略定为继承人了。克劳狄乌斯啊，还记得老雅典诺多鲁斯对这种不可能的偶发事件是怎么说的吗？他不屑一顾地说："要是特洛伊的木马生了小马驹，那今天的马喂起来就省钱多了。"

一开始，卡利古拉是鼓励民众对他的这种误解的，只有我、我母亲、马克罗和另外一两人熟知他的本性，他觉得很有趣，甚至做了一些事来维持这种假象。他也想稳固自己的地位。在彻底肆无忌惮之前，他还有两大障碍。一是马克罗，他的势力对卡利古拉造成了威胁。另一个是吉梅卢斯。因为提比略的遗嘱被宣读之后（保密起见，他只让几个释奴和不识字的渔民当了遗嘱见证人），卡利古拉发现，老头子为了给他找麻烦，将卡利古拉定为第一继承人的同时，将吉梅卢斯定为了第二继承人，以防万一：他让两人联合继承，一人轮流统治一年。吉梅卢斯尚未成年，所以还没进元老院。而卡利古拉已是二等行政官和大祭司了，其实，这也比法定年龄提早了好几年。元老院被卡利古拉说服，觉得提比略在立遗嘱时一定是脑子糊涂了，一切权利应毫无保留地尽归卡利古拉。提比略在私库中留给吉梅卢斯的遗产，也被卡利古拉扣下，理由是皇帝私库是皇权不可分割的一部分；遗嘱其他条款，卡利古拉倒是全部遵照执行，每笔遗赠金也都立即支付到位了。

  禁卫军每人得到五十枚金币的赏金；卡利古拉为确保以后在铲除马克罗时禁卫军能效忠自己，将这笔奖金又翻了一番。他将提比略遗赠给罗马公民的四十五万金币付了出去，还给每人多加三枚金币；他说，他原本是打算成年时就给他们的，但当时老皇帝不准。军队得到的赏金跟奥古斯都遗嘱中的数目一样，但这次发放得很迅速。不仅如此，他还将莉薇娅遗嘱中所有未付的遗赠金全部付清，我们这些受赠人早已把它当作了一笔坏账。对我来说，提比略的遗嘱中，有两项内容最耐人寻味：一是他特别留给我一些史书，它们本来是波里奥留给我的，后来被提比略骗走了，另外还有一些有价值的书卷和总数两万的金币；二是他留给首席维斯塔贞女——即维普萨妮娅的孙女十万枚金币,让她想怎么花就怎么花,自己用,或者给贞女团都可以。首席贞女也是被害的伽卢斯的孙女,她将这些金币融化,铸成一个大金棺,安放了伽卢斯的骨灰。

拿到莉薇娅和提比略的遗赠后,现在的我可以说是相当富足。更让我意外的是,卡利古拉竟把我在兵变时给日耳曼尼库斯凑的五万金币还给了我:他是从他母亲那里听说此事的。他不允许我拒绝,他说,如果我推辞,那他就要把这么多年来累积的利息也一并还给我:这是他为父亲必须还的一笔债。我把新近发财的事告诉卡波尼娅,可她的担忧似乎多过高兴。"它不会给你带来任何好运的,"她说,"钱够用就好,就跟你以前一样,这样才不会有探子给你安上叛国罪,将你的财产全部夺走。"卡波尼娅是接替爱克媞的女人,你们都还记得吧。她十七岁了——有着远超出年龄的聪颖。

我说:"你这话是什么意思,卡波尼娅?探子?现在罗马已经没有这种东西了,也没有叛国罪了。"

她说:"可我没听说探子跟斯姘特里一起被送上船啊。"(卡利古拉把提比略那些涂脂抹粉的"孤儿"全流放了。为公开展示自己纯洁的心地,他把那些人都送去了撒丁岛,那是个不适合人类生存的小岛,他让他们去修路,通过诚实劳动换取生计。有些人手里刚被塞上锹和铲,就直接倒地而死,剩下的人挨了鞭子,不得不干活儿,就连最娇弱的人也无法逃脱。很快,他们就撞了大运。一艘海盗船突然来袭,抓住他们,把他们带到推罗,当作奴隶卖给了挥金如土的东方富人。)

"可他们不敢再耍以前的伎俩了吧,卡波尼娅?"

她放下手中的刺绣。"克劳狄乌斯,我不是政客,也不是学者,但我至少可以用我妓女的智慧,做一点简单的加法。老皇帝留下了多少钱?"

"大约两千七百万金币吧。这笔钱可不少。"

"那新皇帝在遗赠和奖金上已经用了多少?"

"大概三百五十万吧。对,至少有这么多。"

"自从当上皇帝,他又从国外弄来了多少豹子、狗熊、狮子、老虎、野牛,供猎手在露天剧场和斗兽场里杀掉?"

"差不多有两万头吧,也许。说不定还不止。"

"那神庙里又献祭了多少别的动物?"

"我也不知道。我猜应该在十万到二十万头之间吧。"

"那些火烈鸟、沙漠羚羊、斑马和不列颠河狸应该花了他不少钱!所以,他要买这些动物,还要给露天剧场的猎手付工钱,当然,还有角斗士——有人告诉我,角斗士现在拿到的钱是奥古斯都那时候的四倍;还有所有的国宴、装饰豪华的花车和剧场演出——他们说,他把老皇帝流放的演员叫回来时,给他们补发了失业这么多年来的工钱——大方吧?还有,我的天,他花在赛马上的钱!总之,七七八八算起来,那两千万他应该花得不剩多少了吧?"

"我想你算得没错,卡波尼娅。"

"哎呀,三个月花了七百万!以这样的速度,就算所有富人死后把全部财产留给他,又能维持多久呢?如今,皇室的收入比你老祖母掌权管账时要少多了。"

"也许，他过了最初花钱的兴奋劲儿之后，就会节俭了。他这样花钱也有个充分的理由：他说，提比略时期，国库的钱都放着不动，给贸易带来灾难性的影响。他想放几百万出来流通流通。"

"好吧，你比我更了解他。也许他知道什么时候该停手。但如果照这个速度继续下去，再过两年，他将身无分文，到那个时候，谁来出钱呢？所以我才会说探子和叛国罪。"

我说："卡波尼娅。趁着我还有钱，我要给你买一条珍珠项链。你真是又美丽又聪明。我只希望你也能同样谨慎。"

"我更想要现金，"她说，"如果你不介意的话。"于是，第二天我给了她五百金币。卡波尼娅，一个妓女，也是妓女的女儿，却比我娶过的四个贵族女子都更聪明、更忠诚、更善良、更率直。我很快就开始信赖她，对她说了我的很多私事，而且我可以毫不犹豫地说，我从来没有后悔过对她推心置腹。

提比略的葬礼一结束，卡利古拉便不顾恶劣的天气，乘船去了他母亲和他哥哥尼禄被埋葬的小岛；他把他们烧了一半的骸骨收起来，带回罗马，妥善火化后，虔诚地葬入了奥古斯都的陵墓。他设立了一个一年一度的新节日，用角斗和赛马纪念母亲，并举行年度祭祀，慰藉她和他兄弟们的亡灵。他把九月叫作"日耳曼尼库斯"，就像八月叫奥古斯都一样。他还通过一道法令，给我母亲加封了和莉薇娅在世时一样多的荣誉，任命她为奥古斯都的最高女祭司。

接下来，他宣布大赦天下，召回所有被流放的男男女女，释放全部政治犯。他甚至把一大堆有关他母亲和兄弟案件的档案拿到市集，公开烧掉，他发誓说他从来没有看过，那些曾充当密探或以其他方式，造成了他深爱的亲人悲惨命运的人，现在无须害怕了：有关那些邪恶日子的一切记录都已烧毁。实际上，他烧掉的只是复本；原件他都留着呢。他效仿奥古斯都，对元老院和骑士团实行严格审查，拒收不合格的成员，他又效仿提比略，拒绝一切荣誉头衔，只接受皇帝和保民官的封号，并禁止为他本人竖立雕像。我很好奇，他这种心境还能持续多久，元老院投票授予他皇权时，他曾承诺要与元老院共同掌权，做元老们忠实的仆人，这个承诺他又能遵守多久？

登基六个月后，到了九月，执政官任期满了，卡利古拉自己当了一段时间的执政官。你们猜，他选了谁当他的同僚？他竟然选了我！此前二十三年，我一直恳求提比略给我真正的职位而不是虚妄的头衔，可现在，我却情愿把这个职位让给任何人。不是因为我想回去写书（我刚刚写完并修订了我的伊特鲁里亚史，还没有开始写新书），而是因为我早已忘光一切规矩程序、法律条文和判案先例，我曾费尽心血研究它们，如今全忘了，我在元老院里如坐针毡。我在罗马待的时间也太少，完全不知道该怎么拉关系、走门路，该怎么把事情迅速办好，也不知道哪些才是真正掌权的人。我几乎一开始就跟卡利古拉起了大矛盾。他把为尼禄和德鲁苏斯立雕像的任务交给我，让我把他俩的雕像竖在市集并举行献礼仪式，我委托了一家希腊商行，他们拍着胸脯保证，一定会在十二月初举行仪式的那天把雕像准备好。仪式前三天，我去看雕成什么样子了。结果那帮无赖竟还没有开工。他们借口说，颜色合适的大理石才刚运到。我大发雷霆（在这种场合我经常发脾气，但我的愤怒不会持续太久），对他们说，如果他们还不让工匠忙活起来，没日没夜把工赶完，那我就要把他们整个商行——包括老板、经理和工人——统统赶出都城。也许是我让他们太紧张了，仪式举行的前一天下午，尼禄的雕像（雕得很像）完工了，但粗心大意的工匠竟然弄断了德鲁苏斯雕像的一只手，是齐手腕断的，这种损坏有修补的方法，但连接处一定会显出痕迹，我不可能在如此重要的场合，给卡利古拉展示一件修补过的拙劣作品。我唯一能做的，就是立即去找他，告诉他德鲁苏斯的雕像还没有准备好。天哪，他简直是怒不可遏！他威胁说，要撤掉我的执政官，不肯听我的任何解释。幸好，他早已决定第二天自己辞掉执政官，并让我跟他一起辞职，让位给最开始被选中的那两个人了；就这样，他的威胁没有带来任何后果，我甚至又被选为执政官，同他继续共事了四年。

我在皇宫有个套间，因为卡利古拉（效仿奥古斯都）发表了数次演讲，严厉谴责各种伤风败俗的行为，所以尽管目前我是未婚，也不能让卡波尼娅跟我一起住在那里。她不得不留在卡普阿，让我更烦躁的是，我只能偶尔找机会去看她。卡利古拉自己的道德似乎不在他严格约束的范围之内。在卡利古拉的要求下，马克罗同妻子恩妮娅离婚，卡利古拉曾保证说会娶她，可现在，他又厌倦了恩妮娅，他同一帮伙伴每晚出去寻欢作乐，他称这群人为"侦察员"，通常有三位年轻的军官、两位著名的角斗士、演员阿佩勒斯，以及全罗马最厉害的赛车手尤图霍斯，他参加的每一场比赛几乎都赢了。卡利古拉是葱绿队的坚定支持者，他派人满世界寻找跑得最快的马。他为公开的战车比赛找了个宗教上的理由，现在，每天都要举行二十场比赛，几乎只要有阳光照射的时候，就有比赛。他跟富人挑战，富人出于礼貌，只得在别的颜色上下注，让他赚得盆满钵满。可这样赢来的钱，如俗话所说，不过是他庞大开销汪洋之海中的"小小一滴"罢了。他每晚都会跟"侦察员"出去，他们乔装打扮，去城里最下流的场所，往往还会跟夜间的巡逻队发生冲突，而后升级为混乱的场面，巡逻队的指挥官只能小心翼翼地掩饰过去。

卡利古拉的三个姐妹，德鲁茜拉、小阿格里皮娜和莱斯比娅都嫁给了贵族；但他非要她们住到皇宫来。他让小阿格里皮娜和莱斯比娅带上丈夫，但德鲁茜拉不能带丈夫；德鲁茜拉的丈夫叫卡西乌斯·朗吉努斯，被派去小亚细亚当总督了。卡利古拉要求所有人对她们毕恭毕敬，让她们享受只有维斯塔贞女才有的一切特权。他要求民众在为他的健康平安祈祷时，必须加上她们三个的名字，就连官员和祭司以他的名字公开宣誓就职时也不例外——"我也不得将自己或自己子孙的性命置于皇帝陛下和他的姐妹之上"。他对她们三人的态度让所有人不解——仿佛她们不是他的姐妹，而是他的妻妾。

德鲁茜拉是他的最爱。虽然她完全摆脱了丈夫，但她看起来总是不快乐，她越是不快乐，卡利古拉就越对她关怀备至。他让她改嫁给自己的一个表兄，埃米利乌斯·雷必达，但这桩婚事仅是做个样子，我提过，埃米利乌斯是个没骨气的人，他是尤丽娜的女儿埃米丽娅的弟弟，埃米丽娅是我小时候差一点结婚的对象。大家都管埃米利乌斯叫"盖尼米德[1]"，因为他长得像个女

---

1 古希腊神话中的一位特洛伊王子，以美貌著称，是宙斯的侍酒师和男性爱人。

人，他对卡利古拉极尽谄媚奉承，也是"侦察员"中的重要一员。他比卡利古拉大七岁，但卡利古拉对他，就像对十三岁的孩子，他似乎也乐在其中。德鲁茜拉受不了他。可小阿格里皮娜和莱斯比娅却总是进出他的卧房，说着笑着，开着玩笑，搞着恶作剧。她们的丈夫毫不介怀。我发现皇宫里的生活极其混乱。我的意思并不是说，有谁让我住得不舒服，或仆人们训练得还不够好，或有客人时没人遵守正规的仪式和礼节。我只是从来搞不清楚，这个人和那个人之间到底有什么微妙的关系：有一段时间，小阿格里皮娜和莱斯比娅好像互换了丈夫，又有一段时间，阿佩勒斯不知怎么的，跟莱斯比娅非常亲密，赛车手则跟小阿格里皮娜非常亲密。至于卡利古拉和盖尼米德——我说"极其混乱"时，意思已经很明确了。我是他们当中唯一一个人过中年的，完全不理解新一代人的生活方式。吉梅卢斯也住在皇宫：他是个终日惶惶又敏感纤弱的孩子，总是咬手指甲，咬得都露出了肉，大家经常看到他坐在角落里，给花瓶上画水边仙女、森林神灵之类的东西。我没法告诉你们更多关于吉梅卢斯的事了，我只同他说过一两次话，我很同情他，因为他跟我一样，并不属于这伙人；但也许，他以为我是想引诱他敞开心扉，说一些反对卡利古拉的话，所以他每次都只回答我一个字。他穿上成人长袍的那天，卡利古拉收他为养子兼继承人，并任命他为学生领袖；但绝不是要跟他共享君权。

卡利古拉病了，整整一个月，他命悬一线。医生说是脑膜炎。罗马人民忐忑不安，皇宫周围至少有上万民众不分昼夜站在那里，等待好消息。他们聚在一起，窃窃私语；那声音传到我的窗口，就像远处的小溪淌过卵石。他们用各种最引人注目的方式表达担忧。有些人甚至在自家门上贴出告示，说如果死神愿意就此停手，饶皇帝一命，那他们发誓以自己的性命作为交换。皇宫方圆半英里甚至更远的地方，大家不约而同地停止了一切交通噪音、街头叫卖和吹拉弹唱。哪怕是在奥古斯都生病、后来被穆萨治好的那一次，罗马也从未有过这样的情形。可消息栏上却一直写着："病情无变化"。

一天晚上，德鲁茜拉来敲我的门，说："克劳狄乌斯叔叔！皇帝想见您，很急。快来。什么都不要管了。"

"他想见我干什么？"

"我也不知道。但求您千万依着他。他有把剑。您要是不说他想让您说的话，他就会杀了您。今天早上，他拿剑顶着我的喉咙。他对我说，我不爱他了。我只好一遍又一遍发誓，说我爱他。'你想杀我，就杀吧，亲爱的。'我说。哎呀克劳狄乌斯叔叔，我为什么要生在这世上啊？他疯了。他一直都是疯的。但他现在疯得更厉害。他被附身了。"

我走到卡利古拉的卧室，房间挂着重重的窗帘，铺着厚厚的地毯。床边点着一盏微弱的油灯。空气腐朽凝滞。他用发牢骚的语气跟我打招呼："又迟到了？我跟你说了，要快点的。"他看起来不像病了，只是不太健康。两个孔武有力、又聋又哑的守卫拿着斧头，守在他床的左右两侧。

我一边向他行礼，一边说："哎哟，我已经飞快赶来了！要不是瘸了一条腿，我肯定刚一出发就到了。又看到您生龙活虎的样子，听到您的声音，我太高兴了，陛下！我斗胆希望您好一点了?"

"我从来没有真正病过。只是休息。经历一次蜕变。这将是人类有史以来最重要的宗教大事。怪不得全城如此安静。"

不知为何,我觉得,他是希望我表示同情的。"蜕变的过程痛苦吗,陛下?我希望不痛苦。"

"痛苦得就像我成了我自己的母亲。经历千难万险,生下孩子。幸好,我忘记了一切痛苦。或者说,快要忘记了。我是个极早熟的孩子,我还清楚记得,当我来到这个世界,接生婆给我洗澡时她们脸上崇拜的表情,还有我挣扎着出生后,她们涂在我嘴上、让我提神的酒的滋味。"

"您的记忆力太惊人了,陛下。可我能不能恭敬地问您,您这次经历的伟大变化到底是什么?"

"这不是显而易见的吗?"他生气地反问。

德鲁茜拉说的"附身"和祖母莉薇娅临终对我说的话给了我线索。我立刻五体投地,将他敬为天神。

过了一两分钟,我趴在地上问,我是不是第一个有幸将他敬为神灵的人。他说是,我立刻表现出铭感五内的模样。他若有所思,用剑尖抵着我的后颈。我想这下我要完了。

他说:"我承认,我现在还是肉体凡身,所以你没有马上认出我的神体也不奇怪。"

"我都不知道我怎么这么瞎。您的脸在这昏暗的灯光下明明亮得如同一盏明灯。"

"是吗?"他兴致盎然地问。"站起来,把那镜子拿给我。"

我把抛光的铁镜递给他,他同意,他的脸确实是光芒四射。

趁着这难得的好心情，他开始跟我大谈起了他自己的事。

"我早知道这事会发生，"他说，"我一直觉得我是天神，除此之外，再没有别的感觉。你想想吧。我两岁时，就平定了我父亲军队的叛乱，拯救了罗马。这多神奇，就像故事里小时候的墨丘利[1]神，还有在摇篮里就掐死了蛇的赫拉克勒斯。"

"墨丘利不过偷了几头公牛，"我说，"在弦琴上拨出了一两个音符。跟您比起来，那算什么呀。"

"还有，我八岁就杀了自己的父亲。天神朱庇特也从没做过这种事吧。他只是把那老东西流放了而已。"

我觉得他依然在胡言乱语，但佯装确有其事地问："您为什么要这样做呢？"

"他挡了我的路。他想管我——我哎，我可是小神啊，你想想看吧！所以我把他吓死了。我把各种死的东西偷偷带进我们在安提阿的家，藏在松动的地砖下；我在墙上画那些符咒；我把大公鸡带进我的卧室，命令它向前走。我还抢走了他的赫卡忒。你看，她就在这里！我总是把她放在我枕头下面。"他举起那块碧绿的玉佩。

我认出了护身符，我的心如坠冰窟。我惊恐地说："原来是您？从小窗户爬进上锁的房间、画了符咒的人也是您？"

他骄傲地点点头，继续喋喋不休地说着："我不仅杀了我的亲生父亲，我还杀了我的养父——就是提比略，你知道吧。天神朱庇特只跟他的一个姐妹睡了，就是朱诺，可我跟我的三个姐妹

---

[1] 罗马神话中为众神传递信息的使者，对应古希腊神话中的赫尔墨斯。

都睡了。玛蒂娜跟我说过，如果我想跟天神朱庇特一样，那就要这么做。"

"这么说，您跟玛蒂娜很熟？"

"很熟。我父母在埃及时，我每天晚上都去找她。她是个极聪明的女人。我再告诉你一件事吧。德鲁茜拉也是神。我要在宣布我是神的同时，宣布她也是神。我太爱德鲁茜拉了！差不多跟她爱我一样。"

"我能问问您神圣的旨意吗？您这次蜕变一定会深深影响整个罗马的。"

"确实。首先，我要让整个世界都敬畏我。我不会再让几个大惊小怪的老头管着我了。我要给他们看看……不过，你还记得你的老祖母莉薇娅吧？那就是个笑话。她不知怎么的，竟以为自己就是几千年来东方人一直预言的永恒之神。我看，是色拉西洛斯骗了她，让她以为这是她的宿命。色拉西洛斯从不说谎，但他最喜欢误导别人。你看，莉薇娅压根儿不知道那个预言的具体条件。神得是男人，不是女人啊，神要统治罗马，但不是出生在罗马（我就出生在安提乌姆），神出生在和平时期（我就是），但注定在死后引起无数战争。神英年早逝，他的子民一开始爱戴他，后来痛恨他，最后，神在痛苦中死去，被所有人唾弃。'他的仆从将食他肉啖他血。'在他死后，他将统治我们未知地界的其他所有神。这个神只可能是我。玛蒂娜告诉我，最近近东的人们看到很多奇迹，确凿证明神已最终降生。犹太人是最激动的。不知为何，他们总觉得这事跟他们尤其有关系。我猜，是因为我和父亲出访过他们的城市耶路撒冷，并在那里第一次显出神力吧。"

说完这些,他暂停了片刻。

"我可太想听听这个故事了。"我说。

"哎呀,其实也没什么。就是为了开玩笑,我走进一间屋子,屋里有很多他们的祭司、医生,正聚在一起,讨论宗教神学,我突然大喊:'你们这群无知的骗子老头。你们对神一无所知!'这话引起了轰动,一个胡须雪白的老头说:'什么?那你又是谁,孩子?你是预言里的那一位吗?''是的。'我大胆回答。他老泪纵横、欣喜若狂地说:'那就教教我们吧!'我回答:'当然不行!这有失我的身份。'说完我又跑了出去。你真应该看看他们当时的表情!不,莉薇娅是个聪明又能干的女人,她有她的个性——她是女尤利西斯,我有一次当着她的面也这么说过——有朝一日,我也许会兑现承诺,封她为神,但这事不着急。她永远不会成为重要的神。也许我们可以封她为文员和会计的守护女神,因为她的脑子确实很灵光,会算数。对了,我们还要给她加封下毒者之神,就像墨丘利在保护商人和旅行者的同时,也保护小偷一样。"

"这才公平嘛,"我说,"但我迫不及待想知道的是:我要用什么尊称来敬拜您?比如,叫您天神朱庇特显然不正确,对不对?难道您不比朱庇特更伟大吗?"

他说:"哎呀,当然比朱庇特更伟大,但我还没有尊称。我看,现在我就叫朱庇特好了——拉丁的朱庇特,跟希腊的朱庇特区分开。总有一天,我要跟他算清这笔账的。他为所欲为很久了。"

我问:"您的父亲还不是神,这又算怎么回事呢?我从没听说过，哪个神的父亲不是神的。"

"这很简单。神君奥古斯都才是我的父亲。"

"可他从来没有收养过您，不是吗？他只收养了您的哥哥们，留下您继承您父亲的血脉。"

"我并不是说他是我的养父。我的意思是，我是他同尤莉娅乱伦生下的儿子。我一定就是。这是唯一可能的解释。我不可能是阿格里皮娜的儿子：她父亲只是个无名小卒。这太荒唐了。"

我不是傻瓜，我绝不会向他指出，那如此说来，日耳曼尼库斯也就不是他的父亲，而他的姐妹也就成了他的侄女们。我按照德鲁茜拉的建议，哄着他说："这是我人生最辉煌的时刻。请允许我退下，用我仅剩的力气，立刻向您献祭。您呼出的神气太过强烈，我这凡人的鼻孔都快承受不住了。我就要晕倒了。"房间里的空气沉闷得可怕。卡利古拉自从躺在床上后，就再也没准别人开过窗户。

他说："安心走吧。我想过杀你，但现在不会了。告诉侦察员们，我是神了，我的脸熠熠生辉，别的事就不要告诉他们了。那些事我要求你保持神圣的沉默。"

我又俯首帖耳，趴在地上，倒着退了出去。盖尼米德在走廊拦住我，问我发生了什么事。我说："他刚刚变成神了，还是非常重要的一个神，他是这么说的。他的脸熠熠生辉。"

"对我们凡人来说，这可是个坏消息，"盖尼米德说，"但我早预料到了。谢谢您的提醒。我会告诉其他人的。德鲁茜拉知道了吗？还不知道？那我去告诉她。"

"告诉她，她现在也是女神了，"我说，"以免她自己还没有发现。"

我回到自己房间，心想："发生这种事再好不过了。大家很快都会发现他疯了，然后会把他关起来。现在，除了盖尼米德，奥古斯都的后代中没有谁是适合当皇帝的年纪了，可盖尼米德既没有民众支持，也没有当皇帝必需的强势性格。这样一来，我们就能恢复共和国了。卡利古拉的岳父将是不二人选。他在元老院的影响力比谁都大。我会支持他的。只要我们除掉马克罗，找个正直的禁卫军指挥官来代替他，一切就好办了。禁卫军是最大的障碍。他们非常清楚，共和国的元老是绝不可能投票给他们每人发五十、一百金币的。没错，最开始正是塞扬努斯的主意，把他们变成了我伯伯提比略的私人军队，好让皇帝拥有东方君王的绝对权力。我们就应该拆散禁卫军，像以前一样，把他们安置到居民私宅的临时营房里去。"

可是——你们敢相信吗？大家居然毫无异议地接受了卡利古拉变成神的事。有一段时间，他扬扬得意地让这个消息在私底下流传，公开仍保持凡人姿态。如果他一出现，每个人都必须把脸贴到地上趴着，那反而会影响他和侦察员之间自由轻松的关系，剥夺他的大部分乐趣。可在他康复后不到十天的时间里，民众表现出溢于言表的欢欣喜悦，他便坦然接受了奥古斯都一辈子才获得的那些荣耀，甚至可能还多出一两个。他是"千古明君"，是"军队之父"，是"最光荣最伟大的皇帝"，还是"祖国之父"，而这个头衔是提比略坚定拒绝了一辈子的。

吉梅卢斯是这次恐怖事件的第一个受害者。卡利古拉派人叫来禁卫军的一个团长，对他说："杀了那个叛徒，我的孩子，马上。"团长径直走到吉梅卢斯的房间,把他的头砍了下来。第二个受害者是卡利古拉的岳父。他是西拉努斯家族的——卡利古拉娶了他的女儿尤妮娅,但在他当皇帝的前一年,尤妮娅难产而死。提比略还在世时,西拉努斯是唯一一个从未令他产生过怀疑的元老:提比略从不听任何人对他的指控。如今,卡利古拉却派人给他送信:"明天黎明之前,你必须死。"这个不幸的人当即跟家人道了永别,用刀片割破自己的喉咙。卡利古拉在写给元老院的信里解释道,吉梅卢斯是个叛徒,所以该死:他病危期间,那小子竟从未为他的康复祈祷过,反而企图与他的保镖军官勾结。不仅如此,他每次来皇宫赴宴,总会先吃解毒药,所以他浑身总散发着药味。"可世上有解皇帝的药吗?"至于他的岳父,卡利古拉在信里写道,也是个叛徒:他坐船去潘达塔利亚和蓬扎岛取回母亲和兄弟骸骨的那天,风雨大作,岳父拒绝与他一同出海,而是留在罗马,祈祷暴风雨毁灭船只,让他夺得大权。

元老院接受了这些解释。事实是,西拉努斯晕船特别严重,每次坐船出海,哪怕天气晴好,也会因为晕船而吐得半死不活,那次出航,他主动提出要陪卡利古拉,是卡利古拉自己好心拒绝了。至于吉梅卢斯,他一直有咳嗽的顽疾,为了不在餐桌上惹人厌恶,所以总吃润喉的药,身上才带着药味。

第三十章

母亲听说吉梅卢斯被杀的消息，悲痛欲绝，她跑去皇宫，要求见卡利古拉，卡利古拉闷闷不乐地接见了她，因为他预感她是来指责他的。她说："孙儿，我能私下同你说几句话吗？关于吉梅卢斯的死。"

"不能，不能私下说，"他回答，"你想说什么，就当着马克罗的面说。如果你要说的话真那么重要，那我必须有个见证人。"

"那我宁愿保持沉默。这是家事，奴隶的儿子怎么配听。那家伙的父亲是我葡萄园里一个工人的儿子。我把他卖给我姐夫，卖了四十五块金币。"

"你就告诉我，你是来说什么的吧，不要侮辱我的大臣。难道你还不知道，我能让这世上的每个人都顺从我的意思吗？"

"我要说的话你听了肯定会不高兴。"

"你说吧。"

"那就如你所愿。我来是要说，你杀了我可怜的吉梅卢斯，这是不怀好意的谋杀，我从你邪恶的手中接过的一切荣誉，现在都不要了。"

卡利古拉大笑着对马克罗说："我觉得，这个老太太现在最好马上回家，找她的葡萄园工人借一把剪枝的大剪刀，剪断自己的声带。"

马克罗说："我也总是给我的祖母提这个建议，但老东西不肯接受。"

母亲来见我。"我打算自行了断了，克劳狄乌斯，"她说，"你会发现，我所有的后事都已安排好。我还有几笔小债没还：帮我按期还了。好好待我家里的仆人，他们一直很忠心，每一个人都是。我只是遗憾，再没人照顾你的小女儿了：我想你最好再结个婚，给她找个妈妈。她是个好孩子。"

我说："什么，母亲！自行了断？为什么？啊，不要这样！"

她酸楚一笑。"我的命是我自己的，不是吗？你为什么要劝我不要自杀呢？我死了，你肯定也不会怀念我，不是吗？"

"您是我的母亲啊，"我说，"一个人只有一个母亲。"

"你说这么孝顺的话，我很意外。一直以来，我对你来说都不是个慈爱的好妈妈。你让我怎么慈爱得起来呢？你一直让我很失望——你总是体弱多病，胆子又小，脑子又笨。哎呀，可是神灵已经严厉惩罚了我对你的忽视。我那优秀出众的儿子日耳曼尼库斯被人害死了，我可怜的孙子尼禄、德鲁苏斯和吉梅卢斯也被人杀了，我的女儿莉维拉因为她恶毒的心肠受到了惩罚，她坏得人神共愤，是我亲手惩罚了她——那是我最痛苦的事，没有哪个做母亲的比我更痛苦了——我的四个孙女都变坏了，还有这个下贱不孝的卡利古拉……可你一定比他活得长。哪怕世界洪水滔天，你也能活下去的，我相信。"她的语气一开始很平静，后来上升到她平时骂人的愤怒腔调。

我说:"母亲,到了这个时候,您还不能对我说句好话吗?我这辈子有故意跟您对着干,或不听您的话吗?"

她似乎没有听见。"我已受到严厉的惩罚。"她又说了一遍。接着,她说:"我希望你五小时后到我家来。那时候,我应该把一切都安排好了。我指望你送我最后一程。我不想让你看到我咽下最后一口气。如果你到的时候我还没有死,那你就在前厅等我的女仆布里塞斯的消息。不要把告别辞说得颠三倒四:你总是那样。你会找到我给你写好的葬礼指示。你是主送葬人。我不想要葬礼上的致辞。记住,把我的手砍下来,另外埋葬:因为这是自杀。我不想在火葬柴堆上洒香水;大家都这么做,但严格来说,这是违法的,而且我认为也太浪费。我要放帕拉斯自由,这样他就能在送葬的队伍里戴自由民的帽子了,你别忘了。还有,你这辈子就试着主持一次仪式不要出错,好吗?"她就说了这些,还有一句很正式的"再见"。没有吻别,没有眼泪,也没有祝福。身为尽忠尽孝的儿子,我执行了她最后的愿望,一字不差。帕拉斯是我的奴隶,她放他自由有点奇怪。她也放了布里塞斯自由。

几天后,卡利古拉坐在他的餐厅里,从窗口看着火化她的柴堆熊熊燃烧,他对马克罗说:"对抗那个老太婆时,你支持了我,很好。我要奖励你。我要给你整个帝国最荣耀的职位。奥古斯都曾把这个职位定为国家之首,是绝不能落入冒险分子手中的。我要任命你为埃及总督。"马克罗喜出望外:这些日子以来,他一直不确定他和卡利古拉之间的关系,如果能去埃及,他就安全了。正如卡利古拉所说,这个职位极其重要:埃及总督掐断粮食供给,便能饿死全罗马人,还可以在当地征兵,加强驻防力量，抵御可能来犯的一切侵略军队，保卫本省。

就这样，马克罗卸下禁卫军指挥官一职。有一段时间，卡利古拉没有派任何人来接替，而是让九个营的营长轮流指挥一个月。他表示，这段时间结束后，最忠诚、最能干的队长将永远得到这个职位。可他私下向一个人做出了承诺，是这个人最初率领营队，组建了皇宫禁卫军——而这人不是别人，正是勇敢的卡西乌斯·查雷亚，你们如果认真看了这本书，一定不会忘记他的名字——就是他，在竞技场上干掉日耳曼人；就是他，带领队伍逃过瓦卢斯军队惨遭屠杀的命运，平安归来，保住了桥头堡；也是他，在波恩营地冲破叛军的包围，并在那天清晨，把卡利古拉背在背上，保护阿格里皮娜和她的朋友们艰难地步行离开军营。如今，卡西乌斯还不到六十岁，但已头发花白，还有点驼背，因为他在日耳曼发过一次差点要了命的高烧，所以双手总是颤抖，可他仍是优秀的角斗士，是公认的全罗马最英勇的人。有一天，禁卫军的一个老兵发了疯，拿着长矛，在皇宫院子里杀气腾腾地乱跑，以为自己在刺杀法兰西叛军。每个人都避之不及，只有卡西乌斯，虽手无寸铁，仍稳如泰山，等疯子向他发起进攻时，他冷静地喊出练兵场上的口令："全体都有，立正！武器放地上！"对疯子来说，服从命令早已是第二天性，听到口令，他立马停下来，把长矛放到地上。"全体都有，向后转，"卡西乌斯又喊了口令，"齐步走！"就这样，他缴了他的械。后来，卡西乌斯成为禁卫军第一个临时指挥官，并在马克罗受审被判死刑期间，维持了禁卫军的秩序。

任命马克罗为埃及总督，只是卡利古拉的诡计，跟提比略对塞扬努斯使过的计一样。马克罗在奥斯提亚准备登船时被逮捕了,并被套上铁链,带回罗马。他被指控害死了阿伦提乌斯和其他数名无辜男女。在此罪名之上,卡利古拉又给他加了一条,说马克罗曾充当皮条客,诱使自己爱上他的妻子恩妮娅——卡利古拉承认,当时他年轻没经验,差点就上当了。马克罗和恩妮娅双双被迫自尽。我很惊讶,他如此轻松便除掉了马克罗。

有一天,卡利古拉作为大祭司长去主持婚礼,新郎是皮索家族的,新娘叫奥瑞斯蒂娜。他竟爱上了奥瑞斯蒂娜,婚礼顺利完成,罗马大部分上流贵族都来参加了婚宴,跟在所有这类场合时一样,也都玩得非常开心,突然,卡利古拉对着新郎大喊:"喂,那个,先生,别亲那女人了!她是我妻子。"接着,他站起身,在众人惊异的沉默中,命令禁卫军抓住奥瑞斯蒂娜,送去皇宫。没人敢反对。第二天,他就和奥瑞斯蒂娜结婚了:她的丈夫被迫参加婚礼,并将她交给卡利古拉。他给元老院寄了一封信,通知他们,他已按照罗慕路斯和奥古斯都的方式,完成了庆典——我猜,他指的应该是罗慕路斯强奸萨宾女子和奥古斯都娶我祖母(当时我祖父也出席了婚礼)的事吧。不到两个月,他又同奥瑞斯蒂娜离婚,并将她流放,还流放了她的前夫,理由是他一转背,他俩就通奸了。女的被送去西班牙,男的去了罗德岛。卡利古拉只准他带十个奴隶:他请求卡利古拉行行好,让他带二十个,卡利古拉说:"你想带多少就带多少,但你每多带一个奴隶,我就会多派一个士兵看守你。"

德鲁茜拉死了。我心里非常确定,是卡利古拉杀了她,但我没有证据。别人告诉我,现在他每次亲女人时都会说:"多白多可爱的脖子呀，我只要说一个字，咔嚓！就能把它齐齐砍断。"如果那脖子格外洁白、格外可爱，他有时就会受不了诱惑，真的一声令下，让自己夸下的海口变为现实。德鲁茜拉的死，我想他是亲自动的手。因为他不管怎样，都不准任何人去看她的遗体。他对外宣传，她死于肺痨，并为她举办了极尽奢华的葬礼。他封她为"潘西娅"女神，为她修建神庙，指派贵族男女担任她的祭司，设立一年一度的盛大节日纪念她，这个节日比日历上现有的一切节日都更隆重。一个男人因为看见奥古斯都将她的灵魂接入天国而得到一万金币的奖赏。在卡利古拉下令让公众哀悼她的日子里，任何人如有大笑、唱歌、剃胡须、上澡堂，甚至和家人共进晚餐的行为，都属于砍头的死罪。法庭不准开门，婚礼不准庆祝，军队不准操练。一个人因为在街上卖热水，就被卡利古拉处死，另一个人卖刀片，下场也一样。由此带来的沉重气氛，让卡利古拉自己都受不了了（或者，也可能是因为懊悔自责），一天晚上，他离开罗马城，一路向南，朝锡拉丘兹而行，孤身一人，只带了一支仪仗队。他去那里没有正事，只是想用旅行分散注意力。他走到墨西拿，就不再往前，因为在这里，他正好碰上埃特纳火山的一次小爆发。那景象吓得他惊魂不定，转身就跑。他回到罗马，很快又像以往一样，安排起了各项活动，尤其是角斗、赛车和猎杀野兽。他突然想起来，他生病期间，有人发过誓要用自己的性命换他的健康，可那些人现在还没有自杀；于是，他强迫他们自杀了，这不仅是为了在大原则上不让他们犯下发伪誓的罪行，更重要的，也是为了避免他们不遵守与死神的约定，导致死神卷土重来。

几天后的晚餐上，我喝得酩酊大醉，碰巧说起了关于女性继承美貌的话题，我引用实例来证明自己的论点：美貌的遗传通常会跳过一代人，从祖母直接传给孙女。倒霉的是，我最后得出结论："我还是个小孩时，罗马有个最漂亮的女人，如今她又在她孙女身上重现了，五官、四肢分毫不差，连名字都一样，都叫洛丽娅，她是现任希腊总督的夫人。我认为，洛丽娅就是现今世上最美丽的女子，只除了一位女士，但她的名字我就不提了，因为她现在就在这个房间里。"我说除了一位女士，只是客套话。洛丽娅比我的侄女小阿格里皮娜和莱斯比娅、比在场的其他女人都要美得多得多。但我要说明，我不是爱上她了：我只是有一天突然注意到她的完美，并且想起来，我在小时候也对她的祖母得出过相同的观察结论。这话勾起了卡利古拉的兴趣，他问我关于洛丽娅的事。我还没有意识到自己已经说得太多了，于是又说了更多的事。当天晚上，卡利古拉给洛丽娅的丈夫写信，让他回到罗马，接受一项殊荣。结果，这殊荣就是和洛丽娅离婚，让她嫁给皇帝。

大约在这段时间，我在晚餐桌上的另一番无心之言也给卡利古拉造成了意想不到的影响。当时有人提起癫痫病，我说，根据迦太基人的记载，汉尼拔就有癫痫病，亚历山大和尤利乌斯·恺撒也都患有这种神秘的疾病，它仿佛是最伟大的军事天才们逃不开的宿命。卡利古拉竖起耳朵听完了这些话，几天后，他完美模仿了一次突发癫痫，他倒在元老院的地上，扯着嗓门儿尖叫，嘴角还冒出白沫——可能是肥皂泡吧。

罗马人民仍然是快乐的。卡利古拉的剧场演出、角斗比武、野兽猎杀、战车比赛和从演讲台及皇宫二楼窗户抛出的赏钱，让他们乐在其中。他们不关心他跟谁缔结或解除了婚约，或他杀害了哪些侍臣。只有剧场和斗兽场座无虚席，连过道都挤满了人时，他才满意；所以，一有演出，他就会推迟一切法律审判，暂停一切丧事哀悼，不让任何人有借口不来参加。他想了一些别出心裁的花招。他允许大家带垫子来，天气热的时候可以戴草帽，还可以光脚——就连应为民众树立严肃榜样的元老也可以。

我终于想办法去了卡普阿几天，是近一年来的第一次，卡波尼娅跟我说的第一句话就是："皇帝私库里的两千万还剩多少，克劳狄乌斯？"

"不到五百万吧，我想。他最近在用雪松木造游船，给它们包上黄金，镶上珠宝，在船上装浴缸，造花园，他开始动工修建六十座新神庙，还说要在科林斯的峡谷里挖一条运河。他用甘松香油和紫罗兰油泡澡。两天前，他给葱绿队的赛车手尤图霍斯两万金币，因为他险胜了一场比赛。"

"葱绿队总是赢吗？"

"总是赢。或者说，差不多总是赢吧。那天，深红队碰巧跑到第一，大家发出热烈的欢呼。他们早就厌倦了葱绿队的垄断。皇帝气得七窍生烟。第二天，深红队的车手和他整支胜利的队伍全都死了。被毒死的。这种事也不是第一次了。"

"等到明年这时候，你的日子就不好过了，我可怜的克劳狄乌斯。顺便问你，你想看看你的账目吗？今年运气不好，我写信告诉过你。值钱的牲口都快死了，奴隶东偷西摸的，粮堆又着了火。你损失了差不多两千金币。但不是管家的错。他尽力了，至少他很诚实。是因为你不在这里监督，这些事才会发生。"

"我也没办法，"我说，"实话跟你说吧，这些日子，我更操心的是自己的命而不是钱。"

"大家对你很差吗？"

"是的。他们一直把我当傻瓜。我不喜欢这样。皇帝带头折磨我。"

"他们对你做了什么？"

"哎呀，都是叫我难堪的恶作剧。把水桶吊到门上。把青蛙放到我床上。或是浑身春药味、被迷晕的女人：你也知道我有多讨厌青蛙和迷奸。如果我吃完晚饭，碰巧打个盹儿，他们就会朝我丢枣核，把鞋子绑到我手上，或在我耳边敲响火警铃。我压根儿找不出可以工作的时间。只要我开始工作，他们就把我的墨水瓶全打翻在上面。我说的任何话，都没有人当真。"

"他们只戏弄你一个人吗？"

"我是他们最喜欢的。是官方指定的。"

"克劳狄乌斯，你还没有意识到你有多幸运呢。好好保住你的位置。不要让任何人抢了去。"

"你这话是什么意思，姑娘？"

"我的意思是，人不会杀死他们戏弄的对象。他们对他很残忍，吓唬他，抢他的东西，但不会杀他。"

我说："卡波尼娅，你太聪明了。现在你听我说。我还有些钱。我要给你买一条漂亮的丝绸裙子、一个黄金化妆盒、一只绒猴和一包肉桂条。"

她微微一笑。"我宁愿把礼物换成现金。你计划花多少钱？"

"七百左右吧。"

"那好。总有一天，这笔钱会派上用场的。谢谢你，善良的克劳狄乌斯。"

我回到罗马，一到就听说出了乱子。一天晚上，拂晓之前，人们都蜂拥着赶往圆形剧场，他们相互推搡着，都想靠近大门，好在大门打开时抢到前排的免费座位，喧闹声吵醒了远处的卡利古拉。卡利古拉派出一队禁卫军，拿着短棍维持秩序。禁卫军都是从床上被拉起来执行任务的，所以脾气暴躁，不分青红皂白地乱打一气，打死了不少人，包括数名有头有脸的人物。卡利古拉先是被嘈杂声搅了好梦，禁卫军拿着短棍攻击人群时，大家又尖叫着四散逃窜，发出更大的噪声，为表示不满，卡利古拉直到下午很晚才去圆形剧场露面，每个人都等得又累又饿。葱绿队出场时，大家发出嘘声，喝起倒彩。卡利古拉暴怒地从座位上一跃而起："我希望你们都只有一个脖子。我要一刀砍断！"

第二天本该有角斗和野兽猎杀。卡利古拉取消一切安排好的演出，派人送来一批在市场上能买到的最悲惨的动物——长满癞疮的狮子和豹子、病恹恹的狗熊、年老体衰的野牛等等，都是准备送去行省偏远的驻防小镇的，因为那里的观众不挑剔，业余猎手也不欢迎质量太好的动物。卡利古拉还另外找来一批猎手，取代广告上本应出场的人选，这些人和这些动物完全匹配：全是肥头大耳、关节僵硬、气喘吁吁的退伍老兵。有些人在巅峰时期也许曾是出色的猎手——应该是在奥古斯都那个黄金年代吧。观众嘲笑他们，对他们喝倒彩。卡利古拉等的就是这个。他派出军官，抓来闹得最凶的一批人，把他们送进竞技场，看他们是不是更厉害。长满癞疮的狮子、豹子、病恹恹的狗熊和年老体衰的野牛迅速把他们都解决了。

他开始失去民心。民众虽然喜欢假期，可当整整一年都成了无比漫长的假期，没人有时间做自己的事，快乐也变成强制之后，就是另外一码事了。赛车越来越让人厌倦。可对卡利古拉来说，一切再好不过，因为赛车队伍和车手都同他的个人利益密切相关，他有时甚至亲自驾车。他是个不错的车手，使起缰绳和鞭子都很熟练，跟他竞争的车手会小心翼翼地不要超过他。剧场表演也越来越让人厌烦。所有的剧目都相差无几，只有内行鉴赏家才能看出不同：反正，我看着都是一样的。卡利古拉幻想自己是鉴赏家，还和阿佩勒斯交情匪浅，阿佩勒斯是腓力斯的悲剧演员，演出的很多剧目都是自己写的。他有一出剧，卡利古拉最为喜欢——因为他提过一些建议，都被阿佩勒斯吸收到了剧中的角色里——这出剧演过一遍又一遍，直到最后，每个人一看到、一听到它都恨得牙痒。还有个叫麦尼斯特的，是当时最流行的神话芭蕾舞的首席演员，卡利古拉就更喜欢他了。每次他跳得特别好时，卡利古拉会当着全场观众的面亲吻他。有一次，一位骑士在观看表演时突然咳嗽，咳得停不下来，只得离场。他从观众的膝盖前经过，一边道歉，一边咳嗽，一边从拥挤的过道往出口挤，这番嘈杂干扰到了麦尼斯特，当时他正合着轻柔的长笛乐声，跳他最美的一段舞蹈，他中途停止，等着大家安静下来。卡利古拉气坏了，叫人把骑士带到面前，亲手狠狠打了他一顿。接着，他又当场打发他去丹吉尔，给摩洛哥的国王送一封密信。（国王是我的亲戚——他的母亲是我的姨妈赛琳娜，即安东尼和克里奥帕特拉的女儿——国王看完信，百思不得其解。信上写着："请将送信人再送回罗马。"）这桩小意外让其他骑士怨愤难平：麦尼斯特不过是个释奴罢了，却趾高气扬得像个凯旋的将军。卡利古拉私下跟着阿佩勒斯和麦尼斯特学习演讲和舞蹈，没过多久，他便频繁出现在舞台上，扮演他们的角色。在某出悲剧中发表完演讲后，他有时还会转过身，冲舞台侧面的阿佩勒斯大喊："多么完美，是不是？你也不可能比这演得更好了吧。"而在芭蕾舞表演中，他会在优雅地跳完几步后，让乐团停止演奏，高举一只手，示意观众保持绝对安静，然后在没有伴奏的情况下再跳一遍。

提比略养过一条宠物龙，所以，卡利古拉也养了一匹他最喜欢的种马。这匹马原本叫波塞勒斯（意思是"小猪"），卡利古拉认为不够大气，给它改名"英西塔图斯"，意思是"疾如闪电"。英西塔图斯从未输过一场比赛，卡利古拉对它爱得如痴如狂，先是宣布它为公民，接着又任命它为元老，最后甚至把它列在未来四年执政官的候选名单上。他给它分了一幢房子和数名仆从。它有一间大理石卧室，里面有稻草铺成的大床，每天都换新的垫子，它还有一个象牙马槽，一个用来喝水的金桶，房间的墙上全挂着著名画家的大作。它每赢一场比赛，卡利古拉就会邀请它来跟我们共进晚餐，卡利古拉总给它喂肉和鱼，但它更喜欢大麦。我们还要为它的健康举杯祝酒二十遍。

花钱的速度越来越快，最后，卡利古拉终于决定节俭了。比如，有一天他说："把犯了伪证罪、偷窃罪和破坏和平罪的人关进监狱有什么用？他们住在里面一点也不开心，我还要花大笔钱喂饱他们，找人看管他们；可是，如果我放他们出来，他们又只会重操旧业。我今天要去看看那些囚犯，研究一下这件事。"他确实去了。他把他认为最顽固的犯罪分子挑出来，统统处决，再把尸首切碎，喂给在竞技场上等着被猎杀的野兽：这样一来，就节约了双倍的钱。他现在每个月都要去监狱巡视一圈。罪案的数量稍微有了下降。有一天，他的财政大臣卡里斯图斯向他报告，说国库只剩下一百万金币，皇帝的私库也只剩下五十万了。卡利古拉意识到，节俭是不够的，还必须增收。于是，他首先开始卖祭司、行政官的职位，卖垄断经营权，这让他进了一大笔账，但仍然不够；接着，正如卡波尼娅预料的那样，他开始利用密探给富人定罪，没收他们的资产，罪名有的是真的，有的是想象出来的。他刚一当上皇帝，便取消了叛国死罪，但还有无数别的罪行，都可以判死罪。

他用格外盛大的野兽猎杀表演，庆祝第一批犯人被定罪。可大家都在气头上。他们喝着倒彩，怨声载道，拒绝认真观看。突然，竞技场上离卡利古拉的主席包厢最远的一头响起咆哮："交出密探！交出密探！"卡利古拉站起身，要求大家安静，可怒吼声淹没了他。他派禁卫军拿着短棍去了最吵的地方，狠狠打了不少人的脑袋，可别的地方又响起更愤怒的叫喊。卡利古拉警惕起来。他匆匆离开竞技场，让我代替他主持。我一点儿也不想接这活儿，可让我如释重负的是，我一站起来开口说话，大家都在礼貌地听我说，甚至有人喊"菲力西特"，意思是"祝你好运"。我的声音不大。卡利古拉的声音才叫洪亮：他在战神广场一侧说话，另一侧的人都能听见。我只好找人逐句重复我的发言。麦尼斯特自告奋勇，说得比我好多了。

我首先遗憾地宣布，皇帝因为重要国事被叫走了。这句话让大家哄堂大笑；麦尼斯特做了几个漂亮的动作，诠释这桩国事的重要性与紧迫性。接着我说，主持的任务不幸落到我这个废物肩上。麦尼斯特绝望地耸耸肩，用食指在太阳穴上转了转，将这个意思表达得活灵活现。最后我说："我们继续看表演吧，朋友们。"可喊声立刻响起来："交出密探！"于是我问："如果皇帝同意把他们交出来，该怎么办？有人来指控他们吗？"麦尼斯特非常乐意地复述了这个问题。没人回答，只有困惑的窃窃私语。我又问了他们一个问题。我问，哪种罪行更可怕——是密探，还是告发密探的密探，还是告发密探告发密探的密探？我说，你们越往深追究，它就越可怕，牵涉的人也就越多。最好的方法是什么都不要做，不给密探采取行动的借口。我说，如果每个人都遵守最严格的道德标准，那该死的探子就会因为缺少养料而灭亡，就像守财奴厨房里的老鼠一样。你们绝对不敢相信，这句俏皮话竟引来最响亮的笑声。笑话越简单、越无聊，大家就越喜欢。（我说笑话赢得的最热烈的一次掌声是在斗兽场，卡利古拉不在，我碰巧又代替他主持。广告上说，有个叫"鸽子"的角斗士会来表演，但他一直没有露面，观众愤怒地大叫他的名字，于是我说："耐心点，朋友们！首先要抓住你们的鸽子，才能拔它的毛呀！"可是，我真正机智诙谐的笑话却没人明白。）

"我们继续看表演吧，朋友们。"我又重复了一遍，这一次，喊声停止了。竞技非常精彩。两位角斗士同时将剑刺进对方的肚子，杀死了彼此：这种情形非常罕见。我让人把他们的武器拿给我，把它们打造成数把小刀；众所周知，这些小刀是治疗癫痫最有效的符咒。卡利古拉会喜欢这个礼物的——前提是他能原谅我做到了他没能做到的事，让观众安静了下来。这次的意外吓得他立刻乘车离开罗马，飞也似的冲向安提乌姆；一连数日不敢露面。

结果，一切顺利。他非常喜欢小刀，这让他有机会进一步夸大他那光荣的疾病；他问起那天竞技场上的情况，我说我警告大家，如果他们对自己的不忠不义和不知好歹还不悔改的话，那皇帝就会怎样怎样了。我说，他们反叛的叫喊立马变成了内疚恐惧的哭号和请求原谅的告饶。"是啊，"他说，"我对他们太温和了。我决定从现在开始寸步不让。从今往后，'毫不动摇、严格严厉'就是我的口号。"为了提醒自己不忘这个决定，他现在每天早上都会在卧室的镜子前练习可怕的表情，在回声效果很好的私人浴室里练习可怕的咆哮。

我问他："您为什么不公开宣布您是神？这比其他任何事都更能让他们心生敬畏！"

他回答："我还有几件事要趁着是凡人时完成。"

第一件事，他下令全意大利和西西里的港口部长扣下所有超过一定吨位的船只，把它们的货物转到仓库，再让战舰护送这些空船到那不勒斯海湾。没人明白这道命令是什么意思。大家猜想，他可能是打算入侵不列颠，想把它们当作运输船。可压根儿不是这么回事。他只是想证明色拉西洛斯的那句预言，因为他说过，卡利古拉要当皇帝，除非能骑马跨过拜亚海湾。卡利古拉集齐四千艘船，包括一千艘特地为此目的打造的船只，让它们跨越整个海湾停住，船板挨船板，排成两列，从波佐利的码头一直排到他在包利的别墅。船头向外，船尾互锁。船尾如果翘得太高，他就让人锯掉每艘船上的舵手座位和船头雕像，平衡头尾重量；船员们很不高兴，因为船头雕像是船的守护神。接着，他将两排船横着钉上木板，给木板铺上土，再给土浇水、压平；结果，他造出了一条宽阔平坦的大路，从头到尾差不多有六千步的距离。又有更多的船只从东方航行归来，他将它们捆在一起，形成五个小岛，再将小岛连接到大路上，每隔一千步一个岛。他沿途修建了一排商店，命令罗马的区长们在十天之内将所有的商店摆满货物、配齐店员。他安装了一套饮用水系统，开垦了花园，把这些小岛打造成一个个村庄。

幸好，在做这些准备工作时，天气一直晴好，海面风平浪静。万事俱备后，他穿上亚历山大大帝的胸甲（奥古斯都不戴亚历山大的戒指，卡利古拉却穿上了他的胸甲），外披一件紫色丝绸披风，上面全是硬邦邦的镶嵌珠宝和金线刺绣；他拿起尤利乌斯·恺撒的宝剑，以及保存在卡庇托尔山上的、传说中罗慕路斯用过的战斧和埃涅阿斯用过的盾牌（在我看来，两样都是仿冒品，不过年代那么久远的仿冒品差不多也可以当作真品了），戴上橡树叶花冠。他先向海神献祭——献的是一头海豹，因为它是水陆两栖兽——接着，又向嫉妒之神献了一只孔雀，因为他说，免得有神灵嫉妒他，最后，他骑上英西塔图斯，从包利出发，沿浮桥纵马小跑。全体禁卫军骑兵跟在后面，跟在禁卫军后面的则是从法兰西召回的庞大骑兵队伍，再后面是两万步兵。他跑到波佐利附近的最后一个浮岛时，命令号手吹响冲锋号，气势汹汹地冲进城里，仿佛在追赶败兵。

那天晚上和第二天大半天，他都在波佐利，像是打完大战后的休整。傍晚时分，他坐在车轮车身都镶着金箔的凯旋战车上回来了。英西塔图斯和母马佩妮洛普驾车，卡利古拉曾为这两匹马举行过结婚典礼。卡利古拉还穿着跟之前一样的华服，只是头上的橡树叶花冠换成了月桂叶花冠。他后面跟着一列长长的车队，堆满了所谓的战利品——都是从波佐利富商家中抢来的家具、雕像和装饰品。至于战俘，他用的是东方各小国国王为表诚意，按他要求送到罗马的人质，以及他能抓到的外国奴隶，他给他们穿上各自民族的服饰，套上铁链。他的朋友们坐在后面装饰华丽的战车上，都穿着绣花长袍，吟诵着赞美他的口号。再往后是军队，最后是大约二十万身着节庆服饰的游行队伍。海湾四周的山头上点起一整圈火把，游行队伍中的每位士兵和公民也都拿着火把。我想，这应该是全世界有史以来最壮观的景象吧，但我也可以确定，是最没有意义的。不过，每个人都乐在其中！西南米塞努姆的海角上，一片松林还着了火，火光冲天。卡利古拉回到包利后，立即下马，命人拿来他的金头三叉戟和另一件绣着银鱼和海豚的紫色披风。打扮停当，他登上等候在海岸桥边的游船，这是他用雪松木打造的五艘游船中最大的一艘，上船后，船向五个浮岛最中央，也是最大的那个岛划去，他绝大部分军队都乘战船跟在后面。

他在那里下船，登上挂满彩绸的讲台，对经过浮桥的人群开始了长篇大论的演讲。巡逻兵催促大家往前走，所以每个人都只听到几句话，除了讲台周围他的朋友——我也是其中一员——和离他最近的战船上不能下船的士兵。他说了很多，他骂海神是个懦夫，不加抗争，就任由别人给自己带上镣铐，他发誓说，总有一天，他会狠狠教训那老神一顿，而且那一天很快就会来到。（他似乎忘了刚刚对海神的献祭。）至于薛西斯皇帝[1]在出征希腊的倒霉旅程中在赫勒斯滂建起的浮桥，卡利古拉是百般嘲讽。他说，薛西斯那座举世闻名的浮桥只有他这座桥一半长，且远不如这座桥结实。接着，他宣布，他要给每位士兵发两个金币，让他们去买酒，敬祝他健康长寿，还要给在场的每个人五个银币。

欢呼声持续了半个小时；他似乎非常满意。他让大家安静，当场开始发钱。整支队伍只得再次列队通过，一袋又一袋钱被拿上来，转眼就分光了。过了几个小时，没钱可发了，卡利古拉让失望的后来者去找贪婪的先到者报仇。这当然引发了完全不受控制的斗殴。

接下来的酗酒、唱歌、暴力、恶作剧及寻欢作乐，组成了人类有史以来最疯狂的一个夜晚。酒精的刺激总能让卡利古拉变得有点淘气。他率领侦察员和日耳曼保镖，在岛上沿着一排排商店四处冲锋，把人推进海里。海面那么平静，只有喝得烂醉如泥的人、年老体衰的人和小孩子才无法自救呢。淹死的人区区两三百而已。

午夜时分，他又从海上对另一个较小的浮岛发起了攻击，他首先破坏小岛两侧的浮桥，接着让一艘又一艘船朝小岛撞去，直到岛上的人被他切断退路，全挤到岛中央一块很小的地方。最

---

[1] 前519年—前465年，波斯帝国皇帝，曾率军入侵希腊，洗劫了雅典，但在萨拉米海战中被打败。晚年纵情酒色，亲信小人，导致波斯帝国内乱，并由盛转衰。

后的进攻是留给卡利古拉的旗舰船的。他站在船首楼顶，挥舞三叉戟，向惊恐无措的幸存者发动猛攻，将他们统统撞下了岛。在这场海战的遇难者中，有一个叫以利亚撒的帕提亚人质，他是卡利古拉的游行队伍中最引人注目的一个，因为他是全世界最高的人。他的身高超过了三米。不过，他的强壮程度和身高并不成比例：他说话像骆驼在咩咩叫，他的背软弱无力，而且大家都觉得他的智商也很低下。他是犹太人出身。卡利古拉命人把以利亚撒的尸体做成标本，穿上铠甲，放在他卧室门外，好吓退潜在的暗杀者。

第三十一章

这几日的娱乐活动将国库和皇帝私库的余钱消耗殆尽。雪上加霜的是,卡利古拉没有把这些船还给船主和船员,而是下令让人修好损坏的浮桥,接着就骑马返回罗马,忙别的事去了。为了证明自己并非懦夫,海神从西边向浮桥发起了猛烈的暴风雨袭击,大约一千艘船沉没海底。其余大部分拖着锚,被推上海岸。约两千艘船逃过一劫,或被人拖到岸边避险,其他船只全部折损,导致从埃及和非洲运粮的船只严重不足,罗马城闹起了粮荒。卡利古拉发誓要找海神报仇。他用各种独出心裁的新办法增加收入,所有人都觉得好笑,除了受害者和他们的亲朋好友。比如,有些年轻人因为罚款或被没收资产,欠了他大笔债,成了他的奴隶,他就把他们送去角斗学校。等他们接受训练后,就让他们上竞技场殊死搏斗。这个过程中卡利古拉唯一的开销就是他们的食宿:作为他的奴隶,他们一分钱也得不到。如果他们被杀,那就完事了。如果他们胜利,他就把他们拍卖给行政官,或愿意来竞拍的其他人——行政官的职责就是举办这类竞拍,并抓阄决定谁能担此殊荣。卡利古拉总是假装别人喊价,把拍卖的价格抬得高到离谱,实际上,那些人什么都没做,只不过挠了挠头,或揉了揉鼻子。我一紧张就甩头的毛病给我惹了大麻烦：我被迫用平均两千金币的价格买下了三个角斗士。不过，我还是比一个叫阿伯尼乌斯的行政官幸运，他在拍卖时睡着了。卡利古拉把别人都不想要的角斗士卖给他，他的头每朝胸口点一下，卡利古拉就喊高一次价；等他醒来，他才发现自己至少要花九万金币，买下十三个他压根儿就不想要的角斗士。我买下的角斗士中，有一个非常厉害，可卡利古拉打赌他会输，还跟我下了重注。等他上场的那一天，他连站都站不稳，轻轻松松就被打败了。原来，是卡利古拉在他食物里下了毒。很多富人来参加拍卖，心甘情愿开出高价，不是因为他们想要角斗士，而是希望能通过现在松松钱袋子，换取以后卡利古拉放自己一马，不要以莫须有的罪名，将他们的钱财连同性命一起夺走。

就在我的角斗士被打败的那天，发生了一件有趣的事。卡利古拉跟我下了重注，赌五个拿网和戟的人打不赢五个拿剑和盾的人。他赌五千金币，让我赌一千金币，我做好了输掉这一千金币的准备；因为对决一开始，我就看得出来，他已经贿赂了拿网的人，让他们故意输掉比赛。我坐在卡利古拉旁边，说："哎呀，您好像要赢了，不过我认为，那些拿网的人没有尽全力。"拿剑的人把拿网的人一个接一个包围起来，拿网的人表示投降，最后，五个人全部脸朝下趴在沙地上，每个人身后都有一个人拿剑指着。观众纷纷把大拇指朝下，表示他们该死。卡利古拉身为主席，有权随自己的意，采纳或不采纳这个建议。他选择了采纳建议。"杀了他们！"他大喊，"他们没有尽力！"对拿网的人来说，这无疑是晴天霹雳，因为卡利古拉私下向他们保证过，他们只要故意输掉比赛，就能保住性命；我绝不是唯一一个被迫下注的人——只要他们输了，卡利古拉就能赢八千金币。好了，这些人中有一个人，因为被骗，气得怒不可遏，突然跟对手扭打起来，并将他掀翻在地，想办法捡起了不远处的三叉戟和网，飞快地逃脱了。谁敢相信呢，我竟然赢了五千金币！一开始，那个愤怒的拿网人杀死了两个背朝他的对手，那两人正因杀死了手下败将，忙着接受观众的欢呼呢，他杀了这两人之后，相隔数步的另外三人都朝他跑来，他又一个接一个杀死了他们。卡利古拉流下气恼的眼泪，大喊："哎呀，怪物！你看，他用他那可怕的鱼叉杀了五个前途远大的年轻斗士！"我说赢了五千金币的意思是，如果我没有机智地取消赌注的话，我本可以赢这么多钱。但我说了："一个人杀死五个人，这比试不公平。"

到目前为止，卡利古拉说起提比略时，总把他描述成一个不折不扣的恶棍，也鼓励大家都这样说。可有一天，他走进元老院，发表了一番长长的歌颂提比略的悼词，他说大家对提比略误解很深，从现在开始，谁也不准说他的坏话。"我是皇帝，我有权利批评他，只要我高兴，但你们没有这样的权利。实际上，你们都犯了叛国罪。那天，有个元老在演讲时说，我的兄弟尼禄和德鲁苏斯被人诬告入狱后，是被提比略害死的。这话真奇怪！"说完，他拿出曾假装烧掉的档案，念了一段又一段长长的记录。他用它们证明了，当初元老院没有质疑提比略收集来的针对他兄弟们的证据，反而一致投了同意票，将他们交给提比略处置。有人甚至主动供出对他们不利的证词。卡利古拉说："如果你们当时知道，提比略（出于善意）摆在你们面前的证据是假的，那么，杀人犯就是你们，不是他；只因为他现在死了，你们才敢将自己的残忍和不仁不义怪到他头上。又或者，如果你们当时以为证据是真的，那么，他也不是杀人犯，可你们现在却在不忠不义地诬蔑他的人品。还或者，如果你们当时认为证据是假的，他也知道证据是假的，那么，你们就跟他一样有罪，都是杀人犯，都是胆小鬼。"他模仿提比略眉根紧锁的表情和单手劈砍的动作，让所有人都回想起叛国审讯的可怕场景，他又模仿提比略刺耳的声音说："说得好，我的儿子！你绝对不能相信这些狗杂种，一个都不能信，他们只配你用脚踢。看看，他们把塞扬努斯捧成什么样的小神了，结果还不是一转身，就把他碎尸万段！他们只要有半点机会，也会这样对付你的。他们都恨你，都巴不得你死。我给你的建议是，什么都不要管，只考虑你自己的利益，把享乐置于一切之上。没人喜欢被统治，我保住地位的唯一方法就是让这帮垃圾怕我。你也要一样。你对他们越差，他们就越尊重你。"

卡利古拉当即宣布，将叛国罪恢复为死罪，并下令让人将他的演讲词立即刻到铜碑上，挂到元老院执政官座席上方的墙上，接着就匆匆离开了。那天，大家都没做别的事：我们太沮丧了。可到了第二天，我们盛赞卡利古拉是位真挚且虔诚的皇帝，并投票决定以后每年都要举行祭祀，感恩他的仁慈。我们还能怎么办呢？他背后有军队的支持，他掌握着对我们生杀予夺的大权，在某个勇敢又聪明的人站出来密谋策划、成功夺取他的性命之前，我们唯一能做的就是让他开心，同时心怀希望。几天后，一次晚宴上，他突然爆发出一阵歇斯底里的狂笑。没人知道他在笑什么。坐在他旁边的两位执政官问他，能否有荣幸分享他的喜悦。听到这话,卡利古拉的笑声更响亮了,笑得眼泪都飙了出来。"不行,"他抽搭着说,"好笑就好笑在这里。这个笑话你们一定觉得一点也不好笑。我之所以笑,是因为我想到,我只要点一下头,就能让人立马在这儿割断你们的喉咙。"

如今,据传罗马城里最富有的二十个人都被指控犯了叛国罪。审判前,卡利古拉没有给他们自杀的机会,所有人都被判了死刑。其中一个是位上了年纪的行政官,结果大家发现,他其实很穷。卡利古拉说:"蠢货!他为什么要假装有钱?我可上当了。他原本不用死的。"在我的记忆中,只有一个人被定了叛国罪后保住性命的。这个人叫阿菲尔,是个以口才闻名的律师,曾起诉过我的表姐普尔卡。他的罪名是在他家客厅的卡利古拉雕像上刻了一行字,写的是皇帝虽然才二十七岁,但已是第二次担任执政官了。卡利古拉认为这是叛国——是在嘲笑他年轻,指责他还没到法定年龄就当上了执政官。他认真写了一篇长长的演讲词,批判阿菲尔,并在元老院念了出来,他叫来所有的演讲专家,对每一个手势和语调都提前进行了精心的彩排。卡利古拉以前总喜欢夸口,说自己是全世界最优秀的律师和演说家,比起定阿菲尔的罪和没收他的财产,他更迫不及待地想要证明自己的口才比阿菲尔更出色。阿菲尔察觉到了这一点,便假装被卡利古拉的雄辩天赋震惊、折服。他把针对他的指控一个接一个复述出来,用专业超然的语气加以赞赏,嘟囔着说:"是啊,那是确凿无疑的。""他真是把那一点驳到体无完肤了。""确实是真正的两难困境。""真是对语言的极致掌握啊!"卡利古拉说完,带着胜利的灿烂笑容坐下来,问阿菲尔还有什么要说的。阿菲尔回答:"除了自认倒霉，我没有什么要说的了。我原本想用自己的口才让皇帝消点气，我在刻那该死的一行字时，确实是欠考虑，我罪无可赦。但命运掷出的骰子对我太不利了。皇帝有绝对的权力，我这个案子是清清楚楚的，而他的口才还比我好上千倍，我就算逃过审判，拼命学到一百岁，也不敢奢望达到他那样的水平。"他被判了死刑，但第二天就被撤销了。

说到骰子——富裕行省的代表来到都城时，总会受邀赴皇宫参加晚宴，并在晚宴后参加友好的赌局。皇帝的好手气让他们震惊又绝望：他每次总能扔出"维纳斯"，将他们赢得分文不剩。是的，卡利古拉总是用加过重的骰子。他如今开除了两个执政官，并对他们处以重罚，理由是他们庆祝了一个一直就有的节日，这个节日是为纪念奥古斯都在亚克兴角打败安东尼的。他说，这是对他祖先安东尼的侮辱。（顺便说一句，他把空出来的执政官职位给了阿菲尔。）节日前几天，他就在吃晚饭时对我们说，无论执政官做什么，他都能惩罚他们：如果他们不庆祝这个节日，那就是侮辱了他的祖先奥古斯都。这一次，盖尼米德犯了个致命的错误。他大喊："您太聪明了，亲爱的陛下！不管怎样您都能治住他们。但那些可怜的蠢货只要还有点脑子，就一定会庆祝节日的：因为亚克兴角海战中，出力最多的是阿格里帕，他也是您的祖先呀，所以在您的三位祖先中，他们至少会纪念其中的两位。"

卡利古拉说："盖尼米德，我们再也不是朋友了。"

"啊，"盖尼米德说，"别这样说，亲爱的陛下！我没说什么惹您生气的话吧，有吗？"

"滚。"卡利古拉下了命令。

我立刻就知道盖尼米德错在哪儿了。这是一个双重错误。盖尼米德是卡利古拉母亲那边的表亲,是奥古斯都和阿格里帕的后代,但不是安东尼的后代。他所有的祖先都是奥古斯都一派的。所以他应该小心避免此类话题。卡利古拉不喜欢任何人提醒他,他是阿格里帕的后人,因为阿格里帕出身低微。但他暂时没有对盖尼米德下手。

他同洛丽娅离了婚,说她生不出孩子,紧接着娶了一个叫卡桑妮娅的女人。她既不年轻,也不貌美,是巡逻军一位队长的女儿,曾跟一个面包师之类的人结过婚,而且生了三个孩子。可她身上就是有种特别的东西吸引了卡利古拉,没人能够解释,尤其是卡利古拉自己。他常说,哪怕要动用酷刑,他也一定要把这个秘密从她身上挖出来,他到底为什么爱她爱得这么死心塌地。据说,她是用春药赢得了他的心,后来这药让他发了疯。但春药之说只是猜想,在认识她很久之前,他就已经疯了。总而言之,她怀上了他的孩子。他一想到要为人父,便兴奋得不得了,跟她结了婚。跟卡桑妮娅婚后不久,他公开宣布自己是神。他去了卡庇托尔山上的朱庇特神庙。阿佩勒斯跟他一起去的。他问阿佩勒斯:"哪个神更伟大——朱庇特,还是我?"阿佩勒斯犹豫了,他以为卡利古拉在开玩笑,他可不想在朱庇特的神庙里对朱庇特语出不敬。卡利古拉吹起口哨,唤来两个日耳曼人,让他们将阿佩勒斯脱得赤条精光,在朱庇特的雕像前用鞭子狠抽了他一顿。"别抽那么快,"卡利古拉对日耳曼人说,"慢慢抽,让他好好感受感受。"他们把他抽到昏厥才停手,接着,他们用圣水把他浇醒，继续抽，活活抽死了。卡利古拉给元老院写信，宣布自己成了神，并下令立即在朱庇特神庙旁边再建一座宏伟的神庙。"好让我跟我的兄弟朱庇特住在一起。"他在这座神庙里立起一尊自己的雕像，有真人的三倍大小，纯金打造，每天换一套新衣服。

可他很快又同朱庇特起了争执，有人听到他暴怒地威胁朱庇特："如果你还不明白谁是这儿的主人，那我就要把你打包送去希腊了。"朱庇特可能是道了歉，因为卡利古拉又说道："哼，这乌烟瘴气的卡庇托尔山你就自己留着吧。我要去帕拉蒂尼山。那里的位置好多了。我要在那儿建一座配得上我的神庙，你这破衣烂衫、腹中空空的老骗子。"卡利古拉去狄安娜神庙时，也发生了一件怪事，当时，陪他一起去的是叙利亚的前总督维特利乌斯。维特利乌斯在叙利亚功勋卓著，他率军横渡幼发拉底河，出奇制胜打败了准备入侵的帕提亚国王。战场失利、陷入困境的帕提亚国王不得不签署屈辱的和平条约，把儿子们当作人质献出去。我还得提一句，卡利古拉驾车驶过浮桥时，他战车上有一名战俘，正是帕提亚国王的大儿子。言归正传，卡利古拉嫉妒维特利乌斯，若不是我事先警告了维特利乌斯（他是我的朋友），告诉他该怎么做，卡利古拉只怕早就把他处死了。维特利乌斯到布林迪西的时候，我写给他的信已经在等着他了，他一到罗马，就获准去拜见卡利古拉，他匍匐在地，把卡利古拉当神一样顶礼膜拜。这时，卡利古拉成神的消息还没有公开呢，所以，卡利古拉认为他的敬拜完全是出自真心。维特利乌斯从此成了他的密友，也用很多方式向我表达了感激。接着之前的说，卡利古拉去了狄安娜神庙，在那里同女神说话——不是同雕像说，而是同一个谁也看不见的神说。他问维特利乌斯,是不是也能看见女神,还是只能看见月光。维特利乌斯全身像筛糠一样狂抖,仿佛敬畏到了惊恐的地步,他双眼死死盯着地面,说:"陛下啊,只有你们神,才有荣幸看到彼此啊。"

卡利古拉很高兴。"她太美了,维特利乌斯,而且经常来皇宫陪我睡觉。"

大约在这段时间,我又惹上了麻烦。一开始,我以为是卡利古拉想用阴谋除掉我。我现在仍不确定到底是不是。我认识一个人,以前常和他玩骰子,他竟伪造了一份遗嘱,还不嫌麻烦地伪造了我的印章,将我列为见证人。幸运的是,他没有注意到我的玛瑙印章边缘有一条很小的裂缝,它总会在蜡上留下痕迹。我突然被捕,押至法庭,罪名是合谋诈骗。我贿赂了一个士兵,让他秘密去找我的朋友维特利乌斯,恳请他看在我救过他一命的分儿上,也救我一命。我让他向该案的主审官卡利古拉暗示裂缝的事,并准备好我的真印章,以供卡利古拉将它和冒牌货对比。但是,他一定要鼓励卡利古拉,让他自己发现区别,归功到自己头上。维特利乌斯相当巧妙地办到了。卡利古拉发现了那条裂缝,吹嘘自己的眼睛有多尖,并赦免了我的罪,只严肃告诫我,以后跟别人交往时要更谨慎。伪造者的两只手被砍下来,挂到脖子上以示警告。那天吃晚饭时,卡利古拉对我说,要是他发现我真的有罪,那我的脑袋肯定搬家了。

我回答说:"最仁慈的神哪,我真不明白,您为什么对我这条贱命如此上心。"

侄子们天生喜欢来自叔辈的奉承。他的态度略微缓和了一点，他朝桌上的其他人眨眨眼，问我："那今天晚上你给你的命具体开多少价呢？"

"我早已算出来了：一个铜板。"

"你怎么算出这么少的一个数呢？"

"每条命都有可以算出的价格。尤利乌斯·恺撒曾被海盗抓住，海盗威胁说要杀了他，虽然海盗一开始漫天要价——但他的家人付给海盗的赎金没有超过两万金币。所以，尤利乌斯·恺撒的命实际上不超过两万金币。我的妻子艾丽娅，有一次遇上拦路抢劫的盗匪，她交出一枚只值五十金币的紫水晶胸针，成功说服他们饶了她一命。所以，艾丽娅只值五十金币。我的命呢，刚刚被玛瑙石上的一道裂缝救了，我算了算，那点石头最多不过一英克[1]的四十分之一。这种质量的玛瑙价格大概是一英克一个银币。掉的一丁点石头是很难找到的，甚至可能找不到，想给它找个买家就更难了，所以，它的价值就是一个银币的四十分之一，刚好是一个铜板。所以我的性命也就值一个铜板……"

"如果你能找到买家的话。"他狂笑不止，为自己的风趣扬扬自得。每个人都欢呼起来，包括我自己！从此以后很久，大家在皇宫里都不再叫我提比略·克劳狄乌斯，而是叫我特伦西乌斯·克劳狄乌斯，特伦西乌斯在拉丁语里是铜板的意思。

要祭拜卡利古拉，就得有祭司。他是他自己的大祭司长，他的下属有我、卡桑妮娅、维特利乌斯、盖尼米德、十四位前执政官，以及他高贵的朋友——那匹叫英西塔图斯的马。这些下属

1　重量单位，1英克在古罗马约为1.14克。

每人必须交八万金币，以获此殊荣。他帮英西塔图斯筹齐了这笔钱，方法是以它的名义向意大利境内的所有马匹开征年税；如果不交，就把它们送到屠宰场去。他也帮助卡桑妮娅筹齐了这笔钱，方法是以她的名义对所有已婚男人征税，交了税才能拥有和妻子睡觉的权利。盖尼米德、维特利乌斯和其他人都很有钱；虽然有些人为了在这么短的时间里拿出八万现金来，不得不贱卖房产，但他们的富足生活仍不受影响。但可怜的克劳狄乌斯就不行了。卡利古拉之前把角斗士卖给我的损招，外加对我在皇宫吃住收取的高额费用，让我如今只剩下了三万现金，除了我在卡普阿的小别墅和母亲留给我的房子，我也没有别的房产可卖。我给卡利古拉交了三万，并在当天晚餐时告诉他，等一找到买家，我就会立刻把我所有的房产卖掉，补齐剩下的费用。"我没有别的可卖了。"我说。卡利古拉认为这是天大的笑话。"真的什么可卖的都没有？哎哟，那你现在身上穿的衣服呢？"

到这个时候，我发现，最明智的办法就是装傻充愣。"哎哟我的天，"我说，"我完全忘了。您能不能好心，帮我把它们拍卖给在座的各位？您可是全世界最厉害的拍卖师。"我开始一件件把衣服脱下来，脱到一丝不挂，卡利古拉连忙把一块餐巾围到我胯下。他把我的凉鞋卖了，一只一百金币，把我的长袍卖了一千金币，等等，每次我都表现得欣喜若狂。接着，他还想拍卖那块餐巾。我说："我天生的羞耻心不会阻止我牺牲掉这最后一块破布，只要卖掉的钱能帮我付清剩下的费用。可在这种情况下，哎呀，有种比羞耻心更强大的东西不让我卖掉它。"

卡利古拉皱起眉头。"什么东西？什么比羞耻心还强大？"

"就是我对您的尊敬啊，陛下。这可是您的餐巾。是您在这次无与伦比的晚宴上，大发慈悲给我用的餐巾呀。"

这出小小的戏码只为我减少了三千金币的债务。但它让卡利古拉相信了我的穷困。

我不得不放弃我在皇宫的房子和晚餐桌上的席位，去跟我母亲以前的女佣老布里塞斯住了一段时间，她暂时照看着这座待价而沽的房子。卡波尼娅也来跟我一起住了，你们相信吗，这个好姑娘还留着我给她买项链、小猴和丝绸裙子的那笔钱呢，她主动提出要借给我。不仅如此，我的牲口也没有像她说的那样都死了，粮堆也没有着火。她之所以那样说，只为偷偷把它们卖个好价钱，再把钱存起来，以备不时之需。她把所有的钱都交给了我——两千金币——外加有管家签名的详细账本。就这样，我们的手头宽裕了一点。但为了维持贫困的表象，我还是每天晚上拿着罐子出门，去小酒馆买酒，从不坐轿，都是拄着拐杖自己走。

老布里塞斯总说："克劳狄乌斯少爷，大家都以为我是你母亲的释奴。才不是呢。你刚长大成人的时候，我就是你的奴隶了，是你给了我自由，不是她，对不对？"

我总回答："当然，布里塞斯。总有一天，我会公开辟谣的。"她是个可爱的老太太，全心全意地宠爱我。我们共有四个房间，还有个干粗活儿的老奴隶，从各方面来看，我们生活得非常开心。

卡利古拉和卡桑妮娅结婚后一个月，卡桑妮娅生下了孩子，是个女儿。卡利古拉说，这是个奇迹。他抱起孩子，放到朱庇特雕像的膝盖上——这是他同朱庇特吵架之前——像是要让朱庇特和他一起,承担起当父亲的光荣责任,接着,他又把她放到密涅瓦[1]女神雕像的怀中,让她吮吸女神的大理石乳头。他给她取名小德鲁茜拉,那是他死去的妹妹在成为潘西娅女神前用过的名字。这个孩子也被他封为女祭司。为替她筹集入伙费,他故作可怜,向公众发出呼吁,说自己有多穷困潦倒,当父亲的开销又有多庞大繁杂,他设立了一项基金,叫"小德鲁茜拉基金"。他在每条街放上募捐箱,箱子上写着"小德鲁茜拉的食物""小德鲁茜拉的饮料""小德鲁茜拉的嫁妆",箱子旁守着禁卫军,任谁走过,都不敢不往里扔几个铜板。

卡利古拉深深爱着他的小德鲁茜拉,而小德鲁茜拉也长成了和他小时候一样早熟的小孩。他乐于把自己"毫不动摇、严格严厉"的原则传授给她,她才刚学会走路和说话,他就开始教她了。他鼓励她折磨小猫和小狗,用尖利的指甲去抓小伙伴们的眼睛。"果真是虎父无犬女呀,我的乖宝宝。"每当她表现出特殊的天赋时,他总会咯咯笑着这么说。有一次,当着我的面,他弯下腰,对她悄悄说:"宝贝,如果你第一次动真格杀人,杀掉的是你可怜的叔爷爷老克劳狄乌斯的话,我就封你为女神。"

"如果我杀掉妈妈,你会封我为女神吗?"小恶魔口齿不清地问。"我恨妈妈。"

卡利古拉神庙的金雕像又是一笔巨大的开支。他的支付方法是公布了一道法令,说他将在皇宫大门口接受大家送他的新年礼物。到了那一天,他派出一队队禁卫军,用剑指着全城的人,

---

[1] 罗马神话中的智慧、战争、月亮和记忆女神,十二主神之一。

将他们赶上帕拉蒂尼山，逼他们把身上的每一枚钱币都扔进摆在那里的大桶。他们被警告说，如果有人试图躲开禁卫军，或偷偷留下哪怕一个铜板，就会被立即处死。傍晚时分，两千个巨大的桶便装满了。

差不多也是在这段时间，他对盖尼米德、小阿格里皮娜和莱斯比娅说："你们应该为自己感到羞愧，一天天无所事事，不劳而获。你们靠什么谋生啊？你们只是寄生虫。你们没有发现吗，罗马的每一个男人和女人都在努力工作支持我？哪怕是悲惨的行李搬运工，也开心地把他工钱的八分之一交给我，每个可怜的妓女也一样。"

小阿格里皮娜说："哎呀，哥哥，你已经用这样那样的由头，把我们的钱拿得一分不剩了。这还不够吗？"

"够？当然不够。继承来的钱和诚实挣来的钱是不一样的。我得让你们这些小姐少爷开始工作了。"

于是，他在元老院分发小册子，打起了广告，说哪天哪天晚上，皇宫将开一间最高档、最豪华的妓院，由出身最显赫的人提供能满足各种口味的娱乐活动。入场费仅为一千金币。酒水免费。我不得不遗憾地说，小阿格里皮娜和莱斯比娅对卡利古拉这个无耻的提议没有表示非常强烈的反对，反而觉得很好玩。但她们坚持保留挑选顾客的权利，并且卡利古拉不应该从她们挣的钱里拿走太多佣金。最让我恶心的是，我也被扯进了这档事，被迫打扮成滑稽的门房。卡利古拉戴上面具，用假声说话，扮成妓院老板，玩起所有妓院老板惯用的花招——骗客人来花钱找乐子。如果客人有意见，他就叫我把闹事的赶走。我的手臂很强壮，可以说，比绝大部分人的更有劲，但两条腿就几乎没什么用了：所以，当我一瘸一拐地走过去，对要抓的客人发起出其不意的猛攻时，总会引来满堂哄笑。卡利古拉用演戏的腔调，朗诵起荷马的诗：

> 伏尔甘笨手笨脚去干活儿，
> 止不住的笑声撼动天地。

这是《伊利亚特》第一卷中的一段话，说的是瘸腿的伏尔甘神在奥林匹斯山上蹒跚而行，其他的神都在笑话他。而此时，我正躺在地上，用拳头狠狠地揍莱斯比娅的丈夫呢——我很少能有这样的机会报旧仇——听到这句诗，我站起来，说：

> 这时，瘸腿的工匠从他的铁砧旁站起来，
> 迈开畸形的两条腿，歪歪扭扭地走了。

我一边说，一边摇摇晃晃地朝放点心的桌子走去。卡利古拉心情大好，又引用了"止不住的笑声"前面的两句诗：

> 若你顺从，雷神便能息怒，
> 仁慈的神愿意让你取悦。

这就是他后来叫我伏尔甘的原因，我很高兴能有这个外号，因为它在一定程度上保护了我不被他的反复无常所害。

接着,卡利古拉悄悄离开我们,卸下所有的伪装,重新以真面目现身,他穿过我守的那道门,从皇宫院子走来。他假装对发生的一切震惊不已,站在那里,又开始背荷马的诗——是写尤利西斯对皇宫女人们的行为备感羞耻和愤怒的那一段:

> 于是他躺在阳台的凉亭里,
> 无法入睡的双眼打量着一幕幕淫邪的场面,
> 看向夜幕中堕落的偷欢,
> 带着恣意的享乐,和娼妓的交易。
> 这新耻辱刺痛了他愤怒的心,
> 他的想法在不确定的天平上左右摇摆。
> 他应该立刻用他们的血,浇灭这罪恶的火焰,
> 阻止这不知羞耻的行为;
> 还是应该让他们最后一次纵情声色,
> 与同伴完成龌龊的交媾;
> 他膨胀的心中,怒火轰隆,来回滚动;
> 如同年轻的母狗,发出低沉的咆哮,
> 警告着陌生的马夫:压住那怒火。
> 他胸中的惊雷畏缩地嘀咕。
> "可怜的受苦的心啊,"他哭喊,
> "为了被毁的荣誉和压抑的愤怒!
> 你再坚毅,也不能忍受比这更痛苦的悲伤了,
> 你那辛苦十载的勇敢同伴,
> 已被可怕的独眼巨人吞噬:而我获得了自由,

在死亡法令前，保持着耐心与谨慎。"

"只要把'独眼巨人'换成'提比略'就行了。"他解释道。接着，他拍拍手，唤来禁卫军，他们飞奔而来。"让卡西乌斯·查雷亚马上来！"卡西乌斯来了，卡利古拉说："卡西乌斯，老英雄，我还是个孩子时，你当过我的战马，你是我们家族认识时间最长也最忠心的朋友，你可曾见过眼前这令人伤心又丢脸的场面？我的两个姐妹，在我的皇宫里当妓女，将身体出卖给元老，我的叔叔克劳狄乌斯，就站在门口卖门票！哎呀，如果我可怜的父母活到今天，看到这一幕，他们会说什么呢！"

"要我把他们全部抓起来吗，陛下？"卡西乌斯急切地问。

不用，让他们最后一次纵情声色，
与同伴完成龌龊的交媾。

卡利古拉无可奈何地回答，并从喉咙里发出母狗般的声音。他又让卡西乌斯领着禁卫军走了。

这不是皇宫最后一次聚众淫乱，从那以后，卡利古拉让所有参加了聚会的元老带上妻子女儿，协助小阿格里皮娜和莱斯比娅的工作。可筹钱的问题再次变得急迫，卡利古拉决定出访法兰西，看能不能在那里想出什么办法。

他首先召集了一支庞大的军队。他派人从每个常规军团各调来一支分队，组成新的军团，并从每一个可能的地区征兵。他从意大利出发时带领了十五万人，到了法兰西，人数已增加到二十五万。军饷开支和为庞大队伍提供装备的任务都落到了他途经的城市头上；必要的粮食供给也是他从这些城市征募的。有时候，他会快马加鞭冲到前面，让大部队连续行军四十八小时甚至更长时间，好追上他，有时候，他又每天只走一两英里，坐在八抬大轿上欣赏风景，还时不时停下摘花。

他派人提前给里昂送信，要求法兰西和莱茵河各行省队长以上的军官在里昂集合，他打算在那里集中兵力。执行该命令的人中，有一个叫盖图里库斯的，是我亲爱的哥哥日耳曼尼库斯最倚重的军官，过去几年，他一直担任上行省四个军团的指挥官。他在军队中深受爱戴，因为他延续了温和惩罚的优良传统，执行纪律也是出于关爱，而非恐吓。下行省的军团也很喜欢他，那里的军团指挥官是他的岳父阿普罗尼乌斯——盖图里库斯娶了阿普罗妮娅的一个妹妹，阿普罗妮娅就是据称被我大舅子普罗提乌斯扔出窗外的那个人。塞扬努斯垮台后，提比略本来是要处死盖图里库斯的，因为盖图里库斯曾答应把自己的女儿嫁给塞扬努斯的儿子，但他大胆给皇帝写了一封信，从而逃过了死刑。他说，只要能让他保住指挥权，他必誓死效忠皇帝，他的军队也一样。提比略明智地放过了他。但卡利古拉嫉妒大家对他的爱戴，盖图里库斯几乎刚一到里昂，就被逮捕了。

这次考察，卡利古拉没有邀请我，所以我错过了后面发生的事情，无法写得很详细。我只知道，盖尼米德和盖图里库斯被指控犯下密谋反叛罪——盖尼米德想谋朝篡位，盖图里库斯怂恿煽动他，两人未经审判，就被处死。莱斯比娅和小阿格里皮娜（后者的丈夫刚刚死于水肿）据说也是同谋。她俩被流放到非洲海边靠近迦太基的一个岛上。那里天气异常炎热干燥，捞海绵是唯一的产业，卡利古拉命令她俩学习潜水捞海绵，因为他说了，他再也养不起她俩了。不过，在被送去小岛之前，她俩还有个任务：她们必须在重兵押送下，从里昂一路走回罗马，还得轮流抱着盖尼米德的骨灰罐。卡利古拉在寄给元老院的一封信中用傲慢的语气解释道，这是对她们一直与盖尼米德通奸的惩罚。他滔滔不绝，吹嘘自己的仁慈，没有处死她们。哎呀，她们用行动证明了，她们比普通的妓女还下贱：没有哪个正派妓女有脸为自己纵情声色开出那样的高价，而且还拿到了那样的高价！

我没有理由为我的侄女们难过。她们和卡利古拉一样坏，坏得各有特色，对我更是恶意刁难。三年前，小阿格里皮娜生宝宝时，她让卡利古拉取个名字。卡利古拉说："就叫克劳狄乌斯吧，一定能长成个美人。"小阿格里皮娜忿然作色，差点动手打了卡利古拉；但她没有打，只是飞快地转过身，朝我啐了一口，接着便号啕大哭起来。孩子后来取名卢修斯·多米提乌斯[1]。莱斯比娅则是傲慢得从不理会我，或当我完全不存在。如果我们碰巧在狭窄的走廊里遇上了，她总是继续笔直地走在中间，丝毫不放慢脚步，令我不得不紧贴墙壁让她过去。我很难记得，她们是我亲爱的哥哥的孩子，我跟阿格里皮娜保证过，要不顾一切保护她们的。

我接到一个尴尬的任务，要带领由四位前执政官组成的使团前往法兰西，祝贺卡利古拉粉碎这次阴谋。这是我自从婴幼时

---

[1] 即后来的罗马皇帝尼禄。——作者注

期后第一次去法兰西，我真不想去啊。我不得不找卡波尼娅拿了些钱当路费，因为我的别墅和家里的房子都还没有找到买家，我不指望卡利古拉看到我以后会很高兴。我走的是海路，从奥斯提亚出发，在马赛下船。我发现，我的侄女们被流放以后，卡利古拉就把她们随身的珠宝和饰品拿去拍卖了。这些东西全都卖出高价后，他又开始卖她们的奴隶，接着是释奴，卖的时候假装他们也是奴隶。开出高价的都是来自富裕行省的人，他们就想得意扬扬地说一句："对呀，这个什么什么以前可是皇帝他姐妹的。我从皇帝本人手里买来的！"这让卡利古拉又冒出一个新主意。莉薇娅住过的老皇宫如今大门紧闭，里面摆满了值钱的家具、画作和奥古斯都的遗物。卡利古拉派人去罗马取了所有这些东西，让我负责把它们安全迅速地送往里昂。他写信说："走陆路送来，不要走海路。我跟海神吵过架。"在我起航的前一天，信才寄到，于是，我让帕拉斯负责这项工作。可最困难的是，所有备用的马匹和马车都被征走，运送卡利古拉的大军了。但卡利古拉下了命令，我就无论如何也要找到马匹和马车。帕拉斯去找执政官，给他们看了卡利古拉的命令。他们只好征用了运送公众邮件的马车、面包店运货的货车和磨坊里拉磨的马匹，这给民众造成了极大不便。

就这样，五月的一天傍晚，夕阳西下之前，卡利古拉正坐在里昂的一座桥上，沉浸在他想象中与当地河神的对话中，突然，他看见我从路上远远走来。他认出了我的轿子，因为我在轿子上装了一块掷骰子的木板，好在漫长的旅途中玩骰子消磨时间。他生气地大喊："喂，你这人，马车呢？你怎么没有带马车来？"

我大喊着回答："愿上天保佑您，陛下！马车恐怕还有几天才能到。它们走陆路，要经过热那亚。我和同僚们是走水路来的。"

"那你也就走水路回去吧，老兄，"他说，"到这儿来！"

我刚到桥上，就被两个日耳曼士兵从轿子上拽下来，架到桥拱中央的护墙上，他们让我背对河水，坐在那里。卡利古拉冲上前，一把把我推了下去。我向后翻滚了两圈才落水，感觉像掉落了一千英尺。我记得我对自己说："生在里昂，死在里昂！"罗纳河的河水那么冰、那么深，又那么急。沉重的长袍缠住了我的双臂和双腿，但我想方设法浮在水面上，顺流漂了大约半英里后，我从几艘船后面爬上岸，从桥上已经看不到这里了。我对游泳比走路擅长得多：我的手臂很有力，而且因为没法锻炼，又喜欢美食，所以身上都是脂肪，我像个软木塞一样浮在水上。顺便说一句，卡利古拉一点儿也不会游泳。

几分钟后，他看到我在路上一瘸一拐朝他走去时，惊讶极了，看到我浑身又臭又脏的淤泥时，他哈哈大笑。"你这是去了哪儿啊，我亲爱的伏尔甘？"他大叫。

我流利地回答道：

  我感觉到雷神的威力，
  从缥缈的天上倒栽着冲下来。
  猛转了一整天，
  直到太阳落山才着地。

> 我掉落时气喘吁吁,头晕目眩;
> 辛西安人
> 把我拉上利姆尼亚的海岸。

"只要把'利姆尼亚'换成'里昂'就行了。"我说。

他坐在护墙上,和我同行的三名使节脸贴地,在他面前趴成一排。他两只脚踩在其中两人的脖子上,用剑尖指着第三个人的后颈,这人是莱斯比娅的丈夫,正哭着求饶呢。"克劳狄乌斯,"他听到我的声音后,呻吟道,"请你求皇帝放过我们吧:我们只是来向他衷心道贺的呀。"

"我要的是马车,不是道贺。"卡利古拉说。

我刚刚引用的那一段荷马史诗,仿佛是专门为眼下的情形所写。我对莱斯比娅的丈夫说:

> 要耐心,要顺从,
> 虽然你很可爱,但如果朱庇特伸出手,
> 我也只能哀悼,无法保护你。
> 在朱庇特的威力面前,
> 谁敢动手来把你救?

卡利古拉龙颜大悦。他对苦苦哀求的三个人说:"你们的性命对你们来说值多少钱?一条命五万金币?"

"您说多少,就是多少,陛下。"他们有气无力地回答。

"那么,等你们一回到罗马,就立马把这笔钱付给可怜的克劳狄乌斯吧。他用他机智的口才救了你们的命。"就这样，他们获准站起来，卡利古拉让他们当场写了保证书，在三个月内给我十五万金币。我对卡利古拉说："最仁慈的陛下呀，您的需求比我的更重要。等他们把钱给我之后，能否请您收下十万金币，作为我对您赦免我的感谢？若您屈尊收下这个礼物，那我就还有五万金币，把入伙费付清。我一直为欠的这笔债忧心忡忡呢。"

他说："只要能让你心安，我什么都愿意做。"他还说，我就是他的金铜板。

就这样，荷马救了我。可几天后，卡利古拉警告我，不准再引用荷马的诗了。"他是个被严重高估的作家。我打算把他的诗全部收上来烧掉。我为什么不施行柏拉图的哲学建议呢？你知道《共和》吗？那是一篇令人钦佩的论文。柏拉图在他的理想国里，要把所有的诗人都赶出去：他说他们都是骗子，他们确实是。"

我问："请问神圣的陛下，除了荷马，您还打算烧别的诗人的诗集吗？"

"啊，确实有此打算。所有被高估的诗人。首先就是维吉尔。他是个无聊的家伙。他想成为第二个荷马，但他成不了。"

"还有什么历史学家的书吗？"

"有，李维。他更无聊。他想成为第二个维吉尔，但他也成不了。"

第三十二章

他叫人拿来最新的官方资产普查清单，认真研究后，将全法兰西最富有的人全部召集到里昂，好确保皇宫物品从罗马运来以后，能拍出个好价钱。就在拍卖开始前，他先发表了一番演讲。他说，他如今债台高筑，是个破了产的可怜人，但他相信，他亲爱的行省朋友们和懂得感恩的盟友们，为了帝国，一定不会趁此危机占他的便宜。他被迫卖掉家族的传家宝，已是痛心疾首，他恳求他们开的价不要低于它们的实际价值。

普通拍卖师的花招没有一个是他不会的，他还发明了许多新花招，远远超出了市集叫卖小贩的水平，而他滔滔不绝的话术，则是从小贩那儿学来的。比如，他会把同一样东西多次卖给不同的买家，每次对它质量、用途和历史的描述都不一样。他说"实际价值"，其实是希望买家明白，那些东西的"情感价值"应该比本身的价格高上百倍。比如，他会说："这是我的曾祖父马克·安东尼最喜欢的安乐椅。""神君奥古斯都在他自己的婚宴上，就是用这个酒杯喝酒的。""我的妹妹潘西娅女神在庆祝希律王亚基帕[1]出狱的宴会上，穿的就是这条裙子。"如此等等。他还

---

1 前10年—44年。其祖父为大希律王。亚基帕后来被封为犹太国王。

卖他所谓的"盲拍品",把各种小东西用布包起来,骗别人用两千金币买下一只旧拖鞋或一块奶酪,这让他得意极了。

拍卖一般从预定好的价格开始;他会对着某个法兰西富人点点头,说:"我记得你说过,要用四万金币买下那个雪花石膏盒,对吧?谢谢你了。不过我们再来看看,能不能卖得更高。谁愿意出四万五?"你们想象得到吧,大家都诚惶诚恐,飞快地开出了高价。他把这帮人剥削得分文不剩,再用一场持续十天的奢华盛宴来庆祝这场剥削。

接着,他继续朝莱茵河各行省前进。他发过誓,要跟日耳曼人大战一场,将他们消灭殆尽。他要虔诚地完成由他祖父和父亲开创的伟业。他派两个军团渡河,找到最近的敌人,带回大约一千名战俘。卡利古拉检阅了他们,挑出三百名年轻力壮者当自己的保镖,再让剩下的人列队站在悬崖边。队伍两头各站一个秃子。卡利古拉向卡西乌斯下达命令:"杀了他们,从秃头杀到秃头,为瓦卢斯之死报仇雪恨。"大屠杀的消息传到日耳曼人耳中,他们撤退到最茂密的森林中。这时,卡利古拉带着所有的兵力,也渡过了莱茵河,发现整个乡野荒无人烟。行军第一天,为了找点刺激,他命令他的日耳曼保镖走进附近树林,并在晚餐时向他汇报,就说敌人近在咫尺。接着,他率领他的"侦察兵"和一队禁卫军骑兵,冲出去发起进攻。他把之前派去的人当作战俘带回来,套上脚镣手铐,宣布他在敌我力量极为悬殊的不利形势下,取得了粉碎敌军的伟大胜利。他给他的战友们奖励了一种新的军事荣誉,叫"侦察皇冠",它是用黄金做的头冠,装饰着用珍贵宝石做成的太阳、月亮和星星。

行军第三天，路上出现一道狭窄的关隘。军队只能列队通过，无法保持作战队形。卡西乌斯对卡利古拉说："陛下，瓦卢斯就是在这样的地方遭遇埋伏的。我到死都不会忘记那一天。当时，我走在队伍最前面，刚到拐弯的地方，就跟前面我们马上要到的这个拐弯一模一样，突然间，雷鸣般的冲锋喊声响起来，就像从那边的冷杉林中传出来的一样，三四百支标枪嗖嗖嗖朝我们飞来……"

"快快快，牵我的马来！"卡利古拉心惊胆战地大喊，"把路让开。"他从轿子上一跃而起，纵身骑上佩妮洛普（英西塔图斯正在罗马参加比赛），飞奔着往队伍后面跑。四个小时后，他到了桥头，发现路上挤满了运行装的马车，他十万火急要渡河，便下马让士兵们用椅子抬着他，从一辆马车传到另一辆马车上，一直把他安全地抬到对岸。他立即召集军队，宣布敌人太懦弱了，不敢跟他在战场碰面，所以，他要去别的地方，完成新的征服。等所有军力在科隆重新集结后，他沿莱茵河顺流而下，渡河来到布洛涅，这是离不列颠最近的港口。正巧辛伯林的继承人——不列颠国王刚同他父亲吵了一架，听说卡利古拉逼近的消息后，带着几名随从，火速横渡海峡，寻求罗马的庇护。卡利古拉已通知元老院，他彻底征服了日耳曼，此时，他又给元老院写信，说辛伯林国王也派来他儿子，承认罗马对不列颠诸岛的宗主权，从锡利群岛一直到奥克尼群岛。

这次远征，我从头到尾陪着卡利古拉，一路上费尽心力讨好他。他抱怨说晚上睡不着觉，说他的宿敌海神一直骚扰他，因为他耳朵里老是有海浪声，海神还会在晚上拿着三叉戟来威胁他。我说:"海神?我如果是您,才不会让那个好色的老东西来吓唬我呢。为什么您不像惩罚日耳曼人那样惩罚他呢?我记得您以前威胁过他一次,如果他还敢轻视您,那您也不需要继续宽容了。"

他眯起眼睛,颇不自在地看着我。过了一会儿,他问:"你是不是认为我疯了?"

我紧张地笑了笑。"疯了?陛下。您问我是不是认为您疯了?哎呀,应该说,您为人类居住的这整个世界设立了清醒的标准。"

"身为神,却有具肉体凡身,是很艰难的,你知道吗,克劳狄乌斯,"他推心置腹地说,"我也经常认为我快要疯了。他们都说安提库拉的藜芦治病效果很好。你觉得怎么样?"

我说:"希腊有位最伟大的哲学家,我这会儿不记得是哪一个了,他就吃藜芦,只为让自己清醒的头脑更加清醒。但如果您让我提建议,我得说:'不要吃!您的头脑已经比石上清泉还要清澈了。'"

"是啊,"他说,"可我还是希望,每天晚上能睡得比三小时久一点。"

"那三小时的睡眠只因您还是肉体凡身,"我说,"神体的神是从来不睡觉的。"

就这样,他安下心来,第二天,他拉上军队,准备在海边开战:弓箭手和投石手在最前面,后面是拿标枪的日耳曼雇佣军,再后面是罗马主力军,最后是法兰西人。骑兵在两翼,攻城的武器、投石机和石弩布置在沙丘上。谁也不知道,接下来会发生什么。他骑马冲进海里,走到海水齐佩妮洛普膝盖深的地方,大喊:"海神,我的宿敌,你保护好你自己吧。我现在向你挑战,不是你死,就是我亡。你背信弃义,弄沉我父亲的舰队,是不是?你要是有胆量,就冲着我来吧。"说完,他引用荷马诗中描写埃杰克斯与尤利西斯摔跤的一句话:

> 让我把你举起来,首领,或是你把我举起来。
> 证明我们的力量……

一波小小的海浪卷过来。他挥舞宝剑,砍向浪花,发出轻蔑的大笑。接着,他冷静地后退,下令吹响"总进攻"的号角。弓箭手射出弓箭,投石手投出石头,标枪手掷出标枪;常规步兵走进齐胳肢窝深的海水,向小小的海浪用力劈砍,骑兵从左右两翼发起冲锋,游出一段距离,挥舞马刀,猛刺乱斩,投石机抛出巨石,石弩射出巨大的标枪和铁头的粗棍。卡利古拉坐上战舰,开到海上,刚一开出武器的射程范围,就抛下锚,向海神喊出最荒谬的挑衅,还从船沿往海水远处吐唾沫。海神没有试图自卫,也没有回应,只有一位士兵被龙虾夹了,另一位士兵被水母蜇到。

最后,卡利古拉下令吹响集合号,让将士们擦掉刀剑上的鲜血,去收集战利品。战利品就是海滩上的贝壳。每个人必须捡满满一头盔,把它们堆成一座小山。接着,有人将这些贝壳分类整理,打包装箱,运回罗马,以证明这场世人闻所未闻的胜仗。将士们都觉得好玩,而他给每个人发了四枚金币的奖赏时,大家都发出热烈的欢呼。为了纪念胜利，他又模仿著名的亚历山大港灯塔，建起一座很高的灯塔，从此以后，在这片危险的海域中，这座灯塔给船员们带来了极大帮助。

接着，他又领我们沿莱茵河往上游行军。我们走到波恩时，卡利古拉把我拉到一边，脸色阴沉，悄声对我说："这些军团以前趁我不在军营时，背叛了我父亲，也就是侮辱了我，可他们从未因此受到惩罚。你还记得吧，那次我不得不回来帮他平定叛乱。"

"我记得很清楚，"我说，"可那是很久以前的事了，不是吗？二十六年过去了，当时参与叛乱的人大多不在服役了。您和卡西乌斯·查雷亚大概是那场可怕兵变仅剩的两位老兵。"

"那么，也许我应该从他们当中抽十分之一杀掉。"他说。

第一和第二十军团接到命令，要去参加一个特别的集会，还说由于天气炎热，他们可以不带武器。禁卫军骑兵队也接到参加集会的命令，但他们必须带上长矛，还有马刀。我找到一位看起来像是参加过腓力比之战的中士，他那么苍老，全身伤痕累累。我说："中士，你知道我是谁吗？"

"不知道，长官。还真不敢说我认识您，长官。您看起来像是当过执政官，长官。"

"我是日耳曼尼库斯的弟弟。"

"真的吗，长官。我从来不知道还有这么一个人，长官。"

"是啊，我不是士兵，也不是什么重要人物。但我有个重要的消息要告诉你们。你们今天下午参加集会时，千万不要离你们的剑太远！"

"为什么，长官，我能问问吗？"

"因为你们也许会需要的。也许日耳曼人会发动袭击。又或者是其他人。"

他死死盯着我，看出来我很认真。

"非常感谢您，长官；我会把这个消息告诉大家的。"他回答。

步兵在军法台前集合，卡利古拉对他们训话，他满脸怒容，愁眉不展，一边说，一边跺脚摆手。他提醒他们，很多年前，一个初秋的晚上，在没有一颗星星的神秘夜空下……听到这里，有人开始从两队骑兵间的空隙偷偷溜走。他们取来了自己的佩剑。其他胆子大的人一直把剑藏在披风下面，这时也抽了出来。卡利古拉一定注意到了这个情况，因为他一句话才说到一半，就突然改变了语气。他开始高兴地比较起那些被人遗忘的艰难岁月和如今光荣富足胜利的日子。"你们的小玩伴已长大成人，"他说，"成了这个世界有史以来最强大的皇帝。无论多么凶狠的敌人，也不敢来挑战他坚不可摧的武力。"

我的老中士突然冲到前面。"都完了，陛下，"他大喊，"敌人在科隆过了河——三十多万人。他们要洗劫里昂，接着他们还要翻过阿尔卑斯山，去洗劫罗马！"

没人相信这一派胡言，除了卡利古拉。他吓得脸色蜡黄，从军法台上冲下来，抓来一匹马，哆哆嗦嗦地爬上马鞍，像一道闪电般跑出了军营。一个马夫骑马跟在他后面，卡利古拉回头对他喊："谢天谢地，我还有埃及。至少在那里我是安全的。日耳曼人不会航海。"

大家笑得前俯后仰！一位团长骑上好马去追他，没过多久就追上了。他向卡利古拉保证，这个消息是夸大了。他说，只有一小股敌军渡了河，但已被击退；罗马河岸这边，现在一个敌人也没有。卡利古拉跑到下一个镇子，才勒马驻足，他给元老院寄去一封急信，通知他们，如今他所有的战事都胜利结束了，他将立即带着他头顶桂冠的队伍回到罗马。他严厉责骂了那些待在家里的胆小鬼，他从各方面消息得知，这些人在都城照常过着安逸的日子——上剧场、泡澡堂、办晚宴——他却在经历出征的千难万险，吃的、喝的、睡的都跟普通士兵没有两样。

元老院困惑了，不知该如何安抚他，因为他已下令，严禁他们主动投票授予他任何荣誉。但他们还是派了位使臣，去恭喜他大获全胜，并恳求他尽快回到罗马，罗马人民都无比想念他。他气得怒发冲冠，他是下了令，可元老院怎么能真的不通过法令，为他举办凯旋式呢？元老院的信里怎么能只称呼他为盖乌斯·恺撒大帝，而不尊称他为天神呢？他用手拍着剑柄，大叫道："尽快回去？我确实要尽快回去，手里还要拿着这个。"

他准备庆祝一场三重的胜利：战胜日耳曼，战胜不列颠，以及战胜海神。不列颠战俘方面，他有辛伯林的儿子及随从，外加他在布洛涅扣押的一些不列颠商船的船员。日耳曼战俘方面，他有三百名真的战俘，以及他在法兰西找来的所有高个子，他们都戴着黄色假发，穿着日耳曼衣服，用一种假装是日耳曼语的难懂的方言说话。但我说过，元老院不敢投票授予他正式的凯旋式，所以，他只好接受了非正式的凯旋式。他骑马进入都城，排场跟他骑马跨越拜亚浮桥时一样，若不是卡桑妮娅明事理地调解说情，他差点要把整个元老院斩于剑下。为感谢民众过去对他的慷慨援助，他下令从皇宫的屋顶上抛撒金币和银币。但他在里面掺了烧红的铁片，以提醒他们，他还没有原谅他们上次在竞技场的过错。他对士兵说，他们想捣乱就捣乱，想喝醉就喝醉，一切由国家出钱。士兵充分利用这次特权，洗劫了整整几条街的店铺，烧毁了整个红灯区。十天后，城里才恢复秩序。

这是九月份的事。他不在罗马时，工匠们一直忙着修建帕拉蒂尼山上的新神庙，它在新皇宫的另一侧，和双子神神庙相对。扩建的部分一直延伸到市集。如今，卡利古拉要把双子神神庙变成新神庙的前厅，从众神的雕像中开出一条通道。"天上的双子神就是我的守门人。"他吹嘘道。接着，他派人给希腊总督送信，让他把希腊所有神庙中最著名的神像都搬出来，送到罗马给他。他提议，将这些雕像的头取下来，换上他自己的。他最觊觎的是奥林匹斯山上巨大的朱庇特雕像。为了将它运到罗马，他特地打造了一艘大船。可就在出航前，船竟被闪电劈中。至少，报告是这么说的——我相信，其实是迷信的船员故意烧掉了它。可这时，卡庇托尔山上的朱庇特后悔起了与卡利古拉的争吵（卡利古拉是这么告诉我们的），恳求卡利古拉让他回来，再次住到他旁边。卡利古拉回答他，他现在差不多修完一座新的神庙了；既然朱庇特如此恭敬地道了歉，那他也愿意退让一步。他会在山谷间架一座桥，将两座山连接起来。他做到了：那座桥从奥古斯都神庙的屋顶上跨了过去。

卡利古拉现在公然就是天神朱庇特了。他不仅是拉丁的朱庇特，还是奥林匹斯山的朱庇特，此外，他还是其他所有的男神和女神，因为他把所有神像的头都砍下来，换成了他自己的。他有时候是阿波罗，有时候是墨丘利，有时候是普鲁托，无论是谁，他都会穿戴上对应的服饰，要求对应的祭品。我见过他打扮成维纳斯，走来走去，穿一件长长的薄纱长袍，脸上涂脂抹粉，头戴红色假发，胸脯垫得高高的，还穿着高跟的拖鞋。十二月"好女神"节时，他又扮成好女神：那可真是丢人现眼。战神玛尔斯也是他最喜欢扮演的角色。但大部分时候，他都是朱庇特：头戴橄榄叶花冠，贴着细金线胡须，披着亮蓝色的丝绸斗篷，手拿一块锯齿状的金属片，代表闪电。有一天，他打扮成朱庇特，在市集演讲台上发表演讲。"我打算，"他说，"马上在阿尔卑斯山顶修一座让我居住的城市。我们神更喜欢山顶，不喜欢脏兮兮的河谷。从阿尔卑斯山上，我将一览无余地俯瞰我的帝国——法兰西、意大利、瑞士、蒂罗尔，还有日耳曼。如果我看到山下有谁密谋造反，我就发出雷鸣的怒吼，警告他们，像这样！（他从嗓子眼里发出一声低吼。）如果他们不理会我的警告，我就用我的闪电劈死叛徒，像这样！"（他把闪电铁片朝人群扔去，打中了一尊雕像，又弹了出去，没有造成任何损坏。）人群中有个外地人，是马赛来罗马观光的鞋匠，哈哈大笑起来。卡利古拉让人抓住鞋匠，带到演讲台前，他弯下腰，皱起眉头问他："你看我像什么人？""像个大骗子。"鞋匠说。卡利古拉很困惑。"骗子？"他重复了一遍。"我是个骗子？！""是的，"法兰西人说，"我只是个可怜的法兰西鞋匠，这是我第一次来罗马。我什么也不知道。但如果在我的家乡，有人做了你刚刚做的事，那他就是个大骗子。"

卡利古拉笑了。"你这可怜的傻瓜，"他说，"他当然是个大骗子。这正是他和我的不同呀。"

所有人都笑得像发了疯一样，但到底是在笑卡利古拉呢，还是在笑鞋匠，就不清楚了。这件事之后没多久，卡利古拉制作了一台打雷闪电机。点燃引线后，机器就会发出雷鸣和闪电，并按照他想要的方向投出石块。但我听可靠消息说，夜里只要一有真的暴风雨，他就会爬到床底下去。关于暴风雨，还有个有趣的故事。有一天，他打扮成维纳斯到处炫耀时，突然狂风暴雨大作。他哭喊起来："父亲啊，父亲，饶了您美丽的女儿吧！"

他在法兰西赢的钱很快花光了，他又发明了新的办法增加收入。现在，他最喜欢用的一招就是检查遗嘱，尤其针对那些刚刚去世却没有留钱给他的人：他会提供证据，说这些人以前接受过他的恩惠，还说他们在立遗嘱时，不是利令智昏，就是神志不清，他更倾向于认为他们是神志不清。接着，他会撤销遗嘱，指定自己为首要继承人。他通常一大早来到法庭，在黑板上写一个他当天想要弄到的钱数，一般是二十万金币。目标达成后，他就休庭。一天早上，他制定了一条新法令，限制各种商铺的营业时间。他把法令用非常小的字，写在一块非常小的牌子上，高高地挂在市集的柱子上，大家都懒得看，也没有意识到它的重要性。当天下午，他派官员记录了好几百名无意中违反法令的商人的名字。这些人被押去受审时，卡利古拉表示，如果有人已经把他写进自己的遗嘱，让他和他们的孩子共同继承遗产的，就可以申请减刑。没几个人可以减刑。如今，有钱人早已习惯在遗嘱中将卡利古拉列为主要继承人，并通知皇家财政官。但很多时候，事实证明，此举并不明智。因为卡利古拉从我祖母莉薇娅那里继承了她的药箱，并学会了充分利用。有一天，他给几个刚立完遗嘱的人送去蜜饯水果。他们立马就死了。他还把我的表兄、摩洛哥国王召来罗马，将他处死，只简单说了一句："我需要你的财产，托勒密。"

他离开罗马、前往法兰西期间，罗马被定罪的人相对减少，监狱几乎都要空了：这就意味着，能拿去喂野兽的受害者不够用了。他用观众来弥补不足，他首先割掉他们的舌头，让他们没法向朋友呼救。他越来越变幻莫测。有一天，一位祭司正准备将一头小公牛献祭给他，以供他祭拜阿波罗。按照献祭的流程，会有一名执事，用石斧将公牛砸晕，再由祭司割开它的喉咙。卡利古拉打扮成执事走进来，按惯例问："我可以动手了吗？"祭司回答："可以。"他竟举起斧头，砸碎了祭司的脑袋。

我仍和布里塞斯、卡波尼娅过着困顿的生活，我没有债务，但也没有钱，只有来自农场的一丁点儿收入。我小心地让卡利古拉知道我的穷困，我已不符合担任元老的经济条件，但他仍慷慨地允许我留任。我感觉到，自己的地位一天比一天不稳。十月初的一天，午夜时分，我被前门响亮的敲门声吵醒。我把头伸出窗户。"谁呀？"我问。

"你马上去皇宫。"

我说："是你吗，卡西乌斯·查雷亚？这是要杀我吗，你知道什么吗？"

"我接到的命令是，立刻带你去见他。"

卡波尼娅哭了，布里塞斯也哭了，她俩和我深情吻别。她们帮我穿衣服时，我慌忙告诉她们，该如何处置我为数不多的财产，该如何安排小安东尼娅，该如何举行我的葬礼，如此等等。我们都已肝肠寸断，可我不敢拖延。很快，我就跟在卡西乌斯旁边，一瘸一拐地朝皇宫走去了。他粗声粗气地说："还有两名前执政官，也被叫来跟你一起。"他告诉我他们的名字，我更警觉了。他们都是有钱人，正是卡利古拉会以阴谋犯上罪提起控诉的对象。可为什么还有我？我是第一个到皇宫的。另外两人几乎紧跟着也赶到了，他们因为着急害怕，跑得上气不接下气。我们被带到审判厅，他们让我们坐在一处类似断头台的高台上的椅子上，俯瞰着法官席。一队日耳曼禁卫军站在我们身后，用他们的语言嘀嘀咕咕地交头接耳。整个房间漆黑一片，只有法官席上有两盏很小的油灯。后面的窗户上拉着黑色的帷幔，上面绣有银色的星星。我的同伴们和我默默握了握手，以示永别。他们以前都曾多次羞辱我，但在死亡的阴影前，我们忘了那些小事。我们坐在那里，等着接下来发生的一切，一直等到破晓前。

突然间，我们听到铜钹哐当一响，接着是双簧管和弦琴的欢快合奏。奴隶们从法官席侧面的一扇门鱼贯而入，每人手里都拿着两盏灯，他们把灯放在旁边的桌子上；接着，一个太监用洪亮的声音，唱起著名的《长夜漫漫》。奴隶们都退下了。我们听到窸窸窣窣的脚步声，紧接着，一个高个子的人影跳着笨拙的舞步转了进来，此人穿着女人的粉色丝绸长袍，头戴假玫瑰花花冠。正是卡利古拉。

  女神玫瑰花般粉嫩的玉指，

拨开了夜晚的繁星……

歌唱到这里，他拉开窗户上的帷幔，露出破晓的第一缕晨光，太监唱到"女神玫瑰花般粉嫩的双唇，一盏接一盏吹灭油灯"时，他将这一幕也表现出来。噗。噗。噗。

秘密的情人躺着，
纠缠在甜蜜火热的爱恋中……

这时，卡利古拉扮演的曙光女神从我们都没有注意到的壁凹里的一张床上，拉出来一个女孩和一个男人，两人一丝不挂，女神没有开口，只用动作表示，他俩该分开了。女孩美丽动人。而男人正是唱歌的太监。他们朝不同的方向走去，一副愁肠百转的模样。歌曲的最后一段来了：

哦，曙光，最美丽的女神，
你缓缓又迷人的脚步，
抚慰每一颗充满愁绪的心……

我反应过来，立刻匍匐在地。我的同伴们也不敢怠慢，马上效仿我的榜样。卡利古拉欢欣雀跃，从舞台上退下，很快便召唤我们去同他共进早餐。我说："啊，众神之神啊，我这辈子从没看过哪场舞蹈，能像刚刚这场那样带给我如此深刻的心灵喜悦。我无法用语言形容它的美。"

485

我的同伴们表示赞同，还说如此举世无双的表演，只有寥寥数位观众，实在万分可惜。他扬扬得意地说，这只是一次彩排。很快，他就会找一天晚上，在圆形剧场里演给全城人民看。我不知道，他要如何在数百码长的露天剧场演出拉窗帘的效果，但我对此不予置评。我们享用了美味可口的早餐，年纪较长的前执政官坐在地板上，吃一口鸫肉派，吻一下卡利古拉的脚。我正想着卡波尼娅和布里塞斯见到我活着回去该有多高兴时，卡利古拉突然开口说话了，他心情大好："那姑娘很漂亮吧，是不是，克劳狄乌斯，你这个老色鬼？"

"确实非常漂亮，天神。"

"据我所知，还是个处女呢。你愿意娶她吗？只要你愿意，你就可以娶她。我喜欢过她一段时间，但这事挺好笑的，我其实不喜欢幼稚的女人了……说起来，我也不喜欢成熟的女人，除了卡桑妮娅。你认出那个姑娘了吗？"

"没有，天神。实话说吧，我一直都只看着您呢。"

"她是你的表妹梅萨丽娜呀，巴巴图斯的女儿。我让那老皮条客把女儿送来给我时，他连一个字都不敢反驳。说到底，他们都是胆小鬼啊，克劳狄乌斯！"

"是的，神主。"

"好吧，那就这样，我明天给你们俩完婚。我想，我现在要去睡觉了。"

"千万次地感谢您，我的主。"

他把他的另一只脚给我吻。第二天，他信守承诺，给我们完婚。他接收了梅萨丽娜嫁妆的十分之一，作为主婚费用，除此之外，他表现得还算礼貌。卡波尼娅见到我还活着，当然是欢天喜地，对于我的新婚，她装作毫不介意。她用公事公办的语气说："挺好的，亲爱的，那我就回农场，帮你照看那里的事了。你如今有了这么漂亮的老婆，不会想我了。如今你还有了钱，肯定要再搬回皇宫了。"

我告诉她，我是被迫接受这桩婚事的，我会非常非常想念她。她嗤之以鼻：梅萨丽娜比她漂亮两倍，比她聪明三倍，外加出身高贵，腰缠万贯。卡波尼娅说，我大概已经爱上她了。

我觉得很不自在。在这痛苦不堪的四年里，卡波尼娅一直是我唯一真正的朋友。她为了我，什么没做过呢？可她说得对：我的确爱上梅萨丽娜了，梅萨丽娜现在是我的妻子了。梅萨丽娜的身边，不会有卡波尼娅的容身之地。

她走时眼泪汪汪。我也一样。我不爱她，但她是我最忠诚的朋友，我知道，无论什么时候，只要我需要她，她就会帮我。哪怕在我收到嫁妆的时候，我也没有忘记她，这我就不用说了。

第三十三章

梅萨丽娜是个美到不可方物的女孩,她身形苗条、动作敏捷,眼珠乌黑如美玉,黑色的秀发浓密卷曲。她几乎不开口,而她神秘的笑容总让我爱她爱得如痴如狂。她非常高兴能从卡利古拉手中逃脱,同时,她也非常迅速地意识到了跟我结婚的好处,她的言行举止让我深信,她爱我,跟我爱她一样多。这是我自长大后,第一次真正爱上一个人;一个不那么聪明、不那么帅气的五十岁男人,爱上一个非常漂亮又非常聪明的十五岁女孩,男人的结局往往会比较悲惨。我们是十月结婚的。十二月,她就怀上了我的孩子。她表现得非常喜欢我的小安东尼娅,当时她十岁,这个孩子如今有了一个可以叫妈妈的人,让我深感宽慰,而且,这个人还跟她年龄相近,能当她的朋友,能给她解释社会的种种现象,能带着她到处玩,这些都是卡波尼娅做不到的。

梅萨丽娜和我受邀再次搬到皇宫。我们到的时候相当不凑巧。一个叫巴苏斯的商人,一直在问皇宫禁卫军队长各种有关卡利古拉日常习惯的问题——他真的会因为睡不着觉,晚上在皇宫走廊里走来走去吗?他大概什么时候这样走?他一般选择哪几条走廊?他随身带哪些人?队长将此事报告给卡西乌斯,卡西乌斯又报告给卡利古拉。巴苏斯被抓起来,接受盘问。他被迫承认,他是打算来刺杀卡利古拉的,可哪怕受尽酷刑折磨,他也没有承认自己有同伙。这时,卡利古拉派人送信给巴苏斯的老父亲,命令他来参观儿子的死刑。老人完全不知道巴苏斯计划暗杀卡利古拉的事,甚至都不知道他被捕了,当他看到儿子躺在皇宫地上呻吟哀号,被折磨得体无完肤时,他吓得面无人色。但他控制住自己,感谢卡利古拉慈悲为怀,召唤他来为儿子合上双眼。卡利古拉大笑。"快合上他的眼睛吧!他马上就要没有眼睛可合了,这个刺客!我这就要把他的眼睛挖出来。还有你的。"

巴苏斯的父亲说:"饶我们一命吧。我们只是权势遮天之人的工具。我把那些人的名字都告诉您。"

这句话让卡利古拉震惊了,当老人说出禁卫军指挥官、日耳曼指挥官、财政大臣卡里斯图斯、卡桑妮娅、麦尼斯特和另外三四个人的名字时,卡利古拉警惕起来,脸色越来越苍白。"那他们打算找谁来代替我当皇帝呢?"他问。

"您的叔叔克劳狄乌斯。"

"他也是同谋吗?"

"不,他们只是打算利用他当傀儡。"

卡利古拉匆忙离开,把禁卫军指挥官、日耳曼指挥官、财政大臣和我叫进一间密室。他指着我,问其他人:"这玩意儿配当皇帝吗?"

他们惊讶地回答:"当然不配,除非您说他配,天神。"

这时,他朝他们露出可怜兮兮的笑容,大声宣布:"我是一个人,你们有三个人。其中两个还有武器,我却毫无戒备。如果你们恨我，想杀了我，那就赶快动手，让那个可怜的蠢货来代替我当皇帝吧。"

我们匍匐倒地，脸紧贴着地板，两位军人把自己的剑从地上捡起来，交给他，说："我们绝没有这种欺君犯上的念头，主上。您如果不相信我们，那就杀了我们！"

你们知道吗，他竟然真的打算杀了我们！就在他犹豫不决时，我开口了："无所不能的神啊，召唤我来这儿的团长跟我说了，巴苏斯的父亲对这些忠臣提出控诉，这明显就是诬陷。如果巴苏斯真是受他们指示，那他还有必要去问队长有关您日常活动的问题吗？他从这些将军这里，不是能直接获取必要的信息吗？所以这不对啊，巴苏斯的父亲只是为了救自己和巴苏斯的性命，才撒了这么笨的谎。"

卡利古拉似乎被我说服了。他递给我一只手，让我亲吻，他让我们都站起来，把剑还给他们。巴苏斯和他的父亲当场被日耳曼人碎尸万段。但卡利古拉没有摆脱对暗杀的恐惧，紧接着，一连串凶兆出现，让这种恐惧有增无减。首先，皇宫的门房被闪电击中了。接着，一天晚上，英西塔图斯被带进皇宫参加晚宴时，突然用后腿站起来，甩飞一只马掌，打碎了曾属于尤利乌斯·恺撒的石膏酒杯，把酒洒到地上。最可怕的凶兆出现在奥林匹斯山，当时，神庙的工匠正按照卡利古拉的指令，准备把朱庇特的雕像拆成小块，运往罗马。首先要拆掉的是头，他们要按照这个头的尺寸，做一个新的卡利古拉的头，等雕像再被组合起来时，替换掉原来的头。他们把滑轮固定在神庙屋顶上，在雕像脖子上套了个绳圈，正要往上拉时，整个神庙突然响起雷鸣般的大笑。工匠吓得四散逃窜。他们再也没有找到敢来顶替的人。

卡桑妮娅建议他，既然他已通过"毫不动摇、严格严厉"的作风，让每个人一听到他的名字就吓得浑身颤抖了，那现在，他是否可以改用温和的统治策略，去赢得民众的爱戴，而不是恐惧呢？因为卡桑妮娅意识到，他的处境已相当危险，如果他有个三长两短，那她一定也性命难保，除非她能让大家都知道，她已竭尽全力，劝说他勿施暴政了。卡利古拉现在的种种行为都是丧失理智的。他轮流去找禁卫军指挥官、财政大臣和日耳曼指挥官，假装对每个人都推心置腹地说："我是相信你的，但那几个人在阴谋针对我，我希望你把他们看作我最危险的死敌。"可他们互相交换了信息；这也正是有人在真正策划阴谋时，他们都置若罔闻的原因。卡利古拉说，他赞同卡桑妮娅的建议，并非常感谢她；等他和敌人和解后，他一定采纳。他召集元老，对我们这样说："很快，我就要大赦你们所有人了，我的敌人们，我要用爱与和平统治千年。这是预言里说的。但在那个黄金时代来临之前，这个元老院必须先人头满地、血溅满门。那将会是疯狂的五分钟。"可我们更希望，先出现一千年的和平，然后才是疯狂的五分钟。

策划阴谋的是卡西乌斯·查雷亚。他是传统军人，早已习惯了盲目服从上级的指令。这样的人，会产生谋害自己总司令的念头，说明形势确实是一塌糊涂了，他曾立下最庄重的誓言，要效忠卡利古拉，卡利古拉对他却是无恶不作。卡利古拉曾信誓旦旦地说，要封他为禁卫军指挥官，后来，却一句解释、一个道歉也没有，就把这个职位给了另一个服役时间短且没有军功的队长，仅仅因为这名队长在皇宫的酒宴上很能喝酒：他主动提出，要喝光一大罐酒，那罐子足有三加仑，而且他可以嘴巴不离罐口。他确实做到了——我一直盯着他———点也没吐出来。后来，卡利古拉还让他当了元老，却让卡西乌斯去做那些最招人恨的杂事：催收未到期的税款，没收从未犯过罪的人的财产，处死清白无辜的人，等等。最近，他让他去折磨一个名叫昆提莉娅的漂亮女孩，她出身高贵家族。事情是这样的：好几个年轻人都想娶她，她的监护人让她嫁给"侦察队"中的一员，她一点儿也不喜欢。她恳求监护人让她另选一位；监护人同意了，结婚的日子也定好了。被拒绝的侦察队员找到卡利古拉，对他的情敌提出控告，说他犯了渎神罪，侮辱神君奥古斯都是"秃头的老太婆"。侦察员还说昆提莉娅就是证人。昆提莉娅和她的未婚夫被带到卡利古拉面前。两人否认了指控。两个人都被判处拉肢刑。卡西乌斯努力掩饰着内心的憎恶，因为法律规定，只有奴隶才能接受这种酷刑。可卡利古拉偏偏又命令他去监督昆提莉娅的受刑过程，还让他亲手拧螺丝。受刑过程中，昆提莉娅没有说一个字，也没有哭一声，倒是卡西乌斯难过得流下了眼泪，事后，昆提莉娅对他说："可怜的上校啊，我不恨你。有时候，服从命令也一定很难吧。"卡西乌斯苦涩地说："我真希望那一天我和瓦卢斯一起死在了条顿堡森林里。"

她再次被带到卡利古拉面前，卡西乌斯报告说，她没有认罪，也没有发出一声哭喊。卡桑妮娅对卡利古拉说："那是因为她爱着那个男人。爱能战胜一切。你就是把她碎尸万段，她也绝不会背叛他。"

卡利古拉说:"那么,你为了我,也会如此勇敢吗,卡桑妮娅?"

"你知道我会的。"她说。

就这样,昆提莉娅的未婚夫没有遭受酷刑,而是被无罪释放了,诬告他们的侦察员因伪证罪被处死,卡利古拉从他的财产中拿出八千金币,奖励给昆提莉娅做嫁妆。但他听说了卡西乌斯在昆提莉娅受刑时痛哭的事,便讥笑他,说他是"爱哭鬼"。"爱哭鬼"还不是他给他取的最恶劣的外号。他假装卡西乌斯是娘娘腔的老变童,总和其他禁卫军军官对他开下流的玩笑,军官们不敢不哈哈大笑。卡西乌斯每天中午都要来找卡利古拉要口令。口令一般是"罗马""奥古斯都""朱庇特"或"胜利"之类;但现在,为了气卡西乌斯,卡利古拉总会给他一些荒谬的口令,比如"紧身裙""爱不完""卷发棒"或是"吻我吧士兵",卡西乌斯不得不把这些口令带回去,转述给其他军官,忍受他们的奚落。他决定要杀死卡利古拉。

卡利古拉比以前更疯癫了。一天,他走进我的房间,没有任何开场白,便说道:"我将有三座皇城,罗马不算。我要在阿尔卑斯山建一座皇城,在安提乌姆重建一个罗马城,因为那是我出生的地方,它值得这样的荣耀,还因为它在海边,最后,我要把亚历山大港建成我的皇城,以免日耳曼人占领了另外那两座。亚历山大港是一个很有文化的地方。"

"好的,天神。"我恭恭敬敬地说。

就在这时,他突然想起,有人曾叫他"秃头老太婆"——他的头顶现在确实头发稀少——他大叫起来:"你是怎么敢顶着一头又丑又密的头发,在我面前走来走去的?这是渎神罪。"他转过身对日耳曼禁卫军说:"砍了他的头!"

我再一次认定自己完了。可我灵机一动,对拿剑朝我跑来的禁卫军严厉地说:"你在干什么呢,蠢货?天神又没说'头',他说的是'头发'!还不快去拿剪刀来!"卡利古拉愣住了,也许真以为自己说的是"头发"。他允许日耳曼人取来剪刀。我的头发被剪了个精光。我请天神允许我将剪下的头发献给他,天神仁慈地同意了。他让皇宫里的每个人都剃了光头,只除了日耳曼人。轮到卡西乌斯剃头时,卡利古拉说:"哎哟,真可惜!你那头可爱的小卷毛是士兵们的最爱呀!"

那天晚上,卡西乌斯碰到莱斯比娅的丈夫。他曾是盖尼米德最好的朋友,但他从卡利古拉那天早上的一句话推断,自己只怕命不久矣。他对卡西乌斯说:"晚上好,卡西乌斯·查雷亚,我的朋友。今天的口令是什么?"

卡西乌斯之前从没听莱斯比娅的丈夫喊自己"我的朋友",他若有所思地盯着他。

莱斯比娅的丈夫——他叫马库斯·维尼修斯——又说了一遍:"卡西乌斯,我们有这么多共同之处,我叫你'朋友',自然是真心实意。口令是什么?"

卡西乌斯回答:"今晚的口令是'小卷毛'。可是,我的朋友马库斯·维尼修斯啊,如果我真的可以叫你朋友的话,那你就给我口令'自由',我的剑便听你指挥了。"

维尼修斯拥抱了他。"准备好为自由而战的,不止我们俩。'老虎'也跟我一起。""老虎"的真名叫科涅利乌斯·萨宾努斯,也是一名禁卫军团长，卡西乌斯休息时，他就接替卡西乌斯的位置。

第二天，盛大的帕拉蒂尼节就要开始了。这个节日是莉薇娅为纪念奥古斯都创立的，开始于提比略刚当皇帝之时，每年一次，在老皇宫的南院举行。节日一开始，就是向奥古斯都献祭，并举行象征性的游行，接着是持续三天的剧场表演、跳舞、唱歌、杂耍之类。现场搭起能坐六万名观众的木头看台。节日结束后，看台会被拆掉回收，来年再用。今年，卡利古拉将节日从三天延长到八天，还在各式表演中穿插了斗兽场的赛车和海湾的模拟海战。他打算一直玩到一月二十五日，那一天，他就要坐船去亚历山大港了。他要去埃及看风景，要以"毫不动摇、严格严厉"的原则去筹钱，要用上他在法兰西使过的花招，要制定重建亚历山大港的计划，最后，还要按照他夸下的海口，给狮身人面像换个新头。

节日开始了。卡利古拉向奥古斯都献祭，但态度有点敷衍、有点倨傲——就像一位主人，因为紧急情况或其他原因，不得不纡尊降贵，为他的奴隶服务。献祭结束后，他宣布，在场公民如有请求，只要在他能力范围之内的，他都会大方批准。最近，因为民众在最新的野兽表演中表现得不够热情，他非常生气，作为惩罚，他把城区粮仓关闭了十天；但也许，他现在原谅了他们，因为他刚刚还从皇宫屋顶抛下了很多赏钱。于是，有人高兴地喊起来。"面包要多点，税收要少点，陛下！面包多点，税收少点！"卡利古拉气坏了。他派了一队日耳曼人，沿着观众席，砍下一百个人头。这个意外扰乱了密谋者的心绪；它提醒他们，这

公元四十一年

帮日耳曼人有多么野蛮,而他们对卡利古拉又有多么忠心。到这个时候,罗马城里没有一个人不想卡利古拉快点死的,没有一个人不想食他肉啖他血的;但对这些日耳曼人来说,他仍是全世界有史以来最伟大的英雄。他打扮成女人;他在行军途中,突然快马加鞭,从队伍中跑出去;他让卡桑妮娅赤身裸体站在他们面前,夸耀她的美丽;他烧毁自己在赫库兰尼姆最漂亮的别墅,理由是他的母亲阿格里皮娜在前往她最后去世的小岛时,曾在这里被囚过两天——这种种无法解释的行为,只让日耳曼人更加把他当作神来崇拜。他们经常心若明镜似的朝彼此点点头,说:"对,天神都是这样的。你说不出他们接下来要干什么。在我们亲爱的家乡,图斯克和曼恩就是这样的。"

卡西乌斯无所顾忌,只要能杀死卡利古拉,他压根儿不在乎自己会有什么后果,但其他同谋者就没有这么强烈的信念了,他们开始思考,如果他们杀死了日耳曼人了不起的英雄,日耳曼人会怎么报复。他们开始找借口,卡西乌斯没法让他们达成一致的行动方案。他们建议伺机而动。卡西乌斯却越来越焦灼。他骂他们是胆小鬼,指责他们在拖延时间。他说他们其实是想让卡利古拉平安地离开罗马,前往埃及。转眼到了节庆的最后一天,卡西乌斯好不容易说服他们,达成了一个可行的计划,可卡利古拉突然宣布,节日还将持续三天。他说他为亚历山大港人民写了一出假面剧,他想在剧中演出并献唱,但他认为,要首先演给自己的国民看,才算公平。

这一变动给了提心吊胆的同谋者一个新的推诿借口。"哎呀,可是卡西乌斯啊,这大大改变了局势。一切对我们更有利了。我们可以最后一天杀他,就趁他走下舞台的时候。这个计划不是更好吗?或者,趁他上台的时候。你喜欢哪个时候,都随你。"

卡西乌斯回答:"我们制定了计划,发了誓要执行,那就必须执行。那是个完美的计划。没有一点漏洞。"

"可我们现在还有很多时间。为什么不再等三天呢?"

卡西乌斯说:"如果你们违背发过的誓,不在今天执行那个计划,那我就只能一个人动手了。我不可能打败那些日耳曼人——但我会放手一搏,如果他们太强大,我就会大喊:'维尼修斯、阿斯普雷纳斯、布博、阿奎拉、'老虎',你们怎么没有遵守诺言跟我一起呢?'"

这样一来,他们只好同意执行原计划。按计划,维尼修斯和阿斯普雷纳斯要说服卡利古拉在中午离开剧场,去游泳池游个泳,然后吃顿简单的午餐。在此之前,卡西乌斯、"老虎"和其他参与计划的队长会先从后台悄悄溜走。他们要绕到檐下走廊的入口,这是从剧场前往新皇宫的近道。阿斯普雷纳斯和维尼修斯会劝卡利古拉走这条近道。

那天宣布上演的剧目是《尤利西斯和锡西》,卡利古拉许诺,表演结束时,他将散发水果、蛋糕和赏钱。他一般是在最靠近大门的一侧发,他的座席在那里,所以每个人都想尽早赶到剧场,抢一个离他更近的座位。大门打开,人群蜂拥而入,朝最靠近他的座位冲去。通常,所有的女人都坐在一个区,还有为骑士、元老、尊贵的外宾等人预留的席位。但今天,大家都混到了一起。我看到一位元老来迟了,不得不坐在一个非洲奴隶和一个女人中间,那女人的头发是用番红花染过的,穿着普通妓女的职业服装——深色长袍。"这样更好,"卡西乌斯对"老虎"说,"场面越混乱,我们的机会就越大。"

除了日耳曼人和卡利古拉本人,整个皇宫到目前为止还不知道这一阴谋的,就只有可怜的克劳狄乌斯了。这是因为可怜的克劳狄乌斯作为卡利古拉的叔叔,也将被杀。卡利古拉的所有家人都将被杀。我猜,阴谋者是害怕我会当上皇帝,替侄子报仇吧。他们决定恢复共和国。要是这帮傻瓜信得过我,那这个故事的结局也许截然不同。因为我比他们任何人都更坚定地拥护共和。可他们不相信我,还残忍地决定让我去死。从某种意义上来说,就连卡利古拉都比我更了解这个阴谋,因为安提乌姆的命运神庙刚刚给他送来一个警告的神谕:"要小心卡西乌斯。"他理解错了,他想的是德鲁茜拉的第一任丈夫,卡西乌斯·朗吉努斯,他刚从小亚细亚回来,他是那里的总督。卡利古拉以为朗吉努斯正为他害死德鲁茜拉的事生气,并且想起来,他的祖先正是刺杀了尤利乌斯·恺撒的卡西乌斯。

那天早上八点,我走进剧场,发现引座员已帮我预留了一个位置。我坐在禁卫军指挥官和日耳曼指挥官中间。禁卫军指挥官朝我俯过身,问:"你听说消息了吗?"

"什么消息?"日耳曼指挥官问。

"他们今天要演一场新戏。"

"什么戏?"

"《暴君之死》。"

日耳曼指挥官飞快地瞥了他一眼,皱起眉头,引用了一

句诗:

> 勇敢的伙伴,保持冷静,
> 以免有人听到你的声音,那些希腊人。

我说:"是呀,节目有变。麦尼斯特要给我们演《暴君之死》。这部戏很多年没演过了。讲的是希尼拉斯国王的事,他不肯同特洛伊交战,结果因为懦弱被杀。"

表演开始了,麦尼斯特呈现了最巅峰的状态。当他死在阿波罗手里时,他咬破嘴里藏的一个小血囊,制造出血溅满身的效果。卡利古拉派人把他叫来,吻了他两边脸颊。卡西乌斯和"老虎"护送他走到更衣室,像在保护他不受仰慕者的骚扰。接着,他们从后台走了出去。趁着抛赏钱的混乱局面,队长们也都走了出去。阿斯普雷纳斯对卡利古拉说:"太精彩了。这会儿,要不要去游个泳,然后吃顿便饭?"

"不要,"卡利古拉说,"我想看表演杂技的姑娘们。据说都很漂亮。我看,我就坐到节目演完再走吧。今天是最后一天了。"他的态度非常和蔼。

于是,维尼修斯站起身。他打算去告诉卡西乌斯、"老虎"和其他人,不要再等了。卡利古拉扯住他的斗篷。"我亲爱的朋友,别跑呀。你一定要看看那些姑娘。有一个会跳一种舞,叫鱼水舞,能让你感觉仿佛置身于水面十米以下。"

维尼修斯坐下来,看完了鱼水舞。但首先,他要看一场简短的中场情节剧,剧名叫《洛勒奥鲁斯》,也叫《强盗头子》。剧里有很多杀戮的场面,演员是一帮二流的草台班子,都模仿麦尼斯特,在嘴里藏了个小小的血囊。他们把舞台弄得遍地血污,你们一定从没见过那样不吉利的兆头吧!鱼水舞跳完后,维尼修斯又站起身:"实话跟您说,主上,我很想继续留在这里,但厕所之神召唤我了。一定是我吃了什么不干净的东西。

我的祭品柔软而连续地流出,
不会粗暴迅猛,也不会缓慢无礼……"

卡利古拉大笑。"别怪我,我亲爱的朋友。你是我最好的朋友。我无论如何也不会在你的食物里做手脚的。"

维尼修斯从后台走出去,在院子里找到卡西乌斯和"老虎"。"你们最好回来,"他说,"他打算坐到表演结束。"

卡西乌斯说:"很好。那我们就回去吧。我就在他坐的地方杀了他。我希望你们都支持我。"

就在这时,一名禁卫军士兵跑来找卡西乌斯,说:"男孩子们终于来了,长官。"

最近,卡利古拉给小亚细亚的各希腊城市写信,命令每个城市给他送来十个血统最高贵的男孩,让他们在节庆上跳一跳舞剑的民族舞,唱一唱颂歌,向他表达敬意。这只是借口,实际上,他是要把这些男孩控制起来:等他把怒火转向小亚细亚时,他们就是大有用处的人质了。他们本该几天前就到了,但亚得里亚海的恶劣天气把他们困在了科孚。"老虎"说:"立即通知皇帝。"禁卫兵连忙朝剧场跑去。

与此同时，我开始感到饥饿难耐。我悄声对坐在我后面的维特利乌斯说："真希望皇帝能给我们做个榜样，出去吃点午饭。"这时，禁卫兵带着男孩抵达的消息来了，卡利古拉对阿斯普雷纳斯说："太棒了！他们今天下午就能表演了。我必须立刻见到他们，把颂歌简短地彩排一遍。来吧，朋友们！先彩排，再游泳，吃完午饭，然后回来！"

我们都走了出去。卡利古拉在门口停住脚步，对下午的表演做出指示。我和维特利乌斯、一位名叫塞提乌斯的元老及两位将军走在前面。我们走过檐廊。我注意到卡西乌斯和"老虎"站在入口。他们没有向我行礼，我觉得很奇怪，因为他们向其他人行了礼。我们走到皇宫。我说："我真是饿了。我闻到鹿肉的香味了。希望彩排不会太久。"我们都坐在宴会厅旁边的接待室。"这就怪了，"我心想，"这里没有队长，全是中士。"我满腹狐疑地转头，去找我的同伴们，但是——又一件怪事——我发现他们都无声无息地消失了。就在这时，我听到远处响起尖叫声，接着是更多的呐喊声。我很好奇，到底发生了什么事。有人从窗前跑过，大喊："全完啦。他死啦！"两分钟后，剧场传来一声最可怕的咆哮，像是观众被集体屠杀。咆哮声连续不断，可过了一会儿，出现片刻的安静，紧跟着是震耳欲聋的欢呼。我跌跌撞撞地爬上楼，来到我的小书房，全身颤抖，瘫坐到椅子上。

我对面的柱子上，放着希罗多德、波里比阿、修昔底德和阿西尼乌斯·波里奥的半身雕像。他们神色如常，仿佛在对我说："一位真正的历史学家，总能超脱他那个时代的政治动荡。"我决定，要表现出一位真正历史学家的模样。

第三十四章

事情的经过是这样的。卡利古拉从剧场出来。一顶轿子正等在那里,要把他从两列禁卫军中间绕远路抬到新皇宫去。可维尼修斯说:"我们抄近路吧。我记得那些希腊男孩子就在入口等着呢。""好,那就走吧。"卡利古拉说。大家都想跟着他出去,但阿斯普雷纳斯留下来,把他们都赶了回去。"皇帝不想你们去烦他,"他说,"回去吧!"他让看门人又把门关上了。

卡利古拉朝檐廊前进。卡西乌斯向前一步,对他行了个礼。"口令,陛下?"

卡利古拉说:"呃?哦,对,口令,卡西乌斯。我今天要给你个好的口令——'老头的衬裙'。"

"老虎"在卡利古拉身后大喊:"我可以吗?"这是他们约好的暗号。

"动手吧!"卡西乌斯咆哮着,抽出自己的剑,用尽全身力气,砍向卡利古拉。

他本想把他的脑袋一刀劈开,可暴怒中的他没能瞄准目标,而是砍到了卡利古拉的脖子和双肩中央。上胸骨承受了大部分的冲击力。卡利古拉摇摇晃晃,又痛又惊。他疯狂地四下环顾,转过身，跑了起来。他一转身，卡西乌斯又砍了他一刀，砍掉了他的下巴。接着，"老虎"朝他的脑袋侧面挥拳出击，将他击倒在地。他慢慢跪坐起来。"再打！"卡西乌斯大喊。

卡利古拉满脸悲愤，举头望天。"啊，朱庇特啊。"他开始祈祷。

"同意！""老虎"大喊，砍掉了卡利古拉一只手。

那位叫阿奎拉的队长给了他最后一击，将剑深深插入他的腹股沟，又有十把剑插进他的胸口和肚子，以确保他必死无疑。一位叫布博的队长将手伸进卡利古拉侧面的伤口，然后舔了舔自己的手指，尖叫道："我发过誓，要饮他的血的！"

人群聚集，警告传开："日耳曼人来了。"刺杀者在一整个营的日耳曼人面前，绝无活命希望。他们冲进最近的房子，那正好是我的老屋，最近卡利古拉找我借了去，用作接待外国使节的客房，那些使节都是他不想安排住在皇宫的。刺客们从前门进屋，又从后门出去。除了"老虎"和阿斯普雷纳斯，其他人都及时逃脱了。"老虎"不得不假装他不是刺客，还同日耳曼人一起喊起了复仇的口号。阿斯普雷纳斯跑进檐廊，日耳曼人抓住他，把他杀死了。他们还杀死了碰巧遇上的另外两位元老。而这还只是一小队日耳曼人。其他日耳曼人冲进剧场，关上大门。他们要用一场无差别的大屠杀，为被害的英雄报仇雪恨。这就是我听到的咆哮声和尖叫声的来源。剧场里没一个人知道卡利古拉已经死了，甚至不知道有人想谋害他。但日耳曼人的企图再明显不过，因为他们做出了一些奇怪的举动，轻轻拍打抚摸自己的标枪，对着标枪说话，好像它们是人一样，这是他们在用这些可怕武器大开杀戒之前的习惯。无路可逃了。突然,舞台上吹响"立正"号,接着是表示皇帝有令的六个音符。麦尼斯特走进来,举起一只手。混乱的喧嚣立马变成轻轻的啜泣和压抑的叹息,因为按照规定,麦尼斯特出现在舞台上时,谁也不准发出一丁点声音,否则就要被即刻处死。日耳曼人也停止了轻拍、抚摸和念咒。皇帝的命令将他们都变成了雕像。

麦尼斯特大喊:"他没有死,公民们。压根儿没死。刺客向他发动袭击,把他打得跪倒在地,像是这样!但是他马上又站了起来,像是这样!刀剑伤害不了我们的天神皇帝!他受了伤,流着血,但他站了起来,像是这样!他抬起高贵的头颅,走了,像是这样!他迈着神圣的步子,从胆小如鼠、目瞪口呆的刺客中间,大摇大摆地走过去了。他的伤都愈合了,这是奇迹!他现在正在市集的演讲台上,声音洪亮、滔滔不绝地对着臣民演讲呢。"

震天的欢呼声响起,日耳曼人将剑插回剑鞘,列队走了出去。麦尼斯特这个及时的谎言(实际上,这还要多亏希律王亚基帕给他送的信,亚基帕是犹太国王,在那个生死攸关的下午,他是全罗马唯一一个还保持着头脑清醒的人)拯救了至少六万人的性命。

可真实的消息此时已传到皇宫,引发了极大混乱。几个老兵心想,可不能错过这个趁乱打劫的大好机会。他们假装到处寻找刺客。皇宫每个房间都有一个黄金门把手,价值六个月的薪水,而且用剑尖很容易就能撬下来。我听见有人喊:"杀了他们,杀了他们!为陛下报仇!"我躲到帘子后面。两个士兵走进来。他们看到帘子底下我的两只脚。"出来吧,刺客。躲着我们没用的。"

我走出来,脸贴地趴着。"别杀……杀……杀……杀我,大人们,"我说,"我跟这事……没……没……关……关……关……关系。"

"这老头是谁?"一位刚来皇宫的士兵问,"他看起来不像危险分子。"

"哎呀!你还不认识他吗?他是日耳曼尼库斯一直生病的弟弟呀。是个正派的老头。一点也不危险。起来吧,先生。我们不会伤害你的。"这位士兵的名字叫葛拉图斯。

他们让我跟在他们后面,再次下楼,来到宴会厅,士兵和军官们在这里举行军事会议。一位年轻的士兵站在桌子上,挥舞双臂大喊:"去他妈的共和国!新皇帝才是我们唯一的希望。皇帝谁当都行,只要我们能说服日耳曼人接受他。"

"那就英西塔图斯吧。"有人提议,引来捧腹大笑。

"哎呀,没问题!老马当皇帝总比没皇帝强。我们只希望马上选个人出来,让日耳曼人闭嘴。要不然他们可真要大开杀戒了。"

抓住我的两个人把我拽在身后,从人群中挤过去。葛拉图斯大喊:"喂,士兵们!看我们把谁找来了!运气不错啊,我看。是老克劳狄乌斯。老克劳狄乌斯当皇帝有什么问题没有?虽然他是个瘸子,还有点结巴,但他是全罗马最适合这个位置的人。"

所有人都发出响亮的欢呼声、大笑声和"克劳狄乌斯皇帝万岁"的呐喊声。士兵向我道歉。"哎呀,先生,我们都以为你死了。但你是我们的人,没错。把他推上去,兄弟们,推到我们都能看见的地方!"两位高大魁梧的班长举起我的两条腿,把我架到他们肩上。"克劳狄乌斯皇帝万岁!"

"放我下来,"我暴怒地大叫,"放我下来!我不想当皇帝。我不要当皇帝。共和国万岁!"

可他们只是笑。"这个不错。他说他不想当皇帝。很谦虚嘛,是不是?"

"给我一把剑,"我大叫,"我这就自杀。"

梅萨丽娜匆匆朝我们奔来。"求你为了我,克劳狄乌斯,就听他们的吧。求你为了我们的孩子。要是你拒绝,我们都会死的。他们已经杀了卡桑妮娅。他们还抓住她小女儿的脚,把她的头在墙上砸得稀烂。"

"你会没事的,先生,等你习惯就好了,"葛拉图斯咧嘴笑着说,"皇帝的生活并没有那么糟糕。"

我不再抗议。对抗命运有什么用呢?他们匆匆忙忙把我抬去前院,唱着卡利古拉即位时有人编的一首愚蠢颂歌:"日耳曼尼库斯又降临了,他将城市从痛苦中解脱。"因为我的名字中也有日耳曼尼库斯。他们强迫我戴上卡利古拉的橡树叶金冠,这是从一个趁火打劫的人手里找回来的。为了不摔下去,我只能紧紧抓住两位士兵的肩膀。金冠总是滑向一边耳朵。我感觉自己是那么愚蠢。他们说,我看起来像一个要被拖去行刑的犯人。号手们集体吹响了向皇帝致敬的号角。

日耳曼人尖叫着朝我们奔来。他们刚刚听说了卡利古拉确凿的死讯,是一位如丧考妣的元老跟他们碰面时说的。他们知道上了当,气急败坏,重新回到剧场,可剧场已空无一人,所以,他们也不知道接下来该怎么办了。没有可报复的对象了，只有禁卫军，可禁卫军都是全副武装。向皇帝致敬的号角让他们做出了决定。他们冲上前，大喊："嚯呦！嚯呦！克劳狄乌斯皇帝万岁！"接着，他们开始疯狂地举起标枪，表示要效忠于我，还争前恐后地从禁卫军的队伍里挤过来，亲吻我的双脚。我让他们退后，他们服从了命令，在我面前纷纷伏地。我被人抬着，绕院子走了一圈又一圈。

你们猜，在这种非同寻常的情形下，我脑子里闪过了什么念头或回忆呢？我想起了女先知的预言，还是狼崽的预兆，是波里奥的建议，还是布里塞斯的梦境呢？想起了我祖父和他的自由目标吗？想起了我父亲和他的自由目标吗？想起了在我之前的三位皇帝——奥古斯都、提比略、卡利古拉，以及他们的人生和死亡吗？想起了我仍面临的来自阴谋者、元老院和驻扎在军营的禁卫军的危险吗？想起了梅萨丽娜和我们尚未出生的孩子吗？想起了我的祖母莉薇娅和我说过的，一旦成为皇帝就要封她为神的誓言吗？想起了波斯图穆斯和日耳曼尼库斯吗？想起了阿格里皮娜和尼禄吗？想起了卡米拉吗？都不是，你们永远猜不到我脑海里闪过了怎样的念头。坦白说出来有点羞耻，但我会诚实告诉你们。我当时在想："好吧，我是皇帝了，是吗？真是太荒唐了！但至少，我现在可以让大家都看我的书了。我要举行公开诵读会，让大家都来听。它们都是好书，是我花了三十五年辛辛苦苦写成的。这也不算不公平。波里奥以前吸引听众，不也是靠奢华的晚宴吗？他是个非常聪明的历史学家，也是最后一个罗马人。而我的《迦太基史》里都是好玩的逸闻趣事。我敢肯定，大家都会喜欢。"

　　这就是我当时的想法。我还想，当了皇帝，我就有机会查阅秘密档案，找出这个或那个时候到底发生什么事了。有多少被人们曲解的故事还在等着被澄清啊！这对一位历史学家来说，又是多么奇妙的命运啊！你们已经看到，我充分利用了我的机会。成熟的历史学家对只知大概的对话，总有发挥想象的特权，可就连这样的特权，我也几乎用不上。

图书在版编目（CIP）数据

我，克劳狄乌斯 /（英）罗伯特·格雷夫斯著；王一凡译. -- 长沙：湖南文艺出版社，2025.7. -- ISBN 978-7-5726-2522-0

Ⅰ．I561.45

中国国家版本馆CIP数据核字第2025G3M364号

I, CLAUDIUS
Copyright © The Trustees of the Robert Graves Copyright Trust
Simplified Chinese edition copyright © 2025 Shanghai Insight Media Co.,
All rights reserved.

著作权合同登记号：18-2023-116

我，克劳狄乌斯
WO KELAODIWUSI

[英]罗伯特·格雷夫斯 著 王一凡 译

出 版 人	陈新文
出 品 方	中南出版传媒集团股份有限公司
	上海浦睿文化传播有限公司
	上海市静安区万航渡路888号开开大厦15楼A座（200042）
责任编辑	吕苗莉
装帧设计	张王珏
出版发行	湖南文艺出版社
	长沙市雨花区东二环一段508号（410014）
网　　址	www.hnwy.net
经　　销	湖南省新华书店
印　　刷	河北鹏润印刷有限公司

开本：815mm×1120mm 1/32　　印张：16.25　　字数：349千字
版次：2025年7月第1版　　　　　　印次：2025年7月第1次印刷
书号：ISBN 978-7-5726-2522-0　　定价：88.00元

版权专有，未经本社许可，不得翻印。
如发现印装质量问题，请联系出版方：021-60455819